陈原序跋文录

陈 原 著
于淑敏 编

商务印书馆
2008年·北京

图书在版编目(CIP)数据

陈原序跋文录/陈原著;于淑敏编. —北京:商务印书馆,2008
ISBN 7-100-05285-8

I.陈… II.①陈… ②于… III.序跋—作品集—中国—当代 IV.I267

中国版本图书馆 CIP 数据核字(2006)第 145751 号

所有权利保留。
未经许可,不得以任何方式使用。

CHÉNYUÁN XÙBÁ WÉNLÙ
陈原序跋文录
陈 原 著
于淑敏 编

商务印书馆出版
(北京王府井大街36号 邮政编码100710)
商务印书馆发行
北京龙兴印刷厂印刷
ISBN 7-100-05285-8/Z·70

2008年7月第1版 开本 787×960 1/16
2008年7月北京第1次印刷 印张 34¾ 插页 2
定价:57.00元

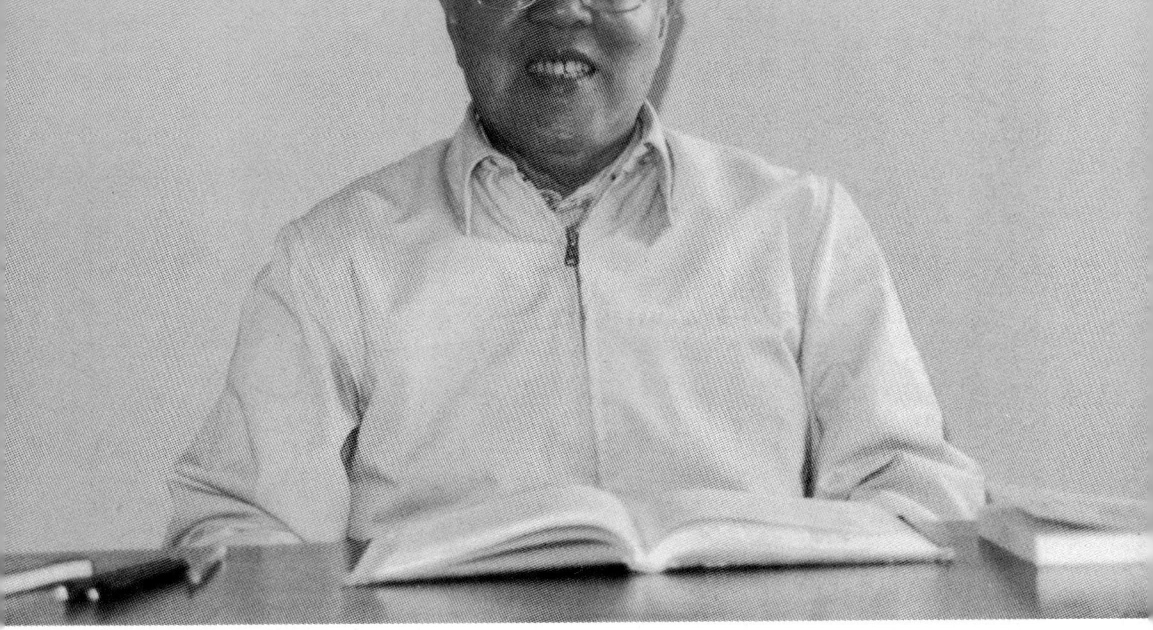

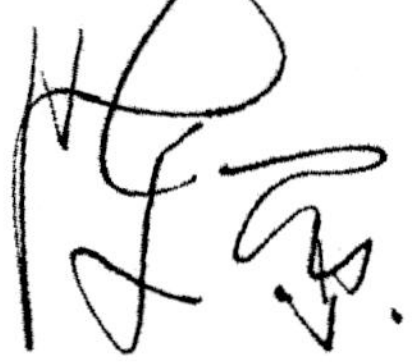

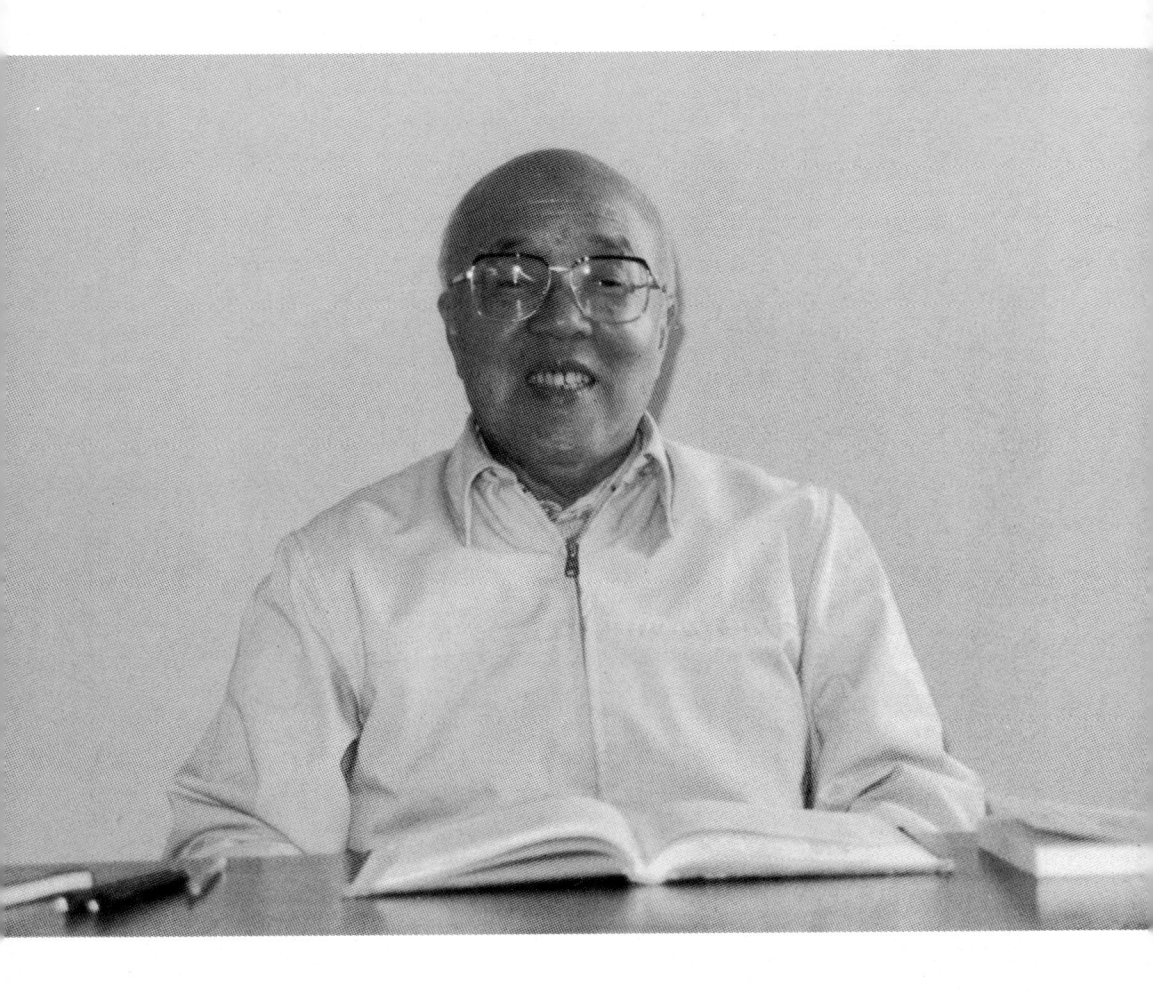

陈原序跋文录 目录

I 战争时期 1937–1949

1937 《广州话新文字课本》序
1937 《Al La Nova Etapo》（走向新阶段）发刊词（世界语）
1938 《Informilo el Cinio》（中国报道）发刊词（世界语）
缺 1938 《International Herald》（国际英文选）改版前言（英文）　此刊1938年10月停刊，40年版是别处出的
有 1938 《抗战与国际宣传》前言，重庆中山文化教育馆。

1939 《二期抗战新歌初集》序
1940 《中国地理基础教程》序
1940 《一九一八年的列宁》后记
1941 《苏联名歌集》序
有 1941 《波兰烽火抒情》后记，香港华夏版，即《新生命的脉搏在 跳动》，重庆新知书店。
1941 《苏联的电影、戏剧与音乐》后记
有 1942 《二期抗战新歌续集》序
缺 1942 《不是战争的战争》后记
缺 1942 《青铜的骑士》后记
缺 1942 《量蜖虫》后记
有 1942 《母与子》后记
缺 1943 《丹娘》后记
缺 1943 《苏联儿童诗集》后记
有 1943 《世界地理十六讲》后记
1944 《中国地理新讲》序，署"贺渊著"，桂林实学书局。
1944 《世界形势新讲》序，曲江正光书局。
1944 《外国语文学习指南》序

1944 《巴尔扎克讽刺小说集》卷一，卷二，序
1945 《地主之家》序
缺 1945 《劫后英雄记》序
失 1945 《人的命运》，Malraux 著，译本序
*****
1946 《现代世界地理之话》前记
1946 《人生的战斗》译序
1946 《狗的故事》译序
1946 《科学与日常生活》译序
1946 《战后新世界》序
缺 1947 《亚吉诺的钟》译序，闽中青年出版社资料室藏
1947 《平民世纪的开拓者》序
1947 《变革中的水乡》序
缺 1947 《世界政治经济地理讲话》序
未见 1947 《世界地理基础》序
1948 《新欧洲》译序
1948 《战后国经济剖视》译序
1948 《世界政治手册》序
1949 《世界民主运动史纲》译序
1949 《苏联新地理》译序
1949 《我的音乐生活》译序
1949 《莫斯科性格》译序
1949 《金元文化山梦游记》译序
1949 《苏联新道德教育》译序

II 建国时期（1950–1976）

1951 《欧洲人民民主国家地理》译序
1951 《亚洲人民民主国家地理》译序
1951 《苏联及其十六个加盟共和国地理》译后记
未见 1951 《苏联学校的地理教学》译者前记
1951 《人类改造自然》前记
无序跋 1951 《初级中学外国地理课本》
可能无序跋 1951 《美国军事基地威胁着世界和平与安全》

未见 1953 《苏联的自然环境及其改造》前言
1953 《苏联的土地和人民》即《苏联新地理》
无序跋 1954 《可爱的祖国》
无序跋 1956 《地理学》（苏联大百科全书选译，无序跋）
1962 《书林漫步》序

III 改革开放时期（1977–2000）

1979 《语言与社会生活》序，日译本序
1983 《社会语言学》序
1984 《辞书与信息》序
1987 《社会语言学论丛》序
1988 《社会语言学专题四讲》序
1994 《语言和人》序
1998 《语言学论著》三卷本 序，付印题记，台湾版序
2000 《咬嚼词书零拾》

1981 《书林漫步·续编》序
1982 《海外游踪与随想》序
1985 《人和书》序
1986 《在语词密林中》序
1992 《记胡愈之》开篇
1994 《书和人和我》序
1995 《隧道的尽头是光明抑或光明的尽头是隧道》序
1996 《黄昏人语》序
1996 《陈原散文》序
1997 《陈原书话》编后记
2000 《界外人语》序

1998 《柏辽兹》译序
1998 《贝多芬：伟大的创造性年代》译序

1994 《陈原出版文集》序

1989 《现代汉语定量分析》序
1993 《现代汉语用字信息分析》序
1997 《汉语语言文字信息处理》序

IV 其他 〔为他人的著译写的序跋〕

1953 《列宁文集》出版说明
1975 《列宁杂文集》出版说明
1987 《商务印书馆九十年大事记》编写说明
1988 《未来教育学》中译本序
1989 《张元济年谱》序
1991 《中华姓氏大词典》序
1992 《张元济蔡元培往来书信集》跋
1992 秦牧主编《中国名言词典》代序
1993 戴煜龄主编《世界名言词典》代序
1993 《中华新词典》代序
1995 《二合一》（谷林及施康强两书合序）
1996 《赵元任年谱》序
1998 《赵元任学术思想评传》中译本序
1998 《协调心理学与控制论》中译本序
2000 无话可说的话：《西方引语宝典》代序
2000 《新世纪汉英大词典》代序，一，二，三篇
2000 《陈翰伯文集》读后抒怀

1995 《巴金与世界语》序
1999 《胡愈之与世界语》序
1999 《世界语在中国一百年》序
1999 《世界共通语史》序

目录订正稿（陈原 2001.3.16）

一个晚辈的感言

沈 昌 文

感谢商务印书馆,特别感谢这本《陈原序跋文录》的编者于淑敏同志,又为我们研究、学习陈原的文化思想和活动提供了这么多丰富的材料。

在读到这本书的文稿之前,我刚听了香港学者陈万雄先生的讲演《陈原:中国近代文化启蒙的"殿军"》。万雄兄虽然厕身出版界,实在是一位学者。也因此,他与陈原老十分谈得来。陈原老多次同我说起,万雄通学术、善经营,实实在在是个奇才。万雄兄在这个讲演中,力图证明:

陈原先生是中国革命知识分子的一个典型,也是近代革命知识分子最后的奠基人。当然他是属于革命知识分子,他一生从事革命工作,搞政治工作。我认为20世纪初叶,中国出现了一批革命的知识分子,跟康有为是不一样的,他是一种现代形态的,对西方、对世界有全面认识、受过教育的革命知识分子。这个知识分子群体是推动中国历史发展的主体力量。这批人最大的特点,我觉得是他同时将整个中国的历史责任放在自己心上,一个是救亡,另一个就是启蒙,这两重目标是同时进行的,陈原就是这样的人。

我经常吹嘘自己追随陈原近半个世纪,但对陈原老的认识从来没有像陈万雄那么清楚和明白。听了他的话,再读这本书,不能不同意万雄兄的概括和总结。

按我们搞出版的行话说,陈老总是最坚决执行毛主席的指示:"认真作好出版工作。"这方面,我当然是蒙他身授言教最多的人之一。他在这方面的一个表现,便是重视书的序跋。序跋也者,无非是向读者交代清楚这本书的来龙去脉,让读者知道这本书的特色乃至不足。陈原自从事编写书籍工作开始,便十分重视此事。现在这本序跋集,大可看作是陈原出版思想的一个重要体现。

我起初听说要为这本书写点序文之类,境界仅限于此。我现在十分热衷宣传毛主席"认真作好出版工作"这句话,认为是当今出版界的欠缺之处。陈老此书,应为重要的补课资料。但是,后来仔细体看陈万雄史家之卓见,才知道自己是把问题看简单了。这本序跋集所呈现的何尝仅仅是出版从业人员的有用教材,它实际上是一个中国革命知识分子言行的写照。

陈原的种种序跋先后写了五十余年。从这些序跋来看,他的整个写作、编辑活动,莫不服从救亡和启蒙两个基本要求。我过去也有过这种想法:陈原老人家为学真杂,一会儿音乐,一会儿地理;既写著作,又搞翻译;到了晚年,又一头扎在语言学里……这其实是看浅了他。归根结底来说,音乐、地理……乃至语言学,莫不是服从当年救亡和启蒙的需要。他就是这么一个革命知识分子:时代有什么需要,他就写什么,而且写得不干巴,让人喜闻乐见。陈万雄上述讲演里还有一个高见:

　　陈原先生有多重性格,你可以说从事政治活动的,进步的、革命的,你说他是搞宣传的,搞高级宣传的,搞杂志的,搞研究的,搞历史的,搞地理的,搞语言学的,其实他的做法完全是跟整个中国近代革命知识分子,启蒙知识分子是一样的。在出版界,我觉得不仅仅是他,好多人都是这一类……

我无意在这里全面评述陈原的一切活动。作为共产党的知识分子,他自然也跟着党犯过错误。"文化大革命"时期他被整得很苦,但在此前十年的反"右派"斗争中,他没挨整,倒还出了一些力;建国初期学习斯大林领导下的前苏联出版工作经验,他显然也出力太多。但是,耶稣也犯过错误,这又何尝可以否定"最后的晚餐"前后这位老人家的一切教导。陈原不是耶稣,但对我这样的门徒来说,每次读他的文字,都为之叹服。有的同志好心地拿他同张元济、王云五相比,以为陈原这些人在上世纪80年代的成就不能同张、王相提并论。这也许是因为年轻朋友们只看到陈原等人在80年代和以后的工作,而没来得及顾及全盘。30年代以来,至少从这本序跋集来看，陈原从来没有停止过对黑暗势力的斗争，没有放弃过启蒙者的角色。就以人们认为他学术成就最多的语言学来说，说穿了，他之所以辛辛苦苦地研究语言学，其实全是因为要在这个领域对"四人帮"的为害进行"拨乱反正"。而且，他本人就首先是这种流毒的受害者。

  学术界的青年朋友爱怀念张元济、王云五等人在困难时期坚持出学术著作。这当然极其可贵。但是，人们可能不了解，我们现在看到的恁多"汉译世界学术名著"，其始作俑者正是陈原。1954年光景，他领导所谓"蓝皮书"的规划，计划要翻译一亿二千万字的外国学术名著，到1957年才中断。以后，他和一些同道"贼心不死"，屡屡打算恢复，"文化大革命"中，包括我在内的革命群众都狠狠地批过他，直到改革开放后方有今日的硕果。

  归根结底说，陈原是个正正式式在共产党领导下从事救亡、启蒙活动的进步知识分子。这些知识分子，自然会在共产党的整个活动中走过一些弯路，但我敢说，他是弯路走得很少的一个。尤其是80年代，我在他直接领导下从事一些文化活动，我看简直到了炉火纯青的地步。本书最后他写的评述商务印书馆老人的文化活动的文字，可以说是他生命后期智慧和使命感的最高度发扬。遗憾的是这时我已无法参与其事。单从这些看，他显然是列入近代历史上一切思想先驱者的行列而无愧的。

2008年2月

编 选 说 明

《陈原序跋文录》所收序跋作品，从1937年至2005年，涉及语言学、地理学、世界语、国际政治、文学和音乐的创作及翻译等方面，反映了陈原六十余年著译生涯的整体概貌。

本书分上、下两编。上编是自著译序跋，共103篇。遵照陈原初衷，1979年前的作品不分类，以所序书的出版时间为序；1979年后的作品分为语言学和文学杂著两类，各类以所序书的出版先后为序。下编是为他人著译写作的序跋，共32篇，不分类，亦按所序书的出版时间排序。多个版本序跋以初版为主，附重版序；与序跋相关的重要的说明性文字附后。陈原自著译的无序跋作品（14种），作为附录，以书影和题注的方式与读者见面。陈原曾提及4篇序跋，《母与子》后记（1942年）、《人的命运》译序（1945年）、《亚当诺之钟》译序（1947年）、《伟大共产主义建设工程》译序（1951年），搜寻未见，存目。

所收序跋尽力保存原作原貌，尊重作者的语言风格和用词习惯。除明显排印错误外，不轻易作任何改动。繁体字原则上改为简体字，特殊例字除外。订正错字置于（ ）内，数字、标点符号用法从原文。原文译名（人名、地名、术语）与现今不统一者，或前后版本译名不统一者，均保留原貌；原注释统一改为脚注。存疑之处、同一著作序跋的异文，也在脚注中体现，标明"编者注"。

题注简要介绍该书的版本变化、主要内容或写作背景等。早期作品的罕见版本，注明开本、页数；1949年之后的作品和所序他人作品，较为常见，不再注开本、页数。版本较多的作品，只留书影，插入相关文字中。

陈原在20世纪30～40年代使用的笔名主要有：柏园、柏、园、贝逊、张琦、章怡、贺湄等,文中不再逐一说明。不当之处,在所难免,敬请读者赐正。

编者

2006 年 4 月

目 录

上 编

1937年 《广州话新文字课本》序言和铅印版题记 …………………… 3
1938年 《抗战与国际宣传》最后的几句话 ………………………… 6
    附：抗战丛刊缘起 ……………………………………… 6
1939年 《新歌初集》序：从本书的编刊说到二期抗战中的音乐运动 …… 9
    附1：再版题记 ………………………………………… 12
    附2：告读者 …………………………………………… 15
1940年 《1918年的列宁》译后记 …………………………………… 17
1940年 《中国地理基础教程》后记 ………………………………… 23
    附：告读者 ……………………………………………… 24
1941年 《新生命的脉搏在跳动》译者前记 ………………………… 26
1941年 《苏联的电影戏剧与音乐》后记 …………………………… 29
1941年 《苏联名歌集》前记 ………………………………………… 31
1941年 《二期抗战新歌续集》新版序 ……………………………… 35
    附：《新歌二集》序——论民族音乐的建立 ……………… 37
1942年 《苏联儿童诗集》后记 ……………………………………… 41
1942年 《不是战争的战争》后记 …………………………………… 43
    附：《反侵略文库》刊行缘起 ……………………………… 44
1942年 《新歌三集》后记 …………………………………………… 46
1942年 《量规虫》后记 ……………………………………………… 49
1942年 《青铜的骑士》后记 ………………………………………… 51
    附：《世界文艺》的开头 …………………………………… 51

1942 年 《沙逊的大卫》后记	53
1943 年 《世界地理十六讲》后记	54
1943 年 《外国语文学习指南》后记	56
附：楔子	56
1944 年 《劫后英雄记》译者小记	60
1944 年 《世界形势新讲》序言	66
1944 年 《中国地理讲话》代序——一封信	68
1945 年 《巴尔扎克讽刺小说集》译者前记	70
附：重印本前记	83
1945 年 《书摘》前记	86
1945 年 《人生的战斗》译者小记	88
1945 年 《地主之家》译序	90
附：《戈罗维略夫老爷们》译者后记	95
1945 年 《中国地理基础》代序——零星的杂记	97
附：沪版题记	99
1945 年 《世界地理基础》三版题记	100
1946 年 《现代世界地理之话》前记	102
1946 年 《丹娘》题记	107
1947 年 《狗的故事》译者后记	109
附：三联书店版译者后记	109
1947 年 《平民世纪的开拓者》后记	111
1947 年 《世界政治手册》前言	116
附：再版前言	120
1947 年 《现代世界民主运动史纲》译者序	122
附：再版题记	123
1947 年 《新欧洲》译者前记	126
1948 年 《科学与日常生活》译者序	129
1948 年 《美国与战后世界》译者前记	132

1948年	《世界政治地理讲话》序	134
1948年	《我的音乐生活》译者前记	138
	附:中译本重印题记	150
1949年	《变革中的东方》后记	156
1949年	《战后美国经济剖视》译者前记	158
	附:《美国劳工实况》前言	161
1949年	《金元文化山梦游记》译者序	164
	附:重印题记	165
1949年	《莫斯科性格》译后记	169
1949年	《苏联的新道德教育》译者前记	172
	附:英译者 George Counts 序(节录)	173
1949年	《苏联新地理》译者前记	178
	附:《苏联的土地和人民》译者后记	184
1950年	《捷克斯洛伐克共和国宪法》译者后记	188
1950年	《斯大林改造自然计划》译者后记	189
1951年	《亚洲人民民主国家地理——朝鲜·越南·蒙古》后记	191
1951年	《欧洲人民民主国家地理》译者前记	193
1951年	《人类改造自然》前记	197
1951年	《苏联学校的地理教学》前记	199
1951年	《苏联及其十六个加盟共和国地理》后记	202
1962年	《书林漫步》前记	204
	附1:重印后记	205
	附2:海外版重印题记	206
1979年	《语言与社会生活》前记	208
	附:日译本前言	209
1983年	《社会语言学》序	211
	附:新版序	213
1985年	《辞书和信息》前记	217
1988年	《社会语言学专题四讲》前记	220

1989年	《现代汉语定量分析》序论	222
1991年	《社会语言学论丛》序	246
1992年	日文版《中国语言与中国社会》序	250
1993年	《现代汉语用字信息分析》导论	253
1994年	《语言和人》序	265
	附：改订版序	267
1997年	《汉语语言文字信息处理》序言	271
1998年	《陈原语言学论著》付印题记	276
	附1：后记	279
	附2：台湾版序言	283
1982年	《海外游踪与随想》前记	288
1984年	《书林漫步——续编》序	289
	附：新版题记	291
1988年	《人和书》前记	293
1991年	《在语词的密林里》后记	295
1992年	《记胡愈之》开篇	297
	附：代序——叶籁士同志给作者的一封信	299
1994年	《书和人和我》前记	302
1994年	《柏辽兹——十九世纪的音乐"鬼才"》译者前记	304
1995年	《隧道的尽头是光明抑或光明的尽头是隧道》牛津版前记	314
	附1：《不是回忆录的回忆录》文汇版题记	316
	附2：新版序	317
1995年	《陈原出版文集》不是序言的序言——黄昏人语	321
1996年	《黄昏人语》前记	325
1997年	《陈原散文》前记	327
1998年	《陈原书话》选编后记	330
1998年	《贝多芬：伟大的创造性年代》中译本前记	333
	附：中译本后记	336
2000年	《遨游辞书奇境》前记	340

2000 年	《界外人语》前记	346
2001 年	《总编辑断想》前记	348
	附：后序	348
2001 年	《重返语词的密林》后记	352
2005 年	《我的小屋，我的梦》后记	354

下　编

1953 年	《列宁文集》出版者说明	359
1958 年	《印刷工业技术革新经验汇编》序	362
1973 年	《列宁杂文集》编辑说明	364
1986 年	《未来教育科学入门》世汉对照版序言	366
1987 年	《商务印书馆大事记》几点说明	368
1988 年	《汉译世界学术名著评论集》前记	370
1990 年	《实用名言大辞典》序	372
1991 年	《语言·社会·文化》序	376
1991 年	《张元济年谱》代序	380
1992 年	《张元济蔡元培来往书信集》跋	395
1993 年	《中华新词典》代序	402
1995 年	《书边杂写》和《都市的茶客》合序	405
1995 年	《巴金与世界语》代序	409
1996 年	《世界名言大辞典》序	418
1996 年	《中华姓氏大辞典》序	428
1997 年	重读《尼罗河传》	431
1997 年	《书的故事》的故事——胡译新版代序	434
1997 年	《协调心理学与控制论》中译本前言	439
1998 年	《出版纵横》序	445
1998 年	《赵元任年谱》代序	448
1999 年	《赵元任学术思想评传》序	466
1999 年	《世界共通语史》译本序	470

1999年	《胡愈之与世界语》代序	475
1999年	《世界语在中国一百年》代序	479
2000年	《新时代汉英大词典》代序	485
2000年	《陈翰伯文集》读后抒怀	489
2000年	《黄新波油画》序	492
2001年	《西方引语宝典》代序	496
2001年	《咬文嚼字》合订本(2000)序	502
2001年	重刊《节本康熙字典》小识	504
2002年	《常用汉英双解词典》序	507
2002年	《赵元任全集》前言	510

附　录：自著译无序跋书目

1945年	《抒情名歌选》	519
1946年	《战后新世界》	520
1947年	《世界合唱名歌》	521
1948年	《你可以做一个基督使者》	522
1948年	《论现代资产阶级艺术》	523
1949年	《美国外交官真相》	524
1951年	《美国军事基地网威胁着世界和平与安全》	525
1952年	《初级中学外国地理课本》	526
1952年	《可爱的祖国》	527
1953年	《苏联的自然环境及其改造》	528
1956年	《地理学》	529
1957年	《谈谈社会主义农业的多种经营》	530
1997年	《对话录：走过的路》	531
2000年	《新语词》	532

编后记 ……………………………………………………………… 533

上 编

《广州话新文字课本》序言和铅印版题记

中国新文字研究会
广州分会1937年版封面

知识分子用的新文字课本,在新文字运动的最初阶段,是很需要的。这种课本,在目前运动的经济能力薄弱的时候,负有双重的任务。第一,它要教给知识分子新文字;第二,要完成师资训练班用的课本的任务。

广州话方案自从一九三六年十月五日公布到现在,已经快要五个月了。可是新运开始的缓慢,实在惊人得可以。别的不消说,就连一本 ABC 也没有出版。课本的缺乏,也影响了新运的展开。

去年十二月尾,我才由语运的同志,转来了中国新文字研究会广州分会的委托,编辑知识分子用的课本。我答应他一个月完成。但其间因为别的事情所耽误,直到今年一月末日才全部脱稿。

一边写,一边接受了十多位朋友的要求,教了五点钟课,在教课中,给我修改了好几处原稿。到二月初,给油印了出来,共一百本;航〔虹〕和村白曾拿油印本教过两班,一共二十人。在他们的教课中,又修改了一次原稿。这便成为现在的样子。

在此,我要强调发音学知识的重要,尤其对于知识分子——未来的新文字教师,新的语文运动者。所以我在这小册子的第一部分,加插了许多发音状态图。我不是希望教者同志或学习者诸君现在或将来教大众时,先告诉他们 b 是双唇音,a 是开母音……之类,而是希望大家熟习了发音的位置,能够正确的教人发音和改正人家的发音。对于不惯分析音素的我们中国人，这一点是更加重要的。

从第一课到第六课，我讲完了全部字母的发音，而且简明的叙述了界音法。从第七课到第十二课，我把复杂母音分做许多组来研究，并举了许多的例子。第十三课是一个总结，通常是可以不教的。

第十四课起，到十八课止，是第二部分。目的是讨论音段的分析和词儿的写法。这工作在广州话方面前人没有做过多少，因此这只是初步的分析。

第三部分是文选。各式文章都选一两篇。给读者作参考和应用。

在编著中，我参考了不少的书报。其中最重要的，我写出来，一则可以给大家参考，二则表示对原作者的感谢。(Ⅰ)语音学方面：(1) P. Passy: *petite phonétique comparée*；(2) D. Jones: *An Outline of English Phonetics*；(3) M. Trofimov and D. Jones: *The Pronunciation of Russian*；(4) H. E. Palmer: *A First Course of English Phonetics*；(5) Varankin: *Fonetiko (Teorio de Esperanto ĉap. 1.)*；(6)张沛霖：《英语发音》；(7)张世禄：《语音学纲要》。图表多采自上列六七书。(Ⅱ)拉丁化方面：(8)理论·原则·方案；(9)(10)叶籁士的《课本》、《概论》；(11)胡绳：《江南话概论》；(12)《厦门话概论》；(13)韦伦：《文法》。(Ⅲ)广州话方面：(14) D. Jones and K. T. Woo: *A Phonetic Cantonese Reader*；(15) Belts: *Pocket Guide to Cantonese*；(16)统一方案(十月五日版本；最新修正将在《中国语言》发表稿本)。

邬利最初校读原稿和帮我制拼音表，航虹校读全稿，给我有用的启示和改正；村白校改原稿(特别是拼音表的精细校对)；容斯绘制大部分的插图；对于他们和油印时负责的诸同志，我在这里谨致最热诚的战斗的敬礼！又马君寄来新波同志的木刻做封面，作

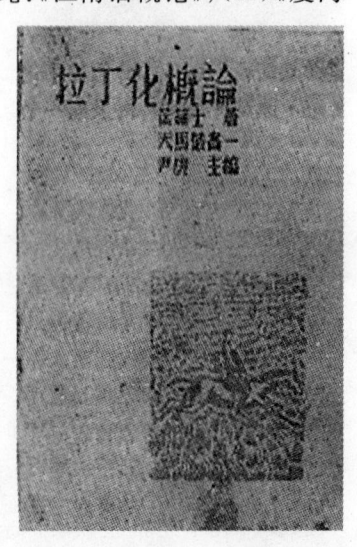

叶籁士著《拉丁化概论》封面

者也无限感谢。

　　对于本书的批判和指示，或者七课以后的较为专门的练习题有不能解决的疑问，我非常欢迎。请寄出版处转我收。

荻原　一九三七，二，廿四深夜

[题注]

　　《广州话新文字课本》，荻原编，中国新文字研究会广州分会1937年4月初版，广州新文字书店总代售。32开。内容分三部分，附有发音机关图和发音部位图。荻原是余荻（陈原夫人）和陈原合取的笔名。这篇序收入《陈原语言学论著》卷三，个别字作了改动。

　　中国新文字研究会1935年由陶行知发起成立，广州分会1936年公布《广州话拉丁化方案》，1937年出版《广州话新文字课本》（参见孙曼均等著《当代中国的文字改革》，当代中国出版社1995年版；倪海曙编《拉丁化新文字运动的始末和编年纪事》，上海知识出版社1987年版）。

　　上世纪30年代拉丁化新文字运动从上海推广到全国，各种方言都搞拉丁化方案，是当时中国文字改革试验的一部分。

《抗战与国际宣传》最后的几句话

重庆中山文化教育馆1938年版封面

　　这本稿子的计划,是要把大战时各国的国际宣传和西班牙的国际宣传,详细说到的;敌国的国际宣传和各国平时的国际宣传,也在说到之列。但因为篇幅不够,不得已临时不写,以后有机会时再和大家见面好了。

　　我国的国际宣传,抗战以后活跃得多了,政治部也有专门负责这方面工作的人员,汉口(如国民外交协会)广州(如国际反侵略会广东分会)香港(如China Information Committee)都有不少同志在努力工作,全国世界语者也一致参加这有意义的斗争。所以今后应该把工作更加强化,因为:

　　"援助中国运动之现有的发展程度与规模,还不过是广大的有效的战斗性的国际同情运动之开端,而这个国际同情运动,无论如何都必须更加扩大起来,而且必须尽快扩大起来。"(莱恩)

一九三八年七月

附:《抗战丛刊》缘起

　　野蛮残暴的日本帝国主义者,又在屠杀我们的同胞,侵占我们的领土了。

它的野心不但在于亡我国家,灭我民族,并欲进而独霸东亚征服世界。我们为求民族生存,为达世界和平目的,被逼而出以全面抗战。在这全面抗战的过程中,每个人及每个团体都要尽它救亡御侮的责任。本研究部平时根据总理遗教,研究国际上种种问题及复兴民族及各种方策,对于敌人内部的问题及抗战时的各种策略尤为注重。当此全面抗战发动的时会,我们不敢后人,是以有《抗战丛刊》之发刊,我们感觉到要保障最后的胜利,抗战指导者要多努力于下列几种工作:

(一)分析敌人的虚实,暴露敌人的弱点,使全国人民家喻户晓,以增强我们民众抗战的决心及力量。

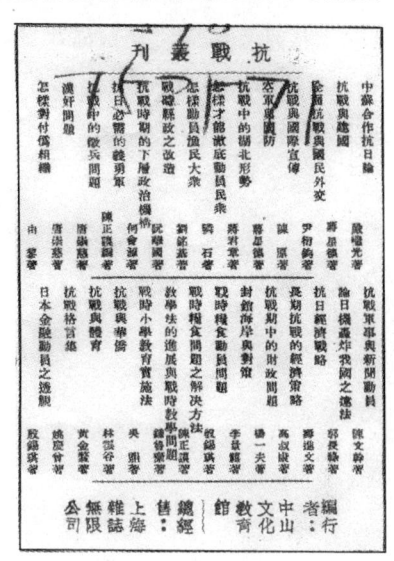

《抗战与国际宣传》封底

(二)宣布敌人阴谋、残暴和蛮横,以增强民众的同仇敌忾心理,巩固我们的民族自卫营垒。

(三)暴露侵略者的罪状于世界人类之前,使天下人皆知有共灭此人类蟊贼之必要,共弃此疯狼似的日本帝国主义。

(四)研究及计划全面抗战的方策,把伟大的人力和丰富的物力总动员起来,做成精密整个的组织,使我们抗战的营垒变成"金城汤池"一般,以达最后的胜利。

本研究部为了上述几种逼切的要求编印这种丛刊,供抗日民众及民众指导者参考。我们两月来的抗战已经证明"最后胜利终归我们"了。我们能使四万万五千万同胞愤慨同仇协力杀敌,这个最后的胜利当更有把握,民族复兴可拭目以待。本馆理事长孙哲生先生曾说过"抗战到底,民族复兴",这是代表我全民族的坚强信念。我们更切盼同胞坚守总理的遗教,"和平,奋斗,救中国"。区区微忱,望海内外同胞多加实助,多加指教!

中山文化教育馆研究部启
一九三七年十月三十日

[题注]

　　《抗战与国际宣传》,陈原著,重庆中山文化教育馆1938年7月出版,32开,49页,为《抗战丛刊》之第48种。内容分7部分:国际宣传的意义,平时和战时的国际宣传,国际宣传的工具,国际宣传的基本原则,国际宣传的材料,实际工作的技术知识等。据《中华民国史事日志1912—1949》载,"1933年3月12日,中山文化教育馆成立于上海(旋迁南京,孙科主之)"。中山文化教育馆1937年由南京迁到重庆北碚。

《新歌初集》序：
从本书的编刊说到二期抗战中的音乐运动

新知书店1939年版封面

一

新音乐运动（特别是歌咏运动）从头就是民族解放运动中的一环，歌咏本身从头就成为民族解放的武器之一，而歌咏运动在第一期抗战中更蓬勃的发展了。在这时期中它号召了并组织了无数人民大众到抗战阵营里来，但是它的力量显然还是不够，它的效果也显然还未达到理想那么大，所以在二期抗战当中，新音乐运动必须更加深入群众，必须普遍的广泛的深入群众，必须多方面的展开新音乐运动的各部门（不限于歌咏运动），必须把音乐和人民的生活斗争连结起来，必须从他们所爱唱的"地方歌谣"开始，然后带他们到达进步的新音乐，来鼓励并组织他们更沉着的忍受一切埋头苦斗，渡过难关。为了达成这些任务，必须培养更多的音乐运动干部，必须在群众中间提拔出群众自己的干部，必须提高原来干部的音乐水准，以便能够单独开展工作，必须彻底研究并搜集各地的民谣以及舞曲。

二

所谓新音乐运动，并不单指歌咏运动，虽然后者曾经是，现在也还是，将来也许依然是音乐运动的主流。可是我们还有器乐,还有舞蹈,还有伴奏,还有新的歌剧,在建设三民主义的新中国的途程中,我们必须创造这许多新的方式,新的内容。在乐器上:军队里的吹号,打鼓,民间集会的打鼓,中国固有乐器的改良(从五声音阶到七声音阶,从简单到复杂),这一切都值得我们研究。在舞蹈上:我们有丰富的遗产(少数民族所保存下来的遗产),我们必须渗入新的内容,来创造新的民族舞蹈。在伴奏上:我们不希望每一个人研究钢琴或管弦乐队的伴奏,而是简单的击乐器或中国固有乐器甚至非乐器的伴奏。这包括了技法的改良,伴奏方式的采用,加强效果等等。而在新歌剧的创造上,我们有着更多的问题,需要耐心的研究和解决。

要开展这样的运动,必须有计划,有组织,合理的分工,才可以有切实的效果。

这一点是我们在探讨中国新音乐运动史中间已经指出了的。

三

这本书的出版,可说是把一期抗战中的歌咏运动做个总结,而且计划着上述几点做个提倡。

第一,为了提高一般歌咏者的水准,特别是音乐运动干部的水准,我们选取了多量的合唱曲。因为合唱是歌咏的试金石!此外还提供三篇文章:一是《新音乐运动史的发展》,帮助读者了解中国新音乐运动从头便具有的特征和简明的运动史的发展,最后还指出今后的动向。二是《歌曲创作论》,希望藉以提高歌咏者的欣赏歌曲的能力,判断歌曲好坏的能力,和帮助歌咏者养成记谱、填词以至创作的能力(在实际环境当中所必须的一着)。最后还有音程音阶的练习。

第二,为了音乐运动的普遍和深入,所以本书对于教授法和指挥法讲得特别详细,并且提供了一篇《音乐的基础知识》,以作干部的参考及教授的需要。在选材上也着重了二期抗战的各种主要题材,以便利教学。

第三,为了倡导伴奏,我们选取了几首用二胡伴奏的歌曲,并且附刊了伴奏用的曲谱。

四

关于歌曲的选择,是相当严格的。我们选载的标准,是曲调优美,歌词比较有意义,或者歌曲的形式很特别,或者足以代表某一类某一地方的色彩。所有原刊歌曲中(油印的,石印的,铅印的,手抄的,口传的)认为有错误的地方,都一一加以改正。所有原来的歌词与乐曲太不相配的都一一加以修改或调换,虽然多数是一两个字,但有一两处是前后调换了许多句子(如《打到敌人后方去》)或把意义改变了(如黄自的《抗敌歌》中的"永久抵抗"改为"持久抵抗")。

在编辑上还有一两个特点:第一是每首歌的前面都加了方框,注明这首歌的最低最高音,使歌唱者教者都容易找到一个适宜的音来起唱,以免中途太高太低唱不出来(参看指挥法一章)。第二是详细的注明强弱抑扬快慢的处所,以便歌唱者能够适宜的唱出这首歌来。第三,更重要的是,每一首歌都注明白吸气的地方,以便作为学唱或教唱时的准绳。因为吸气的地方,是应该注意的,否则断断续续,甚至唱不出来。

最后我们还选取了"九一八"以来的十首代表作,一来可以作为史料来保存,二来还可以做教者唱者的备忘录。

五

关于歌曲的内容,在这里还想提一两句。

四部合唱庄严灿烂的国歌放在一切之前,这希望歌唱者今后能够严肃地唱出这一首祖国的灵魂,同时希望尽可能改正一切误唱。

首先是我们认为有强调游击战"敌后"战,以及"政治重于军事"这些材料的必要。所以在第一辑里面,我们选取了八首新旧参半的歌曲,在第二辑里面我们选取了二十八首,几乎完全是新的歌曲。第二辑的题材主要的是军民合作,垦荒,募寒衣,当兵及欢送出征,劳动,以至动员少数民族这一大堆。

第三辑是抒情曲。我们相信这一辑是工作干部或爱歌唱的人们所最喜欢自己唱的歌曲。在这一辑里，我们介绍了一首古曲，三首苏联歌，以及别的合唱对唱齐唱独唱的十六曲。

　　在军歌这一辑里面，我们介绍了新的军歌，伤兵歌，此外还收载了对敌的宣传歌，哀悼歌。最后是孩子们唱的九首新歌。

六

　　这本书的编著，是很偶然的事。一方面，因为和朋友们谈起这个必要，另外呢是身边似乎有几首新歌。此外我们还想起在战地工作时歌曲的缺乏，不但教民众士兵无歌可教，即使自己要唱也只好哼烂熟的歌曲，本来是我和余荻想动手，但后来恰巧黄迪文，余虹似两位老友从战地回来，都很高兴做这件工作。于是四月中旬动手，到今天已是二十多天了，才基本完成。

　　所有歌曲都是集体选出来的。所有文章都是经过详谈，然后由一个人起草，再经过大家修改的。也许因为笔调关系，文气不怎样统一，但风格却是一贯的。重复的地方是一两处，但所涉及的范围不同，讲法也略有差异，并且这些是特别要看重的，所以让它存在了。文章的写作多是迪文和虹似负责，而乐曲的整理主要的是余荻做的，我只设计了整个计划，和审订编定而已。

　　靠陆洛兄的帮忙，使我们有机会得到一些新歌曲；此外在译本的上面汇集的，在这里向这些朋友们致谢。

　　最后，要不是君辰兄早晚的鼓励催促，这本东西不晓得什么时候才会完成呢。

　　　　　　　　　　　　　　　　　　　　　　陈　原　五月二日

附1：再版题记

　　这本歌集初版的排版和印刷花了将近半年，而在出版后一个很短的期间里，居然得到再版的机会，这都是我们起先预想不到的。

我们虚心地听取了不少相识者与不相识者口头或书面的批评和意见，在再版中有些地方是依照这许多宝贵的意见，尽量设法加以改善了。再版本的歌曲部分，经过在战地做音乐工作的吉联抗兄仔细校阅一遍，文字部分，是由周镕兄细校一遍，因此初版本中的许多错误能够看得出来的都改正了。但是因为纸型已经打好，暂时还没有全部从根改过的可能，所以有些读者的好意，未能采纳。

除此之外，觉得还有几句话要对一些善意的指摘给予解释，而对于一些读者热诚的要求，有所答复。

首先是关于分类和选曲的问题。

有人曾经指摘第三辑（抒情曲）收了一些进行曲"不免有些牵强附会"①，但在我们却存着完全相反的意见。我们得承认，抒情曲这一辑里面，的确有着不少进行曲风的作品，而且有几首简直连题目都标明了"进行曲"三个字。在二十首歌曲中，有十六首是 4/4 拍子的，还有四首是 2/4 拍子的；并没有一首是 6/8 或 3/8 这种柔和拍子的歌曲，这也是事实。但我们要声明，这里所谓抒情曲，是指它的曲趣抒情较多于政治煽动，而曲式是较少注意的，何况在这伟大的神圣的战争中，谁的情感不带着战斗的气息，在音乐上表现出来的活泼、轻快的进行曲风的抒情曲，那不是很自然的么？更何况所谓进行曲，从来就不一定伴着步伐来行进的，这里所谓标明的进行曲，有些其实也不过是进行曲风的歌曲而已（例如《祖国进行曲》原文只是《祖国颂》或《祖国歌》，"进行曲"是中国译时加上去的）。

在选曲方面，头一种指摘是有许多 Part song（合奏曲）的和声不大好，宁弃去不要。另一种指摘是那几首歌曲调不佳，不该收入，而这些不佳的歌曲又是各人指摘不很相同的。

要解决这个问题，我们首先得明白：直到今日为止，中国作曲界的水准一般地说还是很低，因此即使优秀的作品，也不见得十全十美，在和声方面更加如此。除了黄自先生的作品之外，谁都不会否认好些作品对和声的研究还是不够结实的。但是我们能够因此而不唱么？这集子里选取了三分之一左右的 Part

---

① 见十一月二十五日《救亡日报》。

song，想对合唱做个提倡，而且其中一般地说都还可以，不过好些场合"和声很容易把硬性的歌曲软化"，(本书 p. 162)我们也早已指出来了。

附录的《代表作》，几成为众矢之的。有些人说其中一两首不算代表作，有些人说还有那几首可以选为代表作。也许这都是对的。遗憾的是我们没有预先说明白，附录代表作所选，都是流传较广而歌曲本身又在水准以上的，并非说它都是了不得的名作。知道这一点，则加减的意见，都没有话说了罢。我们觉得遗憾的是《渔光曲》没有选上去，这在将来改排时是可以加进去的。

最后是关于改词的问题。有许多歌曲，特别是流行的歌曲，是已经定型化了，所以改填《义勇军进行曲》是一定失败的。所以在附录中，我们只字不改地印了出来。但是修饰原文的词句，使它词曲更相和合，那是可能的(例如刘雪厂对何安东的《奋起救国》的修改)。

*　　　　　*　　　　　*

关于个别的歌曲也有些说明：

《当兵歌》(p. 27)原是匈牙利的军歌，《入伍歌》(p. 28)原是苏联一首很短的叙述入伍的故事歌，与中文填词的曲调恰好，虽然辞句是改过了。

《石榴青》(p. 48)有两个纪录，收在这集子里的是曲式比较完整的一种。

《假如明天带来了战争》(p. 56)曲谱是依照苏联友人Gruščinsky寄来的散张曲谱(照记忆所及，好像是复印机印的)，由五线谱翻下来的，后来与 *International Literature*(1938年，忘了是几月号)的谱子一对是完全一样的。于是我亲手写成简谱，制锌版发表在广州退出前几天的《救亡日报》上，如果有人找到新知书店出版的 *International Herald* 二卷六期，也可以看见上面的五线谱原歌及中英文译词的。我到桂林时，曾特地拿去和电影《大张挞伐》(*If Tomorrow Bring War*)中的歌唱细细对了几次，是完全无误的。现在有好些人唱错了("在地下"一句的 6̣ 唱错为 6 等)，并且错得很不对(听说上海版的《大众歌声》三集也收有此歌，未知是否错误)。因此我在这里负责声明，希望读者注意，歌词已改过一次，依然不很好，那是真的。另外我见过三两种改过的歌词，也不比这好多少，所以现在暂仍其旧了。

《祖国进行曲》(p. 59)原系 Lebeder-Kumach 作词，椿芳由世界语译出，吕骥配词，本集配词者佚名，另外还有弼昌的填词，太长，这里不录出来了。

《满江红》(p.73)有人告诉我是丢掉了十五十六小节，其实不然的，只不过是主旋律走进第三第四部罢了。

《持久抗战歌》(p.77)，即《抗敌歌》。第四部（Bass.）的低音 $\underline{5}$ 原谱是有的，原谱也注明不可能时可提高八度来唱。（即 Bass. 的 $\underline{5}$ 改唱 5，也可以的。）

《拥护领袖歌》(p.98)，吉联抗兄的意见以为第五小节，第十五小节，第十八小节的 1/4 音符，都改为 1/8 音符另休止一拍。

如 (| 2　2 | 改为 | 2　2　0 |) 这样子曲式就更加完整了。

*　　　　*　　　　*

一些读者要求着更多的新歌，另一些要求收集更多的民歌小调，再一些要求介绍更多的外国名歌，还有些希望有声乐的练习曲。

关于新歌，我们给读者介绍《每月新歌选》（新知书店总经售，已出二集）和即将出版的两个音乐杂志。此外我们在月内把几首优秀的新歌油印出来，寄赠填表寄回的读者。我们还准备选十多首新曲（包括各种类型的）加以说明，作为《新歌初集》的补编或《新歌二集》，以酬谢读者诸君。

另外有四本东西也希望在 1940 年完成，那就是《中国民歌选集》（选集各地有特殊风格或旋律或非常优秀的民歌，填以新词并附原词，外加民歌研究及记谱方法。）《世界革命歌曲选》（选译大小三十余国人民大众爱唱的革命歌曲——民谣或新作均在内——）《苏联歌曲选集》（选译苏联新近歌曲——民谣新作在内——）以及《歌唱的苏联》（发声法，声乐练习曲）假如找到出版家或出版家愿意并可能出版时，这几本东西在明年是可以和读者继续见面的。

陈　原　一九三九年十二月十五日曲江

附2：告读者

这里选取了新歌九十首，其中包括了独唱或齐唱歌五十二首，合唱及轮唱二十八首,另代表作十首。自然所有合唱曲(除却两三首非合唱不可的以外),都可以独唱或齐唱的,只要唱它的第一部(第一行)就行了!

每首歌左上角的方框,标明了这首歌的最低和最高音。练习唱歌的可以根据它找到一个适宜的起音。

此外本书还包括了音乐的教授法,教材表,以及新音乐运动史,创作论这许多重要论文。

还有一部分是音乐的基础知识,给初学者或教音乐的人参考用的。

读者有什么意见,请马上写信给出版处转交编者;这是我们所最期待的。

[题注]

《新歌初集》,余虹似、黄迪文、余荻、陈原编著,新知书店1939年9月初版,32开,正文236页。1941年10月八版。版权页书名为《二期抗战新歌初集》。序外,有陈原写的再版题记、总目录、歌曲总目录、告读者。总目录包括:歌曲选、音乐运动·音乐理论(中国新音乐运动史的发展、歌曲创作论)、学习·教授·指挥(音乐的基础知识、唱歌指导法、指挥法和歌咏队指挥者的任务)和附录("九一八"以来新歌曲代表作选,本书教材进度表)。歌曲总目录有6部分:打到敌人后方去、政治重于军事、抒情曲、军歌·对敌宣传歌、少年儿童歌曲和附录《代表作十首》。共收《打到敌人后方去》、《游击队歌》、《军民合作歌》、《募寒衣》、《祖国进行曲》、《抗战进行曲》、《洪波曲》、《炮兵歌》、《少年进行曲》、《打铁歌》等歌曲82首。

二期抗战大致始于1938年,止于1944年,"是官方对退守西南一隅的日子的正式称谓。"(参见陈原《我的小屋,我的梦》第48页)老舍1938年曾作《二期抗战》鼓词。

《1918年的列宁》译后记

一

一九一八年对于年轻的苏维埃俄罗斯是一个最严重的时候。横在这年轻的国度面前，只有两条路，要不是坚持斗争争取胜利，便是死亡。

苏联红军总司令伏罗希洛夫回忆当时的情景，这样写道：

"……哥萨克的反革命强盗很快地控制了察里城附近的许多据点，因而不仅使得替饥荒的莫斯科与列宁格勒有计划地供给粮食成为不可能，而且也给察里城造成了一个非常威胁的局势。

"当时别的地方的情形也不比这里好些。在莫斯科，左派社会革命党人的暴动发生了；在东方，莫拉耶夫的叛变证实了，在乌拉尔，捷克斯拉夫俘虏的反革命展开而且加强了；在极南方——在巴库——英国人潜入了。一切都在一个火圈里，燃烧着，革命正在经历着一个十分严重的试炼。一通接着一通的电报由列宁给斯大林[①]同志打到察里城，又由斯大林同志打回来。……"（伏罗希洛夫《斯大林与红军》中文本页三）

军事情势是这样的紧张，而"在国土的心脏里，在莫斯科，'左翼'社会革

上海言行社1946年版封面

[①] 斯大林，原译斯太林。——编者注

命党开始了暴动。洒过了鲜血,被战争所蹂躏过的共和国,如今又被无情的饥饿之手所窒息了。"(见本书首页)"乡下的贫农是与饥饿为邻,饥荒到处蔓延着。在彼得堡没有一个孩子是吃得饱的,这里在莫斯科,也是一样……可是谷米是有的呀,在俄罗斯谷米有的不少呀……""可是谷米是谁的呢?"(均见本书哥罗波夫对列宁说的话)——是富农的!他们拿谷米来做投机生意,他们靠操纵谷米来赚钱。列宁在同年八月写的一篇传单"向着最后的决定的斗争前进"里,有一段关于富农的描写:

"假定叛徒们所占据的乌克兰及其他领土不计算在内,让我们估计俄罗斯一共有一千五百万农户吧,在这一千五百万中间,大约有一千万是贫农,他们出卖自己的劳动力来过活,或者是在有钱的人的束缚下过活,或者是没有盈余的谷米,早已被战争的重担弄得贫乏了。约有三百万得称为中农,而只有二百万是富农和靠谷米赚钱的。这些吸血者靠了战争中人民的需要而长得富有了。他们靠着抬高谷米以及其他农产品的价格,搜刮了成千成万的卢布。这些蜘蛛牺牲了在战争中崩溃的农民,牺牲了饥饿的工人,而自己长得胖胖的了。这些吸血鬼吮吸着劳苦大众的血而长得更有钱了;可是城市和工场中的工人们却在饥荒当中。这些吸血鬼又把地产收进自己手中,他们重又一次奴役着贫农。"(引见《列宁选集》莫斯科英文版第八卷一三〇至一三一页)

年轻的苏维埃政府,是怎样的处理这"吸血鬼"呢?列宁说:

"怀疑是一点也没有的,富农们是苏维埃政府的凶暴的敌人,要吗就是富农们屠杀大量的工人,要吗就是工人们无情地镇压那掠夺的富家(人民的少数分子)反抗劳苦大众的政府的暴动。这中间并没有别的办法,和平是不必讲的了。即使他们要非难,富农想和地主,沙皇或者僧正去讲和,是可以的;可是和工人阶级讲和却永远不能。"(引见上揭书一三〇页)

外国干涉军队的进迫,及革命党人的暴动,饥荒,富农的操纵谷米,富农的阴谋暴动,这一切就是一九一八年在革命的俄罗斯的一般情况!靠了天才革命家列宁正确的领导,靠了斯大林,伏罗希洛夫等等的坚决,年青的共和国终于跨过了饥荒,跨过了艰难困苦,击溃了东西的干涉军队,肃清了国内的动摇与反革命分子,而向着胜利迈进,向着光明迈进。"共和国是在敌人的包围下,可是它会打败内外敌人的。"(上揭书一二八页)列宁这句话是实现了,虽然经过坚决的长期的艰苦斗争,虽然经过无数的说服,虽然甚至连列宁自己的性命都在反革命党人的毒弹下险被牺牲。

苏联建国的这种艰苦斗争的精神,特别是度过最险恶的一九一八年这种坚决的精神,是深深值得我们学习的;今天,苏联革命后二十二周年的日子,我们不也是在抗战建国的最艰苦的阶段么?

于是我想:"一九一八年"这本电影脚本或电影小说,移译介绍给与敌寇汉奸苦斗着的中国人民,该不是没有意义的吧。

二

那么,从电影小说"一九一八年"我们能够学取些什么呢?

首先,是在一切斗争的过程中,应该提高政治的警觉性。反革命的叛徒常常戴起假面具,爬进革命营垒的心脏部,想从中给以致命的打击,而把革命营垒从根消灭。这是一切卖国贼所最善用的阴险的办法,古今中外都是一律的。在"一九一八年"中间我们看见辛佐夫(非常委员会即"赤卡"的工作同志),看见布哈林,以及康士坦丁诺夫(即雷顿先生);在今天,在我们的抗战建国过程中,辛佐夫和布哈林也许还有躲在抗战建国营垒中的吧。

其次,我们必须学习"用对付敌人的方法对付敌人"。照列宁的说法,是"无情地对付敌人"。"我们太柔软了。"列宁说。高尔基和列宁关于"不必要的无情"的论辩,列宁和一个富农代表的论争,列宁对哥罗波夫的谈话,这一切在"一九一八年"表现得最淋漓痛快的,便是"无情

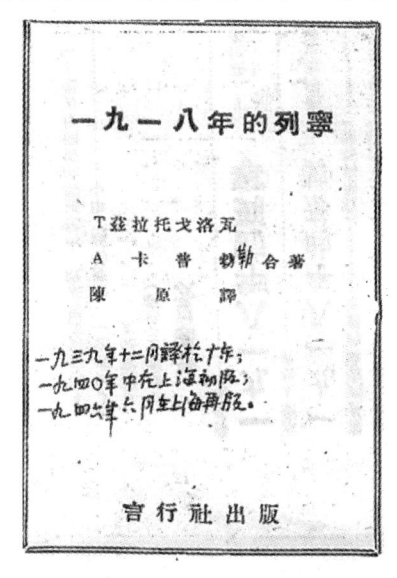

言行社1940年版扉页

地对付敌人是必需的!"这个论题的表现。

第三,"一切都为了儿童""一切都为了未来的世代",这意识是应该广泛地传播开去的。"他们将来的生活一定会比我们好的","一九一八年"中的列宁说。而我们并不需要嫉妒他们,因为"我们这一代已经完成了一个叫人惊羡的有历史意义的任务了!"在革命二十二年后的今天,在这地球六分之一的土地上面,在饥荒与死亡袭击过的共和国里,年青的一代不是愉快地在好好的过活着么!——而我们今天的抗战建国的斗争,也是为了未来的世代啊!若干年后,我们年青的世代,一定活在光辉灿烂的国土里,并且活得愉快舒适的吧。

自然,除此之外,我们还可以在"一九一八年"这本小说里,认识全面的列宁的伟大——不仅是作为一个"无情的"革命家的伟大,而且是作为一个热情,可爱,严肃的人类一分子的伟大。"一九一八年"不仅把革命家的与人的列宁活生生地,毫无遗漏地给读者留下一个印象,并且使读者能够全面地正确地去了解列宁。这比之把列宁捧得像鬼神,或把列宁描写成恶魔之类的恶心的"作品",有着不可跨越的距离,是不消说的。

不仅如此,"一九一八年"并没有把列宁从复杂的建国的斗争中抽取出来,作为孤独的或者以他为主体斗争是属从那么样地描写。"一九一八年"描写列宁是把列宁依旧安放在复杂的环境与斗争中间,作为斗争的一员来写的。所以"一九一八年"写了列宁,亦即写了一九一八年的革命的俄罗斯。

除此之外,个别的读者当然能在个别的地方学习到一些他所需要的东西的。

三

关系文章技巧如何优秀(苏联批评界认为这个脚本本身也是一部优秀的文学作品——见本年三月六日莫斯科新闻),在这里不想多说了。至于根据这脚本拍演的影片是如何的叫座,只要看下面一段消息就够了:

"……M.罗姆的新片《一九一八年的列宁》现在在莫斯科十五间最大的电影院同时上演。首三日内约有三十万人看过。

"……莫斯科电影院经理 A. A. 朱开尔曼对本报声称：四月七日以来，首次放映这部片子的时候，每日六场，场场满座……"（四月十七日莫斯科新闻）

*　　　　*　　　　*

除了小说本身之外，还选译了 K. 克尔逊斯基的一篇论文，和作者之一 A. 卡普勒登在三月号《国际文学》的自白。此外附译了列宁典型讨论会的新闻记录。前者可以帮助读者了解本书的主题，第二篇译时分成两段，读第一段可以知道创作的经过，但第二段是说拍摄经过的，也一并保留，以备看影片的参考。

在文前译者制造了一个人物表，藉以帮助读者分辨这俄国式的长姓氏。

插图二十多幅是从几本苏联的出版物上裁下来的，因为来源不一，印刷有好有坏，制起版来恐怕也好坏不一。插图的名称本来没有，是译者加上去的。关于故事情节的插图，都是影片的场面。其中只有一张是绘的。

作者的事迹无从知道，但据《国际文学》的编者所介绍，两个都是年青的苏联电影脚本作家。

初读这本小说，是在一个后方大城市的郊外，是在一个炎热的下午。如今外边已刮着北风，严冬已经到了吧。我译完五万言，向着窗外遥望那北风吹折了的树枝，我默然沉思，不知这本东西能否在那狂暴的北风中传达到读者的手里。

陈　原

［题注］

《1918 年的列宁》，〔苏〕T. 兹拉托戈洛瓦和 A. 卡普勒合著，陈原译，上海言行社 1940 年初版，1946 年再版。书脊、内封题为

林淡秋译本封面

《一九一八年的列宁》。版权页和扉页作者"卡普勒"误为"卡普勒"。中译本系据英译本转译。正文前有《论苏联电影的新成就》(克尔逊斯基)、《作者自白》(卡普勒)、《关于列宁典型的创造》(莫斯科新闻)及《一九一八年的形势》(节译自党史简要读本)等4篇文章。另附该剧人物表和插图目次。

香港读书生活出版社1939年9月曾出版林淡秋译本,题为《列宁在1918年》。

《中国地理基础教程》后记

文化供应社1941年版封面

这本小册子,只想把中国地理的基础知识,全面地介绍给读者,帮助读者更深入地去研究和认识我们的祖国。在短短的十万言当中,作详尽的描叙,几乎是不可能的事;但读者如果能由此而得到一个中国地理的简明概念,或因此而能[把]一向已经知道的东西有系统地归纳在一起,或以此为钥匙更进而作深入的研究;那么作者就已经满足了。

在这里,我引用了许多官方的资料数字,同样也引用了许多私人研究所得发表在书报上的材料。我所采取的写法和编法,也许是目前中国地理入门书所未曾采用过的,并且这些体例完全是草创,好些地方虽力求活泼,但仍不免呆滞;好些地方虽力求详明,但终于说得不充分。这也许是我学识的不够,写作能力的薄弱,文学修养的不足罢。

照作者原来的计划,这是三本小册中间的头一本。其他两本,一本是用游记体裁写成的区域地理,另外一本却是以战役为中心的军事地理。而作者与这本小册的写作同时,又若断若续的写着一本《少年中国地理常识》,这《常识》终于只写了四五千言就写不下去了,首先是不活泼,不深入,其次是不具体,不和孩子们的生活与思想联在一块。希望在这本小著印出来之后,把其余两本完成,以及把少年读的一本重写。

这一本的材料，是这些年头陆续收集来的。第一章到第八章，是在去年炎夏，住在曲江一间公寓中每天早晨锁起了门写的；而第九章以后则是回到桂林寓所写成的。因为人事纷繁，写作的时间又是那么匆促，写成后，正是去秋十月初旬，又忙于帮助救亡日报《一年间》的演出，没有好好的修改过。直到今春才由雪寒兄仔细读过一遍，改正了许多不妥当的处所，我也在一两个地方加以全节的改写。在插图方面，本来约定容斯作的，但相距太远，说明不便，故一部分选取了好些中外地理书的插图，一部分依照波兰著名的女插图家 Rajchman 所作的图片加以修改而成，另一小部分是由 Y.D. 新绘的。

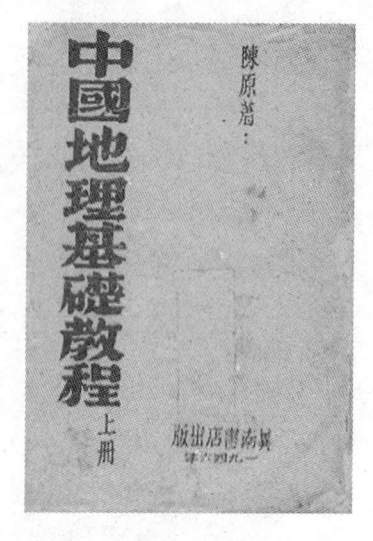

冀南书店1946年版封面

对于在整个计划上给我不少意见的君辰兄，对于给我细读一遍改正错误的雪寒兄，对于经常督促我的应申兄，我在此表示我衷心的敬意。

我相信它还不至于是地名的堆砌，如好些地理书那样，我也相信它至少把一些令人发笑的东西（如"公哩"、"海岸线长三千平方启罗米突"之类）肃清了。于是我敢于让它付印。

　　　　　陈　原　一九四〇年三月二十五日深夜粤北古城

附：告读者

（一）这是用新的观点来探讨中国地理基础因素的小册子，它所牵涉的范围相当广泛，但绝不是高深学理的探讨，也不是地名的堆砌。

（二）本书分五部分，共十四章。每章前面有"提要"，正文中间有"脚注"，正文后必要时附以"参考资料"。章末附"复习题"、"参考书目"，以及"研究题"。

（三）"提要"是各章的拔萃，读正文之前可先读一遍。"脚注"注明材料的来源，或次要的资料，或枯燥的表格，不便插入正文的。假如没有时光或嫌太繁时，可以略去不看。"参考资料"系比较有系统的表格，"复习题"应在读完正文之后就会回答的，"研究题"却不是书中材料所能解答，藉使读者自动找参考书来研究。

（四）插图都附在书中，书前的行政区域暗射图是很有用的，应该时常默记。

（五）地图作业非常重要，可以帮助读者记忆，千万不要忽略。

作　者

[题注]

《中国地理基础教程》，陈原著，桂林新知书店1940年初版，桂林文化供应社1941年再版。32开，331页。华北书店1943年分上下册出版。此后在重庆、冀南、左权等地印行，冀南书店1946年版在《出版者的声明》中称："原著附有地图多幅，因印刷匆匆，不及附入。"内容分土地、人民、政治·财政·金融、交通·运输·贸易、工业和农业五部分，十四章。

桂林文化供应社成立于1939年10月，"是救国会与广西建设研究会合办的，它是个出版兼发行机构，陈劭先任社长，陈此生任总务部主任兼秘书，我任总编辑……曾出版过一些通俗读物、农村抗日读本，都是小册子，销路很广，很便宜。"（胡愈之《我的回忆》，江苏人民出版社1990年版，第163页）

1939年10月2日，中华全国文艺界抗敌协会桂林分会成立，选举了夏衍、鲁彦、胡愈之、宋云彬等25人为理事，向培良、陈原等16人为候补理事。同时，夏衍描写抗战题材的话剧《一年间》分别用国语、粤语、桂语三种语言公演，陈原任粤语组语言顾问。（参见《桂林文化大事记：1937—1949》，漓江出版社1987年版，第738页）

《新生命的脉搏在跳动》译者前记

孟夏书店1942年版封面

昔日枝叶繁茂，
如今枝叶飘零！
树顶一只白鹰，
歌唱似一先知！
呵波兰，不幸呵！
你的人民垂泪，
你忠贞的女儿，
在你土壤下长眠！
……　……
勇敢的人长在，
波兰不会灭亡。

——Ghopin《波兰哀歌》

波兰，这生长过米克维兹，生长过柴门霍夫的国度，对于我是并不陌生的。十多年前，从柴门霍夫关于世界语创造的信件中，已经知道在华沙的街道上，居住了五六种民族，他们在统治者的毒剂注射下，互相水火，终年吵闹。波兰便是这样的"民族的监牢"。不够三个礼拜的战斗，所谓世界第五陆军国的波兰，竟不堪一击地溃灭了；今天，波兰已经成为历史上的陈迹了。然而溃灭的另一面是新生。"勇敢的人长在，波兰不会灭亡！"西乌克兰和西白俄罗斯九月十七日开始的新生，便是"不会灭亡"的波兰的远景。

在这小册子里，辑译了十多个短篇，或者报告新生的共和国里的欢喜，或者以新旧的比较而暴露出贵族统治下前波兰底悲惨，更或仅把波兰烽火中所见所闻,毫不掩饰地描写发抒。作者都是身历其境的作家或新闻记者,——其中只有一个例外,那是著名历史家 A. 舍斯达珂夫的关于这两区人民的历史散篇,此外,还应该说明的是:W. 华西列夫斯卡是波兰著名的女作家,收在集子里的她的抒情小品曾经感动过无数的人们。T. 罗果托夫是英文版《国际文学》的编辑,从他那万余言的旅行记中,不但可以窥见了波兰作家、文化、戏剧活动的今昔,而且藉此还可以看见波兰生活的一斑。其中作者认为"可笑""值得讶异"的一些事实,在我们古国里还不算稀奇呢。

四月间因为朝夕和百余散布在各地的青年通讯员的稿子接触,看见他们有了丰富的材料而不能运用时,很想辑译一些新国度的通讯和报告,给他们参考。于是选定了这个有历史意义的题材,四月下旬开始翻译,随译随寄给救亡日报,有些给保存着,有些则在《文化岗位》上面发表。中间因为杂务纷繁,直至六月下旬才把 T. 罗果托夫的万言长文译完作结。本来想在七月十四日(世界语节)印出,来纪念世界语创始者的生地——波兰;但现在看来,这本集子的出版,也许新生的波兰正在庆祝它的自由解放一周年吧。

临末,我想向夏衍,林林,萧聪诸兄致谢,如果不是他们殷勤的督促,如果不是他们热心的帮忙,这本集子是不能和读者见面的。

          陈　原　七月二日晨于粤北

[题注]

  《新生命的脉搏在跳动》,〔波兰〕W. 华西列夫斯卡等著,陈原译。香港孟夏书店 1941 年 2 月以《波兰烽火抒情》为名初版,1942 年 2 月桂林孟夏书店改现名再版,由新知书店经售。32 开,88 页。收 W. 华西列夫斯卡散文 5 篇,G. 高尔曼诺夫的报告文学 1 篇,多勃利亚可夫通讯 1 篇,共十余篇。

  据《桂林文化大事记:1937—1949》(漓江出版社 1987 年版)介绍,译本所选文章先在《救亡日报》发表,后以《波兰烽火抒情》为题出版。陈原说曾列入"南方文艺丛书","1941 年香港沦陷前用华夏出版社的名义印过一版,不过我始终没有看到。"(《不是回忆录的回忆录》,文汇出版社1997年版,第68页)据王仿子回忆,"《波兰烽火抒情》由救亡日报带到香港,1941年在孟夏书店印过一版。……此书虽然列入《南方文艺丛刊》,发出预告,但是不及出版,出版社就被迫结束。陈原猜测,他在香港收到的稿酬是救亡日报同人寄发的。这一推测可能错了。当时我正在孟夏书店工作。孟夏的生命只有几个月,出了三本书。第一本是葛一虹翻译的苏联剧本《带枪的人》;第二本就是《波兰烽火抒情》;第三本是郭沫若的《羽书集》。《波兰烽火抒情》的稿酬是孟夏书店支付的。"(参见《王仿子出版文集》,中国书籍出版社1996年版,第413页)此版未见。

同时期,陈原译《母与子》列入"诗创作丛书",由三产图书社总经售(参见魏华龄《桂林文化城史话》,广西人民出版社1987年版,第82页)。《母与子》译本未见。

《苏联的电影戏剧与音乐》后记

中苏文化协会广东分会
1941年版封面

苏联的电影,戏剧与音乐在短短的二十三年中间,得到了一种新的成就。这成就,是跨过了多少灾难,多少痛苦,多少斗争才得到的。饥饿、内战、包围、干涉、叛变,年青的共和国在这些恶毒的因素中间与死亡搏斗,在战斗中产生了那么坚强那么新鲜的艺术。成就的过程是值得我们研习和参考的;因为我们也要在为自由解放的抗战中,建立起来我们新的,中华民族自己的而同时带有世界性的艺术。

这就是我写以上一万言的推动力。

要在这短短的篇幅里,要把苏联艺术作全般的介绍,那是不可能的;甚至要把苏联的电影,戏剧和音乐加以详尽的介绍,也不见得容易。在文学方面,我留给另外一本小册子,而对于美术(绘画木刻)、雕刻、建筑、舞蹈,这些范畴,因为手头材料的不够,只能留待另外的时机了。

老实说,这本小册所写的都不过是些常识,但如果读者能从中得出些微启示,以作抗战建国中艺术的参考或努力时的鼓舞,那作者的目的就算达到了。

一九四一年二月—三月

[题注]

　　《苏联的电影戏剧与音乐》,陈原著,中苏文化协会广东分会1941年4月初版。32开,26页。扉页副题为"苏联艺术论其一",系"中苏文化小丛书第二种"之一。该书共六节,"后记"原是第六节的内容。

《苏联名歌集》前记

新歌出版社1941年版封面

俄罗斯！从二十世纪三十年代起，这个名字曾经给人们多少鼓舞，多少激动，多少憧憬！在这新生的国土上面，人类在创造着他们的新生活。新的社会上面，是新的人物，新的工具，和新的艺术。

俄罗斯——这"无知"农民的北国，在仅仅二十三年中间，变成文化的、愉快的、艺术的国土，这是多么值得惊异呵。

这新生国土上面的新生艺术，引诱着我们年轻的一群。

从不知什么时候起，我们就被一首叫做《伏尔加船夫曲》的民谣感动到落泪。那沉毅的歌声，那雄健的音响，那生活在高压下苦痛的呻吟，那确信自己力量的呼声，是世界艺术家都要赞佩的。

而那正是一个俄罗斯的民谣——俄罗斯音乐的源泉，苏维埃音乐的基础。

于是不晓得是在那一年了，靠了世界语，苏联远东区教育学院的一个女学生 M.君寄来了迷人的两个小曲。其后列宁格勒的工程师 G.君夫妇也给我们寄来好些著名的同时是流行的短歌。我们贪婪地唱着。音响感动着我们的心灵。一定有许多人也热望着这些音符的罢，于是我们决心要编译一本北国的歌集。从那时起到处汇集着这些材料。

椿芳君从世界语翻译的《祖国进行曲》，给我们以极大的鼓励。这个小曲,在那样晦涩的不愉快的日子里,带来了对祖国的热爱。这首歌,很快就传遍了整个国土,在歌唱者的血液中灌注了新的力量,那是保卫祖国的力量,反对侵略的力量,那是争取自由解放的力量。

民族解放战争终于爆发了!

我们在战地,在后方奔走着。我们编完了一本《新歌初集》,我们又记起要介绍一些北国的新歌曲的事情了。责任推在我的身上。

一年来,若断若续的,在炎热得连狗也

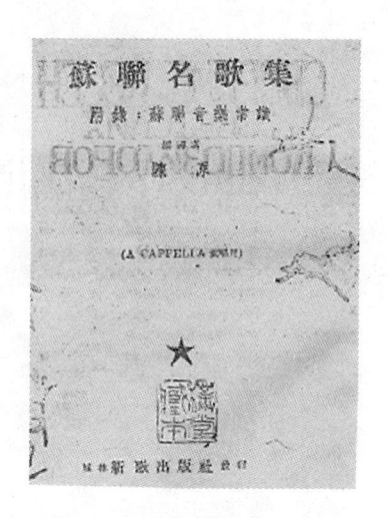

1941年版扉页

懒出门的夏日,在冷得鼻子通红的严冬,我抽出了睡眠的时间,译着译着。为白天繁重的工作弄得疲倦了的身躯,往往要支持到午夜以后。然而那具有新生命力的歌曲在鼓舞着我们的灵魂。在这些翻译的日子里,歌中描写悲郁的旧俄生活的苦恼的情绪,使我联想起祖国受难的人群,我激动,痛苦积压着我的心胸,我忍受着,却同时幻想起我们光辉的未来。于是描写新的愉快的生活的旋律出现了,它使我欢欣,它使我喜悦,它使我竟至于歇斯底里的狂叫起来。

情感是在起伏着。夜间的生活有好几个月是这样过的。

歌曲大体在本年六月间就译完了。这之后便是和余荻同志再三的朗唱和修改。我们自己的贫乏的语言,往往使我们苦恼。西洋诗歌的整齐的节奏,八个音节一行的歌词,常常使我们花了很多的时间来推敲译句的字眼。但偶尔得到确切的表现时,那种欢喜是足以抵偿一百倍的苦恼的。

译诗的困难,已是尽人皆知;而译歌的困难,还要加上配合音乐的因素。而我们对于译歌的意见,是主张非万不得已时,不改动乐谱(如一拍拆成两个半拍音符之类)的。我们尽量使歌词与乐曲配合;自然因为人力与时间的不足,更有因为重译的关系,也许好些地方还不免要待修改的。但我们坦白告诉读者:我们已经尽了我们的最上善了。

歌曲的选择，读者只要看曲目就可以了然的。大体上苏联声乐作家的各派曲子都有作品选进去。从简单的民谣曲一直到复杂的交响音诗，从独唱到合唱，鼻音伴唱，和唱，都大体具备了。这许多歌曲中间，除了一些民谣曲之外，只有柴可夫斯基的一个曲子属于旧俄的范畴。

为了帮助自己记忆，我随译随记下了二万言的解曲。我一并发表在这里，也许它能多少帮助读者的了解。

文字部分呢，我们称它做《苏联音乐常识》。其中《一：俄罗斯音乐的发展》，是比较长的一段。这之中的材料大多采自 V. Ferman 教授，M. Grinberg, S. Shlifstein, 徐迟，安娥，A. Aleksandrov 教授诸家的著作。《苏联民族音乐》是采自苏联对外文化协会通讯部的稿子，而《天才青年的音乐学校》则据莫斯科国立音乐院院长 A. B. Goldenweiser 教授的文章。大概这几篇文章合在一起，可能给出了一个苏维埃乐坛各方面的形象吧。

写到这里，似乎要说的话都已说完。歌集什么时候印得出来，那是完全不敢预料的，一转眼就是半年！预料得到的也许会有些不着边际的谰言。

但事实总归是事实。新生的音乐决不会在无谓的谰言下死灭。正相反，这个国家的革命，早已给人类带来了新的憧憬。而在这基础上产生的战斗的音乐艺术，也将给世界乐坛带来一些新的希望罢。

假如这本集子对于在战斗中的中国人民，或者艺术战士，能尽一点鼓舞的作用，那么，我的努力不算白费。

陈原　一九四〇年初冬

P. S.——已经在中国流行的一些苏联小曲，没有收进去，这有待异日另编集一本中苏流行的最优秀的曲选了。

[题注]

《苏联名歌集》，陈原编译，桂林新歌出版社1941年6月初版，9月再版。32开，正文237页。包括歌曲总目录、解曲、苏联音乐常识和作曲者索引四部分。歌曲分为领袖颂、军歌・进行曲、艺术歌・抒情曲、民谣・民谣曲等4辑,收42首歌曲。

"解曲"介绍歌曲产生的背景、歌曲特点、演唱应注意的问题。"苏联音乐常识"包括俄罗斯音乐的发展、苏联的民族音乐、苏联乐坛最近的倾向、苏联的歌唱艺术和它的歌唱家、红军歌舞团的历史、苏联的音乐听众、天才青年的音乐学校、苏联音乐界对爵士音乐(Jazz Music)和对美国乐坛的了解等8篇。

本序1998年收入《陈原书话》时,个别字词作了改动。

《二期抗战新歌续集》新版序

实学书局1943年版封面

这本书的新版比之原版（《新歌二集》）在内容上是丰富得多了，篇幅比原来增加到差不多三倍，有好几首歌给抽了出来。但增加上去的歌曲却也不少。并且增开了两个门类，其一是叙事曲，其二是大合唱，加了一个附编：J. Concone 的声乐基本练习曲 No. 1—10。

我们觉得：在目前是应该有长篇的叙事曲出现了。现实这样要求着。伟大的抗战已经进行了五年，有多少可歌可泣的英雄的事迹呵，而这甚适合于叙事曲的题材。天蓝的《队长骑马去了》这首长诗，不正要求着一个歌谱么？可是我们还没有。光是短歌和民谣已经不能满足进步了的听众的要求。《丈夫去当兵》在前后方被欢迎着，因为它虽然本质上无宁说是一首抒情歌，但它究竟歌唱出一个极简单故事风味的东西来。《海韵》被欢迎着，因为它有情节，有朴素的叙事，有性格。我们在这里特别选取了世界音乐上叙事曲的精华——几支古典名作，来给读者欣赏参考或演唱。那就是 Schubert 的《魔王》，Schumann 的《两个挺进兵》，Loewe 的《魔王》，这些不仅是乐坛上的珍珠，也就是这三个古典名作家的数一数二的代表作！另外我们还加上一只老歌：《海韵》，一只可以当做叙事曲的《在昔有豫让》。

大合唱这一部门，我们选取了冼星海的三个大作品，这三部作品，各有自己的风格，各有自己的表现法。这些，我们原先是以为读者很容易找得到的，但其实并不。《二集》出版以后，我们就接到不少读者的信，要我们把这些抄给他。在新版中，我们把三个大合唱原原本本的介绍出来，并且曾把好些别处印误的地方改正了。

殿尾的 Concone 练习曲，原是习声乐的人所爱用的。这里所选是从他的普通声乐基本五十练习曲（作品第九）选出，这本东西国内怕很不容易得到，对于练习声乐的人，这十首虽然是简谱本的曲子，大约也还有一点用处的罢。

这样一来，本书就和《新歌二集》大不相同，因名之曰《新歌续集》。

《二集》于一九四一年六月发行，不三月而售完，其所以到今天才改编增订者，一方面固然因为琐事羁身，另一方面却因为坊间歌曲书籍出得真如雨后春笋，我们既不希望以此赚钱，有人做了，就懒得去做，也觉得不该重复做。但近来颇有些流言，说我们如何如何的，其中之一是说我们因编歌而成阔佬，世间果有因编歌大赚钱的罢，也许是有的，但我们不知道；在我们，这倒是很花力量而结果亦近赔本的。举个例罢，《新歌初集》发行桂、渝、港版，销路不可谓不多了，但编者四人卖稿得二百块钱，各分得五十；《二集》是因偶然的机会自己印的，结果差不多要赔本；《名歌集》卖稿得九百块钱，三次支取，但译写却费了两个人整整一年的时间。但流言既有，就只得硬着头皮继续编下去，而且多编几册，快出几本，这是以毒攻毒的老方法，否则，别人还以为我们真的成了阔佬，到什么山上去休养去了。

以上发了些牢骚，下面趁势做一回广告：

其一，《初集》还有新版，《名歌集》纸型已毁于香港，据出版者说，或将重排。其二，我们今春被人"压迫"着编了一本《学校音乐教材》，最近可以出版，为表示这是我们所编的第三本抗战歌曲起见，仍沿用旧名，称曰《新歌三集》，实在全是教材，编法也等于编教科书，但内容决非胡乱剪贴而成，以致把《假如明天战争》剪掉后半只剩下正歌那样的不负责的东西。其三，在计划中的几本著译歌集，都希望能在年内完成，可以预告一下的是：合唱歌曲精选，将用活页本印行。

这样写起来,序不像序,广告不像广告,可是要说的话终算说完,随它去罢。

编　者　一九四二年

附:《新歌二集》序——论民族音乐的建立

从《新歌初集》编刊到现在,足足经过了二十多个月。在这些日子里,我们的国家是在艰苦的环境中间锻炼着,进步着;而在音乐艺术的部门里,民族音乐的问题都被提出来了,进步的音乐工作者都朝向这方面做着探讨研究的工作。先不说二十个月中间我们已经产生了优秀的民族音乐作品,例如几个新型的大合唱,歌剧和舞剧,也不说年来音乐界对民歌的汇集改编已经有了比之以前任何时期更为可观的成绩,单就作风这一点上说,大体上都很健康,很结实了;并且大都朝着一条道路,是因为大家对于新音乐有了同一的认识的缘故。我们并不否认,即使在最近还有把音乐认为是"上界的语言"的专家们,也有把新音乐目为故意标"新"立异的。然而这毕竟是少数。他们的社会环境与传统教育妨碍了他们的进步,这是很值得惋惜的。

音乐艺术和新音乐

音乐是一种艺术。音乐是生根在现实生活中,表现人类的生活思想情感,并且组织它们,来完成生活中一定任务的武器。因此音乐不单是一种艺术,而且是一种斗争的武器。这种武器不同于它的姊妹艺术者,是由于它的表现方式的不同,也就是说它所用的 Medium(间质)不同。"文学是语言的艺术",这是高尔基的话。但音乐可不是语言的艺术。音乐是音响的艺术。音乐是用音响来代替了语言。音乐离开了音响,正如文学没有了语言,请问剩下来的是什么东西呢?但语言是人类日常应用的,文学不过把日常的语言洗练,音乐却用洗练过的有组织的音响,因此它比较图画或者小说没有那么直接易懂。一切错误的观点由此而生,或则说"功利的眼光是永远不能用以看音乐",或则说"音乐是上界的语言"。这是不了解音乐与别的艺术只有间质的分别,而无本质与任务的不同的缘故。

那么,为什么在现阶段我们又提出"新音乐"这个名词来呢?果真是以此标榜么?不!绝对不。在"新音乐"的论战中,若干音乐工作者对于这三个字的含义,已作过详尽的解释与批判。依我个人的意见,"新音乐"应该是"中国民族的新兴音乐"的简写。在作用上说,它必须服务于中国民族;在作风上说,它必然是以中国民族的生活为基础的;而正因为它是民族的音乐,更能丰富了世界的音乐范畴,故此它也是世界性的。所谓"新兴",乃指明它是大众的,通俗的,战斗的(不是特殊的,庸俗的,颓废的)。从手段上说,它吸取了民族音乐遗产的优秀因素,撷取了西洋进步音乐的精华,综合起来,这便是中国民族的新兴音乐,也就是通常所说的新音乐。

这样一来,新音乐不同于国乐不同于西洋音乐,更不同于爵士音乐,那是很显明的事了。由于中国社会发展的过程长期停滞在封建制度上,因此所谓"国乐"发展而成一种贫弱非常的东西,乐器有许多失传了,现有的乐器需要大大的改良,调子也需要新的因素来丰富它自己,而且,不健康的质素需要清除出去,但是我们却也并不否认其中有值得学习的东西,尤其在广大的民间音乐中保存了优秀的素质。因之我们认为从事新音乐运动必须向这方面钻研。

其次,我们也不以西洋音乐为满足。诚然西洋音乐是迅速地发展了的,而且的确对我们新音乐的建立有决定的影响。但是我们却不能舍弃我们民族的独特的原素,也即是说不能舍弃我们民族的泥土味!没有这些泥土味,将不为大众所乐于接受,那是很容易明白的;因之也就不能完成新音乐自身的基本任务了。

最后,新音乐当然不同于爵士音乐。那是用不着多花篇幅细说的。

民族音乐的建立

新音乐运动在艺术上的任务,便是建立中国的民族音乐,这是从分析新音乐是什么的论证中,自然可以得出来的结论。

在进到这个问题之前,我们必须明了民族音乐的特质。这些特质直到今天还没有得出详尽的结论,综合初步研究的结果,可以归纳成下面的几点:

一、在调式（Mode）上，（特殊调式的运用，是中国曲艺的特征之一。）可注意的一点是应用五声音阶的乐曲特别多。其他独特调式有四种（名字系新拟的）：

  1. 主调式（do—sol 调）（do, re, mi, sol, la）

  2. 属调式（sol—re 调）（sol, la, do, re, mi）

  3. 上主调式（re—la 调）（re, mi, sol, la, do）

  4. 上属调式（la—mi 调）（la, do, re, mi, sol）

二、调式既有特点，在和声上当然有独特之处；上主三和弦时常会形成基本和弦，而上属三和弦 la—do—mi，也和西洋短调的主三和弦性质趣味不同。

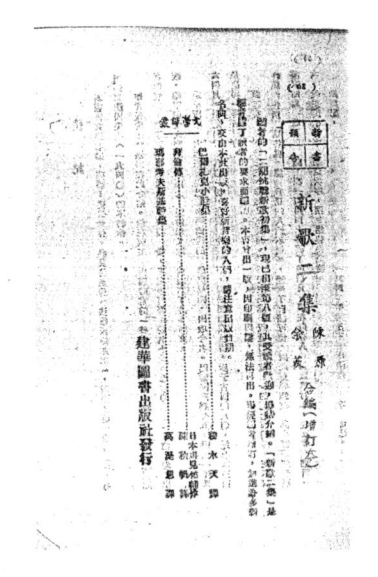

《不是战争的战争》封底广告

三、旋律动向也有特殊的表现。例如 3—→3, 6—→1, 7—→2, 7—→2, 4—→2, 4—→6。

四、静止法则也不相同，结尾的音用 5.2.1. 等。

五、节奏上多用偶数拍子，|×.×××| 或者 |××××‖×××| 这些都是常见的。

我们必须用现实主义的创作方法，接受民族音乐遗产，研究西洋音乐来武装我们自己，然后根据中国音乐的特质创造出中国风的但已到达世界水准的旋法，和声与对位法，从而创作民族的新音乐作品。

这不是一两个"天才"的作曲家所能完成的任务。这是全体音乐工作者合力工作才能完成的任务。

这本歌集

以上表示了编者对新音乐的意见，比之《新歌初集》的序文，是更明朗了。就在这样的立场上，我们选辑了《新歌二集》。

但是我们觉得非常遗憾，新音乐最近的大收获——几个大合唱和歌剧的乐曲，因为篇幅太长没有收进来。好在这是很容易找得到的①。在这一集中我们选取的曲子，分做四辑，战斗抒情曲，这一辑合唱曲很多，还包括了三首苏联的短歌。政治歌曲选得很少，因为事实上难得选取更多了。而军歌付诸缺如（虽然有许多歌曲可作军歌唱），这缺陷留待以后编刊《阵中歌集》来弥补了。

而在所有歌曲之前，我们选取了《精神总动员歌》。因为二期抗战的精神，应该可以在这首歌中表达出来。

在技术上，我们如过去《初集》一样，也做了音域的方框。并且在书后加了解曲，在必要地方加了吸气符号。

乐曲之中，有些本来已经很流行的，如《打倒日本鬼》和《旗正飘飘》，但是人们却很不容易找到比较可靠的四部合唱谱（多半是以讹传讹油印的）。这里也照五线谱改写过了。在歌曲荒，以及干部自我教育的歌曲荒的今日，这本集子的出版，该不是没有意义的罢。

陈　原　一九四一年

[题注]

《二期抗战新歌续集》，陈原、余荻编著，桂林实学书局1943年7月初版。系在1941年6月出版的《新歌二集》基础上改编增订的。收入《国歌》（四部合唱）、《精神总动员歌》。第一辑为战斗抒情曲，第二辑为歌剧选曲和戏剧插曲，第三辑是叙事曲，第四辑是大合唱，第五辑为民谣曲，包括歌曲《壮士骑马打仗去了》、《嘉陵江上》、《黄河大合唱》等39首。书末附J. Concone声乐基本练习曲（作品第九）以及"解曲"（编者对所收歌曲内容的解释）。附《新歌二集》原序。

重庆建华出版社1942年4月出版的《不是战争的战争》一书封底曾刊登《新歌二集（增订本）》广告，该版未见。

---

① 冼星海的《黄河大合唱》有单行本，排误很多。他的《生产运动大合唱》载《新音乐》（一卷四五六期连载），《九一八大合唱》，载《新音乐》二卷一期，《军民进行曲》有辰光书店单行本，向隅的《农村曲》收在里面。马可的《吕梁山大合唱》收在《新音乐》二卷二三四五期。刘式昕的舞剧音乐《虎爷》没有印出来。另外还有杜矢甲的《秋收突击大合唱》即出；黄友棣的《艮口烽烟曲》，广东艺术院版。

《苏联儿童诗集》后记

文化供应社1949年版封面

这里九首诗,都是苏联作家写给孩子们读的。

《小弟兄》,教大家斗争要英勇,谁战斗,谁就会是胜利的英雄,也教苏联的孩子要记挂在远方的弟兄。

《和爸爸在一起的一天》写出了苏联孩子假期的生活。《民兵》是描写交通警察的;《巨人》却带着民歌似的色调,是幻想的描写,这位巨人其实是并不大的。

《威廉·洗干净》教孩子们要常常洗澡,写得蛮有趣的。《贪嘴的熊》写给很小的孩子看,吃得太多会生病的。《彼得·八哥》把彼得骂得多好玩呀(活该!)别学他模样。《什么是好的,什么是坏的?》是有名的诗人的作品。

在这九首诗中自然而然成了三类,头一类(《小弟兄》)是鼓舞斗争的抒情诗;第二类(中间三首)是幻想风的即景诗;第三类却是带着浓厚的教育色彩的。可惜我是战争中遗失了玛萨克的叙事诗《千争先生》(原名 Mister Twister)的译稿和原文,不然,收进去却颇洋洋大观的。

单就这九首诗来看,题材之广泛,写法的新鲜,都已值得我们学习。连第一首在内,都没有"斗争呀,上前冲吧!"那样抽象的口号,但比起我们这边格言似的"形象化"了的诗例如"猫捕鼠,犬守门;人无职业,不如猫犬"之类,似乎"孩子气"得多吧。

因之我把它们移译过来,一则据说可以给不是儿童而是少年们救救精神的饥馑,另外还可以叫人知道,即使是在新世界,也还有这样的有趣味的东西的。

这些小诗,都是为了休息脑筋而随读随译的。为了要出版,才在缮正的稿子上涂改了三两个字眼。

陈　原

[题注]

《苏联儿童诗集》,〔苏〕巴尔多(A. Барто)等著,陈原译,上海文化供应社1942年1月初版,32开,68页,10月再版。1949年9月收入"少年文库"增订出版。收儿童诗9首,包括巴尔多、邱可夫斯基、卢德、玛雅可夫斯基(今译马雅可夫斯基)各1首,玛萨克(今译马尔夏克)5首,插图9幅(曹白山作)。

《苏联儿童诗集》插图

《不是战争的战争》后记

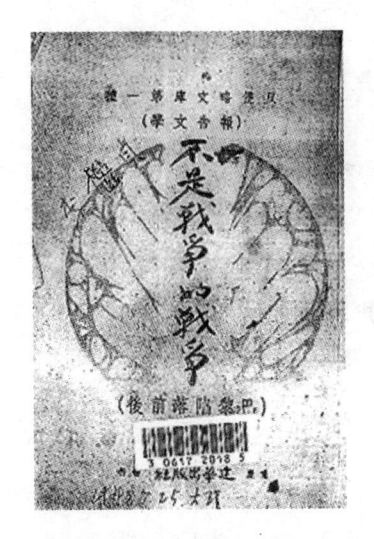

建华出版社1942年版封面

右报告文学七篇，苏联I.爱伦堡作，与莫洛亚的《法兰西的悲剧》，西蒙士的《我控诉》，均为描写法国失败（一九四〇）的不朽作。

作者爱伦堡已无需在此介绍。他在西班牙内战时写的一些报告，已被传诵一时。他以《消息报》记者的资格，写了这些有关法国屈服的报告后，正在埋头著作长篇小说《巴黎的陷落》。第一卷甫出版，德军就侵入苏维埃的国土，爱伦堡又驰赴前线写了许多短文。

这里所收，大抵系叙述巴黎沦陷前后的景色与见闻，因取今名。巴黎陷落到今天，虽已一年又六个月，但这里所描写的一切，在我们今日看来，还历历如在目前。对于古国的人们，这七篇东西是值得一再诵读的。

而雪尘、葆荃诸先生（雪尘兄在星洲，葆荃先生在港，祝他们康健！）的这七篇翻译，在不同时期内分别散见各处，能够看见的人怕不很多，湮没了自然可惜，因此搜集起来，其中几篇还对照英文略为修改了三两处，在一个周刊上连载了两个月。现在既有人能出版单行本，便又从头翻看一次，改正几个错字，编定次序，让它能传得更远。

是为记。

陈 原记 一九四二年元月三十日深夜

附:《反侵略文库》刊行缘起

我们没有大的希望,亦不抱着任何野心,在这伟大的时代,尽我们浅薄的能力,编写几本小书,出一个小小的文库,只要它不含毒素,并且不至成为骗人的东西,尚值一读,那我们便心满意足了。

本文库内容,并无一定,亦不想拟定什么计划,预告什么书目。在我们发觉有可以写,可以编或可以译的材料时,我们便动手工作;至于范围,则异常广泛,不论属于什么部门,凡是有助于读者认识现实的东西,无不收容。但长篇大论,则非我们能力所及,那只好等待学者先进们去做,我们是没有胆量"大干"的。

我们的作风:不喊苦,不说忙,不夸张。

我们的志愿:"有一分热,发一分光"。

至于文库之名"反侵略",并非学时髦,因为我们都是负责国际反侵略运动大会的实际工作者。名副其实,不敢掠美他人。最后,希望读者先生们给我们伸出友谊的手!

编　者　一九四二年二月二十五日陪都

[题注]

《不是战争的战争(巴黎陷落前后)》,〔苏〕I. 爱伦堡著,雪尘、葆荃合译,反侵略通讯周刊社(陈原主持)编,重庆建华出版社1942年4月初版。32开,正文60页。系"反侵略文库"第一种,封二刊陈原主编《译文月刊》创刊号要目预告。该书是爱伦堡政论或报告集,分上下两部。

译者雪尘、葆荃,即张企程、戈宝权,抗战时期都曾任《新华日报》的记者。张企程(1902—2004),曾任中华全国世界语协会名

建华出版社1942年版封二

誉会长,中国报道杂志社总编辑。戈宝权(1913—2000),翻译家。曾主编《新华日报》、《群众》、《苏联文艺》等刊物,主要译作有《普希金诗选》、《马雅可夫斯基诗选》等。

　　国际反侵略运动大会中国分会1938年初成立于武汉,宋庆龄任会长,毛泽东于延安为其题字,蔡元培于香港作会歌。广东支会由钟天心主持,会刊《反侵略通讯周刊》,由陈原编辑。(参见陈原《不是回忆录的回忆录》,文汇出版社1997年版)

《新歌三集》后记

图腾出版社1942年版封面

1.这本书原名《学校音乐教材》，为表示这是我们所编的第三本歌集起见，仍沿用《新歌×集》的名字。

2.学校里的音乐课，每周大约只有两小时，除歌咏之外，还包括乐理训练。这本书就是在这样的基础上编成的，可供高级小学第六学年或初级中学一个学年课内课外歌咏之用。

3.这本书并不包括乐理。照目前现实情形，尤其在乡村里，很少能够顾及乐理的训练，即使有，分量也很少，教师可以参考别的乐学书籍自编少量教材应用。

4.在教歌咏课中如果时常变换歌曲的式样，很容易引起学者的兴趣。所以这本书把全部教材编成八个单元，每个单元又分作"必唱曲"（一般应用的歌曲，以前也许唱过，但仍唱得不准确的曲子），"纪念曲"（重要纪念节日应用的歌曲，但本书所选的，远非普通应酬用的临时粗制滥造的作品，而是富有艺术性的永久作品。节日既可实用，平时亦复可唱），"民谣曲"（各地民谣，或模仿民谣而写的曲子，泥土味非常强烈，调子也非常可爱），"独唱曲"（专供男声或女声独唱用，包括了西洋风和中国风的作品），"合唱曲"（多半是混声四部合唱，如果课内时间不敷，可以在课外练唱），"欣赏曲"（这是提高学者兴趣，并且引导他们接近世界音乐的作品。都是些声乐曲子，并且都异常著名。教者可以唱给学者听,或训练二三高材生;假如全班同学可以唱的话,那自然是很好的)等六种,轮流教授,兴味自浓。

5.这里所选各曲,曲前均注明各声部音域;如因学者的声带关系,也可以移调。

6."欣赏曲"这一部分,绍介了下面这八个音乐家:

一、J. Brahms(伯拉姆斯,1833—1897),是十九世纪末,二十世纪初的德国音乐家,苏曼把他绍介给世人。作有许多器乐和声乐曲。这一首《摇篮歌》是他的声乐曲里顶有名的一首。

二、Rouget del Lisle(鲁遮·德·莱,1760—1836),音乐史上最特出的例子。他本来不是音乐家,1792年(法普宣战后)四月二十五至二十六夜在 Strasburg 作成此曲,同年七月为马赛群众所热烈歌唱。其后也为巴黎的革命民众所唱。法兰西共和国成立时,采为国歌。雄壮,勇猛的曲调,古无先例。

三、M. Chaikovsky(柴可夫斯基,1840—1893)十九世纪最伟大的俄罗斯音乐家。他的作品"带着民族风格的烙印……要接近民众,并且要使民众容易明了,而同时,他的作品却与西洋音乐的最优秀的作品并驾齐驱。"(陈原《苏联音乐常识》第 194 页)这首短曲是他诞生百年纪念时,在苏联发现的一首遗著,是以一首叫 Dubinushka 的民歌做基础的。

四、Foster(福斯脱,1826—1864),美国最通俗的民谣作家,他的作品渗透了黑人音乐的精髓。"简单然而是灵魂的深刻的表现"。这里的 My Old Kentucky Home 是他最伟大的两个曲子中的一个(另一个是 Old Folks at Home)。

五、R. Schumann(苏曼,1810—1856),与下面的苏裴尔特同为世界两大歌曲作者。他还是音乐批评家。他的器乐曲 Traumerei 已为全世界所熟习。这首 Lotus 是他声乐作品中著名的一首。

六、F. Schubert(苏裴尔特,1797—1828),世界歌曲之王。他一生写了不下数百个声乐曲。最著名的是叙事曲《魔王》(ErtKomg)。这一首 Hark, Hark, The Lark! 也是人人爱唱的名作。

七、L. Von Beethoven（贝多芬，1770—1827），最伟大的乐圣。所作声乐曲不多，这一首"是他遗留下来很少的声乐曲中最负盛名的歌曲。歌词虽然是宗教的，但曲调之雄伟沉劲、热烈崇高，我们是不应只把这歌解释为对神的赞颂的。"（译者赵泖的附注）

八、C. F. Gounod（顾诺，1818—1893）。法国著名的歌剧作曲家。他的《浮士德》歌剧，奠定了他在音乐史上的位置。这一曲原名 Soldiers Chorus 是《浮士德》第三幕中的一首歌，现在已传诵世界了。

7. 书末附录各种记号以备参考。

8. 编者向采用的歌曲的作者致敬。

编　者　一九四二年

[题注]

《新歌三集》，陈原、余荻编著，曲江图腾出版社1942年9月初版，32开，150页。扉页注"学校音乐教材适用"。该书共8单元，每单元按"必唱曲"、"纪念曲"、"民谣曲"、"独唱曲"、"合唱曲"、"欣赏曲"的顺序各选6首歌曲，共收48首歌曲，附录三种(1.音符时值，2.音乐术语，3.音乐记号[杂记号])。

《量规虫》后记

这里收了四篇小说，其一是从高尔基编的巨著《工厂史》里摘译出来的；请参阅《单纯的真理》(本篇收于《青铜的骑士》内)。

另外的三篇都是美国作家写的。德莱塞是美国最有才能的作家之一。《第二名》是颇负时誉的小说。康普和I.萧都是当代小说家，虽非一流，但这两篇东西仍结实得很。

后半部是苏联作家的报告，杂文和速写，凡八篇，里面有我们很熟悉的作家，例如，I.卡尔曼、I.加达耶夫(《我是劳动人民的儿子》的作者)，M.左勤克(许多短篇小说的作者)。其中卡尔曼并且带着摄像机到过中国来，战地里有许多青年一定还会记得他的。

现在是德国的侵略军队已经渡过顿河，苏联的军民正在跟这些匪徒们作决死的斗争。我们遥望那许多驰骋疆场的笔部队，祝福他们健康。

附启：《量规虫》被删，书名本应改换。但因审查证上仍以《量规虫》名，故仍故。谨向译者及读者致歉。

桂林萤社1942年版封面

[题注]

《量规虫》，[苏]L.格罗斯等著，何家槐等译，陈原主编，桂林萤社1942年10月初版。32开，正文134页。收美国短篇小说《第二名》、《扬旗塔》、《美国思想之主流》及苏联作家卡尔曼等人的报告、杂文和速写等8篇。后记开篇所述即格罗斯小说《量规虫》,描写一个美国熟练工人远渡重洋到苏联去帮助实现第一个五年计划之事,审查时被抽去。陈原称之为"缺了《量规虫》(篇名)的《量规虫》(书名)!"(见《我的小屋,我的梦》第57页)

《我的小屋,我的梦》第57页

《青铜的骑士》后记

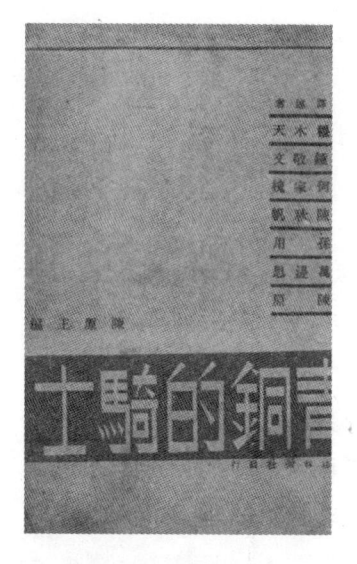

桂林萤社1942年版封面

《世界文艺》终于付排了,在我,恰如肩头卸下一个重担,心里的高兴,简直难以形容。

这一集只得六万五千言,每一篇文章的后面,都已经有了译者的一段后记,用不着在这里介绍。

长诗《青铜的骑士》是A.普希金的力作,英文版的《普希金论集》后面附有两幅插图,我们虽竭力想设法把它制版刊出,但在此时地的条件下,不知能做得到不。

另外一首长诗《大声疾呼》是V.玛耶考夫斯基的,是万湜思先生的新译。万先生原译《呐喊》,载同一题名的单行本诗集中,现在万先生正在改译一遍,并加了好些新的诗篇,题《玛耶考夫斯基诗集》,凡十五万言,也将收在《世界文艺》内印行。没有中文版的玛耶考夫斯基全集之前,照内容来看,这本选集恐怕是可以应急的较完备的一个集子了。

一九四二年九月

附:《世界文艺》的开头

发刊《世界文艺》的目的很简单:要切切实实介绍几篇世界文艺作品,却不一定篇篇都是精华,但总不肯粗制滥译。著者译者辛勤的劳作,出版者切实的发行,读者不客气的指教,凡此都使《世界文艺》能够默默地脚踏实地的出下去。

出版并不定期,视财力印刷稿件这些条件而定。或每月出四五册,或两月出一册,但相信总不会有头无尾。每辑的字数亦不严格规定,约莫由五万言到十万言。原著不论古典现代,译者也无分老将新人。每本或为一个作家的专集,或为几篇作品的合集。总之是,不讲形式,不求多产,要结实,要有分量。如果因作品的魅力和著译者的劳作,而得到几个读者,使出版家不致赔本,写稿人不致饿死的话,那么,这将会一直出下去,并且一边出一边改进它自己!

编者志 一九四二年七月

[题注]

《青铜的骑士》,〔俄〕A.普希金等著,穆木天等译,陈原主编,桂林萤社1942年10月初版,"世界文艺丛书"之一。32开,180页。包括《青铜的骑士》序诗、第一部、第二部(普希金著,穆木天译)、《艺术与近代产业》(居友著,钟敬文译)、《单纯的真理》(高尔基著,何家槐译)、《近世日本文学思潮》(藤村作著,陈秋帆译)、《我梦着》(哈伐著,孙用译)、《给斯洛伐克》(伐杨斯基著,孙用译)、《大声疾呼》(玛耶考夫斯基[今译马雅可夫斯基]著,万湜思译)。

《沙逊的大卫》后记

《沙逊的大卫》是一部辉煌的史诗。你看它的构造，语句和风格，完完全全是民众的！戈葆权先生的介绍非常详尽，这里不再多说了。我们希望有这样的幸福：把著者的史诗都陆续请人翻译出来，上自荷马，中间经过中世纪的《罗兰之歌》，以至当今苏联的五大史诗。这倒有不小的意义呢！

编　者

桂林萤社1942年版封面

亚克全译本封面

[题注]

《沙逊的大卫（阿美尼亚民族史诗）》，亚克、戈葆权译述，陈原主编，桂林萤社1942年10月初版。32开，141页。据俄译本转译。卷首有〔苏〕V.捷尔热文的《俄译者序》及戈葆权的序文《介绍阿美尼亚民族的史诗〈沙逊的大卫〉》。

亚克全译本《沙逊的大卫》，人民文学出版社1957年出版。

亚克，即霍应人，戈葆权，即戈宝权，翻译家。

《世界地理十六讲》后记

实学书局1943年版封面

这几年来我的工作迫使我每天接触世界地理，因而迫使我重新有系统地读了好些书籍，并且写下了五六十万字的笔记，去年十二月曾计划写一本小书，但是今年一月敌寇的狂炸，把我的笔记连同所有的书物都烧成灰烬，写书的念头是没有了。不料二月初和亡友F君话别时，他却送给我一本难得的经济地图和好些珍贵的资料，在朋友的怂恿下，我重又燃起了这已经冰冷了的情绪。这本小册子，差不多可以说是在记忆中写出来的。浅陋自知不免，但同类的书很少，在这激荡的时局中却又很需要，何况既足以藉此答复敌人的轰炸，复可纪念分手一个多月就逝去了的F君呢！

* * *

现在的篇幅，比原先的计划少三倍，因为制版困难，竟不[能]附上一张地图，在我，这真是一件遗憾的事。参考书以及好些材料的出处，也不一一录出，这，我的书物的毁灭，其实只不过是不重要的原因之一而已。在此我只好向我所参考过的书籍的作者译者编者致谢。

* * *

关于海洋,我原先是打算另立一讲的,可是结果因为种种关系,我只在英国一讲中写出,地中海的一部,算是一个例子。也许可以在将来写成,收在另外的一个集子中。

著者记　一九四三年六月十四日(联合国日)

[题注]

《世界地理十六讲》,陈原著,桂林实学书局 1943 年 9 月初版,1944 年 10 月成都再版。32 开,242 页。全书 16 讲:美国、大英帝国、法国、德国、意大利、日本、高度发展的几个小国、芬兰和丹麦、波兰、东南欧的小国和土耳其、中国和南洋、英国的自治领和印度、近东、非洲、拉丁美洲、苏联等。书末附参考资料《世界陆地面积分配表》、《列强及其殖民地分布表》、《苏联在世界经济地理中的位置》等。

1942 至 1945 年联合国筹组期间,曾于 6 月 14 日庆祝"联合国日",后将 1945 年 10 月 24 日联合国正式成立之日确定为"联合国日"。

《外国语文学习指南》后记

这里几万字,与其说是关于学习外国语一般的原则,无宁是作者自己的经验谈。书目篇和新语表,在目前的情况下,尤其在我,几经变故,藏书散失,恐怕只能如此,要增订只好待将来了。

应该向祖诒先生致深切的谢意,因为他借给我珍贵的参考资料。

陈 原 一九四二年十月廿八日

实学书局1946年版封面

附:楔子

这几年来,我常常收到青年们询问该不该立即开始学习外国语的信。

一个政工同志从战地这样写给我:

"我们老是流动着;驻不上个把月,又得走了。可是我们有很多时间,有时差不多整天没事情做。我们打算学点外国语,你以为好么?"

另外一个却不因为太空闲了才想起要学习外国语的,他寄来了这样的信:

"同志:我们大家在这里讨论了好久;我们觉得有学习外国语的必要。我们提出了K.M.这老头子的话:外国语言是生活斗争的武器。可是我们很忙(虽然工作是很琐屑的),并且还要学习必要的技术,读些急切需要的东西;时间不容易好好的分配,并且没有很好的书和教师。"

后来，他们终于在百忙中开始学习了，但是两个月之后，又来了这样的一封信：

"我们的外国语学习小组进行了两个多月，一些人学英语，另一些学世界语；但最近却都停顿了下来。不是没有热情，也不是学习上发生了严重的困难，而是太忙了，时间没法子抽，临时应付的工作又多，老是混呀混的。有好几个人倒觉得学习外国语是一件长时间的事，不如把所耗费的精神，来读社会科学书籍好。这不晓得对不对。"

这心情，这困难，我是知道的。我曾经在战地里生活了好些时候；一方面——应付突发事件的麻烦，琐屑，没有书，没有材料，另外一方面——学习欲望和热情却老是在增加。

最近，以偶然的机会，我又接触了好些在中学里学习外国语（英文）的青年，使我知道在这动荡的时代里，静的学习机关中的研究情绪。

在我的接触中，大多数对学习外国语倒还是很认真的。但也有例外：有几个在上英文课时偷看音乐书，或者简直在作文。（这当然不完全是他们的过失，我也知道，这样的生徒多半是先前所学太少，自问赶也赶不上的。）

还有一回发生了如下的对话：

学生：先生，您学了多少年英文？

先生：唔，让我算一算，小学——我们那时候的小学是有英文的——两年，中学——六年，大学——四年；之后——五年，咦，足足有十七年了。

学生：那么您以为您的英文程度一定很高吧，您是英文通吧？

先生：那里；学语言学它一二十年，那是最起码的，其实一辈子也学不"通"的呀。

学生：这样说来，我们每个星期花几个钟头上课，几个钟头自修，有什么用处呢？

这心情，我也懂得的。真的，他看见他的哥哥读了一辈子书，到头还不过到一个小机关里去当科员，当了五年，连一个英文字也用不着，都忘了。这环境，这生活的重担，谁也知道的，尤其在这动乱的时代。

在一两年前记得在《读书月报》上面，也有过这样的争论，有人说，在中学校里何必让所有青年们花怎么许多的时间去学外国语呢，有人说，这是您老的浅见,夫学习外国语,乃是对于他一生有用的呵。结论也许是折衷的吧——总之是:原则上,外国语是应该学习的;但事实上——可以酌量变通。

如果拿这两句话去回答我的读者所提出的问题,他一定不见得高兴的吧。什么"原则上"是这样,什么"实际上"又是那样的呢? 这还不等于在官厅里做文章么?

因为有一回被人当面的逼迫着要回答这问题,我就只得考虑了好半天,结果提出了我自己的私见。我首先对他说:

"这是我自己的意见。请你不要瞎相信。我只是这样想,也许你有另外更好的想法,那你就依你的法子。"

照我看,如果你是在学校里的,——对不起,我不打算在这里讨论中学校应该不应该有英文,这个问题留在下面再说。——那你就没有一点理由不去认真学习外国语。第一,因为你的时间表已经给排上五个钟头外国语,并且这也不是劳什子,却是"生活斗争的武器"。第二,你的生活可真舒适之至,你一点不需要流动。你老是静静的躺在那儿,学习是你唯一的工作,是你唯一的生命,你没有理由不去学习一种使用武器的方法。第三,你有足够的时间呀,要是你马马虎虎的学,你也就已经花了那么多的时间,干吗你不认认真真呢? 第四,你的水准也许比人家低,但那有什么要紧? 多用功一会儿,你也许慢慢就追上并且超过他们了的。

如果你在部队里工作,生活太流动,工具不容易获得,而且你太忙了,或者你还有别的更急需知道的东西,那么,你不必懊丧于没有学习的机会。《资本论》的作者是到五十岁的高龄,才开始学俄文的,吴检斋——承仕——先生也是到了五十多岁才开始读新社会科学的书籍,你还年青,尽有机会学习的。

要是你有兴致,有工具,并且有时间,或者总可以挤出一点时间来,那即使是在流动的生活中,也无妨开始你的学习。万一中途因为战斗发生,中止了你的进度,其实也不必愁苦,外国语固然是斗争中的武器,但我们面对着的却是那么残酷的敌人,参加着的又正是那样生与死的决斗,不是比这更重要么?

如果你在后方的机关里做事,你觉得对外国语很有兴致,晚上也没有必要的应酬,与其每天出去蹓跶,其实也不如在家里学学外国语。

如果真没有这兴致,——不可不知道有些人对于语言,真是一无办法的——那么算了吧,还是省点时间读些你爱读的书,这也许更有益处。近来译出的书也不算少,颇有分量的书也有好几本了。

这样一来,你一定说:这本小书的作者倒也奇怪,劝人不要学外国语的呢。

其实并不希奇。中国给人家的大炮打开了"自守"的大门以后,这才有了方言学堂,来传授制大炮的国家的语言。俄国在农奴制度下面,"上等人"——那些领有无数"活魂灵"和"死魂灵"的士女们,老是不说俄国话,却去学习法国话。我们这边其实也有以满口英语为荣的士女们呢。到了资本主义社会形成,英美德法列强进入新的阶段,外国语的学习这才成了必要。在苏联,二次五年计划以后,大量的外国语研究班,学校,函授学社和俱乐部,纷纷设立,并且提出"外国语到群众中间去"的口号。试想那环境,那物质条件,这一切就毫不希奇。

那么,我上面对一部分青年,劝他暂时不学也不要紧的话,其实也是并不希奇的。

[题注]

《外国语文学习指南》(*How To Study A Foreign Language*),陈原著,上海实学书局1943年10月初版,32开,正文135页。广州实学书局1946年重印,系"语文丛书"之二。另有桂林实学书局1943年版、哈尔滨新知书店1948年版、大连实学书局1948年版三种版本。

全书分原则篇、方法篇和书目篇,附录《国际常用新语汇》,介绍了世界语、法语、英语、德语、俄语、日语等外国语文的学习方法,强调实用性。

1947年,陈原曾著《英语学习基础》,由上海致用书店出版,笔名贺湄。该版本未见。

《劫后英雄记》译者小记

五十年代出版社1944年版封面

一 司各脱：他是精神的粮食

"W.司各脱！他是精神的粮食！"

普希金在一八二五年十月写给他的兄弟的一封信上，这样的写道。

"为什么司各脱的小说是这样令人喜欢呢？"他继续说："这是因为在那小说里，我们理解过去，不需通过法国悲剧的'浮夸'，不需通过伤感小说的呆板，不要通过历史的'庄严'，而是如在当时一般的，在一种家常的方式中去理解它。"

所以有一个外国的作家说：

"在我们这时代，提起诗人而不想起拜伦，提起小说家而不想起司各脱，这是不可能的呵。"

二 他的小说还了十三万镑债务

窝尔德·司各脱（Sir Walter Scott）是一七七一年八月十五日生于苏格兰的爱丁堡的。他的父亲是一个平常的人，可是他的母亲安尼·罗德福（Anne Rotheford）倒是一个值得纪念的母性。他三岁就回到祖父的庄园，在那里听了不少关于战争和风俗的传说。这对于司各脱往后的文学生涯，有很大的帮助。作为一个学生，司各脱平平无奇——却终日沉湎于游记、传奇、诗歌、旧剧的吟诵。

他最先是以诗人的姿态出现的。他标榜了通俗化的诗歌。在这上头他留下了不朽的长篇诗作《玛米安》(Marmion)和《湖上女郎》(The Lady of the Lake)。这是一八一〇年的事。

拜伦出现了——而且红得发了紫。司各脱从诗坛上退了出来：他开始写他的小说。

一八一一年他买了爱波斯福庄园。一八一四年他寄了第一本长篇：《威佛雷》(Waverley)震惊一时。后来他写的小说，一概叫做"威佛雷小说"。他写得极快，也写得极好。一八一五年，他写了《该·曼纳林》，翌年他又写了两本，第三年他再写了一本，到一八一九年他便写了《埃凡诃》(Ivanhoe)，即是目前的这一本。这是他受封为爵士以前的作品。一八二〇年他被封为爵士，其后六年（一八二六），他的出版事业失败，庄园的开支太多，结果使他负了十三万镑的债。

他以五十五岁的高龄，拒绝了一切的调解，倔强地坐了下来，手不停地写，写，写。他打算写出足够的字数，还清这笔债务。他以极高的速度写，写，写，终于实现了——他这目的。债是还清了，一八三〇年至三一年，正是法国大革命的一年，他全身不遂的征象发现了。三一年他照医生的嘱咐，到意大利去旅行。但他不能忘情于故国，很快又回到苏格兰来。这是一八三二年六月的事。同年九月二十一日，他呼吸了他最后的一口气。

三　司各脱小说的现实主义

司各脱的小说，大别而为两种，一方面是历史小说，另一方面是以日常生活为题材的故事。但无论哪一种，都表现了卓绝的才能。

司各脱的那些历史小说，写出了英国民族生活发生巨变的时期的图画；并且表现了积极的争斗，特别是古老的封建秩序和新兴的市民秩序之间的冲突。

他的小说的基本观点是要在日常生活中，在并不特殊显要的普通人民的命运中反映出过去的大事，表现出过去的大事，于是历史上的事件就用个人的传记或是一个家族的纪年史交织起来,而这部纪年史的想像的主人翁,就占据了小说的前景。历史上的主人翁们仅仅在背景中表现出来;但是,他们被拖进了日常的人间种种亲属关系的圈子里,于是失去了他们传说中的庄严和遥远。

司各脱接近历史上的事件和人物所采取的现实主义的态度,是值得我们学习的。

四 《埃凡诃》——劫后英雄记

在司各脱的小说当中,《埃凡诃》——或者我们这里所译的《劫后英雄记》,是最为人熟知的一种。它不仅是世界文学中的珍珠,而且成为大学中学的读本。

《埃凡诃》所处理的,是狮心王李察时代的英国社会。关于李察王,司各脱写过两部长篇:一就是《埃凡诃》,一就是《他里斯曼》——或者说是十字军东征记。这部《埃凡诃》却没有写十字军,他写李察王东征时,国内的政治腐败,民不聊生,庙堂武士横行,酒肉僧人作威作福,其时约翰亲王密谋篡位,狮心王李察急从圣地归来,却被奥国国王囚禁,后来终于逃脱出来。在戏剧化的场面——竞技会中出现。这里以后穿插了侠盗罗宾汉的义行,李察王的得力部下埃凡诃武士(骑士)的勇敢和恋爱事迹。庙堂武士们的专权,掳掠了撒克逊地主塞特立克和他所保护的撒克逊皇族遗裔罗温娜小姐。其后是李察王,罗宾汉(洛克司列)的围攻古堡,救出诸人,肃清奸佞,重新建立一个人所信服的政府。这之中更穿插了犹太人埃萨克和他的女儿吕贝加,增加了场面的复杂和事件的错综。

为什么要用《埃凡诃》这个名字呢?据说出自英国的古歌谣的:

    Tring, wing, and Ivanhoe

    For striking of a blow

    Hampden did forogo

    And glod he could oceape so

五　一九〇五年的中译本

《埃凡诃》最初介绍到中国来,是出自林纾即林琴南氏的手笔。那已经是三十八年前的事了。林纾氏改名《撒克逊劫后英雄略》,序文是"光绪三十一年(一九〇五)七月六夕"写的。他的序文关于司各脱氏的写作,提出几点"妙"处。其中的两点,是值得抄在下面的——

> 古人为书,能积至一二万言之多,则其日月必绵久,事实必繁伙,人物必层出,乃此篇为人不过十五,为日同之,而变幻离合,令读者若胜十余稔之久,此一妙也。

> ……此书……述英雄语,肖英雄也;述盗贼语,肖盗贼也;述顽固语,肖顽固也。虽每人出话,恒至千数百言,人亦无病其垒复者,此又一妙也。——《撒克逊劫后英雄略》林译本民国元年版本序一至二页

林译的本身,直到几十年后的今日看起来,仍然活泼如生;但因为他不懂原文,译本仅是一种上乘的节译本。诗是不译的(除了最后的一首),好些半理论半说明的文字也全省了去。但是就译本本身而言,林译实在比之英国的 West 之类的"教授"们的节编本,好上不知多少倍的。(关于这,我打算在另外的地方详细讨论它,这里不多说了。)

六　从《侠隐记》到《死魂灵》

我采取怎样的译法呢?

伍光建氏译的《侠隐记》,到鲁迅氏译(注,原文作"读")的《死魂灵》,这是中国翻译的发展。

伍氏的主张,和他在译《侠隐记》时的实践,保证了他的那种译法,(投合中国传统小说的风格,句法,思考程序等等)在水准较低的读者群中,得到极大的拥戴。

但是鲁迅氏的主张和他在译《死魂灵》的实践,却保持了原作的最大限度的精彩,而又丰富了中国的语文。

在目前,一般地说,读者的水准是较高的了,所以我采用了《死魂灵》的

办法,好些长句子还是保存了的。但是我另外有一个不知能否达到的宏愿,希望在完成了这译本之后,再从头用旧小说的风格,重译一遍。我相信,这样的一个译本也是必需的,当然指的是目前。

关于这,也打算在另外的地方叙述我的企图了。

七 司各脱选集

在开始译《埃凡河》的时候,我抱了一个希望,想弄一套司各脱选集,这至少包括他的一部诗《湖上女郎》,一部《埃凡河》,一部《该·曼纳林》和草创的第一本司各脱式的长篇《威佛雷》。——这四部就称为"选集",岂不笑话?但是连四部也不知何年何月后译得完,出得了呢,在这样的"兵荒马乱"的年头。

八 还有几句话

关于司各脱的评传,我打算在选集的第二卷的前头附一篇,关于司各脱的诗,自然在他的《湖上女郎》上作一个介绍,关于他的小说,希望能在另一卷的开头绍介一番。但选集——恐怕永远是一种希望吧,姑且记下来,省得那希望实现时又忘掉了。

翻译这本书的念头起自去年冬天,那时住在一间我后来叫做"柏树园"的小屋里,至于怎样会"忽发奇想",已经忘掉了。今年一月,这小屋连同我的一切藏书手稿毁于敌人的炸弹下,我光身携妇挈雏,到了这里,忽又遇见了《埃凡河》的原本,于是这已消沉的念头重又燃了起来。在译事进行中,曾患了一场剧烈的脑痛,不但当时白白的闲坐了一个多月,并且以后每天也不能工作得过久。这,也一并记在这里,好像是替自己的懒慢解嘲呢。

感谢纯夫兄在出版上的帮忙。

陈 原 一九四三年九月记于一个乡村

《劫后英雄记》译者小记　65

[题注]

　　《劫后英雄记》(Ivanhoe)，〔英〕司各脱(Walter Scott，今译司各特)著，陈原译，五十年代出版社1944年1月重庆初版，32开，300页。司各脱选集之一，封底标定价两种，土报纸：65元；浏阳纸：110元。

　　商务印书馆1914年出版 Ivanhoe 最早的林纾、魏易译本《撒克逊劫后英雄略》，1924年出版沈雁冰校注本。上海启明书局1937年出版谢煌译本。1982年北京宝文堂书店出版伊信译本。各版本均多次再版。

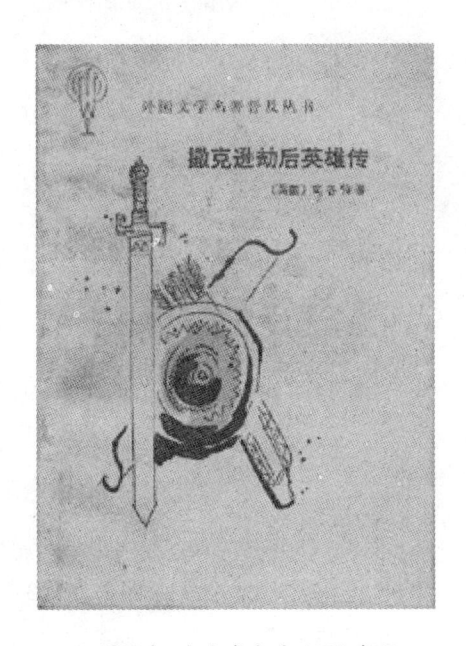

伊信译本，宝文堂书店1982年版

《世界形势新讲》序言

正光书局1944年版封面

无可抗拒的是历史的车轮的伟力。

历史的车轮,循着一定的轨道,把世界拉向前走,看出它的方向的,就是英雄,他们写下了不朽的诗篇,加速了历史的进程。看不出它的方向的,或者妄想用渺小的力量把它倒拖回来的,终于被它碾成粉碎,而且永远留下了小丑的恶名。

客观的现实,往往推翻了人们主观的愿望;而主观的愿望,在真正的英雄们来说,却又不断的把客观的形势推到历史车轮的轨道上。

过分夸张人的作用,凡人就都变成了神仙,地球不过变成神仙的玩具。这不是我们的世界。在历史的车轮转动时看不见人的力量,这具车轮就变成无血无肉的机器。这也不是我们的世界。

不是人写历史,而是历史在嘲弄小丑,在创造英雄;而历史本身知道英雄的气力,如何加速了轮子的转动。

这才是我们的世界啊。

这里,我带你从侧面看世界,从后面看世界,从历史的行程里看世界,从英雄的史诗里看世界,从小丑的可怜的悲剧里看世界。

我带你到"昨天"的领域的门口,我只希望提醒你别再陷入"昨天"里面的深渊;我带你朝"今天"迎上去,要看"今天"的景色,还要靠你自己张开眼睛。我没有提"明天"。但假如你知道了昨天和今天,难道还不懂得什么地方藏着"明天"吗?

这就是我的序言。

一九四四年春天

[题注]

《世界形势新讲》,陈原著,曲江正光书局1944年4月出版。32开,158页。全书共7讲:后台人物的秘密(论金融资本独占)、小丑和英雄(论人)、历史的车轮(一八七五年以后的世界)、专制·利润·战争·法西斯(论法西斯主义)、仅仅半年,一切都变了……、新时代的新命题(论第二战场)、世界的明天(空白:你自己知道的一页)。第七讲只有书眉和章题,内容为空白。作者在书籍中运用空白的艺术,盖始于此。《商务印书馆大事记》中为人称道的对于"文化大革命"的空白处理,或由此起。这篇序2000年收入《界外人语》时,改题为《昨天·今天·明天——写在一部书的扉页上的随想》。

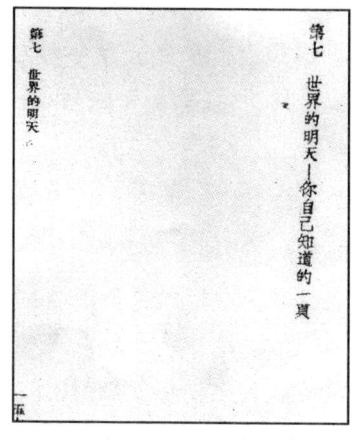

1944年的陈原

《世界形势新讲》末页　　《商务印书馆大事记》内页

《中国地理讲话》代序
——一封信

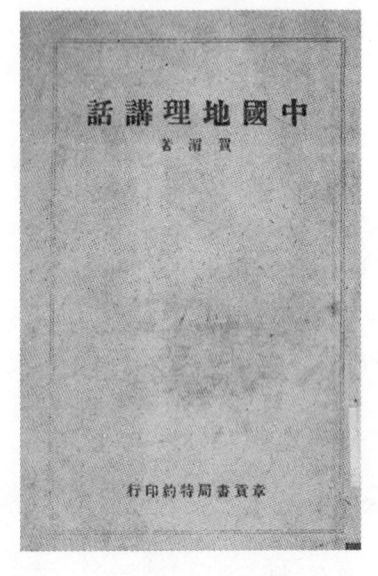

章贡书局1944年版封面

四年前我开始为你写这样的一本书。但是写了四年,还写不完,中间虽也发表了一些,可是发表了之后连我自己也羞于再看一遍。现在我居然给你写好了将近十万字,并且居然自己也有勇气念了三遍,觉得摸着一点门路了,这,连我也免不了吃惊的。

你知道,我要写一本活动的地理。你怕上地理课,难道我不晓得么?但我偏要为你写这本书。你鼓起了嘴说:我讨厌一大串一大串地名。但是我这里偏就没有一大串。并且,当地名和实际的生活联在一起的时候,你就决不会讨厌它的。先前的水果摊上标明了"天津梨子"和"良乡栗子",正如这里的食品店里写着:"新到四川白木耳""正美国哔咭",难道你讨厌这些地方的名字么?……你怕数目字,我是知道的,但我偏要用好多数目字。在第十一章里,我还告诉你:数目字就是图画哩……

你读完第一回,你一定会读下去的,因为我写的地理是一本活的地理。我告诉你地理环境这一年起了些什么变化,它怎样限制人类的活动,人类又怎样冲破了它的限制。这就是我要写的事情。

你和我是多么幸福啊,生在这样的一个变革的时代。你亲眼看见荒芜的土地怎样住满了人；你亲眼看见高山深谷里，怎样敷设了铁轨；你亲眼看见敌人的炮火怎样毁去了房屋和田园，怎样杀死了我们的妇人和孩子；这些，你说，不是值得大家都知道得清楚些的么？——血和泪的债，要知道得清楚些，有一天我们要向敌人索回的呢；我们祖宗住了几千年的土地，和土地上面的一切，也要知道得清楚些，你当然年青，我也还年青，我们不知道这些，怎样生活下去呢？而我们同时代的人的血汗成果，也得知道得清楚些，会有一天，你老了，我也老了，必须给儿孙们讲故事的时候，这就是最好的故事……

不，我为你写的不是一本枯燥的地理书，我呈现给你一幅图画——在那上面，绘上了我们的祖先，我们的同时代人所受的苦难，也留下了奋斗的痕迹。并且发放着我们熟悉的泥土的芬芳……

揭过这一页，就是我说的这一幅图画了。……

[题注]

《中国地理讲话》，贺湄著，赣州章贡书局1944年9月初版。32开，211页。1945年3月成都实学书局（封面作"实书学局"，疑误）再版，改名《中国地理新讲》，1946年1月再版，208页。

全书16章：人和山，人和水，地下的财富，地上的财富，食粮，人和土地，天气的话，工厂，把工业和农业联结起来，出口和入口，外国资本，缩地术（铁路的科学），征服陆地、河海和天空，地区，中国人，边疆。该书生动介绍了中国的自然地理和社会经济概况。

实学书局1945年版封面

《巴尔扎克讽刺小说集》译者前记

第一集译者前记

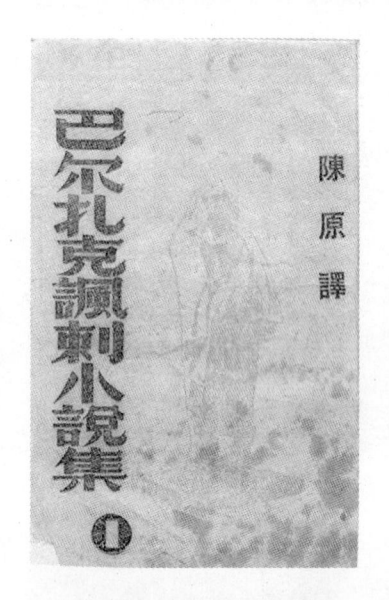

一 《讽刺小说集》的辛辣味。

巴尔扎克的《讽刺小说集》两卷,虽不是他的代表作,但也着实的记录了一时的风尚,亦即中世纪欧洲的僧侣与执政官的荒淫,和正在成长的中间层人物的无耻,这些荒淫与无耻,在现实主义的大师巴尔扎克笔下,各个穿了"诙谐"、"衷心的娱乐"的五彩外衣,跳舞在读者的面前,向读者揭示了他们自己的命定的灭亡。正如上个世纪一位巨人所谓,"巴尔扎克——我认为他比较过去,现在,未来的一切左拉都要伟大得多,他是伟大的现实主义的艺术家……在我所知之中,即在经济学的细节上,比之一切专门历史家,经济学者,统计学者关于那时代的著作,都可以读到更多的东西。固然巴尔扎克在政治上是保皇党,他的伟大的作品,是对最高社会不可挽救之崩溃原因的挽歌,他的同情,是在注定要死亡的阶级方面的。但当他写出他所深深同情的贵族男女的时候,他的讽刺再没有更尖刻的,他的俏皮话也没有更辛辣的了。"① 如

---

① Engels, Letters, pp. 163—168.

果说《人间喜剧》的巨大篇幅写出了一八一六到一八四八年在逐渐得势的中间层人物，记下最鲜明的法国"社会"的现实主义历史，那么，这里一共三十个短篇，就上溯到更早的时期，即僧侣还在政治上握有绝大势力的时候，仅仅限于勒瓦河流域的吐兰封邑的"逸事趣闻"，但其实岂止于"逸事趣闻"而已么？——请允许我借用另外一个巨人对一些现实主义作家的论评中的话语：他"用了他的炯眼的雄辩的描写，透露了比所有政治家，政论家及道学家总和在一起也赶不上的政治及社会的真实世界。"吐兰的大小人物，也正是"充满着自尊与虚伪，小气的暴戾与无知"，"对上则奴颜婢膝，对下则穷凶极恶的俗物呵"①——对于他们，作者以辛辣的同情而又讽刺的笔调，加以处决了。

二 人物的剪影；作者的风格。巴尔扎克和拉贝雷。

你瞧那个伪善者白鲁因——《可赦的罪孽》里的男主人翁——是怎样起家的呵。他小的时候是个花天酒地的"恶少"，把祖先的遗产浪费尽了之后，便到远方去为圣教打仗。于是"在这买卖上头，——上帝也中意，王帝也中意，他自己也中意的买卖上头，白鲁因名传四海了。都道：是个好教徒，忠心武士。"(见《可赦的罪孽》)回来便做了皇帝在那一区的管事老爷——其威风的程度，真比我们这里的行政专员、县长、收税局长、专卖局长合起来还要厉害呢，所以白鲁因就"由一个坏蛋青年和无赖的壮丁，他一变而为一个善良的聪明人了，处事很是审慎；生气的时候很少，除非什么人当着他面污渎上皇，那他是忍不住的。"在他老了的时候——也正如巴尔扎克所说，"他的头可是有着太多的白雪在那头顶，住不得恋爱的了"。但"没有堡主夫人的堡垒，算得什么堡垒呢？"所以偶然碰见了十七岁的白兰希，就千方百计把她娶回来。故事到这里，一变而把这十七岁女郎当做主角，从她的眼中看出了老头子的伪善丑态，穿(插)了一些求子，忏悔，问计等等的场面，终于到达了和一个小侍从通奸的地步，不经世故的白兰希，因为怀了孕而害怕了，她要雷

---

① Karl M.—NEW YORK Tribune, I. Ⅷ. 1854.

尼(就是那小侍从的名字)到方丈那里去问计,方丈叫他向主人白鲁因供认一切,自己去投十字军打十五年仗来赎罪。雷尼的回答是很辛辣的,他一点也无动于衷的说,"十五年就够偿付我这样的快乐了么?唉唉!你须知道,我的快乐可够一千年受用的呢。"那教士的答话在作者的笔下也是够你受的;他说,"上帝很慷慨的。去吧,别再犯罪呀。为了这君乎得救哉!"真是"君乎得救哉!"他对白鲁因招供了。白鲁因几乎要把他打死,但又缩回了手。这一段描写,是出色得很的。然后雷尼果真去投军,白兰希生了一个儿子,白鲁因也觉得很快活。事情没有传出堡外。人们都说白鲁因老当益壮,都说白兰希是贤淑妇人。一直到十五年后,雷尼回来了,其时白鲁因早已死掉,雷尼在门口吻了他的儿子便走了,给白兰希知道,这才无意中在闺秀面前失惊的泄漏出来,"那是他的父亲呵"——说了这一句,也就在面如土色的众闺秀,因为揭穿了伪着的假面具而慌作一团当中,死了。

  这就是巴尔扎克所记下来的"逸事趣闻"。好一个"逸事趣闻"呵!——请看另外一个名叫希贡的人是怎样起家的吧(《魔鬼的继承人》)。希贡是个乡下的牧童,给他的两个表哥一劝,就跑到城里来,住在这三兄弟等着要分遗产的老教士家里。他的两个表哥,一个文,一个武。与其说是请他来分遗产,倒不如说是想借他的笨拙,激怒他的阿舅或者阿叔,让那老头子把他的名字从遗嘱上去掉,但这个希贡,信上帝而不信魔鬼——唉唉,在那时候,这样的想法是该捆在干柴上面活活被烧死的!——他反驳那老教士说,"上帝那样巧妙地建造了这个世界,要是他又把一个专门给他破坏一切的可憎的魔鬼,放到这个世界来,那上帝岂不是十分笨的么?呸!如果有个好上帝,我是不相信会有魔鬼的。"希贡就是这样的一个人。严格的说,他该是个"异端"罢。结果是,那老教士却并不怎样讨厌他。至少是他的两个阿哥这样想,于是他们就计划把他弄死。队长哥希格鲁——第一个阿哥——打算把他的头扔到他脚下,检察官比尔格鲁(第二个阿哥)打算把他装到一个袋里教他去游泳去,却都被希贡听见了。如果希贡像鲁智深那样的卤莽,一怒而杀死他的两个阿哥,这可真的变了"逸事趣闻"了;但希贡却不那样干脆。他假借了别人的手,一一给他们结果了性命,而且按照他们各自对付他的死法,给他们自己先尝。这是如何毒辣的摆布呵,而这又是如何辛辣的讽刺呢!——于是他得到了全部遗产。"这就是希贡家族怎么有钱起来的故事,也就是他们在现在如何靠他们的祖先的幸运,可以捐款建筑圣米哈尔大桥的道理。"

请你再看另外一个伪善者的典型吧。这,我们可以在亚茜教区牧师的身上看见的。他平素作了种种的伪善的小把戏,以至于在无缘无故的盛怒之下打死了老婆,可是"当地的好人——甚至连女人在内——都同意:罪不在他"的。这之后他有一次在路上引诱了一个少女,而到他死时,"有无数的人民来了,悲伤地,感动地,啜泣着,悲哀着,全都嚷着,'唉唉!我们失掉我们的神父了!'"……但这个故事(《亚茜·勒·里都的教区牧师》)并没有发展得如其他几篇的好;允许我在这里插一张嘴吧:不知道作者写这部书时,是一气呵成的呢,还是在不同的场合里陆续完成的。手头既无书可查,身边又无师友可问,呜呼,在这寂寞多难的年头,只得在此地记下一个问话符号,以待异日的考究了。

还是言归正传。

第一卷小说十篇,所写无非僧侣教士,王侯贵族和在迅速"有钱起来的"富商人,亦即我在上面所谓"中间层人物"——但为时尚在中世纪,所以十篇里面无不讲到教士,而专讲中间层的,除了上述的希贡以外,只有《恶报》一篇里的两个主角。但十篇都写女人——看作者寄与多少同情呵。是的,他并非作为旁观者幸灾乐祸者,对女主人翁们给予无情的嘲弄。讽刺,是的,而且无不辛辣,但作者深心的同情,也还是可以感得到,看得出的。《皇帝的情妇》一篇正是一个好样本。皇帝的情妇本来是忠心于皇帝的,她的通奸并非由于她个人的意思。是那样的环境迫使她非如此不可的。巴尔扎克写道:"有一个伯里多雷老爷由于她而自杀了,这是因为她不肯接受他的拥抱,虽然他肯给她他的领地——吐兰省的伯里多雷。"在吐兰的贵族当中,凡是想给一个庄园来耍一下爱的花枪的,一个也没有留下来。这样的死亡教这个女性悲郁了,而且因为给她忏悔的人把罪恶完全归咎在她身上,她于是决定了必须接受一切领土,并且为了使他们的灵魂不至沉沦,便秘密的解除领土主人的爱的痛苦。在另外的地方,还可以看见:染匠的老婆塔塞栗(《恶报》)拒绝那机器匠的追求而结果与一个僧道通奸,丹尼宝(《结拜兄弟》)因丈夫的疑心而以报复的心情去引诱他的保护人,蒂劳思少女(《蒂劳思的少女》)被母亲贪财出卖,蓬尼夫人(《高级警官的老婆》)为救情人反而害了情人,茵贝利亚(《美丽的茵贝利亚》)在放荡的生活中竟也发现了真正的爱情;凡此种种,都可以看见巴尔扎克这巨匠的灵魂。而这就是"逸事趣闻"的精神呵,当你碰见这些人物时,你也许要笑的。但是,"要笑,你就得天真、纯洁,不要学那些暗藏了罪恶的污浊的男人们所具备的咬嘴唇,落牙床,皱眉头这些品质。"(开场白)

巴尔扎克的这些天真的笑,在拉贝雷身上也是看得见的。拉贝雷——在这作品里,曾不止一次的被巴尔扎克提到过,并且被尊为"大师"——可是远非我们这里的什么大师之流——的,我以为,引用 A. 法朗士评拉贝雷的话语,来加深对巴尔扎克的了解,可真是恰当不过的。

A. 法朗士怎样说呵。"殉道者们是缺少着辛辣的讽刺的;这是一件不可恕的错误,因为没有辛辣的讽刺,这个世界就恰如一座森林而没有鸟儿;辛辣的讽刺是沉思的快乐和智慧的欢娱。"[①]这一段等于歌剧的一场序曲;于是:"但为什么拉贝雷该会向'那些穿了长袍的魔鬼们'屈服呢?他没有信心在火焰中向他们抗辩。他信新教也并不深于信旧教,如果他给在巴黎或者日内瓦烧死了,那就只由于一种不幸的误会。""他本来的志愿,是要记下为侍女跟丁们自娱的通俗故事。他全部失败了,而他为俗人准备了的东西,正是最优秀的智识分子的食粮呵。"[②]因此,"拉贝雷连自己也不知道,他就是他那时代的奇迹。在一个优雅、粗俗、迂腐的世纪里,他是无可比拟的典雅、粗糙和迂腐。他的天才使那些找寻他的过错的人们眼花缭乱,因为他全有着一切的过错,所以怀疑他是否真会有过错,这倒是非常合理的呵。他既聪明而又愚蠢,既自然而又造作,既精细而又繁琐;他又昏又乱,而且不停息地自相矛盾。但是他把一切弄得又清楚又可爱。他的风格是一种怪物的

[①] A. France, Rabelai (in Life & Letters, pp. 29—39).

[②] A. France, Rabelai (in Life & Letters, pp. 29—39).

风格,他虽然时常陷入最古怪的歧路,但没有一个作家在选择和统率字汇那上头超过了他的。他爱着,宠着字汇。他把单字联贯起来的技巧是不可思议的。他只是不能够叫他自己停下来"①,你还以为是在说巴尔扎克呢。光是拿最后一段话举个例吧。巴尔扎克正好是语言的巨匠。"他有那样多的名词和形容词"(法朗士)呵;在《可赦的罪恶》里关于脚的反复的句子,同样,在《恶报》里关于街的反复的句子,都可以看出那"把单字联贯起来的技巧是如何的不可思议。"他写白鲁因的少妇,说她是"晚景的鲜花,灵魂的欢乐"。他写特里斯丹错杀了人,"不知是拿了袈裟当和尚呢,还是拿了和尚当袈裟。"(《路易十一》)他写周里安心焦的在等着他单思的贵妇,"恰如一个病人憧憬着太阳,憧憬着春天,憧憬着黎明。"在必要的场合,他不断的插进辛辣的句子。"有好多像他这样的人,曾这样子走女人的狭路而开展了他们自己的前程呵。"(《警官的老婆》)这真是当今所谓"走内线"的英雄们的写照。洗衣妇看见蓬尼伯爵夫人一下子就钓来了一位武士来做替死鬼时,她叹息道,"朝中闺秀做这样的工作可真是第一呵!"到了《结拜兄弟》那一篇里丹尼宝和拉瓦列对答的情话——字汇的选择和支配,便真的登峰造极,无可比拟了。

三 几个用语的社会背景。译者的告罪。

读者不要以为我把巴尔扎克这巨匠还原做一个单纯的咬文嚼字者流。(如果那样,才真是"不可赦的罪孽"呢!)我在上面把这些细枝嫩叶花了一两张原稿纸,少半是由法朗士的话而引起的走笔,多半却是作为一个文字的转译者的我,要向读者们告罪。巴尔扎克那"典雅、粗糙、迂腐"的风格,在二十世纪五十年代的我们,是颇觉有点累赘的,碰见一个如穆木天先生的熟练的笔,那还好;不幸却遇着我这枝拙劣的笔,颇有些地方,还加重了那样像老头子絮絮不休的体裁的沉重之感,也许多少叫读者皱眉头,纵然不是"指着像看地图"的话。但有几处或故意的引用一些并非"国语"的词儿,或有意保留原著所用的西方俗语,似乎有在这里加以解释的必要。

---

① A. France, Rabelai (in Life & Letters, pp. 29—39).

首先的就是关于通奸的俗话和字汇。这里的十篇,几乎没有一篇不写通奸的。关于这,我认为最好先引用一段著名的解释,这解释,对于小说的环境的了解,以及对于语汇的背景的了解,是一样有益的。

这段文章是——

今日的市民层婚姻是有两种的。在天主教的国家里,父母依然为年青的儿子留心适当的新娘,结果不消说是完全揭露了一夫一妻制所有的矛盾——在丈夫方面是胡乱的杂婚制,在妻子方面是胡乱的通奸。天主教所以要禁止离婚,只因为相信通奸是和死一样无可救药的。反之,在新教的国家,普通的市民层的儿子,或多或少可以自由在他本身的阶层里为他自己找一个妻子的。因而婚姻可以拿某种程度的恋爱做基础,而且与新教的伪善相适应,在形式上是以此为前提的。在这场合里,男人方面的离婚制可以稍减,而女人方面的通奸也没有那么多。但无论哪一种婚姻,人总不能脱去婚前的气质,并且因新教国家里的公民们,大都是市侩之流,所以这种新教的一夫一妻制,就算我们采用平均最好的例子,也不过是一种使人感到沉重的厌倦的结婚生活,这就是人家所谓的家庭幸福了。这两种婚姻的最好的一面镜子,就是小说;法国的小说是写天主教样式的,而德国的小说则写新教样式。两种情形当中都是"他得到手";在德国小说里青年得到手的是姑娘;在法国小说里丈夫得到手的是"头角"。这两者之中哪一种更坏;这总是不容易分辨的。因之德国小说的沉闷在法国市民层里引起了恐怖,即如法国小说的"不道德"在德国市侩里所引起的一般;固然自从"柏林变成世界的都市"以来,德国的小说最近也开始稍稍对于早就在那里存在着的杂婚制和通奸,不感到那样害怕了。①

这不到千字的一段,真是顶雄辩的文章,它那样清楚地给你指出了这小说十篇的社会背景。就在这里出现了西方的俗话:"头角",妻子与人通奸,

---

① F. Engels, *Den Ursprung der Familie des privateigenthums und des Staats* (Eng. Ed. Mos. 1940. p. 58).

那丈夫就说是"长了头角",或者说,"被人种了头角"。那奸夫就称为"种头角的人"。这译文,除了个别地方有"头角"的字眼之外,我故意在《魔鬼的继承人》一篇里保留了一小段:

  曾经有一晚,为了讨那住持欢喜,比尔格鲁便对他诉说:一个珠宝商的老婆如何和他恋爱,说在那珠宝商的头上,他已经安放了一种雕刻了的,磨光了的,历史性的角,适合于王公的前额的一副角。

但在别的必要的地方,我大胆引用了"戴绿帽的人"来表(示)"头上种了角的人",用了"戴绿帽"来形容妻子通奸的丈夫,用了"给他戴绿帽"来表现"给他种头角"——也即是"和他的妻子通奸"。

  "戴绿帽"的语源,也许出自南中国,北方话里恐怕是没有的,但也许原先曾有,后来却不大通用也说不定,据我的瞎猜,它该如"扒灰佬"一样,是出自某个民间故事的,可惜那样熟悉这一类民俗学上的物事的钟敬文先生不在这里,无从一问究竟。但这词儿在我们南方的地区,是很普遍的。西方的小说,讲到这一回事,除了象征的"头角"说法以外,还有一个字,却并非就用社会科学或法律上"通奸"这个词儿的。这无非市民层的伪善。他怕听这严肃的字眼,怕听这叫人战栗的字眼。就正如旧俄称"擤鼻涕"曰"用一用手帕",我们称"上厕所"曰"办公"或"解手"一样。所以我引用了"戴绿帽"这个词儿。

  其次的西方俗话,就是关于"匣子和匣盖"或"罐子和罐盖"这一点。《蒂劳思的少女》里恰好引用了一句俗话:"罐子不论如何丑陋,总有一天找到盖子的"。这恰好和我们南方的一句俗语:"臭猪头有盲鼻菩萨。"——猪头臭是臭了,但菩萨的鼻是塞了的,用来供奉有什么关系呢——北方也一定会有同类的俗话,可惜,我一时想不起。总而言之,这一类谚语的真正意思,是说:顶丑的姑娘,也找得到丈夫的。正如文言里所谓"情人眼里出西施"。但我把匣子和匣盖的表现法,给保存在译文里头,除了上述的一处之外,还有在《路易十一皇帝的恶作剧》一篇里:"最讨人厌的是她足足活了四十岁,她这个匣子还没有找到一个盖。"

  最后的一点,就是我在《魔鬼的继承人》里把那三个译成表兄弟,而又故意一律要他们叫那老教士做"叔叔"。话说照原文来看,只有一句说,希贡是他（老教士）的姊妹的儿子，可是不知哥希格鲁和比尔格鲁究竟是姊妹的儿子呢，还是兄弟的儿子。按我们的语法，姊妹的儿子称那老头该叫"舅舅"，兄弟的儿子该叫"叔叔"；所以上面把它译成表兄弟是不错的，但我却一律要他们全叫"叔叔"了。无论"舅舅"与"叔叔"，在西方的习语上是一样的，恐怕我们这大家庭日益崩溃以后，严格的区分也许会跟着日渐模糊的罢。

"驼背佬"也是我故意学"扒灰佬"的样子用的，它当然表示：驼背的人，亦即驼子。凡有尊称而原文用 madame 的我一律还它一个"马丹"，而不译做"太太"或"夫人"。因为"老婆""妻子""太太""夫人""小姐""姑娘""马丹"，也正如"丈夫""先生""阁下""老爷"一样各有各的独特语感，不可一概而论。关于人，我还用了这样的字："老搭档"——表老同伴或互相勾结的男女，"近身"——闺秀的女侍，亦即英文的 handmaiden 专替太太或小姐做身边琐屑小事的，这个词儿也是南方话里有的。"账房"——不是屋子，却等于管账的人，公司或机关里称为会计，小店子里叫做掌柜的，而账房则是我们的地主老爷或城市阔少的管账人，"打杂"——略近于跟丁那一类的杂役。前此有人出过一本《打杂集》，这个词儿怕不能算新了。

此外还有三个动词：其一是"叫红衣主教晕浪"（《茵贝利亚》）一句中的晕浪是象征的说法，凡是被女性的艳丽姿色引诱得心不在焉的，都称为晕浪。第二是"过身"——即等于"死"的代用语，是为了避免用恐怖的"死"字的，最后一个是"流口水"——直译应该是"口中生了口水"，即文言里"垂涎"之意。

形容词和名词还有几个："村的很"——即是土头土脑。"眼睛真俏"，"俏话"——漂亮、伶俐。"香油"——进庙堂时捐献的款子。"圩日"——市集的日子。

琐琐屑屑的写了一大堆，几乎忘记了一件顶重要的：就是在这三卷小说里出现过不知多少次的各级僧侣的名称。这些名词的译文——请恕我并非教会里面的人士，外行是在所不免的，我惟一的胜利，是已经把它们译成各不相同的字眼了，但这种胜利，不免有阿Q的遗风，既有自知之明，所以只得要求读者对中世纪的僧侣生活稍稍弄清楚一下了。

四　中世纪的僧侣。译文所用的字眼。

在中世纪,宗教和政治几乎分不开来。僧侣的权力在初期竟大于贵族。关于这,自有历史家——但可怜我们还没一本像样的世界史哪——去描写。话说僧侣也分成两类。住在修道院里依照一定的"教规"生活,叫做"正规僧侣";另外的"世俗僧侣",则身居尘世,与信徒往返,和管理教会的产业。研究教会史的专家,认为世俗僧侣最初是由正规僧侣中被指定出来和信徒做种种物事的,到后来才形成了教区牧师——他管理着全个教区的一切政务事务,教区牧师之上是主教,主教大概是管理一城的教务。若干个主教便由一个大主教来监督,而罗马大主教就变成教王,统率一切。因此,教王就等于皇帝。大主教等于省长,主教等于市长或县长,而教区牧师恰就是我们的乡长了。我们这本小说里还有"住侍"的一个字,这是主教的左右,而又在教堂里有若干任务的。

至于正规僧侣,虽有派别的不同,但举出本笃派的例子,就可以作为一种典型的。初入寺院的僧侣,要经过相当时期的受戒。受戒了两三年,经过了"三誓"之后,才正式被封为"教士"。这"三誓"是什么? 就是安贫、贞洁、服从。誓过了贞洁,他就不得结婚;誓过了服从,他就该服从所有并非罪孽的,无论大小,无论难易的物事,就该服从"方丈"或"教王"(通过方丈)的命令;誓过了安贫,他就弃去一切尘世的富贵。他一无所有;他一无所得。他个人的衣物,甚至是粗衣麻布,也被当作寺院的所有。他每天分为做工、祈祷、念书、睡觉四段。夜里也得起来做一两次的祷告。[1] 寺院的僧侣也称为"长老",这在本书是没有出现的,但一寺之长我译作"方丈",因为我曾用"寺长"来记"庙堂武士团"的修道院的主持人。(见拙译 W. 司各脱的《劫后英雄记》)

凡人犯了罪孽,就认为是恶魔附身,去请教士为他忏悔。教士叫做忏悔者,或替人惩悔的人。一经忏悔,他就恢复清心,可以进得天堂了。这里寻常的忏悔,和小雷尼投军十五年的忏悔——或者不如译作"赎罪",是不同

---

[1] H.C. Thomas, O. W. A. Hamm. *The Foundation of Modern Civilization* (Vangard Printings. pp. 70—88).

的。——"赎罪"是犯重罪所受的刑罚。期限由七年到十二年——但我们的小说却是十二年以上了。犯人要离家出走,不许进礼拜堂,每天只许素食一次。小雷尼走去投十字军,便是最好的例子。教会的刑罚,其实不止这一端的。通常除了到远方去进香之外,还有惩罚个人的"出教"和惩戒一地的"禁制",前者已经偶尔的在《茵贝利亚》出现过了,后者却还没有。"被罚出教"的人简直像患了瘟疫似的,谁都不肯和他接近。

教皇的权力在特定的时期里是很大的,国王——也就是我们所译的"皇帝"——只不过是一个贵族,他的领地是有限的,他的权力更其有限。只是在封建制度的末期,国王才日益增强了他的势力和扩大了他的领土,于是激化了政教的冲突。教皇的左右,用摩登的术语讲,就是教皇的秘书或参谋的,我用了"红衣主教"这个字眼。

除了教士之外,举凡贵族,多半用"老爷"来称呼,有时则用"阁下"。这本书是很少提到各级爵位的。

琐屑的声明,就止于此。

五 题外的闲话:译者控制不住他那枝笔了。

这里的三卷三十篇,颇类乎十几年前胡适博士校点重印的《宋人话本八种》——《错斩崔宁》,《荆公》,《金海陵王荒淫》等等。我所谓相类,是说两者在题材处理上的相类:或刺王侯的生活荒淫,或写市民的吝啬通奸;而在笑话的外衣里,都暗藏了露骨的讽刺;却为了敷衍道学家的体面,也都在适当的地方加上一两句劝善的格言。我不至于荒谬到大叫中西文化同源,由是赞成国粹都是宝贝;我是在说,中外的人士,总走过相同的一段路,四海之内,莫不有道学家在。也正因为此故,我竟然大胆的删掉两小节的译文,虽然那文章还远不及藏在洋服和长衫里面的行尸走肉的动作和说话那样龌龊,但是天呵——究竟还是不如避去伪道学的暗枪罢了。

这本书的原文,是今年春天在后方的一个繁荣的山城里看见的。妙处就在这一点:它不在别的地方,而是在这个无奇不有的鬼影幢幢的大都会碰见它。使我吃惊的是,白鲁因,路易十一,希贡,魔鬼的化身,丹尼宝,沙瓦西，这些西方的魔影，竟时常在大街显灵。正所谓：地无分东西，时不论古今，凡是有人的地方，总会有假道学家，伪善者，吝啬鬼，以及杀人而致肥，谄媚以兴家的。巴尔扎克的"逸事趣闻"，可不就是我们蝼蚁众生久已积压在心头的恨与笑的爆鸣么！于是趁着一个朋友劝我把它译出来之际，便下了决心来"修一回苦行"了。不料决心一下，便不得不挟着未完成的稿本，走过三省；又不料刚走到先前的所谓文化城时，虽然敌骑还在三四百公里以外，这个城便已下了命令，说是要紧急疏散了——于是我不得不扶老携幼，跟随着经验了八年战争却还不免仓惶失措的市民们，跑到百里外的一个小镇。正如一张报纸的社论所谓："在这短短一月多的时间内，正不知有多少人沥尽了眼泪。……这些人，平时奉公守法，安贫乐业，维持一家生活，本已拮据万状，现在受到意外的打击，自然更不得了。"而我，便是"这些人"中间的一个。"安贫乐业"，这正是古今文人珍贵的节气，要是文人而不安贫，便早已出些小计，个个像希贡似的都该成为显赫的望族；或跑女人的路线，也应得到周里安身受的光荣了；无奈"这些人"宁贫而不肯屈膝，于是在多难之秋，既不能杀人以致肥，又不甘谄媚而兴家，就只好默默的挣扎在凄苦的道路，充其量只能写译一些趣闻逸事，这，如果你以为"这些人"故作清高，瞎谈风月，或竟认为他们怀才不遇，又乏美女垂青，这未免铸成大错了。世间尽有物尽其用的地方，但此时我们还没有这样的福气。没有福气算得什么呢？此时——多少执笔的被人白眼，亲戚友朋都目为傻瓜，或更因利乘便，硬把他当作一条牛来榨他的乳，临到发现他可不是牛时，就向他肚里刺两三刀泄气。这才是"这些人"无可比拟的痛苦呢。……

唉唉！我的笔驰骋到什么地方去了呢？我竟然收它不住么？但读者请不要疑心，我并非在写我自己。我只是记起了一些黄金的日子，记起了在那些日子里曾经被人当作人来看待的战士们——他们之中有那个永远留在人们记忆中的尚教授。唉唉！外面淋着罕见的大雨，不如把这野性的笔丢开了罢，雨什么时候下得完呢？

陈　原　一九四四年八月六日

第二集译者前记

　　第一卷整理完的时候,是八月初,现在已是九月将半了,才整理完第二卷即续篇,这其间只经过一个月的时间,一个月,是不算长的,但衡阳已经失陷,桂林真的告急——昂头远望,作者的故里却已解放,巴黎重又插上了自由的大旗了,东西比对,不禁叫人哑口无言——但要说的早已在上卷的前记里说过,要发的牢骚也在那里发完,如今只剩下感慨了。古往今来感慨是无从写起的,即使写得出,也毫无用处,不如掉转笔锋,单谈三两个名词,也算言之有物罢。

　　话说故事十篇,长短不一,兴趣各殊,时代似乎比最初的十篇要晚,所以王权扩张,僧侣失威。但本集中最长的《狐狸精》一篇,却正是写僧侣的腐败和没落的。这一篇承着上卷最长的一篇《可赦的罪孽》而来,把那个送到修道院去的埃及女郎的结果,交代清楚。至于"狐狸精"三个字的采用,是译者的胆大妄为——原文是"LE SUCCUBE",英译作 The Succubus——英译倒是容易的:因为它采用了原来的语根。这是欧洲传说中的一种恶魔,专门化为女性去勾引男人,亦即我们这边所谓勾人魂魄,于是凡与她有所接触的男士,都由此而致命。跟我们的《聊斋》里面的常见的人物,是几乎十足一样的。所异的是:我们这边说是由狐狸成精,西方则叫做魔鬼化身。译者听见时下的俗话,把以妖冶勾引男士而终于给他带来了灾祸的女性,名为"狐狸精",所以大胆采用了这个术语,却并非赞同那 LE SUCCUBE 本来是狐狸。

　　在另外一篇(《缪东教区牧师的说教》)里译者对于老鼠的种类和称呼,毫无半点常识——译者在这里告曰:鼩鼠,鼹鼠,老鼠等等他是决计分辨不出来的。唉唉!鲁迅翁说外国人对于电灯,至少说得出五十种名堂来,而他却只能讲出四五种,甚至连这四五种也有些是一地的土话,别处不知叫什么。对于老鼠的无知——译者也只能搬出这一段话来解嘲了。

　　一时想不出还有什么话好说——这里交代一声,如译者在上卷前记里所说的理由,这一卷也有三五个地方删节了一句或一段的。后人将称之为

"罪孽"——呜呼,罪孽就由它罪孽罢!

是为记。

陈 原 一九四四年九月九日桂林告急之际

附:重印本前记

岳麓书社提议将我这部半个世纪前的旧译重印,这使我着实踌躇了好一阵;原书当然是不朽的好书,但译本却是我年青时不自量力的狂妄作为,错漏百出那就不消说了,到九十年代还将它重印,岂不是愚弄读者或者甚至毒害读者?更何况听说不久前有了新译本。正想写信请求出版社取消这个计划时,有朋自远方来,说:你告诉他们同意罢,因为你这书已成为"化石",重印就是把它放到化石博物馆里展览的意思,有何不可?我一想,可也是;既然是"化石",我就没有什么权利硬是把它打碎。印一版也好,不仅可以看见自己五十年前的那副浅薄相,同时还可知道中世纪法国的社会生活,以及从我那时写的译序中,透过我那欲言又止的满腹牢骚,想象得到抗战最后一两年"大后方"上层社会的霉烂生活和人民群众的饥寒交迫的惨状。就这样,我同意把这本书作为"旧译重刊"中的一种,并且感到有资格作为"化石"的自豪。

巴尔扎克(Honoré de Balzac, 1799—1850)是我国读者最熟悉、最喜爱的外国作家之一。他的许多长篇、中篇小说,都有了不止一种中文译本;好几个著名翻译家曾都做过这项有意义的工作。被称为《人间喜剧》(La Comédie humaine)的一系列作品,出版于1842—1848年,忠实地展现并且无情地解剖了十八世纪到十九世纪法国资产阶级兴起时的社会生活。在此前十年,即1832年3月,巴尔扎克出版了这部风格十分独特的《谐趣故事集》第一卷。这部仿文艺复兴时期

岳麓书社1995年版封面

伟大作家薄迦梭(Giovanni Boccaccio, 1313—1375)《十日谈》(*Decameron*)的文体和结构写成的小说,痛快淋漓地重现了十六世纪王侯僧侣的腐烂、荒淫、欺诈、逗乐的丑态和市井小民的快乐和烦恼。后人评论说,这部书正是"中世纪"社会生活的准确反映,简直熔历史、文学、社会、风俗于一炉,在文学史上这样辛辣尖锐而妙趣横生的作品是不多见的。

据记载,1837 年出版时,题名为《谐趣故事百篇》(*Les cent contes drolatiques*),共十卷,每卷十篇;后通称《谐趣故事集》(*Contes drolatiques*)。我看到的法文本也只收头三卷;1874 年出版的英译本(据说是最初的英文全译本)亦只收头三卷。大约半个世纪前,书志学会(The Bibliophilist Society)出版的豪华本(Droll Stories by Honoré de Balzac)也只有这三卷——豪华本有法国著名版画家陀雷(Gustave Doré 1832—1883)的四百二十四幅木刻插图,十分珍贵。

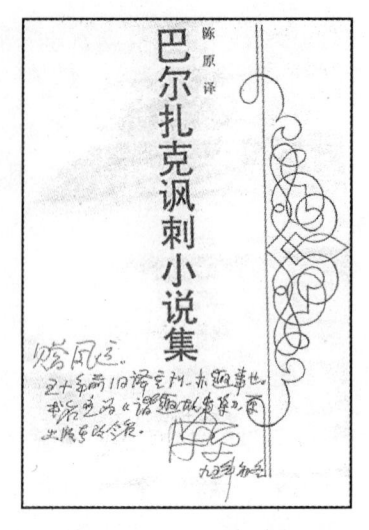

岳麓书社 1995 年版扉页

抗战最后一年,我在桂林撤退后的行旅中,据英文的通俗版译出;重庆五十年代出版社的主持者金长佑和梁纯夫,读了原稿,很高兴为我印行。由于适应市场习惯,出版时把书名改为《巴尔扎克讽刺小说集》。只出了两卷,战争就结束了;我们——金、梁和我各奔西东,顾不上第三卷的问世,因而最后一卷就不知所终了。六十年代初,史称"三年困难"时期,我每夜拖着营养不足的疲倦的身躯,为了解脱当时精神上的苦闷,竟将此书对照法文原本和英文译本,重新翻译一遍,并且有意仿照宋人话本那种文体,完成三卷初稿。无他,借以自娱而已。上海出版界同道吴岩同志有一次听我说起此事,竟"预约"给我出版。还来不及修改定稿,霹雳一声,一场绝灭文化的灾难临头了,我在进"牛棚"之前,把全稿连同别的通信和手稿,通通付之一炬,省得后来抄家时被无端地上纲上线或连累他人。所以现在重印的还是我少年时的旧译。

我把在"史无前例"的十年中奇迹般保存下来的陀雷插图本看了又看,给这重印本选了六幅做插画,以报答爱这部书的人的一片心意。

陈　原　1994 年 10 月 9 日

[题注]

　　《巴尔扎克讽刺小说集》,〔法〕巴尔扎克(Honoré de Balzac)著,陈原译,重庆五十年代出版社 1945 年 4 月初版。32 开,分两集。长沙岳麓书社 1995 年收入"旧译重刊"重印,合并为一本,目录仍分一、二集。

　　第一集收入《美丽的茵贝利亚》、《可赦的罪孽》、《皇帝的情妇》、《魔鬼的继承人》、《路易十一皇帝的恶作剧》、《高级警官的老婆》、《蒂劳思的少女》、《结拜兄弟》、《亚茜·勒·里都的教区牧师》、《恶报》等 10 篇。第二集收入《三个圣·尼古拉教士》、《缪东教区牧师的说教》、《法兰西斯一世的节欲》、《亚茜堡是怎样建造起来的》、《假娼妇》、《太清白的危险》、《爱恋之夜》、《狐狸精》、《柏瓦西的尼姑们的趣谈》、《爱的悲伤》等 10 篇。

《书摘》前记

五十年代出版社1946年版封面

把一部长篇巨著摘其精华,而摘录的结果,又自成一书,有头有尾,中间并无剪割痕迹,这是古已有之的了。(著名的《司各特传》七大卷就由原作者 Lockhart 缩编成一卷本)。近年来美国甚至出版了专门摘录好销书的杂志 Omnibook 月刊,《读者文摘》上头也附了书摘一栏。著名的瓦西列夫斯卡的小说《沼泽之光》,就曾在苏联的英文版《国际文学》上刊载了摘录(已有中译)。

我们创办这个《书摘》的目的,一方面是藉以介绍值得一读的好书,一方面对于不容易买到新书的地方的读者和工作繁忙而又极想浏览新著的读者,也许会有若干微薄的帮助。至于因读了《书摘》所摘某一本书感到极大的兴趣,从而研读和咀嚼这部书的原著时,这就是我们意外的收获了。

在技术上我们完全采用 Omnibook 月刊所用的方法,一言以蔽一(之)曰,绝对采用原作的字句,极力使摘录的本身有生命,每册选载四本书为原则。大约每次包括小说两部,报告或与当代问题有关的作品一部,理论性的著作一部。自然是译作兼选的。假如有可能,我们还选摘欧美的新书。每篇的摘录都由专人仔细研读后进行,编者和各摘录者也保持密切的磋商。

但是目前我们只能说是初步的尝试,离开理想的田地还远;——这里期待着诸君不客气的赐教。

[题注]

《书摘》,陈原编辑,重庆五十年代出版社1945年5月初版,1946年2月天津分社再版。32开。第一集收姚雪垠的小说《春暖花开的时候》,赵超构的游记《延安一月》,〔美〕麦克根西(C. Mackenzie)著、张尚之译《罗斯福总统传》,〔美〕莫·多布著、梁纯夫译《苏联经济新论》等4本著作的摘要。

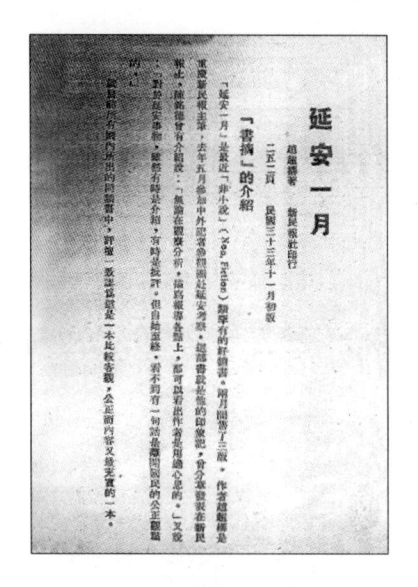

《书摘》第一集内页

第二集收〔美〕E.派尔著、《书摘》编译《这是你们的战争》,茅盾《第一阶段》,〔美〕H.法斯脱《公民汤·培恩》,曾昭抡《大凉山夷区考察记》,〔美〕约斯腾著、葛一虹译《苏联需要什么?》5本著作摘要。

《人生的战斗》译者小记

国际文化服务社1952年版封面

　　《人生的战斗：一篇恋爱故事》，是狄更司三十五岁时所作，成于距今一百年前，是他由一八四三年开始，每年给圣诞节写一篇小说的第四篇。这些小说，是以《圣诞欢歌》开始的，一共只写了五本，后来收在一起，合称《圣诞的书》。不知什么道理，仿佛正人君子的教授们，是不大喜欢这部作品的；连莫洛亚写评传时，似乎也把《圣诞的书》前三部一提过，便连忙改口，不再谈下去了。

　　也许他们不喜欢那一个老人杰德勒吧——他把人生看做只是一场"趣剧"，认为其中并无半点严肃或正经的东西——可是他的两个女儿，却是那样的认真：认真得叫人几乎不肯相信。姊妹俩同恋着一个青年，且慢，这决非时下的三角恋爱，姊姊竭力隐藏着自己的爱情，希望妹妹得到幸福，妹妹终于用出走来完成姊姊的爱恋。这之后——几乎是"趣剧"似的结尾。

　　作者狄更司，是我们熟悉的一位。他的主要作品，已经陆续被介绍过来了。

　　这篇小说的译本印出来时，恰是它写成的一百周年，也算是一种巧合罢。

陈　原　一九四五年七月初

[题注]

《人生的战斗》(*The Battle of Life*)，〔英〕狄更司著，陈原译，重庆国际文化服务社 1945 年 9 月初版，系"古典文学名著选译"丛书之一，上海国际文化服务社 1948 年 9 月三版，1952 年 8 月六版，1953 年 1 月七版，2007 年 6 月收入《陈原文存》。32 开，154 页，分第一、二部。正文前附有人物表及人物速写图。此书另有周瘦鹃题为《至情》的文言体译本，以及上海译文出版社 1998 年出版的《狄更斯文集》所收汪倜然译本。

1952 年版插图

《地主之家》译序

新中国书局1949年版封面

一

记得高尔基曾在一篇文章里，举出一些世界性的文学作品时，提到了萨尔蒂珂夫·谢德林笔下的普尔辉莱·犹独式加——这就是本书的主人翁。克鲁泡特金在他那一组著名的关于俄国文学的演讲里，曾把本书的名字，译作《戈罗维略夫的绅士们》，这些演讲，后来收集起来用《俄国文学：理想与现实》(Russian Literature : Ideals and Reality) 的名字出了单行本，有两种中译本，可以参考。一九三一年出版的一个英译本，是出自达丁顿夫人 (Mrs. Duddington) 的手笔，题名作《戈罗维略夫家族》(The Golovlyov Family)。两个不同的译名，都是出自原文 Gospoda Golovlyovy 的。我的译本把那用汉字写出来就变得非常冗长的名字，改成现在的样子。

这部作品，是十九世纪中叶所谓"倾向派"作家 M.E(Y). 萨尔蒂珂夫·谢德林的名篇。它写成于一八七二年至一八七六年，可以说是谢德林后半生的力作，把农奴制度开始崩溃和崩溃以后的地主家庭的必然命运，写得极其深刻。在这之旁，十九世纪时代的俄国农村生活——特别是没落的贵族地主生活，活跃纸上。这部作品所创造的典型——犹独式加，在一般的评坛上面，是被称为"莎士比亚式"的典型的。

二

作者萨尔蒂珂夫,或者更为人所知道的笔名谢德林,他的全名是米哈依尔·叶夫格拉弗维支·萨尔蒂珂夫(Mikhael Yovgrafovitch Saltykov, 1826—1889),谢德林(Shchedrin)是他的笔名,在好些册籍里,现在的人们常把他的笔名联在一起,唤做萨尔蒂珂夫·谢德林(Saltykov Shchedrin),即是《死魂灵》的译者用了许遐的笔名,在《译文》最初的几期内介绍了他的《饥馑》的那个萨尔蒂珂夫·锡且特林。

萨尔蒂珂夫出身于富有的地主之家,但他从年青时代开始就献身于那些年代俄国觉醒的知识阶级的事业里。他最初在文坛出现,是用了翻译拜伦(Byron)和海涅(H. Heine)的诗人姿态的。在一八四一年他也印过一本自己的诗作。但从一八四七年起,他就开始写小说。他用聂巴诺夫(Nepanov)的笔名,发表了最初的长篇《繁复的物事》(*Za puteonoye Dylo*);为了这,他被贬到维雅特加(Vyatka)这个僻静的乡下凡八年(一八四八至一八五六年)。他的工作是在当时的边区官府里做一个小官。这几年的生活,供给他丰富的材料,使他写成了另一部《乡镇见闻》(*Gubernsiskie Otcherki*),这是一八五七年的事。这部书,连同他以前的讽刺作品,暴露了同时代俄国人民各个阶层的真实。这都是用了谢德林的笔名,发表在诗人尼克拉索夫(Nekrasov)主编的杂志上面的。当它刊出的时候,读者用了欢喜的声音,向它表示热烈的欢迎。同时代的批评家卓尔尼雪夫斯基(Chernishevsky)对这部作品非常赏识,认为它不是单纯的文学作品,应该算到俄国生活的历史事实里面去的。卓尔尼雪夫斯基说:

直到现在,还没有人用了比这更苛刻的言词来诛罚过我们的社会罪恶,也没有人用了比这更无情的态度去把社会的病毒给我们暴露。但《乡镇见闻》决不是以揭发恶官吏为目的的,它只是社会环境的忠实的艺术的再现……

一切社会成分中的腐败臭气,在他的尖锐的笔锋下面,暴露出它们的丑恶的本质。他的以讽刺为基调的作品,虽然常常惹读者发笑,但同时,从内容的本质看来,却是无比的阴郁,这恰如戈果里(Gogol)的笔锋一样的惹人发笑,一样的辛辣。

一八六八年他辞退了他的小官职,献身于写作。其后的两年间(一八六九至七〇),他从事制作另一个名篇《一个市镇的历史》(*Istoria Odnovo Goroda*)——这里边的一两节,已经由许遐先生介绍了给我们。——一八七二年他写了《塔什干族的人们》,其后的四年间他创造了这部作品《戈罗维略夫绅士们》。到一八八〇年起的五年间,他写了许多小故事,或者称做寓言,后来集而成《故事集》(*Skazk*),英译本作 *Fablso*。这些小作品最为人所熟知,连在我们这边,也早就有过三五篇的翻译了。到一八八七年为止的三年内,他写了《普舍干尼耶的往昔》(*Poshekhonskaya Starina*)。

他揭发了旧世界的暴虐、无耻和怯懦;然而他的艺术手腕,却把尖锐的讽刺藏在艺术的形象当中,使他的作品不至于陷入应景的浅薄的泥沼里。他创造了只要人类社会的不平存在一天,就永远不会灭亡的鲜明的典型和性格。因此他的作品使同时代的知识青年,确信旧的将近崩溃,新的必然产生的真理。

卢那却尔斯基(Lunacharsky)把他称为"真正的最伟大的讽刺作家"。乌里雅诺夫和约瑟夫也经常提起他的名字和他所创造的典型。

三

但在目前的这部作品里,你将看不见《寓言集》那样的笔调。它无宁说是一本沉重的巨构,沉重得最后那一节使你不能呼吸。但也并非说它的情节离奇,不,他的故事无宁说是简单的。在这里可以看出作者惊人的艺术手腕,可以看出作品的伟大的艺术成就。

书里的主题是写县里的一个地主的家族,在农奴制度正在灭亡的时代,怎样升起和怎样迅速的毁灭。这里面的人物都是些卑鄙的,自私到不可想像,如在那样的时代,那样的地方所常见到的一些家伙;但是他们却深深的吸住了读者,得到读者的同情;并同时把他们以及他们的那个时代必然没落和衰亡的理由,清楚地告诉了读者。

这个家族悲剧,在丈夫乌拉第米尔·米哈依里支和妻子婀莲娜·彼得罗芙娜的各走极端的开初,就预示出来了。在他这方面是憎恨和害怕,在她这方面是欲望。这整个的不和,就预兆了四个孩子——斯蒂潘、安娜、普尔辉莱和巴佛尔的不幸,他们都被母亲当作一个负累。母亲——女主人翁婀莲娜·彼得罗芙娜是一个生意经十足的女人,她把全部精力用来增加她的庄园和财产,虽然有时她也问自己,"我把这一切财产积蓄起来,忘饥失睡的,是为了谁呢?"她的无情的心,是在一连串的优秀描写里表现得很清楚。她对她的长子"呆子斯蒂潘"的态度,是她的不可想像的程序的一部分。他简直被当作一种障碍。四十岁的时候他就无路可走,只能回转戈罗维略伏(夫)来,他被指定在庄园办事处的一个房间里,给他吃不饱饿不死,接着——简直忘掉他。斯蒂潘已经消失了希望和计划,为了度过那漫长而单调的冬天,他发现烧酒是他唯一的救星,外边是灰暗可怕的日子,而他的内心却是死一样的空虚。这几页优秀的描述,真实得极其可怖!在一种喝醉了的疯狂情况下,他跑掉了,可是后来给找了回来,但他的心神已经空无所有,他从此就变得一声不响了。

斯蒂潘这样默默地死去。十年之后,是他的弟弟巴佛尔的死。在这些插曲的处理上,绝无半点枯燥。正相反,作者以其无比的丰富,编织了一个尖锐的对照。

七十岁的彼得罗芙娜,早已解除了她的专制支配权,把庄园分给了两个儿子,这之后又被犹独式加的不可忍受的锱铢计较的卑劣赶出了戈罗维略伏(夫),变成巴佛尔的杜布罗维诺庄园的一个食客了。在这情形之下,彼得罗芙娜的晚年是绝望的寂寞的,她发现她一生劳碌,是为了"一个不存在的家族"工作着。两个兄弟互相憎恨;他们也从来没有理由要爱他们的母亲。她把自己消磨一世,结果只是为了一个幻影。

巴佛尔死了,那是凄寂的死亡。现在进到小说的核心。犹独式加这典型一节比一节地更其活现了。他是可以称为俄国式的假好人的,但作者在这上头写了一两千字的申辩。他到处嗅着他可以得到的利益,他用双手把它抢回来,于是用了无涯的话语洋海(海洋),苦恼着别人和自己。甚至当他把他的两个儿子,一个一个地赶到死亡线上,他也从不曾想到过他自己要负责任。只有他的管家妇——叶芙柏拉克西雅是他的天罚。在描写犹独式加的儿子彼盾加最后回家的一节,和彼得罗芙娜的死的一节里,这部作品进入了极大的深度。

安娜的生命在小说的很早的发展中就完结了,但她遗留下来的两个孤儿安宁加和卢宾加,终于出走,去做女优伶去了。她俩的不幸的一生,卢宾加的自杀,安宁加的回来,处处和犹独式加这典型的发展交织着。在彼得罗芙娜死后,安宁加是回到过舅舅家里一次的,其时她播下了种子,使叶芙柏拉克西雅成为毒害犹独式加的生存的因素。接着是描写这个不幸的管家妇如何向她的"主人"犹独式加复仇。犹独式加为了自卫,就完全退入他的书室里了。当安宁加最后回来的时候,悲剧就发展到顶点。唯一的逃避是烧酒。而在这发展当中,犹独式加的天良一天天发现了,终于在大风雪里冻死路旁。

在一个地方,作者这样的写道:

> 有好些家族,好像已经不容易逃过灭亡的命运了。特别是在俄国星罗棋布的小地主阶级里,更可以瞧见。他们没有事情做,和社会生活没有接触,没有政治上的重要性;有一个时期是由农奴制度所掩护的,可是现在呢,没有掩护他们的物事了,他们正在把生命的残余,花费在坍坏了的乡下屋子里面。

四

这本书,是去年在一个偏僻的寂寞的地方开始翻译的,不幸敌人的炸弹,竟毁去了我的一切,连同好些原稿。今年春天,由于一个出版家的极力怂恿,好容易借来了英译本,把它重新弄了出来,翻译中虽得原文节本,但又因为节得太短,无法对照,也就等于专门靠的英译。日以继夜的赶了出来,谁知时迁境变,这个出版家大约是以为出世界名著,不如《水浒》《红楼梦》之类来得赚钱,竟把他的约言,忘得一干二净了。于是译稿就静静的躺在那里,我也并不心急,因为我已着手另一本书的译作,但偶尔也记起:犹独式加这个典型的创造，是值得介绍给这个古国的读者的。如今居然有人肯把它印出，我如释重负，就写了以上的几千字，作为介绍，战争中屡遭变故，材料失的失，炸的炸，详尽的介绍，就只能等将来了。

临末，感谢一个朋友：在我心情恶劣的时候，他用了那样的热情激励了我，对于这本书的出版，他又做了媒婆的工作。

译者记　一九四三年中秋节

附：《戈罗维略夫老爷们》译者后记

今年是萨尔蒂柯夫·锡且特林诞生一百二十五周年纪念。因此，当译者接到书店决定重版锡且特林这本小说的通知时，就决定让这个不成熟的重译本再印一次，来纪念这位伟大的俄国文学巨匠。

这本小说可以说是作者的代表作。译文是抗战时期根据英文译本转译的，曾在重庆印过一版，错字极多，纸又很劣，不堪卒读。解放前一九四八年曾略加改订，并加了一篇代序，由组成三联书店的一个机构排好，未印；东北光华书店（三联）曾据重庆本印过一版，沿用重庆时的书名《地主之家》，错字也未改正。

这一次重印是用三联四八年排好未印过的纸型，另加上 B. A. 米拉舍夫斯基的石刻插图。作者的名字现在常写作谢德林了，这里所用的锡且特林，是鲁迅先生曾经用过的，我以为更准确些，因此没有改动。书名也恢复了原来的《戈罗维略夫老爷们》。

这个译本只能算是抛砖引玉，将来有更好的直接从俄文译出的本子，它就不必再印了。

一九五一年四月

北京三联书店 1951 年版封面

[题注]

《地主之家》(Господа Головлёвы),〔俄〕谢德林著,陈原译,重庆文风书局1945年初版,32开,465页,"世界文学名著译丛"之六,系据英译本转译;华北新华书店1948年再版,32开,620页。新中国书局(东北区即光华书局)1949年3月刊行。其间重庆渝光出版社以《欲》为名出版此书,出版时间不详。北京三联书店1951年8月以《戈罗维略夫老爷们》为名出版修订本,分上下册。作者译为萨尔蒂柯夫·锡且特林。系据Mrs. Duddington英译本 *The Golovlyov Family*,Everyman's Library 版转译,内有米拉舍夫斯基石刻插图。修订版增加〔苏〕I. 萨茨作《代序:论萨尔蒂柯夫·锡且特林》,论述了锡且特林的创作方法、特色及艺术成就,认为他"在协助揭露俄罗斯性格的作家当中,占着最初的位置之一"。全书凡7章,第一、六章标题略有改动。

渝光出版社1945—1949年版封面

《中国地理基础》代序
——零星的杂记

致用书店1947年版封面

这是我所写的地理书中,自己比较满意的一本。虽然它还不是我的理想。这本书,对于初学者,也许能给一个简明的概念。自然我并不是说:我所竭力要写的,只是些呆板的原则或概念之类的东西。我竭力要把地理写成一种活生生的科学。我不仅要说明——虽然在很多情形下面我只能够仅仅说明——一些现象,我还竭力想指出它的原因和它可能的发展。我相信这是很重要的。但我往往达不到我的目的。理由很简单,请读者记起,我是在什么时候和什么地方把这本小册子写成的。

* * *

这里所研究的是一些"地理基础"。这部小册子不是专门的经济地理。它当然不是目下一般意义的自然地理。我相信在好些地方,我曾采用了一些大胆的观点,或者说,教科书所未采用的观点。最后的工业分布和农业分布这两章,我认为颇可以过得去,虽然我只能写出我要写的若干分之一。

自然你不能把它当做一本中国经济现状,这是地理——我提醒你。这两章也只能主要讨论地理上的问题,当然这免不了触到经济学。我整本小册子所用的材料,都拣我手头所能获得的最新的材料,当然选些比较可靠的材料。但好些数字是残缺不全的——请你记起:我们是处在连材料也不容易得到的时代。

*　　　*　　　*

战争快要打胜了。我们的地理环境,准确点说,应该是经济地理的一般情况,将会有很大的变革。人口将会有新的移动。交通将会有新的景况。工业和农业将会有新的发展。这本小册子大都论到过去,稍稍的触到目前。至于未来——这里只能有一两处地方提到一两个计划。目前,我所能做的,只是这些了。

*　　　*　　　*

每章里面分了小节。每章后面附有参考资料。参考资料是只备查考的,当然很枯燥——因为大多是数目字。只想浏览的人们,是可以把它越过的。

*　　　*　　　*

这是我在战争中完成的第六本地理书,恐怕也是在战争中完成的最后一本,像上面所说,也是自己比较满意的一本。真想不到什么东西都丢光了的现在,还来写这样的书。也真想不到现在,还只能这样的写。

什么时候才能够不这样的写呢?

*　　　*　　　*

亏得一个老朋友把那万分潦草的稿本缮清。应该多谢她。当我写第一本地理的时候,她念初中一年级。现在,居然能替我负担了抄写的工作。时间过得真快——但我们这个国家,可走得真慢呢。不信,请你读下去吧!

著　者　一九四五年五月末日在重庆

附：沪版题记

　　这本小书是在战争最后一年写成的；那时的中国和现在当然大不相同,何况写的时候还要顾忌许多东西。但书店因为有现成的纸型可用,打算印行沪版,幸而书中主要的还是说明一些基础物事,而山川资源之类是不会有很大变化。故付印前只将书中数处挖改,在没有新的读物出版的时候,再让它充一下数。

　　　　　　　　　　　　　　　　　　　著　者　一九四七年春

[题注]

　　《中国地理基础》,贺湄著,重庆建国书店1945年初版。上海致用书店1946年出版、1947年再版。32开,210页。全书分国境、地形和气候、地质和资源、人口和民族、交通的地理、国内外贸易、外国资本及其地理分布、工业和工业的地理分布、农业和农业的地理分布等9章。每章末有"本章参考资料"。

《世界地理基础》三版题记

致用书店1947年版封面

这本书是在战争的最后一年里写成的,初版出来的时候,刚遇"胜利还乡",后来书店又在上海印了一版,内容丝毫未动。现在又要印一版了,可是还不能大改。比之再版时好一点的,就是作者在事前知道了出版者要再印,因此匆匆把里边可以挖改的地方改动了一下,应该删去的也给删掉了。但这本小册是在两个条件下面写成的,其一是那时还有审查机关,"帝国主义"之类的字眼也犯禁的,说话之难可想而知;其二是那时参考书刊不容易得到,现在天天见面的材料那时说不定当做宝贝。这本小册应该重新写过,是必要的事。

这是一本专讲世界地理基础的小册子。我所谓基础,是指:土地、人民、气候、交通和资源。我曾写了以景视为线索的世界地理,和以国别为单位的世界地理,虽同是讲世界,但详略和重点却是各有不同的。

作者志

[题注]

《世界地理基础》,陈原著,重庆建国书店1945年初版,"建国中学生读物丛刊"之一。1947年5月上海致用书店三版。32开,219页。全书分有水的世界、地形、大陆、气候、人类、交通、农作物的地理、动力资源的地理、金属和非金属资源等 10 章,不按地区国别分述。每章后有"参考资料"、"实习题"和"可读的书",附插图。初版本未见。

《世界地理基础》插图

《现代世界地理之话》前记

开明书店1946年版封面

这本小书,一共只有十万多字,它所处理的是一门大家都认为顶枯燥的科学;它所接触的是五花八门的现代世界。这本小书可以说是现代世界地理的序论,或者入门。

大部分的内容是依据英国一个作家的新著《现代地理:在变化中的世界》编译的;小部分则根据《牛津世界经济地图集》[①],波兰的绘图家拉希曼[②]的《全球战略地理图集》,拉多氏[③]的《世界地图集——今天和明天》和苏联的几本地理教程写成的。

《现代地理:在变化中的世界》,是 W. C. Moore 做的。关于他,我可惜一点也不知道,只晓得他在写这本《现代地理》之前曾替伦敦一家进步的书店(戈伦兹书店)的"新民众丛书"写过一部《资本主义的地理》。他这本《现代地理》收在一部通俗而又进步的自修指南中[④],写得极其简洁有力,一点也不枯燥,但也不肤浅,在通俗化这一点上,

---

① *The Oxford Economic Atlas*, Revised Edition, London.

② Rajman 是目前英国颇有名的地图画家。她曾给法国名记者毛那(Moore)所作的《毛那在中国》作了几幅插图。她的这本 *Global Atlas* 是一本通俗的战略地理,图文并茂。

③ Rado 也是在英国绘地图的。他这本 *World Atlas: Today and Tomorrow* 观点很进步,是同一类的书比较难得的一点。

④ 他的《现代地理》原题是 *Modern Geography: The Changing World*。收在 *The Complete Self Educator*(伦敦 Odhams 书局出版)。

是颇多成就的。书中有一两处颇有问题,但我都依我的意见加以更动,又因为加了一些材料,故这本小书不能就算是《现代地理》的译本。

这本书有什么特点呢?

它不像地理教科书——尤其不像我们这里常见的教科书。它不板起面孔来,虽然在后面的几章里,你不指着地图对照来读文字,是不免会感到漠然的。但这也不是本书的过错。谁说过读地理而可以不用地图的呢?

它不是风土记,旅行记或游记,专以殊风异俗、名山巨川、奇人怪事做题材。它是这样一本书:忽而讲东,忽而谈西,带着你走,却使你常常记着一个真理:你是生活在这样的世界里——这边动了一根毫毛,那边也许就受到影响的。

它不像专以经济地理为题材的地理书——老实说,或者似乎有点滑稽的说法,它是一本"地理经济"。(可不要误会我是赞成地理决定一切的论者呵!)这本书的前十二章从自然地理来论人类的生活。也可以说:这里面讲的是自然环境如何影响了人类的生活,人类生活的进步,又如何改变了自然环境,是全书顶重要的部分。第十三章至十五章,泛论世界的富源、交通、国度。第十六章以后,主要的目的是想读者弄清楚几个大陆的政治地理的。

可惜这里面没有附插图——但也并不可惜;读者身边似乎总该有。倘已买得或借得比较详细的有彩色的地图,那就比之书中单色而简略的插图更有味道了。

这几年来,我一直在从事于地理的通俗化工作。虽然这在我也许是不能愉快胜任的,但在没有人做的时候,也无妨尽力来做做。否则岂不太寂寞了么?我在痛苦中摸索着——一九三九年那本《中国地理基础教程》出版以后,不少读者曾给了我无限的鼓励,他们或指出错漏,或提出问题,或提供用这本书教学的经验。在当时环境的限制下,我不能逐一答复这些亲爱的读者,但我非常抱歉这本不成样子的著作,在不同的地区出了好几版依然只字不改。这里头有好些笔误,有好些错误是因为原稿不在身边,自己跑到别处去了,把意见写下寄去出版家修改,因而弄出来的;有些插图因绘画者误会了意思,给画错了;自己对于一些个别地方的见解上也不免有错误。我的修改本给炸掉了。后来只是在一九四三年我根据它重新写成《中国地理新讲》,当时我以为自己用了比较好的通俗化的笔调,但现在我又放弃了这种写法。同年我写了一本《世界地理十六讲》,是一本以经济地理为主体的书。我写这本书的目标是:要人家看得不头痛,要写得像一部散文。我自然没有到达理想的十分之一。你当然知道散文和地理之间,有多少公里的距离。房龙的《我们的世界》是属于历史地理的范畴,我不喜欢——我不喜欢只是历史的地理,或重点在历史上的地理。我还是较喜欢于把眼睛盯着在变化中的现代世界。

由此可以知道我根据 Moore 的书,写成这一本的道理——简单的说吧,第一似乎先前没有这样写过的通俗书,第二我是在尝试另一种通俗化的写法。

要说的本来已经说完,但正想收尾的时候,忽然想起两桩小事:

其一,这本小书的最后,本来我想加一章,题名《海洋和江河》——比如房龙的新著《太平洋的故事》[①]和路维希的《尼罗河传》[②],就是我所需要的参考材料中的一些。但手头不容易汇罗那样多的此类的书,这企图只好记下来,等将来来完成了。

其二,因为这本书而想到也许我们这里对于自然地理——我名之曰地理科学——的常识也许不很够。中学里似乎有自然地理讲授的,据人家说:

---

① 房龙(Van Loon)是一个美国籍的荷兰人,他先从事于历史的研究,后来才写了一本《房龙地理》(Van Loon's Geography)。这本大书在我们中国已有两部译本,其中一本就改题《我们的世界》。他在一九四一年写了《太平洋的故事》(The Story of the Pacific),这部书与其说是地理,不如说是历史。译本还没有。

② 路维希(Emil Ludwig,今译路德维希)是世界最有名的传记作家,虽然他的传记写得并不深刻。他的《林肯传》和《拿破仑传》、《俾士麦传》都已有了译本。他近几年打算写河流的传记,第一部他选定了非洲的尼罗河。他的书叫做 The Nile。我觉得这是融合了文化史、社会史和地理在一炉的著作,颇值得一读。假如我们能写出一部《黄河传》来,一定是很出色的。

一点也不实际,不是太专门,就太乏味。先前看到了 Sharp① 的一本地理教本上半部讲自然地理的,已经觉得它写得生动,所写的知识也很丰富,但最近看见巴尔戈夫和波罗温金合编的苏联十年制学校第五班用的《自然地理教程》②(一九四三年版),觉得它写得更好。好处是在乎:更实际。例如一开始它就讲怎样定方位——东西南北不分,亦人之常情也呵!——其次就讲比例尺——我见过好多人念完了中学还是对地图的比例尺莫名其妙,有一回一位翻译家还把"比例尺很大的地图……"译成"规模很大的地图……",可见普通人也尽有不知比例尺是什么东西的。你看这本书多么有用!——此外它还讲简单的测量,地图上的记号,等高线(分层设色的标准)。它的习题也很实用,例如讲河流那一节,它的一个习题是:

请在地图上找出下面的河流来,并且把它记熟。

在欧洲:伏尔加河,顿河,乌拉尔河,特尼泊河,波河,泰晤士河,莱茵河……

在亚洲:奥伯河,黄河,扬子江,恒河……

在非洲:桑比西河,刚果河,尼罗河……

在北美洲:密士失必河及其支流密苏里河。

在南美洲:亚玛逊河,拉·柏拉达河。

在澳洲:穆莱河。

一、这些河流从什么地方得到水量?

二、这些河流各有何工作?

三、哪几条河有水力的潜能?

四、哪几条河源出高山?

五、世界上那些地方有长河?

处处和现代世界地理联结起来,自然地理就不枯燥了。有机会时我想

---

① 莎伯(Sharp)是英国有名的地理学者。我这里所提的是他的一本教科书:*The World*。这本书很简明,它所不厌其详叙述的是英国及其殖民地。这是一大缺陷。

② 作者 A. S. Barkov 和 A. A. Polovinkin,苏联地理学家。这部书(*Fizicheskaya Geografiya*)是一九四三年第七版的。

把它也译出来。

感谢所有对这本书直接或间接帮助的朋友。

陈　原　一九四五年二月十五日重庆

[题注]

《现代世界地理之话》，陈原著，开明书店1946年3月初版，"开明青年丛书"之一。1949年4月三版。32开，176页，共22章。通俗介绍了世界自然环境与人类生活的相互影响，以及各国地理概况。每章末附"本章问题"，末页介绍"开明青年丛书"。

《丹娘》题记

新知书店1946年版封面

　　从语言教育学的观点来说，注释书对于学习外国语文，是有很大的帮助的。但注释的方法也有种种不同，每一种都有着特点和用途；这本书所采用的是：直译对照，另外加注的方式，并且所加的注解，涉及语汇，片语，熟语，文法，翻译和类例，参考这几方面。这样的注释对于学完了初级课程而未融会贯通初级课程的读者，是很有益处的。文法的注释——在本书里着重了三个实际的问题：如何在较长的句子里找出主语和主要的动词，如何应用被动式，如何找出省略了的句或字。本书里关于语汇的注释，集中在三个方面：片语和熟语（在这篇文章中）的确切意思，查原文字典的习惯，和如何理解原文字典的解释；单字的触类旁通，以及提防混淆。对照部分的译文，是专门为对照用的，希望读者不要把它孤立起来当译本念。

　　这几篇文章的原文是俄文；英译者不知是谁。苏联近年来刊行的英文出版物，所用的英文大抵是这样的。

　　本书还有两个中译本，一是外国文书籍出版局出版的，一是傅学文女士译的；两本都根据俄文直译，和本书略有出入。但也可参照。

一九四四年二月廿五日记

[题注]

《丹娘》,〔苏〕P. Lidov 著,陈原注译,新知书店 1946 年 5 月重庆初版。据苏联外国文书籍出版局英文版 *Tanya* 译。32 开,正文 67 页,英汉对照,注释 19 页,另编页码。

傅学文编译本由重庆中苏文化协会妇女委员会 1943 年出版。

《狗的故事》译者后记

光华书店1948年版封面

这里辑译的几篇东西,是托尔斯泰写给孩子们念的,因为所讲的大都是一些科学常识,所以没有一点宗教性的教训气味。靠了他老练的文笔,他把好些复杂的物事,讲得非常简明;其中如"虫"和"太阳的热力"等篇,所说的都是日常所见惯的东西,却描写得那么生动,那么清楚。

译稿是根据英译托翁全集第九卷翻的,那已经是桂林撤退以前的事了。这两年来这本稿子给带着跑了多少地方,总算不曾丢掉。现在译者重校一遍,自以为这些常识还值得为今天的孩子们一读的,因此把它付印。只是原文那种明朗高洁的风格,经两度移译,恐怕所剩不多了。

译者记　一九四六年儿童节于上海

附:三联书店版译者后记

这里辑译的几篇东西,是托尔斯泰写给孩子们念的,讲的大都是一些科学常识,靠了他老练的文笔,把好些复杂的物事,讲得很简明。其中如"太阳的热力"等编，所说的都是日常所见惯的东西，却描写得那么生动，那么清楚。

译稿是一九三四年在桂林根据英译托翁全集第九卷译出的，原文的风格，经两度移译，恐怕所剩不多了。

一九四六年四月四日于上海

这本小册子1947年在上海生活书店印过一版，1948年在大连光华书店也印过一版；现在这一版用的是旧纸型，只改了几个错字。

一九五零年九月底记

三联书店1950年版封面

科学技术出版社
1959年版封面

[题注]

《狗的故事》，〔俄〕L.托尔斯泰著，陈原译，上海生活书店1947年4月初版，1948年作为"少年文库丛书"之一由大连光华书店（该书店系三联书店1945—1949年创办）再版。1950年11月作为"新中国少年文库丛书"之一由三联书店三版，改为大32开，横排，仅在目次上做一些调整。1959年以《托尔斯泰科学杂文集》为题由科学技术出版社出版，32开，46页，无前言后记。2007年6月恢复原书名，收入"陈原文存"出版。内容包括动物杂记、植物杂记、物理杂记和狗的故事。

《平民世纪的开拓者》后记

开明书店1947年版封面

　　这里所收集的十三篇（其实是十四篇，其中有两篇拼做一篇）文章，是我这两年间所写的关于人物的述评的结集。最早的一篇写于 1945 年 2 月，最晚的一篇写于 1946 年 10 月。在这个期间里面，除了一些短稿及虽已发表但现在已无从收集的之外，我的关于传记之类的东西，大抵都收在里面了。我不把它们称做传记，是因为在这许多篇当中，只有很少的一部分是和通常的所谓"传记"相像；大部分形式既各不相同，内容也大抵只写一个时期或一个事件，因此有的变成特写，有的只是发抒感想，有的倒是长篇大论，泛谈一群人了。所以如此的原因，现在回忆起来，是有好几个的：——

　　第一，这些文章是在不同的时间和地方写出来的，最初也没有打算每篇写得一律，好让后来收集成书。而写作的两年间，又是世事变化得最厉害的日子；别的不去说它，单就我自己而论，这两年就迫使我由南跑到北，由北跑回南，又由南跳向东。生活既然变化得这样厉害，文章的体例也就不能强其相同了。

　　其次，这许多篇可以说是我对于传记这一部门的尝试。既然是尝试，也就大胆的写，——并且用各种各样的方式去写。

方式虽然不同,可是这十三篇的中心,却只有一点:写人。青年们对于"人"往往有美丽的憧憬。一个学音乐的,他的心中总有一系列的"神":巴哈,莫扎特,贝多芬……一个爱文学的,他的心中也有另外的一系列:荷马,莎士比亚,托尔斯泰,罗曼·罗兰……对于各自心目中的神祇,他们却寄以无穷的追慕。在追慕之余,也常常惊骇于他们的"神奇",这就是说,因为时间与空间的阻隔,使他们不能透彻了解这些英雄们的成长,是积聚了无数的艰辛的斗争而得的结果,往往以为英雄们都具有"神奇"的力量,登高一呼而天下平。时下的所谓"传记"家们,便利用了这种心理,总是把人们心目中的伟人们,描写成一些离开人间的神。要写革命家,就连他两岁时候的啼哭,也合乎革命的规律。我曾不止一次地厌恶把人变做神的看法。我相信一定也有不少的青年朋友和我一样的厌恶。所以当我一有机会来作写人的尝试时,我就努力将巨人还原做一个人。不论我的尝试只有百分之几的成功,我还执着地要这样做。

开明书店1947年版扉页

英雄的事业就是一连串的苦斗:——与命运的搏斗,与恶势力的搏斗,与传统的搏斗。在这艰难而孤寂的战斗中,时时有痛苦,有错失,有迂回,但自然也有欢欣……于是经过时间的考验,战胜了!这就是英雄。这中间,依我来看,没有一点奇迹,没有一点侥幸。如果你了解这苦斗的过程,那么你就能汲取他们的勇气做我们的养料。"倘使我们太弱",罗曼·罗兰这样写道,"就把我们的头枕在他们膝上休息一会罢。他们会安慰我们。"

多少年来,A. 莫洛亚(Andre Maurois),E. 路德威希(Emil Ludwig)吸引着我,S. 茨维格(Stefan Zweig)吸引着我,而罗曼·罗兰尤其吸引着我。贝多芬,托尔斯泰,米克朗琪罗,柏辽兹,哪一个不在罗兰的笔下放出光辉。这不是上界的光圈,这是人间味的光辉。这里最初几篇,就是在罗兰的影响下面写成的。——《罗兰》(第十),《斯大林》(第四),《罗斯福》(第一和第二都有这样的倾向。住在重庆时候,我又读到了美国的新进传记小说作家法斯特(Howard Fast)的几部作品,集子里有两篇是受他的影响写成的。

这十三篇文章分成四辑。第一辑是关于伟大的罗斯福的。他的死,现在已经证明,是全世界无可补偿的巨大损失之一。谁也不能说人可以扭转历史的行程;但是一个英雄却能够加速历史的进展。罗斯福就是这些英雄当中的一个。如果在战争中换了一个杜鲁门做美国总统,如果贝尔纳斯代替了赫尔做战时美国内阁的国务卿,那么,美苏英就断不能像在过去几年间的合作,因此胜利也就不能这样快到临。——虽然人民都知道法西斯蒂是终有一天会垮台的。

当罗斯福逝世的消息传到山城时,每一个人心情的沉重,真是不能描写的。悲哀而惋惜的浓雾,顿时遮盖住这个战时中国的首都。连对于政治的感觉最迟钝的人们,也免不了叹一口长气。怀着这样的心情,我写下了第三篇的 1。第一,第二两篇却是此后一月写成的。一年之后,中国由合而分,怀着比去年更沉重的心情,我写了第三篇之 2。又因为这篇的对象是更年轻的读者,我又极力抑制着自己的感情,只重复了一次罗斯福生前所指导的几个原则。

第二辑的第一篇所记关于斯大林的故事,是根据苏联几本传记书写的,其中有一本好像是雅罗斯拉夫斯基(Yaroslavsky)的《斯大林的学生时代》。篇前所引的歌,是名诗人因纽希金(Iniushkin)写的,曾由十多个音乐家分别谱成曲子,得奖的哈察吐兰(Khachaturyan)的大合唱,也是谱这首歌的。我译的《苏联名歌集》(1941)里面就收有同一首歌的三种谱。

第六篇关于苏联科学和科学家,是根据好些专书的材料写成的。我特别爱好巴夫洛夫给青年的那一封信,所以也译在最后的一节里。这一篇不是讲苏联的科学家怎样生活,而是泛论科学与科学家在这个新世界里面的预见,组织,工作与发展的。

有一个时期,我曾打算写一系列的民主战士的传记。这当中包括美国的杰菲逊,法兰克林,林肯,潘恩,法国的卢骚,伏尔泰,英国的米尔顿,俄国的罗蒙诺梭夫,赫尔岑……但是我只写了其中的两个(法兰克林和潘恩),即第三辑中的第七第八篇，就没有写下去了。甚至可以说，仅仅第七篇是我原来的计划里要写的，第八篇只是记录了《人的权利》一书诞生前后的潘恩。——潘恩的下半生是凄凉的，因为他离开了人民，甚至连他的骸骨葬在什么地方，也没有人知道。

同一的情形见诸于收在同一辑里的第九篇的主人翁——即尼赫鲁身上。这一篇原题为《尼赫鲁·监狱·家庭》，现在改了，并且加了一个副标题《J. 尼赫鲁的前半生》。我所谓"前半生"就是他背叛了印度人民，和英国统治者妥协之前的那一段光荣的日子。

关于潘恩，采自法斯特（美国左翼小说家）所作的 Citizen Tom Paine，甚至好几处连行文的口气也是他的。尼赫鲁的自传：Toward Freedom：An Autobiography 提供了第九篇的主要材料。

第四辑是文化部门的先知者。其中罗曼·罗兰是1944年最后一天死在解放了的法国土地上的，在这之前，曾几次地谣传他在纳粹的集中营里面受难而死的消息。这个老人在巴黎的住宅好像曾被侵略者所占领，他迁居到乡下，晚年曾写了《巴该传》（Paguy）。关于他病死的详情，一直到现在还没有很清楚。罗兰死后两个月，即1945年2月，A. 托尔斯泰也突然病死了，留下了未完成的杰作《彼得大帝》。A. 托尔斯泰死后一年有半，H. G. 威尔斯也病殁于英伦。这三个伟大的思想家，在近代欧洲文化史上是占着重要的地位。这三个年龄已经不小的文化战士，代表着三种类型：A. 托尔斯泰从旧俄转入新社会，马上就成为新社会的坚强的斗士之一，直到他吐出最后一口气的时候为止，他的努力没有一刻停歇过。罗曼·罗兰在上次世界大战之前，只能算是一个有良心，富于正义感的艺术家，可是在大战之后，他发现了战争的真正原因，也就成为不屈的斗士。反对法西斯，保卫文化的国际组织，是在他的倡导下结成的。与所谓转向的 A. 纪德不同，罗兰具有一种对于进步的事物的执拗的热爱。在这一点上 H. G. 威尔斯和罗兰大不相同的。无论威尔斯对于自由与民主如何拥戴，可是他始终不能了解苏联。他对于自由与民主的理解，可就变成空空洞洞的理解了。

收在这一辑里面的第十二篇，讲的是鲁迅先生。关于这一巨人，我想不必多说，大家也都知道的。去年(1945)的春天，我逃难到重庆，闲居无事，把《三十年集》重读了一半，写了几本笔记，很想写一本七八万字的小说体的传记，书名就叫做《黑暗中国的明灯》。明知以我来写，是决计写不好的，况且许多不曾公开的材料，我既不熟，而且那时连问人也无从去问，但秋初终于写了第一、第二两章，第一章写童年，交给《开明少年》。第二章写离乡之前，给《中学生》发表。可是那时是原稿先要给审查官审查的，而这两个杂志却都在成都编辑，送审，所以稿子也就寄到成都去，——谁知头一章到现在也还没有收到，只剩下第二章，登在十月号的《中学生》上，——就是现在的这一篇。

为增加读者的兴趣起见，选用了好些插图。——这些图画是从不同的来源采下来的，这里也不打算逐一注明，只一古脑儿向作者们致谢。此外，开明书店肯把它印出来，也是我所衷心感谢的。

陈　原　一九四六年十二月五日上海

[题注]

《平民世纪的开拓者》，陈原著，开明书店1947年6月初版。32开，正文135页，"开明青年丛书"之一。共4辑13篇，收录《伟大的一生的开始（罗斯福的青年时代）》、《勇敢的先知者（罗斯福的政治生活场景）》、《平民世纪的开拓者（悼念F.D.罗斯福）》、《雄鹰·太阳（斯大林的青年时代）》等，随文刊有人物画像。

这篇序1998年收入《陈原书话》，略有改动。

《世界政治手册》前言

生活书店1947年版封面

本书的目的

这本手册提供了世界各国的政治经济的基本资料,以供了解或研究变化万千的国际形势的帮助。在提供这些资料时,力求用新的观点和人民的立场,分析各国政治经济在战时和战后的演变及发展。

本书的内容

本书内容大体上集中于下面的几点:

(一)纪要 原来的名称(例:芬兰,英文作 Finland,原名为 Suomi),首都,面积(单位平方哩 square mile),人口(单位用"一人",并注明系"人口调查"census 抑"估计"estimate 及年份),元首(国王、主席、总统等,必要或可能时注明就任年月)。

(二)政治局势 独立的历史,战争中的发展和战后的发展,今后的趋势。

(三)政府组织 政府形态,选举法,国会,内阁等。

(四)政党 重要政党,其政纲及领袖。

(五)日报及通讯社 重要日报及其背景,通讯社及其背景。

(六)经济概况 资源及物产,经济情况,战时或战后的经济新措施。

这些资料的提供,力求简明;并经整理,相信观点上不致有什么错误。

《世界政治手册》前言　117

但因所得材料的丰啬而详略不一；又因重要性而繁简亦有不同。

编者的困难

（一）国内还没有这样的专书可借观摩参考，战前出版的《世界知识年鉴》（生活版），只有各国概况一部分与本书有类似的地方，更早出版（约一九三〇年）的《国际政治经济一览》（商务版）体例与本书比较近似，但因立场关系，取材自不相同。

（二）外国出版的各种年鉴，编者已尽可能搜罗，但因大部分资料是资产阶级学者所提供的，选择判别之际，往往要借助于其他较正确的专家论文和专书。

（三）战后中外交通尚未畅通，因此编者特为本书所订购的许多材料，或未到手，或虽到而残缺不全，这都足以影响编著工作的进行。

（四）战后一年半以来，各国的局势变化急剧；而编者既没有足够的人力（助手）和物力（金钱）来整理并分析材料，复须以大部分的时间从事赖以糊口的工作，故挂一漏万，在所不免。

编者的希望

编者希望这本手册能每年增订，三月付排，五月出版（英国出版的有名的《政治家年鉴》，是每年四月才付排，六七月间出版的），这样就可以补正旧材料和增加新材料。假如这一点办不到，编者也希望每年能增刊一个续编。已有本书的，可以单购下一年度的续编。续编出版后，就须连本书一起出售。

本书的附录

本书所附《国际常识小辞典》，原稿是抗战胜利前石啸冲先生在重庆编成的，一直因环境

《国际常识小辞典》
单行本版权页

困难没有出版。书店方面觉得这部原稿时迁境变,一定有许多地方已经非增删不可了,而本书有此附录,对读者很方便,故于去年秋天委托编者重新用卡片方法逐项修订增删成现在的样子。其中如有错误,当由编者负责。

所用的参考资料

下面只是编写时所用的有系统的主要资料;其余零星资料,文献等,恕不详列。

(一)重要年鉴专书

Political Handbook of the World : Parliaments, Parties and Press as of January, 1946. Edited by Walter H. Mallory, published by Harper & Brothers, for Council on Foreign Relations.《世界政治手册》(美国外交关系协会)

The Statesman's Year-Book 1946, Statistical and Historical Annual of the States of the World for the Year 1946. Edited by M. Epstein, published by Macmillan & Co. April 1946.《政治家年鉴》(M.爱伯斯坦编)

The World Almanac of 1947. Edited by E. Eastn Irvine, published by the New York World-Telegram.《世界年报》(纽约世界电闻报刊行)

Almanac for 1946. Edited by Joseph Whitaker, complete edition.《年报》(韦迪克氏编)

Information Please Almanac 1947.《资料年报》

Modern World Politics. Edited by Thorsten V. Kalijarvi, second edition, published by Thomas Y. Crowell Co. 1946.《现代世界政治》(再版增订本)

Strany Mira : Kratki Spravochnik, pod redaktsie P. F. Yudina, F. N. Petrova, Gosudarstvenny Institute "Sovietskaya Entsiklopediya" 1946, Moskva.《世界各国简志》(苏联百科全书出版局)

The Pan American Yearbook 1945. Compiled and published by Pan American Associates.《泛美年鉴》(泛美协会出版)

The New Europe : An Introduction to Its Political Geography. By Walter Fitzgerald, revised edtion, published by Harper & Brothers.《新欧洲》（增订本）

Ekonomicheskaya Geografiya Kapitalisticheskikh Stran. Compiled by I. A. Bitver, Moskva, 1946.《资本主义各国经济地理》（战后增订本）

（二）重要报章杂志

New York Times, sunday edtion 1946.《纽约时报》星期版

P M sunday issue 1946.《下午报》星期版

World Report, July 1946 to Jan. 1947.《世界报导》周刊

New Masses, *New Republic*, *Nation*, *Manchester Guardian*, *Time*, *New Times* etc.《新群众》《新共和》《民族》《曼彻斯特卫报》《时代周刊》《新时代》等

《世界知识》(1945—1946—1947)

《时代周刊》(1946—1947)

Soviet Weekly (1946－1947).《苏维埃周刊》

《大公报》、《文汇报》、《时代日报》、《新华日报》等。

（三）重要地图集

Atlas of World Affairs, by C. H. Macfadden and H. M. Kendall and G. F. Deasy, published by Thomas Y. Crowell Co., 1946.《世界局势地图》（附说明）

Library World Atlas, published by Hammond Co., New York, 1947.《图书馆用世界地图集》（巨册）

Hammond's Liberty World Atlas, published by Bammond & Co., 1946.《自由世界地图集》

Hammond's Historical Atlas, published by Hammond & Co., 1946.《历史地图集》

An Atlas of the USSR, by J. F. Horrabin & James S. Gregory, published by Penguin Books, 1945.《苏联地图集》（附说明）

Peace Atlas of Europe, by Samuel van Valkenburg, published by Duell, Sloan & Pearce 1946, for the Foreign Policy Association.《欧洲和平地图》(研究报告)

《世界政治参考地图》(金仲华编、朱育莲绘)

编者的谢意

编者必须在这里感谢出版者的好意，书店编辑的不断催促，一个老朋友的日夜帮忙。同时必须向我所参考过的资料的许多提供者(著者，编者)致衷心的敬谢。

编　者　一九四七年六月上海

附：再版前言

本书出版的第二个月中旬，书店通知编者说要再版了。这是一个机会，使编者可以把本书校订一下，但因时间匆促，只在可能范围内校正了不多的一些脱误。

编者特别要感谢读者的指教，如果没有他们提醒，某几个说得不对或不充分的地方，恐怕还不能就发觉。(这一版的底封前，附了一张表，希望读者更多的指教。)

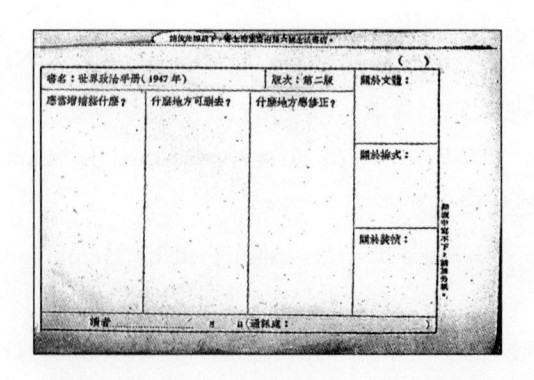

生活书店1947年9月版附读者意见反馈表

编者原来希望本书每年改版增订，至少出版一个续编，现在书店同意每隔半年出版一个补编，出满三个补编后再行改版（即两年改版一次）。如果不发生意外的周折，这是不难办到的。

编　者　一九四七年八月廿五日

[题注]

《世界政治手册》，陈原编，上海生活书店1947年7月初版，9月再版增订，32开，正文272页。正文前有目次、国名索引（分洲，并按国名中译第一个字的笔画为序）。附录《国际常识小辞典》（陈原、石啸冲编）单排页码（包括凡例、索引、补说等62页）。书末附读者意见调查表。

《新欧洲》（生活书店1947年版）书末附"新书预告"，推介这本手册。

《现代世界民主运动史纲》译者序

三联书店1949年版封面

随着民主运动的展开,一般的读者需要一种比较不太专门的读物,这一读物提供世界各重要国家的人民民主运动的经验和教训,和讨论有关民主运动与社会革命的诸问题。一本纯粹的理论书,正如一本单纯的世界史,都不能满足这一需要。

现在译出的这一本著作,大体上是属于这一类的,它或者多少能够满足这一需要。就整个而论——诚如作者所说——它本质上是一种历史纲要(Historical Summary),可是同时,这部著作又讨论了现代民主传统的发展,和在这发展中新哲学的兴起,以及这两者之间的有机的联系。它不是一部现代世界史,因为它只触到——或者说它强调了现代民主运动的一面;它也不是各国革命史,虽然要讲民主运动,就不能不触到各国革命,但这本书显然着重于检讨每一次革命的民主要求和成果,而不着重于把每一次革命作史实的叙述。

然而,毫无疑问,这部著作给出了从资本主义的兴起到帝国主义时代这一段历史的发展轮廓,使人清楚地了解这一段历史是怎样发展的,它将走向怎样的逻辑结局;从而了解:民主运动是沿着怎样的方向发展的,什么是其中最坚定的力量等等。

这部著作的对象是一般读者,因此,它可以说是一种比较通俗的读物。

它在写作上有一个特点,即往往就整个世界形势来分析民主潮流的发展;在分析某一国家的民主运动时,也从不忽略它从外间和对外间世界所接受和所给予的影响。这一点说来容易,做来困难;作者显然是花了相当气力的。

作者自己也提到最后的一章过于简略,变成一个提纲了,这无疑的是本书唯一的缺点。但虽然是简略的提纲,却也把百年来民主运动发展的线索给指点出来了。

译本付排时,译者接到原作者关于本书内容的一些修改和补正——这些修正有一两处是很重要的,有些却使原著更加完整——在第三章以下都已一一照原作者意思改正,但一二两章已打纸型,来不及改了,只好把重要的几点订正附在译序之后。

出版者和原作者对译本的出版,都给予可感激的协助和关心,我在这里表示衷心的谢意。

译　者　一九四七年九月

附:再版题记

当译者看到再版本的大样时,因为交通的阻隔,已不可能把初版的误植一一改正——初版本第四章以下,译者校者都因为突然袭来的恶境,不能安安静静地校读清样,因此错字特别多,不过大半错字读者都能自己辨别得出的,这里也不必再列正误表,只向读者告罪。

初版本译者序中提起原著者给译本的修改补正,第一二两章已不及在校样上改正,"只好把重要的几点订正附在译序之后",这改正的几点,译者那时已在匆匆离沪前写出付排,但结果却没有印出来——读者一定能体谅校者当时的遭遇,而不苛责这失察的吧。

下面就是这两章的订正:——

【第一章】 第二页七行:"它的目的是在……特权[②]。"一句,原著者指出:由"……摧毁"至"……,并且"都应删去。

第二页十一行:"以期取消国中有国的独特的法官阶级。"一句"国中有国的"五字删去。

第二页十二行:"总之,就必须采取一种民主纲领,并且把人民牵卷到为实现这个纲领而斗争的浪潮里。这样一来,反封建的革命就是一种资产阶级民主革命。"按著者意应改为:"总之,就必须采取一种民主纲领,并且把人民卷入斗争里,虽然这在每一次反封建的革命中,都没有实现的;即使是在把人民卷入斗争的反封建革命中,资产阶级的道路,也显然表现为踌躇、出卖,终于和社会的旧秩序妥协,而群众的主动性和群众的种种活动,完全为着资产阶级到达它的目标服务了。"

第九页四行:"克伦威尔准备跟里尔本及平等派妥协;"应加"有一个时期,(克伦威尔……)"。

第九页四行:"他甚至过于热心地想……"应作"他热中于"。

第十二页一行:"……共产主义社会的全部体制来了。"应作"……共产主义社会的全部乌托邦体制来了。"

【第二章】 第二十二页八行:"这些农民和机械工人,……"至"他们在一晚功夫所筑的防御工事……"两句应改作:"这些贫穷的农民和机械工人,包括成千成万的黑人,训练不佳,装备更不必说,可是他们竟创造了军事上的奇迹。他们花一晚功夫所筑成的工事……"

初版本因为付印时的恶境,"序论"没有印出来;现在这一版补入了,但也因为是最初排好了的,原著者的修改没有来得及订正。其中较重要的几点修改是:

第一页八行:"它的代言人们就算没有……"至十二行"那么一种新的理解却明明白白的在发生了。"这几句应订正如下:

"社会主义在半个欧洲和亚洲的胜利,只能证实这由来已久的确信,而没有减少原先的恐惧。但如果说这种古老的疑惧依然存在的话,那么一种新的看法明明白白地在发生了。显而易见的是,资本主义的进展越是走向政治经济权力集中于少数资本家的手里,则与此同时在数量上和力量上增长起来的工人阶级,越加明白到达充分的民主和挣脱独占资本寡头的经济压迫这两件事是不可分的。……"

读过这本书的朋友们大都认为最后一章写得太简略了,这一点译者在初版序中已经提到,这一章(近百年的民主运动)应该有比这详尽几倍的分析。为了这,同一书店出版的《近代世界史简编》——实际上是近代各主要国家革命运动史,可以参看。此外,杜德(Palmer R. Dutt)在《现代季刊》上发表的《一八四八——九四八:历史的发展和理论的发展》(1848—1948 Historical and Theorectical Development)也值得细读。

译　者　一九四八年六月

[题注]

《现代世界民主运动史纲》,〔美〕A. 伦第(A. Landy)著,章怡译,上海三联书店1947年10月初版,25开,208页。三联书店1949年8月再版,东北新中国书局1949年据此版重印。该书包括现代民主主义的兴起、荒原的新生命、欧洲黎明、民主运动的停滞期、一个新时代、德国的民主运动、马克思主义的兴起、马克思主义与民主传统、近百年来的民主运动等9章。附有"研究书目举要"、"本书人名及专名对照表",文末附"民主政治参考读物"16种。

此序收入《陈原书话》时,陈原在注中说,书名原为"《马克思主义与民主》(Marxism and Democracy),由于马克思主义这种字眼在旧中国是犯禁的,因此出版者建议改用这样一个晦混的书名。"

《新欧洲》译者前记

生活书店1947年版封面

一九四七年八月十七日的《新群众》周刊对于本书曾有如下的介绍：

"这本简明的小书,最重要的作用,就是在美国对欧政策相当混乱的目前,提供了一个清晰的美国观点和美国纲领。作者提供这个纲领,是以他在一九四七年冬春之交三个月的欧洲旅行做基础的。作者访问过英国、法国、瑞士、意大利、的里雅斯特、南斯拉夫、保加利亚、捷克和波兰。这本小书包含着美国政策应该用来做基础的一切事实。

"究竟新欧洲的特质在什么地方呢？这就是基本问题。在研究美国应当实行怎么样的对欧政策之前,我们必须知道欧洲目前向着什么道路发展。不幸的是,许多美国人所看见的欧洲,是完全缺乏自信力的欧洲。美国人被扯着鼻子去相信：欧洲的一部分是绝望地陷入所谓'全体主义'所设的陷阱了——这里所说的'全体主义'就意味着集中营、奴役劳动和否认一切人权等等；这样的说法即将苏联描写成本质上和希特勒德国一样的国家。据说,另一部分的欧洲,也被这'全体主义'的洪流所泛滥了。

"作者笔下的新欧洲,完全驳斥了这一观点。它戳穿了所谓'全体主义'的神话。他告诉我们：这些政府是怎样和被什么人选出来的,这些政府如何代表他们的人民大众。

"新欧洲诸国的经济情况是否很不安定？是否给工农们制造贫穷？妇女和少数民族是否依然过着悲惨的生活？青年和知识分子是否颓唐萎靡？关于这些问题，作者都有专章加以论述。他列举了许多事实来证明民族团结的性质，给出了新欧洲真实的图画。你在这幅图画中，可以看见欧洲目前在受着苦难的人民如何珍重自己的独立，如何决心为争取更大的幸福和更大的自由而斗争。在某一种意义上，你可以说：如果美国民主的梦想在政治的阴霾中渐渐的暗下去的话，那么，民主的光辉已伴随着新欧洲的太阳的上升而且再生了。"

本书就是这样的一幅图画！它只有八万言，不可能是一种资料性的 (informative) 著作，但它是一本分析战后的新欧洲一般和特殊的局势与倾向的典范。如上面所提到过的，这八万言是作者亲自访问欧洲的印象记。作者会见过新欧洲诸国的政府首长，政党领袖，职工会领袖和别的人们。尤其重要的是，作者在那里亲身体验了那种上升的气氛——他在本书中努力要把这种气氛传达给读者。

本书共十五章。可分成三个部分：第一部分（从第一章到第四章）论述战后欧洲的一般局势，指出新欧洲各国在政治上（第三章）和经济上（第四章）的新倾向。第二部分（从第五章到第十一章）把新欧洲的若干重要问题，个别地加以论述，这一部分所触到的问题，顺次有共产党的成长，职工会运动的发展，社会党共产党的政治团结，工人和农民之间的同盟，天主教运动，妇女运动，青年运动，知识分子的倾向，民族问题。这些问题都是大家都热心要知道而又苦于知道得不多的。最后的一部分（从第十二章到第十四章）是以上面两部分的事实做基础，来讨论苏联在欧洲的影响，美国对欧洲的政策，从而引导出欧洲将往哪里去的结论。最后的一章（第十五章）是专门对美国人民写的，这一章指出了美国人民斗争的方向。

本书写于今年（一九四七年）六月间。从那个时候到现在，欧洲的个别的情况已经起了相当的变化，但是基本的形势却是一直沿着新的路线在发展着的。在那个时候，马歇尔计划还未提出，但是作者已经指出美国的政策继续发展下去，就只有"把欧洲分裂成两个敌对的阵营"，以便"加强英美帝

国主义对西欧各国的影响。"(第十三章)

除原注外,译者在必要的地方加了不多的注释;在译文方面有的时候稍稍更动了原文的语句次序,有的时候删去了一两个不大重要而在中文却显得累赘的形容词。关于美国政策的两章译文,曾在一个杂志上发表过,在这里我向它的编者致谢。

译者志　一九四七年十月十日

[题注]

《新欧洲》(*The New Europe*),〔美〕福斯特(William Z. Foster)著,贝逊译,生活书店1947年12月版。32开,140页。"新世纪丛刊"之一。共15章:战争的破坏,战后的民主复兴,新民主政府,新民主经济制度,大众的共产党,新的职工会运动,妇女、青年和知识分子等。封底附"新世纪丛刊"广告:《战后资本主义经济之变化》(瓦尔加著,吴清友译),《印尼社会发展概观》(王任叔著),《工党一年》(何尔著,费孝通、史靖合译),《战后美国经济分析》(陈原译,应为《战后美国经济剖视》)和《美国大恐慌》(斯腾堡著,乔木译)。

陈原1992年曾写《隧道的尽头是光明抑或光明的尽头是隧道》一文,介绍他译介《新欧洲》的时代背景。(参见《陈原散文》第21页)

《科学与日常生活》译者序

上海生活书店1948年版封面

这里翻译的四十四篇科学小品，是从英国有名的进步科学家J. B. S.海登氏的论文集《科学与日常生活》选出来的；原文每一篇都曾发表在《工人日报》上，作者说：

"每一篇东西，我竭力要做到两点。

"首先，我竭力讲出一些至今在教科书里还找不到的事实，而且是别想那些得到学位离开大学的学生不会知道的事实。

"之外，我竭力把这些事实跟每天的生活联系起来。毫无疑问，这是普通一个普通教员认为最困难的事。"

海登教授每星期在《工人日报》发表一篇这样的科学小品，几年来没有间断过；其中，首七十篇早已结成集子出版，就是上面提到的《科学与日常生活》，其后写的，似乎还没有结集，但是中国的读者倒是有福气的，因为这些论文的另一部分，最近有了中译本的专集了。[①]

作者海登教授，生于1892年。第一次世界大战时，曾服兵役，被派到法国和伊拉克去，两次受伤。他是当代有名的生物学家，现任伦敦大学的"生物数学"教授——生物数学是他创始的一门学问，照他的解释，即是高等数

[①] 《科学新话》，林曦、李亚合译，新知书店1946年版。

学应用于生物学上的学问。1932年起,他被选为英国皇家学会会员——皇家学会是英国最高的科学组织,皇家学会会员(F.R.S)的头衔是比之什么博士、教授之类光荣得多的。1940年起,又被选为皇家学会的评议会委员。

他不但是个学者,同时又是一个社会斗争的战士。西班牙内战的时候,他曾亲到西班牙去为自由民主而战。其后他又担任英国《工人日报》的编委会主席。

除了这些通俗论文之外,有专门的著作:《动物生物学》(与J.赫胥黎合著,1927版),《遗传与政治》(1938),《马克思主义哲学与科学》(1938)等。

这里辑译的四十四篇论文,我把它分成五组,第一组是讲食物的,第二组讲居住——即所谓环境的问题。主要是讲空气,传染,等等。第三组讲自然界和一般的科学论,而以《科学的理论与实践》作结束。——这篇文章是他的上揭文集最后一篇,在这里,他指出"没有一种事物是只有一个因素的"。他举例:

"正如我们说房子起火是因为有人丢下一根香烟头,而不是因为空气里有百分之二十一的氧气。但是木头在只含百分之十五氧气的空气中,是烧不着的:这一点也蛮对。"

所以,他指出了科学的理论与实践之间的关系:

"可是你想知道了所有原因之后才去思想或行动,这就不是科学,而是迂腐。如果你拒绝承认我们能够控制的一个新原因,或者甚至可以预言它的变化的原因,这就是依附古老教条的象征。"

"所以,"他结论说,"我们科学家改变我们的理论,是不必烦恼的。这是一种健康的象征。"

至于最后的两组,讲的是进化与遗传,这是作者所得意并且是作者所专门的学问。

这些译文的一半,是去年六七月间在重庆译出的,另一半则是今年年初到了上海之后陆续译出的。因为篇幅太大,同时有些对于中国的读者不十分有兴味或已熟知的,共抽去二十六篇。这里的四十四篇中,间也有所删节,译者认为失了时效或对此地的读者不甚合适的,都给删掉了,这一点,正合乎作者所说：

> 我们必须向外国的读者告罪，因为我所举的例子，大多数是英国的例子，但我希望我可以鼓励对当地情形很熟悉的作家们，在外国照我的样子写。

读了这几句话，我起先是准备根据他的书改写的，后来还是照样译出，译出之后再略加删节，因为改写是我所不能胜任的事。

最后，对于所有关心和帮忙这本书的出版的朋友们，我寄以无限的谢意。

陈　原　一九四六年七月上海

[题注]

《科学与日常生活》，〔英〕J. B. S. 海登著，陈原译，上海生活书店1948年3月初版，1948年8月哈尔滨光华书店作为"光华丛刊"之三再版。32开，143页。分食物、环境、自然界、进化、遗传5部分，有44篇科学小品。该序1998年收入《陈原书话》，个别字词作了改动。

《美国与战后世界》译者前记

世界知识出版社1948年版封面

普列特（D. N. Pritt）的这本小书，是去年年底在英国出版的。全书十三章，原文大约有八万多字，记者把其中比较不重要的引用句和完全不重要的句子去掉，剩下现在的五万余言。毫无疑问，这是作者最近的一本力作，简洁有力地分析了美国帝国主义的成长、发展和它在战后世界的扩张。从第一章到第六章，是历史的鸟瞰，美国资本主义如何诞生，它如何发展了独占资本而进入帝国主义时期，在第一次世界大战前后，它如何获得膨胀的机会，然后就是它如何陷入一九二九至一九三四年的经济恐慌，罗斯福如何企图用资本主义的方式来拯救垂危的资本主义，在战争中和战后它的"新政"如何反被独占资本集团所击败，这一切都有了简洁的分析。到这里，作者就进一步剖析独占资本在第一次大战中的成长。举出了雄辩的数字，证明了资本的强度集中。从第八章起到第十三章，作者以锐利的眼光和丰富翔实的资料，分析了美国战后的内外政策。当美国对内压抑人民和劳工而引起进步力量的反击时，它对外的扩张和奴役政策也必然引起全世界人民的反击。这是后六章所得到的一般结论。作者又在第十二章触到了美国对华政策，毫无疑问他的同情是在中国人民方面的。最后一章作者特别指出了英国的路向——他力辟所谓英国现在处在进退两难的道路之说。在他的面前，展开了一条英国人民所应该和愿意走的大道。

正如齐里亚克斯(Zilliacus)所说,这本书"可以帮助人民对于正在发生的事情作一清晰的判断,并且指示了我们应该走的道路"。

作者是英国工党议员,可以说是工党里面最进步的作家之一,他至今还经常在杜德主编的《劳动月刊》上面撰稿;他在一九三九年写的一本 Light on Moscow,曾有中译本;那是一本剖析苏联外交政策的一本最简明的小书。

译者记　一九四八年三月底

《新文化》1947年第三卷
第一、第二期合刊

《国际现势读本》封面

[题注]

《美国与战后世界》(Star-spangled Shadow),〔英〕普列特(D. N. Pritt)著,陈原译,上海世界知识出版社1948年5月初版。36开,89页,系"世界知识丛书"之五。1949年2月三版。全书13章,着重从经济上分析美国资本主义发展的历史过程和它在战后世界的扩张,并剖析了它的内外政策。陈原于1946年翻译了《在战后世界中的美国》、《在战后世界中的法国》等文,收入《国际现势读本》(生活书店1947年版),同期还在《新文化》半月刊开辟"国际知识讲话"专栏。

《世界政治地理讲话》序

上海生活书店1948年版封面

这本书的全名

我这本书的书名叫做《世界政治地理讲话》,这是一种比较简便的叫法,而且是一本书的前半部。照我原来的意思,它应该叫做《第二次世界大战后世界政治经济地理》。它所着重的一个特定时间阶段,不是别的任何时期,而是第二次世界大战之后;它所处理的题材,不是一般地理或自然地理,而是政治经济地理;它所规定的对象,不是专门的研究者,仅是普通对这一科目发生兴趣,而又要靠着它来了解战后世界的一般情况的读者。

时间的规定

为什么要把时间的因素也规定了呢?自然地理的条件是变化得很慢的;古时虽有桑海沧田一句老话,但是一个山经过十年百年,还是一个山,一条河经过一场战争,还不至于立刻变成一块稻田。这就是斯大林所说的:

"地理环境当然是社会发展的经常必要的条件之一,而且它无疑是影响到社会发展的,加速或延缓社会发展进程的。但它的影响并不是决定的影响,因为社会的变更和发展是比地理环境的变更和发展快得不可计量的。在三千年中间,在欧洲已更换了三种不同的社会制度:原始公社制度,奴隶制度,封建制度;而在欧洲东部,即在苏联,甚至更换了四种社会制度。可是,在这同一时期内,欧洲境内的地理条件不是完全没有变更,便是变更得很少很少,甚至地理学也不肯提到它。而这是不言而喻的。地理环境方面的一种稍许严重的变更都需要几百万年,而人们社会制度中的甚至最严重的变更,也只需要几百年或一两千年就够了。"①

可是政治经济地理上的现象,经过十年八年,或者说经过一次战争或革命,就改变得很厉害,厉害到几乎连原来的面目你都看不出来了。举个革命的例子,比方说,十月革命给俄罗斯的政治经济地理起了巨大的变化;千万年前,乌拉尔山(Mt. Ural)就横亘在所谓欧俄和亚俄的中间,千万年后,它还是静静的躺在那里;可是仅仅三十年前,这里还是人烟稀少的地区,靠了革命,在短短的三十年里面,就发展而为重要的工业中心。乌拉尔山的地下富源,不知多少万年以前,早就埋藏在那里的了,可是靠了种种条件的变更,才把它发现出来:自然地理的基本因素虽没有变,但是政治经济地理上所表现的一切可变了。又如仅仅十年前英国还是欧洲名列头等的产煤国,它有不少的煤可以输出,可是第二次世界大战之后,英国的煤不但没有输出,而且必须输入了。十年前罗马尼亚还是欧洲有名的谷仓,在战争之后,它一方面已改变了政体,一方面不得不向世界粮食会议要求粮食的援助。这些变化,就是政治经济地理所要解释的;政治经济地理不但要说明这些变化的原因和现状,并且还要指出它可能的发展,和指出它为什么非如此发展不可。由此可见,研究世界的政治经济地理,就必须顾及时间的因素——否则就变得空洞和不切实际了。

政治地理和经济地理

在比较早的时期里面,政治经济地理还没有分野出来,成为一种独立的

---

① 见斯大林:《列宁主义问题》页七二〇—七二一,一九四六,莫斯科。

科学。不到一个世纪以前，本质上相当芜杂的一门学问——地理（Geography），大体上被分成两部门：自然地理（Physical Geography）和人文地理（Human Geography），前者着重在气候、土地和资源的地理分布①，后者则着重在人口、住所（城市和乡村）、经济生产和运输、贸易的研究，直到现在，比较旧式的说法，还常常提到人文地理这个字眼。到半个世纪之前，即在十九世纪末和二十世纪初年，有一部分学者觉得人文地理这几个字太抽象，太空洞，并且认为人文地理所处理的题材，随着社会环境的巨大变革，显得似乎太狭小了；所以他们就提出了一个新的名目，叫做"政治地理"（Political Geography）——举凡与社会、经济、政治有关的地理现象，即先前人文地理所包括的一切方面（却又不局限于这些方面），都包含在"政治地理"的范畴下。照广义的说法，政治地理就包括了我们常常所提及的经济地理的内容②。后来经济地理（Economic Geography）和历史地理（Historical Geography）各自独立出来成为一种学科的时候，政治地理的涵义就比从前狭窄了。除了历史地理之外，大抵政治地理所着重的是国家的边界、领土、民族和战略地区（这最后一部分牵涉到通常所谓战略地理 Strategical Geography 的内容），经济地理所着重的则是资源、人口（劳动力）、产业（农业和工业）、交通、贸易这几方面。

在写本书的时候，我抽出了十项因素，作为研究的对象，即国家，领土，民族，殖民地，基地，政治区域，劳动力和人口，粮食和农业，工矿资源和工业，交通和贸易。这十项因素包括了政治地理和经济地理的各个方面。因为后四项暂时没有写下去的可能，所以先把前六项的内容付印，题名"政治地理"，将来后四项写出时，可称为"经济地理"，这只是为了出版的便利，并

---

① 气候包括了气温、雨量、风向；土地包括了地层、地形、排水；资源包括了动力资源、矿产、农业等等。第一类牵连到气象学，第二类牵连到地质学，第三类牵连到许多其他的科学。所以说，地理（学）实在是相当芜杂的学问。

② 例如刘思慕先生的《战后世界政治地理讲话》（一九四七年四月、南侨编译社版）的内容，就是广义的政治地理，其实包括了经济地理。关于同一问题，可以参看弗兹格鲁（W. Fitzgerald）所著的《新欧洲：政治地理导论》（New Europe : An Introduction to Political Geography ; Harpers）初版序和第一章：《政治地理的概念》。

非作者认为政治经济地理应该这样划分的。

[题注]

《世界政治地理讲话》，陈原著，上海生活书店1948年6月初版，作为"青年自学丛书"之一。32开，188页，插图4页。1949年收入"新中国青年文库"由上海三联书店再版。

全书12章，从国家、领土、民族、殖民地、基地、政治区域等方面介绍二战后世界各国政治地理概况。书后附朱育莲绘制的美国的世界基地政策等4幅地图。

三联书店1949年版封面

《我的音乐生活》译者前记

一　书名的来由

在音乐史上,确曾有过几个作曲家,能够用文字来表达他们的音乐生活的;这稀有的几个,或者写回忆录(如法国的裴辽士 Hector Berlioz),或者写论文(如德国的苏曼 Robert Schumann),或更写专书(如瓦格纳 Richard Wagner)。就这一点而论,柴可夫斯基是不属于这一类型的。实际上在一八七六年以后,他就不曾写过一篇论文,这时离开他的死还有漫长的十七个年头。然而柴可夫斯基却留给我们丰富的信札和日记。从这些信札和日记看起来,他是能够用文字来表达他的乐想的。他的一部分信札和日记已经由苏联科学院集成专书出版。印成单本的,是他和梅克夫人的通讯集。他和同时代人的通讯,有许多还未发表;最近在《苏联音乐论文集》(*Sovietskaya Muzyka : Sbornik Statiej*;第三卷,一九四五年)曾发表了他和卡土亚尔(G. L. Katuar, 1861－1926)的通讯七篇,和格拉祖诺夫(A. K. Glazunov, 1865－1936)的通讯十三篇,和里姆斯基·柯萨可夫(Rimaky Korsakov, 1844－1908)的通讯三十二篇,即是一例。

在英语世界当中,有两本这一类的书:一本是《柴可夫斯基日记》,一本是《挚爱的朋友》(*Beloved Friend*)。前一本的内容如书名所示,后一本则

群益出版社1948年版封面

是梅克夫人（Madame von Meck）的孙媳妇（Barbara von Meck）和 C. Bowen 根据学院版两卷本柴·梅通讯集编成的，其间加插了事实的叙述和同时代人其他通讯的选译，首尾连贯，俨然一部专讲柴可夫斯基音乐生活的专书，甚至俨然是柴可夫斯基自己写成的讲他自己的音乐生活的专书，所加的说明正好是一种加深后人了解的诠释。因此，当出版者仿照史坦尼斯拉夫斯基所著《我的艺术生活》，想把这部书的译本定名为《我的音乐生活》时，译者经过一阵踌躇，也觉得相当恰切；不过因为不是柴可夫斯基亲自有意写成的专书，因此译者提议上下加一个引号，即《"我的音乐生活"》表示这不过是借用来表达书中的内容的。后来我们就这样定下来了。

1948 年版扉页

书名的来由就是如此。

二　柴可夫斯基的一生

这本书主要是关于柴可夫斯基音乐生活的描叙和内心的自白。关于他的生平，这里是不详的。甚至他生于哪一年，也没有记叙。读者当然很有理由要求一个小传。我想，一九四四年的《苏维埃日历》（Soviet Calender）里面的小传的头一段，可以补足这个缺陷。现在把它摘译在下面：——

音乐天才柴可夫斯基于一八四〇年生于维亚特加县（Viatk）。五岁的时候就开始学习音乐，那样小的年纪他就表露出极大的音乐才能和深深的爱好。但是一八五〇年他被送入圣·彼得堡法学院念书，一八五九年毕业，入了司法部做小官员。

可是这一部门的工作没有使他满足，一八六二年他进了圣·彼得堡音乐院，一八六五年在音乐院毕业，因为给席勒（Schiller）的《快乐颂》(*Ode to Joy*)作的康塔塔(大合唱),独得银奖章。

第二年莫斯科音乐院开办(1866),柴可夫斯基就应聘到那里去担任和声学教授。他教了十一个年头。

在这一段生涯里面,他的创造性的天才表现出充分的发展了。在这里我们还得加上几句话:在司法部做事的时候,柴可夫斯基的余暇时间完全花在歌剧院,跳舞会和晚会里。进了音乐院之后,他从 N. 卢宾斯坦(Nikolas Rubinstein)习作曲法,从萨林巴(Zaremba)习理论。N. 卢宾斯坦是他的老师和挚友,但是庸俗的卢宾斯坦却不能了解柴可夫斯基。这中间的冲突,在本书里面表现得无遗。但是通过 N. 卢宾斯坦,他才得到终生没有见面的梅克夫人的赞助(金钱的津贴和精神的鼓励)。

现在回头来说柴可夫斯基到莫斯科音乐院任教的情形:——

那是一八六六年旧历九月一日,一群音乐家集拢在俄罗斯帝国风的老式两层屋子里;莫斯科音乐院开办了。接待来宾的是一个眼睛活泼而有光彩的,头发乱蓬蓬地向后梳着的人。那是 N. 卢宾斯坦呀——著名的钢琴家兼指挥,同时又是年青的俄罗斯音乐的名教师。这个音乐院十十足足是他的血肉的一部分;他是一个把全部生命浸淫到音乐艺术生活里去的人。

在这种场合免不了的互相道贺之后,一个年青人——教授里面最年青的一个——出现了,他坐到钢琴前面。莫斯科的人对于这位先生是不大知道的,只知道那是卢宾斯坦从圣·彼得堡请来的,刚从彼得堡音乐院毕业的小伙子。这个年青人的衣服很不华丽,这一点说明了他的出身寒伧。据说他到莫斯科来,所穿的旧熊皮大衣,还是诗人阿普赫丁(A. Apukhtin)借给他的。这一位新教授弹了格林卡的歌剧《路斯兰与卢德米拉》(*Ruslan and Ludmila*)的序曲;演奏得实在太好了!这个人就是柴可夫斯基,对于莫斯科音乐院的生长和进展,他是最有功绩的第二人。其后的十一个年头里面,他在那里教音乐理论,写下了俄国第一本的《和声学》。他成名之后,还不断与音乐院接触。第一次排演他的歌剧《欧根·奥尼金》(*Eugene Onegin*)的,也就是音乐院的学生。

这一次历史性的演出，是一八七九年三月十七日的事。(见《苏维埃文学》Soviet Literature 一九四六年十月号第七十一页)

革命后，这个莫斯科音乐院已改名为柴可夫斯基莫斯科音乐院。建筑物已在十九世纪九十年代重修，现在能容两千学生，学院本部共分五系，附设了一所音乐学校，一所中央儿童音乐学校，和一个歌剧研究部。音乐院里面有一个可容两千人的大礼堂，这大礼堂的音乐之好，据说是很难得的：坐在最顶的楼上连舞台剧一根火柴的声音也听得清清楚楚。

音乐院曾出了不少卓绝人才。柴可夫斯基的学生兼畏友，并且后来接替和声学教席，最后又任院长的伟大音乐家泰涅耶夫(Sergei Taneyeff, 1856—1915)就是一八七五年毕业的。现任院长舍巴林(V. Shebalin)是一九一八年的毕业生。

他一边教书，一边作曲。"在不断紧张工作之中，他常常受到苦闷，不安和绝望的袭击。这里的原因有个人的，有家庭的，也有社会的：七十年代莫斯科生活空气之窒息腐化，对于作家的多情善感的性格不能不起影响。精神的危机驱使他离开了音乐院。"(西尼亚维尔：《俄罗斯音乐史纲》，梁香译，三三页)

这一段内心生活的痛苦，和在痛苦中产生的作品，都仔细记录在本书里面了。离开音乐院后，靠了梅克夫人的资助，他把全部精力放到创作上头，同时到欧洲各地去旅行。直到一八九〇年九至十月(还有三年的日子就结束了他的一生)，梅克夫人突然诿称破产停止了她对他的资助，并且对他断绝了书信的往来——这给了晚年的他很大的痛苦，但他在那最后的几年间也还创作出极其辉煌的作品(《第六交响乐》)。

他死于一八九三年。

三　柴可夫斯基博物馆

柴可夫斯基晚年居留的地方，是离开莫斯科不远的克林(Klin)。经历了无数困苦与内心搏斗而达到了人生的暮年的他，在这风景纯朴美丽的田园中，作出了他最后的伟大作品。

克林的寓所，在革命后改为柴可夫斯基博物馆。至今访问克林的人，还可以看见那大门上依然钉着柴可夫斯基所写的牌子：

> 彼得·伊里奇·柴可夫斯基寓
> 星期一、四下午三至五时见客。
> 现已外出。请勿按铃。

经历了无垠的苦难的柴可夫斯基，晚年极希望能有一个恬静的田园，让他静静地安住下来创作。例如他曾在莫斯科的一张报纸上登了这样的广告：

> 独身男子征租乡下住宅一幢。

如我们在本书中所读到的，他起先住在迈伊丹诺伏（Maidanovo），离克林仅二公里。他在那里住到一八八七年年底。一八八八年四月他又到弗罗洛夫斯柯耶（Frolovskoye）村去，这里也是离克林不远的。到一八九二年五月他才搬入克林。

关于克林和柴可夫斯基的寓所，史涅尔生（G. Shneerson）曾写过一篇战后的访问记，载《苏联音乐纪事》（*Soviet Music Chronicle*）第八期（一九四五年八月莫斯科版），下面就是其中几段的移译：——

　　克林是莫斯科与列宁格勒的铁路线上一个小站。都是些小屋子，花园，一条上了柏油的公路从左边通入这里。三点钟火车，或者点半钟汽车，就把你从莫斯科带到克林。……

　　……我们登上一道狭窄的台阶，就走进柴可夫斯基生活和写作的地方。一个很大的光线充足的房间，家私简单而有味道——柴可夫斯基的书房。挂着家族的远亲近亲的褪了色的照片。书架上放满柴可夫斯基的书，乐谱，礼物……这里有着许多俄罗斯作曲家和外国作曲家的集子，也有许多民歌集。莫札特的《全集》共七十二卷，这是著名的乐谱出版商犹根孙送给他的。在许多乐谱和书籍的空白处和字里行间，还有柴可夫斯基亲笔写下的若干断想。……

……《第六交响乐》(是在这里写的——原)的草稿,用铅笔写在三张五线谱上。他的思想比他的笔跑得快,因此他只好用缩写。柴可夫斯基就是根据这差不多是速记的草稿,写出了他的那部交响乐来的。

这个博物馆现在由本书将近末了的时候提到的 B. 达维多夫(外甥)保管,他已是七十内外的老人了。法西斯侵略军到这里的时候,他收拾了重要的手稿及物品(原书作"品物"),运到乌拉尔去,德军于一九四一年冬天占领了克林,住了二十三天,几乎把这屋子烧去。

四　围绕柴可夫斯基的人们

柴可夫斯基的两个兄弟(阿纳托和摩德斯特)和一个妹妹(达维多夫)跟柴可夫斯基都很要好;妹妹的庄园——卡明卡更是他常去之地。到了晚年,妹妹去世了,他就疼爱他的外甥。这些关系,我们在本书中是可以看见的。

然而本书展开了另外两种特殊的关系——其一就是偶然的(出乎意料的)结婚,由结婚而起的不能忍受的痛苦,终于几乎断送了他的性命(他不止一次想过自杀,但是知识分子的懦弱,使他不能执行)。另一就是他和梅克夫人的多少有点神秘的关系。她是一个富有的,非常懂得音乐的寡妇。她非常欢喜柴可夫斯基的音乐,藉着 N. 卢宾斯坦的介绍,她按月送钱给他,使他不愁生活的困难,可以安心从事他的创作。

但这两种关系显然结局都很不完满。结婚不久,他就诉说他的妻不能了解他;而到晚年,梅克夫人突然断绝通讯及资助,他更不能了解她。他和妻子的闹翻,常为世人所诟病;梅克夫人的突然离开,常为世人所不解。关系前者,在本书中已有足够的资料,看出柴可夫斯基内心的矛盾,也许是那个妇人庸俗的想法,使这个伟大的心灵容忍不住。关于后者,本书只收了柴可夫斯基的两封信,一封给梅克夫人而永远得不到回信,一封给梅克夫人的女婿巴胡尔斯基,回信是有的,但客气而且空洞,不能从那里面看出什么。可能是在那样的环境里面,梅克夫人受不住外来的打击,才决然断绝一切关系的;本书的英文版编者,曾企图用心理的转变解释梅克夫人突然决绝,这在译者是不能同意的。

除了以上这些关系之外,柴可夫斯基的音乐界师友,也值得提一下。

柴可夫斯基的音乐之神是莫札特(W. Mozart,1759—1791)①。这个短命的天才那种乐观的气派,是在柴可夫斯基的身上重现而且深化了。在外国音乐家中,他佩服贝多芬(Ludwig van Beethoven,1770—1827),他欢喜比才(Bizet,1838—1875)和他的《卡门》(Carmen),他讨厌瓦格纳(R. Wagner,1813—1883)。在俄国音乐家里面,他称赞格林卡(Glinka)的作品,但是不佩服他的为人,称之为"两重人格"。他的音乐老师 N. 卢宾斯坦对他很苛刻,在这本书中,N. 卢宾斯坦是以一个庸俗而恶毒的脚色登场的,但是 N. 卢宾斯坦不仅仅从最初起就认识了柴可夫斯基的天才,而且柴可夫斯基的重要作品(到 N. 卢宾斯坦逝世为止)都是由 N. 卢宾斯坦亲自指挥或亲自演奏的(他本身是一个优秀的音乐教育家、组织家、指挥者和钢琴家)。N. 卢宾斯坦的哥哥 A. 卢宾斯坦在本书中也偶尔登场,不过他的活动场所是在彼得堡,与柴可夫斯基没有太密切的关系。

柴可夫斯基和音乐五人团的关系是很值得注意的。当时五人团以为人生而艺术做口号,抨击 N. 卢宾斯坦等一派为艺术而艺术的唯美倾向;最初他们本来把柴可夫斯基归入唯美派里面。后来在一次偶然的机会里,柴可夫斯基所表现的无比崇高的正义感,感动了五人团(这在本书里面是有叙述的);由是才开始了五人团和柴可夫斯基的并不十分密切的关系。柴可夫斯基这善良的灵魂,首先欢喜了坦率的巴拉启列夫(Balakirev, 1836—1910),有几部重要的作品是写明献给巴拉启列夫的。然后,里姆斯基·柯萨柯夫(Rimsky-Korsakov)——五人团中最有天才的作曲家——从柴可夫斯基的理论课本中学取了很多。

然而在同时代音乐家里面,跟柴可夫斯基来往最密切,而为柴可夫斯基最钦佩,视为畏友的,则是泰涅耶夫。

---

① 莫扎特生卒年应为 1756—1791 年。——编者注

五　柴可夫斯基和泰涅耶夫

关于柴可夫斯基和泰涅耶夫的关系，当泰涅耶夫三十周年祭的时候，苏联科学院院士音乐学者阿沙菲耶夫（Boris Asafiev）所写的论文①第七节里面讲得恰到好处。他说：——

柴可夫斯基和泰涅耶夫是师生关系，他们两个都有同样的特性：爱艰苦的工作，受工作的基本规律所限制。他们两个都能够很完满地驾驭所谓"自己的想像的技术"，同时也都发展了创造性思想的准确性，而这是和他们所习惯的创作态度密切连结着的。柴可夫斯基是两人中比较冲动的一个，乐想在他的心中比在较理智的泰涅耶夫心中，施以更大的压力，因此柴可夫斯基在作曲的时候，往往是神经质地写得极快的。……

他们之间的通讯，是一些无价的文件，它证明了这两个伟大的俄罗斯作曲家的思想如何作创造性的交换——而他们两个在性格上是那么相异，但他们被终身于音乐的那副精神联结起来了。在他们两人的作品中，"莫扎特"式的性质是主，"沙里爱里"（Salieri）的性质是从。这一点是不难了解的。柴可夫斯基和泰涅耶夫都崇拜莫扎特；他们之所以崇拜他，不是从风格家的观点，而是把他的音乐当作充满着理性，光明和生命的快乐的东西。

柴可夫斯基的音乐观念显然对泰涅耶夫的作品极有影响。但这些乐想并不以静态的僵硬的形式出现；可以简单的说，在泰涅耶夫的作品中，柴可夫斯基的抒情主义所产生的自发性的印象发生了一种诗化的、哲学化的抽象过程。既不能排除柴可夫斯基的乐想，唯一的办法——在泰涅耶夫——就是把它们沿着更高水准发展。像这样子，柴可夫斯基和泰涅耶夫的友谊，就恰如歌德（Goethe）和席勒（Schiller）的友谊似的，使两个人互相得到好处。

---

① 这篇论文载《苏联音乐纪事》第六期（一九四五年六月）。在苏联对外文化协会的会报（Voks Bulletin）一九四五年 No. 7/8 所揭载的一文，除了末段几句有增减外，和上文完全相同，署名是格列波夫（Igor Glebov），这是阿沙菲耶夫的真名。

六　俄罗斯音乐之路

如上面所说，泰涅耶夫受过柴可夫斯基的教益，又影响过柴可夫斯基；同时，泰涅耶夫比柴可夫斯基更为冷静、理智，所以泰涅耶夫对于俄国作曲家的路线的看法，也许大部分也就是柴可夫斯基的看法，虽然柴可夫斯基从来没有把它系统化写出来。

因此，我们在这里引用一节泰涅耶夫的笔记，那是对于了解柴可夫斯基会有相当的帮助的。这一节笔记是一八七九年二月写的：这时柴可夫斯基刚离开音乐院不久，是创作欲最旺盛的年头（他已经写了《第四交响乐》和歌剧《欧根·奥尼金》），而泰涅耶夫则已从音乐院毕业了四年，留在那里继续担任柴可夫斯基的功课了。这一节笔记见莫斯科一九二五年印行的《泰涅耶夫：其人，其作品及文献》（页73—74）。

他这样写道：

西欧的乐式（奏鸣曲、交响乐等）逐渐的出现了。它们是从赋格曲（Fugwe）发展而来的，而赋格曲则是由民歌和宗教音乐的复调音乐演变而成的。绝对没有一种乐式是突然发生的，所有的乐式都承袭着在它前面的乐式发展而来。因此，可以说，民歌和教堂音乐是所有欧洲音乐的基础。多少世纪以来，多少人在这些乐式上作了多少的劳动，他们的劳动结果却可以在西欧音乐的近代乐式中看得见。照这样子，民歌潜藏着欧洲近代的一切音乐。只需加上人类的智慧，就可以把它们转化为丰富的乐式。脑袋就是力量。如果把力量加到一件物体，必然得一个结果，这结果一方面是由所加的力量的性质而定，另一方面则是由加了力量的物体的性质而定。

当俄国的音乐家研究西欧音乐的时候，他们所碰见的已经是弄得好端端的，完美的欧洲风格了。他们只要照着欧洲风格来作曲，否则就把俄罗斯民歌硬往欧洲乐式那里套上去；他们倒忘记了俄罗斯民歌是和欧洲音乐不同的两件物事。作品的式样是和它的原料有密切关系的。比如说一座建筑物的式样，要看它的原料是木头还是石头而定。尽管每一种材料都潜藏了无限数量的形式，但对这一切形式却也有若干必要的限制。

俄国的音乐家就像一个建筑师，他看见了一座木头房子，就打算用石头来仿造一座，他想把石头砌得像木头那样，有凹凸，有曲线。显然，很快他就会明白他的企图是什么结果都不会有的。

俄国音乐家在本能上也明白这一点的……欧洲乐式不是我们所习见的形式。我们还没有我们自己的乐式。我们还没有民族音乐。优秀的俄国音乐家柴可夫斯基写了一部《和声学教程》。但这是什么和声学？这是欧洲的和声学。我们还没有我们自己的和声系统……

每一个俄罗斯的音乐家，他的任务就在于推进这种民族音乐的产生。西欧音乐的历史给我们提供了这个问题的答案：为要达到这个目的，应该作怎样的努力？必须像对西欧民歌所曾作过的努力一样，我们要对俄罗斯民歌作同样的努力，只有那个时候，我们才会有民族音乐……

让我们精通古代的复调音乐吧，让我们担负起这艰辛可是光荣的任务吧，谁说得定，也许我们下个世代就会有新的乐式，新的音乐哩，也许在下个世纪开头，俄罗斯的乐式就会出现，它们究竟在什么时候出现，问题不在这里；问题是在于：它们是一定出现的……

它们是一定出现的！这句豪语仅仅在不到半个世纪以后就实现了。

同样的精神，洋溢在这本书的主人翁身上。他的一生，可以说，是向着泰涅耶夫所指出的目标奋斗的。

七　柴可夫斯基的作品精神

柴可夫斯基一生完成了六部交响乐、八部歌剧，七部交响音诗，三部舞剧，几部交响组曲、幻想序曲，三部钢琴协奏曲和一部小提琴协奏曲和其他无数的器乐曲与声乐曲。

靠了这丰富的作品，柴可夫斯基给全世界表现了他的崭新的创造力。

他的作品本质上是俄罗斯的,虽然这并没有妨碍它们为全世界各国人民所热爱。他切实把握着现实主义的创作方法,他努力寻求音乐的民族形式。他的现实主义的原则是"诗的、人性的、单纯的"。

柴可夫斯基靠着他天才的笔触,到达了气质和感情最繁复的结合,并且表现了生活的诸种矛盾。可是除此之外,在他的全部音乐中,主要的母题是一种对生活的热烈的爱,和不倦的对幸福的追求。他的即使是最悲剧性的作品,也被斗争的精神所挽救了,也被一种克制命运的意志所解救了。举个例说,这就是他的《第四交响乐》——关于这一点,他自己在本书中有很详尽的剖解。——从第一章那惨淡幽暗的场面出发,这部交响乐到了第四乐章,就引出了生命的凯旋。伟大的《第六交响乐》亦复如此。如柴可夫斯基自己所说,这部交响乐他是把整个灵魂埋了进去的。序曲《罗密欧与朱丽叶》,幻想曲《暴风雨》和《法兰西斯加·达·里米尼》的主题,是爱的主题,虽然那是悲剧性的,但它却是为了克服障碍而斗争的。

柴可夫斯基的交响乐,由于它们的内容的深度,戏剧性的紧张,和乐想发展的丰富,是贝多芬逝世以后,全世界交响乐最伟大的里程碑。

他把交响乐这样式估计得很高。他认为人类的全部感情都可以用交响乐表现出来。

柴可夫斯基的音乐作品的灵魂,是在于:横扫千钧的旋律,清晰、明快、表现力丰富、美丽,音色富丽、易懂。他的曲调的渊源是在俄罗斯民歌里。他常常把民歌的主题引用在他的作品中,把它发展,使它丰富。

柴可夫斯基热爱俄罗斯。他的庄严的《一八一二年序曲》,他的康塔塔《莫斯科》,他的《斯拉夫进行曲》都是献给他祖国的英雄事业的。

一个批评家说:"柴可夫斯基的全部音乐的本质,就在于:他深刻地了解人民的精神,而且和人民一起呼吸。"

这些评论见于 1945 年的《苏维埃日历》和《简明苏维埃百科全书》(*Kratkaya Sovietskaya Entsiklopiediya*)和别的论文,上面是从这些论文摘译出来的。

八　关于译名

临末,我想说一说我的译名。我认为俄文 чай 的 й 是半母音,所以我把 ай 当作一个音节,恰恰中文里有相近的一个字,故不译"却伊"。倒不是为了要使 Чайковский 姓"柴"。

常用的音乐术语,我也有一套译法,现在把它写在下面:(括弧内是其他书刊有时碰到的译法)

Symphony	交响乐	(交响曲、生风尼)
Opera	歌剧	
Ballet	舞剧	(芭蕾剧、舞剧曲)
Sonata	奏鸣曲	(朔拿太)
Concerto	协奏曲	(音乐会曲)
String Quartet	弦乐四重奏	
Chamber music	室乐	(室内乐)
Bour hand	(钢琴)四手曲	
Cantata	康塔塔	(大合唱)＊这里其实是指宗教性的大合唱
Chorus	合唱	
Fantasia	幻想曲	
Overture	序曲	(开场乐、开场曲)
Suite	组曲	
♯(Sharp)	升	(增)
♭(Flat)	变	(低)
Major	长调	(阳调、大调)
Minor	短调	(阴调、小调)
piano	钢琴	(洋琴、披雅娜)
violin	小提琴	(提琴、怀娥铃)
violoncello	大提琴	(赛洛)

这些用语本书中尽可能已经统一了(自然也许有几处笔误,未及改正)。

这本书时译时停,前后几达一年之久。在这个期间里面给我找插图的朋友们,解决疑难的朋友们,我想在这里向他们致衷心的谢意。

附记

本书付排后,苏联音乐界曾展开了对形式主义的斗争。二月十日联共(布)中央的决议,曾强调"俄国的古典歌剧一向是以它内在的充实内容,它的旋律的丰富与音域的广阔,它所包含的人民性,以及典雅的、美丽的、明朗的音乐形式而著称的"。被批判的作曲家之一普罗柯菲耶夫在自白中并且特别引举柴可夫斯基的歌剧《欧根·奥尼金》做范例。四月十九日全苏作曲家大会也一致强调向俄国古典音乐和民谣学习。作为俄国音乐之父的格林卡和柴可夫斯基,就更值得我们的研究了。关于这个问题,将来还可以写译成专书的。

译者记

附:中译本重印题记

现在重印的这本书,是一个音乐家的内心自白。这本书不是传记,但是它揭开了一个音乐家艺术创造的奥秘。这本书没有着墨于天才,它的真正作者就是这个音乐家自己,而他不相信什么"天才",他相信勤奋,"灵感是客人,她不会来拜访懒汉的"。这本书描绘了一个有血有肉,有快乐,有苦恼,有爱情,有民族自豪感的艺术家。这个艺术家不是神,而是人。正是由于这一点,这本书曾经吸引过许多读者的心。

这本书的主角是音乐家柴科夫斯基,还有他的"施主",保护人,他的"女神",他的理想的化身,他从来没有见过面的"施主"——寡妇冯·梅克夫人。因此,本书原版的书名叫做《挚爱的朋友》,副标题《柴科夫斯基与冯·梅克夫人的故事》,30年前中译本出版时副标题改作《柴科夫斯基与梅克夫人通信集》。

这本书的情节是围绕着艺术史上罕见的两个挚友之间的纯洁友谊而展开的——冯·梅克夫人的孙媳妇作了一些注释,加了一些"旁白",但是它的内容主要还是这个音乐家的内心自白。(我翻译时主要采用了来往信件,而把后人所加的"旁白"减少到最简要的程度。)

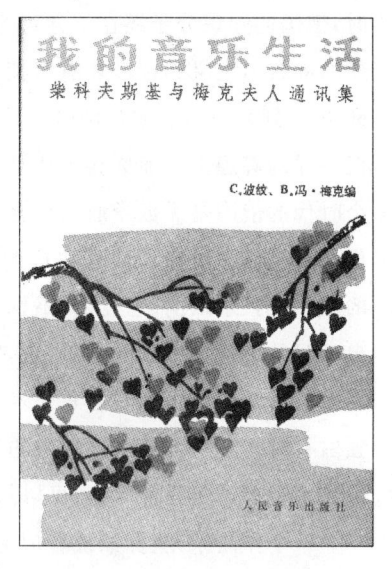

人民音乐出版社1982年版封面

当代知识界很少有人不知道柴科夫斯基。提起当代的芭蕾舞,怕无人会忘记《天鹅湖》;提起俄国情调的音乐,怕无人会忘记《如歌的行板》;提起19世纪俄国音乐文化,很少有人会漏去柴科夫斯基的名字。被称为俄罗斯国民乐派的"强力五人团",他们的影响也远不及柴科夫斯基。歌剧《伊凡·苏萨宁》(格林卡)被称为俄国乐坛的先驱,可是这部歌剧的魅力哪里比得上《叶甫根尼·奥涅金》?然而他整个身心都曾浸淫在西欧的音乐世界,他所膜拜的音乐之神是莫扎特("这个阳光灿烂的天才呵,他的音乐只须想起来也足使我感动得流泪!"),但是他并没有向西欧音乐屈膝,他摆脱了传统的束缚,满怀民族乐想和民族情调而创新。托尔斯泰听到他的弦乐四重奏中《如歌的行板》时,感动得泪流满面,这个伟大的作家情不自禁地说:"我听到了我们那忍耐着的、受着苦的人民的灵魂了。"难怪《火鸟》的作者斯特拉文斯基(这个被称为现代主义音乐的古典派,或者古典主义音乐的现代派的俄国血统音乐家)称他是"我们当中最俄罗斯化的一人",他自己也不无自豪地宣称:"我是一个彻头彻尾的俄罗斯人"。还在40年前,我在一篇音乐史论文中写道:"柴科夫斯基酷爱俄罗斯的民间调子,他也熟知古典音乐的整个世界,于是他就成为俄罗斯进步的民族音乐艺术的一个创造者。……有意识地或者无意识地,他把人民的意志、想望和情感混合在伟大音乐的形式中。"今天,我认为这几句话对于这个音乐家来说还是确切的。

当柴科夫斯基出现在世界乐坛时,西欧的音乐艺术已经拥有了灿烂的群星:巴赫,莫扎特,贝多芬,意大利歌剧,法兰西舞剧……当群星在大地上空闪耀时,俄国的知识分子还在东方式的农奴制压迫下呻吟。1861年废除了农奴制,新的即资本主义的生产才有可能在这片土地上飞快发展。因此,直至19世纪60年代到90年代,才是俄国文学艺术群星灿烂的时代,这时代比西欧来得晚,但一样的辉煌——而柴科夫斯基音乐创造的全盛期也是在70和80年代。这个时代的俄国是无数矛盾的集合点(正如一个诗人形象化地说的:俄国母亲呵,你又丰饶你又饥馑),而处在这矛盾集合点的这位音乐家,本身又陷入了社会的、思想的、乐坛的、恋爱的、婚姻的错综复杂的矛盾中。在这本以柴科夫斯基自己写的书信为中心的书里,正是许多矛盾吸引着我们的读者,以至于里面虽则充满了音乐家本人对音乐艺术和对现实生活发出的许多理论性的独白(这些独白有时甚至是冗长的或抽象的,有些甚至是很难为别人同意的见解),人们读来还不觉得过于枯涩,反而可以从中汲取这样那样有益的东西。

一个作曲家,演奏家或者理论家,要了解柴科夫斯基,他可以而且应当从他的作品总谱开始;但是一个普通的音乐爱好者,却宁愿从这个音乐家内心的自白出发。这本书收录的许多书信,例如给冯·梅克夫人论自己的创作方法的三封著名的信,以及散见许多信札中关于音乐的断想,都给读者打开了了解的大门。然而最吸引普通人的,我以为是他关于《我们的交响乐》(第四,作品36号)的剖析。虽则柴科夫斯基曾经自豪地宣称,"当语言不能表达某种情感时,更雄辩的语言——音乐就'全副武装'地登台了。"他甚至引用过海涅的诗句:"话语停止的地方,就是音乐的开始。"可是他把《我们的交响乐》总谱寄给他的"施主"冯·梅克夫人的同时,这个音乐家又不能自已地使用普通的语言来分析自己的作品。这里的"我们",指的是作曲家本人加上比他年长9岁而又从未谋面的精神和经济的支持者——冯·梅克夫人。这部交响乐是作曲家柴科夫斯基自己说"为她而写的",因此编号为"第四",而加了一个标题:《我们的交响乐》。作曲家本人宣称,这部交响乐写的是生命,写的是生命的搏斗。第一乐章招呼你亲临现实和梦幻交织的港口;第二乐章带领你回到年青时代的甜蜜回忆里;第三乐章描绘了心灵闪过不可捉摸的形象——又回到了市井中;然后第四乐章,"到人民中间去吧"——"如果你在自己身上找不到快乐,那么,到民间去,你会在人民的快乐中使生活过得更有意义些。"……然而音乐确实是不能用语言来翻译的,但语言与音乐有时也相通,"我只想对你说明——也只能对你说明",作曲家这样说。冯·梅克夫人听了鲁宾斯坦指挥的演奏,她不用解说也感受到作曲家的乐想,她写道:"在你的音乐中,我听见了我自己,我的气质,我的感情的回声,我的思想,我的悲哀。"这部交响乐是矛盾集合点的写照——作曲家要孤独,但他又不甘寂寞;他要沉醉在回忆中,又要冲破童年的记忆;他要真正地生活下去,却又被"命运"所折磨;他要逃出苦难,"到民间去",但他只能陷入风风雨雨的苦难里——这也是上个世纪 70 年代在俄国重重矛盾中知识分子的写照。

在这部交响乐中,他有了艺术的创新。他膜拜莫扎特(这是他的"神"!),他敬重贝多芬(这是庄严的师长!)。他没有盲从,他创新。在许多自白中,他提出了一个复一个新的断想。有一次他甚至提出"不谐和音是音乐上最伟大的力量,没有了不谐和音,音乐就会变成永久的祝福——而无法表现一切受难和痛苦。"这样,他不仅从教堂音乐和古典音乐中破门而出,而且还大胆地跨过了浪漫派的门槛,通向现代主义。当然,柴科夫斯基曾经警告过,必须"很有见地,很有技巧,很有风趣"地使用不谐和和弦,否则就显不出它的"巨大的意义"——仿佛他预见了各式各样现代主义音乐滥用了不谐和音,这样的断想对于我们当然是饶有兴味的。

当"五人团"自称推行"为人生的音乐"时,他们攻击当时音乐院搞的是"为音乐而音乐"——但是"五人团"很快就发现,作为音乐院台柱的柴科夫斯基并不是躲在象牙之塔里。骤然看去,这个音乐家,不过是一本正经地讲授和声学与对位法的迂教授,不过是年复一年写出一部又一部最初并不受人欣赏的乐曲的穷作曲家,很少人了解到这个迂夫子却是那么忧国忧民。还是让我们听听这个音乐家内心的自白罢。试看他笔下的 70 年代的彼得堡:"天气很坏——有雾,无涯的雨,潮湿。一举步就碰到哥萨克的巡逻兵,好像我们是被围似的。还有我们的军队(从土耳其)付出了可耻的代价之后回来,这都是使人伤心的事。这都是恐怖的时代,可怕的时代。一方面——一个绝对惶惶然不可终日的政府,连呵克沙可夫说了一句勇敢的真话,就把他放逐,害怕到这个样子。另一方面,悲苦的,疯狂的青年,成千成千地,没有经过任何审讯,就被流放出去,流放到连乌鸦也捡不到骨头的地方去。而在这两极中间,有一个对什么东西都无所用心的公众——它沉溺在自私里,一点也不抗议地生活下去。"这是柴科夫斯基

1878年秋天写给冯·梅克夫人的信。这个音乐家不是具有强烈的倾向性么？他哪里是躲在象牙之塔中的迂夫子呢？但如果我们苛责这个音乐家为何不带头上街游行去,这难道是公正的么？

然而命运对柴科夫斯基却是多么残酷呵。他不与人争,但乐坛的人们却并不护着他。他把一部钢琴协奏曲献给他所尊敬的大师鲁宾斯坦——而大师却拒绝演奏；他把一部小提琴协奏曲献给他所钦敬的欧爱教授——教授拒绝接受。他糊里糊涂跟他的一个女学生结了婚：他憧憬着的是理想、爱情、事业、祖国,而她追求的则是浮华、虚荣、庸俗的生活与无目的的享乐。无恋爱的婚姻（虽则短时期的共同生活）迫使这个音乐家几乎陷入精神分裂的境界——还是冯·梅克夫人把他解救出来,让他游历西欧,摆脱世俗的纠缠。然而同冯·梅克夫人的交往,最后也并没有使我们的作曲家得到持久的幸福。两人第一次通信是1876年,梅克夫人是作为"施主"向他"订货"的,14年间她资助他,鼓励他,却有意地避开了面对面的接触（虽则有过两次坐在马车上偶然邂逅）,到1890年,冯·梅克夫人突然诿称破产了,停止了对他的经济支助,同时也停止了书信往来。这中断对于这个忧国忧民而又多愁善感的音乐家是一个重大的打击——尽管如此,在其后的三年间,他还是出访了"新世界"（美国）,他写完了最后的一部交响乐——第六,即题名《悲怆》的交响乐,然后与世长辞。因此这本书关于音乐家最后三年中的生活,只有简略的反映,而从1876到1889年即音乐家创造力旺盛的年代,却有无数内心的自白可供读者去领会和欣赏。

这本书原版是1937年在纽约出版的,它流入中国以后经历了八年战争——因为我是1945年冬由重庆南行时在一个小城市的地摊上买到的,同时买到的还有一部罗曼·罗兰的《创造者贝多芬》。这真是一次巧遇。32年前我在等待黎明的时候断断续续把这本书译成中文,在上海印了一版。30年了,我几次没有让出版社重印,因为我那时认为这种情调同当时的空气不协调。现在雨雪霏霏的日子终于过去了,我想,就让它重见天日罢。译文没有改动,只改正了几个错字——原书随着动荡十年的风雨化成纸浆了,但这没什么,就让这幼稚的译文重又面世吧,重要的是读者又可以听见这个音乐家内心的自白了。

陈　原　1980年冬

[题注]

《"我的音乐生活"——柴科夫斯基与梅克夫人通信集》,〔苏〕C.波纹和 B.冯·梅克编,陈原译,上海群益出版社1948年8月收入"中苏文化协会研究丛书"出版(封面题字郭沫若),1949年4月收入中苏文化协会研究委员会主编的"群益译丛"第五辑刊行。1950年5月三版,插入5幅黑白照片,书末附"柴科夫斯基创作年表"和"勘误表"。上海新文艺出版社1951年再版,人民音乐出版社1982年3月再版,三联书店1998年作为"爱乐丛书"之一出

三联书店1998年版封面

版,陈原曾写《英雄·幻想·悲怆——〈爱乐丛书〉三卷引发的断想》,2000年收入《界外人语》。

译者自英文本《挚爱的朋友》(*Beloved Friend*)译出。《读书与出版》(1948年第7期)刊苏碧评介文章《读〈我的音乐生活〉》。译本曾在香港、台湾刊行(参见陈原《不是回忆录的回忆录》)。

关于音乐家柴科夫斯基,陈原还写过《不是情书的情书》、《柴科夫斯基断想》,以纪念柴科夫斯基诞生150周年,1997年收入《陈原散文》。

《变革中的东方》后记

生活书店1949年版封面

这里所谈的国家，差不多包括亚洲的全部，但中国和苏联远东部分不在里面，因为那需要更加详尽的研究——著者正在写一本通俗的中国经济地理，又在译一本关于苏联地理的书，来补足这一点缺陷——此外还有几个小国不包括在内。除了总论外（第一章），我把它们分成西南亚、印缅、东南亚和大陆四个部分；所谈的范围大抵着重在各国的经济地理，人民生活和国际关系，因此又不是纯粹的地理书。至于各国的民族解放运动史方面，虽也在个别地方谈到，但不详细，听说本丛书将有一本这方面的小书，可供参考。至于著者在《世界政治地理讲话》中所谈到的东西，这里是尽可能避免重复；但有几处还只好略述一下，否则上下衔接不起来。

这本书一大部分两年来曾在杂志上发表过，现在又把它们从头编起来，加以剪裁增删，并补上中间的一些章节，就成功这样的一本小书。

著　者　一九四八年七月十五日

[题注]

《变革中的东方》，陈原著，上海生活书店1949年1月出版，香港生活书店1949年重印。32开，140页，"青年自学丛书"之一。全书5章：鸟瞰变革中的东方、西南亚、印度和缅甸、东南亚、我们的东邻和北邻等。着重阐述这些国家的经济地理和政治生活。书末附"青年自学丛书"目录广告（第一至三辑）。

陈原著《世界政治地理讲话》（生活书店1948年版）书末附"新中国青年文库"广告曾推介此书。

《战后美国经济剖视》译者前记

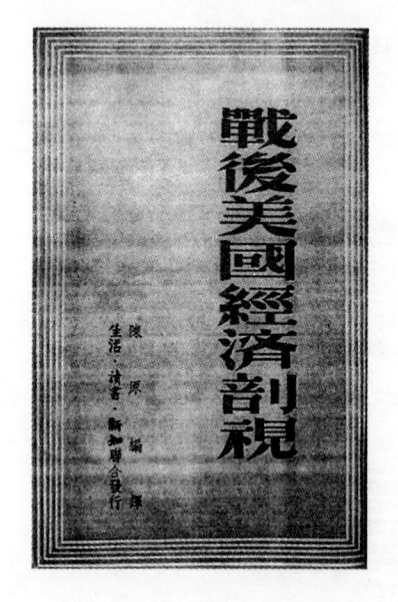

一

三联书店1949年版封面

这本书的蓝本,是美国一个进步的研究机关"劳动研究会"(Labor Research Association)编的 *Labor Fact Book* 第八号。劳动研究会经常在纽约的《工人日报》(*Daily Worker*)上发表研究报告,研究的内容大抵是关于美国经济及工人运动方面的。每季有美国经济总结,发表在 *Political Affairs* 月刊上。(不过今年的报告尚未见发表过。)每年第四季的报告是没有的,代替它的是全年的经济总结。每两年它编行一部 *Labor Fact Book*,到去年已出至第八号,因此,它的研究工作已继续不断的做了十六年了。

这本书原版是去年秋天印行的,所处理的大抵是战后最初两年间的材料,——这两年间对于美国的研究者是很重要的时期,不仅因为这是美国由战争经济转入和平经济时期,同时因为它也是美国扩张主义的面目开始明白地暴露出来的时期。原书共分九章,内中第七章《政治行动》和第十一章《外国的劳工》(主要讲世界工联和苏联职工会的),因为材料稍旧,同时又与本题无重要关系(指经济而言),译者把它略去,以省篇幅。原书一至六章仍旧。第八章《农民及农村劳动者》改为第七章,另由译者附上了同一机关所写的《一九四七年美国经济总结》(发表在 *Political Affairs* 一九四八年二月号）作为第八章，以补足因出版时间而引起的缺陷。《新群众》（一九四七年七月八日）批评这本书时，说它虽然收载许多有关美国未来的经济恐慌的材料，但没有正面接触到这一问题，未免遗憾；这个意见译者觉得很对，因此把毕特曼（Alexander Bittelman）所写的《为反对即将到临的经济恐慌而斗争》（发表于 Political Affairs 一九四七年九月号）一文的头一段，节译出来作为第九章。该文第二段是理论的检讨，第三段是讲美共的政策；因为与本书主题不十分一致，也略而不译。不过同氏一九四七年四月在美共全国委员会上的报告，也节译了一些，放在这一章里面。

此外，第一、二章在必要的地方，也参照同一机关在一九四七至四八年所发表的种种统计，补充了一些材料；在第五章关于美国两大职工会（A. F. of L. 和 O. I. O.）一节后面，译者补上了它们一九四七年年会的决议，这一部是参照威廉孙（John Williamson）所写的同一题目的论文（见 Political Affairs 一九四七年十二月号）节译而成的；第六章关于塔虎特—哈特莱反劳工法案（Taft-Hartley Act），是根据普立特（Pritt）的简明分析和威廉孙在美共的报告，节译了要点附加上去的。

原书各章在文字上有许多地方是节略的。也有个别地方，根据 Political Affairs 一九四六至一九四八年各期的资料，稍有补充，此地不一一说明了。

二

关于此书，进步的经济理论家罗兰（Joseph Roland）曾写过一篇很详尽的书评。这篇书评的大要，我想介绍在下面，因为它对于本书内容，有很简洁的分析。

本书是以检阅战后两年间的经济趋势开始的。第一章不仅包括了工业生产的标准数字，而且包括了"全国总生产"的数字。在讨论关于生产者的耐用设备的购置上，本书已指出，即使在一九四六年，这一项购置在资本构成上已经比战前占了较低的百分比了，由此可以看出资本主义战后繁荣具有如何基本上的不稳定性。

研究会的工作的可信赖和小心,可以从下面的事实看出来:即在估计一九四六年各大资本纳税后的利润时,本书只算作一一八亿。但后来美国商务部发表的数字,竟达一二五亿元。

本书第二章是关于财富和收入集中的事实,以及大资本如何并吞小资本的事实。战时走向经济集中的资料,尤其有意义;而且这些资料,正如本书其他部分的资料一样,都是根据政府报告及其他可靠的材料写成的。

同一部分关于总统所提国家预算案的资料,以及共和民主两党与大资本联合阵线提出修改战后税额的资料,也是很值得注意的。

关于劳动条件的资料,对于工人收入及存款、实质工资、劳动时间、家庭生活费等等的分析,也是别处所找不到的(见第三章)。

另一部分讨论美国黑人问题。这不仅是美国内部的问题,这是人权、民主、种族歧视等的基本问题(见第四章)。黑人与美国经济生活的关系,黑人的生活情况,在别处也找不到更有系统的资料了。

关于职工会的一章(即第五章),最为详尽。美国三大职工组织(劳联、产大、铁路兄弟会)的构成、政策及现状,都有很细密而正确的分析。

大资本及其代言人的反劳工运动,是次一章(即第六章)的主题。这里不仅汇集了联邦及各州的反劳工法案与实施,而且举出一系列反劳工的组织,仔细分析这些组织的背景。

论农民及农村劳动者的一章(即译本第七章),完成了美国民主力量的斗争的一幅完整的画面。关于农村收入及工农团结的资料,是很可珍贵的。

本书可以说是英语世界中同类材料中最方便、最简明的手册。

三

译者于原书出版后一个月即收到一本,当时打算在今年一二月以前译完。但因为病和别的杂事,译稿的整理补充到最近才能完成。好在这本书并无特别强烈的时间性,因此还可以把它付印。在这期间,出版界陆续译出好几本分析美国经济的单行本或论文,都可以补本书在理论上的不足。其中如 James S. Allen 的一本(译本名《战后世界政治与经济》,沈志远译),

Seldes 的一本（译本有二，一名《豪门美国》，另一名《一千个美国人》）都是分析独占资本的，均值得参考。此外如 Sternberg 关于美国经济恐慌的一本（《正在到来的美国恐慌》）和散见杂志上的论文（重要的如苏联经济学家 Leonitiev 关于美国扩张主义经济基础的分析），这里不能一一列举了。

译者记　一九四八年十月

附：《美国劳工实况》前言

这套书是1931年以来每两年出版一卷的，这一卷也像其他各卷一样，所收材料都是完全新的，凡是以前各卷《美国劳工实况》所收载过的材料，都没有重收进去。

这一卷大致包括1945—1946年这一段时期，但在若干章节里也收载了1947年最初几个月的材料，以使本书内容尽可能包括最接近出版期的材料。

为了说明较长时期的趋势，有几个表包括了以前的数字。凡是我们第一次详尽讨论一个论题时，如在第二章中关于垄断资本的新材料，我们也收进了若干背景材料。

我们略去了大部分的交叉引证，因为各种分项的索引已经异常完备。又为了节省篇幅起见，我们也不多述材料来源。但是，凡是想知道任何一件事实的来源的读者，只要向我们询问，我们总是随时准备答复的。为了节省篇幅，大部分工会的名称也用了简称。

自《美国劳工实况》第二卷以后，这一卷是第一次有专门的一章讨论美国黑人的状况。黑人在美国所遭受到的令人难以容忍的歧视（这些歧视违反了我们自己的宪法），是我们今天所应特别重视的。

世界知识出版社1961年版封面

本书用了比通常更多的篇幅来描述那些充当反对劳工和反"赤"急先锋的机构。我们希望这个主要的雇主们的组织的单子，将会帮助工人看清楚在他们为提高生活水平、特别是通过立法措施为此进行斗争的时候，谁是他们的敌人。

用于叙述政治行动问题的篇幅也较多，因为它对于美国人民日益重要了。我们也请读者注意关于农民和农业工人的一章。对于美国最近两年农业进展状况，本章提供了任何书所未有的总回顾，并且提及导致农业工人和城市工人之间更密切合作的许多具体发展。

最后，我们还要强调本卷中关于实际工资和比较工资的表格，它们表示出长远的趋势。正如本书中初次收录的其他许多材料一样，在未来的《美国劳工实况》中我们将对这些方面补充最新的材料。

除了这些特别题目以外，本卷也像以前各卷一样，包括经济发展、劳动条件和工会运动的进展的主要事实。

本书的编写比较以前更是许多人合作的结果。不仅有一些热心的人，对这工作提供了许多时间和专门知识。许多工会人员也值得我们的感谢。他们曾经回答我们所提出的问题，寄给我们特殊问题的材料。我们还依靠许多其他公私团体的协助，例如农业研究会、职工会新闻社、联合通讯社、公民权利协会，以及许多政府机关，例如社会保险署、劳工部的各司、全国劳工关系局、全国住宅管理局以及商务部。

本书中所谈的问题中，有些问题是在我们的《经济札记》中逐月讨论的。为了我们的月报以及《美国劳工实况》以后各卷之用，如果各工会或其他团体能经常把自己的出版物、会议记录、新闻稿及其他资料寄给我们，我们将不胜感激。

劳工研究协会秘书：

罗勃脱·邓恩

纽约州纽约市(3区)东11街80号

[题注]

《战后美国经济剖视》,陈原编译,上海三联书店1949年6月初版,1949年8月在东北再版。32开,196页。该书以美国劳工研究协会编 *Labor Fact Book 8*(纽约国际出版社1947年版)编译。1961年6月修订后更名《美国劳工实况(1945—1946)》,由世界知识出版社重版。新版除前言外,共9章。前6章与《战后美国经济剖视》基本一致,唯第三章《劳动条件》更名为《工人状况和社会状况》,后3章改从原著章节(第七章《政治行动》、第八章《农民和农业工人》、第九章《外国的劳工》)。

《金元文化山梦游记》译者序

新中国书局1949年版封面

替独占资本服务的美国资产阶级文化，目前正在经历着深刻的危机，而这危机是和资本主义制度的总危机密切不可分的。这种文化在思想内容上是反动而且腐烂的。这种文化运动依循着两条路线，一条路线向着广大的劳动人民，用腐烂的作品来毒害劳动人民的心灵，使他们麻痹，使他们堕落，使他们失去信心，使他们离开斗争。另一条路线则向着"特选"的文化圈子，即知识分子，使他们沉醉在幻想的世界里，使他们脱离政治斗争，失掉他们所能起的启蒙作用。

这本用幻想小说的体裁写成的论文，就是把美国资产阶级文化的第一条路线（向着群众的路线）所进行的"斗争"，赤裸裸地加以揭破，无情地加以批判的。如作者所说，"这里所记的全部事实和数字，都有文件佐证。那全是美国杂志书籍上的资料。我的报告是一种不用摄影机拍成的新闻片。"

在这部新闻片里面，美帝的代言人及其所谓"文化"，完全一丝不挂的裸露在读者面前。你不但知道美国有五十万"作家"，不但看见了袋中书pocket book如何征服了广大的读者，而且看见了并且理解了美国资产阶级文化的各种倾向。比如说，广告的倾向（娜娜式胸衣，罗蜜欧吊袜带，朱利叶护肩）混合了人性的堕落（杀人Murder！妻子杀丈夫）——又混合了反苏反民主的意图（纳粹间谍的反苏"著作"成为畅销书）。

惊奇的事情一幕跟着一幕的展开在你面前。为着适应"大量生产"起见，美帝的"学者"们竟发明了"文学生产合理化"的做法（见本书第七章）。

本书的最后一章指出了美国进步作家是"不会出卖他们的脑袋的"；他们的事业和人民解放斗争事业联结在一起。

这部小册子是从一九四八年五月号的《苏维埃文学》译出的，其中有若干章曾在《世界知识》上连载过，现在把连载时所节译的，都一一查对原文补上；至于原文所举许多人名书名，因为译者即将离港，来不及加注了。

三联书店1950年版封面

译者志　一九四九年四月在香港

再版付印后偶得一九四八年柏林 SWA-VERLAG 印行的德译本（书名是 Der Amerikanische Parnass，由 L. Nebenzahl 译成德文），查对英译，略有出入，只好待三版时设法补正。

译者再记　一九五〇年二月

附：重印题记

这是一部虚拟的游记，很有趣，很好玩，近于消闲读物，但是它所描绘的一切却不是捏造的，对我们来说，也不是陌生的。

也许可以说，这是一个苏维埃文化工作者从封闭社会——至少是在意识形态领域自我封闭的社会——接触到光怪陆离的西方世界时的所见所闻所感。

作者采用了旅行记体裁，加上幽默的笔调，读来特别显得轻松；但是书中说到的所有事实和数字，都是有根据的，从当时的美国报刊就可以搜集到。

自然，作者的批判性倾向也很明白，行文无可避免地带着四十年代战后初期苏联围剿现代主义形式主义世界主义的时代烙印；不过作者没有挥舞横扫一切现代资产阶级文化艺术的大棍子，却是通过深刻细致和敏感的观察，给读者提供了20世纪下半期泛滥西方世界的文化现象，特别是多数读者和观众关注的出版和电影方面的现象。

作者很聪明，他在书中没有提出任何问题，也没有在字面上作过什么结论。也许他想让读者自己根据他提供的素材作出判断，所以他取了一个比较朴素的书名：《美利坚帕纳塞斯山》(*American Parnasus*)。五十年前中译文在《世界知识》杂志连载时，我把它改写成《金元文化山梦游记》——帕纳塞斯原是希腊中部一个山名，传说这就是九个文艺女神居住的仙山，故称"文化山"，而"梦游记"一词则是我按照原文体裁强加上去的。

我让这部五十年前的旧译重新面世，当然不只是为了它有趣和好玩，而是因为作者半个世纪以前所描述的文化现象，亦即西方称作大众文化或通俗文化（pop文艺，pop歌曲等等）的东西，如今每日每时展现在我们面前——畅销小说，好莱坞电影，流行歌曲，还有五花八门与市场经济共生的广告（诱人的骗人的健康的下流的广告）——所有这一切，通过种种传播手段，近年更通过高新技术（例如多媒体，VCD，DVD，互联网络）时刻盘旋在我们左右，避之不成，驱之不散；加以其中一部分确实被群众所接受甚至喜爱，这就使问题显得更加复杂。

五十年来的风风雨雨，教我们变得聪明些，不会把不同政治制度不同价值观不同文化传统所产生的一切文化现象，不加分析地一笔抹杀。我们学会了思索。我们学会了反思。我们学会了从实际出发考虑问题和作出判断。因此重印此书，可能对我们的思考有所启发。

五十二年前我翻译此书时，还不满三十岁，无论政治上或者学养上都很幼稚，大脑充塞着"左倾幼稚病"细菌——想当年，凭着年轻人的一股革命热情，一味膜拜北方那个令人神往的红太阳乌托邦。那时候对这个圣地所进行的一切

商务印书馆2000年版封面

批判斗争，我是绝对深信不疑的。一件小事可以证明我当时的思路。翻译此书前不久，我还译了凯缅诺夫(R. Kemenov)这位著名评论家的长篇论辩文章《两种文化的面貌》(后收在亡友戈宝权主编并作序的《论现代资产阶级艺术》一书中，1948年上海时代出版社出版①)，我认为文中好些论点在这部《梦游记》里得到佐证，因此在这部《梦游记》译本的原序中引用了他的某些论点，主要是说资本主义总危机下的所谓大众文化艺术，都是垂死的、腐朽的、颓唐的、一无是处的麻醉药或毒品。现在我把这篇旧译序附在本文后面，足见译者的浅薄和当时的"风尚"。

可是就在当时，也不免发生一点小小的困惑。例如在战争中我曾不断从盟军运来的"袋中书"、"畅销书"、"书摘"这些被称为资产阶级腐朽文化成品中，得到过不少有关世界新形势新事物和新文化艺术的信息，并不都是毒品——甚至我竟从一本《书摘》(*Omnibook*)中翻译过当时是随军记者后来成为大作家的赫尔赛(Hersey)的报告文学《亚当诺之钟》(*Bell for Adano*, 1948年开明书店版)。

当年我不能解决自己的困惑。无知，浅学，膜拜，盲从，没有独立思想哪能解开这些疑团呢! 直到五十年后的今天，我才多少懂得凡事都要用脑筋想，要冷静地客观地加以分析。我羡慕今天的读者，他们比之我们当年理智得多，聪明得多，他们能独立思考，不为偏见所囿。可以想见，今天的读者读罢此书，在笑眼朦胧中会思索许多问题的。

作者署名 Roman Kim，不知何许人，当年我曾问过 VOKS (苏联对外文化协会) 的朋友，说是一个新闻记者/评论家的化名，不想公开自己的身份。这位作者是俄罗斯人或不是俄罗斯人，全然不知道；至于他在出书后半个世纪中的命运如何，有没有被战后几次大挞伐的洪流灭了顶，那就更不知底细了。原书用几种西欧文字印成单行本前，曾发表在莫斯科出版的《苏维埃文学》1948年5月号上。现今，杂志早已停办，出版社也解散了，作者不知在何处，连版权归属也无从查考了。

重印仍用1950年三联书店版的译文，只作了少许文字润色，有几个名词改

---

① 当为上海时代书报出版社，原文有误。——编者注

用今译名,例如"意识的潜流"改用今日通行的"意识流"之类。书中的装饰性插图,是重印时加上去的,大都采自西方的报刊或广告。

感谢为我在旧书摊买到这个版本的朋友,使我能把这本搁置五十有二年的旧译公诸同好。

陈　原　2000年初冬

[题注]

《金元文化山梦游记》(*The American Parnasus*),〔苏〕罗曼·金(Roman Kim)著,柏园译,香港新中国书局1949年7月初版。32开,正文86页。上海三联书店1950年2月重印,商务印书馆2000年收入"陈原文存"再版。该书包括:我到了金元文化山,精神食粮工业,必须彻底争取读者,我们在街上测验民意,头等文学,在老板的办公室里,文学产生合理化等7章。附有黑白图17幅。序文提及的《亚当诺之钟》译本未见。译者1942年始用"柏园"笔名,作《柏园夜读偶记》。

《莫斯科性格》译后记

今年(一九四九)一月间，A.梭福罗诺夫的新剧《莫斯科性格》打算在莫斯科艺术剧场上演；这个消息一传出来，当时为一批世界主义的戏剧批评家所把持的作家协会剧委会，就立刻提出批评，说它艺术价值太差，阻挠它的演出。那时有一个导演认为这部剧本既有高度的思想性，同时又有高度的艺术性，他认为这批世界主义的批评家犯了错误，便告到作家协会，又由协会转告到联共(布)中央。联共(布)中央派人调查的结果，发现剧评家有一个小集团，以犹佐夫斯基为首；

世界知识出版社1949年版封面

反对苏维埃爱国主义，强调西欧资本主义艺术的"高超"，他们这一批人把持了两个重要的领导机关，一个是上举的剧委会，另一个是全苏剧院协会。他们十多年前反对高尔基，反对奥斯特罗夫斯基，从去年下半年起，又曾不断阻挠新兴剧作家的社会主义现实主义的作品的上演。

由一月底开始，苏联广泛的在各文化部门进行肃清世界主义反动思想的运动。

A.梭福罗诺夫这部具有高度思想性和艺术性的剧本，经过了对世界主义反动思想的斗争，才有机会在各地上演，获得非常伟大的成功。这部戏被誉为苏联最佳的剧作之一，得到斯大林文学奖金。

*　　　　*　　　　*

这部戏通过了喜剧的形式，解决了当前现实的一些严肃而重要的问题。

我们的场景是莫斯科的两个工厂。一个是制造农业机械的工厂，一个是纺织厂。机器厂因为在战争中比较发展了，而战后又在经理波塔波夫的努力下，完成并超过了预定的计划，打算在三年半里面提前完成五年计划。纺织厂因为战时发展得不及机器厂，这时显得落后了。不过纺织厂有两个工作人员发明了一部新机器，可以大大改进生产的质和量。纺织厂要求机器厂帮忙，给他们大批制造新机器。可是机器厂经理却为自己的胜利冲昏了头脑，失掉了共产党员的性格，忘记了从整个国家的全盘发展来考虑问题，斤斤计较于自己一家的成就，自满于自己的计划可以提前完成，便拒绝给纺织厂帮忙。经过多少曲折，连机器厂经理夫妇都几乎反目离开，在党的正确领导下，机器厂终于承认了错误，热心帮助它的邻厂。

"说了就非做到不可。""有勇气承认自己的错误。""宁可牺牲自己一时的利益，来协助比较落后的朋友。"这就是莫斯科性格！

莫斯科性格就是一种苏维埃爱国主义与无产阶级国际主义和新的英雄主义交织起来的那种精神。几百个苏联工程师（以后还要不止几百个），无条件的到中国来，帮助中国人民，教我们学会最先进的技术，这正是莫斯科性格。

我觉得应该把这样的一个优秀的剧本介绍给中国读者。恰巧英文《苏维埃文学》一九四九年八月号发表了这个剧本的英译（英译是 R. Prokofieva 做的）。我就根据英译本把它转译出来。重译也许和原文会有出入，尤其是剧本；我这里只好做到忠实于英译了。

译　者　一九四九年十月革命纪念节前三日

《莫斯科性格》译后记　171

[题注]

　　《莫斯科性格》,〔苏〕A.梭福罗诺夫著,陈原译,上海世界知识出版社 1949 年版,系"世界知识丛书"之十四,32 开,145 页。正文前有剧中人物表。该剧为四幕喜剧。沙里据此改写为《人的性格》,上海永祥印书馆 1951 年 7 月初版。另有艾丁译《莫斯科性格》,大众书店 1949 年 11 月出版,"苏联戏剧丛书"之一。

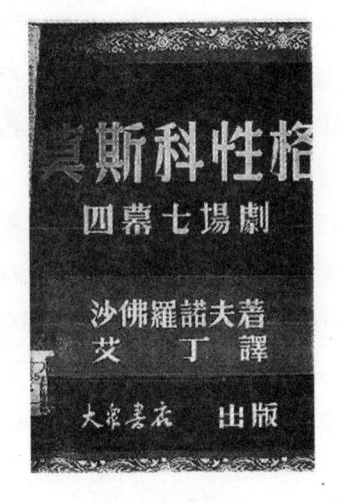

艾丁译本封面　　　　　　沙里改写本封面

《苏联的新道德教育》译者前记

三联书店1949年11月版封面

关于苏联怎样培养儿童的品质，怎样培养新道德的理论和方法，我们知道得很少。我们过去所知道的，只是一麟（鳞）半爪，要不然就是西方国家不负责任或另有企图的记者们的曲解报道。但在建设新中国的途程中，我们迫切需要有关这一问题的真确材料，做我们的参考，让我们可以少走许多冤枉路。

现在这本小书，虽然篇幅不大，而且只是从苏联一本数十万言的教育学著作中抽译出来的，但内容生动、充实和富有启发性，对于从事教育的朋友，仍不失为可读的东西。

八章里面除了头一章是总论，最后一章是列宁和斯大林论道德教育外，由第二章到第七章，差不多把苏维埃儿童道德教育的内容和方法，各方面都论到过了。它从苏维埃爱国主义出发，讲到社会主义的人道主义；进而讲到集体主义和纪律，最后指出如何培养主要的几种意志力，如何防止几种恶劣的意志力的发展。而这几个项目的训练，又不是各自孤立的。苏维埃爱国主义离开了社会主义人道主义，那简直是不可思议的；同样，没有纪律，离开集体，不培养优良的意志力，也就不可能养成真正的苏维埃爱国主义。

改造一个人的品质是够复杂的，培养一个良好公民（新社会的公民），更不简单。这些不简单的问题，在这小册子中有着极明快的答案。而且答案也不仅是三两个大原则，许多地方甚至是很生动、很具体的例证和说明。这些例证和说明,对于我们显然是很有用处的。

译本所根据的是 Counts 教授和 Lueia Lodye 合译的一本小册(他们是伊林 M. Ilin 许多著作的英译者),英国 Gollancz 书店一九四八年出版,原题《我要学斯大林》(*I Want To Be Stalin*)。他们则是根据苏联两个教育家(叶西波夫 Yesipov 和龚察罗夫 Goncharov)合写的一本《师范学校用的教育学教程》(*Pedagogika, Uchebnik dlya neduchilishch*, 1946)抽译出来的,在 Counts 的序里已有说明,这里不赘。

三联书店1949年12月版封面

目前我没有机会找到俄文原著。后来著者之一——龚察罗夫——写的《教育学的基础》(*Osiovy Pedagogiki*)给寄到了,是一九四七年的苏俄教育部教育用书出版局印行的,全书分八章,共四十多万字,第八章也是讲《道德教育的基础》的。这一章所论列的内容,和本书的内容基本上是相类的,不过这本书程度较高,故理论的分析也详尽了些。从这本书看,有一两处看出显然是英文本有错的地方,我在译文中已经注出了。

译文尽可能做到流畅而忠实,不拘泥原文的句法,Counts 的序文原来很长,但有许多论点不是我们所需要的,故缩译其中说明的一部分,而略去他本人的意见。

译　者　一九四九年三月

附:英译者 George Counts 序(节录)

一

这本小书虽然讨论教育题材,但主要却不是给教育家看的。它用了极大的准确性和力量,而且反复地说明了苏联企图使儿童和青年具备的品质与世界观是怎样的。它并不是随便一个作家关于苏联如何教育青年的论述;正相反,它本身就是这个教育过程的一部分。

二

这本小书的材料采自第三版的《教育学》(Pedagogika),那是两个苏维埃教育家——叶西波夫(B. P. Yesipov)和龚察罗夫(N. K. Goncharov)写的,一九四六年由苏俄(R.S.F.S.R.)教育部核准印行,供应训练小学教师的师范学院做课本。

原书共二十一章。本书的第二章至第七章,即原书的第十一章《道德教育的内容及方法》的六节。本书第一章系采自原书第二章;本书最后一章即原书末章两节的节录。

三

也许有人批评本书不能代表整个苏联教育的原则,不过假如彻底研究一下苏联的教育学,即可知道道德教育在整个教育中所占的比重,实在很大。

下面的若干例子证明道德教育如何支配了苏维埃教育其他各方面。

在讨论体育教育时,原作者认为:"我们学校里的体育教育,与共产主义道德及布尔什维克品质的培养,具有最密切的关系。"他们又说:"体育教育就整个而论,促成了这许多品质的发展。""简单的军事游戏,能获至克服困难的能力,能发展力量、警觉性、敏捷、韧性及其他品质",是具有特别教育价值的。

上历史课,也对于年青一代具有"特殊的意义"。研究过去,将使儿童认识"工人们在沙皇专制统治下如何被剥削、被压迫,如何落后,如何受屈辱……认识社会主义革命的成果,知道他们的父亲和祖父们如何为了他们的自由而进行英雄的斗争……确信保卫革命成果和胜利果实的需要……从而企图继续他们的父亲建设共产主义社会的工作……"研究过去,将"在儿童身上养成高度的理想主义,为劳动人民的利益而献身,对一切反革命势力绝不妥协,而在为人类的理想、为共产主义而斗争时,则表现得坚决、果敢和英勇"。

甚至美学"对于道德教育也具有特殊重大的意义"。比方说,"说谎是一种罪过"这种干燥的说教,对儿童的灵魂仅能起很少的印象,但是只要读一遍托尔斯泰(Leo Tolstoy)的《小石头》,就会永久使儿童意识到这一道理,因为那是用了"真正艺术的力量"来"描写说谎的卑劣的"。同样,看了《伊凡·苏沙宁之死》这一出电影,会使"儿童心中充满了对祖国的敌人发生一种仇恨感"。音乐和歌曲也歌颂了祖国,表现了祖国的英雄的行径和人民的快活。"用简洁的艺术语言,用歌曲,用图画,用剧本,用电影,说出了我们的斗争和建设的故事,由是养成学生们对祖国的爱,对社会主义建设和对人民领袖的爱"。靠了同样的方法,"养成了对敌人的憎恨,和对于妨碍我们进步的过去残余的厌弃"。

在数学课上,应当选取"有关农村经济的计算问题,教会学生如何在企业上和日常生活上省下钱来,或教会他们把数学知识应用到军事上去"。这些问题"必须反映我们的社会主义现实",使学生"了解数学对于技术、对于生产和对于加强保卫社会主义祖国,是必要的"。

四

共产主义道德教育的基础,应当有系统地安排在小学以前的教育机构里,尤其是幼稚园里,即包括由三岁到六岁的儿童。这一点应该特别强调。在苏联,幼稚园是主要的教育机构。

"在这一阶段必须形成社会主义生活的基础习惯——有秩序、有纪律、儿童之间要有友爱和同志爱、爱祖国、爱党、爱人民领袖、敬爱红军及其英勇的战士、敬爱我国优秀的人们"。幼稚园养成儿童"敬重劳动的感觉,养成自动自发、诚实、率真、果敢、机敏、尊敬师长的精神"。对这样年龄的儿童进行道德教育的基本方法,就是通过"具体的事实和例子"。

在比较高级的学校里面,在初级和高级技术学校里面,和在大学里面,继续进行共产主义的道德教育。"师范学校的每一个学生,在学习期内和离校当教师时,必须彻底通晓这广泛的、多方面和极端有意义的社会科学。"斯大林说:"有一个部门的科学知识,必须让从事一切部门科学的布尔什维克通晓——这就是马列主义的社会科学,这就是社会发展的科学,就是无产阶级革命的发展法则的科学,就是共产主义胜利的科学。因为自称为列宁主义者的人,尽管他精通数学、植物学或化学,但除了他的专门学问之外一无所知,那就不可能把他当做一个真正的列宁主义者。"因此,这本书的作者总结起来说:"文化、博学、政治方向、结实的科学技术知识、对社会主义建设工作的忠心——这些都是一个苏维埃专家所应具备的主要品质。"

五

教育在苏联,本质上是社会性的。所谓学校脱离政治,这是一种伪善的说谎。自从原始部落社会消灭以后,教育总归是统治阶级的仆人,在古代奴隶社会也好,在中世纪封建社会也好,在现代资本主义社会也好,不问其政治形式与意识形态如何,教育总归是统治阶级的工具。资产阶级国家所谓"教育自由"的观点,必须加以清算。"在苏联,教育是加强苏维埃国家和建设一个无阶级社会的武器"。一九三九年联共十八次代表大会决议案中有一句话是:"对工人们进行共产主义教育的工作,具有决定性的意义。"

其次,苏联教育的规模是极端广泛的。无论在概念上还是实践上,教育绝不限于在学校内进行。除了学校之外,还有一个广泛的教育网,由托儿所和幼稚园,通过初级学校(小学)和中等学校(中学),和各种程度的职业学校,技术学校,到大学、研究院和学院,还包括一切可能进行教育的机关——如家庭、工厂、集体农场、合作社、少年先锋队、共产主义青年团、职工会、政府机关、红军、出版社、报馆、杂志社、无线电广播台,甚至书店、剧场、电影院、文学艺术及其他娱乐机构。

第三,教育在苏联是由党及其中央管理的。在苏联存在的三十余年中,教育上的重要变革有下列诸点:首先是一九三四年五月十六日,在斯大林倡导之下,政府和党中央实行改革历史课本(译注:那一次的改革实际不限于历史课本,他如地理的重视,也是改革的一端)。其次则为一九三六年以美国桑狄克(Thorndike)的儿童研究为基础发展起来的儿童学(Pedalogy)曾盛极一时;后来已加以彻底的清算。第三,一九四三年决定取消中小学男女同学制度,凡能同时维持男校女校的地区,一律采取分校制。

教科书受到非常的重视。"在教科书里面,每一个字和每一个定义都必须有分量"。必须充分支持共产主义的方向,充满社会主义建设的材料。

"教科书所包含的材料,是学生们必须精通的知识。这是教师主要的助手,必须作为共产主义教育的一种重要的武器"。

[题注]

《苏联的新道德教育》,〔苏〕叶西波夫、龚察罗夫(通译冈察洛夫)著,柏园译,三联书店1949年11月北京初版,12月上海再版。32开,"苏联介绍丛书"之一。据英译本译出,附英译者序。该书共8章:道德教育的任务,道德教育的原则,苏维埃爱国主义教育的内容,社会主义人道主义的教育,集体主义的教育,纪律教育,意志力的教育,列宁和斯大林论道德教育等,附录为学生守则。

《苏联新地理》译者前记

海燕书店1949年版封面

苏联的青年地理学者兼著作家N.米海洛夫（Mikhailov）在战后五年计划开始那一年（一九四六），写了一本关于苏联的地理环境的通俗读物；在十月革命三十周年那一年（一九四七），他又写成一本综论苏联经济地理的通俗读物。这两本书写作的年代不同，但相距大致不久；其最大的差异是在于：前一本是横的叙述，把十六个加盟共和国和全苏联各区的自然环境与经济政治建设，作明确而生动的叙述描写；后一本却是就经济地理的各个成分（土地、矿产、领土、人民、工业、农业、交通、社会主义复兴建设），作纵的和概括的论述。然而在写法上是有一点相似的：作者领着读者作"地图上的旅行"，因为是旅行，所以生动；但同时这旅行不是真正的地面上的旅行，而只是地图上的旅行，因此不受时空的限制，能够做到有系统和简明确切。这两本书合起来看，将打破了读者对经济地理"枯燥无味"的这种传统的印象，同时将大大地帮助读者了解我们伟大的盟邦——苏联的全貌；我的意思就是说，这两本书将不仅帮助读者了解苏联的地理环境，而且更主要地让读者知道，在社会主义的社会里面，人们如何变革了自然环境，使大自然为人类社会服务，使人类得到更舒服而美好的生活。

这两本书中的第一本,就是现在呈献给读者面前的一本《苏联新地理》,第二本叫做《在祖国地图上》,得过一九四七年斯大林文学奖金,西蒙诺夫称誉为优秀的散文作品。这部书译者也打算把它介绍给读者。

*　　　*　　　*

试比较一下这两本书的内容,我们就可以知道它们是如何的相互补足,各个着重了哪一些方面,作出如何的叙述和描写了。

下面就是这两本书的对照目录:

《苏联新地理》

1. 莫斯科及其周围〔苏俄〕
2. 沿伏尔加河直下高加索
   〔伏尔加,阿塞拜然,阿美尼亚,乔治亚〕
3. 越过西南部草原〔乌克兰,摩尔达维亚〕
4. 西北部的海〔白俄罗斯,立陶宛,拉特维亚,爱沙尼亚,卡累利亚芬兰〕
5. 从北部林地到乌拉尔
6. 中央亚细亚的绿洲、沙漠和市镇
   〔乌兹贝克,塔吉克,土耳其门,启尔吉兹〕
7. 横跨西伯利亚到太平洋〔远东区〕
8. 一九五〇年的苏联

《在祖国地图上》

1. 历史的概观〔历史地理〕
2. 在苏联国旗下〔领土〕
3. 旧版图上的新土地〔新土地〕
4. 新的地下富源〔矿产〕
5. 社会主义工业的新堡垒〔工业〕
6. 新的农村〔农业〕
7. 新的通路〔交通〕
8. 伟大的再生〔复兴〕

从上面这个内容一览表看起来,我们可以知道,这两本书都是帮助我们认识苏联的重要读物,而它们两者之间却又没有重复的。

*　　　*　　　*

上面说过,这本书是纸上的旅行。它不同旧式的地理教科书,尽是地名的堆砌;它所提出的每一个重要地名,每一条河流,每一个山峰,都能在读者心中留下深刻的印象,而这当然不仅仅关联到作者写作的技术问题:这就是说,在这本书当中,每一条河流或每一个矿山,都和活生生的社会现实联结起来,都变成社会主义建设的一个有机的构成部分。只有如此,河名或地名才不会是孤立的名称,而是有血有肉,与现实生活有关联的实体。

这本书既然是纸上的旅行,它就不同于一般的实地旅行记——那些旅行记当然也是活生生的,也有

1949年版书末广告

它们存在的价值,但是实地的旅行记,往往只描绘出一时、一地或一方面的印象,部分的实录;这里的纸上旅行,却可以做到有计划、有系统的全面描叙,能给读者提供一个社会主义国家自然环境和经济建设的全面印象。

我们的纸上旅行从莫斯科出发。我们看到了克里姆林宫,看到了莫斯科的街景,看到了莫斯科的郊区;然后作者让我们站在这联邦的首都,来观察整个联邦的地理环境(第一篇之五),我们从这里首先获得一个印象:苏联在与时间一起前进着;苏维埃人们正在为改造他们的自然环境,为建设一个新的社会而斗争。

第二段行程是沿着伏尔加河进发的。我们经过工业的城市高尔基,到了萨玛拉的"牛轭",到了英雄的城斯大林格勒,然后到达世界最大的湖——里海。我们渡过里海到了石油城巴库,由巴库进入群山之间的阿塞拜然和阿美尼亚,然后走进乔治亚,到达南俄的里海岸边。这样子结束了我们第二段的行程。

我们又回到莫斯科。这一回向西南跨过大草原，到了煤斤和谷物的故乡——乌克兰。我们看到了古老而崭新的基辅城，看到德尼泊水电厂如何建设，如何被德军破坏，战后又如何重建。过此，我们更到达了摩尔达维亚，这样，我们重又到达了黑海岸边，结束了第三段的旅行。

　　第四段行程是在莫斯科的西北部。我们由莫斯科动身，沿着驱逐德国侵略者出国的道路，由斯摩棱斯克而明斯克，而立陶宛，而拉特维亚，而爱沙尼亚，而入列宁格勒。我们巡礼了苏联的第二大城，视察了列宁格勒的工业区，重温了列城被围时为打开生路而斗争的一幅图画。由是向北进入湖沼的国土——卡累利亚，更进而入北极圈。

　　由北冰洋海岸进入乌拉尔，是我们的第五次行程。我们看到了木材城彼楚拉，北方的大港阿尔亨格尔；我们在乌拉尔区花了不少时光，看见了铁城玛格尼托哥尔斯克，知道了乌拉尔伟大的矿藏，及其如何开发。第五次行程就这样结束了。

　　第六次行程是在中央亚细亚。我们到过中国西北及北部所邻接的地方；我们看见了丰饶的城塔什干，我们看见了缺水的沙漠地带，到过帕米尔高原——大陆的心脏。

　　我们第七次的行程，是到苏维埃远东区去的。我们首先考察了西伯利亚过去的历史，然后横跨过它，到达太平洋岸。

　　最后我们超越了时间的限制，假想了一九五〇年的旅行。我们将看到许多地方起了重大的变化：经过四年—五年的劳作，这个伟大的国家更显得丰饶和强盛了。

＊　　　　＊　　　　＊

　　贯穿着这许多生动的描绘的，是两根线。

　　一根线是人类在那样的社会里面改造着自然。

　　另一根线是社会主义社会的成员（苏维埃人）在建设中、在改造自然中，表现出新的爱国主义和新的英雄主义。

　　苏维埃人如何征服自然，改变自然环境，在本书每一章、每一节，每一个地方,都给以生动的描绘。由于自然环境的改造,新的生活就很自然地涌现出来。

拿中央亚细亚做个例子罢:

最大的变革是卡萨赫人的生活:二十年前这一区和成吉思汗(Genghis Khan)时代相差不远。卡萨赫人把皮帐幕放在骆驼背上,从这里搬到那里去,全部生命消磨在鞍子上,一个字也不认得,唯一的医生就是巫师。今天却已有许多医生、教授、演员和诗人,而且在全苏联闻名了……这个国家已有长远的历史;人民也存在了好几千年。新的卡萨赫斯坦才只有二十五岁,但是这二十五年却等于多少个世纪呵!(本书 397 页)

然而这改变不是从天掉下来的。那是多少年来社会主义建设的结果呵。

你看远东的共青城①罢(康梭摩尔斯克):

十三年前泰加的树木被拔去,建立了一个巨大的机器制造中心——康梭摩尔斯克(Komsomolsk)的基础。这个城是为了奖励共产主义青年团(Komsomols)而命名的,那时他们负担起在莽林中建设一个新的工业城的艰辛任务。

在古老的渔村上面,现在已有成座成座的大砖屋。其间屹立着巨大的钢铁构造的厂房。过此,则新建的木房子一直伸展到辽远的群山去。地面给开掘了,铁轨给敷设了,到处都在不断的建设着。只有从飞机上才可以看见这个年青的城市的轮廓。

康梭摩尔斯克有着伟大的景色。每一桩事情都表现了力量、美和大规模的建设。……

年青的苏维埃男女认为在此地工作是一种光荣。这个城是根据斯大林的建议,给建立在辽远的阿穆尔河上的,这是工业的英雄主义的化身——在几次五年计划时期,是这英雄主义变革了苏联的面貌,尤其是

---

① 原文作"青共城"。——编者注

苏维埃远东区的面貌。……（本书 431—432 页）

在社会主义的建设中,洋溢着新的爱国主义与新的英雄主义,读者在上面所引的一小段当中,难道没有感到这伟大的气息么？

且看作者怎样描写拉多加湖在爱国战争中的任务吧。

就在这堡垒附近,极目远眺,可以看见巨大的湖,湖面一直消失在辽远的地方。……

在列宁格勒被围时,这个湖所起的作用是很值得惦记的。当包围圈缩紧的时候,列城唯一的出路就是渡过拉多加湖。列城的人民曾必须咬紧牙根,束紧裤带,等待冬天湖水结冰,然后在那上头造成一条足供载重汽车行走的道路。这条路成功了列宁格勒的生命线。尽管这条冰路离开前线很近,尽管德国空军用高度爆炸弹炸碎冰块,但是整个冬天仍经常有无数的载重汽车,驶过这个湖面。来的时候,卡车装的是守城用的炮弹,汽油,面粉,肉,罐头食品,和其他宝贵的供应,这些东西量虽不大,但分发给留在城里的人们维持生命；去的时候,卡车装的是伤者和病者,以及在包围时来不及离城的妇孺,他们现在使用了最后的一点力气,走上这条"生路",然而对于若干人,这"生路"却不啻是一条"死路"。关于这条冰路的组织,差不多可以说是完美无缺了。凡是炸弹炸成的窟窿,立刻用旗帜标明,接着马上在它的附近开辟一条新路。路上的制空权是几经争夺的；这战斗结果是苏维埃的空军胜利了,由是保证了这条冰路的相对的安全。交通管制员是穿了灰白制服的兵士,天气无论怎样恶劣,他们也在那里给卡车司机指点道路。日日夜夜,风霜雨雪,这两股交通不断地继续着,恰如任何忙迫的街道似的。……（本书 280—281 页）

这是在战争中。在平时呢？拉多加湖"是联结波罗的海和内地的一切人工水道的开端。斯维尔河（Svir River）流入奥尼加湖（Lake Onega），而波罗的海白海运河（Baltic-White Sea Canal），则由此通至白海；玛里英斯克水系（维特格拉河[Vitegra River]，玛里英斯克运河[Mariinsh Canal]，柯夫札河[Kovzha River]，贝洛耶湖[Lake Beloye]，和石克斯纳河[Skeksna River]）通至伏尔加河。……由拉多加湖直通伏尔加河,还有另外两条旧运河,即维希涅伏洛茨基水系(Vyshnevolotsky)和蒂赫汶水系(Tikhvin),今天看来,这两个水系已失去重要性了。……"(本书281—282页)

可以说,随便一个地方,你都可以发现地理的描述是交织了爱国主义与社会主义建设的伟大气息的。在列宁格勒如是,在斯大林格勒如是,在塞瓦斯托普如是,在德尼泊河也如是……

因此,这本书并非给你绘出一个板滞的静态的苏联十六国版图,而是给你绘出一张活生生的图画,有血有肉地表现出伟大的人民的英雄劳动和伟大的理想的实现。

*　　　*　　　*

苏联的地名,国内还没有统一的译法;除了常用的一些依照常译的名字之外,都是译者根据自己定下的几条简单的音译规则(例如 lo 译"洛",ro 译"罗",vo 译"伏"等)来译的,但常用地名有些却和这规则不合的,碰到这样的场合,译者也不强其统一,因为用惯了总比较容易联想起来。

这本书是一九四八年春在上海译的,中间因为黑暗统治的迫害和威胁,曾停顿了两次,因此原稿也分三部分藏在三个不同的地方,一直到最近才能够把它们集拢起来,从头匆匆校改了一次。

临末,应该谢谢翰笙兄、锡嘉兄和鸿模兄在出版上的帮忙。

一九四九年三月在香港

附:《苏联的土地和人民》译者后记

米哈伊洛夫这部描写苏联地理环境的通俗著作,是用在地图上旅行的体裁写成的。既然是旅行记,它就引人入胜,到处使读者感到了活生生的现实气息,不至于沉闷和枯燥;而这旅行又不是真正在地面上的旅行,只是在地图上的旅行,因此不受时间和空间的限制,一方面生动活泼,一方面又有系统。正如作者自己所说:"这是一部写苏联的地理书,却不是一部教科书。我们只选择了一些主要的特点,而不是介绍全貌。它也不是一部苏联的游览指南。我们把这部书分成几次'旅行',一个旅行者从他所经过的地方将会看到我们国家在不断改变着的面貌。必须说明的是,这些旅行纯粹是想像的,是在地图上设计出来,让读者看到我们国家最重要的特点的。"

我们的纸上旅行从莫斯科出发。我们看到了克里姆林宫,看到了莫斯科的街景,看到了莫斯科的郊区;然后作者让我们站在这联盟的首都,来观察整个联盟的地理环境。我们从这里首先获得一个印象:苏联与时间一起前进着;苏维埃人们正在为改造他们的自然环境,为建设共产主义社会而斗争。

中国青年出版社1953年版封面

第二段行程是沿着伏尔加河进发的。我们经过工业的城市高尔基,到了萨玛拉的"牛轭",到了英雄的城斯大林格勒,然后到达世界最大的湖——里海。我们渡过里海到了石油城巴库,由巴库进入众山之间的阿塞拜疆和亚美尼亚、然后走进格鲁吉亚,到达南俄的里海岸边。这样子结束了我们第二段的行程。

我们又回到莫斯科。这一回向西南跨过大草原,到了煤炭和谷物的产地——乌克兰。我们看到了古老而崭新的基辅城,看到第聂伯水电厂如何建设,如何被德军破坏,战后又如何重建。过此,我们到达了摩尔达维亚,这样,我们重又到达了黑海岸边,结束了第三段的旅行。

第四段行程是在莫斯科的西北部。我们由莫斯科动身,沿着驱逐法西斯德国侵略者出国的道路,由斯摩棱斯克而明斯克,而立陶宛,而拉脱维亚,而爱沙尼亚,而入列宁格勒。我们巡礼了苏联的第二大城,视察了列宁格勒的工业区,看见了列宁格勒被围时为打开生路而斗争的一幅动人图画。由是向北进入湖沼的国土——卡累利亚,更进而入北极圈。

由北冰洋海岸进入乌拉尔,是我们的第五次行程。我们看到了木材城彼楚拉,北方的大港阿尔亨格尔斯克;我们在乌拉尔区花了不少时光,看见了铁城玛格尼托哥尔斯克,知道了乌拉尔伟大的矿藏。第五次行程就这样结束了。

第六次行程是在中央亚细亚。我们到过和中国西北及北部邻接的地方;我们看见了丰饶的城塔什干,我们看见了缺水的沙漠地带,到过帕米尔高原——大陆的心脏。

我们第七次的行程,是到苏维埃远东区去的。我们首先考察了西伯利亚过去的历史,然后横跨过它,到达太平洋岸。

这样,我们就漫游过这个伟大的国家。在我们心目中留下了永远不会忘记的印象:这个国家既丰饶而又强盛,它的人民正在改造着自然环境,使自然力为人类服务,向着美好的未来前进。

在这七次行程中出现的每一个地名——城市也好,山峰也好,河流也好,都和活生生的社会现实联结起来,都变成社会主义建设的一个构成部分。这样,也只有这样,地名才不是孤立的、干涩无味的名称,而是有血有肉的和现实生活息息相关的实体。比方说,当读者被引着走到西伯利亚大森林的新城市去,看见青年们如何在古老村落的基地上建设一座新城时,康梭摩尔斯克就不光是地图上的一点,而是青年们忘我的劳动,而是新的爱国主义和新的英雄主义的集中表现。正因为如此,这部书虽写在几年前,缺少一些新的资料(例如伟大共产主义建设工程),但仍不失为了解苏联这个伟大盟国地理面貌的一把钥匙。

作者米哈伊洛夫是苏联的一个比较年青的作家,他的另一本通俗地理著作《在祖国地图上》曾获得斯大林奖金。《伟大的苏联》一书的头一部分(地理部分)也是他写的。本书的中译本是在一九四八年准备好,到解放后一九五〇年才以《苏联新地理》的名字由上海海燕书店印行。前后出过两版,受到读者的欢迎。这次重印,曾对译文进行了修改,并删去了原来译本所附的一九五〇年旅行记。书店也按英译本改成今名。许多相识或不相识的朋友曾对译文提出不少宝贵的意见,这些意见都有助于修订,让我在这里向他们致谢。

译　者　一九五三年九月

[题注]

《苏联新地理》,〔苏〕N.米海洛夫著,陈原译,上海海燕书店1949年12

月初版,"苏联研究丛书"之一,共7章。卷首附21幅图,如克里姆林宫、莫斯科的地下铁路等,卷末附《一九五〇年的苏联》,"重要地名索引"及"正误表"。书末附陈原译《在祖国地图上》的书讯,未见。《读书与出版》(1948年第八期)曾连载此书。中国青年出版社1953年以《苏联的土地和人民》为名重版,文字略有改动。署名米哈伊洛夫著,32开,正文334页。

海燕书店,1938年3月俞鸿模在汉口创立,后迁上海。

《读书与出版》连载

《捷克斯洛伐克共和国宪法》译者后记

中华书局1950年版封面

这本小册是根据一九四八年十月捷克出版的《宪法》世界语本译出的。世译者是玛希克(Jaroslav Marik),合作者有蓬普尔博士(D-ro. T. Pumpr)和赫鲁玛达(R. Hromada)两人,由捷克世界语服务社社长玛立克(A. Malik)校订。

译文仅对世界语本负责;中译不妥善的地方和错误的地方一定不免,敬请读者不吝指正。

辽逸兄把他所译的一篇《论各人民民主共和国的宪法》给附在中译本里印行,非常感谢。

译者记

[题注]

《捷克斯洛伐克共和国宪法》,柏园译,上海中华书局1950年4月初版。32开,130页。有宣言、总纲、细则第一至十章。附录是《人民民主国家的社会和国家机构——论各人民民主共和国的宪法》([苏]法尔贝洛甫作,辽逸译自《布尔什维克》杂志1948年24期)。

《斯大林改造自然计划》译者后记

海燕书店1950年版封面

这篇论文是苏联科学院院士 В. Н. 苏卡且夫（Сукачев）为庆祝斯大林七十寿辰而写的，载科学院献给斯大林的《文集》中（一九四九年版），一九五〇年又由科学院出版局收入《通俗科学丛书》，印成单行本；但单行本显然是经过作者增删的，现在的中译即对照两种本子译出，不同的地方已加注说明，通俗本的增删有些地方易为一般读者所接受，因此，译文有时也采用了它。

作者是植物地理学家，在不定期的文集《地理问题》上常有通俗的论述发表。

这短文写的是苏联欧洲东南部分造林的伟大计划，也写科学院怎样参与计划的实施工作。故文集内原文标题为《斯大林改造自然计划和苏联科学院如何参加计划的实施》，单行本改为《斯大林改造自然计划》，译本就采用这个短名。在很少的字数中，扼要地叙述了这个改造自然计划的规模和科学基础，同时指出苏联全体人民和科学院如何努力去实现这一计划。

书前的插图是由苏联教科书出版局一九四九年出版的《关于草田轮种制》（教师文库）的附图复制的，差不多同样的图几乎到处都可以看到，但这一张比较醒目，因此收在这里给大家参考。

书中的脚注,除了注引文出处系原文的脚注外,其余都是译者加的。

这篇短文包括许多专门的科学论述,靠译者有限的地理科学知识去移译,一定会有许多不妥和错误之处,尚望高明指正。

译　者　一九五〇年十月

[题注]

《斯大林改造自然计划》,〔苏〕苏卡且夫著,陈原译,上海海燕书店1950年11月出版。32开,50页。没有目录,不分章节。

《亚洲人民民主国家地理——朝鲜·越南·蒙古》后记

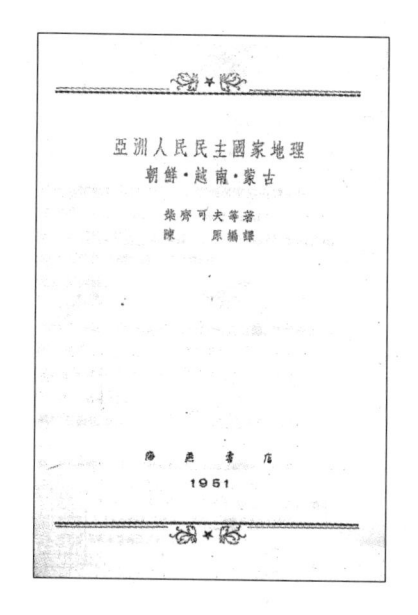

这里辑译了五篇关于亚洲人民民主国家地理的文字,说明了三个新国家(朝鲜、越南、蒙古)的地理情况;原文来源已在各篇脚注里提到,都是给一般读者尤其是青年读者看的。所附的三张图,则采自苏联地理学会参加编辑的《儿童地理年鉴》(1949)。

亚洲四个人民民主国家里面,最大的一个是我们的祖国:中华人民共和国。苏联地理学家安努金(Анучин)曾为《学校地理》写过一篇《新中国》,上记年鉴也收有戈尔巴且夫(З. Горбачёв)的论文,两篇都重在历史和政治局势的说明,对于我国读者是不必要的;因此没有译出。

关于欧洲人民民主国家的地理,将成另一单本出版。

陈　原　一九五〇年冬

海燕书店1951年版封面

[题注]

《亚洲人民民主国家地理——朝鲜·越南·蒙古》,〔苏〕柴齐可夫等著,陈原编译,上海海燕书店1951年3月初版,32开,57页。全书5章:第一章

《朝鲜》据柴齐可夫的三篇论文编译，分别见 *Глобус*(1949)，《环游世界》杂志1950年9月号，《新时代》周刊1950年第28期。第二章《越南》据戈兰特作 *IВеθτ-Наυ* 一文译出。第三章《越南为自由独立而斗争》据华西里耶娃在《环游世界》1950年9月号发表的论文节译。第四章《蒙古》原名《新蒙古》，作者是地理科学博士慕尔萨耶夫。第五章《沙漠里的光辉》作者亚夫捷耶夫，据《新时代》周刊1949年第1期有关地理的一段选译。

《欧洲人民民主国家地理》译者前记

海燕书店1951年版封面

过去的地理书很少肯详细讲东南欧和中欧这几个"小"国的情况，说漂亮话，是因为它"小"，老实说，是因为它们受外国压迫，"不够格"。这些国家在战后成立了人民民主政权之后，已经是走在我们前面的兄弟国家了：我们自然需要更好的去了解它们。这本小册子就是为了这个目的，从三个不同的来源①，编译出八篇论文而成的，可以给读者们做起码的参考读物。这八篇论文包括六个人民民主国家和德意志民主共和国，还有一篇讲这些新国家的新地名的《新世界的性格》，作为小册子的小结。读者马上会发现，每篇的长短并不一样，最短的只五千字，最长却达一万五千言，而体例也不完全一致（其实也难于强求其一致）；有的着重讲过去，有的多讲现在；有的从地理区的划分来看全局，有的从民主改革来谈地理。但是在这几篇论述中，却有一条共同的线在联结着。这条线就是：每一个民族都有着光荣（但往往是艰难）的过去，每一个民族都曾支付很大的代价，才争取到今天的独立自主，因此每一个民族的人民，都热爱他的祖

---

① 头五篇采自一九四九年苏联地理学会参加编辑的《儿童地理年鉴》，第六篇采自《学校地理》杂志，末二篇采自《环游世界》杂志。

国——而每一个民族的祖国又都是如此壮丽,解放了的国土,在新的社会关系下,粉碎了旧日的贫困神话;这些国家每一个都欣欣向荣,向着社会主义的前途迈进。

这样的一根线,贯穿全书,使人感到解放了的人民和解放了的土地,简直像把地貌也改变了。通过这根线,地理一科的爱国主义教育和政治思想教育,就可以毫不费力达到目标。

比方说吧,保加利亚曾被"当做矿产资源很贫乏的国家。采矿业从来没有在国家经济上起过什么实际作用。"(第90页)为什么?因为外国资本支配了保加利亚。外国资本宁愿它始终停留为一个经济落后的国家。独占资本家对于它的工矿业发展不感到兴趣:它们的兴趣只在"加强它自己在巴尔干的地位"。"对于他们,保加利亚之所以有用,就是因为它可以做原料供应地,同时可以推销他们的工业品。……因此在保加利亚国内也好,国外也好,老是流行着一种宣传,说是保加利亚不可能发展自己的工业的,说是保加利亚没有工业所必需的资源和燃料。"(第90页)

但实际上呢?保加利亚有煤矿,有铁矿,有铜、锡、锌和石油;最近发现了锰矿和铬矿。

为什么会连地貌也改变了呢?在本书每一篇章都可以找到同样的答案:生产关系改变了,人与人的关系改变了,人们的劳动是为着自己了,因此劳动生产率提高了,速度加快了,对自然的利用也顺应着自然的规律性,加速自然对人类服务的可能了。而这一切,在本书的篇章里都有着形象化的描写。比如说,华沙的重建就是一个很生动的例子。

"四年前华沙还没有所谓街道。居民们是在瓦砾堆中开出道路来的。……一九四五年只有百分之七的房屋是可以住人的。九百四十所学校里面,全毁了六百五十八所,二千八百家企业中,全毁了二千五百二十家。横跨维斯拉河的桥梁全被炸毁了。"(第19页)

在重建华沙的四年间,人们——尤其是青年们,凭着他们的自我牺牲的劳动,不单单恢复了华沙,而且把它扩大了。

生动的例子随处都是。罗马尼亚从前被压迫的情形,也给我们提供了范例。作者写道：

"这些王公的发明天才可真不坏，竟至于每个炉子都要抽'出烟'税，每个窗子都要抽'使用阳光'税。"（第62页）

通过这些生动、具体、形象的描写，这里面的一切说明，都不是枯燥无味，都不是空洞抽象的教条了。

在解释许多地理现象和分析地理现象之间的关联时，这本书的各篇章都能够利用科学上最新的成就，采取最科学的方法——唯物辩证法。大如沼泽的形成，干旱的出现；小如雨量与屋顶斜度的关系，民族压迫与地区经济落后的关联。……诸如此类，都一一交代清楚，使读者不觉得所有现象都是孤立的，或都是偶然发生的；更不会认为自然界自生自灭，它的发展改造与人类社会制度无关。

这样的分析叙述，在我们的地理读物中，是很少见的。关于罗马尼亚的石油，可以举出做一个例子。

罗马尼亚石油的形成，石油区的地理情况，石油开采在外国资本支配时期的违反自然规律，以及人民民主政权下面石油的增产，都得到最明确的分析。

作者根据最新科学成就，很生动地描写了古代的虫状海湾如何消减，如何在罗马尼亚留下了海中动物的尸体——这些尸体如何变成石油。作者又指出石油虽然是这个国家的宝贵财富，但也给它带来了不幸。外国帝国主义的石油大王，获得了石油开采权，专拣能迫切获得利润的地方开采，破坏了油层，使五分之四的石油永远损失在地下。……

这本书的最后一篇，叫做《新世界的性格》，是从各人民民主国家地名的改变，来看他们的成就和发展的。"地图说明了城市怎样生长，沼泽怎样汲干，运河怎样开凿，水电站和铁路怎样建筑。"这些建设，"以新的名字丰富了地图，每一个地名都包含着几万新生活建设者坚强而紧张的劳动。"（第141页）在这里，地理和生活紧紧的结合着，即使最枯燥的地名，也变得有血有肉了。也即如编译者在《苏联新地理》的《前记》所写："在这本书当中，每一条河流或每一个矿山，都和活生生的社会现实联结起来，都变成社会主义建设的一个有机的构成部分。只有如此,河名或地名才不会是孤立的名称,而是有血有肉,与现实生活有关联的实体。"

应当说明:各篇体例不十分一致,是这本书的一个缺陷。但这缺陷不是原作者也不是各篇内容造成的,而是编译者把它们编在一起之后才显露出来的。自然,这样的缺陷是不能损害它的价值的。

书中插图也是各篇原来就附有的,绘法虽不一样,但也有共同的一点,就是:明确而生动。

地名的译音我已在《苏联新地理》序上稍加说明,这里不再详说;初见的地名都附了原文。原文有若干段因为情况已发生变化,间或加以节略的。

读者发现书中的误译、笔误或排误处,请函海燕书店转编译者,好让我在下一版改正;读者读后如果感到有一点点好处,也请告诉编译者,让他分享一下你所感到的喜悦。

陈　原　一九五〇年十二月上海

[题注]

《欧洲人民民主国家地理》,〔苏〕达林斯基等著,陈原编译,上海海燕书店 1951 年 5 月初版,12 月再版。32 开,163 页。全书共 8 章:波兰、捷克斯洛伐克、匈牙利、罗马尼亚、保加利亚、阿尔巴尼亚、德意志民主共和国、新世界的性格。

《人类改造自然》前记

三联书店1951年版封面

在地理课上进行改造自然的教学时，主要的目的是在于说明：第一，人类是在征服自然的过程中成长起来的。"社会生产力的历史……就是一部自然力屈服于人类的历史就是一部人类劳动生产率巨大增长，为人类文化的发展建立了广大的物质基础的历史。"（见本书第6页）

其次，在资本主义制度下面，资本家所追求的是急迫产生的成果，他们采取野蛮的办法，违反自然发展规律来榨取自然；而这种榨取是不顾后果的、漫无计划的、近视的。因此，资本主义国家改造自然的历史，"是一部无情地掠夺、投机和直接犯罪的历史。"（见本书第97页）

第三，只有在社会主义制度下面，只有当人剥削人的制度告终结的时候，人类才能够有目的的、有计划的、大规模的改造自然，使自然力完全替人类服务。

这本小册子提供了一些理论分析的和实际的材料，说明了上面这主要的几点。

第一篇是总论性质，它扼要地分析了人类改造自然的问题。最后一篇是说明第二第三两点的，尤其是第二点。文中引用了很多具体材料，可供地理教学的实际参考。

中间的两篇，是报道苏联和欧洲人民民主国家人民改造自然的事实和现状。苏联的一部分，共辑译了七篇生动活泼的记叙，不光是枯燥数字的堆砌。

我把 1950 年 8—9 月苏联部长会议关于改造自然的四个决定作为本书的附录。关于土库曼大运河和伏尔加河上的水电站，打算另外辑译一本生动的报道和分析文集。

今年夏、秋，我曾应邀对上海中、小学地理教师们分别作了几次关于改造自然的报告，事后各方面希望我把讲词整理出来发表；但那几次报告实在都是漫谈性质的，拉得很长，讲到许多事情（其中有些材料就是采自本书许多篇章的），为适应需要起见，就把手边的一些译文，编为本集，也许多少可以满足一部分的需要吧（关于中国方面的材料，将来打算另列一辑）。

书中也收了一篇符其珣同志的译文，事先已得到他的同意，至于文中的地名和别的一些东西，是为着在本集中求取统一，经我改过的。我在这里向符其珣同志致谢。

陈　原　一九五〇年十一月

[题注]

《人类改造自然》，陈原编译，上海三联书店 1951 年 5 月出版，"地理教学参考资料"之一。32 开，116 页。包括苏维埃人民是伟大的自然改造者、苏联改造自然的伟大计划、欧洲人民民主国家改造自然的情况、资本主义国家"改造自然"的历史是一部掠夺投机和犯罪的历史等篇章。附录为《斯大林时代最伟大的建设》。序中提及符其珣的译文是第二篇《苏联改造自然的伟大计划》中的一节《强迫河流改道》，译自《青年技术杂志》。

《苏联学校的地理教学》前记

三联书店1951年版封面

地理在苏联学校里很受重视,这是很有理由的:通过地理课程,一方面可以对学生进行思想政治教育——培养唯物主义的世界观,辩证的思想方法,苏维埃爱国主义,无产阶级的国际主义;养成人类能用劳动征服自然的正确观点,并引导学生们从事这一伟大的斗争;一方面又可以使学生学会作为苏联公民所必需的一些技能——例如用地图、用指南针、简单目测等等——而这些技能是在生产劳动中、在保卫祖国中、在征服自然的伟大事业中、在日常生活中,随时随地都要应用到的。

因此,在苏联学校,地理教学不但要求具有高度的思想性,而且要求与实际密切结合。地理教学已经不是单单为了使学生多记几个地名,多背几条定义,或者对自然现象得到一些表面上的、形式上的、孤立的知识,而不了解现象之间相互的关联。

但是苏联地理教学到达目前的情况,是曾经走过一条很曲折的道路的;这本文集的第一篇,《苏联学校地理课程改进的几个阶段》,记录了这复杂而曲折的改进过程。而改进的结果,归纳起来就形成了第二篇《目的及任务》里所说到的几点。

对于我们,这些经验显然是很宝贵的。它使我们少走一大段冤枉路。

关于地理教学法方面,苏联有许多专书和总结经验的论文;这部文集第三至第五这三篇是举隅性质的材料,它指出了应当怎样着重地进行思想政治教育(第三篇),怎样培养与当前实际生活密切结合的地理技能(第四篇),和怎样结合实际,在课外进行区域地理研究工作(第五篇)。我想,这三篇材料多少可以说明地理教学所应强调的两个方面;自然,有关地理教学的全盘研究,还待有系统的介绍①。

在进行地理教学上已有的成就和存在着的一些缺点,见第六篇至第八篇。这三篇都是总结性的材料;那种坦白的批评与自我批评精神,把教学上的一些问题都如实地提了出来。这些启示对我们的实际工作,也将有很大的益处,那是无可怀疑的。

这些总结指出目前苏联地理教学上所存在的缺点,大多数在我们这里不但存在,而且相当严重。例如它指出某些教学上对思想政治教育不够重视——这也是若干年来我们这里的毛病;但它又指出某些教学上塞进了过多的政治经济资料,忽略了自然地理的知识,地理变成非地理,变成经济学。这在解放后我们这里矫枉过正往往会有这种偏向的,例如我自己编的《初中外国地理》课本(上册)就犯着这个错误。

总结又指出教学上好些地方仍存在着形式主义——形式地了解现象的表面,以致学生能够罗列许多孤立事实,而不能阐明这些事物、现象之间的关系、其因果性及其规律性,因此就不能够利用这些知识,来解决实际问题。三篇总结提出了好些具体的事例,都值得我们仔细体会,举一反三。

总结还指出实际的技能不够熟练,旅行实习工作没有做好。这在我们是简直没有做的。第五班的学生学习自然地理时,就开始在自己的校园、集体农场和郊外实习目测,辨方向,使用指南针、平板仪,练习简单的地形绘图。在中学里我们恐怕想也没想到这些东西。但这些东西是读图、作图的

---

① 我已在翻译爱尔杰里教授的《地理教学法》。这本书是国立莫斯科教育学院地理教学系的集体研究成果,可供我们借镜之处颇多。

基本技能，是"将来的公民"工作中随时要用到的技术，地理教学要"结合实际"——获取这些技能，是很必要的。

文集最后一篇是关于苏联的地理课本的。这里收载了第四到第九班的课本内容提要，在没有把苏联中小学课程纲要介绍出来以前，这提要也许多少有点启发作用的；如果把它拿来跟课程纲要对照起来看，那就有更多的启示。其余对第五、六两班课本的批评，和第九班课本作者的改编记事，都有很精辟的论断；我们的读者尽管没有读过这三部课本，仍旧能从这些评论中间体会出课本内容应当怎样安排、应当如何运用等等问题来的。

这部文集的各篇，是我过去一年来断断续续摘录、节译或改写而成的笔记；有些朋友以为可以供给大家参考，所以用目前的形式给印出来了。如果可能，我还打算继续编译几本同样性质的参考资料。读者读了之后，能给我提出地理教学上的一些具体意见，那就是最盼望的了。

陈　原　一九五〇年八月

[题注]

《苏联学校的地理教学》，陈原编译，上海三联书店1951年2月初版，系"地理教学参考资料"之一，32开，116页。正文不分章节，共9部分：苏联学校地理课程改进的几个阶段，关于苏联中学地理教学目的及任务，利用心理学方法在地理课进行思想政治教育，关于苏联学生的课内外地理作业，在地理课外组织区域地理研究工作，苏联中学地理教育的现状，苏联1948—1949年度中学地理升级测验总结，苏联高等学校入学试(1948—1949)地理科成绩总结，关于苏联的地理课本等。序注中提到的陈原译《地理教学法》，未见出版。

《苏联及其十六个加盟共和国地理》后记

海燕书店1951年版封面

这本小册是供给中小学同学和一般人学习地理作参考用的,除了头一篇为斯大林奖金获得者米海洛夫(Н. Михайлов)所写外,其余是梅尔库利叶娃(К. Меркульева)写的,收在全苏地理学会参加编辑的《儿童地理年鉴》内。文字活泼而不沉闷,记叙简明而富有形象性;这正是旧式地理书所缺少的。书中的插图指明了各加盟共和国在苏联的地位,中间的箭头是表方向的(箭头所指为正北);此外还附有苏联的国徽和十六个加盟共和国的国徽。

关于苏联十六个联盟共和国的一般情况,新华时事丛刊社出版的一本(改订本),也值得读者参考。如果不厌求详,米海洛夫的另一著作(《苏联新地理》,海燕版),多少满足了这一需要。

第一篇为陈原所译,其他各篇为蕙昭所译。地名的译音大抵按《苏联新地理》,但也有个别不同处。全文由陈原整理过,恐仍有不妥之处,望读者指教。信寄海燕书店转。

陈 原 一九五〇年十一月七日

《苏联及其十六个加盟共和国地理》后记　203

海燕书店1951年版插图

[题注]

《苏联及其十六个加盟共和国地理》,〔苏〕米海洛夫等著,陈原、佘蕙昭编译,上海海燕书店1951年3月出版,32开,110页。该书共18章,插图34幅,是关于苏联及其十六个加盟共和国地理知识的介绍。

《书林漫步》前记

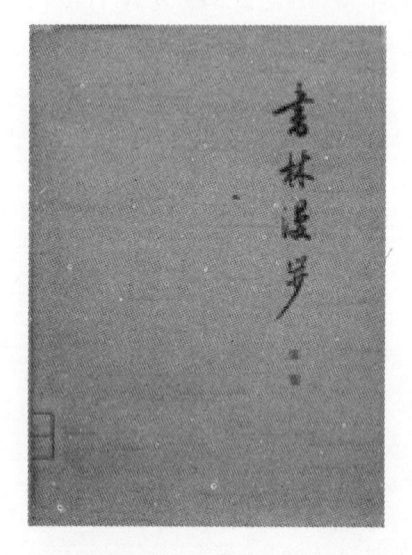

这本集子所收杂文四十九篇，大都是些读书札记或随感录之类，卑之无甚高论，只不过是在书籍的密林中漫步时所作的粗浅记录——如果它对于书籍的爱好者有一点点儿启发，那么作者就很觉得高兴了。

上辑十几篇都写于解放前，多少反映了那个时代书和人的遭遇，有几篇说话不免转弯抹角，欲言又止，现在编入集子，大致一仍其旧，以见当时为文的"风尚"，只是尽量删去一些芜辞废话，使文章略见干净些。下辑主要是近几年发表的，收入集子时好些篇都作了修改。这些短文说是札记或随感，其实有的已伸展开去，成为洋洋大文，摆起专论的架子了；有的却只是借题发挥，跟书籍本身关系不大。好在集子名为《书林漫步》，杂一些也就由它罢。

各篇按发表或写作先后排列，不加分类。至于各发表时的署名和登载的报刊名字、期数，一概没有注明，只在文末注上一个发表或写作的年月。

在这里我衷心地感谢这些年来给我许多鼓励和帮助的编辑同志——若不是他们那么热心地经常对作者加以鞭策，有时甚至加以"压迫"，这个集子里的"急就章"，连一篇也写不出来的。

上海人民出版社1962年版封面

陈　原　1962年5月北京

附1:重印后记

《书林漫步》初版于一九六二年。推翻"四人帮"炮制的"两个估计"以后,三联书店准备印这一版,这使我又惶恐又兴奋。惶恐的是不单"心有余悸",而且这些旧作难免有不少错漏和缺陷,颇有"献丑不如藏拙"的考虑;兴奋的是在新长征的路上,百花齐放的春天来到了,使我这几十篇卑之无甚高论的短文,又有机会重新同读者见面,倾听读者的意见使我可以借此提高。因此就同意重印了。

《读书与出版》连载

除了个别错字之外,我没有改动。一改,就失真,看不出作者当时的幼稚和那个时代的特征。好在每篇都注明写作或出版年月,读者不难看出作者走过的道路。特别是上辑十几篇,改也没从改,因为写的是解放前那一段使人窒息的日子,这日子是一去不复返了。下辑各篇也没有删改。其中有几处提到瞿秋白的名字:应当说,此人给中国革命运动带来过巨大的损失,而且晚节也不保,但此人对现代我国的文化运动却仍有某种程度的影响,偶尔提及,我以为还是一仍其旧为宜。还有几篇评介有关年青苏维埃俄罗斯的书评,没有抽去,我知道读者绝不会认为这里写的是背叛十月革命道路的群丑登场以后的俄罗斯。保留这几篇还能让人深入地想一想。此外,像《工作只怕行家做》一文,最初发表在《人民日报》副刊,关心我的同志当时便语重心长地说,你这篇文章对某些错误论点没有驳透,将来会担风险的。我感谢这规劝,这证明我的短文有一定的片面性,没有能够理直气壮地表达出我们干革命的同志不能年年甘居外行,一定要变外行为内行,同时又要斥责那些别有用心的借此要我们交出领导权的谬论。文中提到的"冒牌行家",我到现在仍认为应当反对,"四人帮"及其死党余党就是只涂上"粉红色"颜料的"冒牌行家",本质上却是一小撮反革命。因此,有一定片面性的几篇短文,也没有删改,以见我思想的幼稚。总之,如果读者在这集子中能得到小小的启发,那就是作者最大的喜悦了。

作　者　1978年夏

《书林漫步》插图

附2:海外版重印题记

《书林漫步》初版于一九六二年,印数不多,海外读者怕很少有机会看到。现在三联书店要印海外版,在我是又高兴,又惭愧的。高兴的是在新长征的路上,曾经弥漫在祖国上空的黑云已经驱散,百花齐放的春天来到了,就连我这几十篇幼稚的文章,也有同海外读者重新见面的机会;惭愧的是,它们毕竟是我年青时候的"涂鸦",疏漏和缺点比比皆是,怕给读者传递不了什么有用的信息,心中不免有献丑不如藏拙的考虑。不过朋友们是这样的热心,使我这个沐浴着南方雨露风霜长大的"永远的初学者",不好拒绝,只得让这幼年学步的记录面世,作为我向南方许多相识的和不相识的朋友们致意的纪念品了。

除了错字外,我没有作改动。一改,就失真,看不出我走过的崎岖曲折的道路。特别是上集十几篇,改也无法改的,因为写的是从一九四二到四九年那一段令人窒息的日子——这日子在我们这里是一去不复返了。下集各篇,也没有改:其中几处提到瞿秋白,应当说,此人给中国革命运动带来过巨大的损失,而且不保晚节,但他在现代文化方面也确曾起过某些作用,文中偶有提及,我以为还是一仍其旧的好。又有几篇介绍青年苏维埃俄罗斯的书评,没有删去,聪明的读者绝不会以为这里写的是背叛十月革命道路的

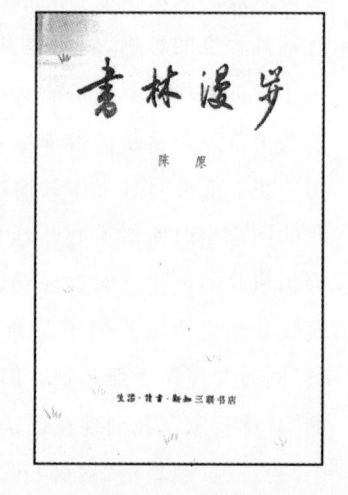

香港三联书店1978年版封面

群丑登场以后的世界；保留这几篇，还能让人深入的去想一想。还有五六篇短文，写到百多年前南国和东南沿海的可歌可泣的斗争事迹。那是在六十年代初，我住在一个山间医院里，转辗床席之余，却想念起家乡来，于是查阅群书，打算愈后写出一部歌颂这些反抗外敌的先驱者的书，但是一出医院，就忙得一佛出世，只记下了这么几篇短短的札记，现在重新看一看，还是认为这些短文是倾注了我缅怀先烈的全部感情写成的，我写他们，也同时激励我自己和我们这些后来者，斗争没有停息，还要一直继续下去——所有反抗压迫和侵略的先行者们，永远值得我们尊敬和怀念。没有他们付出的血与汗，就没有我们的今天。

最后，这里几十篇卑之无甚高论的短文，如果能使亲爱的读者们得多一点点启发，那就是作者最大的喜悦了。

作　者　1978年夏

[题注]

《书林漫步》，陈原著，上海人民出版社1962年12月出版，香港三联书店1978年10月出版，北京三联书店1979年4月据1962年版重排，1998年8月重印，作者写了《新版题记》，书末附《〈书林漫步〉前记》、《〈书林漫步——续编〉序》。

该书是陈原1942—1962年间在报刊上发表的读书札记和随感录的结集。分上下两辑，上辑主要反映旧社会里书和人的痛苦遭遇。许多文章曾在《读书与出版》连载过，陈原以笔名"柏园"在该刊开设"书堆里的漫步"、"国际文化风景线"、"广播"等专栏。下辑是全国解放后的作品，有不少专论文章。有插图20幅。

《语言与社会生活》前记

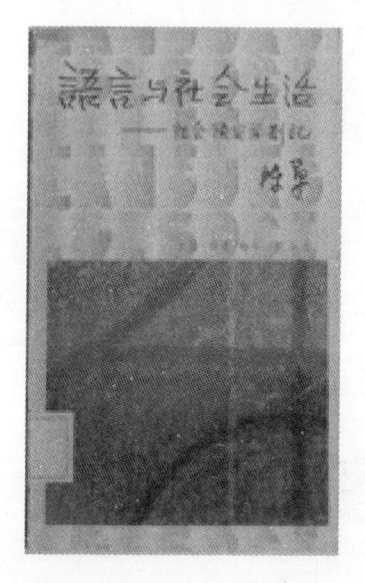

我对语言学本无研究,只不过是个门外的爱好者。不过在"文化革命"中,恶棍姚文元借着一部词典狠狠地打了我一棍子,黑线回潮啦,复辟啦,大帽子铺天盖地而来,晕头转向之余,很不服气。于是一头扎进语言现象和语言学的海洋,几年间——直到群魔垮台之日,写下了四卷语言笔记,凡百余万言。去夏病倒住院,有好事者建议整理成书,可我已半身不便,不易执笔;热心人为我选录排比得数十条,由我在病床上修改为六章二十三节,取名《语言与社会生活》。这本小册子内容多涉及比较语汇学和社会语言学的若干问题,有些重大问题如语言与思维,语言与民族等因为当时就没深入探讨,现在也只能从缺。这六万言的笔记,自知无甚高论,对学术也不会有什么贡献,但作为一个语言学的小学生同文化专制主义的恶棍们作斗争的记录,我想也可以公诸于众,也许可作为这个动荡年代一个小小侧面的反映罢。是为记。

作 者 1979年春

香港三联书店1979年版封面

附:日译本前言

日本东京学艺大学、日中学院、爱知大学的松冈荣志、陈立人、白井启介、刘间夕俊四位讲师把我的《语言与社会生活》译成日文,快要出版了。当四位素未谋面的学者给我来信希望我为日译本写几句话时,我是又高兴、又惶恐的。高兴的是,我这本小书只不过是我研究社会语言学、语义学和语汇学的札记,其实没有多少学术价值的,而现在居然能够有机会就正于日本的读书界,对于我真可算是一种鼓励;惶恐的是,我的研究很肤浅,充其量不过是对这门新兴的边缘科学向国人做一点通俗介绍,也许只能算是一种个人感想,这又怎能同外国朋友见面呢?然而四位先生既已花力气做了翻译工作,那么,我也只能为译本的出版写几句告罪的话了。

社会语言学是60年代以后才兴起的边缘科学,连研究对象也是人言言殊的;这门科学在欧美和苏联这二十多年间发展得比较快,而且所涉及的问题的深度和广度都越来越扩大。很多学者从传统的描写语言学解放出来,把语言当作一种社会现象,放在社会环境中加以考察,因为着重点不相同,所以在各国形成了好些派别。我这本小书所涉及的问题,有些是外国社会语言学著作所涉及过的,有些则还没有。例如,我在这里提出了语言灵物崇拜(语言拜物教)问题和语言污染问题,又从社会生活的角度研究了一些语言现象——例如委婉语词问题,这一类问题在欧美的社会语言学论著中很少涉及。不少外国社会语言学家是着重研究语音与社会诸因素的相互影响,我这本小书则着重在语汇(语义)的研究,这也可以说是它的特色。我企图用历史唯物主义和辩证唯物主义的观点来研究语言和社会生活的相互关系,但是遗憾的是,我还没有达到应有的深度。以上是我想向读者告罪的第一点。

告罪的第二点是这本小书并没有系统地介绍社会语言学,因此它并没有触及社会语言学中的某些重要课题——例如语言与思维的问题。我正在准备印行的专著《社会语言学》,阐述了诸如语言与社会,语言与思维,语言与迷信,语言与符号,语言与文化等等基本问题,我想,将来这部书的出版可以弥补这本小书的不足。

一般都认为语言学是一门枯燥无味的学科,但我以为,如果把语言当作一种社会现象来研究,那将是很引人入胜的——吕叔湘教授(中国社会科学院语言研究所所长)对这本小书写过一篇很长的评介,他也是这样认为的,虽则他对本书和作者是过誉了。我希望读者有机会把吕教授的论文读一遍,他本人也是以通俗阐述语言科学的复杂问题著称的,当然他的论述比本书的作者是深入多了,高明多了。

最后,我衷心向不辞劳苦将我这不成熟的小书介绍给日本读书界的四位学者表示感谢。

1981 年 3 月 20 日

三联书店 1980 年版封面

[题注]

《语言与社会生活——社会语言学札记》,陈原著,香港三联书店 1979 年 4 月初版,北京三联书店 1980 年 4 月出版。北京三联书店 1999 年 11 月收入"三联精选"文库再版。日本东京凯风社 1989 年出版日译本,系陈原著作选 I。由松冈荣志译,附日译本序,吕叔湘关于该书的介绍文章,译后记。1998 年收入《陈原语言学论著》卷一。该书内容涉及比较语汇学和社会语言学的若干问题,侧面反映了当时的社会生活和思想认识。

《社会语言学》序

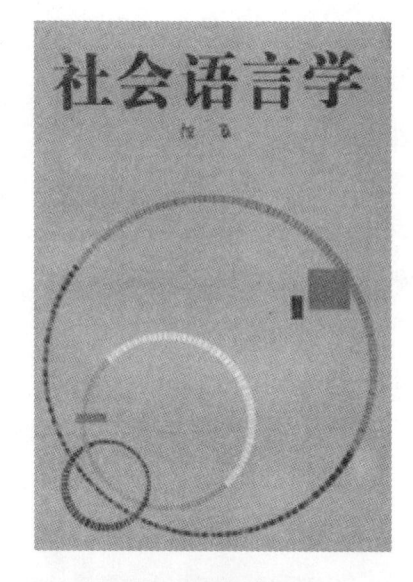

学林出版社1983年版封面

现在呈献给读者的这部《社会语言学》，可以说是《语言与社会生活》一书的续篇和发展。《语言与社会生活》自1979年问世以来，出乎作者意料地得到了许多读者的欣赏；尤其使作者感动的是，这部小书还受到语言学界前辈叶老（圣陶）和吕老（叔湘）的鼓励。四年来我对这门学科的若干问题继续进行探索，积累了关于语言与社会，语言与思维，语言与文化，语言与符号，语言与塔布，语言的相互接触等几十万字素材，然后在这个基础上写成这部最初打算题名为《社会语言学导论》的小书。稿成后我才发现这部小书已不是什么导论，实质上是有关社会语言学若干理论问题和若干实际问题的探索，其中有些问题是已经解决了的，有些却还没有解决。因此，我索性把这部没有形成严格体系的著作，称为《社会语言学》。

社会语言学这门边缘学科，至今还没有一个公认的边界。照我的理解，这门学科一方面应当从社会生活的变化，来观察语言的变异，另一方面要从语言的变化或"语言的遗迹"去探索社会生活的变动和图景。因此，这两个方面，就是本书要论述的主题，分别见于本书第10和第11两章。这两章之所以编排在本书的中间地位，而不放在本书的开端，是因为这样可以使作者

香港商务印书馆1984年版封面

行文时比较方便。作为本书的开端,我阐述了社会语言学的出发点——语言作为一种社会现象,语言作为一种交际工具,语言作为思想的直接现实;接着我从信息论语言学的角度扼要地阐明了语言作为信息载体或作为信息系统在社会交际活动中所起的重要作用。在进入这两个主题以前,我还考察了语言与思维的若干问题,其中涉及语言符号与非语言交际的一些内容。在第10—11章以后,本来可以展开对社会语言学的其他很多有争议问题的探索,但我没有这样做,主要的原因是由于作者的研究工作是在节假日或工余的深夜间进行的(一个业余研究者的苦恼恐怕很难用文字来形容),暂时已没有足够的精力和时间去实现这愿望了。因此,本书的后半部只接触和涉猎了一些新的或老的问题,如模糊语言,委婉语词,语言感情和语言接触等等,没有可能进行深入的探讨了。

本书的某些内容,几年来曾分别在国内外演讲过,不过这里所收已不是原来的演讲记录,而是作过很多剪裁和增删的阐述。涉及的论点来源,在书中已分别注明,对于引用过的著作和它们的作者,我在这里表示由衷的感谢。

作者自知浅薄,但为了这门学科在我们祖国的土地上得到发展,使这部不成熟的著作能成为未来耕耘者的肥田料,我就不顾本书的粗浅,把它印

学林出版社1994年版封面

出来，就教于有识之士和广大的读者了。

陈　原　1982年11月

附：新版序

　　十年噩梦醒来时，我力疾将积压胸中的愤懑化为文字，写成《语言与社会生活》，副题《社会语言学札记》，1979年初在香港三联书店出版。这本小书带着浓重的时代烙印进入读书界，受到海内外读者的欢迎；同时也得到我所尊敬的几位语言学界前辈的鼓励。我想，这主要是因为小册子在剖析语言现象的时候，揭露了产生这些现象的社会背景之故，比如书中着重描述的语言灵物崇拜和现代迷信，就曾唤起了广大读者的共鸣。

　　此书的面世激活了我中断了几十年语言研究的兴趣，于是不自量力地打算为非语言专业的读者，写一部全面论述社会语言现象的专著。那几年是我一生最忙碌和工作最杂乱的时期，我只能利用更深人静的子夜来耕耘我的"自留地"。书写得很苦：大约花了两年多的深宵，写成二十多万字的初稿。稿成，我发现它是一堆干巴巴的、教条气味十足的破烂文稿，完全违背了我的初衷。我毫不踌躇地把它毁了；现在只剩下一张发黄的稿纸，夹在我的一本语言学笔记中，那是初稿的拟目：

　　社会语言学
　　——关于理论问题的描述和探索
　　第一章　语言与社会　语言是一种社会现象
　　第二章　语言与思维　语言——劳动——思维
　　第三章　语言与符号　语言——指号——记号——符号

商务印书馆2000年版封面

第四章　语言与迷信　语言拜物教——符咒——现代迷信

第五章　语言与语境　外来语——交融——术语学

第六章　语言与文化　委婉语词——文明与野蛮——语言获得学

第七章　语言与信息　语汇学——语义学——语用学——机器

第八章　语言与政策　多语现象——方言——统一民族语——国际语

　　照着这个提纲,也许可以编成供教学参考用的蹩脚讲义——但决不是一部对教学有启发作用的好讲义,也决不能满足对语言现象有兴趣而非专修语言学的读书人的需要。废掉初稿之后,我才省悟要达到我原定的目标,必须跳出传统语言学的框框,跳出所谓"体系"的框框,还要摆脱教科书式表述的框框。这很难,但我决心要试一试。我努力从语言是一种社会现象,是最重要的社会交际工具,是人类思想的直接现实,同时也是信息载体兼信息系统的观念出发,以现代汉语为主要的研究对象,分析和阐述了若干语言现象和它的社会语境。语言的变异,作为社会语言学的重要甚至主要范畴,分散在各种语言现象的分析中加以论述,历时的或共时的变异随处可见。这是本书的独特之处,它有异于当代出版的许多社会语言学专著——它们大体上都把变异列为专章的。这样将引导读者从具体的语言现象(而不是从抽象的逻辑推理)去理解语言的变异,我以为更少些教条气味。至于分析得不够深入,那是我的功力不足,没法子的了。

　　稿成,我仍觉不理想,朋友们劝我交给读者去评论,我接受了这个意见,就把这部《社会语言学》交给上海学林出版社,于1983年问世。

　　此书出版后,跟《语言与社会生活》一样,受到读书界的喜爱和前辈学者的激励。但我自己知道书中很多地方没有写好,眼高手低呀!例如关于社会语言学的两个基本目标,即从社会生活的变化观察语言的变化(第十章)和从语言的变化探索社会生活变迁的轨迹(第十一章),就死板板的没有写活,或者说,大大不如其他各章那么驰骋自如;这两章确实提出了一些根本性的问题,但没有做细致深入的分析;本来有很多极有意义的命题,可以作出十分生动而深刻的表述的。

　　我几次想动手加以修订,却几次搁笔。其原因一则我的学术根底太浅,短期难以提高;二则各章文字浑然一体,若果加以修补,必将破坏全书文风,变得前后混杂,索然无味。

　　好在此书出版后,我得到一个机会,专门从事语言研究和语言规范化的工作,这是一个极好的机会,让我有可能将理论与实际相结合,并且在实践中检验我的认识。六年的实践,使我取得了应用社会语言学的很多经验,对我的研究工作有不可估量的帮助,但"完善"此书的愿望则只好搁在一旁了。

在这期间,社会语言学有了长足的发展,出版了很多新著,作为多科性交叉科学的特征更加突出;而信息科学的突飞猛进,更赋予它丰富的新内容。我本人有幸仍然连绵不断地追踪这门学科前进的脚印,在步入黄昏的时刻,终于找到了一个"完善"此书的途径——不是修修补补,而是彻底另写补卷。

我设想的补卷,打算从社会语言学出发,探讨语汇在不同时期,不同语境下发生的变异。因此,它将不是一般的语汇学,而是社会语言学的语汇变异研究——它将阐述见面语,称呼语,亲属称谓语,委婉语,粗鄙语,外来语,缩略语,咒语、黑话和行话,体态语,洋泾浜语,混合语,语言马赛克现象和语词的定量分析等范畴。我认为语汇的研究,对社会语言学来说太重要了。设想中的这一补卷,也许在某种程度上可以弥补旧著的缺陷。可是对于我来说,时间不多了,能在最近的将来完成这一尝试,则如愿已足矣。

当前世界出现的一些语言现象,例如语言歧视,语言霸权主义,及其对语言民主的威胁;作为民族矛盾导火线的语言冲突;语言变异对语言规范化标准化的冲击,以及由此产生的消极作用和积极作用;语言信息处理和人机对话等等,可能都是二十一世纪信息时代宏观社会语言学将要探讨和解决的问题,都不可能在设想中的补卷中探讨了。

承商务印书馆主持人的好意,要出版我的一系列著译,其中包括重版《社会语言学》一书。由于上面说过的原因,此次重排,不加改动,只对很少几处文字表述上作了微小的润色。书末所附名目索引和人名索引,是新加上去的,都出自柳凤运之手;感谢她又一次细读全书,做索引的同时改正了前后不统一的译名和一些疏漏。十五年前,故友朱德熙在一次会议上,看到这部书时对我说:你的书有创意,可是没有索引,太遗憾了,太遗憾了。我常常记住此言——我一直从我这位同时代人处得到过不少教益,也一直想弥补他所指出的遗憾,可惜他过早地离开了人间。如今凤运帮我给这部书消除了这一遗憾,我想,如果他知道,他会很高兴的。

陈　原　1999 年 8 月 15 日记于北京

[题注]

　　《社会语言学》，陈原著，上海学林出版社1983年8月出版，香港商务印书馆1984年9月出版时，加副标题《关于若干理论问题的初步探索》。学林出版社1994年列入"学林文库"重印。1998年收入《陈原语言学论著》卷一。商务印书馆2000年作为"陈原文存"之一再版。书前附有新版序和原序。日本凯风社1989年出版日译本，系陈原著作选Ⅲ。该书凡17章，以国内外大量社会生活及语言的生动材料探讨了社会语言学这一边缘学科的若干理论问题和实际问题。

　　叶圣陶1984年曾"听"了这本书（因视力不好，特听孙辈念书刊给他听）。他说，"我不想学时髦，投票选举这两册（另一册为吕叔湘的《语文论集》——引者注）为1983年最佳书，可是我认为这两册是值得《读书》编辑部特约适当的作者撰写评介的书。"（《叶圣陶出版文集》，中国书籍出版社1996年版）1994年《中国出版年鉴》"图书评介"栏刊登林耀琛对该书的评论。

1982年，陈原与叶圣陶

《辞书和信息》前记

上海辞书出版社1985年版封面

　　1980年的春节，我把自己关在八米斗室中整理自己的笔记本；其时忽发"豪兴"，穷一日一夜之力，把那几年积累下来对辞书编纂和语汇学的零碎意见写下来，那就成了一篇三不像的文章：《释"一"》。说它是杂文吧，行文既不隽永又不泼辣；说它是学术论文吧，却没有严谨的系统性，且别提独到的创见了；说它是工作报告吧，又加添了不少抒情笔调，创刊不久的《辞书研究》却不管它多么不伦不类，居然把它登出来了——誉之者说是"别开生面的学术文章"，毁之者斥为"不知所云的胡言乱语"。至于我，在其后四年的春节都自讨苦吃把自己关起来，每年写一篇这种"不知所云"的随感录。今年春节写成《释"九"》，共得五篇，似乎"黔驴技穷"，感想都写完了，故集结成册，公之于众，就教于勤奋地默默地埋头辞书编纂工作的学人们。

　　编入本书的另外五篇文章，是我涉猎语言信息论和语言控制论时有关现代汉语和信息交换问题的一些札记，称不上学术文章，只不过是一时的心得体会。语言是信息的载体，而语言本身又是社会的信息系统——由于这些内容不是专业论文，且又同编纂辞书的理论与实践息息相关，因此也汇编在这里。

附录九篇,大都是发言、演讲、报告、汇报的记录或草稿,其中有一两篇是"释"文的"原型"(例如第 2 篇与《释典》一文),另一部分则是带有史料性质的材料(例如第 7 篇是劫后幸存的 1959 年为一个小会写的讨论材料;第 8 篇是 1975 年为准备词典规划会议所作的"汇报提纲")。凡是史料性质的材料,都不作任何修改,照原样收录,以存其真——它们反映了当时的社会思潮和我自己当时的见解(有对的,有错的,有模模糊糊和故意说得猜谜语似的),正所谓刻下了时代的烙印。最后一篇附录《抒怀》,描述了和表达了四卷本《辞源》出齐之时我的感激心情。我没有能力参加《辞源》的实际编纂工作,但我作为一个热心的鼓吹者和责无旁贷的组织者,同千百位无名英雄共甘苦,走完这九年"艰苦的历程"——从不寻常的 1975 年开始,共经历过多少风风雨雨,跋涉过多少绝壁险滩,然而毕竟走过来了,到达了终点,真不容易呀,不由得不百感交集——这就是"抒怀"。写完《抒怀》,我松了一口气,也许康庄大道就展现在面前了,故把它放在书末——算做结束自己的一个"时期"吧。

陈　原　1984 年 2 月 25 日

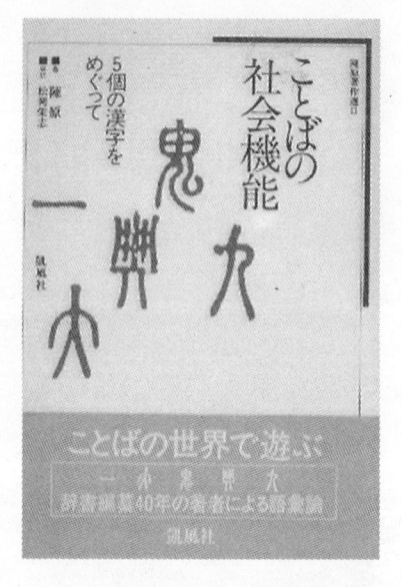

日本凯风社 1989 年版封面

[题注]

《辞书和信息》,陈原著,《辞书研究》编辑部编,上海辞书出版社 1985 年 6 月出版,系"辞书研究丛书"之一,正文前刊《"辞书研究丛书"前言》。1998 年收入《陈原语言学论著》卷二。该书是作者对辞书编撰工作和若干问题的研究结集,分三部分:5 篇以"释"打头的论文;5 篇"语言和信息"论文;9 篇讨论词典工作和辞书的附录。第一部分的 5 篇论文，1989 年由日本学者松冈荣志译成日文，收入陈原著作选Ⅱ，由日本凯风社出版，书名《ことばの社会機能》，陈原将这篇序的第一段作为该书的前记。

遨游辞书奇境

《社会语言学专题四讲》前记

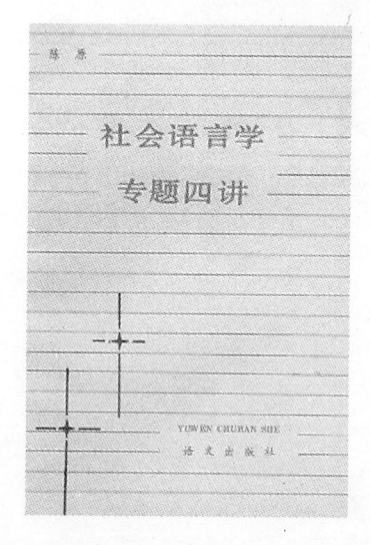

语文出版社1988年版封面

今年三四月间,我应中国社会科学院研究生院语用系之约,给社会语言学硕士研究生做一系列演讲。原定讲六次,后因我旧病复发,住进医院,只讲了四次便戛然中止。现在根据当日的记录稿稍加润色,同几位研究生和听讲者的座谈记录附在书末,再加上一份参考书目举要,便成这本小册子。

这四讲接触到社会语言学的几个重要问题,因为原来的意图是启发研究生对有关问题进行思考,讲时没有详尽发挥,只有对变异一题讲得比较充分些。对交际一题,我在演讲时使用了录像材料,可惜不能在书上显现,我和读者一样感到遗憾。原来计划还要讲语言政策和社会语言学方法论两题,结果没有讲,这里也就没有了。

这本小册子如果能够对读者思考这些问题时有点启发作用,那就太使作者高兴了。

对整理记录和协助操作幻灯机、录音录像机的厉兵、胡榕等几位同志,我深表感谢。

陈　原　1987年9月12日在北京

[题注]

  《社会语言学专题四讲》,陈原著,语文出版社1988年11月出版。第一讲变异,第二讲文化,第三讲交际,第四讲定量。附录有座谈记录,参考书目举要。1998年收入《陈原语言学论著》卷二。

  吴道弘在《寸心集·书评漫话·体例》中说,《社会语言学专题四讲》书末附录有"座谈记录"、"参考书目举要"两种,其中"座谈记录"很引人注目。在一定程度上是正文内容的进一步阐释,使读者有启发,也为出版学术演讲做出了好的例子,值得提倡(参见《寸心集》,北京三联书店1993年版)。

《现代汉语定量分析》序论

0 这部书——

这是一部集体著作。这是一部由一些有实际经验的语文研究者,围绕着一个主题写成的集体著作。严格地说,它还不能称为专门的学术著作,但它也不是一部这个学科的教本,更不是资料汇编。这部书忠实地记录了或者说扫描了近十年来现代汉语诸要素定量分析的若干方面的成果,它在一定意义上充实了这一分支学科(如果可以称之为"现代汉语计量学"的话),充实了这一薄弱环节的内容。这部集体著作也许可以称为这个语言文字应用新学科近年发展的概观。

上海教育出版社1989年版封面

这是一种尝试。这种尝试企图将还未系统化的分支学科,从各个不同的角度将初步探索成果公之于世——这种尝试也许对学术发展是有益的,因而会受到语文学界、教育界以及读书界的欢迎。

1 来由——

三年前的冬夜,我从海外归来,回味着在异国接触到的众多的人和书,翻看着随身带回的一些学术论著——一种愿望油然而生;我想编一套应用

(实用)语言学讲座①,这套讲座应当是集体著作,参加的主要写作人员尽可能是既有专业理论修养,又有专业实践经验的研究者。这种强烈的愿望之所以产生,是因为:

——国际上凡是新的学科,特别是多科性交叉学科,在它还没有产生系统的研究专著以前,常常用集体著作的方式,把有关独立研究成果发布出来;看来这样做对学科的发展是很有利的。我手头有一大堆这样的集体著作:联邦德国版《语言控制论》(*Sprachkybernetik*),是语言信息学的第一部研究著作,由十四位专家写成;荷兰版《当今的非语言交际》(*Nonverbal Communication Today*),是由二十多位学者对这个既属于语言学又跨越了语言学的专题进行研究的新成果;苏联版《语言和大众传播》(*Язык и массовая коммуникация*),参加写作的专门研究者超过三十人②。采取集体著作的方式有它的长处,即利用分支部门从各个角度围绕着一个研究课题进行论证,往往能够扩大视野,达到全息扫描的目的。一个集合总比组成这个集合的各个成分之和要有力得多。也许主要就是这个原因,使集体著作成为六十年代以后国际科学出版物一种值得仿效的做法。

---

① 最初计划为《应用语言学讲座》,当时拟订的编撰方针是:实用语言学是研究语言文字在社会生活中应用的学科,也可称为广义的应用语言学;这套讲座是一部理论联系实际的集体著作;各章均由专门从事这项主题研究和应用的学者撰写;这套讲座既提供基础知识,又阐明有关理论;行文力求深入浅出,避免套语浮言;这套讲座以现代汉语为探索的出发点,但内容亦不严格局限于现代汉语;这套讲座的读者对象为语文工作者、教育工作者、新闻出版工作者,以及对语言文字及其应用感兴趣的一般人士。

按原定计划,《现代汉语定量分析》卷的拟目如下:语言要素的定量分析——数学基础和分析方法;语言统计的理论基础——概率和分布;齐普夫定律在语言定量分析中的意义和应用;频率测定的历史、方法及其意义;现代汉语字频测定数据及分析;现代汉语词频测定数据及分析;现代汉语语素定量分析;现代汉语用字部件测定及分析;现代汉语的熵;现代汉语多余度的测定及分析。

在编集本书时,删去了原理原则方面即基础知识方面的论述,因为这些论述可以在一般语言学或语言科学有关著作中找到。

② 这样的集体著作经常出现。再举两本有名的著作如下:一本是美国出版的《语言现状》(*The State of the Language*, 1980),这是集合英美两国研究英语的几十位专家,关于八十年代初英语状况的论文集;另一本是法国出版的《语言科学百科辞书》(*Dictionnaire encyclopedique des sciences du laugage*, 1972),虽然主要是两位学者编著的,其实参加工作的有好几位。

——日本语言学家林四郎主编一套六卷本《应用言语学讲座》①,约请我参加为其第三卷《社会言语学の探求》提供一篇关于新词语(neologism)的形成及其社会意义的研究论文。这套讲座使我对集体著作的科学论著产生了新的认识,并且有了如何进行的实际经验。

——我国语言文字的应用研究需要一种良好的环境,使各方面各层次的调查和研究成果,能够在比较短的时间内得到交流,有效的方法之一就是印行集体写成的出版物;这种著作当然也不失为鼓励青年一代研究者们在完成系统专著以前公布学术成果的一种手段。

因此,我在三年前那个冬天,拟出了《应用语言学讲座》的目录,曾经想约请这一方面的学者来研究如何实现这样一个"计划"。这个拟目只复印了几份,只有很少几位同道偶然看见(不料也被敏感的出版社编辑看到了);步子还没迈出去,实际上我已没有可能去实现这个设想:因为不久我就不得不花了大半年时间去筹划一个大型国际会议,几乎消耗了我全部精力,所有研究工作都只能停顿下来,且不说拟议中的讲座计划了。其后是旧疾复发,我不得不躺在病床上继续消耗我剩余的精力。其后是"世事纷烦"(是纷烦而不是通常所说的纷繁),我也不得不在烦人的岗位上继续消耗我本来就不多的"余热"。但值得庆幸的是,在过去几年间,我若断若续参与了一些有关现代汉语定量分析的活动。我说"参与了",这也许是夸大了的说法,其实我只不过接触了有关的调查研究工作,不时发表过自己的意见。这些调查研究,就是本书所探讨的大部分或主要部分的内容。在接触当中我曾鼓励有关同志把他们的成果变成文字论述,这样,这些方面的论述自然而然成为我拟议中的讲座中的一卷。这些论文,有较深入而且颇有创见的,有研究成果极为有效而论述却平平的,也有探索得很浅,或者表达得不如人意的。集体写成的学术文集,恐怕只能如此,在这里用不上"一刀切"的方法。

这就是本书的来由。

---

① 林四郎主编《应用言语学讲座》全6卷(日本,东京,明治书院)目录:卷1,日本语教育;卷2,外国语与日本语;卷3,社会语言学探索;卷4,认知与情意的语言学;卷5,计算机与语言;卷6,语言之林。每卷都由十几位学者参加写作。

2 主题——

这部集体著作是围绕着现代汉语诸要素进行量的测定和分析这样一个主题展开的。

从定性到定量,然后又从定量回到定性——即从量的测定结果,经过分析研究,深化对本质的理解。这也许是晚近某些学科(如果不说一切学科)的发展所经由之路。特别是近几十年信息科学体系的创立(其中包括控制论、信息论、系统论以及早些时候形成的概率论、抽样论以及其后的耗散结构理论),高技术的导入和应用(其中包括电子信息技术以及第二次世界大战后广泛应用的电子计算机),使语言学这样古老的学科,也逐渐注意到量的测定;即不仅着重在描述或结构分析,而且以语料(corpus 语言材料)为原料进行各种量的测定。像社会语言学这样的新兴学科,带有很浓厚的实用意义的学科,也自然而然地逐渐注意到量的测定①。对语言诸要素进行量的测定不是目的;分析这些测定数据,对语言理论提出新的观念或作出新的解释;对语言文字的实际应用作出新的设想,亦即深化定性分析,这才有利于学科的发展。比方对汉字在各种文本②中出现的次数进行量的测定,求得其频率,这只是一种达到目标的中间过程;根据字频数据,再利用其他制约数据或参考数据,制定常用字表,这才完成了调查研究的一个循环;自然这只是许多循环中的一个。定性分析——量的测定——深化认识或有效应用:这就是上述循环的最简单的图式。特别是在本世纪六十年代电子技术长足发展以后,对语言诸要素的定量分析方便多了,容易多了,准确多了;这当然不能推论说在电子技术发展以前就不能进行量的测定——例如在西方世界,第一部字频统计词典是德国语言学家凯定(F. W. Kaeding)在 1898

---

① 西方近年出版的社会语言学著作,如赫德孙(R. A. Hudson, 1980)的著作,整个第 5 部分为《言语的量的研究》,法苏尔德(R. Fasold, 1984)的著作第 5 章为《定量分析》。就连早些年出版的加罗尔(John B. Carroll)的《语言与思想》(Language and Thought, 1964),也有专门一节论述从统计的观点看语言行为。此节第 53 页有一个很有趣的图解,分析字长与字频的关系,证明由 3 个字母组成的英文单字频率最高。

② 文本(text),或译作话语、语段;可用以进行各种语言学分析的基础。

年利用人工统计完成的,就连测频工作常常引用的齐普夫定律(Zipf's Law),即有名的 F·R ＝ C 也是 1936 年公布的,至于常被人引用的曼德布洛德(B. Mandelbrot)修正公式也是在五十年代初推导出来的①。至于在我国,第一个进行现代意义的字频测定,是教育家陈鹤琴在 1928 年完成的。他同几名助手用人工方法统计了近六十万字的语料。甚至在七十年代我国仍只用人工完成了语料为二千一百多万字的字频统计——即通常所称"748 工程"。所有这些先行者的例子表明,即使在电子计算机和信息科学导入以前,对语言诸要素进行量的测定已经被认为是必要的,而且实际上证明是可能的。

一点也用不着怀疑,电子计算机开辟了语言定量研究的新时代。从前要花几倍几十倍甚至几百倍人力和时间测定某种语言要素的工作,现在利用电子计算机去做,既省时间,省人力而又能得到更为准确的数据。近年我国语言文字应用领域在短短几年间取得如此可观的成果——这些成果中相当一部分已经表述在这部论文集中——是导入电子计算机以及其他新技术的直接结果。

本节开宗明义已指出,这部集体著作是围绕着现代汉语某几方面进行定量分析这个主题,进行探索性研究的实录;它接触到的字频、词频,也揭示了制定各种规范字表的经过(原则和实际工作),它还深入到一些特殊领域如方言亲属关系、专名学(姓氏)的计量及分析,所有这些都统一在这个主题下面。因此,这部集体著作可以说是一种有意识编集起来的专门讲座,而不是一般性的论文集。

---

① 关于齐普夫定律和曼德布洛德修正公式,中文图书可看冯志伟:《数理语言学》(上海,1985)第三章《统计语言学》;冯志伟:《现代语言学流派》(陕西,1987)第十三章《数理语言学》。
原文可看齐普夫(G. K. Zipf)的《语言心理生物学》(*The Psycho-Biology of Language*, 1936);曼德布洛德(B. Mandelbrot)的《语言统计构造的信息理论》(*An Informational Theory of the Statistical Structure of Language*),见杰克逊(W. Jackson)主编《信息理论》(*Communication Theory*, 1953)一书第 486—502 页。

3 字频/词频——

统计单字在文本中出现的次数（频率），这是对所有语言进行定量分析的基本点；也可以说，字频数据是研究语言结构和语言应用的基础。所以各种语言文字的量的测定总是以此为出发点的。汉语的一个特点是字和词不是任何时候都一致的——一个方块字或者称之为一个"字符"，可能是一个有独立完整语义的词，也可能只是一个词的构成部分（词素），所以对现代汉语量的测定，同时要有字频和词频两种数据，缺少其中一种就不完全，不能据此论述现代汉语的全貌。

本卷头五篇论文所统计和分析的正是字频和词频这两个（一个）基本点，以及由此产生极有社会效益的常用字/词表。五篇论文的作者都分别参与了四个不同的实际测量工作，这项工作或者可以简称为"语言工程"[①]，表述并分析了四项统计结果。这四项成果都分别印制专门的数据集，可供各方面利用。这五篇论文简明扼要地提供了进行这几项工程的方法和程序，并进而就所获得的字频、词频数据做了初步分析。语文学者当然可以根据所得数据做其他有专门目的的分析，这里提供的只是一般性的定量分析。

把《现代汉语频率词典的研制》一文放在这一组论文之首，因为它的论述不只提供了编制汉语词频词典的研制过程（原则和方法），而且阐述了字频测定和词频测定的一般性原理——本文提出并且回答了样本数量的"最佳"选择问题，通俗地说，即在进行字频词频测定选取的语料究竟达到多大的数量为最优的问题。语料数量过少，统计结果不能符合语言应用的客观实际，这是可以想象到的；而语料数量又不能扩大到无穷，数量过多，费时失事。能不能说数量越大越好呢？这篇论文根据概率论的大数定理，认为常用字词出现频率不低于 10^{-5}（即在十万次场合至少有一次出现机会）为适

[①] "语言工程"(language engineering)是晚近在一些信息科学文献中使用的术语，可能仿照费根包姆(E. A. Feigenbaum)教授倡议的"知识工程"(knowledge engineering)一词而用开的。知识工程是在专门领域解决特殊问题的电子计算机程序的简称；仿此，也许语言工程可以解释为对语言问题进行分析处理的专门程序（不一定是计算机程序）。

度的,为此,还可以增加一个数量级,即在一百万次语料中出现一次为适度。本文所述的这一项语言工程又增加了"保险"系数,实际取样为 200 万字符(不算标点符号为 181 万字符,131 万词次),以此来统计单个汉字出现的次数(频率)以便进行选定常用词,作者认为是可取的。用这种规模测量的结果是:1000 个高频单字,覆盖了所用语料的 91.3%;8000 个高频词,覆盖了所用语料的 95%。这里给出的几个数字对于研究并制定常用字表和常用词表是很有参考价值的。

顺便说一下,对语言要素进行量的测定,语料数量超过了必要的最优值,那可能导致浪费。换句话说,所用语料适度就可以得出可靠的结果。例如测定现代汉语的平均信息量(熵)时,冯志伟[①]采用了逐渐增大汉字容量的方法,计算出当汉语书面语句中的汉字容量扩大到 12370 个单字时,包含在一个汉字中的平均信息量(熵)为 9.65 比特——如果汉字容量继续增大,所求得的熵值不会增加。熵和字频当然不是一码事,这里只是顺便说明,测量用的语料数量应求得最优量。

对字频测定所用语料的最优量,目前还有不同的意见。从实际的几个语言工程看来,样本数量远比本文所提出的最优量为大。试与英语字频测量比较一下。最近一次英语词频测量(1971 年)用了 5088721 个字的语料,共出现 86741 个单词(即单字)。我国七十年代中期"748 工程"用人工进行现代汉语字频测定用了 21629372 个字符,而字种(对应于上例中的单词)只有 6374 个;而另一个工程,即本书所论述的那一次工程,用计算机进行现代汉语字频测定,则只用了一半数量,即 11873029 个字符,共得字种 7745 个。

本书各篇在阐述现代汉语频率测量及分析时,采用了如下的术语:

(1)语料(corpus)——所用的语言材料,即印出的文字材料,以字数(词

[①] 冯志伟:《汉字的熵》一文,是论述测量现代汉语书面语文本中汉字的平均信息量(熵)最简明扼要的论文;为便于读者参考,编在本书里。

作者经过实测,得出结论为:当汉字容量达到 12366 个字时,包含在一个汉字中的熵就不再增加,都等于 9.65 比特。以《康熙字典》收汉字 47035 个,用以计算的最大容量仅 12366 个,占汉字总数的 26.3%,其余 34669 个汉字(占字数 73.7%)对于测试汉字中的熵已没有什么影响,完全没有必要再继续扩大汉字容量进行测定。再扩大容量,就意味着浪费。

数)为单位;

(2)样本(text)——有时同"语料"同义,有时指抽样用的特定文本;

(3)字符(token)——指在语料中出现的总字数(总词数),包括重复出现的字数(词数);

(4)字种(type)——指在语料中出现的不同的单字,文中也有作"不同词"的。

(5)频率[频度](frequency)——单字在文本中出现的次数与所用语料所含总字数之比。

对汉语的定量分析必须分别处理字(方块字)和词,这是由汉语的特别构造决定的,如上所述,汉语的字有时是词,有时只是词素。因此,有字频(frequency of characters)和词频(frequency of words)之分,接着即有常用字和常用词之分,定量分析时,必须绝对区别这两者;本书头一篇论文正好把测量字频和词频的不同点扼要阐明了。作者说:

"统计汉字的频度,有一字算一个字,不存在词语单位的切分问题。使用拼音文字的外语,单词之间有空白间隔,统计词数也不太困难。统计汉语词频则难度要大得多。无明显形态界限作为划分词的依据,这是主要困难。语素和词,词和词组的界限划分以及词的分类问题在理论上和实践上都尚未妥善解决。"

《现代汉语频率词典》封面

在同一组论文中,还有一篇阐述另外一个语言工程(词频测量工程),对"词"的定义和划分方法,提出了另外一种见解,并根据这种观点利用电子计算机进行自动切分——关于这个问题的争议,留待下文讨论。

现在回到《现代汉语频率词典》所取得的几个关键性数据。根据测量结果,在这项工程选择的"最优"语料数量范围内,共测得4574个字种。在最优量语料(如前所述,约200万字符)中出现245次以上的1000个高频汉字,覆盖面(即占全部语料字符的百分比)达91.3%;如果把出现30次以上的2418个高频及次高频汉字测算,则覆盖面达到99%强。在整个语料中出现的4574个字种中,减去这部分高频和次高频汉字(即4574-2418),得2156个字种——这二千多个低频汉字只覆盖全部语料的1%。论文认为这个部分的汉字(低频汉字)每一个出现的平均机会只有千万分之五(5/10000000)。

论文对1000个高频汉字进行的语音分析和语义分析是饶有兴味的,其结果对于应用语言学,语言教育学,社会语言学,心理语言学,语言信息学以及其他学科都有启发性的意义。

语音分析的结果提供了这样的一个事实,即以Z和S子音开始的汉字(这里用的当然是汉语拼音方案)占绝对优势,仅"shi"这个音节在1000个高频汉字中即占有24个(2.4%)。为此,文中引用著名语言学家赵元任"编造"过一个《施氏食狮史》的绕口令,就是从这样的事实出发的。《施氏食狮史》从旁证明在现代汉语口语里头,复音词出现较多,不常发生因使用同音词而语义不清的情况;但如古文(文言文)今读(注意:以今音来读古文),则因为单音词多,使语义分辨发生困难。这个极端例子见于赵氏关于语言问题的演讲录(《语言问题》第十讲,《语言跟文字》),如果用汉语拼音转写,即使加注调号,读来也是颇为费解的。这篇拗口令原文如下:

    石室诗士施氏,嗜狮,誓食十狮。氏时时适市视狮。十时,适十狮适市。是时,适施氏适市。氏视是十狮,恃矢势,使是十狮逝世。氏拾是十狮尸,适石室。石室湿,氏使侍拭石室。石室拭,氏始试食是十狮尸。食时,始识是十狮尸,实十石狮尸。试释是事。

对1000个高频汉字进行语义分析时,作者提出了汉字的构词能力(外国有些学者称为"词力"word power)问题。现代汉字在执行交际功能时最本质的属性是它的构词能力,而过去很少对词力进行定量分析,正是这个语言工程,弥补了这样的一个极有意义的空白。测量结果是:构词能力在100

条以上，出现字次在 1000 以上共有 70 个汉字——这 70 个汉字在这项语言工程中构成了所列词条 11133 条之多，占 35.7%。在这 70 个字中占头十个的是"子、不、大、心、人、一、头、气、无、水"。

在确定一个字或一个词是否是常用字或常用词，不能单纯依靠频率，这是很容易理解的。在进行语言定量分析，特别是进行常用字常用词测定时，要考虑到字/词的分布状态；因此导入了"使用度"（usage）这样的观念——这个语言工程推导了现代汉语词的使用度公式（后来在制订现代汉语常用字表这项语言工程中也试着推导一个使用度公式）。在现代汉语定量分析工作中，这是有重大意义的实验。

另外一个语言工程，即本组论文第二篇《现代汉语字频测定数据及分析》所论述的一项工程，也是在 1985 年完成的。这个工程可以说是"748 工程"（用人工进行的大规模字频测定）的继续，它所用的测定样本共 11873029 字符（比"748 工程"少一半），论文说这是从 1977—1982 年问世的社会科学和自然科学文献一亿三千八百万字（138000000）中抽出的样本。遗憾的是，不论是这篇论文，还是别的有关论文，都没有对所选样本作过详细分析；例如这里只提到样本分为四个方面（报刊、教材、专著、通俗读物）以及每个方面下面分成若干类别，这是很不够的。数量这样巨大的语料（超过一亿汉字字符，或者说，五千万上下独立词），当然不是随意选样的；这项语言工程和其他语言工程一样，在进行之初即由专家组根据一定的原则选定样本。我认为在公布每一项语言工程的全部资料时，应当首先发表全部专家组讨论选样原则和在实际上如何选样的系统意见或不同意见，然后附列选样目录。样本在定量分析中有重大意义，甚至可以说有着决定意义。看来，所抽取的一千多万字样本（如"748 工程"所抽取的二千多万字样本一样），都是全部输入计算机加以统计的。这当然是一种方法；其实也可以考虑减少样本数量，对每一个样本采取等距离抽样——例如"美国传统中级语料字（词）频统计"（AHI Corpus）即采取这样的方法，对每个选出的样本抽取其最初 500 字（如句子未完，抽到句子完了为止）输入计算机，这项工程在确定抽取每个样本最初 500 字为最优值之前，曾作过包括 100000 字符的抽样试验,每个样本抽取最初500个字为一组,抽取最初2000个字为另一组,结果认为每个样本抽取最初500字已可以给出"适当的弹性"(adequate flexibility),这项工程还推导了各类语料应抽取多少种样本,每种样本应抽取多少文本的公式。① 对现代汉语的测量,将来可以参考这些数据推导出自己的公式。

《现代汉语字频测定及分析》这篇论文写得简明扼要,提供了该项语言工程的基本数据,同时也对两项先前进行的字频测定工程进行了比较分析,此外还对分布度作了阐述。尽管"748工程"是在特殊语境("文化大革命"后期)下用人工方法测量的,但是它与这一次在普通语境(1977—1982)下使用电子计算机测量的结果很相似,这从两项工程的字频曲线图可以看得很清楚。两条曲线所用的最基本数字是:

	语　料	所得字种数
"748工程"	21629372	6374
85年字频测定	11873029	7745

论文作者对两项字频测定工程对比研究后,提出了这样的论点:两者的函数曲线大致相仿,只是"748工程"的曲线在字序3000以前略高于其他一个工程的字频函数曲线。两条函数曲线在字序号3000处相交,而3000号以后的点列极其相似。

检验两项工程的字频数据还可以发现,按降频序到161,162号时,两者覆盖全部语料(尽管两项工程的语料数量不同)都同时达到50%("748工程"162号为49.97%,后者161号为49.93%)。也就是说,现代汉语中使用频率最高的161—162个字,在实际应用中已覆盖了文本的一半——但这决不意味着掌握这161/162个汉字便可以了解文本语义的半数,因为理解

---

① 见《美国传统——字频测定》(*The American Heritage—Word Frequency Book*,1971),美国传统出版公司词典部主任编辑里芝门(Barry Richman)所写的《语料的发展》(The Development of the Corpus)一文第二节《选样》(页 xv-xviii)。

语义这个问题比较复杂,字和词、词与词组、上下文等等,都会对理解度发生不同程度的影响。

　　这篇论文揭示了这么一个例子:序号为1的汉字(两项结果都是"的"字)的出现次数并不随着样本容量的增大而持续增大。此外,样本容量的增大并不意味着常用汉字出现次数按比例增加。某字在一千万字样本中出现一次,在二千万字样本中不一定出现二次。这项研究也同上一篇论文一样,也注意到分布率,推导了一个分布公式。尽管两个公式不完全相同,我认为将来可以通过无数次的实践加以检验和修正。作者指出:"如果今后的汉字频度统计将把汉字的分布篇数这个数据统计上,综合汉字的频率、分布类数和分布篇数这三方面的因素,就有可能对汉字作出更加准确的描述"。

　　与上面两个语言工程几乎同时进行的第三个语言工程,即现代汉语词频测定,也在1986年取得了初步成果。

　　正如上面指出过的,现代汉语词频测定比字频测定复杂得多,主要的原因是现代汉语的词与词之间没有像西方拼音文字那样留下空格(space),而词的定义(或者说对什么是词的理解)又至今未能统一起来——况且就算定义被大家接受了,在实践上仍然存在很多难以决断的因素。因此,词频测量工程的结果,有很多值得商榷之处;但就全体而论,它总归是一种开拓性的实验。收入本书的这篇论文,揭示出这项工程存在下列几个可争议的论点:

　　——收词不严格按照从语言角度出发,只要它是存在的,可行的,从统计角度看是可数的,就切分为一个"词";它可以是语言学中的词、词素、词组和短语。

　　从这个论点出发,这个词频测量的数据有很多不是在语言学或公众心目中所定型的词,这项工程认为这样切分出来的词,特别对于信息处理来说,更确切,更实用。

　　——不收单字词,因而这个词频统计只是2个或2个以上汉字组成的词或词组的统计;这同通常公众理解的是不能吻合的。例如"人"这样一个词没有列入词的范围,因而"人"只有字频数据,而没有词频数据。

——据统计,不包括单字词,大约用 8000 个常用词(两个以上音节)的覆盖率已达 90%,如果收 9500 个词(两个以上音节),则覆盖率提高到 92%,以后每增加 1000 个词,覆盖率提高不到 0.8%,故提出"通用词"(实质上应理解为常用词)以 7000 个(这里的词指两个以上音节的汉字组合)为适度。

——如收 60000 个词,覆盖率可达 99.8188%。但 60000 词的词表作为一般计算机的普通常备词表,规模显得过大了,实用上必会造成计算机负担过重,降低了系统的处理与使用效率。

以上几点可能是有争议的论点。把一个音节的词(即单字词)排除在词频统计之外,这是争议的焦点。无疑在计算机应用方面,因为已经输入了 6763 个交换字符(单字),可以不再理会这些单字——不论它成为一个词或不成为一个词——,但是称为现代汉语词频测定,那就不能不引起人们的议论了。

上述第一个语言工程(《现代汉语频率词典》)则持与此完全不同的见解:这里的词频测定包括了单音节的词(即单个汉字)。这个工程的实施者,用随机抽样的方法,挑选 50000 字符的语料,来检验测定数据(《频率词典》)由序号 1 至序号 5000 的高频词,其覆盖率达 88.5%;如果把 5000 扩展到 8000,则覆盖面达 95%。这个数据同现在议论的词频测定数据最主要的不同点是在单音节的词上面。

如果说电子计算机内存除了 6763 个单字之外,存入 60000 个词条(单字词不计在内)嫌太大的话,那么,前景十分宽阔的中文电子打字机[①]内存字/词的规模究竟以什么数字为最优量,这就更加值得商讨了。

中文电子打字机(不论是日制 Casio 或 Sharp;还是国产四通)都一无

[①] 中文电子打字机的前景是十分宽广的,这是办公自动化最基础的一步;用电子打字机处理文件,比之用电子计算机来处理,功能自然逊色,但电子打字机价格较低,携带方便,使用容易,效果显著——符合当前的国情。究竟是用拼音输入汉字输出还是用其他方法输入为优越,现在还不能遽然下最后结论。

例外地内存6763个汉字——将来可以用现代汉语通用字表①7000个汉字代替，这是不必讨论的；至于内存词目，卡西欧声称有6000条（不包括单音节词在内），夏普声称有60000条，四通声称也有几万条。根据我在电子打字机(Casio CW-700)实践的结果，认为6000词条是不能满足日常应用的需要的。在这6000词条中，二字词占4466条，三字词361条，四字词606条，多字词141条，这里最要讲究的不是多少条，而是挑选哪些条。假如选择的词条都是最常用词条，而不是随机选用，也许在实际应用中会很有效。在3—4字词中，有一部分不是传统语言心理所"公认"的词条，亦即这一工程所主张的实用"词条"（或词组），往往是随人而异，或者需要运用大脑记忆系统去强记，才能得心应手去实用。这就是语言心理与理想机制之间的不协调，如何解决这个矛盾，还须从频率和使用度着手。

　　本书所论述的第四个语言工程，是在新闻传播中使用汉字的频率测定，论文取名为《新闻信息汉字流通频度统计》，这里所谓"汉字流通频度"，实即汉字在新闻中出现的频率。作者在论文中对"流通频度"下了定义，实质上与上面几项工程所用的字频是一个意思。这项工程所用的语料是新华社国内通稿一年(1986-01-01至1986-12-31)所发90627篇稿件，共四千万字符(40632472字)。统计结果表明：全年新闻通稿使用汉字为6001个字种。检验所得数据提出按降频序号843个字的覆盖率达90%，2127个字覆盖率达99%，3606个字覆盖率达99.9%，换句话说，新闻通稿频繁使用的汉字为2000个上下。这对于制定新闻信息常用字表（新闻规范字表）是一个统计基础；对于制定教育用的常用字表（一般规范字表）是一个重要的参考数据。

---

　　① 《现代汉语通用字表》指1988年3月由国家语委和新闻出版署共同发布的通用字表。字表共收汉字7000个，包括《现代汉语常用字表》收入的3500字，并根据实际需要，删去《印刷通用汉字字形表》中的50字，增收854字。这个字表实质上可以成为交换字符基本集6763个汉字的代用表，换句话说，可以认为这个包含7000个字的通用字表是字符集基本集的修正本。

4 常用字——

对现代汉语常用字的测量，如果从陈鹤琴的《语体文应用字汇》(1928年)算起，到国家语委和国家教委联合公布的《现代汉语常用字表》(1988年)①，前后经历了整整60年。陈鹤琴和助理九人用手工操作，费了两三年功夫，使用六类语料 554498 个字符，得出 4261 个字种——其中出现 300 次以上的计 569 个，出现 100 次以上的计 1193 个。直到现在，陈鹤琴的统计数字还有很大对比参考价值。

《现代汉语常用字表的研制》所描述的是近年第五个大规模的语言工程。这个工程利用了所有能收集到的二十种用字资料，其中包括六种统计数据(本篇作者称为"动态资料"，以别于字典词典等没有数据的"静态资料")。六种统计是：

(1)《语体文应用字汇》(1928)，语料 554498 个字符，得字种 4261 个。

(2)《常用字选》(1952)，根据陈鹤琴上述数据和杜佐周、蒋成堃的数据，

---

① 陈鹤琴《语体文应用字汇》，商务印书馆 1928 年出版，为"中华教育改进社丛刊"第五种。书内前有陶知行(按：后改称陶行知)1925 年 5 月写的序。陶序说：

他们(指"近代教育家")对于一门一门的功课，甚至于一篇文章，一个算题，一项运动，都要依据目标去问他们的效用。他们的主张是要所学的，即是所用的。……到了后来他们要连学生学的字也要审查起来了。学生现在所学的字，个个字都是有用的字吗？自从这个问题发生就有好几位学者开始研究应用字汇。我国方面也有几位先生研究这个问题，其中以陈鹤琴先生的研究为最有系统。他和他的助理九人先后费了二三年工夫，检查了几十万字的语体文，编成这册《语体文应用字汇》。这册报告未付印以前已经做了《平民千字课》用字的根据。将来小学课本用字当然也可以拿他来做一种很好的根据。虽然不能十分完备，但我想这本字汇对于成人及国民教育一定是有很大的贡献的。

陈书前有《绪论》，叙述"中文应用字汇"曾有多种，其中包括 Pastor P. Kronz 根据 Southhill 的研究，和他编造的《常用四千字录》。陈氏做过两次测量，第一测(次)使用六种材料包含 554478 个汉字的语料，得 4261 个字种；第二次使用 348180 个汉字的语料，得与 4261 字不同的 458 个汉字。第二次成果毁于火，故印出的只是第一次成果。(正文两处误将 554478 写作 554498。——编者注)

陈氏所用语料分六类，即①儿童用书，127293 字；②报刊(通俗报刊为主)，153344 字；③妇女杂志，90142 字；④小学生课外著作，51807 字；⑤古今小说，71267 字；⑥杂类，60625 字。

陈氏自称这个成果有两个缺点，一即"所搜集的材料不广"；二是"所汇集的字数不足"。用现在通行的术语叙述，就是语料分布面不广，语料用字数量不足。

书末附有"字数次数对照表"，即按字频次序排列的字表(没有字频统计)。

语料共计 775832 个字符,得字种 2000 个。

(3)《汉字频度表》(1976),即本论文提到的"748 工程",语料总字数 21629372 个,得字种 6374 个。

(4)《现代汉语字频统计》(1985),使用语料 11873029 个字符,得字种 7745 个。

(5)《现代汉语频率词典字频统计》(1985),使用语料 1807398 个字符,得字种 4574 个。

(6)《新闻信息汉字流通频度》(1986),使用语料 40632472 个字符,得字种 6001 个。

这六种统计数据加上字典、字表等被称为"静态资料"的数据,共得出汉字 8938 个;然后计算这些字符在多少个资料中出现,其分布状况和使用状况,根据研制公式逐一计算,抽取了其中频率高、使用度大的单字 2500 个定为常用字,由 2501 至 3500 共一千个定为次常用字,《现代汉语常用字表》即由 3500 个汉字组成(2500 + 1000 = 3500)。为了检验测试及计算结果,将随机选取的连续一个月的《人民日报》,连续一个月的《北京科技报》和文学刊物《当代》一册正文输入计算机,共输入二百多万字的语料(2011076 个汉字),出现了 5141 个汉字——包括《现代汉语常用字表》3500 字中的 3464 个,其中包括常用字 2500 个中的 2499 个,次常用字表 1000 字中的 965 个。测试结果表明,常用字表的这 3500 字在检验语料中的覆盖率达到 99.48%,其余(5141—3464)1677 字只覆盖了全部语料的 0.52%,简直可以说微不足道。这证明选择的常用字(包括次常用字)是合理的,反过来也证实了原来预定的四条选字原则是可行的。四条原则是:

第一,选取高频率的字;

第二,频率相同时选取分布广、使用度高的字;

第三,同时考虑到尽量选取构词能力强的字;

第四,取舍时注意到实际应用(语义功能)的情况。

常用字表的制定和公布,具有重大意义。这个字表是在前人研究的基础上加以科学分析而制定的,它在理论上符合语词规律,在实践上能够在很大程度满足教育特别是汉语教育的需要（常用字 2500 应在小学毕业时掌握，次常用字 1000 应在初中毕业时掌握），同时也提供一个基本数据，以满足大众传播媒介（广播、电视、新闻、出版）的基本需要；这应当看作近年来系统整理汉字的一个重要里程碑。

如果把各次测量出来频率最高的汉字加以比较研究，是很有意义，很有启发的。请看下面的十个最高频汉字的比较表——表中最后一行采自台湾省的测量数据。另外附载美国 AHL 测定的英语十个最高频字作为对比：

	1	2	3	4	5	6	7	8	9	10
《语体文应用字汇》(1928)	的	不	一	了	是	我	上	他	有	人
《748 工程汉字频率表》(1977)	的	一	是	在	了	不	和	有	大	这
《频率词典：汉字频率表》(1986)	的	一	了	是	不	我	在	有	人	这
《一九八五年测定的汉字频率表》(1985)	的	一	是	在	不	了	有	和	人	这
《新闻信息汉字流通频度》(1986)	的	国	一	十	中	在	和	了	人	年
《现代汉语常用字表》(1988)	的	一	是	了	不	在	有	人	上	这
《(台湾省)国民学校常用字汇研究》(1967)	的	一	是	我	了	有	国	不	在	他
AHL：Ranklist (1971)	the	of	and	a	to	in	is	you	that	it

5 方言——

对汉语方言进行分区的数量测定，是现代汉语诸要素定量分析的一项新的探索。这项测量，"概括地说，就是通过对一系列较能说明方言差异的项目或特征进行统计，把方言之间的异同'综合'成数量的指标，然后利用这些数量指标去找出方言分区的条理来。"

本书《汉语方言定量分析的理论模型》描述了这样一种新尝试。我认为定量分析是研究汉语方言的一条新途径，也许是一种新的挑战；在这场挑战中，不利用电子计算机那简直等于"纸上谈兵"。作者指出，方言中的音变是通过词汇扩散的方式来实现的；在一般典型的音变中，有些词变得较快，有些变得较慢，故可分为未变、变化中、已变三类，如下表所示：

阶段 词	未变	变化中	已变
W_1			$\overline{W}_1$
W_2		$W_2 \sim \overline{W}_2$	
W_3		$W_3 \sim \overline{W}_3$	
W_4	W_4		
⋮	⋮	⋮	⋮

从这里出发,在方言研究中,就可以突破传统框架单纯的语音特征范畴的比较,进而深入到语音特征形成或变化过程中的量的比较上去。这就是这个新尝试所努力去做的。作者创立了可概括为"共时—历时—系统"或"地域—历时—系统"这样的理论模型,从这个理论模型出发,作者设计了十七个方言点的语音资料,对这些方言之间的亲疏关系作出数量的描写。从数量描写深化对方言性质或方言之间亲疏关系的认识,初步勾出了汉语方言亲疏关系及其分区的基本轮廓。

收在本书的这一篇论文①,是对方言作数量测定的初步尝试,也许能对传统研究起一种促进作用。

6　其他测量——

这一组论文共有六篇。

头一篇《汉字属性字典的编制》,是编制汉字属性字典的原理分析。《汉字属性字典》也可称为《汉字信息词典》,虽则"属性"、"信息"这两个术语实际上不能十分确切地表达它的内涵。这项研究把汉字的"属性"规定为在形、音、义这三个"固有"属性之外,还有部首、笔画(笔顺)、检索编码(四角

---

① 这篇论文是陆致极的研究著作(暂名为《汉语方言的定量分析》)中的一章,应本书编者之约单独发表的。

码）、电报编码（任意码），计算机交换码、频率、部件（构件）等等。《汉字属性字典》将信息交换用汉字编码字符集基本集收入的6763个字符的各种属性的基本数据，编成可供检索的类书。

第二篇论文《汉字结构及其构成成分的统计及分析》，是关于这个专题的系统分析，也许可以说是首次进行统计者测量的结果；这些数据填补了过去这方面研究的空白。这项规模不大的语言工程将16296个汉字（参考信息交换用字符集基本集的6763字）输入计算机，测量汉字的笔画数，起笔分类，部件分级，得出绝对值和频率，从而测量了汉字结构方式的频率等等。总之，这篇研究论文提供了有关汉字结构的很多有用信息和数据，这些数据对广大语文应用领域和研究领域的工作者都是很有启发的。

例如根据统计，在16296个汉字中，十二画的占1553个，频率为9.505％；加上十画和十一画（频率分别为8.391％和8.893％），以及十三画（8.354％）的汉字，即从十画到十三画的汉字，占所测试汉字中的5742个，频率累计为35.143％，即三分之一强。而一画到九画的汉字总计只占测试汉字的25.528％，即四分之一。由此也可以从另一方面论证简化汉字，减少笔画的迫切需要。

可以认为这篇论文所提供的数据和由此推导的论点是很值得注意的。

关于研制信息交换用汉字编码字符集的论文两篇，其中一篇讲基本集的研制，一篇讲基本集的点阵字模集——因为基本集已经在八十年代初作为国家标准颁布，而点阵字模集亦已作为国家标准付诸实施，这两篇论文的内容已为语文应用领域的读者所熟悉，但直到现在还没有发表过系统论述其研制过程、根据和这项研制工作的特点的论文，收入本卷的《信息交换用汉字编码字符集的研制》和《信息交换用汉字点阵字模集的研制》正好填补了这方面的空白。

《姓氏人名用字的统计及分析》和《中国汉族常见姓氏分布》这两篇，是首次发表关于姓氏分布及人名用字统计的系统论文。这两篇论文的出发点不同（前一篇是从语言文字应用的角度出发的，后一篇是从遗传学的角度出发的），样本不同：前一篇由六个大区各选一个省（市），即北京、上海、辽宁、陕西、四川、广东,考虑到南方方言区的复杂性,增加了福建,共七个单位,每个单位随机抽样 25000 人,共计 175000 人;后一篇分省(市、区)、县、乡三级按累计人数等距抽选若干百分比的样本,共抽取 537429 人,因此所得的结果不完全相同。试以频率最高的五个姓在北京(北方地区)和广东省为例:

第一篇	〔北京〕 王张刘李杨	〔广东省〕 李陈佘梁吴①
第二篇	〔北方地区〕 王李张刘陈	〔广东省〕 陈李黄张林

第一篇还有人名的统计和分析,第二篇由于出发点不同,对人名没有统计。

按照我国人口状况,样本数量是否合理,是值得商榷的;至少可以认为第一个统计数据所根据的样本数量过小,也没有考虑到例如分层等距取样等等,其统计结果可能是同现实有距离的。但是无论如何,这两篇论文确实给我们提供了不易得到的数据,可供初步分析论证。

姓氏的数量测定将给多门学科以直接或间接的提示、提供数据,有利于诸如社会学、社会史学、遗传学、优生学、历史学、民族学、民俗学等等学科的发展。人名的数量测定将有助于在取得更充分的数据基础上编制一个建议性的人名参考用字表。

7　附论——

附论三篇。附论一概述了汉字文本横排的沿革,附论二概述了汉字查

---

① 这个统计数字说明抽样的绝对重要,特别是在语料数量没有达到最优量时,抽样含有极大的倾向性。这里测试广东的数据可能同实际情况有很大距离,其所以如此,是因为在潮汕地区抽样而不是珠江三角洲抽样,潮汕地区同"四邑"或"五邑"地区不同。

又第一种测试广东姓氏频率最高五个为"李陈佘梁吴"恐怕与现实情况很不相同,我倾向于认为第二种测试同现实相接近。20 世纪初广东流行的《百家姓》(木刻印本)首五个姓氏为"陈、李、张、黄、何",与第二个测量数据近似。

字法的状况,附论三是对汉字的平均信息量测定的方法和数据。

横排的问题在现代汉语出版物似乎已经解决了,甚至柏阳(杨)十年前在海峡那边就已经一针见血地论证了凡是左右结合的汉字是从左到右横写的(例如"明"字总是先写"日"后写"月",而不是相反;"江"字总是先写"氵"后写"工",绝对不会是先"工"后"氵"的),因而汉字文本都应当是横排的;但由于时下各种社会思潮的影响和诱导,也许会引起某种程度的逆反心理,当然报刊书籍横排总的状况是不会改变的。可惜的是本卷这篇论文没有从多方面对横排进行量的测定,从中国人的眼球神经活动,读书习惯和速度,以及诸如此类的角度去取得令人信服的、不可动摇的数据,但它把问题提出了,并且考察了这几十年的变化,对于研究者还是有用的。

附论二描述的中文查字法(实际上就是检索汉字的方法)是一个近几十年来最恼人的问题之一。《康熙字典》出来以后,查字法的趋向是采取"部首"分类检索,但是由于汉字字形的变化(异体字,简体字,等等),给部首检索带来了一些困难;更何况编字典或编检索工具者大都不满意于《康熙字典》所规定的部首分类(它本身也确实存在很多缺陷),各自按照自己的研究观念"改革"了部首,这就使检索者遇到更大的困难,经常必须重新熟悉一套部首检索方法。这是各国文字检索中罕见的困扰。新近提出了201部首的建议,也许能够为公众所接受,从而打开了这种困扰的局面。查字法同文字方案一样,每一个受过中等教育的人都可以创造出与别人不同的方案,每一个方案都各有利弊,也许很难定出一个绝对优劣的标准来。本书附论二不足之处也是没有提供测定数据——从各个角度进行测定的数据,例如从不同知识层次的检索者对不同检索方法进行查字时的速度、偏离、误查等等的数据。

附论三是一篇很有说服力的研究论文——其实也可以说是对汉字某种要素的量的测定。"熵"是运用信息论理论探索语言文字深层奥秘的一种信息量参数,以比特(bit)计算,也就是平常人们说的平均信息量。根据作者用逐渐扩大汉字容量测试汉字的"熵",结果到12366个字时,熵为9.65比特;再扩大汉字容量,熵的数值也不能再增加了。如果把现代汉语书面语中汉字的熵同印欧语系诸现代语言书面语包含在一个字母中的熵加以比较①,则汉字的熵比英法德俄语的熵(按大小顺序:俄 4.35,德 4.10,英 4.03,法 3.95 比特)大得多——根据申农信息论的信道编码定理:汉字的熵值大,通信码字的平均长度也增大,这对于现代通讯技术和中文信息处理工作都不利。这同普通人所认为汉字所含的信息量大所以优越的说法是大相径庭的。

8 前景——

对现代汉语诸要素的定量分析前景是宽阔的,还有很多很多事情要做;已经做过的项目或者需要补充和完善,或者经过一段时间(例如五年或十年)需要重做。本卷所收各篇实质上只不过是围绕汉字字形和字频所进行的一系列统计分析;就是这方面的分析也还有待于深入,尽管这些统计及分析,从某种意义来说,多半可以说是开拓性的工作,可它既然是开拓性的,就免不了有缺陷和不足。

上面说过,对汉字和汉语还需要从很多方面做很多统计工作。例如本书就没有收入关于现代汉字冗余度,关于现代汉语词素等等的测定或推算。一部书不能包括所有问题,虽则上文列举的以及还没有列举的项目都有重要的意义。对于现代汉语或扩大到汉语著名作品或有代表性的作品,进行用字测定(字频计量),用词测定,句型结构测定,语义变化测定等等,只是开了个头,这起点是很令人鼓舞的——例如对现代作品《骆驼祥子》的字频测定(武汉大学,全书使用 107360 个汉字字符,共出现 2413 个字种——其中有 621 个反复出现的汉字,覆盖面达文本的 90%),对古代作品《论语》的字频测定(文研所,全书使用字符 15921 个,出现字种 1353 个);此外还有近代作品《红楼梦》(深圳大学)和古代作品《史记》(吉林大学)的字频测定,还有其他作品的定量分析,都给汉字研究和汉语研究开辟了一条新路。当然这一条从定量分析到定性深化的路子,不能概

---

① 将一个汉字的熵与一个字母的熵作比较,可能是不够科学的。下面提到认为汉字信息量大的说法,可能也是同样不够科学的。

括，也不能代替，更不能抹煞其他的研究路子，这是不言而喻的，但这条路确实是前景宽阔的路。如果能对当代作家的作品，例如对王蒙、谌容、张洁、高晓声以及其他在题材方面和语言方面有自己独特风格的作家的主要作品，进行定量分析，将会大有益于现代汉语研究，也必将大有益于现代汉语规范化的工作。

原先设计多卷本的讲座，现在改为丛书的形式分册出版。本书是这套丛书的第一部集体著作。这部著作花费了不少同志的许多精力，但仍不免有这样或那样的不足。好在它不是语言定量分析教科书，所以体系不严，文风不一，都在意料之中，甚至有些术语我都不强求统一——例如本卷中"频率"和"频度"这样两个术语同时并存。要把这里出现的"频率"都改为"频度"或把"频度"通通改为"频率"，那是很容易的，但是使用这两个术语的研究者，分别有他自己的想法和见解，在集体著作中不应当强求"定于一"。这样做是否妨碍术语标准化呢？——我认为不会。考察了近代各国术语发展的历史，在某种场合下一个概念同时有两个术语并存的例子，不是个别的，当然也不是大量的。有时两个并存的同义术语作分层应用（有的用于正式文本，有的用于通俗书刊），有时各家用起来各有见地。极少数科学术语发生不同字形的情况，我认为是可以允许的，不至于妨碍术语标准化这总的趋向。例如"电脑"和"电子计算机"这两个术语，现在已在我们的出版物中并存，可能还要并存一个时期，然后进入"分层"应用。因此，本书用得十分频繁的两个术语"频率"或"频度"，我在编集时一仍其旧，何况以这两个同义术语命名的专著也都以自己的形式问世了。

这部书是一种尝试，在编集过程中得到各研究者和有关单位的支持和协助，我代表本书集体著作者表示极大的感谢。这个集体也等待着同道们和读者们对本书缺点和论点提出批评或争辩意见。

[题注]

《现代汉语定量分析》，陈原主编，上海教育出版社1989年12月出版。该书收入论文13篇，是关于现代汉语诸要素定量分析的集体著作。这篇序论原题《现代汉语诸要素的定量分析》，1998年收入《陈原语言学论著》卷三。

中国文字改革委员会于1952年成立，1984年陈原任副主任兼中国社会科学院语言文字应用研究所所长。1985年国务院决定将中国文字改革委员会改名为国家语言文字工作委员会。1987年底，陈原出任国家语委主任。该书和《现代汉语用字信息分析》、《汉语语言文字信息处理》由他主编，是20世纪80—90年代我国汉语基础和应用研究的记录。

《社会语言学论丛》序

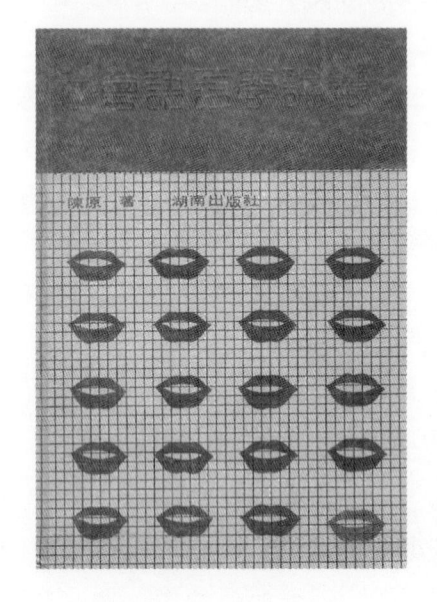

湖南出版社1991年版封面

这里收录了作者近六年（1981—1986）所写的大部分专题论文以及演讲记录、报告提纲、研习札记共42篇，其中只有12篇在报刊上发表过，有3篇原文系外文，曾在国外的论文集中印行（收入本集改写为现代汉语时，作了较多删改），其余大部分篇章都没有机会同读者见面。

这42篇不同体裁的文稿，记录了或者说概括了作者近年从事研究的几个方面；大体上按照内容分成五辑，即语言与社会，词语与词汇学，现代化和规范化，语言与信息，术语和术语学——简括地说就是语言、词汇、规范、信息、术语这样五个主题。另外有些文章也是这几年所写，题材也不出这个范围，但已分别收录在作者以前出版的两本文集（即《书林漫步·续篇》，1984；《辞书和信息》，1985）中，故不再收录——我指的是《语言与动物》（1980），《人类语言的相互接触和相互影响》（1981），《语言的社会功能和社会规范》（1981），《释"一"》（1980），《释"大"》（1981），《释"鬼"》（1982），《释"典"》（1983），《释"九"》（1984）这几篇。它们表达了同本书各篇相类似的观点，其中有些论点虽不很相同，可仍然经过作者一番思考，而与本集各篇相互发明。

我在《语言与社会生活》（1979）的前记中说过，"我对语言学本无研究，只不过是个门外汉和爱好者"。在《社会语言学》的序言中,我又说过自己不过是"一个业余研究者"。但从1985年迄今,我已不得不专门从事这项我自己虽还不太能驾驭却有着重大社会意义的应用语言科学的工作。我已变成"职业"的语言工作者。一个"职业"的语言工作者,只能得出这么一点点东西,实在是汗颜的。

回过头来,才发觉1981年对于我是多么的重要,甚至可以说,从这一年开始我重新找到了科学生活的道路。就在这一年,我到北美和南美作了几次学术旅行,结识了几位外国研究信息与语言的学者,接触了不少新观念,新学科,新方法和新技术,我的视野突然扩大了,思路顿时开朗了:我发现了一个新天地。这本集子的文稿就是从那一年起收录的。可以理解像我这样的一个"书迷",在书林漫步了几十年,却忽然找到一个十分宽阔的充满阳光的林间空地时那种喜悦。

第一辑《语言与社会》共收论文和提纲九篇,其中只有三篇分别在《中国语文》〔01〕(《社会语言学的兴起、生长和发展前景》),《中国语文天地》〔03〕(《语言与社会》)和《普通话》〔05〕(《语言和社会语言学》)发表过。这一辑以及其他各辑所收录的演讲或报告提纲,本来应当改写为文章,但作者以为按照提纲原文发表,可以让读者更多地了解作者的思路,故不加改动公诸于世了。这一辑中的一篇短论〔07〕(《语言文字,历史的负担和美学价值》),其实是应邀在国外介绍中国语言文化的几次讲话和即兴谈话的摘要——西班牙古语文学家勒古洛教授(Prof. Regulo Perez)在温哥华听过我的演讲,又看到我在维也纳的演讲记录,坚邀我为庆祝他的学术活动而出版的纪念文集写一篇类似的文字,我为老教授的真诚和热忱的心所感动了——他在法西斯统治时坐过牢,他和我一样当年都是西班牙著名的世界语杂志《人民阵线》(*Popola Fronto*,1936)的支持者,他和我一样也从事过几十年的出版工作;我没有别的选择,我只能答应他,我的长文刊在西班牙拉贡纳大学(La Laguna)出版的纪念文集(*Serta Gratu Iatoria in Honorem Juan Regulo*)第一卷《语文学》(*Filologia*)中。收入本集时,主要根据这篇论文改写为现代汉语,把只对外国人有用的常识性叙说大量地删掉了。

收在第二辑的论文仅五篇。我有一段时间对词汇学有很大的兴趣(见我为日译本《语言与社会生活》所写的前记),但大部分有关词汇学的文章已收录在《辞书和信息》一书中,所以只留下这么几篇。其中〔10〕《关于新语词的出现及其社会意义》一篇原发表在华中工学院出版的《语言研究》上,后来日本学者感到兴趣,他们请我改写为同一题材的论文,纳入林四郎先生主编的《应用言语学讲座》第 3 卷《社会言语学の探究》中。此处所录,系原来在国内发表的一篇。

第三辑各篇几乎都是演讲纪(记)录和报告提纲——其中〔15〕《语言政策及其科学基础》是在圣马力诺国际科学院主办的学术讲座(1986)上讲的,引起与会学者对语言政策的热烈兴趣,〔17〕《国家现代化和语言文字规范化》一篇是在香港举办的第一届中国书展学术讲座(1985)上讲的,会上听众对简化字和拼音化的前途特别关注,还有〔21〕《现代汉语若干要素的定量分析综述》是在匈牙利布达佩斯召开的一次国际控制论会议上(1985)讲的,〔23〕《把汉字问题研究推向新的高度》是语用所在北京西山举行的汉字问题学术讨论会上的讲话记录稿。在信息化时代,语言文字规范化的问题是头等重要的课题,应当是现代应用语言学所要着重研究的重大课题,我这些文稿,只好当作对这个课题探索的最初一步。

在过去几年间,我一直探索着语言信息的问题。特别是我以观察员的身份出席在墨西哥召开的国际出版家大会时,听到了围绕着大会主题"新技术革命向出版工作的挑战"所作的多次报告(包括日本索尼 Sony 公司董事长关于信息工程前景的主题报告),受到颇多启发,回来后断断续续在各地作了好几次演讲,有讲出版工作的,有讲语言学的,内容大抵是如何迎接新技术革命的挑战。这里只收录了有关语言学的几篇。这一辑的末尾也收录了作者关于控制论、信息论和悖论的一部分札记,作者之所以注意到悖论,是由于观察到计算机停机不能现象而引起兴趣的。〔32〕《语言信息学引论稿》这一篇是作者关于语言信息学这样一种交叉学科的概括介绍,可能是很原始的而且很粗糙的一系列观点,我想在成书以前在这里印出可以得到有识之士的指教。

最后一辑是关于术语和术语学的文稿——术语学是一门新兴的学问，在我国现代化过程中很有作用的。作者早在三十年代接触到这个问题，近年也参与了一些实际工作，前三年应加拿大政府邀请，看了世界上两个较大的术语库，断续写成收在这一辑的几篇文章，只能看作通俗的宣传文字了。

这部小书其实是一部演讲实录，不论是整理成文还是仍保持提纲的式样，都是为特定的对象讲的。这些讲话大抵都是皮毛之论，最多也不过是通俗介绍，不能登"大雅"之堂，作者有这样的自知之明。但是作为演讲者，我却在每一次报告中得到很多很多来自一般听众的启发。发表文章只能是单向的信息流，而演讲却是双向的信息活动。听众的表情，听众的眼神，听众的掌声，听众的厌倦，听众的笑声，听众的窃窃私语，听众的提问，甚至使报告人多少感到困惑的提问，所有从听众发出的声音、姿态和语言，都是非常有益的、非常感动人的、非常有启发性的信息反馈。每一次报告，都使我受到了鼓舞——因为听众的反应批准了或者认可了我的科学工作的成果。这是一个科学工作者所能得到的最高奖赏。

在编集成书的过程中，眼前展现出一张张熟悉的和更多不熟识的脸。我感谢他们，我把这部文集献给他们。

陈　原　1987年10月22日

[题注]

《社会语言学论丛》，陈原著，湖南出版社1991年5月出版。该书辑录了作者1981至1986年所写的专题论文以及演讲记录、报告提纲、研习札记等，包括语言与社会、语词与词汇学、现代化与规范化、语言与信息、术语和术语学等五部分，附外国人名索引。这篇序1998年收入《陈原语言学论著》卷三。

日文版《中国语言与中国社会》序

日本大修馆书店1992年版封面

在近年来所写有关社会语言学的论文中,我比较喜欢《释"一"》(1980),《释"大"》(1981),《释"鬼"》(1982),《释"典"》(1983),《释"九"》(1984)这5篇"释"文,外加一篇《语言与动物》(1980)。这几篇论文集中研究了现代汉语的语汇问题——更准确地说,不是纯粹从一般语汇学出发而是从社会语言学出发去进行研究的。我曾经在不止一个地方表达过我的观点,即晚近社会语言学者比较注意语音的变异(这当然是十分重要和十分必要的),却较少考察语汇的变异,但是人们都知道,语汇是人类语言中最敏感的成分,或者说是最迅速地反应社会变化的成分。我很想从现代汉语的语汇中挑选出一百几十个单字或单词("字"和"词"在现代西方语文中大体上是一致的,可在现代汉语它们却完全不是同义词),进行社会语言学的考察,揭示出它们所反映的现代中国社会生活的变化,以及当代汉语语言现象的变化。我以为这样的研究不仅对语言学有益,而且对社会学,社会心理学,以及精神文明建设都是有用的。前些年我没有能安排时间去做这项研究工作,现在则因为自然规律,正所谓人到黄昏,恐怕再也没有精力做了。不过近两年我在搜集现代汉语出现的新语词(neologism)时,却写下了201条随感式的短文,那就是近日出版的小书《在语词的密林里》(1991);这些随感其实牵涉到社会语言学的很多范畴,同时也鞭挞了社会生活中不健康的发展因素,包括其中某些不足为训的语言现象。这部小书的头一百条在《读书》杂志连载时,出乎意料地得到海内外读者的热情反应,正如一个教授读者写信来说,语言本来是同人类社会密切相关的,语言学决非令人头昏眼花的玄妙深奥的学科,由此得到证明。他的话击中要害。我这部小书就是在每日每时变化中的社会生活中,汲取一些语言现象来阐明某些哲理、信条、社会习惯和风土民情的,可惜的是我这支没有足够才华的秃笔,远未能确切表达出要阐明的东西,这主要是因为作者的学力不够。现在把上述两部分献给日本的读书界,我希望得到更多的教益。

至于《社会语言学专题四讲》,是给硕士研究生做启发报告的记录稿,讲话的目的有二,一是补足拙著《社会语言学》(1983)阐发不足的范畴,一是启发青年学者进入广阔的社会语言学新天地。也许这部《四讲》要跟拙著《社会语言学》合起来读,才能体会出作者为什么要引导研究者深入变异、文化、交际(信息)和计量这几个领域去的道理。

感谢松冈荣志副教授和他的学人朋友们,没有他们积年累月的努力,我的著作决不能就正于日本的读书界。当然,还要感谢大修馆的主持者慷慨地把拙著列入他们的出书计划。总之,我的书能在这一家专出语言学的出版社印行,在我是很光荣的。

1991 年 9 月

[题注]

《中国语言与中国社会》,陈原著,〔日〕松冈荣志译,日本株式会社大修馆书店1992年6月初版。内容包括"在语词的密林里"、"新语词的出现和辞书的社会机能"、"社会语言学的方法"三章。

《现代汉语用字信息分析》导论

1　汉字的基础研究——

上海教育出版社1993年版封面

没有今日的基础研究,就没有明日的开拓和应用。我确信这样的论断。正是从这样的认识出发,我和我可敬的同道,在研究语言文字的应用过程中,从来没有忘记进行语言文字基础问题的探索。这部集体著作《现代汉语用字信息分析》,正如1989年出版的第一部集体著作《现代汉语定量分析》一样,在很大程度上几乎可以说,也是一种对现代汉语的基础研究结果。

六年前我在语言文字应用研究所主办的汉字问题学术讨论会[①]上曾经说过,对汉字的研究分析已经越出了传统文字学范畴,很多学科对汉字的研究作出了新的贡献,其中包括心理学、教育学、人类学、社会学、社会语言学、神经生理学和神经心理学、信息论、控制论、系统论、电子学、机器人学(人工智能学)、群众媒介学、音声学以及文字改革等领域的许多专家在考察和研究汉字和汉字书写系统中,不断获得新的成果。

这些新成果部分地记录在上面提到过的《现代汉语定量分析》一书中。

[①] 这次学术讨论会的讲话和学术论文,结集为《汉字问题学术讨论会论文集》,语文出版社1988年出版。论文前有陈原、吕叔湘和朱德熙的三个长篇讲话。

这些成果主要是八十年代对现代汉语若干要素进行的数量测定，即在这期间进行的多次规模巨大的语言工程。毫无疑义对现代汉语书写系统进行的基础研究对此后的语言工作是很有意义的。

此书出版后三年间，对现代汉语用字——汉字——的研究继续深化，进一步取得了一些基础数据和作了有效应用。目前这部取名为《现代汉语用字信息分析》记录了这些基础研究的若干成果。简言之，它力图从信息科学的角度出发，分析汉字和汉字书写系统一些基础特征。自然，这只不过是小小的局部成果，但尽管如此，公之于世还是有益处的。这部小书可以认为是我在上一部集体著作《序论》中所提到的"应用（实用）语言学讲座"中的第二种。我当时使用的术语"应用（实用）语言学"是不确切的，前年我在海外做研究工作时发现，不如使用"应用社会语言学"[①]这个早已存在的术语更为确切。

应用社会语言学的内涵，简单地说，就是对一些语言现象或语言文字要素进行社会语言学的考察和分析，从而将分析的结果应用到语言规划上来——也就是对某一特定社会群体使用的语言文字进行一番整理，使它更加有效适应社会信息交际的需要。这里说的"语言规划"是广义的，当然也包括我们中国读者几十年来日日接触的"文字改革"在内。西方一个著名的社会语言学家费希曼（J. Fishman）带着感情说过以下的一段话：

"语言规划作为一个理性的和技术的进程，事先有符合实际的数据，事后在进行中又有反馈，这当然至今还是一个梦想，但是无论如何，这个梦现在已不是十年前那样可望而不可即的了。"

[①] 可能是美国学者费希曼（Joshua A. Fishman）在他的《社会语言学：简明的导论》（*Sociolinguistics: A Brief Introduction*, 1970）一书中第一次提出，见该书修订本第Ⅸ部分，标题为《应用社会语言学》（*Applied Sociolinguistics*）。后来英国学者特鲁吉尔（P. Trudgill）主编了一部集体著作，取名为《应用社会语言学》（*Applied Sociolinguistics*, 1984），为克赖斯达尔（Crystal）"应用语言学丛书"中的一种。德国（原联邦德国）学者狄特玛尔（N. Dittmar）所著《社会语言学：理解与应用的批判考察》（*Soziallinguistik: examplarische und Kritische Darstellung über Theorie, Empirie und Ancoendung*, 1976）第七章讲应用社会语言学在美国：应变力概念及其"特区"专门家。而他编的书目解题中有这样一句话："应用社会语言学：将社会语言学的调查研究应用于语言规划，学校教育，语言学习等等方面的学科。"

他说得真好。因为我国有多少可敬的专业和业余语言文字工作者在长达半个世纪甚至一个世纪的不疲倦的奋斗中,进行过很多基础研究和实际应用,为的就是实现这个"梦"。换句话说,就是要使我们民族习用的传播媒介(其中特别指文字),能够更加有效地适应信息社会的挑战和需要。

2 拓扑学与汉字研究——

把拓扑学理论导入汉字研究(特别是对字形的研究)中去,这是本书《汉字拓扑结构分析》一文的主题。

拓扑学虽然是上个世纪创立的一个数学分支,但是随着近年信息科学的发展,它被赋予了新的生命,打开了新的前景。[①] 拓扑学研究几何图形在连续变形(continuous transformation,例如在弯曲、伸缩,却又不致破裂或粘合的变形)中保持不变的性质(invariant properties)。几何图形这种不变性质,称为拓扑性质;使几何图形保持拓扑性质的种种变形,称为拓扑变换;在拓扑变换下的种种变形,称为同胚变形(homeomorphism)。社会日常生活中容易看到很有趣味的拓扑变换——最简单的例子是在一块擦字橡皮上,随便画一个几何图形,然后用手将这块橡皮扭曲,橡皮上的几何图形随之而变形——如果这个几何图形是圆形,扭曲之后它会变成椭圆或不规则的封闭线圈,但是无论变得多厉害,这个图像尽管已变成不是通常的圆圈,但它却仍然是封闭的,它的线条决不会因变形而开口。这种不变性质就是拓扑性质。人在哈哈镜前变形,长了,胖了,矮了,瘦了,但是人的两只耳朵决不会粘合在一起,而人的一个鼻子总不会撕成两个。

---

① 拓扑学(Topology)是数学的一个分支,为了了解这门学科的内容,我不想列举作为数学专门学科的拓扑学专著,我想,可以推荐对此有兴趣的读者(特别是研究语言问题而又具有一定数学知识的读者)翻阅两部很有趣味的书。一部是美国著名数学家柯朗(Richard Courant)和罗宾斯(H. Robins)合写的《数学是什么?》(What is Mathematics,1941. 有新修改版的中译本,1985),其中第五章《拓扑学》的讲述是高级入门书,从平面几何图形的拓扑性质和拓扑定理讲到曲面的拓扑分类,对欧拉(Euler)和麦比乌斯(Möbius)等人的论据有简明的介绍。另一部是美国英裔数学教授贝尔(E. T. Bell)的极其独特和有趣的书,Man of Mathematics(1931?)——中译本(1991)取名为《数学精英》。此书关于高斯(C. F. Gauss)和黎曼(G. F. Riemann)各章都涉及拓扑学。

汉字也有这样的拓扑性质。当一个汉字变成长仿宋或变成扁楷体时，它总保持着某些不变性质，比方说洁字的"氵"旁永远是在"吉"的另一边，它不会跳到"吉"的"口"字当中去。这就是最简单的拓扑性质的例子。由这种不变性质所规定的结构，就是拓扑结构——应用这种理论来分析、整理汉字，汉字的这种不变性质就是汉字的拓扑结构。作者在这篇简明的入门论文中，介绍了汉字概念的三个层次，即图形，字形和字符这样三个层次，由是研究分析各个层次的同胚或不同胚，这样就可以在认读、书写、理解（认知）汉字过程中采取有效的方法来达到预期的目的甚至加强效果。随着计算机文字技术的发展，产生了所谓字形信息处理的许多理论和实际问题，拓扑学应用在汉字研究上已经被提上日程了。它将越来越显得重要。

论文没有使用艰深的数学分析，语言学工作者都能很快就熟悉它所讨论的内容。

3 汉字属性/形声字研究——

汉字属性问题在八十年代初曾经困扰过我们的读书界，人们带着迷惘的眼光问道：汉字属性是什么？

从本质上说，汉字属性问题就是对汉字本身所蕴藏的信息以及汉字对它周边延伸引导的信息运动进行质的和量的分析问题——正因为这样，汉字属性问题是语言信息学或信息论语言学所要考察的一个重要问题。过去十年间围绕这个问题所得到的数据，引起许多语言文字工作者和信息科学工作者的广泛注意；八十年代末期先后出版了两部篇幅浩繁的汉字信息（汉字属性）词典[1]，就是一个证明。

《现代汉语定量分析》收录的《汉字属性字典的编制》一文，对这个问题作过初步的探讨；收在本卷中的《论汉字属性》则把这个问题引导到深入的境界，从而补足了前一篇所缺少的理论概括。这篇论文第二节和第三节，对

---

[1] 我这里指的是《汉字信息字典》（李公宜等，1988）和《汉字属性字典》（傅永和等，1989），这两部字典各自分头平行作业，先后在 1988—1989 年印行。

汉字字形因素(笔画)和字音因素(音节和声调)进行的定量分析,是饶有兴味的,而且是很有启发意义的。这里给出的数据是基础数据,值得注意。前人对此曾经做过一些分析,这里公布的调查结果也许可以说是前人研究的继续。由于这些研究主要以八十年代几次大规模的语言工程所得数据为依据,因而具有切合实际的科学价值。

论文作者对三种高频字表作了调查统计,得出的结论是,最常用的高频汉字有一半以上都分布在六画(六笔)到九画(九笔)这四个笔画范围内。而在字数更多的字表

《汉字属性字典》封面

中——例如在1988年公布的《现代汉语通用字表》7000字中,有2355个是在四至九笔的区域内,换言之,即四至九笔的汉字在7000字的大范围内占到33.64%。这两个数据说明了,六到九画的汉字在常用(高频)汉字中占一半强,在通用(一般)汉字中占三分之一。这个结论同齐普夫对现代拼音文字所做的论断——即最常用的词是由很少几个字母组成的单音词——本质上是近似的。这个数据对实现汉字教学、认知、记忆和重现过程,有重要的启发作用,因此对于语文教育学、社会语言学和心理语言学的研究都很有用。

对汉字音节和声调的调查研究结果表明了一个饶有兴味的事实。对七十年代以来大陆销行最广,几乎达到家家户户都存有的《现代汉语词典》进行分析的结果,在一万个汉字(10567)中读第四声的汉字有3453个,占32.67%,约为三分之一——依次递减为第一声、第三声、第二声。

对3500字的《现代汉语常用字表》作的调查结果,也得出了与上面数据相近似的结果。3500个汉字中有469个是同形异音字。因此从语音角度出发,这里共有3969(而不是3500)个"汉字",分布在405个不带调音节和1183个带调音节中——其中读第四声的有1339个(包括324个音节),约占29.8%,不到三分之一。

仅仅举出上面的数据，就可以明了：作这样的基础研究，对于许多有关学科和语文教育实践都具有可资利用的价值（而这篇论文当然还不止这一项数据）。

从这里出发，论文对通用汉字的发展趋势作了推断——这实际上是现代汉语用字趋繁还是趋简的推断。在众多的论述中，作者引用了当代外国语言学家提出的语言"经济原则"和"省力性原则"（可惜文中没有展开理论探讨），认为用字简化符合社会生活的发展。时至今日，也许已经很少人抗拒这个论点，但是确实还有少数人坚持不同的意见，这不要紧，学术问题能（而且只能）通过心平气和的争辩来解决——或者永远得不到解决。但现实生活却在前进，这是不以个人的主观意志为转移的。正如我最近为外国一家语言学杂志所写的论文所说：①

"今年（按：1992）七月一日，中国大陆最有影响的传媒《人民日报》（海外版）改排简化字，这意味着繁体字在传媒中最后的'堡垒'终于悄然消失了，从而结束了长达七年传媒繁简并存并由此每年引起激烈争辩的奇妙局面。这个现象可以理解为现代汉语某些演变（变异）趋势是不可抗拒的。"

我把这称为"不可抗拒的趋势"——这是本书不曾阐明的，而在客观世界中确实存在的"规律性"的东西。②

在对汉字进行信息分析的过程中，最能吸引注意的语言现象——在某一种角度上说——是汉字的形声字。形声字是汉字所具有的独特性质（甚至可以称为一种很特别的拓扑性质，虽然这里牵涉到的并不完全是两维的平面几何图形）。本书所收关于形声字信息分析的两篇论文，重新确定了"形声字"的范围和确认原则，据此，在 7000 个现代汉语通用字当中，属于形声结构的有 5631 个，约占通用字总数的 80.5%。这里导入"形声结构"的概念；同时导入"声符"、"形符"的概念。根据这些概念统计的结果，在 7000 个通用汉字中总共有 246 个形符，而其中 54 个构字力很强的形符构成了

---

① 我的论文题为《论现代汉语若干不可抗拒的演变趋势》。
② 值得注意的是新闻出版署和国家语言文字工作委员会 1992 年 7 月 7 日发出关于使用规范汉字的通知（8 月 1 日生效），是通过人工干预强化这一趋势的措施。

4898个形声结构，约占形声结构总数的87%。在5631个形声结构中共包含了1325个不同的声符。从这些基础数据出发，论文分析了声符表音度和形符表义度，这正是我在《现代汉语定量分析》序论中所论述的，由定量分析回到定性分析的过程。这样，我们到达了前人（例如《现代汉字形声字字汇》一书[1]）所未曾详尽探索过的领域。

几年前我在奥地利的维特根斯坦国际学术讨论会以及其他会议上[2]，曾就汉字的这种形符加声符的语言现象作过分析——欧美一些语义哲学家听了这个分析，顿时对汉字发生浓厚的兴趣。我把某些形符称为"类别标态"（我用了可以释为"指示器"的 indicator 一词），我把声符称为"音声标志"，并认为"类别标志"（形符）带有某种语义信息，而"音声标志"（声符）则蕴藏着更多的语义信息，当这两部分语义信息密切融合到一起时，就显示出这个汉字的语义。

不过我的概括分析并没有达到本卷收录的两篇论文（《现代汉语形声字形符研究》和《现代汉语形声字声符研究》）的深度——看来，这项研究还可以进一步深入的。

4 一个实验报告——

《视觉因素在儿童书写汉字中的作用〔实验报告〕》一文把我们引入另外一个领域，这个领域是前人研究汉字时常常接触到而又没有"登堂入室"的地方。视觉，动觉对于接受信息的作用，是近年来信息科学家所确认的——这关系到心理学、实验心理学、神经生理学以及其他周边学科，看来是一个很复杂的研究对象。

---

[1] 这里指的是倪海曙早在1965年编成，后来历经改订才付梓的《现代汉字形声字字汇》，语文出版社1982年出版。此书使用了"现代汉字"这个有争议的术语——有些学者宁用"现代（当代）通用汉字"这样的命名，避免把汉字划分为古代、近代、现代几个"阶段"。

[2] 遗憾的是只在讨论中详细阐述了我的见解，而在会议论文集中只能有最简略的提及，如 Proceedings of the 8th International Wittgenstein Symposium, Aesthetics, Part I. 在庆祝西班牙语言学家 Juan Régulo 七十寿辰论文集（第一卷）中我的一篇论文，触到这个问题（1984/85，西班牙 La Laguna 大学）。

这是一个朴实无华的实验报告——这个实验设计了非常简单却又很有趣的五种条件,在北京城区一所小学的中年级随机挑选了70名在学儿童作为这项实验的被试,取得了很有启发性的数据,这些数据以及实验方法本身,都给语言文字工作者,特别是语言教育学研究者提示了富有教益的猜想、设想和联想。实验结果表明,在特定条件下,当视觉信息传入大脑发生障碍时——这障碍不是由生理因素而是由于环境因素产生的——,大脑接收到的信息不全面,于是产生了这样的后果,即大脑神经中枢对臂、腕、指发出的指令也就遇到一些困难。实验表明,在汉字书写过程中对视觉的剥夺程度每加深一步,书写的准确性就随之下降一步。因此,可以得出这样的推断:在书写汉字过程中视觉的参与非常重要,训练儿童书写汉字,不仅要让他们学会对臂、腕、指大小肌肉的控制,还要注意训练手眼的协调和配合。

　　晚近信息科学的进展,已经注意到视觉神经和听觉神经在接受语言信息中所起的作用,耳眼并用能收受最大信息量,已经得到理论上和实验上的证明。"video-tape"(录像带,包含着视觉信息和听觉信息的工具)远比录音带的效果好,早已进入人们的日常生活,新近的 CD-ROM CDV 或 CD-I①一类的传媒就向传统的书报(即印在平面上的单凭视觉而不能给出听觉信息和动觉信息的传播工具)提出最有力的挑战。从电视新闻所能接受到的信息量比之从广播新闻所能接受到的信息量要多得多。多年前控制论创始人维纳早已说过,在大脑的感觉皮层中,视觉与听觉面积之间的比例约为100:1。换句话说,如果将听觉皮层全部用于视觉,则信息的接收量约"相当于眼睛得到的信息量的百分之一"。②

----

　　① 这些都是近年兴起的"多媒体"(multimedia),即综合声音,图像,动感等等而成的传媒——CD 为 Compact Disc 的简称。

　　② 我在《控制论札记》中引用过维纳(N. Wiener)《控制论》(1948)所作的论述,见《社会语言学论丛》(1991)第333—334页。维纳还说过如下一句很有趣的话:"仅仅用百分之一的视力就可以代替听觉去识别全部听觉的细微差异",见《控制论》第二版中译本(1985)第143页。参见亨妮(Jeanine Heny)教授在她的《人脑与语言》(*Brain and Language*,1985)的描述,她的观点摘要见克拉克(V. P. Clark)等人合编的《语言:入门选读》(*Language: Introductory Readings*,1985)第三部分第一章。

从信息角度对儿童用字,写字和识字的研究,是一个大可拓展的领域,所得结果必定大大有助于语文教育,同时也必定很有益于计算机的人工智能研究。

5 汉字的结构和构造成分——

汉字构造形态的研究,是用计算机进行汉字信息处理的一项重要的基础研究。没有对这方面认真细致的基础研究,就不可能满足高技术的需要。

根据信息学和拓扑学原理,现在可以认为:汉字是由一个一个部件构成的,不同的部件构成不同的汉字,而相同的部件出现在方框内不同的部位,也形成不同的汉字。部件是由笔画形成的,构成部件的笔画,按照约定俗成的惯例,在书写时有先后之分,这就是通常所说的笔顺——笔顺的约定俗成不是绝对随意的,它服从书写时的心理状态和书写时的技术方便。因此,对汉字的结构,部件,笔画,笔顺这几个要素的研究,是适应新技术需要的基础研究。

本书收载的一组研究成果,总名为《汉字结构和构造成分的基础研究》,是名实相符的。"汉字的结构"一节给出了迄今最详尽的合体字构造成分(结构成分)组合方式,绘制了最简明的合体字构造框图(结构框图)——其中包括由两个部件构成的九种结构方式,由三个部件构成的二十一种结构方式,由四个部件构成的二十种结构方式,由五个部件构成的二十种结构方式,由六个部件构成的十种结构方式,以及由七、八、九个部件构成的三、一、一种结构方式。这一节还采用层次分析法概括出十三种结构方式。这里给出的成果对于生成汉字有重大的理论意义和实用价值。第二节和第三节研究部件和部件的结构部位(即在结构框图中出现的部位),应当认为这里提出的论点和给出的数据都是很有用的,其中论述部件的名称和对部件名称规范化的论点很值得注意,这无疑对语言文字教学和汉字信息处理、语音移入和口语(oral)通讯方面都有特殊的实践意义,第四节和第五节是对汉字笔画和笔顺最详尽的基础研究,也是综合了前人研究成果得出的概括,例如第四节提出汉字笔画的排序规则和第五节提出的笔顺规则,都是有创见的概括。这些概括可能在不同学者间产生不同意见,但即使有若干分歧意见,这里给出的数据和论点至少是有启发性的——不只对语文教学方面,而且对计算机文字处理方面。

6 字形和人名用字的规范化——

作为本书最后的部分,是两篇关于规范化的论述和设想——即关于汉字的字形规范的综合论述和关于人名用字规范的设想(创制"人名用字表"的建议),这里的论述都是建立在严谨认真的调查统计基础上的,对于进行汉字信息分析不啻是两项基础工程。

《汉字的字形规范》是近四十年来汉字规范化过程的历史概括,它的范围包括汉字历史形态变异的规范化,地理名词用字的规范化;计量用字的历史演变和规范;汉字本身演变过程中的规范化活动(包含自然演变的调节和人工干预即汉字简化活动)。人们常说,没有规范化就不能有现代化;或者换句话说,社会生活包括科学技术进步越来越要求规范化,没有规范化即达不到高速度和高效率的要求。在这个意思上对汉字在中国大陆近四十年的规范化过程作一次综合考察,是完全必要和急需的。

在社会用字规范化过程中,似乎人名用字比地名用字更复杂些[①]——也许因为人的命名比地的命名更富有社会意义,更富有情感信息的原故。为了避免与别人雷同,或者说,为了突出自己特有的个性,人在命名时往往喜欢选用一些生僻字。这是可以理解的。我记得二次大战后我在英国遇见一对夫妇,男的原是英国人,战争时期空降到法国去同地下抵抗运动联系,女的原是法国人,是地下抵抗运动的活跃分子,他俩因此结识并结成夫妇,他们两人各取了一个其"怪"无比却又无比"普通"的"姓名"——男的叫"英国人"(Englishman),女的叫"法国人"(Frenchman),他们现在就使用这个地下时期所用的"隐名"或"假名"。这个极端的例子使我深深感到命名的社

[①] 地名用字也有很复杂的社会性,但我以为人的命名牵涉到构成社会的所有成员的思想感情以及社会群体的习惯风尚,故我认为人的命名比地的命名更复杂些。

会性。在《现代汉语定量分析》一书中提到过在那"史无前例"的"文革"十年中，人名用字大量采用了"东"、"彪"、"向"、"卫"这样的字眼，而不愿或不敢采用花花草草那些历来认为美丽的字眼，也就是命名社会性的生动例子。

《人名用字调查和规范化设想》是以第三次人口普查的抽样作为研究基础的。两次抽样调查得到人名用字共计 4542 个（自然只限于汉族的人名用字），这 4542 个汉字在《现代汉语通用字表》中只见 3913 个，其余 629 个字不见于通用字表——即七千通用字以外的汉字（也可以称为生僻字），而通用字表中有 3087 字没有机会使用，可见即使以通用字表为依据，也还有很大的利用潜力。（当然，这个研究结果有若干局限性，局限性在于抽取的样本太小，比起整个汉族人口来只占很小的百分比，因此只能看出命名用字的倾向性，而不能认为是全面的科学分析。）这篇研究论文提出了制定人名用字表的建议，并且提出一些设想，这些设想一旦实现了，对于很多社会部门的信息存储和提取将会是很有益的。

7　汉字研究展望——

写了以上的六节，传来了朱德熙教授[①]今年 7 月 19 日在美国加州斯坦福大学医院辞世的消息，引起我无限的惆怅。在 1989 年我和他曾约好年底去新加坡参加一个汉语学术讨论会。他早去了美国，便由美国直接去目的地了——而我却没有成行。没有成行的原因是众所周知的。但我为此始终感到遗憾，失掉向他请教的最后一次机会。幸而 1986 年底朱德熙同吕老（叔湘）一起参加那年在北京举办的第一届汉字问题学术讨论会，应我们的请求在开幕式上发表了有关汉字问题的长篇精辟讲话——现在留下来的这篇讲话，提及汉字问题的好几个方面的状况和前景。他在那里讲过，汉字可以说是一种语素文字——当然有极少数汉字不代表语素，只代表音节，但绝大部分汉字都是代表语素的；就汉字本身的构造看，汉字是由表意、表音的偏旁（形旁、声旁）和既不表意也不表音的记号组成的文字体系。他还指出，

[①]　朱德熙（1920—1992），以下所引参见《汉字问题学术讨论会论文集》第 11—16 页。

如果字形本身既不表音,也不表意,变成了抽象的记号时,那汉字可以说是一种纯记号文字;不过事实上并非如此,只有独体字才是纯粹的记号文字;合体字是由独体字组合而成的,组成合体字的独体字本身虽然也是记号,可是当它作为合体字的组成成分时,它是以有音有义的"字"的身份参加的。——这些精辟的意见,对于从事汉字信息分析的后人来说,是很有启发的。也是在那次讲话中,他指出过去研究文字学的人只讲字形,讲六书,对语言不感兴趣,这是传统文字学很大的弱点。他说我们研究汉字学,要突破这个框框。字形当然要研究,但尤其要研究汉字和汉语的关系。说得好极了。此刻,我想补充说,即使研究字形,也要突破传统的框框,例如需要从信息学、传播学和实验心理学等角度来探究汉字蕴藏的信息,这不只对语言学研究有益,而且对整个社会现代化有益。

  本书就是进行这样的研究的一种尝试。一定会有弱点、缺点甚至错误的,但这是最初踏出的一步时所不能避免的。我们期待更多信息学界研究者来参加——我们期待着。

[题注]

  《现代汉语用字信息分析》,陈原主编,上海教育出版社 1993 年 12 月出版。该书收入论文 8 篇。这篇序原题为《没有今日的基础研究就没有明日的开拓和应用》。1998 年收入《陈原语言学论著》卷三。

《语言和人》序

上海教育出版社1994年版封面

语言和人——这是一个富有吸引力的大题目,很多学科的学者,都有兴趣去研究它的内涵。七十年代中期,西方一位学人就把"语言和人"这个课题界定为"人间的交际"(human communication)[1],包括语言交际和非语言交际(verbal and non-verbal),这里所谓"交际",就是维纳(Norbert Wiener)控制论所指的"通讯"[2]。不能设想人与人之间的沟通("交际"或"通讯")可以离开语言,即使人与机器(电子计算机)之间的沟通("交际"或"通讯")——按照现今科学发展的水平来论断——也不能离开语言(自然语言或计算机语言);同时,也不能设想语言能脱离人间而存在,因为——按照现今科学发展的水平论断——还没有在人以外的生物圈中发现语言,这里所谓"语言"是现今人们共同认识的那种有声和表意的符号系列。正因为这样,甚至可以说,语言和人是一种共生现象;语言和人共生,比之人机共生现象似乎更能被人接受。

---

[1] 麦哥马克(W. C. McCormeck)与沃姆(S. A. Wurm)主编的《语言和人》(Language and Man,海牙,1976)。引语见麦氏《序论》(Introduction)页3。

[2] 维纳的《控制论》一书副标题为 On Control and Communication in the Animal and the Machine,其中 Communication 一字中译作"通讯"。

这部题名为《语言和人》的论文集,是作者对语言和人这样诱人的大题目所作的小范围探索,即本书副标题所揭示的:对应用社会语言学的若干新探索。这是一部论文集,但又不是通常意义的论文集,因为收在本书中的论文都经过程度不同的剪裁和加工,标明了章节,集合而成一个探讨语言和人某些层面的松散体系。各章节都是根据我在八十年代末、九十年代初这几年间所作的演讲或研究论文写成的,只有第 11 章完成得较早,体裁也较特别,那是我八十年代中期研究控制论语言学时写下的十多篇科学论文中的一篇。各章节的文本(text)虽经增删修订,但仍尽可能保留了原来的遣词、文体和说话气氛,因为我想只有如此,才能表达出作者在特定场合下传递(交流)的信息和感情。

从第 1 章到第 13 章,探索了应用社会语言学中的若干语言现象或范畴,其中不乏前人已经探索过,我在这里可以说只作了某些新的补充;也有前人未曾探索过的,例如第 5 章关于"论语言马赛克现象",是我在一个特定语境中长期观察的结果——它不同于双语现象(bilingualism),多语现象(multilingualism),也不同于"泾浜语"(pidgin)或"混合语(克里奥尔)"(creole);又如第 10 章关于"驾驭"文字的艺术,则是从语言文字交际功能出发,探讨文字编辑的某些"艺术"的,尽管前人对编辑工作者的语文修养做过卓有成效的论述,但这里所说的则是前人不多阐述的一些论点。只有最后两章是一种概括性的尝试——第 14 章是应一个国际社会语言学刊物写的,为满足主编的提示和要求,做了发展状况的概括和专家的提名。提名是举例性质的,很难全面,只能请我尊敬的同道们谅解了;在分析现状时,我强调这门学科在当代中国是同现实的社会生活密切结合而发展的,亦即我在文中说的实践性。我以为这个倾向是突出的,而且是可取的,因而社会语言学在中国从头就带着理论联系实际的意义,往往自觉或不自觉地带有应用社会语言学的倾向。

最后一章(第 15 章)是作者的自我反省。不容讳言,作者从最初研究语言现象开始,一直到今日,都力图以唯物主义和辩证法作为方法论的基本点,我至今仍这样认为;作者确信即使微不足道的成果也是从这样的科学方法论出发才能取得的。

这部书是作者在香港中文大学中国文化研究所从事语言信息学的研究（1990—1991）的同时编成初稿的，其中有三章的主要内容也是那时初次写定的。大学图书馆和研究所的设备，给我提供了很好的工作条件。我特别要向陈方正所长和当时在所里工作的张双庆先生和林道群先生表示深深的谢意。如果没有上海教育出版社的领导和新老编辑同志的关注，这部书也很难同读者见面，为此，我也对他们表示深深的谢意。

陈　原　1992年2月

附：改订版序

1

《语言和人》是作者对应用社会语言学若干论题的探索，所讨论的，不是普通语言学上的原则原理，而是人与人之间的语言交际。作者编集此书的意图，主要是通过并不艰深的论述，给非专业人士提供有关这门学科的基本知识，与此同时，作者希望这些论述会对业内人士有小小的启发。

2

《语言和人》一书于1992年定稿，1994年2月由上海教育出版社印行，只印了1300册，现今已很难买到了。

这次修订重版，改动比较大：

首先就是篇目有增有减，删去了原书第9到第14共6章，增加了关于新语词，

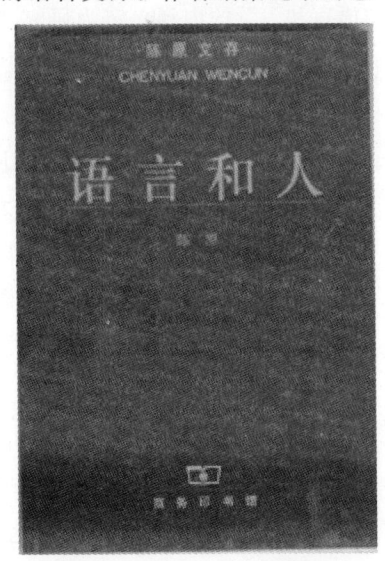

商务印书馆2003年版封面

关于普通话，关于信息时代与语言科学，以及关于新技术革命引发的语言学新观念四章。

其次是恢复了所收演讲记录稿或论文稿的原来面貌，取消了初版时所作不适当的剪裁，删去各章节某些地方附加的说明性或解释性文字。

最后一点是将原书第15章《对社会语言学若干范畴的再认识》改作附录。这并不表示这篇文章不重要，正相反，可以认为这篇自省是作者个人从八十年代到九十年代初这一段时期内学习、研究和实践的理论性总结，它记述了和解剖了作者的思路历程；但这是回顾与反思性质的文字，如按顺序作为第13章，则与前12章不很协调，不如移作附录更妥帖些。

此外，改订本还删除了初版书末所附的《书目举要》，增加了名目索引。至于书中的论点和数据，基本上没有作任何改动。

3

语言和人——这是一个富有吸引力的大题目，很多学人都有兴趣去研究它的内涵。上个世纪七十年代中期，西方两位语言学家（见W. C. McCormeck & S. A. Wurm 主编的 Language and Man，海牙，1976）曾将"语言和人"的内涵界定为研究"人间的交际"（human communication），包括人与人之间的语言交际和非语言交际（verbal and nonverbal communication）。这里说的"交际"，就是维纳（Norbert Wiener）控制论所指的"交际"，中文有时翻译作"通讯"，意即人与人之间的沟通，有时还可以理解为人与机（计算机）之间的沟通。

按照现今的科学认识水平，不能设想人与人之间的沟通可以离开语言，甚至人与机（计算机）之间的沟通，也离不开语言。这里说的"语言"是广义的，不限于分音节的有声语言，而是包括其他有序列的符号系统或无声语言（例如体态语言 body language）等

巴别塔

类信息载体。

自然,也不能设想,语言能够脱离人间而存在——还没有发现人类生活圈子以外存在着我们所公认的叫做"语言"的事物。

改订版正文前加了一张巴别塔(或译巴贝尔塔)插图,让读者跟我一起作语言和人的遐想——《创世记》说,远古的人类本来只操同一种语言,却因为异想天开,要在巴别城那里建造一个通天塔,这事触怒了上帝,塔没有建成,而世人却被分散到地球各处,从此说着千百种不同的语言。这是关于语言和人的最古老的传说之一,后人绘制了巴别通天塔图像——这里所刊是我见过最完美的巴别塔图像,采自语言学家 Vera Barandovska 女士送给我的一部她研究拉丁语的著作(布拉格,1995)。

4

本书所有研究成果都是我在中国社会科学院语言文字应用研究所和香港中文大学中国文化研究所工作时(1984—1991)取得的。这两个研究所的同事们给我的支持和鼓励,使我毕生难忘,特别是两个研究所的民主气氛和自由思想,使我愉快地保持着独立的精神和学术上的创新。十年后的今天,我仍然带着无限感激之情,向当日语用所的陈章太副所长,傅永和研究员,向中国文化研究所的陈方正所长和那时在所里工作的张双庆教授和林道群先生,表示我深切的谢意。我深深怀念上海教育出版社的老领导和编辑(包括胡惠贞女士),他们在艰难的情况下促成本书的问世。改订版的校订工作和索引编制都是柳凤运做的,我感谢她;如果书中有疏漏,那是我不够严谨的过错。

陈　原　2001年3月15日

[题注]

《语言和人》,陈原著,上海教育出版社1994年2月出版,1998年收入辽宁教育出版社出版的《陈原语言学论著》卷二,商务印书馆2003年收入"陈原文存"出版。该书副题为《应用社会语言学若干探索》,论述了语言变异和语言马赛克现象、文化接触与语言接触等问题，附录有《对社会语言学若干范畴的再认识（回顾与思考）》和欧美人名汉译对照表。

1991年在香港商务印书馆演讲
"变异与应变——谈当前中国语文问题"

《汉语语言文字信息处理》序言

我很高兴为这一系列集体著作的第三卷《汉语语言文字信息处理》写序言。这一个系列的设想，发端于1986年初，那时正当中国文字改革委员会改组为国家语言文字工作委员会，而我既在语委会工作，同时又主持着中国社会科学院语言文字应用研究所。为了推进语言学跟信息学在实践中的结合，我计划组织所内外的专家学者编写一套丛书，取名为《应用语言学讲座》，目的在把这个方面的研究成果，哪怕其中还不太成熟的成果，能够及时公之于世；编写方法则采用当今外国学术界通常采用的集体著作方式，即每篇论文都由专攻这个主题的理论工作者或实际工作者执笔，各篇既有理论分析，又有实践记录或描述。这就是我在该系列第二卷《导论》中所揭示的想法："没有今日的基础研究就没有明日的开拓和应用。"

上海教育出版社1997年版封面

这个系列的第一卷《现代汉语定量分析》，出版于1989年；第二卷《现代汉语用字信息分析》，出版于1993年；这部《汉语语言文字信息处理》则是这个系列的第三卷。在这三卷集体著作中，我们试图对现代汉语的各个要素进行科学的分析，或者更准确点说，进行信息科学的初步分析，或称语言学跟信息学相结合的分析。我们从最基础的"字"和"词"

出发研究问题。（正如大家所知道的，现代汉语的"字"和"词"不是一个东西；字不等于词；一个字有时是一个词，但有时只是一个词的构成部分即词素。本卷论文用"词语"表达一个独立的"词"的概念，而我过去在我的语言学著作中则用"语词"来表达。）

第一、第二两卷，从字和词在现代汉语文本中出现的频率开始，作了一系列的定量分析，包括字和词本身以及构件（部件）、形符、声符、熵（平均信息量），然后进入本卷汉语语言文字信息处理这个目标。人们都会同意我的说法：信息处理是语言文字在信息时代最重要的和最有成效的实际应用。

这一卷所论述的就是这个问题。当然它所研究的只限于汉语，研究的是汉语语言文字信息处理的理论、方法、难点、现状和趋势。如果你愿意，甚至可以简化为通俗的说法：汉字和汉语输入输出电子计算机的问题。本卷所述的重点不在大家都已熟悉的键入汉字的编码问题（例如拼音输入，形码，形音码，等等），而是着重在研究文字识别（印刷体和手写体；脱机和联机识别），语音识别（即本卷所称"言语识别"）。本卷第七篇论文则进而论证了研制现代汉语语料库的理论、方法和现状。最后一篇可以认为是本卷所处理的问题的概括或总结。

各文的作者都是这个领域的专家，所论述的内容都是他们的研究或研制成果；因此，完全可以说，本卷内容大体上反映了和记录了这门科学在开放改革中的中国近十多年来走过的道路，所遇到的困难，和所达到的高度。

我个人接触现代汉语语言文字信息处理，是从"748工程"开始的。但我没有可能参与这项开拓性的研究工作，

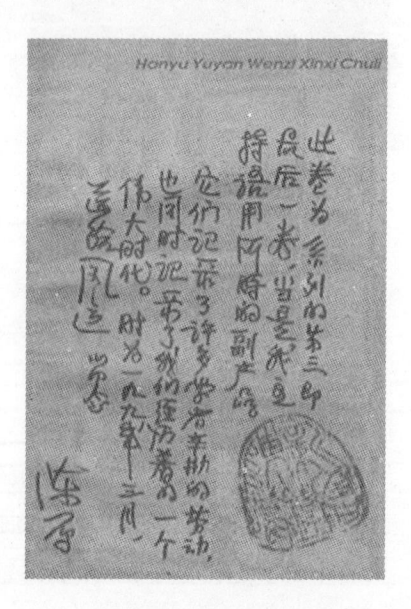

扉页　陈原赠言

因为我那时处在一种非常特殊的工作环境下——即由于我建议印行《现代汉语词典》（现今大家公认为现代汉语的规范性工具书），遭受到"四人帮"大棒的讨伐，我什么都不能做，我只能张大眼睛，注视着这项工程的进展和所取得的成果。直到 70 年代末，我才有机会进入这个领域。

当时在汉语语言文字信息处理问题上，最困扰人的就是汉字能不能输入计算机，如果能，它如何有效地输入和输出。那时还不可能着眼于文字和语音识别问题，虽然已经有学者和机构开始研究这些问题；那时要首先解决高效地键入编码的难题。从理论上说，电子计算机能高效地解决十分复杂的数学计算，能够处理十分奇妙的图形，区区汉字，有何难哉！话是这么说，可汉字少说有几千个，多说有几万个，个个不同形，同音的倒不少，同音同调的也不少。西文（无论是拉丁系统的或是斯拉夫系统的文字）无非二三十个字母，大写小写一起算，充其量只不过七八十个字母，怎样也好办；而汉字则成千上万，够烦人的！为解决这个难题，70 年代后期到 80 年代初期，许许多多有识之士都投入汉字编码方案的研究工作，创制出成千种编码方案，形成了一个声势浩大的"运动"！这真是一个群众运动，它不是过去那种可怕的政治运动，而是创造性的群众自己发动的学术活动。在西方，信息处理领域中从未发生过也不可能发生这样的群众性研究工作。这显示了伟大的中华民族，有志气有能力有决心克服种种困难，实现我们祖国现代化。这个艰苦但壮观的历程，已经记录在我们这三卷书中。

1979 年以后的十多年间，我有机会参加了许多国际学术会议。我在欧洲、美洲和亚洲出席过社会语言学、应用语言学、控制论和信息论的讨论会；人们在 80 年代初期所关心的就是汉字跟计算机"联亲"的问题。这里我想记下的一件事，是很有趣味而又很有意义的。1979 年夏天，我初访英国。伦敦一家很有名的印刷器材公司邀请我去参观他们研制的中文电子排印机。我去了。那是他们跟一个华裔教授研制成功的机器。有一个很大的键盘，分左右上下中五个部位，每个部位设置了许多标明汉字部件的键，这就是说，它的输入法是将汉字分解为一些部件，然后按照部件的不同位置，组合成字。比如说，要输入一个"陈"字，先击左边的部件"阝"键，再击右边的"东"键，然后击合成键，前后击三次，便可输入一个"陈"字。这不算慢，但拆字比较麻烦。尤其在"想打"状态下，分解汉字的部件是很吃力的并非简单的机械动作。但是在当时来说，这不失为一种聪明的办法。主人和教授笑眯眯地征求我的"评价"。我只好用外交辞令说，这是一个比较聪明的输入方法；可能也不太费劲，但在实际排印时好用不好用，省力不省力，高效不高效，要在实践中检验才能得到正确的答案。后来听说果然造了一台，又听说用起来性能不怎么理想，效率太低，不好使。

从那时到现在，已经过去了十多年，汉字与计算机"联亲"问题大体上已经不困扰人了。这些年对编码方案优选的结果，大约有那么三四种或五六种（至多不超过十种）编码方法得到不同程度的应用。至于是否可以说这个问题已最终解决，那就有不同的看法。本卷的论文有好几处接触到，读者可以参看。

在这个方面，不能不注意到新近的一个现象：去年上海对七八万个电子计算机用户进行过输入方法的调查，得到的结果显示有97%使用了拼音输入法，只有3%的操作者使用其他输入法。① 这个数据使我大吃一惊！这个数字表明：由于电子计算机的快速普及，非专业性（非职业性）计算机操作者大幅度增加，因而使用的输入法也会发生变化。

这个现实提醒人们注意电子计算机在我国社会生活的前景和汉语语言文字信息处理的前景。这意味着，我们的社会生活在未来的十年将会向现代化迈进一大步。

这三卷书是这个领域的研究人员在最近的15到20年间勤奋工作的记录。它同时也记录了一个时代，一个充满希望的时代，当然也是一个要我们去奋力解决许多困难的时代。

---

① 见《科技日报》1995年9月20日。

[题注]

《汉语语言文字信息处理》,陈原主编,上海教育出版社1997年12月出版。收入论文8篇。这篇序1998年收入《陈原语言学论著》卷三。

陈原说:"此卷为系列的第三即最后一卷,当是我主持语用所时的副产品。它们记录了许多学者辛勤的劳动,也同时记录了我们经历着的一个伟大时代。"(见扉页书影赠言)

1985年于中国文字改革委员会
接待日本东京外国语大学代表团
前排:陈原(左4)、舆水优(左5)、
　　　王均(左6)
后排:胡蓉(左1)、傅永和(左2)、
　　　陈乃华(左3)

《陈原语言学论著》付印题记

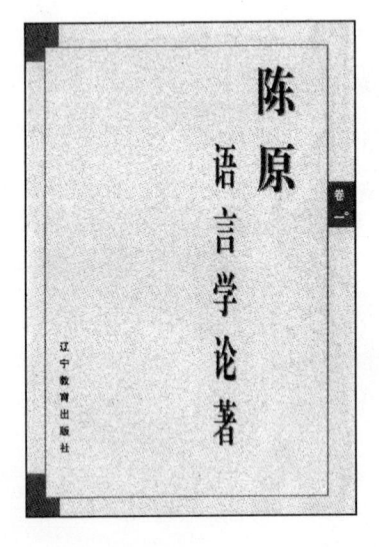

辽宁教育出版社1998年版封面

如果从我参加30年代的语文运动算起,已经过去了整整60个年头。在这漫长的岁月里,我经历过救亡,战争,革命,建设,然后是十年浩劫,然后是开放改革。忽而雨雪霏霏,忽而阳光随处——这个世界原不是单色的,不是孤独的,更不是平静的。总算熬过了60年;生活充满了甜酸苦辣,坦率地说,充满了苦难,也充满了欢乐,常常是在苦难的炼狱中煎熬出来欢乐。不能不说,我所经历的时代,是一个伟大的时代,是一个变革的时代;是生死存亡搏斗的时代,然后是为中华民族兴盛而拼搏的时代。对于一个社会语言学研究者来说,生活在这样的时空是幸福的;因为变革中的社会生活给我们提供了无比丰富的语言资源,同时也向我们提出了艰巨的语言规划和语言规范化任务。我本不是专治语言学的,只是从来对语言现象有着浓厚的兴趣;我长时期参与了文化活动和社会实践,却最后走上了专业语文工作者的道路,这是我最初没有想到的,但也确实感到高兴,因为这或多或少圆了我少年时代的语言梦。不过高兴之余,却着实深感惭愧——因为在这个领域里,无论是研究著述,无论是实际建设,都做得太少了,仅有的一点点成果又那么不成熟,且不说其中必定会有的许多疏漏谬误。当我步入黄昏时分,回头一望,实在汗颜。

此刻,热心的出版家却怂恿我把过去的书稿整理一下,编成有关语言和社会语言学的多卷集问世。这建议充满了善意,当然也充满了诱惑。我听了深感惶惑,难道值得把这些不成熟的东西编印成文集么?一个熟悉的声音仿佛在我耳边低语:编就编!为什么不?正好给过去划上句号,然后再出发。——说得多美:"划上句号,再出发!"这又是一个动人的诱惑。于是我由近及远将已出版和发表的有关语言学论著置于案头,从中挑选出包括单行本和单篇论文在内的著述约一百万言,辑成《语言学论著》三卷,卷一论社会语言学,卷二论应用社会语言学,最后一卷则为语言和语言学论丛。

这三卷论著,主要辑录了我从事社会语言学研究以来的单本著作以及部分单篇论文。第一卷收录了《语言与社会生活》(1979)和《社会语言学》(1983)。对于我来说,这两部书是我进入社会语言学领域最初的系统论述;我对社会语言学所持的观点,基本上在这里面阐发了。这两部书受到学术界和广大读者的欢迎,我所景仰的前辈学者作家如叶老(圣陶)、夏公(衍),以及吕老(叔湘)都给我很多鼓励和教益;甚至有我尊敬的学人将它过誉为开山之作,我当然领会这只是对我的鞭策,因为人们都知道,在这个领域里,前辈学者如赵元任、罗常培、许国璋等都进行过卓有成效的研究,留下了奠基性的著作。我从他们的研究成果中得到了极大的启发,而我有幸同他们中的两位(赵元任先生和许国璋同志)有过或短或长的交往,确实得益匪浅。我自己明白,我这两部书之所以受欢迎,主要是时代的因素和社会的因素促成的;我只不过是在填补一个绝灭文化运动结束后留下的真空,说出了读书人久被压抑的话语罢了。两书出版后没多久,我本人也就从业余单干户转而为语言工作专业户,即从纯理论性的研究走向与实践相结合的道路,有机会在实践中检验自己的观点是否正确,是否可行。实践是愉快的,这愉快至少胜过在书斋里独自沉思;正如一个哲人所说,哲学家历来都是用不同的方式去解释世界,而问题在于改造世界。我有机会去进行某些哪怕是微小的变革工作,也实在感到高兴。本卷所收《社会语言学专题四讲》(1988),便是实践的部分见证——这部书是我当年为中国社会科学院研究生院语言文学应用系作辅导报告的讲稿,收入本卷时,把书名《专题四讲》改为《方法论四讲》,这是日本青年汉学家松冈荣志先生将此书翻译成日文时作的改动，这样改动可能更切合演讲的内容。

我把第二卷题名为应用社会语言学，第一部分收载了我在《辞书和信息》(1985)一书中的五篇主要论文。这五篇以"释～""释～"为题的论文，是1980至1984五年间即我个人"专业化"以前的研究结果，其时我正在全力为实现1975年制定的中外语文辞书规划而奋斗。这一组论文是透过辞书工作来观察语言现象的论著，感谢《辞书研究》杂志每年都让出篇幅给我发表其中的一篇。我喜欢这几篇东西，我的许多朋友，包括日本语言学界的朋友，也喜欢它们；之所以喜欢，大约因为这几篇东西探索语言学跟其他学科"综合"的道路，充分显示社会语言学作为一种边缘科学的特征。这组论文另一个特点是贴近生活，当语言学跟社会生活密切结合在一起时，它才能为群众所喜闻乐见。编入本卷的还有两部单行本：《在语词的密林里》(1991)和《语言和人》(1993)。《在语词的密林里》是很特别的语言随笔；它的头半部曾在《读书》杂志连载，赢得了许多读者的喜爱，有几位语言文学界的老前辈，也给我很大的鼓励；以至于我说"啡啡"（再见）时，引起读者多人的"抗议"。我手边还保存着好几封"抗议"信；这些抗议信，对于作者来说，无疑是最高的奖赏。至于《语言和人》一书，则是我在应用社会语言学的框框下所作的演讲、报告、论述；成书时都曾加以剪裁，有的又是几次演讲的合编，有的却是原封不动的记录。我认为所有这些就是应用社会语言学的内涵。

第三卷是单篇论文的汇编。论文大部分作于80年代到90年代。举凡我在国内外学报或报刊上发表的论文以及在国内或国际学术讨论会或报告会上的发言，基本上都收集在这里了。原用外文写成的论文，改写汉语时曾加某些改造。本卷一部分论文采自《社会语言学论丛》(1991)和几本杂文散文集，另外一些则从未发表过。编辑本卷时按文章的性质大致分排若干辑，但分辑也很不严格。我想说明的是：最初一辑头几篇是我在1935年写的，论点当然很幼稚而且在很大程度上是不正确的，但它却真实地反映了30年代语文运动（拉丁化新文字运动）的风貌和作者本人当时的水平；我想，作为史料编入本卷，是有意义的。最后的一辑是我主编的一系列应用语言学集体著作（即《现代汉语定量分析》，《现代汉语用字信息分析》和《汉语语言文字的信息处理》）的序论；所议论的主题，涉及语言信息学的内容，读者如要进一步了解，只好请找原书查考了。一组关于术语学的论文是我访问了加拿大两个术语库后所作的，那时术语学在国内刚刚兴起，因为实际生活需要它；当年成立了两个研制审订术语的机构，而我的论述就起了抛砖引玉的微小作用。

编辑这三卷文集时，对过去已刊书稿的观点，不作任何改动，以存其真；这是实事求是的历史主义态度。原作疏漏之处或笔误排误，则尽可能加以改正；少数地方还加上注释（用［注］这样的符号，排在有关处）。在这里我得特别感谢柳凤运——她在帮助作者编辑本书的过程中，几乎把整整一年的业余时间都投入这项工作，逐字逐句认真校读了所有这三卷书稿，提出了有益的意见，使作者有可能改正一些疏漏和完善某些论点。本书的附录也是她做的。

最后，对热心出版这三卷文集的出版家和处理本书的编辑、校对、装帧工作的同道们，同时对过去出版过或发表过我的著作的出版社、杂志社的同道们，我也表示最诚恳的谢忱。

著　者　1996年春于北京

附1：后记

这部文集第一卷发排时，我写了一篇《付印题记》放在卷首，好像把所有要说的话都交代清楚了；然而过了大半年，三卷编完，却发现有些话还没说够，只好再写这篇后记了。

此刻，直到此刻，我才觉察到编文集是一件苦差事。一个认真的学人，绝不能满足于将过去出过的单本著作和论文随便汇编起来，便成多卷本文集。这里有个因时间的推移和学术的进步而引起对旧作的重新评价问题，因此派生出一个取舍问题，当然还有补充、订正的问题；就是保持原样，也得经过慎重的思考。所有这些问题解决了,也还有因为汇编在一起发生了前后照应,先后矛盾,以及排印格式不协调等等有待妥善处理的东西。所以,虽只汇编三卷书,也花费了长达一年的劳作,才能完工。

通常出版者的心情都是很矛盾的:它既担心编者草率从事,却又希望编者尽快交稿。其实编者的心情也同样的矛盾。过去一年间,我和凤运就是在这种矛盾的心情下度过的——她牺牲了差不多一年的业余时间和精力,帮我阅校编辑这三卷文稿,我没有别的好说,只能感谢她。我们的心情是:又想快,又要认真;尝到了古人所谓鱼与熊掌不可得兼的味道。图快,是因为想赶快做完这项乍看无需动脑筋的"事务性"工作,以便进行别的自以为是创造性的劳动;但一着手做,这才知道我们所做的并非单纯的事务性工作,草率不得,也快不起来。出版社很理解我们的心情以及我们的苦衷,跟我们保持着良好的合作;有时紧催,有时又原谅我们"拖延",这使我们很感动,也很感激。

初步选定内容,编为三卷,列出拟目——这项工作进行得比较顺利。其中卷一和卷二,基本上由已出过单行本的著作组成,编选工作进行得较快,后来也没有很大的反复。卷三的编目则一改再改,原先设想把《社会语言学论丛》一书大部分论文删去,包括几篇题名为《札记》的资料性文章,留下的部分,补上近年发表的有关语言现象的散文和杂文。但是在编选过程中,改变了这个设想。由于《论丛》一书只印过一千册,能够看到的人实在太少,所以后来决定保留了这部论文集的大部分篇章;而原先选定的散文和杂文,则因为那些集子销行较广,看过的人不少,而它们又大都不属于专业性的论文,因此把这部分选定的文章都割爱了,只留下专业性较强的很少几篇。至于《札记》部分,不但没有抽去,而且从我的未定稿和残稿中,选取了饶有兴味的另外几篇,冠以《札记》的标题编入本卷。这样做,不但由于我认为在学术领域,《札记》这种文体适合自由表达未成熟的思想(读者当会记得我的第一本社会语言学著作《语言与社会生活》的副标题,就是《社会语言学札记》),而且所有这几篇札记,都是我前些年研究语言信息学的准备。这些札记是我从语言信息的角度关于控制论,信息论,神经生理学,概率论的读书笔记或研究随感。自然,如果一一加以展开,也许可以成为信息学基础的论文雏形。

编校的程序大致是这样的：编入的文稿先由我通读一遍，改正一些明显的笔误和排误，然后由凤运校读，在校正疏漏的同时，提出疑问或意见，经我们两人面对面认真加以商讨，然后交给我重读时考虑：该改正的改正，该加注的加注。该原封不动的就原封不动。我的改定稿回到凤运手中，若她还有疑虑，我们又再商量要不要进行修改。我使用"改定稿"一词，含义包括删、改、不改、加注这四种处理方法。凡是论点上的问题，即使原来阐述得不够贴切，不够准确，都不予改动；少数地方经过商讨，加上小注。只有这样，才能知道我的学术思想的脉络。这也就是尊重历史。尽管多数值得商讨的地方，最后都没有改动，但都经过我和凤运缜密的考虑和切磋。改动得较多的是文字表达上的一些疏漏错误。这样的工作程序是烦人的，它消耗了我们大量的时间和精力。定稿交到出版社，又由责任编辑审读，提出意见，我们对提出的意见，哪怕是一个字或一个标点符号，都加以认真处理。我在这里谨向出版社的几位责任编辑一丝不苟的精神，表示衷心的感佩和谢忱。

书末有两个附录，一个是若干专门名词汉英对照表，另一个是凤运整理的对话录。对话是围绕着我如何研习语言和语言学以及我对某些语言问题的看法进行的，因此可以说《对话录》展示了我在语言学这个领域走过的路。出版社原先想让凤运为我编一个研究著述年表，我婉言谢绝了；还是用对话录来代替年表的好，只有大专家才配编年表，而我不是。

读者不难发现，这三卷书的体例格式不完全一致——这个问题困扰着出版社编辑部，他们多次向我们提出，促使我们注意。他们的善意和顾虑是可以理解的。但是我一向认为体例、形式、格式，包括例如目录的排法、小标题的式样，用脚注还是用篇末注、数字的写法等等，都理应服从内容的需要。换句话说，内容决定形式。不同的内容，不同的场合，应当允许用不同的表达形式和编排格式，不能一刀切。对于这些乍看不一致的地方，希望读者不要责怪我们的出版社粗心大意。也希望专门做检查不规范工作的同志们，理解出版社为什么"迁就"我们这种外表"不一致"的理由。

好了，现在一切都过去了，三卷书不久就呈献在读者面前。西方有个哲人说过,要惩罚一个学人,不必把他关进监狱,只须罚他去编词典就行。我有幸从未被罚去编词典。但是如今我可以补充一种说法,那就是:要惩罚一个学人,最好罚他去编自己的文集。我在这上面已经隐隐约约表述过编自己文集的苦恼。我受罪是活该,而凤运却是跟着我无辜受难了。此刻,三卷编完,我仿佛又一次"解放"了我自己。而凤运当然也可以从此"解脱"了。

临末,我首先要感谢的是读者,万万千千相识的和不相识的读者,过去和现在的读者,他们自己掏钱买我的书,然后花时间和精力读我的书;其中有些还听过我的演讲,他们聚精会神地听讲的神态,至今还留在我的脑际。有些读者写信给我,给我鼓励,给我鞭策,同时也给我提出这样或那样的问题;更多的读者虽然没有跟我直接接触,但我可以想像到他们的心态和神态。正因为广大的读者支持我,激励我,我只能把我所有的成果奉献给他们。因此,这三卷集子,首先就是奉献给他们的。

借此机会,我想对出版过我的语言学著作的出版家们和责任编辑们表达我最诚恳的敬意和谢忱,他们的劳作使我的文稿更加完善,而且通过他们,我的成果能够顺利地到达广大读者的手里。他们是:

《语言与社会生活》　　　　　三联书店(港、京)
　　　　　　　　　　　　　　责任编辑:钟洁雄
《社会语言学》　　　　　　　学林出版社(沪)
　　　　　　　　　　　　　　责任编辑:林耀琛
《社会语言学专题四讲》　　　语文出版社(京)
　　　　　　　　　　　　　　责任编辑:田树生
《辞书和信息》　　　　　　　上海辞书出版社(沪)
　　　　　　　　　　　　　　责任编辑:〔缺〕
《在语词的密林里》　　　　　三联书店(京)
　　　　　　　　　　　　　　责任编辑:袁春
《语言和人》　　　　　　　　上海教育出版社(沪)
　　　　　　　　　　　　　　责任编辑:冯战
《社会语言学论丛》　　　　　湖南出版社(长沙)
　　　　　　　　　　　　　　责任编辑:刘刚强

同时我得向发表过我的论文的国内外杂志及其主编们致谢，他们的劳作成为我跟读者沟通的桥梁；请原谅我不可能在这里一一列举他们的名字。

1996年10月于北京

附2：台湾版序言

《语言与社会生活》、《在语词的密林里》、《语言与语言学论丛》三卷书是我在中国大陆改革开放二十年间（1978—1998）从事社会语言学研究和实践的著述汇编，原书三卷合售，名为《陈原语言学论著》。对于学术研究而言，二十年不算长，但如果从30年代参加语文运动算起，我涉猎语言和语言学的领域已虚度了六十载；其间战争、革命、建设，加上60年代中期发生的社会悲剧（"文化大革命"）……迫使我不能专心一意进行研究工作，直到70年代末80年代初，才有可能逐步走上专业研究的道路。

台湾商务印书馆2001年版封面

去年，有评论家认为我同我的许多可敬的先行者一样，之所以献身于语言学研究，是从中国知识分子忧国忧民救国救民的愿望和理想出发的；进行这样的研究，其目的是要改革传统的书写系统，以利于开发民智，振兴中华。

评论家指出我是这些先行者中最年轻的或者最后一批中的一个。这个论点言之成理，可能是对的，我不想作出评论之评论；但是我自己知道，我确实是从改革汉字系统即通常说的文字改革的斜面切入语言学研究的。毫无疑问，我所崇敬的先行者们，如陈独秀、胡适、钱玄同、赵元任、刘复、黎锦熙、吴玉章、胡愈之……他们也多少是从改革汉字系统即文字改革切入语言学领域的。我本人不至于如此狂妄，竟敢跟这一群可敬的先行者相比，只应当说，我也是依循着他们的脚印走他们走过的路罢了。

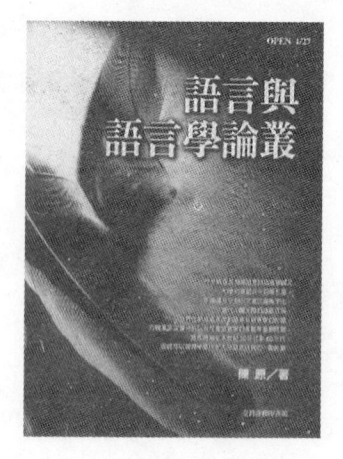

台湾商务印书馆 2001 年版封面

我青少年时代参加语文运动，谈不上什么研究，但是这项活动却引诱我对语言和语言学发生浓厚的兴趣。为了改革文字的实践，我曾不得不去研习语音学、方言学和普通语言学。我作过粤方言的声调研究，写过论文，参与过粤语拉丁化（即用罗马字母记录和书写广州方言）方案的制订，编过这方面的课本，那些成果当然是浅薄和可笑的，为了展现历史的足迹，在《语言与语言学论丛》中收载了六十年前为捍卫和宣传改革汉语书写系统的几篇幼稚的论文，虽则会令后人发笑也在所不计了，因为它不仅记录了我个人的而且记录了我同时代人的脚印。上面提到过，在这之后，战争与革命使我在这个领域沉默了几近四十年，直到我行年六十，才有机会重理旧业。

应当说，我重理旧业的头一阶段是从字典辞书研究开始的。1973 年，由于我推荐出版《现代汉语词典》，被当时推行文化专制主义的极"左"分子（后称"四人帮"）诬陷为"反动势力复辟"——后人惶惑不解，一本词典能够形成"反动势力复辟"吗？但这是当时中国大陆的现实。用当时的语言来说，是我挨了"沉重的棍子"。这棍子打得好，它使我有了差不多足足两三年时间，去通读几部著名的中文和英文词典，并且结合着我青少年时期所获得的语言学一知半解的知识，从实际出发，日以继夜地去钻研词典编纂学，旁及社会语言学和应用社会语言学。"赋闲"不仅锻炼了人的意志，它还诱导人进入一个迷人的学术王国。这段事实，记录在《语言与语言学论丛》一书附录柳凤运写的《对话录：走过的路》里。而收载的《语言与社会生活》就是这个时期最初的研究成果。之后，时来运转，我有幸参与了制订编纂中外语文词典十年规划，并且在随后大约五六年间跟踪这个规划，为实现这个规划而奔走呼号，有时甚至为某部词典的某些词条做审核定稿的工作。从实践所得的或者引发的有关词典学或语汇学的一些观点，大致写入我的五篇题为释什么释什么的论文，我自己很喜欢这几篇似专论又似杂文的东西，我的一些日本语言学界朋友也很喜欢它们，所以在东京出版了日文译本。尽管这五篇文章的某些观点，我在后来的研究中改变了，但我不想去修改它，仍照原样收在《在语词的密林里》，读者可以从我后来的论文中看到我的观点的改变。

我的研究工作后一阶段，是从 1984 年开始的。从这一年起，直到退休，我投身于文字改革和语言文字规范化的实务，成为一个专业的语言工作者了。虽然行政工作消耗了我很多时间和精力，但是实践对我的研究仍有极大的好处，它经常修正或深化我的认识和观念。无论如何我在这个阶段仍然有足够的机会从事理论研究和教学工作。这个时期的成果，见《在语词的密林里》收载的《语言和人》以及《语言与语言学论丛》所收一些专门论文。

80 年代初，当我从封闭的中国走向开放的世界时，60 年代兴起的信息革命，已经在我们的星球上开出灿烂的花朵，我有幸在美洲在欧洲在日本结识了从事当代跨学科研究的语言学家和信息科学家，他们诱导我迅速接触了新的科学。这使我思考了和研究了一些从前没有想到过的语言学新问题，包括现代汉语若干要素的定量分析和信息分析以及术语学、语言信息学等等（有一个时期，人们把这一类工作称之为"语言工程"）。记录这个时期我走过的路的，主要是收在《在语词的密林里》的《语言和人》跟《语言与语言学论丛》的许多论文、演讲稿、报告提纲和未成篇章的札记。有些札记不过是我准备写作《语言信息学》的素材，未成体系，鉴于余日无多，便顺从我的知友的劝告，也把它印出来以供同好。

三卷书所收单行本著作，比较有影响的一种是《社会语言学》（1983），此书出版以来，印过多次，国内外也屡有评论介绍。也许因为它是近年来国内这一学科的第一本系统著作，也许因为它并没有采取教科书式的枯燥写法，所以受到读书界的欢迎和学术界的关注。我在此书中论述了和阐明了社会语言学的一些重要范畴（其中一些是前人未曾涉猎过的），但遗憾的是它没有接触到这门学科一些非常重要的范畴——例如语言的变异、语言的文化背景等等。后来我在另外的场合，试图作补充的论述——例如在《社会语言学方法论四讲》中，论述了语言的变异，可是对另外一些范畴仍旧没有触及。

前几年曾想过将问世多年的《社会语言学》彻底重新改写，试改的结果，发现难于下笔，可能是原书写时一气呵成，修改还不如另起炉灶。因此我放弃了这个念头。此书虽然有这样那样的缺点，可是也有可取的一面，即书中所有的推导都是立足于我们中国的语言文字作出的，即从汉语特别是现代汉语出发进行研究的，涉及外语时也是从比较语言学特别是比较语汇学出发的，跟某些根据外国专著改写的社会语言学书籍有所不同。多年来我得益于国内外这门学科的先行者，特别是赵元任、罗常培、吕叔湘、许国璋诸先生，我从他们的著作或言谈中，得到很多启发，如果没有他们的言行指引，我现在这一点点的微小成就也不会有的。饮水思源，我感谢他们。

80年代末，我应邀同美国学者马歇尔（David F. Marshall）一起，共同编辑了一期《国际语言社会学学报》（*International Journal of the Sociology of Language*），即第81本《社会语言学在中华人民共和国》（*Sociolinguistics in the People's Republic of China*）专号（1990），国内著名的社会语言学家都在上面发表了著述。这个学报在国际上久负盛名，发刊于1974年，每年出版三数本，主编是著名的美国社会语言学家费希曼（Joshua A. Fishman）。专号首页有题词，虽简短但情意深长。它写道：

  本专号是美中两国社会语言学学者合作的成果。两国学者之间有着太多的东西可以互相学习，而曾经显得那么宽阔的大洋，将变得愈来愈容易跨越了。

专号有两篇导言，一篇是马歇尔写的，一篇是我写的。我在导言中强调，社会语言学在中国最重要的特征是它从一开始就带着实践性，我指出我国的社会语言学研究着重在应用，即将社会语言学的理论应用到文字改革、语言规划和语言规范化等等方面。我这篇导言的改写本，在《在语词的密林里》的《语言和人》中（第十四章）可以看到。

现在，我作为一个立足于现代汉语的社会语言学者，将这些年我对这门学科探索的微薄成果，贡献给海峡那边的读书界和同道，使我有机会向他们请教，这无疑是最愉快的事。出版者说，由于众所周知的原因，海峡那边的读书界对我这个人是很不了解的，希望我作点补救。语云："读其书而不知其人，可乎？"确实如此。我理解出版者的心情和好意，但是我缺乏观察我自己的能力，何况自己介绍自己总带着某些偏见。好在有附录《对话录：走过的路》和本版增加的同一位作者写的《陈原其人》，着重写了作为"人"的陈原（而不是一份履历书），也许略能弥补这个缺陷。

最后，为着这三书的出版，请允许我向海峡两边的出版者致以最诚恳的敬意和谢忱。

陈　原　1998年7月16在北京

[题注]

《陈原语言学论著》，陈原著，辽宁教育出版社1998年2月出版，共三卷。台湾商务印书馆2001年2月作为"OPEN 1——最前端的思想浪潮丛书"之25《语言与社会生活》、之26《在语词的密林里》、之27《语言与语言学论丛》出版。

三卷本主要辑录了陈原从事社会语言学研究以来的专著以及部分单篇论文。

《海外游踪与随想》前记

这不是一本旅行记,更不是一本政论集。这是作者多年来在域外旅行的见闻和随想。呈献给读者的不是迷人的风景画,无宁是引人沉思的风俗画。当然加上了作者自己当时的见解,甚至不免带着若干偏见。收在集子里的仅二十三篇,或写景物,或抒发感情,不拘一格。文中还插了一些景物图片,或装饰图案,这些也都是域外的美术作品或摄影,我想读者会喜欢它们的。

作 者 1982年春在北京

湖南人民出版社1982年版封面

[题注]

《海外游踪与随想》,陈原著,湖南人民出版社1982年12月出版,插图46幅,是散文随笔集。内容有《丹麦纪行》(4篇),《东京书简》(1篇),《英伦书简》(6篇),《巴黎书简》(1篇),《巴西纪行》(3篇),《在美国》(4篇),《为理想而奋斗的友谊》(给一个外国朋友的信),《欧游随想(1939—1979)》,《八十年代的挑战》(写在七十年代最后几天里),《勇气和信心》(一九八一年新春展望)等。

《书林漫步——续编》序

三联书店1984年版封面

　　本书是前年重版的《书林漫步》的补卷或续编。这部续编，如同它的正编一样，既不是学术专著，也不是通常意义的杂文集；它只不过是一个在浩瀚书林中漫步的求知者随手写下的札记汇编，或者是被称为"杂家"的编辑工作者的读书笔记和随感录。

　　这部小书共收文章五十三篇，长短不一，风格各殊，涉及历史，语言，文学，艺术，文化，出版以及其他知识领域；我把它们分成四辑，即史林，语林，艺林和述林，每辑的文字大体按写作或发表年月顺序编排。这些文章中，约有四分之一写于解放前那艰难的岁月里，行文有时显得晦涩，观念也不太明朗，常常显得欲言又止的样子，虽经剪裁，但立论仍保留原来的样子，以见当时的社会风貌和作者的思想状况。其他各文亦都经作者自己的适当删削修补，文字与发表时略有不同；有几篇原文系用外文写成的，译成汉语时顺手作了更多的修改。

　　《史林》八篇，都是60年代上半期研读史书时所作的札记。那时候作者卧病在一个医院里，偷闲细读了好些中外史籍（有些外国书是朋友从很远的地方找到借来的），围绕近代史的开端——鸦片战争前后这一历史时期，胡乱写下二十余册笔记，但整理成文的仅十多篇，有几篇（如《林则徐译书》)已收在《书林漫步》里,剩下的都收在这里——在动乱中散失的则不去管它了。在这些札记中,作者力图用科学的观点去剖析史实,特别是对外国入侵者加以无情的鞭挞,也许动了感情,因而行文不免有偏颇或疏漏的地方。作者在研读历史文献时深感要剖析这段史实,必须从中华民族的尊严和解放斗争的基点出发。这几年看到少数几篇论述中外早期关系史的文章,不敢苟同,它们有意无意把那个时期一些不那么光彩的事实都美化为"友谊",这不是科学的态度。友谊不是屈膝的同义语;不能把欺压误认为友谊。遗憾的是八篇札记都没有写到友谊,这也没法,我所处理的那一段史实就是这样。

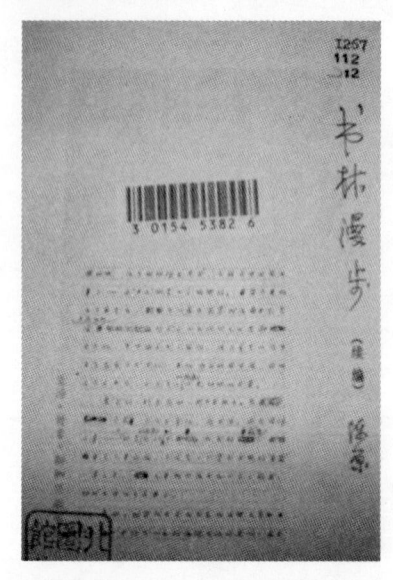

三联书店1984年版扉页

《语林》所收十篇,除两篇外都是近几年所作——作者关于语言学和词典学的一些专门报告和论文,一篇都没有收。这一辑的头一篇《垂死时代的语言渣滓》是四十二年前的旧作,曾发表在烈士石辟澜主编的《新华南》杂志上,主题讲的是语言——特别是语汇——决不因为革命成功而突然废止,代之以全套新"语言",这个论点是对的,但题目显然受了作者那时崇拜的马尔"语言新学说"的影响,又是"垂死",又是"渣滓",不过文中立论却同马尔的语言阶级性学说以及语言爆发革命的"理论"相径庭的——因此仍收在这里。

至于《艺林》所收各文,早年所写的都还保留着一些时代烙印——三篇"艺术散记"显得更突出些。这三篇东西是计划写的一系列散记(打算触到建筑、装饰、音乐、美术各个方面)中的头一批,因为解放战争发展比预想的快,作者被转移去"务实",不能不中止写文章了——这"中止"倒是十分愉快的。留下来的这三篇东西,可以看出深受战后进步艺坛严厉批判形式主义和现代主义思潮所影响,某些论点失之偏激,但文章是从作者亲身感受出发写的，并非抄自外国评论，因此还有点用处，至少可以从侧面听见时代的足音。

最"杂"的是最后一辑《述林》。有杂感，有读书笔记，有书评，还有论辩文章——大都是解放后针对书而发的感想，卑之无甚高论，不过是一个漫步书林的"杂家"一得之见，如果能对读者有一点点启发，那就太使作者高兴了。

最后，我想向所有为发表我这些文章和出版这部小书付出心血的编辑、出版同道们，表示我真诚的谢意——如果没有这些默默无闻地工作的同志们辛勤的努力（包括"挤压"作者在内），也许我连一篇文章也写不出来的。

陈　原　1982年7月

附：新版题记

《书林漫步》和《书林漫步——续编》脱销已久，三联书店有意将两书合成一册重印；编辑部审读后，把若干篇现在看来没有什么意义的文章删去，提出了一个合编篇目。我翻读全书，在这个篇目的基础上略作调整：保留了编辑部原拟删去的几篇，同时删去了更多的几篇，共得75篇。重排时打乱了原来正续两编的排序，按各文写作或发表先后为序。文章内容和文字都没有作任何改动。因此，我想请买过《书林漫步》和《书林漫步——续编》的读者注意，千万别买重了。

作　者　1997年12月于北京

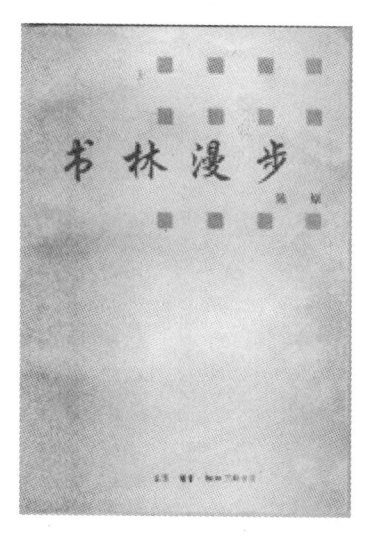

三联书店1998年版扉页

[题注]

《书林漫步——续编》，陈原著，北京三联书店 1984 年 6 月出版。该书是作者继《书林漫步》之后出版的又一本读书札记集。作者 1997 年将《书林漫步》和《书林漫步——续编》合成一册，由三联书店 1998 年 8 月出版。插图 28 幅。新版删去了一些文章（《他们欠了我们的债》、《两副面孔之类》、《枉费心机》），打乱了正续两编的排序，按写作或发表的先后排序。该书记录了作者在不同时期读书、读史、读社会、读人生的感受，既有从书里看书外，也兼谈书人和书事。

《人和书》前记

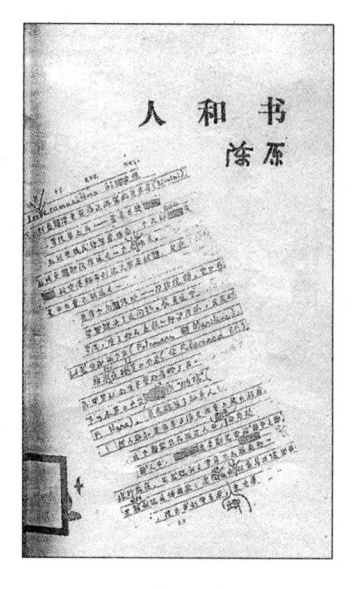

三联书店1988年版封面

这本集子所收散文或随感三十四篇，是我十年来应报刊之约而写的，其中只有六篇没有发表过。

以《旅行纪事》为题的一组随感，前十六篇曾在《读书》杂志上陆续刊登，收到海内外读者热情的反应。最初我本想把十年间的出访经历，写成一部比较有分量的书，连副标题也想好了，叫做《语言的、文化的、社会的、历史的札记》，但是正所谓"志大才疏"，书没有写成，只留下一堆笔记本和根据这些材料写成的随笔二十一篇，都收在这里。除此之外，我还写过美国、法国、巴西、丹麦的旅行记，因为体裁不一，且已辑录在《海外游踪与随想》一书中，这里就不再收入了。

这些年我的许多尊敬的师友，在那灾难的日子里和在那以后陆续离开了人世，我时常怀念他们；为此，我写下了十三篇怀人的散文，最初的几篇发表在创刊不久的《散文》月刊时，承编者的好意，给起了一个栏名，叫做《往事漫忆》，现在就用它作为这一辑散文的总题。每次重读这些文章时，它们仍然使我很激动；但毕竟是怀人之作，不免略带悲凉的情调；所以后来不想再写了。无论如何，这十三篇也总算记录了我们经历的这个严峻而又荒唐的时代的侧影，和我自己的真实的感情，所以通通收集在这里。

我非常欣赏三联书店主持人的建议，尽可能多收些有关的图片，也许借着这些图片，我的这个集子才不至于使读者读来厌烦，这样就太好了。

陈　原　1986年11月25日

[题注]

《人和书》，陈原著，北京三联书店1988年12月出版，系"读书文丛"之一。该书是散文随笔集，分旅行纪事、往事漫忆两部分，有多幅插图。

《在语词的密林里》后记

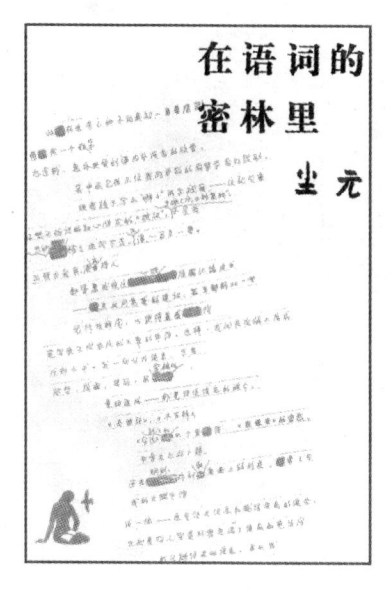

三联书店1991年版封面

收在这本小册子的最初一百条随感，曾在一个杂志连载，意外地受到海外读者的欣赏，其中还包括几位我所尊敬的前辈学者的鼓励，但我终于写上"哞哞"两字搁笔——这就引来好些不相识的知心朋友的"抗议"。专栏已停，不能"复甦"；于是我只好悄悄地写下去，又得一百零一条。三联书店京、港主持人都怂恿我将这一堆随感汇编成书——并且同意我的建议，每页都酌加一些装饰性插图，以便掩盖我信笔写来不成体统的文章的单薄。这样，我就在病榻上编成这部小书。

我一向认为语言，乐音，雕塑，绘画，建筑，其实彼此是相通的——都是传递信息的媒介。《长恨歌》，《木兰辞》，《命运》敲门那四个音符，《思想者》的姿态，甲骨片上的卜辞，还有铜刻、碑刻和岩画上的形象，常常在我的大脑中浑成一体——这是语义信息和感情信息的混合，也就是哲人罗素所谓充满了信息的电话簿所不能传达的信息。我从我手头的材料中选取了几百幅与随感并无直接关系的图片，插编在小书里，也许某些形象会引起读者某种联想，——而我却并不——但愿他们只作为"浑然一体"的美的享受，不去深究也罢。所选各图，大都是线画，取其在不光滑的纸张上也能印得出个样子来。读者不难发现，所辑图片不免有点厚古薄今的味道：传统文化中的殷周秦汉，甲骨金文，碑刻石刻（可惜没有勾出一些岩画来），海外的则有玛雅、阿兹特克古文书，希腊埃及古图案以及文艺复兴前后的书籍插图。够古的了。古得美，够装饰味，所以选取了；但也有几张现代主义的作品，如毕加索的，——恕我冒犯了——也很够装饰味。至于带有什么语义信息或感情信息，我也说不上。这里只能请美术家、装饰画家、考古学家以及语义学家们原谅我的胡编了。

忽然记起一海外学者曾向我说过：中国的语言环境好到不能再好，语词的丰富简直无与伦比。编完这本小册子，才体会到信哉斯言也！是为记。

《在语词的密林里》插图

作　者　1990年4月5日

[题注]

《在语词的密林里》，尘元著，北京三联书店1991年6月出版，系"读书文丛"之一。1998年收入辽宁教育出版社出版的《陈原语言学论著》卷二，台湾商务印书馆2001年作为"OPEN 1——最前端的思想浪潮丛书"之26出版，副题为"应用社会语言学"。该书收入谈论语言现象的随感201条。每页插入装饰性插图，附图片索引。日本大修馆1992年6月收入「中国のこてとばと社会」一书出版（松冈荣志译）。

《记胡愈之》开篇

香港商务印书馆1992年版封面

非常抱歉，我的回忆往事只能从众多读者所不熟悉的世界语（Esperanto）①活动开始。我确信这样的开篇是合适的，因为要追述作为一个人的胡愈之，作为一个文化人的胡愈之，作为一个伟大的爱国者和国际主义者的胡愈之，如果不从这里开始，那就表明这样的追记并没有深入到这位智者的内心世界。

从1913年到1986年，在这漫长的七十三年间，经历了多少风风雨雨，胡愈老②为民族解放，为文化事业，为振兴中华，为世界和平，贡献了他的全部精力。他从事政治活动，文化活动，社会活动和国际交流活动，但他一刻也没有离开过世界语。世界语——这是他的希望，他的理想，他的武器，他的高尚的精神境界。通过世界语的关

---

①　"波兰医生柴门霍夫（L. L. Zamenhof 1859—1917）在历史上第一个成功地创制了一种国际语方案——世界语，并且成功地把世界语推行到许多国家中间，使它成为各民族之间的交际工具。……柴门霍夫绝不是为世界语而创造世界语。他还有一种更远大的理想。1887年当他第一次发表世界语方案的时候，他不用他的真姓名，而用了'希望者'（Esperanto）这个笔名。'希望者'后来就成为世界语的正式名称。'希望者'希望的是什么呢？从柴门霍夫用世界语创作的诗篇《希望》可以看出，他希望长期以来分裂的各民族团结起来，建成人类的友爱的大家庭。"——摘自胡愈之：《希望正在变成现实》（1959年12月15日《人民日报》）

②　胡愈老是我们这些后辈对他的尊称和昵称。

系，胡愈老在三十年代初（1931年）游历了正在进行第一个五年计划的苏联——他以简朴而富于情感的笔调，报道了"人的新世界和新世界的人"。他的报道吸引了万万千千的年轻人参加到民族解放和进步文化事业中去——而我，就是其中的一个。

世界语是胡愈之为社会进步奋斗的起点，当然不是胡愈之的一切。他在很多方面作出了超乎常人的奉献。他是一个开拓者；他撒种子，铺摊子，他辛勤地耕耘；他开辟了一个又一个的园地，让别人去收获；随即他开拓另外一个新园地，然后播种，然后耕耘，然后留给别人去继续他的垦荒工作。胡愈之辞世后，他的同时代人"揭发"了这个开拓者的奥秘，人们在很多卓有成效的事业中重新"发现"了他。然而在所有他开垦过的园地，留下了他认真的，勤谨的，踏实的脚印。对于他，真理是具体的；他发现了真理，他就坚韧不拔地去追求它。他具有一个智者——一个革命的智者所能持有的最崇高的品德：勇敢，务实，谦逊，澹泊。

我有幸从1949年起就在胡愈之手下工作，在不止一个方面受到他的熏陶。特别在那"史无前例"的十年浩劫中，我陪同胡愈老挨"斗"；而在那十年的后期，我们在他汪芝麻胡同49号的客厅书房里无话不谈。我后悔没有记下他的谈片——那时他记忆力还好，他给我说了无数的"往事"，比他后来的《回忆》生动得多。但这不要紧，他的奉献精神和风貌，永远长留在我的、我们的脑际，仿佛胡愈之仍然活在我们中间。我从来没有想到要留下他的便条或记下他的言谈，我总以为他会永远同我们在一起。而他确实永远活在我们中间。

我永远忘不了最后的会晤。他拉着我的手，轻轻地说：我好像什么力气也没有了，好像都停止不动了。我吃了一惊。我愣住了。我什么也不能说。那是在1985年年底，离他辞世只有两个星期。

他辞世后五年，我在海外同几个知友穷聊忧国忧民救国救民的智者群像——他们一个一个地浮现在我们脑际：从张元济到胡愈之。几个朋友都还年轻，他们见过胡愈老几面，却都留下了极深刻的印象——也许这印象是读他的书得来的，也许是从他开拓的园地得来的；只有我在胡愈老左右工作了三十年有余。我不能自已地想把胡愈老在我们中间的往事追记成书，朋友们都怂恿我去实现我的妄想。不久，我回到北京，风沙，炎热，但我的痴想与日俱增，终于排开我手头的所有工作（那些工作比起我的梦来是多么微不足道啊），写，写，写。我靠记忆，靠幸而保存的不完整的日记、笔记本，靠新近出版的胡愈老的《回忆》，靠翻阅我所能找到的胡愈老的旧作，终于写成这几万言。人到黄昏往往会有很奇特的想法，也许我写这一组追记文章只不过是奇特想法的一种。我知道我写时没有顺序，没有章法，没有造作，不是传记，不是评论，不是历史，我只是追记一个伟大的智者在我们中间的往事。我此刻记起《希腊罗马伟人传》作者普鲁塔克的一句名言——他说过，

> 最显赫的业绩不一定总能表示人们的美德或恶行，而往往一桩小事，一句话或一个笑谈……更能清楚地显示人物的性格和趋向。

也许真是这样的罢。但我依旧要请求读者诸君的宽恕，我只不过记下一些也许后人看来完全不重要的或者彼此不相关的琐事，恐怕也显示不出这位智者的风貌的万一。也许记下来竟是我的过错——或者不记下来更是我的过错。

1991 年 5 月 12 日

附：代序——叶籁士同志给作者的一封信

《记胡愈之》初版是在香港印行的，我送了一本给卧病在床的叶籁士同志，请他在精神好时翻翻看，告我有什么地方写得不对或不妥；因为我深知老叶跟胡愈老相知极深，为了世界语运动和文字改革事业，曾并肩战斗长达半个世纪以上。随后我就到海外讲学去了。我怎么也没有想到，他居然拖着被疾病折磨十多年的身躯，认真地把我这本即兴纪事从头到尾读完，并且用震抖着的手给我写了一封热情的信。当我在海外读到这亲切的字句时，简直感动得要哭。昨天，这位把整个生命奉献给语文事业的可敬的老战士，经过

三联书店 1994 年版封面

四个多月在医院病床上跟死神搏斗后，终于永远离开了人世。我翻读他的信，心境久久不能平静。幸亏这本小书京版迟迟不能印出，才使我有机会把他这封短简当作代序，替换我原来写的京版前言；无他，借以同时纪念我最尊敬最亲切的两位师友——胡愈老和老叶。下面是他的原信：

老陈：你那本《记胡愈之》，我大约化了个把月，才断断续续读完。文章写得好，把个胡愈老写活了；封面、装帧、插叶、图片、印刷、用字，无一不好。胡愈老如果还在，见到此书，一定会高兴的。其中看到两处，Varankin 的长篇 Metropoliteno，你译作《大都会》，他原意是《地铁》；另一处 73 年我们去日本，你说见到斋藤实一，你大概记错了，他当时早已病死。

为 Drezen 书作序，自当努力照办，但怕没有几句可说，写不成个东西。

籁士

一九九三年二月二十四日

问余荻好！

信中指出的两处错误，这一版已改正：《大都会》改为《地铁》，斋藤秀一（原信作斋藤实一）应为伊藤㭊藏，我把两个日本朋友的名字搞混了。信的最后一句提到的余荻，是他看着她长大的我的老伴，却早在去年七月先他而去了。信中还提及他要为之写序的书，是他在近十年间念念不忘的亡友徐沫翻译的《世界共通语史》，原书作者 E. Drezen，是前苏联科学院著名的术语学家，前苏联世界语同盟总书记，1937 年在肃反扩大化中死于非命；译者徐沫是三十年代活跃的世界语学者，却在"史无前例"的十年中非自然死亡，同样也可以说是死于非命。书是好书，人是好人，作者译者都是好人，虽已先后平反，却早含冤逝去；为了这好人好书，前些年胡愈老和老叶多次让我设法促成它的问世；此刻我正在请人加紧校订，可胡愈老走了，而今老叶也来不及写序就走了，这个世界真是多么无情啊！至于信中给我这本小书所加的过誉之辞，无非是前辈给后辈勉励的话，请读者不要当真看待。

陈　原　1994年2月3日

[题注]

　　《记胡愈之》，陈原著，香港商务印书馆1992年10月出版，北京三联书店1994年6月出版。内容共34节和附录《胡愈老关于出版工作的三次谈话》。北京三联版加入《代序——叶籁士同志给作者的一封信》。《开篇》一文1994年以《〈记胡愈之〉序》为题收入《书和人和我》。1995年《中国出版年鉴》"书摘与史料"栏摘录其中关于出版工作的9节文章，并加了"编者按"。

　　胡愈之（1896—1986），当代中国著名出版家、学者和社会活动家，时人誉为"与人照肝胆，见义轻风浪"的"中华民族的脊梁"。

《书和人和我》前记

三联书店1994年版封面

这部小书可以说是《书林漫步》（正编1979，续编1984）跟《人和书》（1988）的补卷。集里收载散文、随感、读书札记百篇有余，益之以几篇较长的专论，都是经历了所谓"史无前例"的十年风雨之后，在改革开放的阳光照耀下之作，其中有一半从未曾发表过，有若干篇虽已问世，却刊登在很狭窄的专门杂志中（间亦有用外文写成的），看到的人很少。大部分随感和读书札记式的东西，都是从我的笔记本抄录出来，加以润色伸展而成，确实卑之无甚高论，不过是一个在书海浮沉的求知者信笔记下的真感而已。

书分三辑，曰《书》，曰《人》，曰《我》，而以第一辑《书》所收篇数最多，约占全书的一半，其实第二辑写《人》的各篇，也大抵跟书有关，很难截然分开。收在《书》这一辑里，除了类似通常所谓读书札记的短文外，由《恶梦还是美梦》到《得奖者的心情》这11篇，是有关新科学的随感，在这以下则是几篇杂文或随笔以及一组涉及语言文字的散论。

以《人》为题的这一辑头14篇——从《梁启超与蒋方震》到《"朝拜"贝多芬》——，我称之为"书人杂俎"。"书人"一词是我对英语bookman的硬译——莎士比亚时代这个词指的是学者或学人，经过几百年沧桑，词义逐渐扩大，连出书的，编书的，卖书的，总之凡与书沾边的人，都包括在内，只有那些焚书者决不能得到这样的"昵称"。除了这14篇书人杂俎外，有两三篇却是专论性质的"洋洋大文"，那是对张元济和爱罗先珂这样两个被人遗忘的善良的人的研究。这一辑里最后一组是涉及世界语学者的，我怀念他们，记下来的虽都是琐事，却可见其为人。

第三辑《我》是同我个人有直接关系的记录，其中若干篇是《人和书》提到过的"旅行纪事"，11年前曾收在《海外游踪与随想》这部小册子中——可惜现在它的出版者再也不存在了，为了纪念这家值得我感激的出版社，我选取其中几段，加以修饰删节，收录在这里，却没有再冠以《旅行纪事》的栏名。最后五篇是书的序文，其实都可以收录在第一辑《书》中，不过因为它是给别人的书或自己的书作的介绍，所以编在这里。只有《广州行》和《在医院里》是散文，略带人到黄昏时特有的感情，也只好让它去了。

1992年春

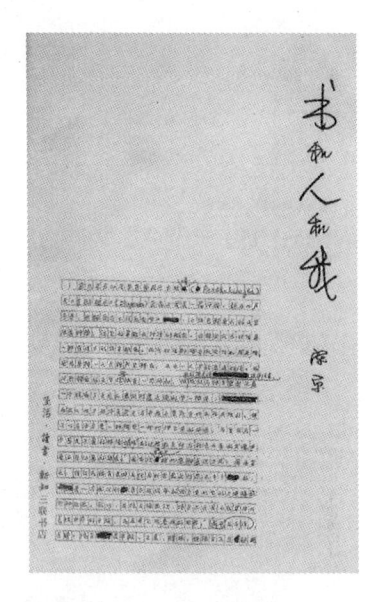

三联书店1994年版扉页

[题注]

《书和人和我》，陈原著，北京三联书店1994年7月出版。扉页作者献词是："书和人和我　献给你。"该书内容共三辑，插图42幅，封面头像为香港著名漫画家尊子所画。1995年《中国出版年鉴》对该书作了介绍。

《柏辽兹——十九世纪的音乐"鬼才"》译者前记

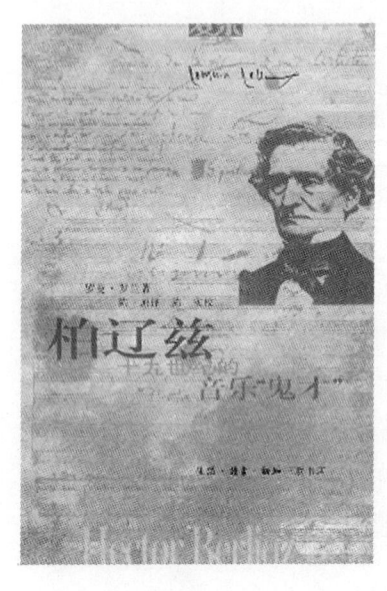

三联书店1998年版封面

在罗曼·罗兰的许多音乐学论著中，除了众人皆知的《贝多芬传》之外，我特别欣赏《柏辽兹》。这两部著作几乎在同一个时期即本世纪初完成；而《柏辽兹》这篇不太长的论著，在那战火纷飞的年代里，着实打动过我，激励过我，使我有足够的勇气和力量，在令人窒息的空气中进行"自我奋斗"。《柏辽兹》不是通常意义的传记，更不是"伟人传"的一种，它是揪人心弦的一篇散文；《柏辽兹》不是艰深的专业评论，但它却具备雅俗共赏的专业深度。《柏辽兹》这部不是评传的评传，发表于著名的《贝多芬传》问世后一年即1904年；当它在《巴黎评论》上分两期连载时，立刻就吸引着许多读者，他们激赏这篇热情与理智巧妙结合的美文。读者心目中自然而然出现了这样的遐想：难道柏辽兹不就是贝多芬真正的"传人"或继承者吗？是的，柏辽兹正是法国的"贝多芬"，是用法兰西民族思维创作乐曲而不是沿袭那时支配法国（甚至欧洲）乐坛的德意志思维去谱曲的"贝多芬"。就是这个被红极一时的瓦格纳不无讽刺地戏称为"鬼才"的柏辽兹，他摆脱了对外来影响的盲目崇拜和模仿，冲破了传统的一切不合理的清规戒律，却从传统的深处吸取健康有益的精神力量，反映出时代精神和民族气派，"终于给欧洲一个最伟大的共和国打下了国民音乐和民众音乐的坚实基础"——罗曼·罗兰在这里说的共和国就是他们（罗曼·罗兰和柏辽兹）共同的祖国法兰西。柏辽兹不愧为法国人民的儿子，法国自己的音乐家，法兰西乐派的开山之祖，是上个世纪在这个曾经漠视过音乐女神的国度里进行音乐革命或音乐革新的大力神。在这篇作品中，罗曼·罗兰冷静地、无情地解剖了柏辽兹；同时又热情地怜悯他和赞美他。正是这个柏辽兹，他的天才有如火山爆发，在短暂的年代中迸发出充满了活力和豪情的许多乐曲——然后火山突然熄灭了，这个曾经热情奔放，一手拿着火枪，一手谱着乐曲的柏辽兹，退回到他原先的出发点，从同情革命、讴歌革命退到诅咒革命甚至谴责群众了。这个人陷入了孤独的深渊——这个曾经永不休止地战斗过的英雄，被上个世纪30年代的革命洪流卷进群众的大潮里，而在退潮时却被搁浅在孤零零的礁石上，可怜巴巴地等着死神的降临——"为什么您还不来呀？您还等什么呀？"人们仿佛听见这可怜的人这样呻吟。多么悲惨的人生呵！多么残酷的命运呵！多么无情的历史巨轮呵！多么曲折的知识者的心路历程呵！

罗曼·罗兰拿着理智的解剖刀，毫不留情地解剖这个灵魂，然而他笔下流露出多少同情和怜悯呵！这篇著作在解剖作为音乐革新道路开拓者的柏辽兹的同时，刻画了一个有血有肉的、作为一个人的柏辽兹，这时，作者立刻把自己的同情和爱心，倾注在这个似乎从来没得到过幸福却又对未来充满自信心的活人身上。他鞭挞他，他怜悯他，他同情他，他惋惜他，一句话：他爱他。作为一个"人"，柏辽兹天真地爱过，真诚地爱过；也许他被人虚假地爱过，或者甚至被真诚地爱过。他一见到扮演朱丽叶的那个女演员，立刻就着了迷——他爱的是朱丽叶还是扮演朱丽叶的女演员呢？罗曼·罗兰不无凄怆地这样问道。他结婚，他离婚，他又结婚，但他始终得不到幸福。步入人生的暮年，当亲人或朋友，爱他的或不爱他的，一个接一个离开这个世界时，他得到的只有孤单，搁浅在孤零零的礁石上的那份孤单；他孤独到竟然想回到童年居住过的山村，去寻找他童年时单恋过的"少女"——山村里的星星呵，比他大六七岁的蔼丝黛，少女如今已是满面皱纹的老祖母了。这没关系，吸引着他的仍然是那颗山村里的星星，至少他在孤独的灵魂中得到了某种程度的欢乐。难道这就是贝多芬说的 Durch Leiden Freude？难道这不就是那"用痛苦换来的欢乐"么？或者就是那"经过痛苦而得到的欢欣"①？

欢乐？是的，欢乐。那是"我们的世纪、我们的梦想、我们自己和我们脚掌出血的同伴：欢乐。不属于口腹之欲的粗鄙的欢乐，是受难、痛苦、战斗、克服苦难战胜自我的欢乐，是驯服、结合、孕育命运的欢乐……"（罗曼·罗兰）②

读者一定会同意我的见解：尽管有了那么多誉满全球的文学创作，仍然没有也不可能掩盖罗曼·罗兰对欧洲音乐文化史研究论述的光辉。他在这个领域所取得的成果，几乎可以说是登峰造极、甚至是无与伦比的——即使是专业音乐学家，也不能不惊叹他的博大精深。我认为用我们语言中这句成语来概括他这方面的成就是确切的。

罗曼·罗兰在世纪初（1903年）完成了作为"伟人传"系列中的一种：《贝多芬传》。他钻研音乐史并不从这里开始，倒是对音乐家的评论可能由此发端；这些评论式的传记或传记式的评论大部分收在他的两个集子里：《今日的音乐家》和

贝多芬雕像

《往日的音乐家》。《贝多芬传》问世后24年（1927年），他为这部书所写

---

① 语见贝多芬1815年致友人书。罗曼·罗兰在《贝多芬传》一书的最后曾加以引用。这里第一句为德文原文，中译头一句为傅雷译文，末句是我的即兴翻译。

② 引自罗曼·罗兰《从"英雄"到"热情"》一书序论，这里引自陈实的新译手稿。

的新版序言中加了一条注,告诉世人"作者预备写一部历史性的和专业性的书,以研究贝多芬的艺术和他创造性的人格"。又 14 年①(1941 年),他终于在"大战的年代"完成了这部"大书"。这部大书的总名叫做《贝多芬:伟大的创造性时代》,共七卷②。它的第一卷 1928 年出版,这就是比较为人熟知的《从"英雄"到"热情"》一书。——"英雄"即贝多芬的《第三交响曲》,"热情"即他的《钢琴奏鸣曲第 23 号》。然后他出版了《歌德与贝多芬》。随后几卷论述贝多芬的第九交响曲、庄严弥撒等等创造性活动。《从"英雄"到"热情"》和《歌德与贝多芬》分别有陈实和梁宗岱的中译,并且在战争中出了书(陈译 1946 年,梁译 1943 年);可惜那时兵荒马乱,民不聊生,两部译本都不曾激起过任何小小的浪花,那是不言而喻的。现在该是这两部译本重新面世的时候了。③

　　罗曼·罗兰的音乐论著与同时代某些专门家不同的地方,是他看到了音乐这门艺术在社会生活中的地位和作用。他不**是**唯物论者,坦率地说,他不是(至少那时不是)社会主义者,但这并不妨碍他从社会的层面去看待艺术。他的一篇论文题目叫《音乐在通史中的地位》④,在这篇文章中他开宗明义地宣称:

> 　　一个国家的政治生活,不过是它存在的表面特性;为了探明它的内在生命,即它种种活动的源泉,我们必须深入到它的灵魂,那就是要研究它的文学,它的哲学,它的艺术,因为所有这些都反映了这个国家人民的观念、感情,以及他们的梦想。

　　在另外的地方,他曾说过,"音乐显示了革命的个人主义的苏醒"。——"革命的个人主义",作者如是说;难道会有革命的个人主义?

---

　　① 原文为"24 年",有误。——编者注

　　② 《贝多芬:伟大的创造性时代》(Beethoven: Les grandes époques créatrices,1928 年)。一般称此书为六卷本,但我见到广告中称为第七卷的《贝多芬的情人们》(Les aimées de Beethoven,1957 年,巴黎)。

　　"大战的年代"一语见罗曼·罗兰 1941 年致友人书,原文为拉丁文,即:anno belli maximi。

　　③ 《从"英雄"到"热情"》(陈实、陈原译),三联书店 1998 年出版。

　　④ 罗曼·罗兰将此文编入《昨日的音乐家》(Musiciens d'autre fois)一书。

难道就没有革命的个人主义？好像作者预感到后人会对类似的命题进行无休止的争论。……

且让我们回到柏辽兹其人及其创造来罢。罗曼·罗兰说，"他已经为艺术打开了一条宽阔的路子"，"他已经给法国的音乐指出了一条天才该怎样走的路子；他已经指出了先前从未梦想过的可能性"。是柏辽兹的独创性，而不是别的，给艺术发展指出了光辉的前景。在曲式上，在体裁上，在旋律上，在和声上，在配器上，甚至在音乐理论上，这个音乐家所作所为无一不是独创性的。难怪受过巴黎音乐学院熏陶的当代指挥家殷巴尔说，"在音乐史上他第一个把律动搞得天翻地覆……他的总谱中每一行都拥有自己的生命……在旋律，在节奏，在色彩这三个层面上都有自己的生命"①。柏辽兹写过一篇题为《论音乐》的短文，看来他本人很喜欢这篇导论性质的文章，他郑重地把它收进他的论文集《在乐曲的王国里》②，我说郑重，因为他给这篇文章特别加了一条注：虽是二十几年前的旧作，研究音乐学的读者现在看看不无好处。文章表达了他对音乐持有这样"独特"的观念——他认为音乐是情感和科学的结合。他举例说，他推崇《马赛曲》——他本人曾把里斯勒这首小曲改编为独唱、合唱以至管弦乐曲——他认为这首小曲给人间献出的是"优美的"甚至是"崇高的"曲调，它简直是一首"不朽的"歌；但他同时却认为，这首歌只能说是瞬间的色彩，因为"缺乏必要的智慧"。读者可以看到，在《柏辽兹》这部小书中，罗曼·罗兰也写出了几乎与此相呼应的论点："如果柏辽兹有着瓦格纳那样的推理能力"，他的天才和独创性会掀起比瓦格纳伟大得多的音乐革命。罗曼·罗兰曾不止一次地提到，瓦格纳只不过给光荣的过去划上一个句号，而柏辽兹却开拓了光辉的未来。也许正因为这，我才喜欢上柏辽兹，或者也因此特别喜欢这篇论著竟至于要把它移译成中文；我不知道作者如何看待这篇论文，但我看到作者把它编入文集时，打破了写作年份

---

① 引自殷巴尔（Eliahu Inbel, 1936 年— ）《至于柏辽兹》（As for Berlioz）一文。
② 柏辽兹的音乐评论集《在乐曲的王国里》（原名 A travers chants，英文译本作 Mid Realms of Song）。

的顺序，将它放在集子卷首，恐怕这不是偶然的吧。

　　对于我们这一代的中国知识分子，罗曼·罗兰这个名字从来不单纯是小说家或文学家，它意味着文明、进步、正义、良心，以及为理想而不停息的奋斗。20年代，我们就有了茨威格写的《罗曼·罗兰传》中译本；30年代我们有了罗曼·罗兰的三本"伟人传"：《贝多芬传》、《托尔斯泰传》、《米开朗琪罗传》的全译本；40年代我们有了几乎他的所有戏剧译本。也许那时只有少数人注意到他在第一次世界大战初（1914年）发表的《在混战之上》；当他宣称"我的思想力求抛开黑暗的混战而升华"时，欧洲一般人称他是一个和平主义者，赞许者誉之为卓绝的人文主义者，反对者则斥之为卖国主义者。大战结束后一年（1919年），他发出了《精神独立宣言》，呼吁知识界打破民族的、阶级的、国家的偏见，要为人类的独立精神而维护真理；他高喊真理是自由的，是人把真理变得伟大，而不是真理将人变得伟大——这时，左派谴责他的阶级调和论仿佛是世界主义者；右派则责难他背叛自己的国家和民族。这些口号式的纷争当时好像并没有太让我们关心。只有当他的力作《约翰·克利斯朵夫》全译本在神圣的民族解放战争那一年（1937年）与中国读者见面时，罗曼·罗兰的作品才异乎寻常地吸引了我们这一代知识分子的注意。这部小说当时在知识界中产生了强烈的影响[①]，几乎可以说，没有哪一部移译过来的西方小说产生过如此激励斗志的力量，而这影响持续了战争的全部过程——八年抗战和三年内战。这部小说对于在战火中奋斗的中国知识界所引发的震撼，绝不亚于——甚至在某种程度上还超过了——原著在第一次大战前夜问世时（1910—1913年）对欧洲知识界所引发的震撼。克利斯朵夫那种忍受着巨大痛苦而能不停息地战斗的精神，感染了并且鼓舞了我们这一代人。

　　不过，对克利斯朵夫这种"个人奋斗"是否会产生负面的影响，就在

[①] 参看邵荃麟为《搏斗》中译本写的代序：《从个人主义到集体主义的道路》。这篇文章立论中肯，我以为是这位文艺评论家最好的论文之一。

当时便有过不同的认识和悄悄的争论。是的，是悄悄的争论，因为大敌当前之故。我所尊敬的一位或几位前辈进步学者就谴责过我或我们这一代出版家的"良心"。他或他们忧心忡忡，生怕小说所描述的个人奋斗和个人英雄主义，会冲击甚至腐蚀我们那时所最缺乏但又最需要的群众观念和集体英雄主义。也许这种忧虑是有道理的，至少理论上是正确的；但是实际生活已经证明这种忧虑是多余的，至少对当时的中国知识分子来说是多余的。是否可以说，这种忧虑的产生是由于忽视了我们这一代读书人继承的忧国忧民那种传统美德——事实上我们这一代人甘心情愿地将自己的命运跟民族的命运联结在一起，将个性解放跟民族解放联结在一起。救亡是我们知识者的天职，奋斗和抗争是不能停息的。这就是我们这一代人的精神状态；决不是虚假的造作，更不是后人信口开河指责我们"救亡者的悲哀"。

生活的逻辑和历史的足迹已经证明，克利斯朵夫在前进，他的创造者罗曼·罗兰也在前进，因为时代在前进，社会生活在前进。作家和他所创造的英雄，通过严峻的现实斗争，会跨过个人主义的泥潭，一步一步走向更高更善的境界。从十卷《约翰·克利斯朵夫》到七卷《欢悦的灵魂》，反映了正直善良的知识分子从个人奋斗走向集体英雄主义的道路和心路历程。可惜这后一部长篇最激动人心的一卷《搏斗》① 中译本出版时，却因为时代和社会都大大的变了，人们已经不能满足于这种过分简单的公式了，所以《搏斗》的出版在我们的读者当中没能产生如前一部小说所引发的激情，这是完全可以理解的。

30年代初，当我们的民族危机空前严

《搏斗》封面

---

① 《搏斗》，陈实、秋耘译本（广东人民出版社1980版，花城出版社1991版）。

重时，中国知识界注视着他们熟悉的罗曼·罗兰发表了《向过去告别》（1931年），接着应高尔基的邀请访问苏联。他归来时，欧洲文明，不，人类正义遭到法西斯疯狂暴行的挑战；他跟欧洲知识界同仁投入保卫文化、保卫和平的伟大斗争，于是他被时人尊敬为世界进步人类的良心，这难道不显示出一个善良的知识分子那漫长、痛苦而富有成果的心路历程么？

战争最艰苦的那一年（1944年），我在重庆郊外翻译了这部小书；我那时的心情是沉重的，但我从未失去希望。这篇作品所写的那种通过痛苦得到欢乐的心境，正是我们这一代读书人的心态。一个华侨青年爱国者读了我的译稿，他说他很喜欢它；他把译稿带到昆明去，他准备在那略有民主空气的后方城市创办一个出版社，他把这部稿子作为第一本书付排。清样看过了——不料霹雳一声，敌寇无条件投降了，我那热情的侨胞朋友急急地赶回南洋老家去，出版社自然胎死腹中。（但愿此刻他还健在！要是他能读到这几行字该多好啊！）当我步入人生的黄昏时分，清理所谓"敝帚自珍"的残稿时，我舍不得将这束发黄的破纸扔掉，甚至忽发奇想，何不进行"废物利用"？然而一看译文，凉了半截：理解的肤浅和文笔的幼稚，使我不敢卒读。于是我求助于几千里外的陈实——她翻译过几部罗曼·罗兰的作品，有丰厚的艺术素养和多彩的文笔，如果她能给我校改一次，也许我就有勇气去整理我这残稿。她二话没说，满足了我的要求。她认真地逐字逐句地给我那幼稚的译稿校读、核查、改正、润色。她劝我在她的校改稿基础上放手再译一遍；我照她的话做了，不止一遍，而是两遍：最后一遍是离开了所有的稿子，从头"改写"一道。原译根据的是英文本（Mary Blaiklock译本，1915年伦敦版），这次译校时手头已有作者校定的原本（巴黎Hachette出版社，1946年第17版）。遗憾的是虽经用力校改，然而眼高手低，译文还很不理想，远远传达不出原作那种醉人的散文味道；能向读者表白的只有一点，无论译者无论校者，态度都是认真严谨的。

《柏辽兹——十九世纪的音乐"鬼才"》这个书名是我斗胆起的。柏辽兹确实是上个世纪欧洲乐坛的奇才,我借用了他的同时代人瓦格纳对他的戏称(或者略带讽刺之意的戏称),使用了"鬼才"① 一词,我使用这语词时绝对不含任何贬义,对于柏辽兹,说他是奇才还不如说他是鬼才。他的乐曲是奇特的,他写的乐曲标题更是奇特;而他写下的许多文字作品也是多少有点与众不同。突破,开拓,创新,所有这一切都不是世俗的凡人所能轻易达成的;莫非他真是晚年日夜怀念的"山村里的星星"化成的精灵?

世人都知道,罗曼·罗兰写学术论文往往写得出神入化,如果不看那许多密密麻麻的脚注,他的每一篇学术评论都可认为是非常美妙的抒情散文。这篇作品的脚注,如同他的其他著作一样,不但数量多,而且内容极其精湛,不限于仅仅指明材料或观点的出处;不少脚注常常是对正文论点的补充或阐发。译本对原作的脚注仍按原文用小一号字排在各该页下端。此外,译者还加了若干有关西方文化的常识性注解,亦混排在脚注中,不过所有译者注都加上方括号〔 〕,以示区别。

我加了两个附录。附录一是我根据柏辽兹的《回忆录》和他的文字作品以及其他文献资料编写成的《柏辽兹创作生涯系年》,我力图把它写成可读的编年纪事,而不是通常那样的枯燥无味的年谱;我把柏辽兹亲自为《幻想交响曲》首演节目单所写的这部交响乐的文字说明译出,作为附录二,这份说明书是交响乐发展史上少有的妙文,我想,听过这部交响曲之后(也许不是之前)不妨读一读,对欧洲文明史上的浪漫主义思潮会有某种领悟罢。

我希望译本所加的插图,能增加读者一点兴趣,或者也能略为弥补一下译文的不足。我历来认为图像可以传递文字有时不能表达的微妙气息。图片大都是复制品的复制,稍嫌失真,更说不上书籍艺术,但此时此地只好看作聊胜于无了。

---

① "鬼才":罗曼·罗兰原文用的是 habileté diabolique,英译作 devilish cleverness。

临末，我要特别感谢我的一位出版界的忘年交，没有他热情的支持以及他的助手们的辛勤劳作，这束发黄了的破纸，怕会随着我回归大自然吧。

陈　原　1994年春节于北京

[题注]

《柏辽兹——十九世纪的音乐"鬼才"》，〔法〕罗曼·罗兰著，陈原译，陈实校，香港三联书店1994年出版，北京三联书店1998年2月出版。该书和《贝多芬：伟大的创造性年代——从〈英雄〉到〈热情〉》、《我的音乐生活——柴科夫斯基与梅克夫人通信集》三本一并收入"爱乐丛书"，于1998年4月重版。该书是罗曼·罗兰对19世纪浪漫主义音乐的杰出代表柏辽兹的评述之作，译本共收照片、乐谱、剧照、漫画、画像等插图55幅。文末附柏辽兹创作生涯系年和《幻想交响曲》说明书。

这篇译者前记1996年收入《黄昏人语》时，个别文字略有调整，1997年收入《陈原散文》时改题为《柏辽兹断想》，文字亦有改动。

《隧道的尽头是光明抑或光明的尽头是隧道》牛津版前记

牛津大学出版社（香港）
1995年版封面

这是一部不三不四的、杂得无以复加的集子。取了一个其长无比的书名；不过副标题"不是回忆录的回忆录"倒有点跟内容相近。所收忆旧文字凡十四篇；外加"黄昏人语"三十一节。这些篇章，散文不像散文，杂文不像杂文，回忆录不像回忆录，说是学术论文则更无半点学术气味。只有一点是可取的，那就是：所言所论所记所忆，全都是真话。由于大脑神经老化，有些地方记忆不周详不清晰，但所讲的内容实质却都是真的。编完一看，有点狂；狂就狂吧，连孔夫子也说过，人达不到中庸，狂一狂也可以。

事情是这样开始的：

五年前我因急病住医院六个月。本不是致命的病，但躯体却痛得难当；为减轻一点肉体上的痛苦，就让精神出窍，胡思乱想，既憧憬着明天的彩虹，又回忆着昨天的甜酸苦辣，只是避过今天的痛苦。后两个月已能下床活动，寻思不如做点什么，以便消磨"囚禁"在单人病房中那种寂寞孤独的时光。手上没有计算机，没有资料，没有参考书，更没有人切磋，眼见不能继续我未完成的研究工作了，只得凭空写些回忆文字，于是写成

《不是战争的战争》以及不是情书,不是地理,不是杂志这样四篇以"不是××的××"为题的文章。

六七个月后,我病愈出院,便应邀到海外讲学去了;临行前把原稿交给一个杂志,看是否可以刊登。蒙杂志主编不弃,居然把它们分四期刊出了。可能由于标题古怪,却还受到读者的欢迎;于是主编便来向我施加压力,有时是恳求,有时是强求我写下去。这样,我在其后的几年间,又陆陆续续写了八篇,其中只有两篇依照原来的格局,还有六篇却都放开了写。原来写的这八篇,只发表了一半,其余四篇一直藏在抽屉里。

在从前被称为"社会主义阵营"的苏联、东欧分崩离析前后那段日子,我恰巧在海外,有一阵还在欧洲旅行,听到了和看到了许多有关的景象,不禁感慨万千,归来力疾写了一篇以福斯特战后初期写的《新欧洲》旅行纪事为依托的文章,抒发我的复杂情绪,这就是如今拿来作书名的那一篇。我很爱这篇既非回忆录也非国际评论的短文,发表时用的是一个笔名,心想不知是否有人能理解我的心情。某天深夜里,我接到旅居西欧多年的挚友打来的长途电话,说,一看就知道这篇东西是你写的,说他们几个多年旅居欧洲的青年男女,都很喜欢这篇文章,说当时欧洲许多知识分子正怀着这样的情感,文章写出他们的心声了。我,作为作者,听到这几句美言,当然是很高兴的,但我也有一点惶惑,难道真是这样的吗?

一九九四年秋天,我去东京和香港之前,写下了《黄昏人语》三十一节,分成春夏秋冬四辑在《读书》上连载。这些文字同回忆文章离得更远,管它呢。有人喜欢,有人不喜欢,有人甚至有点讨厌;也管不了许多了。

这一组文字收入本书时,加了两帧石刻插图——唐朝贯休和尚(八三二—九一二)画的罗汉图,第十一尊和第十三尊。有什么意思?说不出。正如〔已〕故熊伟教授所谓:说,可说;不可说,不说。

陈　原　1994年12月20日

附1：《不是回忆录的回忆录》文汇版题记

前年，香港牛津大学出版社印了我的一本类似回忆录的文集，取了个其长无比的书名：《隧道的尽头是光明抑或光明的尽头是隧道》；书报提到这部书时，都喜欢使用它的副标题：《不是回忆录的回忆录》，现在印行的这个版本，由于出版者的建议，也用了这个比较简明的副标题作书名。但是我仍然喜欢那十八个字的长书名——因为我喜欢集子中那篇同名的文章；显然，不但我在西欧的几个年轻知己也喜欢这十八个字所表达的当时的心情和思想境界，就是那位责任编辑也喜欢这个境界。两年过去了，也许这个境界也已经不复存在，所以现在我也欣然同意让这一连串的单字从封面上消失了。

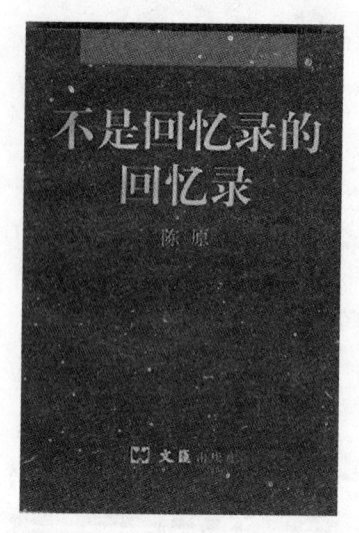

文汇出版社1997年版封面

所有文字都没有改动，只是两个版本所收文章数量略有微小的不同，这也没有什么，不同的语境自然会有不同的理解和不同的取舍。我非常理解，而且任凭出版者妥善处理，正所谓"顺潮流左右应付"（茅盾语），乃可成正果。我总认为，文章一发表，它就属于文章所在的群体，不再属于我自己了：所以我自己从不剪存我在报刊上发表的文章。

书中很多篇文字都在北京的《读书》杂志登过，不过用了不同的笔名，细心的读者也许能看得出来。牛津版则国内读者看到的不多，这当然是很遗憾的。如今靠了出版者和编校者的努力，这个集子终于在上海印这一版。让广大的读者有机会看到，这实在是很值得感激的，我和读者一样，谢谢他们了。

陈　原　1997年春节于北京

附2：新版序

刚跨进九十年代，我便退出繁忙的社会活动，躲进我一生迷恋着的"书林"中去漫步沉思了。不料忽生急病，住了一个多月医院，然后在京郊休息了大半年。闲居无事，免不了思前想后，回顾自己一生走过的道路，由是写下《不是战争的战争》和其他三篇漫忆往事的文章，还积欠《读书》的稿债，接着便到海外讲学去了。

在海外时恰逢苏联和东欧发生巨变。西方媒体不无挖苦地说，那个"阵营"制造了或引发了一场埋葬自己的"雪崩"。西方媒体传言，那里的人们欢呼："隧道的尽头是光明！"——句子的结尾用的是感叹号。

商务印书馆2002年版封面

一年之后，我从海外归来，西方媒体又传言那里的流行语却已经换成"光明的尽头是隧道？"句末的感叹号变成问话符号了。

这场"雪崩"，确实使我感受到强烈的震撼，外加一些困惑和一点忧伤。就在这样的情况下，我力疾写了题名为《隧道的尽头是光明抑或光明的尽头是隧道》这篇政论非政论、回忆录非回忆录的文章。我喜欢它，我身边的人也喜欢它，虽则略嫌它带着几分伤感，甚至还有若干捉摸不定的情绪。文章发表在《读书》杂志时，我故意署上一个解放前用过的笔名，我想藉此试探有没有同时代人怀着类似的心态。果然好几个熟人打电话来，探问作者是谁，同时也约略表示他们的心情也有相近之处。最使我激动的是，某夜，我接到旅居西欧的年轻女友打来长长的电话，她说她喜欢这文章，她说她猜测一定是我写的，她说她了解我，她断定文章表达的就是我的真实心境；她又说她周围的年青朋友也有如此的心情，这文章正好道出了他们那一群知识者的心声。

我，作为文章的作者，听到这样几句真诚的话，自然很高兴；但也不免惶惑：难道人们的心情真是这样的吗？真该是这样的吗？

我接着写下另外几篇忆旧文字。边写边想，于是又有了在《读书》杂志连载的《黄昏人语》三十一则。这是一九九四年的事。

这一年，我的生活突然发生了变化，心境变得很不平静，对往事已不再有那么浓厚的兴趣，这类文章也少写了。只是为了抚平自己的心境，我着手把那几年发表的怀旧文字汇编成册，感谢牛津大学出版社给我出版的机会；而在那里工作的年轻挚友林道群君，居然赞同我的奇想，出书时就用我所喜欢的那篇文章的题目作书名。这个古怪的其长无比的十八个字书名，就这样与读者见面了。书未能发行到内地，可是在香港和海外却引来不少评介文字。我感谢这些相识的和不相识的评论家和读者，感谢他们对我的关怀和希望，他们的激励增加了我继续前行的不少勇气。

九十年代结束了，二十世纪也就成了历史。怀旧情绪随着时间的推移逐渐淡化了，但是已经发生过的往事，却不能从脑海中抹去。我常说：往事如烟，往事并不如烟，就是这个意思。

一个时代结束了，另一个时代开始了。旧时代找到了历史的归宿，而新时代正展开翅膀腾飞。自然，一个美丽而崇高的理想，在一个场地停止了试验，而这个试验经历了大半个世纪风雨雷电，一旦中止，仿佛眼前一切都不见了，消失了，归于一片静寂。正所谓来也匆匆，去也匆匆。世纪之初，"震撼世界的十日"开始的壮丽事业，到世纪将尽之时，却忽然烟消云散，上演了震撼世界的"雪崩"。我们这一代人，从青少年时期起，就憧憬着这所谓人类"未来的希望"，如今亲眼目睹这场雪崩，不能不心情沉重。但是人——真正的人——是坚强的，顽强的，甚至是顽固的，特别是老人。因为他们看到过数不尽的沧桑，经历过个人力量阻挡不住的世变，确信理想在未来的世纪中必定会实现。他们深知历史老人从来不走直路。"西方不亮东方亮"。信念是不会消失的，理想是不会湮灭的。理想是种子，埋在地下，到了春天就会发芽。而诚实的人相信，春天会有的，春天一定会来的。

雪崩当年，海外有记者采访我，我说过，"幽灵"在欧洲徘徊，徘徊了不止一百年，这才落地生根，如今"幽灵"飞走了。可是"幽灵"难道不会在别的地方，换上新的装束出现吗？

就这样，雪崩给我们带来一阵惆怅，但是信念驱散了惆怅的浓雾，当惆怅的时代让位给重新燃起的希望之火的时候，需要勇敢地面对历史，需要自己更需要后来人勇敢地揭开历史的真实。这就是我让这部小书重新问世的缘由。

我这书不是回忆录。我不写回忆录，我不会写回忆录，因为我的一生平淡无奇，没有做过什么值得回味的大事，不值得写回忆录。我这一辈子只同书打交道，我记下的只是跟书以及由书及人有关的实事和断想。所以新版刊行时，我宁愿采用原来那十八个字的长长书名，而舍弃了原来的副标题《不是回忆录的回忆录》——这个诱人的题目留给书中的一辑文章，即那六篇《不是什么的什么》的纪事作总名。

新版的内容与海外版完全一样，只不过改正了若干笔误和排误，又在校阅时把文章分成三辑，每辑分别加上《不是回忆录的回忆录》，《隧道的尽头是……》和《黄昏人语》作总题。书中数目字的写法，也一仍其旧，即用方块字而不用阿拉伯字。请读者和书刊检查者不要责怪出版社，因为这并非编校不慎，而是作者认为在文字和符号表达方式上有权使用自己独特的规则，尤其是语言学者有冲破某种世俗习惯的学术自由。

陈　原　二〇〇〇年十二月一日于北京

[题注]

《隧道的尽头是光明抑或光明的尽头是隧道——不是回忆录的回忆录》，陈原著，牛津大学出版社（香港）1995年出版，上海文汇出版社1997年用原书副题《不是回忆录的回忆录》为名出版。商务印书馆2002年8月作为"陈原文存"之一出版时，恢复原书名《隧道的尽头是光明抑或光明的尽头是隧道》，并增加了8幅插图。

牛津版勒口介绍说，"在此推荐给读者的是一部别致的回忆录、一部不是回忆录的回忆录。它记录了一个人真实的生活和思想体验，尤其因为作者个人的文化信念、理想实践和半个世纪以来的中国息息相关，在作者个人的沉思和回忆中，我们不但得以重温中国人的革命历史，同时读出时代洪流中大我和小我的纠缠互动……"

2002年版插图

《陈原出版文集》不是序言的序言
——黄昏人语

中国书籍出版社1995年版封面

在人生的道路上，时光消逝得真快，一转眼半个世纪过去了。我记得日本一位哲人在年已古稀时说过一句意味深长的话："回头一望，走过的道路多么逍遥呀！"我不能确切懂得日本文里"逍遥"有多少涵义，但我回头一望，我知道我走过的道路有多艰难啊！

我从事出版工作不止半个世纪。从解放那年算起，约有一半时间在出版行政机关工作，另外一半则在基层出版社或书店工作。现在呈献给读者的这部集子，汇编了我在这漫长的岁月中所起草的一些文件、计划和设想以及发言、演讲、报告——不是全部，也不可能是全部。所有这些文字都证明我建树不多，思路不广，经验不丰，教训不少；看来，这些东西除了作为史料之外，我知道并没有多少保存价值，更没有什么实用价值；然而它们却确实反映了我这几十年在出版领域中的思路和言论。回头一望，走过的道路并不那么"逍遥"——回忆是痛苦的，但同时也可以说是甜蜜的，难道不是这样么？

我把这几十篇东西分成两个部分，即《前十七年》和《后十七年》——所谓前后，是以十年浩劫作为中线的。中间的10年，我能做什么呢？所以中间这一段不能不是空白，总不能把检查交代材料塞进去吧？

《后十七年》所收文字分量,远比《前十七年》为多,这是可以想见的——不单因为前十七年(1949—1966)的材料散失较多,即使能汇集起来只怕未必有更多篇章值得收录。收在《前十七年》的各篇,都冠以或长或短的"题解与反思"。"题解"提供了写作时的背景和意图,而"反思"即"反省",带有自我批评的意思——在那个年代,"左"倾思潮一年比一年泛滥,我自觉或不自觉地沾染了和传播了这些"左"的东西,贻害众生,非得进行自我批评,难以弥补我的过错。

　　后十七年(1976—1993)的文字较多,因此在《后十七年》总题下分成5辑,即(1)关于词典工作;(2)关于出版规划;(3)关于商务印书馆;(4)我对人对事的回忆;(5)关于编辑工作。收在这一部分的各篇,都冠以《题解和思考》,不再是反思,而是思考了。我提出了供人思索的一些问题,间或对某些论点作出反应或反驳,旨在告诉读者我为何如此下笔的,也请求读者对此作进一步的思索。

　　无论《前十七年》还是《后十七年》,所收各文,凡是发表过的,都不作任何改动,只修正了一些错字或笔误;未发表过的文章(特别是演讲提纲),内容和论点也一概不动,只删去芜词套话,以节篇幅。

*　　　*　　　*

　　当出版社写信来希望我编出这样一部集子时,我们两老(余荻和我)还在香港作客。我最初的反应是,居然有这样一个出版社,从事如此严肃却又不能赚钱的工作,我从心底里尊敬它。但我以为我只能收集到两三万字的材料,连小册子都出不成,而且这些材料其实也没有什么保留价值,何况近年我的工作重心已经转移了,何必再去回溯过去呢?正想回信婉谢推却,不料余荻却大感兴趣。——她说,我们把青春献给了出版,我们一生都在这领域度过,如今垂垂老矣,正好借此给自己划个句号,也可以为我们两人经历过的艰难岁月做个纪念。她说,材料别发愁,我平时替你收藏着呢。她说这话时是认真的,并且带着人到黄昏时那种深情。我蓦然记起,她跟我是1939年3月同时参加桂林新知书店,在党的领导下做出版

工作的；她还提到那时第一个跟我们谈话的是后来成为我们师友的华应申（他已经在几年前永远离开我们了）。她的话打动了我；她为了支持我百病缠身而负担沉重的工作，放弃了她自己的一切，这些年来做了我的无薪助手。我不想拂逆她这最后的愿望。今年5月中旬回到北京，疾病就来侵袭我和她，尽管如此，她还是兴致勃勃地，每逢夜阑人静，就伏案编辑，我夜夜坐在她身旁，跟她讨论她所编入的每一篇文章，时常反思或沉思到子夜。谁知工作还没有完成，7月中的一夜，她忽然被脑溢血夺去了生命——仅仅5分钟，她再没有睁开眼睛。她走了。她永远去了。她留给我一堆经过她编集的文稿；此刻，我才感觉到她在我生活和工作中所占的分量。她一辈子无怨无悔，无索无求，我无法不去满足她这最后的微薄而天真的愿望。我在这悲苦的日子中，支撑着病躯终于把她未编完的部分补齐了。我怀着无限虔诚，把这集子献给她；同时也献给同她一样默默地工作，无悔无求的同时代人。

陈原与夫人余荻

陈　原　1993年9月12日

[题注]

《陈原出版文集》，陈原著，中国书籍出版社1995年6月出版，系"中国出版论丛"之一。

该书中《编辑的语言文字修养》一篇，收入雷群明等著《编辑修养十日谈》（上海科技

2004年荣获中国韬奋出版荣誉奖

教育出版社2002年版）中；《总编辑断想》2001年由辽宁教育出版社出版单行本。"中国出版论丛"由中国出版科学研究所和新闻出版报联合编辑出版，1993—1994年出版文集的有胡愈之、叶圣陶、王益、陈翰伯、王子野、许力以、边春光、王仿子、宋木文、刘果等10人。2004年2月陈原与王益、许力以、王仿子、叶至善同获韬奋出版荣誉奖。

《黄昏人语》前记

上海远东出版社1996年版封面

我很高兴为我第九本集子写前记——除了头一本《书林漫步》是六十年代初印出的之外，其余八本都是开放改革时期的产物。回头一算，连自己也不禁拍案惊奇！

这本集子所收各篇，如过去的集子一样，说散文不像散文，说杂文不像杂文，说论文不像论文，三不像。全是些不三不四的随感文字，不过没说假话，所抒发的感情或见解，都出自心底，仿佛对着知己敞开心扉，无话不谈，无话不可谈，说得重了轻了斜了歪了，彼此会心一笑了事。

近日有批评家说，杂文集子出得滥了，该收一收了；说是文章离开现实政治太远，说文章的内容无非"身体有了病，老伴扭了腰，外出旅了游，回家跌了交"，唉唉，幸而我今年玉体安康，没有老伴，从不旅游，又未跌交；不过批评家还说，那些文章充其量不过写写"文革"受委屈，或对世事发发牢骚，简直扯淡。唉唉，身边琐事不必写，委屈牢骚不可写，天地未免过于狭窄，活不成了。但我这些不三不四的文章恐怕不入流，根本说不上滥不滥。

集中所收被我称作黄昏人语的文章共九十六篇，长短不一，都从我的计算机中调出，略加剪裁修饰而成。编集没有次序，既不依写作先后，也不严格按照题材类别编排，多半短的在前，长的在后，有点像耗散结构论中的混沌无序；但中间一辑则集中了为书稿写的前言后记，末了殿之以我过去八本集子的序跋——这是应一些读者的建议放上去的，读者说那几本书无从买到，让我们看看序跋罢；可怜我也别无善法，只好照办：一则满足了读者的愿望，二则读者还可以看出这些年来我的心路历程。

　　请让我在这里对我引用过的著作、译作或文章的作者、译者、编者和出版者表示最深切的谢意，恕我不一一列出了。

　　人到黄昏，心仍未冷；来年还打算从我的计算机里调出另外一些短文，编成第十本集子，凑够"十恶不赦"之数。不过那些文字，也都是批评家所不喜欢的，但有什么法子呢？如今我仍信奉我的箴言：爱我所爱，无怨无悔。正所谓醉卧书林君莫笑；但愿我在书林中——如俗语所谓——"走完了人生的长途"。

丁聪画陈原像

1995 年 8 月 29 日

[题注]

　　《黄昏人语》，陈原著，上海远东出版社 1996 年 3 月出版，系"火凤凰文库"之一。该书是作者晚年创作的随感集。

　　"火凤凰文库"，陈思和、李辉总策划，共 18 种，收录巴金、于光远、贾植芳、李锐等学者的反思著作。

《陈原散文》前记

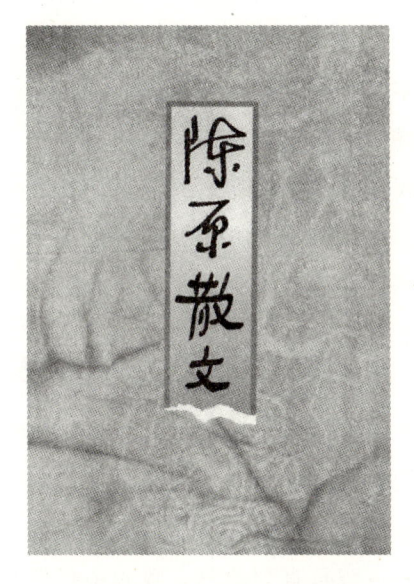

浙江文艺出版社1997年版封面

当出版社打算给我编印一部散文集时，我几乎以为自己听错了；因为我不是专业作家，更不是散文家。我一生确实写过不少文章，但那算什么散文呀；不是散文，也不是杂文，更不是论文，三不是。纸上的那些涂鸦，大都是应景而作，或者对时人时事发点议论，或者抒发一下自己的情怀；有时甚至好像只写给自己看的自言自语，那算哪一码子的散文呀？不知道。有个挚友观察我多年之后，十分认真地却又半开玩笑地为我画像，说，你一生遨游世界文明和文化的大厦，走进去一个房间，仔细地张望张望，留下一点什么，或不留下一点什么，出来了；然后走进另一个房间，又仔细地张望张望，又留下一点什么，或不留下一点什么，然后又走出来；再走进另外一些房间去，如是走过了几十年。……说得多好，说得多形象化。我就是这么一个人。作家不像作家，学者不像学者，"官"不像"官"，民不像民，四不像。我一想，散文不就是韵文的对称么？也许就是让我编出一部三不是四不像的不是散文的散文集吧，这年头有什么不能的？

于是我就从近几年出的集子（居然有八九本之多！）去挑，主要挑些我自己喜欢的，或者我的知友们比较喜欢的，管它是什么文，自己厚着脸皮称之为散文就是了。这样，挑出八十来篇；然后又直接从发表文章的报刊挑出约二十篇，总共不足一百篇。有些篇作了文字上的订正和修改，有些则删去整段或几句多余的废话或不确切的傻话。按照文章相近或相同的题材排列成八组，例如发议论的，怀念友人的，评论古人或今人的，记录游踪的，谈论语词的，讲音乐的，等等；但区分也不很严格；每组的文字大体上依写作或发表先后排列。

　　最后一组所收八篇文章比较特别；头三篇是带有纪念意义的旧作。第一篇关于诗人伊兹古尔的小文，六十年前（一九三六年）发表在韬奋主编的《生活日报》的副刊上，是一个好心的读者偶然发现，把它复印寄给我的，因为那篇小文第一次使用我现在常用的笔名，又经过韬奋和柳湜两位前辈审阅，收在这里做个纪念。第二篇是一九四二年应孟超之约而写的，可孟超早已含冤逝去多年，不复能看到它重刊了。接着的一篇是一九四八年在香港《大公报》副刊登的，那时我（当然不止我）"左"得可爱，当然也很幼稚，糊里糊涂跟着大潮流去批判什么艺术上的现代主义，可是这里记述的真人真事却颇有趣味，所以收进去了。其余五篇是步入黄昏时抒写情怀之作。人读了会说，瞧，这怎么啦，为啥老想着落日的情景呀。您说得对，可能是很对的，但我是真诚的，人到黄昏时分就会有黄昏的语言，没法子。——可是直到此刻，我心中仍然充满着希望，我相信朝霞一定会出现的，一定会到来的，而我已步入黄昏，只好将污浊的空气带走，让青年一代能够享受朝霞出现时的清新空气了。

　　编完一想，我的这些长短不一的文章，仍然逃不出讲书，讲人，讲我这三个框框，还是跳不出《书和人和我》那本集子的范围。没法了。我把它献给世间爱书的人，但愿能给他们添一点小小的乐趣。

　　真要感谢本书的责任编辑，她的劳作使我减少许多因疏漏差错而引起的精神紧张；感谢我的挚友们给我的许多鼓励和勇气，黄昏时分，本来感到寂寞和孤独，但一想到他们，想到许多相识的和不相识的读者，我顿时觉得我仍然活在人海中，我应当活得更勇敢些，更奋进些。

陈　原　1996年1月末于北京

[题注]

《陈原散文》，陈原著，浙江文艺出版社1997年2月出版，插有作者彩色照片6幅。

唐振常、凌风等人曾撰文评论该书，分见《文汇读书周报》2000年8月18日，《人民日报》1999年3月19日。

《陈原书话》选编后记

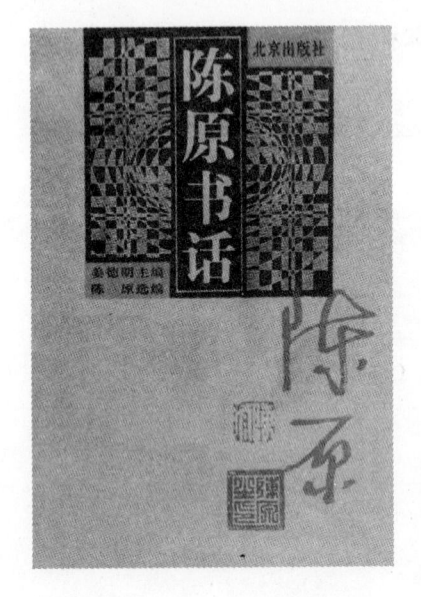

北京出版社 1998 年版封面

当十年噩梦醒过来时，我的"书林"只剩下十四平方米；这所谓的"书林"还得兼作饭厅和起居室。总算另外还有九平方米的卧室，不可谓不宽敞了。其实如今老伴早已在西山安息，这偌大的书房加上卧室，足够我独自在这书林里打滚，别说漫步了。

我日夜在这里漫步或打滚，确实怡然自得，历几十年而不衰；说是说日夜，其实漫步还是在夜间居多，因为过去几十年我的职业是打杂——有打杂这一行么？有的。打杂就是做各种各样的无效劳动。说得好听，是当"不管部长"；说得确切点，是消防队长或服务团长。过着这样的生活，有时也着实感到十分疲倦，真想永远倒在这书林中不起了，但歇了一会儿终于又重新爬起来，漫步如故。说穿了，只不过是如过去所谓未曾割掉资本主义尾巴，有那么一块自留地，让自己偷闲在这没有世俗烦扰的、引人痛苦同时又更多地给人欢乐的书林里独自反省和沉思罢了。

姜德明同志从浩劫前的日子里，就关注着我的自留地。我感谢他过去常常引诱我，鼓励我，甚至逼迫我把漫步沉思写成文字。于是不时写一点，不时又收集成书，年复一年，书林纪事一类不三不四的文章，积成一大箩。于是这位年青人（不是年轻人）现今又来迫我编一部《书话》。我呢，不太愿意炒冷饭；他说，那就炒一点点冷饭，再煮一点点热饭。出版家则说，从炒的冷饭中，也可看出一个作者的心路历程。对，都说得对，只好又煮又炒，编成本集。

书分三辑，名之曰上中下三编。上编十二篇，全系新作，成于最近两年，讲的都是与书有关的"故事"，不不，应当说是有关我和书的私事。中编有五十三篇，作于1990年到1996年，其中约有半数已在报刊上发表过，不过尚未结集。这几十篇东西，乱得很，有讲书的"故事"的，有读书之后发点议论的，有感情激动、掩卷长叹的。至于下编，则近乎炒冷饭：因为都是从我的集子中选出来，当然还有已绝版了的著译的序言后记；有到外国去的旅行纪事；也还有我自己喜欢（却不一定写得好的）读书笔记或随感之类。编完一看，好像是书话，又好像不是书话。故友唐弢似乎认定"书话"这种文体是一种散文——特种散文；他提出过，这类散文"需要包括一点事实，一点掌故，一点观点，一点抒情的气息；它给人以知识，也给人以艺术的享受"。他说得真好，而且很形象化。可否理解为既不全是资料，不全是考证，也不尽是理论分析？照此衡量，我只能很惭愧地告诉主编者、出版者和读者，收在这本集子中的大部分文章，都不及格，也许上编的几篇勉强得60分。没法了，真是罪过！

这几年，是世纪的最后几年，我自知到了人生的黄昏，并且确实从现实生活中退下来，醉卧书林，不问世事，以至朋友说我把自己封闭在三合土的"碉堡"里，几乎不食人间烟火。可是我却自我感觉良好，我发觉比以往任何时期都更清醒，更开朗，更宽容，也更会爱人；我活着，但灵魂早已飞翔到那无边浩瀚的书海去——不再漫步了，代之以书海夜航。

书海夜航！说不尽的风流潇洒！一望无际的大海。"老人与海"！无论是风和日丽，水波不兴，无论是天昏地暗，狂风巨浪，老人在大海中夜航，自有另外一番滋味；灵魂自由了，超脱了，得救了。天地间只有——或者说，只剩下——老人与海。天连海，海连天，人语也没有了，只能不断地沉思，不断地反思，不断地冥思。一个哲人说过，人的全部尊严在于有思想。一句话：我找回了思想。我找回了我自己。

这本小册子便是我的夜航纪事。我把它留给爱书的人、爱我的人和我爱的人。

1997 年春节

[题注]

《陈原书话》，姜德明主编，陈原选编，1998 年 1 月北京出版社出版。系"现代书话丛书"第二辑（共八种）之一。该书扉页附作者照片和手迹各一。书前有姜德明为丛书写的序言，书末附责任编辑杨良志简短书评："上编十数篇讲的是自己的'书缘'：得书，失书，焚书……一个读书人的苦辣酸甜尽在其中。中编五十几篇短文居多，作者那种融介绍、评点和抒情于一体的读书札记，小中见大、宏中探微，非'木鸡养到'的老手而不可为。下编之中记人的一组文章，娓娓道来，笔端蕴藉着深深的情愫，读来使人不禁怦然心动，并且为人、于处世都多有领悟。"

《贝多芬：伟大的创造性年代》中译本前记

三联书店1998年版封面

本世纪初，36岁的罗曼·罗兰完成了三本伟人传中的第一本，即《贝多芬传》——那是1902年，这本小书于次年出版。正如作者后来所说，"这小册子，由一个无名的人所写，从一家无名的店铺里出来，几天之内在大众手里传播开去，它已不再属于我了。"

25年后（1927）作者为《贝多芬传》新版写的序言中有这样一条注：

> 作者预备另写一部历史性的和专门性的书，以研究贝多芬的艺术和他创造性的人格。

他预告的这部大书，次年（1928）印行了第一卷，题名为《贝多芬：伟大的创造性年代》，副标题是《从"英雄"到"热情"》。可以毫不夸张地说，从那以后直到他与世长辞，在进行紧张的文学活动和社会活动的同时，他一刻也没有离开过这部大书的写作。这部大书共七卷——看来第七卷已成遗作。第二卷至第七卷依次名为：《歌德与贝多芬》（1930），《庄严弥撒和最后的奏鸣曲》（1937），《第九交响曲》（1943），《最后的四重奏》（1943），《贝多芬最后的日子和贝多芬之死》（1945），《贝多芬的恋人们》。其中，卷三又称《复活之歌》，卷四、五、六又称《未建成的殿堂》之一、之二、之三。

这部大书是研究贝多芬的专门著作，当然也是西方音乐学的专门著作；

但它不完全是那种学院式的专门论著，它也是为普通人写的，是为音乐爱好者写的，为被贝多芬的伟大人格和迷人乐曲所打动的人写的。凡是被《贝多芬传》感动过或启发过的读者，势必急不可待地要从这部大书深入理解这个划时代的巨人。正如作者自己所说的，《贝多芬传》那部小书"出自一个孤独者的手笔"，它"绝非为了学术而写的。它是受伤而窒息的心灵的一支歌。"作者曾不止一次说过，他写那部小书时太年青，一味膜拜这个"时代的精灵"。而写作这部大书时，作者已经成熟了，他可以作理性的分析。他逐渐从个人主义走向集体主义，从"超越混战"走向"与过去告别"，从英雄崇拜走向群众运动：他有一切条件从历史的背景和社会的环境中，运用他丰厚的艺术修养，更加客观更加真实更加深刻地对这个时代精灵进行剖析。他剖析这个艺术家，同时也剖析这个"人"；剖析他的乐曲，同时也剖析他的人格。然而这部大书决不是高不可攀的专书；尽管书中引证了成百个乐句或乐想的片段，但不熟悉五线谱的读者尽可跳过它们，因为仅仅通过文字就足以窥见作者的思想，这些引证本来可以略去，自然，熟悉五线谱的读者可以从中猎取更多的音乐养分。

　　这部书头一卷，最为一般读者所喜爱。这一卷，乍看似乎只写了贝多芬的一部交响曲（《英雄》），一部奏鸣曲（《热情》），和一生仅有的一部歌剧（《莱奥那拉》），但这三章连同最初的一章对30岁的贝多芬所作的画像，实质上已经描绘了一个活的贝多芬：一个同资产阶级民主革命息息相关的音乐家的贝多芬，一个热爱人间并且把通过痛苦得到的欢乐献给人间的贝多芬；同时也深情地描绘了毕生追求着"不朽的恋人"而最后孤独、寂寞、得不到爱的贝多芬；当然还刻画了那个绝不向权贵、向命运低头的

三联书店2003年版封面

贝多芬。这一卷剖析的不仅是个别作品，而且是这个音乐革命家对传统的突破和发展，简直是一部西方音乐从古典走向浪漫时期的社会史。在这部书中，罗曼·罗兰把自己融化在贝多芬的音乐里；甚至可以说，他写了贝多芬，同时也写了他自己。

无需在这里介绍作者，因为这个作者是中国读者最熟悉不过的，他的《约翰·克利斯朵夫》，他的三本伟人传，他的一系列"人民戏剧"，都曾吸引过许多读书人。这部大书的第二卷，早有梁宗岱极好的译本（1943，重庆）；而第一卷即现在呈给读者的这一卷，也在半个世纪前（1946，香港）出版了陈实的译本。而陈实不满意她的旧译，决心从头开始；她邀我参加这次精神世界的艰苦而愉快的旅行。说起来也算巧合：在陈实开始翻译这部书时，我也在南方一个城市得到同一个英译本，于是兴致勃勃地开始移译，由于缺乏专心进行译事的客观条件，时译时辍，译成的片段终于在那场绝灭文化的浩劫中付之一炬了。

1994 年春，当我们第一次合作的成果《柏辽兹》问世后，陈实向我提出进行第二次合作的建议，这太使我高兴了。回想少年时我跟她曾一起迷醉过音乐，一同学过外语，但谁也没有想到两人不通音问、阔别几十年后却又能重逢，并且发现彼此还保持着少年时的那种爱好、激情和憧憬。第一次合作给我们带来了莫大的欢愉；因此我们满怀信心开始这第二次合作。人到黄昏，居然还有机会"圆"了年轻时碎掉的梦，也可以说是一种幸福罢。

我对照着法文原本和英译本，校读了她改过多次的新译手稿；在好些地方，重新组织了某些字句，并且尽量按照法文原版的段落和标点符号写定，同时改正了英译偶尔的疏漏。我们把作者引证的乐谱片段编了号（原文和英译都无编号）：为的是使中译本在排印时最大限度地减少差错。我们加的一百多条译者注，则在原注中或原注注码上加 * 号，夹排在原著的注释里，但所有译注都用 [ ] 号加在注文首尾，以示区别。法文原本的注释都排在该页下方，英译本则改排在正文之后，这个译本从原著，即排在有关页的下方。

由于原书（Editions du Sablier, Paris, 1928）和英译本（Garden City Publishing Co., New York, 1937, Fourth Edition）的插图，复制出来都不理想，因此只得改用几张波恩贝多芬故居给"朝圣"者提供的明信片，以及我在波恩音乐厅前拍摄的现代派雕塑贝多芬造像。译校者衷心感谢我们的出版家老朋友，她在如今出书艰难的时刻欣然接受这部书稿，让它得以精美的形式问世；同时，译校者也对此书的编校、装帧、印制工作者们，致以衷心的谢忱。

陈　原　1995年10月于北京

附：中译本后记

这是我第二次翻译罗曼·罗兰这本书——反法西斯战争胜利后的1945年冬与1946年春之间，亡友诗人戴望舒把这部书的英译本送给我，让我译成中文。照我理解他有两层意思：首先，这是一本好书，值得介绍给中国读者；其次，由于书的内容讲的是贝多芬的音乐，他相信（其实不如说是希望）我能够把这书译好。关于第一点，我深信不疑，因为罗曼·罗兰和贝多芬都是我的偶像；至于第二点，我那时也不是没有保留的，只是由于年轻人不知天高地厚的狂妄，加上朋友们热情的鼓励，使我没有详细考虑就动手做起来，完全料不到以后使自己懊悔了几十年，因为我糟蹋了一部好书。我曾经尝试过开解自己：假如那时健康不是那么坏；假如不是好像跟死神赛跑那样急于把工作完成，也许成绩会稍稍好一些。但是，没有用，我心里明白，失败的主要原因，或者不如说，唯一的原因，是自己的幼稚无知。

不管怎样，这个译本在1946年冬天由香港人间书屋出版了，书名用了《造物者悲多汶》。在以后的岁月里，凡是有人对我说读过这译本时，我的感觉不是高兴而是好像被人戳了一下。这种愧对故人的精神折磨，引发了重译的决心。译事开始了好几次又停下来；直到70年代退休之后，才真正又一次开始。断断续续地译了又改，改了又译，总好像改不完，抄不完，有时甚至觉得完成的希望都很渺茫。完整而布满涂改痕迹的"未定稿"共有两份，搁在那里好几年。

转机在 80 年代初出现。音信断绝了整整一个世代的同窗好友陈原，突然出现在我眼前。岁月的流逝可以改变人的相貌，但改变不了更可贵的东西：理想，信念和友情。我发觉他还是从前我所熟悉的那个人。我顿时感到了绝处逢生的喜悦，因为这些年，望舒，新波，还有许多在我初次翻译这本书的时候给我精神支持的好友，都已经先我而去。现在有了陈原，我觉得我在进行中的重译工作，就不再是孤军奋斗了。

1993 年秋天，陈原捡起了他 50 年前的旧译——罗曼·罗兰另一部音乐论著《柏辽兹》，要我根据英文译本给他校订。这本书的初译手稿，一直在我手中保存了近半个世纪，几经波折，它却好好地在我的书稿堆中沉睡。他在我的校改稿上重新写定。这本小书 1994 年在香港三联书店出版之后，促使我们有信心进行第二次合作。他对照法文原本和英译本，给我校订我重新翻译的罗曼·罗兰这部力作。工作进展得很慢，其中一个重要原因是我们住在海内外两个城市，一年难得见一次面，所有疑难切磋只能靠通信。不到两年，我们之间交换了六百多封信，这就是见证。在这期间，我们发现英文译本总的说还很忠实，但亦不免略有疏漏，而且常常按英语读者的习惯，改动原作的段落划分和标点符号：我们在校译中都依原本改过来了。另一方面，本书的作者被誉为欧洲文化传统的化身，在他的笔下出现了许多西方人熟悉而东方人却陌生的典故、引语和隐喻，几乎每页每段都会碰到费解的哑"谜"；对我们来说，如何准确地"破译"这些哑谜，就成为一件吃力的事。许多地方不得不加上注释（除此之外，我们还加了一些常识性的附注，这些附注也许对非专业的读者有所帮助）。作者原来就有几百条或长或短的注释，译校者又加上一百几十条译注，但愿它们没让读者感到心烦。——我想在这里顺便提一下：所谓译校，就我们两人来说，几乎可以说是分不开的，译者就是校者，校者也就是译者，全书从最初到最后，一章一节，无不是两人的笔墨，不论是好是坏，都该由我们俩共同负责。

现在，译校工作已进入尾声，回顾过去二十多个月走过的路，一点也不平坦，但是想到我们两个人最初一起学弹贝多芬的钢琴曲，正是人生的清晨，此刻到了暮色苍茫时分,又一起翻译一部关于贝多芬音乐的书,那种愉快的感觉,却不是笔墨所能形容的。

尼采说,上帝已死。也许。可是我相信,无论有没有宗教信仰或主义信仰,每个人心里都有一个不死的"上帝"。我第一个译本的书名使用了"造物者"这个语词,就有把作曲家比作心灵中的上帝的意思。半个世纪过去了,贝多芬在我心里的地位并未改变。这个到了生命的尽头仍然高举拳头以挑战者姿态面对死亡的巨人,以无比的勇气和不屈不挠的精神,克服了一生中的不幸与苦难,把由此得到的欢乐献给人间。他在170年前谱写的《欢乐颂》,今天仍能教人听了热血沸腾。贝多芬的音乐就有这种不死的力量。贝多芬离开人世已超过一个半世纪了,但他仍然活在万万千千人的心里。

好了,现在我们把这第二次合作的成果献给世人:特别献给那些在最艰难的时刻还对未来充满希望,至少是拒绝放弃希望的人们。

陈 实 1995年10月于香港

"朝拜"贝多芬

[题注]

《贝多芬：伟大的创造性年代——从〈英雄〉到〈热情〉》，〔法〕罗曼·罗兰著，陈实、陈原译，北京三联书店1998年4月出版，2003年8月三联书店将该书和《柏辽兹》合为一册出版，第一部分为《贝多芬》，第二部分为《柏辽兹》，页码单独编排，书名改为《贝多芬：从〈英雄〉到〈热情〉音乐"鬼才"柏辽兹》。正文前插贝多芬及其故居等图片7幅。附录三篇：《贝多芬的失聪》、《贝多芬1800年的草稿本》、《布伦斯维克姊妹和她们的"月光曲"表妹》。卷末为陈实《中译本后记》。

陈原曾写《萧伯纳与贝多芬》（1979年）、《"朝拜"贝多芬》（1989年），赞颂贝多芬的人格和音乐，收入《陈原散文》。

《遨游辞书奇境》前记

商务印书馆2000年版封面

我没有编过字典词典,这是确实无疑的;我却在辞书这奇境中遨游了大半生,这也确实无疑。

语言学大师赵元任介绍那位阿丽斯漫游的奇境是梦中幻境,而我遨游的辞书奇境却是现实。在这个奇境里,有语词的密林,有知识的海洋,有数不尽的悲欢离合。

咦!难道辞书里会有悲欢离合?有的,有的。每一部辞书都充满了喜怒哀乐——要不,在那疯狂的岁月里,在那绝灭文化的"革命"里,怎么会有将所有消极词汇通通逐出辞书的建议?

那时最"革命"的人说,怎么搞的,哪里来这么多的悲哀,悲愁,悲痛,悲愤,悲惨,悲怆,悲伤,我们无产阶级永远是乐观的,战斗的,昂扬的,情绪高涨的,辞书应当肃清那些资产阶级的多愁善感。我听了只能目瞪口呆。

后来,我一本正经地向领导建议:是否找人编一部《好话词典》,把天下的好话都收进去,以便鼓舞"革命"士气。我的潜台词是囊括世间所有歌功颂德的语词,所有阿谀奉承的语词,所有吹牛拍马的语词。我不知当时领导听懂了没有——可惜他已经走了多年,不能再去问他了。如果他还在,我想,他一定也觉得那时的疯狂实在可笑得很。

这之后不久,我便因给《现代汉语词典》说几句好话而"受难",大帽子满天飞,"走资派还在走!""黑线回潮复辟的典型!"且祸及语言研究所真正编词典的"圣人"们。我为辞书受难,却丝毫没有减低从少年起就养成的遨游辞书奇境的癖好和兴趣。

*　　　　*　　　　*

话说我从炼狱即湖北咸宁五七干校奉调回北京,被分配到中华商务这家出版社"帮助工作",即我平常说在这里"行走"的那一年(1972),便看到《袖珍神学》①在发售,不免大吃一惊。照当时的情况看,这部书(尽管它是十八世纪法国无神论者的辉煌著作)哪里能面世呢?也许书稿在"文革"前已打好纸型,阴差阳错,竟然糊里糊涂地给印行了。在那万籁无声的北京,使爱书人在无书的世界中看到了一线光明。

小书招来大祸。"革命群众"纷纷来信指责和谩骂——骂得特别凶的是从贵州来的

《袖珍神学》商务印书馆
1972 年版封面

一读者:你们那里一定出了反革命,公然出版这种神学词典,对抗史无前例的文化大革命,罪该万死!我奉命处理这"事件",要我以出版社的名义一一向来信的"革命派"做解释。我只好搬出列宁的经典论述,来化解这一场无知的误会。这样有趣的奇遇,给我的遨游增添了几多乐趣。套一句名言,利用词典进行思想宣传,是一大发明;何况此书写得那么尖锐,那么辛辣,那么幽默,那么深刻,值得辞书编纂家去遨游一番。

我记得"魔鬼"这一词条的释义:"魔鬼是天庭的首相,教会借以进

---

① P-H. Holbach, *Dictionnaire abrégé de la religion chrétienne.*

行工作的杠杆。"更妙的是:"上帝非常需要魔鬼,因为他可以把一切只能归咎于他自己的蠢事记在魔鬼的账上。"

这样启发我去遨游魔鬼的园地。我找到比亚斯的《恶魔词典》。比亚斯是十九世纪末的美国报人——一个愤世嫉俗的知识分子,不知是这个世界不能容忍他呢,还是他不能容忍这个世界,他后来去了墨西哥,不知所终。

他为报纸写专栏,用的是词条释义的形式抒发他的思想;1911年辑成一书,取《恶魔词典》[①]名,我见到的是1967年霍金斯教授辑印的增补本。

"恶魔乃是人间一切坏事的制造者,又是世间一切好事的持有者。"词典这样说。

*　　　　*　　　　*

在辞书奇境中还有许多类似的怪杰,比如英国的德·波诺那部叫做《词力》[②]的词典,或者如丹麦的赫格勒夫妇的《性爱词典》[③],都有着耀眼的思想火花,丰富而美丽的联想和十分吸引人的插图。德·波诺的书只解释了二百六十七个单字,说是解释,还不如说他"处理"了这些单字,把释义化为浮想的翅膀,正如他自己说的,"如果说汽油是汽车的动力,那么,让心灵跳动的动力就是思想。"他收了"官僚主义者"一字,他下的定义是"凭着自己的地位(不问他的王国有多大)依靠一张办公桌去管治一切的人"。至于赫格勒夫妇,他们是在欧洲非常"性开放"的国度里编词典的,他们的笔可以自由自在地在纸上飞翔,但是他们描述的不仅是性科学,还时时辛辣地接触到人和社会的复杂关系。

我把这些词典称作"不是辞书的辞书",可能词典编纂家们不喜欢这些"异端",但我却在遨游中得到无穷的乐趣和启发。

[①] A. Bierce, *The Devil's Dictionary* (Enlarged).
[②] Edward de Bono, *Word Power*.
[③] Inge & Sten Hegeler, *ABZ de Amo*.

学院派专家编纂的辞书，透过那道貌岸然的篇页，却也令人神往。比如剑桥大学的马尔姆克泽尔的《语言学百科全书》①，"pidgin"一条，使我大开眼界。这里给出了此字语源的六家不同学说，信息既丰富又有趣。pidgin 一字译作混合语，混和语，皮钦语，洋泾浜。一般认为是十八九世纪"天朝"的子民接触外来的英国人时说的歪英语，pidgin 乃英文 business（买卖）的讹音。此说出自权威的牛津大字典 OED。除此之外，至少有另外五种说法：葡萄牙语 occupacao（做生意）的讹音，希伯来语 pidjom（交换或买卖）讹音，南美印第安雅果语 pidian（人民）的讹音，南海诸岛英语 beach（海滩或滩头）的讹音，最后是许地山教授说的：粤方言"畀钱"（pei tsin）即"给钱"的意思。对于像这样一时难于判定的语源问题，词典编纂家慷慨地给出了所有的信息，"百家争鸣"，这应当是大型词典所要做的（当然不排除编纂家本人有他自己的看法或倾向性）。

＊　　　　＊　　　　＊

某年我在多伦多意外得到世界闻名的小提琴家海菲兹的女公子——钢琴家伯恩斯夫人编写的"怪字字典"，真可谓一次奇遇了。钢琴家花了十年工夫，在巡回演出的余暇，收集了英语世界六千个"怪"字，排比鉴别，加上注音和释义，蔚为大观！书名叫做《罕见的，费解的，反常的语词词典》②。它既收当前报刊"出台"的怪字甚至生造的语词，也收名著中十分罕见的单字——例如它收载了莎士比亚用过的最长的单字 honorificabilitudinitatibus，并说明它出自莎翁某剧某场作什么解。当然，人们可以在例如两卷本牛津大字典中找到此字，但一般字典则不收。我注意到书中收了一个英语文献中用过的借词 ssu，——汉语"丝"字，释义为一两的十万分之一。此书七十年代曾是一部畅销书，谁也想不到它竟是一个音乐家利用业余时间编成的，她为的是什么？不是为名，不是为利，而是

---

① K. Malmkjaer, *The Linguistics Encyclopedia*.
② Mrs. Byrne's *Dictionary of Unusual, Obscure, and Preposterous Words*.

为文化的大厦添上一砖一瓦,这种精神比对今日书坊里那些冒牌专家随意剪抄粘贴成书的所谓"最新"辞书来,真令人感慨万分。

＊　　　　＊　　　　＊

遨游奇境,时有感触,信笔写出来,便成随感录五篇,即《释"一"》,《释"大"》,《释"鬼"》,《释"典"》,《释"九"》。第一篇写于1980年春节,那时创刊不久的《辞书研究》不嫌文章不成体统居然把它发表出来——誉之者说这是别开生面的学术论文,毁之者说这是不知所云的胡言乱语。至于我,还是每年春节写一篇,如是者经历了足足五年。我自己很喜欢这五篇文章,因为我的思想通过它们可以无拘无束地自由飞翔,不局限于某一个园地。那几年是我一生中最忙碌的时候,我只能用这样的形式记录我在遨游中得到"灵感"的思想火花,甚至是一些一闪即逝的火星。

十五年过去了,如今拿来重读一遍,觉得还有点意思,至少可以看作一个社会语言学研究者在辞书奇境中遨游时,记录了他的所见所闻所想。散文不像散文,杂文不像杂文,那也管不着了。

这五篇东西就构成本书的上编。本书下编则收集了另外五篇有关辞书编纂学的论文,写作时间的跨度长达二十年(1978—1998)。

第一篇《关于词典工作中的若干是非界限》是粉碎"四人帮"后在一个辞书编纂会议上做的报告,后改写成文,发表于《中国语文》复刊号。凡是经历过那场浩劫的读书人,都会记得"极左"思潮在那十年中严重损害了整个文化事业,其中特别搞乱了辞书编纂的思想,模糊了许多是非界限。这篇文章当时起过一定的拨乱反正的作用。但是它也无可避免地打上时代的烙印。无论文字,论点,举例,都保留着浩劫时期的"风尚",弥漫着大字报那种杀气腾腾的味道。编入本书时不作改动,以存其真,我们的读者一定会把它当作历史的遗迹来看待的罢。

第二篇是在《汉语大词典》编委会上的三次讲话记录稿。1980年在杭州开的那一次会,它的学术顾问差不多全体出席,各抒己见,极一时之盛。我的讲话便是其中之一，内容偏重于鼓舞士气，因此很得故友罗竹风（大词典主编）的欣赏。大词典经历了十九个春秋终于完成，而罗老已仙逝多时，出席那次会议的学术顾问留在世间的也寥寥无几人了。收载此文，聊以表达我对他们的怀念和敬意。

最后三篇均作于九十年代，论述当前辞书编纂所遇到的三个问题，即辞书修订应当采取什么态度问题，辞书的规范化和超越规范问题，以及在新的语境下编纂辞书要开拓新的思路问题。作为没有编过词典的界外人，我对这些问题发表了自己的粗浅意见，收载于此，就教于同道们。

除了最后三篇，都曾收集在上海辞书出版社出版的"辞书研究丛书"之一的《辞书和信息》中，那已是十五年前的事了。

陈　原　1999年11月1日北京

[题注]

《遨游辞书奇境》，陈原著，商务印书馆2000年10月出版，系"陈原文存"之一。内容分上下两编，上编收20世纪80年代所写论文5篇；下编收入有关辞书编纂学的论文5篇。薛绥（沈昌文）在《一个语言学家的酸甜苦辣》中，介绍了陈原与辞书编纂的曲折经历（参见《词典的两个世界》，台湾网络与书股份有限公司2002年版）。

《界外人语》前记

商务印书馆2000年版封面

我是界外人。

何谓界外人？就是说，这种人很难界定他属于哪一界。或者他根本就不属于哪一界。

我想起半个多世纪前，即八年抗战结束后，见到师友郑振铎，他笑嘻嘻指着我说，你怎么变成一个"两栖类"。

我明白，他说的两栖类是指我不专心搞文学，却杂七杂八地写不三不四的东西。可这两栖类却暗合美国式的畅销书两分法：小说和非小说，或虚构与非虚构。

那年代我确实时而弄弄虚构的，时而弄弄非虚构的。其后，我的笔几乎尘封了近三十年，而我这人却经历了虚的非虚的以及虚与非虚之间的许许多多虚非虚，非虚非非虚的地带。

时光老人把我带到世纪末时，我已非当年的两栖类，变成一个界外人。界外人说的话，就是界外人语。因为不在界内，界外人语往往隔靴搔痒，说的尽是外行话，无足轻重，但正因为不在界内，说不定少了一点圈圈气。

《界外人语》收录的几十篇文章，都是不合规范之作，大部分写于近两三年，虚不虚，非虚不非虚，虽不入界，但无假话套话。只有两篇（《由"死魂灵"扯到"水浒"》1940，《昨天·今天·明天》1944）作于半

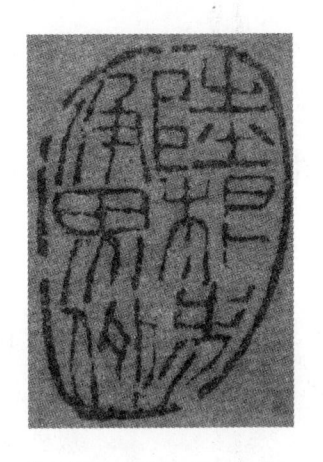

"界外人"印章　　　　"六根不净界外人"印章

个世纪以前,是朋友查阅旧报纸时发现,影印寄我的。一看,却也合乎界外乱弹琴的体例,所以收录在此,不过自己也有点惆怅,因为它与近年文章排在一起时,足以证明自己虚度年华,无甚长进。

　　大约有三分之二的文章曾在海内外各种报刊上发表过,我感谢这些报刊的编辑朋友们。我还得感谢出版家为此书的问世付出的辛劳;特别是责任编辑和校对同志认真校读原稿和校样,改正了一些笔误和错误,我不知怎样才能表达出对他们的感激之情。

陈　原　1999岁末

[题注]

　　《界外人语》,陈原著,商务印书馆2000年12月出版,系"陈原文存"之一,内容分四部分:思想录、书志、艺文志、人物志等四辑,收录散文近百篇。

《总编辑断想》前记

辽宁教育出版社 2001 年版封面

　　1993 年初,我应香港联合出版集团李祖泽总裁的邀请,给这个集团所属的若干出版机构的"老总"们讲一次话——我就做了差不多两个月的准备,写了两次提纲,然后向包括集团总裁、副总裁在内的许多"老总"们讲了两小时,他们当中也有几位做了即兴发言。我写的提纲共三十段——学维特根斯坦的哲学著作那样,尽力写成一些"警句";但力不从心,成文很不理想。讲时没有照念,给"警句"加了几倍的注释,才只讲了六七段。这里是根据我的两次提纲以及所能记忆到的当日发言的精彩论点,写成十七段,没有头,没有尾,故名之曰"断想"。作为我在出版部门工作半个世纪的结尾。

陈　原　1993 年 10 月

附:后序

　　1980 年,我有幸在陈原先生领导下编《读书》杂志,这是我第三次同陈老有密切的交往,在这以前,已有两次。第一次是 1954 年,那年我 23 岁,奉调去给人民出版社的领导们当秘书。陈老是领导成员之一,我的座位正好在他对面，于是天天听他以及其他领导讲好多我听不大懂的话。这以前，我只在出版社干过40个月的校对，完全不知道出版，特别是编辑是怎么回事，所以到这时就十十足足当小学徒了。那时一大一小两间屋子坐了五六位领导，以曾彦修先生为首，还有王子野、冯宾符、张明养、史枚以及陈原先生各位。我听他们特别是陈原先生的宏论三年，到1957年，政治运动来了，才告一段落。

第二次密切的交往是在"文化大革命"中。这是一种有特殊意义的"密切交往"——他成了审查对象，我被认为是"小爬虫"，即紧跟他们这些"走资派"的走卒。当然，陈先生是敌我问题，我还算人民内部矛盾。我只有狠揭狠批陈原诸人，方可过关。我当然是老老实实地做了，也就是把上面所说三年里所接受的一切关于出版的启蒙教育都给否定了。我记得，写过一张大字报是狠批陈原在家里请我吃饭时劝我多读书的"谬论"的，也就是他在本书第一节所说的那些道理。这位"走资派"居然在家里设宴用"读书"这诱饵来毒化像我这样的"革命青年"，是可忍，孰不可忍！这一来，我当然同走资派划清了彼此的界线。要说明的是，当年如此这般做来，是相当心甘情愿的。我那时埋怨的只是对我公开施加压力的几位同龄的小伙伴，怪他们对我这老朋友下手太狠。对"大方向"，说实话，压根儿没有怀疑过。就这么，把自己三年里所受的教育都给否定了。广义地说，人们间的此来彼去都属"交往"，因此我同陈先生的这一次来往也可说是"密切的交往"，只是性质特殊而已。

以后就是上面说的第三次"密切的交往"。这一次，我真正当了他的下手。一起编个杂志，他遥控，我执行。事情刚一上手，我就意识到那些老人家是在把1957年被打断的事继续做下去。想不到，"否定之否定"这一规律也适用于自己。我起初很困惑，怎么1966年那么热忱地否定过、批判过的一

《总编辑断想》插图

切，现在又那么大规模地实践起来，不同只是，现在不用去讲苏联的"先进经验"，而只是老老实实谈自己的传统和实践了。我举一个小例子来说明1954年与1980年的类似：以我之不学，在1954年间怎么会知道世有陈寅恪其人。当时，那些领导老在嚷嚷陈寅恪，后来还用三联书店名义出了他的《隋唐制度渊源略论稿》和《元白诗笺证稿》。1957年以后的几十年里，听不到这名字了。到1980年以后，又老听这些老长官说到此人。那时对这名字我就不陌生了。即使没有受过历史学专门训练，也算读过他的一些著作，甚至可以倚老卖老地说一些五十年代的往事。

《读书》创刊号（1979年1月）

因陈寅恪，又想到所谓"衣食父母论"。这更是我在五十年代天天听领导在谈的一句话。到"文化革命"，包括我在内的革命群众哪能将"走资派"这个罪行轻轻放过。批这理论还有一带劲的做法：把作者揪来一起批斗，于是这会就开得热闹了。何况听说此语源自某大"黑帮"，更可以做到大方向没问题。八十年代后，还是陈原这些老先生，言传身教，要我们真正把作家当做"衣食父母"。可以说，《读书》之所以办得出色，受此论之惠多矣！同事中这方面实践得最好的是赵丽雅女士。她是从文化、从书迷的角度真正奉作家为衣食父母，同他们交朋友，为他们出力。她把陈老的种种主张融会贯通了。

从上面这些背景来看这本小书，可以大致掂出此书的分量。它实际上是一个极有智慧的老人从事出版一个多甲子的经验总结。在这个总结中，作者又把他对他的前人经验的理解融会在内。陈老为文，明白如话，兼以幽默风趣，这种他经常指点我们的"可读性"，恕我直说，有时也有一个副作用，这就是有的论点容易为读者轻轻放过。鄙人在这里以已追随此公数十年（其中有若干年背叛，前已言及）的旧部的资格奉劝读者，千万慢慢地耐性读，不要放过书中的微言大义。

这本书完成于 1993 年 1 月。是时也,鄙人虚度六十又一,获准退居二线,从兹少问世事。因此,陈老出版观念的许多新发展,我已不及实践,以是恨恨。例如讲系统工程,讲凝聚力,其中指述的许多优长之处,为我前所未知,而有的弊端,却是我工作中常犯的毛病。现在读到,恍然大悟,但改已不及,徒呼负负。从这里看,年轻的读者朋友,你们在还能把陈老的经验付诸实践的大好时光读到这本书,是有福了!

沈昌文　2000 年 10 月

[题注]

《总编辑断想》,陈原著,辽宁教育出版社 2001 年 4 月出版,副标题为《演讲备忘札记》。原系《陈原出版文集》之一节,《出版文集》前"题解和思考"作为该书的前记,个别文字有改动。文末附沈昌文《后序》。有插图 16 幅,是康笑宇据文中精彩词句所作。

《重返语词的密林》后记

八十年代我初次走进语词密林，几年间共觅得小草二百零一株，一九九零年写成文字辑印成册，取名《在语词的密林里》。倏忽之间过去了十年有余，世事沧桑，人间冷暖，友朋一个一个悄悄地走了，而我还活着，时感孤独寂寞。甚至呼吸不畅，于是重返密林去练一阵瑜伽，调节性情。前后三年，抱得栎木十棵归来，化为文字共得十题六十七则；随手在远近岩穴内外寻得图形残片多件，嵌在栎木文中，煞是好玩，别无深意。昨日忽有手持大刀的彪形大汉闯进我的小屋，厉声吆喝：你好大的胆子，人们在造林，你竟敢伐木！哐啷一声，刀起头落，我大叫一声，"死了死了"——原来是隔壁装修房子，电锯一响，惊醒我作的白日梦！

2000年4月20日深夜记

辽宁教育出版社
2002年3月版封面

[题注]

《重返语词的密林》，陈原著，香港明窗出版公司2001年7月出版，题为《拍马屁和马屁精》。辽宁教育出版社2002年3月改为此题出

辽宁教育出版社
2002年6月版封面

版，同年 6 月作为"万象主题书"之一再版。书中《我回来了》、《在语词的密林里》、《当人变成分子的时候》、《拍马屁和马屁精》、《我不是人》等篇先后在《万象》刊物刊登，成书后配 35 幅插图。扉页引用尤利·巴基的名言："春天还会来的……还有许多美丽的春天！"（巴金译）

香港版封底介绍说："作者游走语词密林调节性情，以伐木为乐，二十年间历经世事沧桑，字词演变，屡有所获，日月积累，化为文字共得十题六十七则，作者以活泼跳脱的笔调，从流行词到网语，抑三字经或四字经，都独具其运思，幽默处点到即止，令人莞尔。"

香港明窗出版公司
2001 年版封面

《我的小屋，我的梦》后记

浙江文艺出版社 2005 年版封面

前年在医院做完手术后，躺在病床上胡思乱想，病原细胞可能转移，也可能不转移，我何必天天等着它转移呢？于是忽发奇想，想把自己经历的几十年风风雨雨写下来，留给我的亲人们做个纪念。主要不是写我自己，而是写我接触过的人们——我自己的经历平淡无奇，但是如实地把我接触过的人们，我景仰的人们，我深深怀念的人们描写下来，岂不是绘出一幅生动的、带着时代气息的风俗画么？昨夜星光灿烂——这六个字，老是在我的脑海里盘旋。我知道这是我最后的一个美梦，要变成现实可太困难了。这些天黄沙蔽日，忽冷忽热，心情却很舒坦，便躲在我的小屋里写了这几十页东西，借以自娱。回味往事，写不出昨夜灿烂的星光，只能告诉我的亲人，我在那一间又一间小屋里，度过了美好的一生——充满苦恼和希望、激情和友爱的几十年。

2001 年 5 月于我最后一间可爱的小屋

[题注]

《我的小屋，我的梦——六十年往事："如歌的行板"》，浙江文艺出版社2005年6月出版。该书记录了陈原上世纪30年代以文化工作者的身份在抗战中参加革命,到1949年从香港北上的经历,有助于了解陈原的生平和思想。附录10篇,是出版界专家及其亲友写的纪念文章。

浙江文艺出版社为纪念陈原逝世一周年,2005年9月13日以"陈原留给我们的财富"为题在北京召开了出版座谈会。

"我的小屋,我的梦"

下编

《列宁文集》出版者说明

列宁文集

〔第一册〕

（一八九四年至一九〇四年）

★

人民出版社1953年版封面

满足目前高级干部学习和参考的急迫需要，根据解放社版《列宁选集》重新编印的；各篇仍用解放社版《列宁选集》原来的译文，都未经对照原文校订，只在发排前改正了一些旧版印刷上的错误，并在个别地方根据俄文六卷本《列宁选集》作了译文字句上的若干修改。

全书分印七册，按各篇著作写作或发表的时间先后排列，各册所包括的时期如下：

第一册　1894 至 1904 年
第二册　1905 至 1907 年
第三册　1908 至 1914 年
第四册　1915 至 1916 年
第五册　1917 年
第六册　1918 至 1920 年
第七册　1921 至 1923 年

本书仍附解放社版《列宁选集》原来的注释。

排在每页旁行的注释，注末不署名的都是列宁原注；注末署"俄文版编者注"的，系俄文六卷本《列宁选集》编者所加；注末署"英文版编者注"的，系该选集英文版编者所加；注末署"译者注"的，系解放社版《列宁选集》译者和校阅者所加。

排在每篇正文末尾的注释，均系俄文六卷本《列宁选集》卷末注释的译文或节译（但第七册所收各篇，原译本没有把注释译出，现在也从缺）。这些注释是在《联共(布)党史简明教程》和《列宁全集》第四版出版以前写成的，请读者注意。

本书并未包括列宁在各个时期所写的全部著作。本书各册均附有说明，列举列宁在各该时期所写已有中文译文而未收入本书的重要著作及其版本，以便读者查考。

《列宁文集》第一册包括列宁在 1894 至 1904 年所写的若干著作。列宁在这个时期的重要著作已译成中文的除收入本册的外还有：

什么是"人民之友"以及他们如何攻击社会民主党人？（1894年）（莫斯科版单行本）

弗里德利赫·恩格斯（1895 年）（见《论马克思恩格斯及马克思主义》）

俄国资本主义底发展（1896 至 1899 年）（人民出版社版单行本）

我们究竟拒绝什么遗产？（1897 年）（人民出版社版单行本）

俄国社会民主党人底任务（1898 年）（见《列宁文选》两卷集）

农业中的资本主义（1899 年）（见《土地问题理论》，上卷，人民出版社出版）

俄国社会民主党人底抗议书（1899 年）（见《论马克思恩格斯及马克思主义》）

我们的纲领（1899 年）（见《论马克思恩格斯及马克思主义》）

中国的战争（1900 年）（见《列宁斯大林论中国》）

做什么？（1902 年）（莫斯科版单行本）

进一步，退两步（1904 年）（莫斯科版单行本）

［题注］

《列宁文集》，列宁（В. И. Ленин）著，联共（布）中央附设马恩列学院辑，人民出版社 1953 至 1954 年出版，共七册。陈原在《关于列宁斯大林著作的两份文献》的"题解与反思"中提到，1953 年初，中央负责同志责成出版总署编辑印行列宁所有翻译成中文的著作,凡是苏联外文书籍出版局编辑出版的中文本《列宁文选》两卷集以及大部头的单行本(如《唯物论与经验批判论》)外,所能找到的列宁著作中译本,都应按写作年月排列,汇编成册,内部发行,供全党高级干部参阅。陈原具体负责这项工作,由张光璐和梁承先两人协助。第一卷于1953年12月出版,陈原起草《出版者说明》一文,经中央有关负责同志审定,排在第一卷卷首。(参见《陈原出版文集》,中国书籍出版社1995年版第4页)

《印刷工业技术革新经验汇编》序

科技卫生出版社1958年版封面

"大跃进"以来,全国各地印刷业职工同志们,在党的总路线鼓舞下,政治挂帅,破除迷信,鼓足干劲,大闹技术革新,取得了初步的成绩,解决了印刷工作上一些薄弱环节和关键问题,加快了出书时间,提高了印刷质量;解决了一些印刷器材供应的困难,同时也充分利用了现有设备。目前印刷技术革新的总的趋势,则是自力更生,就地取材,土洋结合,从无到有。这样,就使印刷工作有可能更好地为政治为出版服务,并且完全能够经过三年苦战,建立一个从中央到县的、大中小并举、土洋结合的报纸书刊印刷网。

现在,各地印刷厂的领导人和技术革新者带了他们许多可贵的技术革新经验,到上海来参加文化部出版事业管理局召开的全国印刷技术革新经验交流会议,并且在会议上集思广益,取长补短,互相学习,共同提高。为了使这些资料能够广泛流传,让全国印刷业职工同志们都学习到某些比较成熟的经验,或从即使是不成熟、但还有一定用处的点滴经验中受到启发,参加会议的代表们建议出版社把资料汇编成书。这本书就是在这样的要求下,依靠编委会所组织的许多单位的同志,特别是几个厂的工人干劲,用四天时间突击编印出来的。它记录了最近时期印刷技术革新的初步成绩,自然这只是万里长征的第一步,重要的意义是证明了:在党的领导下,只要政治挂帅,破除迷信,放手发动群众,技术革新就一定能搞出成绩来。这本书的编印,毫无疑问,将有助于各地印刷技术革新运动的开展,以便我们的印刷工作能够胜利地完成党和人民交给我们在文化革命和技术革命中所应负担的光荣任务。

陈　原　一九五八年九月二十六日上海

[题注]

　　《印刷工业技术革新经验汇编》,印刷工业技术革新经验汇编编辑委员会编,科技卫生出版社1958年9月出版。版权页注明内部刊物。1959年12月再版未见此序。该书内容有五部分:凸版印刷、平版印刷、装订、其他印刷、开展技术革新运动的几点经验。系根据全国印刷厂向印刷技术交流会议提交的资料用四天时间编辑而成,反映了印刷工业技术革新运动的进展。

　　陈原《记胡愈之》一书曾记述1959年9月他陪同文化部副部长胡愈之到上海参加印刷技术革新经验交流会,他时任文化部出版局副局长。

《列宁杂文集》编辑说明

人民出版社1973年版封面

为适应编辑出版工作同志学习的需要，我们试编了这部《列宁杂文集》。

《列宁杂文集》辑录了列宁在各个革命斗争时期所写的短文八十六篇，其中大部分是每篇一二千字的杂文或小品文，还有若干篇传单和短篇评论。列宁的这些短文都具备着革命无产阶级的战斗风格：生动，鲜明，尖锐，毫不吞吞吐吐，充满了辩证法。

毛主席曾经指出："有人说，几百字，一二千字一篇的杂文，怎么能作分析呢？我说，怎么不能呢？鲁迅不就是这样的吗？分析的方法就是辩证的方法。所谓分析，就是分析事物的矛盾。不熟悉生活，对于所论的矛盾不真正了解，就不可能有中肯的分析。鲁迅后期的杂文最深刻有力，并没有片面性，就是因为这时候他学会了辩证法。列宁有一部分文章也可以说是杂文，也有讽刺，写得也很尖锐，但是那里面就没有片面性。鲁迅的杂文绝大部分是对敌人的，列宁的杂文既有对敌人的，也有对同志的。"（《在中国共产党全国宣传工作会议上的讲话》）

早在一九四二年，伟大领袖毛主席号召全党同志反对党八股以整顿文风，就教导我们要依照列宁的精神去工作："不是空话连篇，言之无物；不是无的放矢，不看对象；也不是自以为是，夸夸其谈；而是要照着列宁那样地去做。"(《反对党八股》)今天,我们重新学习毛主席的有关教导,读一些列宁的杂文,一定会受到深刻的教育。

  本集辑录的文章采取《列宁全集》中译本的译文,并按照《列宁选集》第二版校改过的译文作了相应的修改;一般按写作或发表时间顺序排列,每篇文章的末尾加了若干必要的注释,这些注释基本上采用《列宁全集》中译本所附的编者注和译者注,但有好些注文加以简化;只有很少几条注释是本集编者加的。至于列宁的原注,仍排在相应的页末。

  由于水平的限制,本书在编选、注释、排校各方面一定存在很多缺点,希望读者提出意见,以便重版时改进。

人民出版社编辑部
一九七二年十二月

[题注]

  《列宁杂文集》(试编本),人民出版社编辑部编,人民出版社1973年出版。收文86篇,前插为列宁像(在共产国际第三次代表大会的会场上)和1908年撰写的《列甫·托尔斯泰是俄国革命的镜子》第一页的手迹。该书是陈原1972年从湖北咸宁"五七"干校回京后根据上级指示编选而成。

《未来教育科学入门》世汉对照版序言

中国世界语出版社1986年版封面

一场新技术革命正在席卷全世界。无论你愿意不愿意，或者无论你把它称为"第三次浪潮"还是"第四次工业革命"或者"信息革命"——总而言之，人类面临着的是信息化的新时代。控制论（如作者在本书中说的1941年由Schmidt, 1948年由Wiener分别创立的科学理论）正如信息论（由Shannon和Weaver等创始的）和系统论（由Bertalanffy创始的）一样，越来越多被学术界所注意。也许这三门科学合起来可以称为"信息科学"。近年来这几门边缘科学不仅发展了自己的科学体系，甚至发展了不同学术派别的科学体系（例如罗马尼亚鄂多布里查教授1938/1939年发展的"协谐心理学"被设在意大利的"鄂多布里查控制论学院"名誉院长德拉干博士教授推崇为一般控制论，人工智能和科学学的重要代表作），而且作为一种科学方法论，进入了许多科学领域，并且同许多学科结合而成为若干新的边缘科学，预示了自然科学、社会科学和工程学密切合作甚至交融的宽阔的前景。1983年在比利时Namur召开的国际控制论第十届学术会议——我和我的老朋友，本书的作者弗兰克博士教授同时参加了这个会议——分成二十六个小组，包括了我们所熟知的语言学、教育学、生物学、医学、工程学等等学科，这就证明，在信息化的新时代，控制论、信息论和系统论同各个学科相结合将会产生新的信息，同时将会产生新的力量——推动人类社会前进的力量。

这部著作就是控制论同教育学相结合的产物，是弗兰克博士教授和他的同事们多年劳作的成果；它将给我们的读书界开阔眼界，增加新知识，这就是说，它会给我国在进行现代化社会主义建设的科学工作者们带来很多新的启发，这是毫无疑问的；不仅如此，这部小书——尽管如作者所说还没有达到完善的境界——还将对我国涉猎控制论、信息论、系统论的所有科学家们有所裨益，这也是我所确信的。总之，中国读者一定会欢迎这部著作。

我曾在帕德博恩这个小城中弗兰克博士教授主持的控制论研究所作客，度过了极其愉快而且极有教益的一周。我和弗兰克教授及其同事们成功地用国际语（世界语）作为语言交际工具（自然我同其中某些专家有时也用英语交谈）。这一实践也许证明了本书第009.3节通过世界语进行国际科学合作的可能性和现实性。

陈　原　1985 年 1 月 18 日
中国社会科学院语言文字应用研究所北京

[题注]

《未来教育科学入门》，〔德〕赫尔马·格·弗兰克（Hehmar G. Frank）著，安文铸译，德文校订朱章才，世界语校订祝明义，中国世界语出版社 1986 年出版，是世界语和汉语对照版。该书将控制论应用于教育学研究，共九章：什么是教育学，笛卡儿方法及其在教育学中的可应用性，教育科学的阶段和分支，为什么在经验科学中有模型和预见，科学、价值和技术之间的关系，控制论概念，控制论教育学和未来教育科学，非控制论教育学和非未来教育科学，未来教育科学教科书的内容、结构和国际性等。

《商务印书馆大事记》几点说明

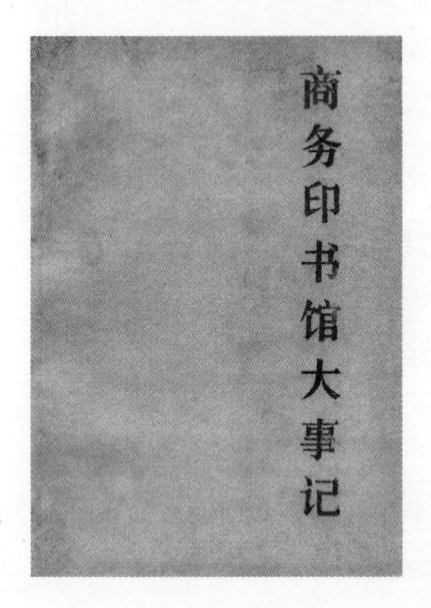

1. 本稿原系我馆同人根据手头资料仓促编成，专供馆内查考之用；现值创业九十周年纪念，特印制若干册，分送有关人士，征求意见，以便修订定稿。

2. 本稿力图用可靠资料，反映我馆与文化、教育、学术界的密切交往和各界人士对我馆的支持；但因十年动乱，档案、样书，散失无数，虽经认真查核，恐仍不免有重大错漏，请读者不吝指正。

3. 本稿采编年纪事体裁，为使眉目清楚，每年排成两页，左页为大事记录，右页刊有关资料，插图、书影，暂付阙如。取舍详略，难免不当，亦请读者赐正。

4. 如需引用本稿纪事或资料，务请重新核查原件。

商务印书馆1987年版封面

陈原在办公室

[题注]

《商务印书馆大事记》，陈原编纂，陈江、唐锦泉、汪家熔主稿，商务印书馆1987年出版，是为纪念建馆九十周年编辑出版的。该书编排独特，页码按商务印书馆创办年份1897年开始编排至1987年。后附人名索引。沈昌文、戴文葆等人撰文称道该书的编辑艺术。

1997年商务印书馆在该书基础上编成《商务印书馆百年大事记》，增加了1987至1996十年间馆内重要活动、重点图书及其他有关照片等资料。

《商务印书馆百年大事记》封面

《汉译世界学术名著评论集》前记

商务印书馆1988年版封面

我们生活在一个伟大的时代。对我们国家来说,这是充满着自信心的开放与改革时代;对我们这个世界来说,这是亿万人民追求着和平和进步的信息化时代。伟大的时代正是需要巨人而且是巨人辈出的时代——正如恩格斯所提示过的,凡是伟大的时代所产生的巨人,无论在思维能力方面,无论在奉献的热情和完整的性格方面,也无论在多才多艺和学识渊博方面,都是无与伦比的。所有时代的巨人都是在时代运动的实际斗争中生活着和活动着的,他们是自己的时代、自己人民的产物;人民最珍贵的品质和精髓都集中到他们身上;与此同时,他们又是从以前各个时代的伟人思想中独立形成的,他们从这些世代相传的人们的头脑中经过了自己独立发展的道路。他们吸收了并且改造了两千多年来人类思想和文化发展中一切有价值的东西,从不放过其中任何一点最微小的而又珍贵的东西。《汉译世界学术名著丛书》就是为了在这个伟大时代给创造历史的人们(他们首先是平凡的劳动者,然后是站在时代前列的先驱)提供各个时代的有益的思想文化产品而问世的。这套书奉献给所有愿意和需要吸收前人思想精华的千千万万的读者,他们都可能成为这个伟大时代的巨人。

商务印书馆六十年前(1929)开始了这项工作,到三十年前(1958)

才有可能大为发展，直到六年前（1982）才有良好的机会重编旧译、开拓新译、分辑出版。前后经历六十年，而事犹未竟，看来还需要六十年才能做出一个规模。通过这些著作，处在这个伟大时代的国人有可能接触到迄今为止人类已经达到过的最高精神世界。这许多书的作者都是一个时代、一个民族、一个阶级、一种思潮的先驱者、代表者，他们踏着前人的脚印，开拓着新的道路；他们积累了他们那个时代文明的精华，当然也不免带着时代的偏见和渣滓，留给后人去检验、去审查、去吸收营养。所有这些都对孕育伟大时代和巨人有所裨益。

这套丛书出版后，许多饱学之士为传播文化、引导读者做了很多工作，收在这里的71篇文章尽管体裁不同，都是引导读者去吸取养分之作。很可能某一篇只阐明一个观点或一个侧面，但它们都是经过作者审慎研究之后的一得之见，对求知者会有好处的。我和所有读者一样，希望这只是第一本，我们等待着第二、第三……本。

陈 原　1988年1月1日

[题注]

《汉译世界学术名著评论集》第一集，商务印书馆编辑部编，商务印书馆1988年出版。收论文71篇，论及"汉译世界学术名著丛书"的各个方面。附录《汉译世界学术名著目录》（第1—4辑，狄玉明编）。"汉译世界学术名著丛书"是商务印书馆1982年为纪念建馆85周年而推出的，后成为知名品牌。陈原时任商务印书馆总编辑，策划整理、组织翻译出版了这套丛书。这篇序收入《界外人语》。

《实用名言大辞典》序

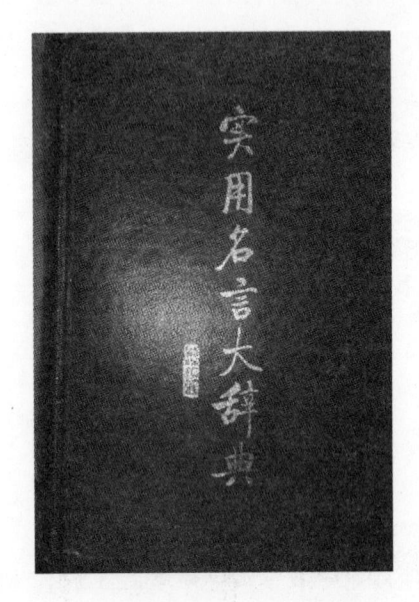

广西人民出版社、广西教育出版社1990年版封面

还是在那"史无前例"的日子里,有一天在上班的路上遇到吕叔湘同志。熟朋友难得在大马路上见面,能说上几句无拘无束的心里话,因此我们就在电车站那里说东道西。他向我建议:为什么不编一部"引语"词典呢?他说,汉语文献这样丰富,卷籍又如此浩繁,编印出"引语"词典,对广大读书人又方便,又有益。我完全同意他的意见和建议,我自己也常用几部"引语"词典来查考外文的名言或警句,从中得到的不只是知识,而且有很多启发,甚至可以说翻阅这种工具书是一种享受,多少世代文明和文化精英所给与的享受。但那时,我只能报吕老以一笑。因为那些日子在神州大陆正掀起所谓"评法批儒"的全民运动,有些狂徒兼傻瓜正酝酿着编一部评法批儒词典——而要摘引名言,首先得分出名言出自"儒"家还是"法"家,万一引句出自"儒"家之口,不只等于挖出了垃圾,而且成为抗拒运动的复辟派,而对于这些"渣滓",只能批,不能摘,摘就是放毒——那么,如何能编词典呢?何况一场风暴正迎面刮过来,因为我居然斗胆将所费十年心血编成的《现代汉语词典》印出,这一小小的活动激怒了"四人帮",姚文痞挥舞大棍,开动所有宣传机器——对我,对出版界乃至有关的学术界——大张挞

伐。那时真是风声鹤唳，草木皆兵，一家著名学府的"学"报也匆匆"推出"一篇洋洋洒洒的、引人发笑的"大批判"文章——连"圣人"这样的语词也被批得狗血淋头，且不说"圣人"的引语了。往事如烟，一转眼已经过去了十几年，不知吕老还记得我们那次谈话不，但现在市场上却已出现了一部又一部"引语"词典，"名言"辞典，或者用不同的名称称呼的这类词典，他的建议已经实现了。这样的一段小小的历史插曲说明了什么呢？我想，至少说明两点：其一，在一种窒息的、动荡不安的、动辄得咎的社会生活中，编词典是一种十分艰苦的甚至是冒天下之大不韪的冒险行动，而编"引语"词典则几乎是不可能的；其二，在那种把一切文明成果都当作"四旧"去破的极"左"思潮发展到"顶峰"时，几乎所有先驱者的一切言论都是"混蛋"，只能被否定，还说什么编词典呢？

　　社会生活却不依循极"左"逻辑。在人类文明发展的长河中，流过了同时沉积了许许多多发人深省的或者激动心弦的话语——一个词组，一个句子，一节诗词，一段文章，其中有些是说理的，有些是感情的，但不论说理的还是感情的，都是前人在实践中，在生活中，甚至在坎坷道路中得出的结晶，这些透明的晶体经历几个世代，几十个世代而流传而没有丝毫磨损，正相反，这些结晶在社会交际活动和人类思维活动中仍然闪闪发光。旧时的信息唤起了新鲜的感觉，激活了人们的行动。这就是名言或警句，这就是名言、警言或概括为"引语"的作用。"君子坦荡荡，小人常戚戚"——这样的名言道出了古往今来真正的、善良的人的高尚胸怀，揭露了专门谋私利的"小人"那种可怜而又可鄙的卑劣心境。真是十个字胜过千言万语！"从善如流"——这样的四字句带有规劝的味道，也带有座右铭的作用，虽说是规劝，却又那么平淡，那么优雅，那么透明。"天意怜幽草，人间重晚晴"——好一个"人间重晚晴"，这总结了多少代人的社会经历才能写成的五个字呀，这么短短的"片语"，引人无限深思，难道不是这样吗？

　　被称为名言、警句或引语的语言现象，可以说都是语言的精华，而且是浓缩了巨大信息的"集成电路"——往往在字面以外还传递许多潜信息,这些潜信息成为一种非语言信息,与字画上的语义同时引起了意想不到的遐想和联想,从而达到了深化的境界。作家、艺术家、学者、社会活动家,甚至并无显赫功绩的普通老百姓,都会留下历久不衰的名言。每一个民族,都十分珍惜、传诵并且不断运用自己的名言或警句,以便在适当的场合能采取最经济的尺寸来表达最丰富的内容——包括逻辑信息和感情信息。

正因为这样,各种语言都可以产生自己的不同层次、不同规模的"引语"词典。这样的词典是每一个有教养,或者正在成为有教养的社会成员所必备的工具书。它在现实生活中确实有多方面(当然同时是多层次)的用途:

——核实在记忆中不那么准确的名言。随着岁月的流逝,人在大脑记忆库中储存的名言往往变得模糊了,需要核实其中的字句;

——查明引语的出处,是哪一位先人在什么场合下,为了什么目的而留下的,后来又在历代的运用中引起什么样的变化,这都是人们引用时需要知道的;

——检索某一个主题积累了多少警句。每一个警句都从不同的角度和立场去阐发这个主题,分类检索扩大了知识面,深化了对这个主题的认识,从而得到新的启发;

——消除古语文的限制,获得现代语义。从古书摘出来的引语,因为用的是古语汇和古语法,必须加以现代语言的诠释,才能让现代的读者掌握确切的读音和语义。

展现在读者面前的这部词典,就是这类名言或引语词典中的新著。我无法也不想评论这部新著的高低,这应当留给使用者去评判,但我看到这部大书的规划和样稿时,认为这项工作是进行得认真的、严肃的、勤奋的;至少不是在"承包"的帽子下企图用最小的劳力骗取最大的报酬那种投机品,而这一点对于出版物特别是对于辞书来说,是头等重要的。最后(却不是最不重要)的一点应该提到,这部词典的编纂者是一些语文学研究者跟一群青年理论宣传工作者,正因为这样的结合,也许他们的"框框"比较少，也许更有可能突破某些传统的局限，自然他们的成果可能是比较实用的，也可能带着几分"稚气"。几乎可以肯定地说，这里面一定有疏漏，有不足，有错误，即使编者尽了最大的努力，每一部辞书难免存在这样或那样的缺陷，那么阅读使用时请提出意见吧。凡是指出它的谬误或不足，我想，编纂者们将会诚恳地接受和感激的，而且当发现自己工作的过失时会毫不踌躇地加以改正的。

1988 年 4 月 25 日于北京

[题注]

《实用名言大辞典》，秦牧主编，广西人民出版社、广西教育出版社1990 年 5 月出版。包括序、凡例、类别目录、正文、附录、词目笔画索引、后记。该辞典共收录我国历代名言近 15000 条，选录范围上起先秦，下迄清末，主要取材于历代典籍，是一部比较完整、系统、实用的工具书。

这篇序原题为《关于"引语"词典或"名言"辞典的随想》，1998 年收入《陈原语言学论著》卷二时，改题《论名言/警句》，分为"编引语词典"、"浓缩了的信息"、"引语词典的作用"三节。

《语言·社会·文化》序

语文出版社1991年版封面

正如书名《语言·社会·文化》所显示的,这是一部社会语言学论文集;或者说,这是我国学者探索语言与社会以及语言与文化之间错综复杂的相互关系的第一部集体著作——实际上它就是1987年12月在北京召开的社会语言学学术讨论会的论文汇编。我想借用我在这个讨论会上所作的"开场白",来表述这次会议和由此产生的这部论文集的基本特征。在那次发言中,我说:

  我们这个讨论会是我国社会语言学界第一次盛会,也是第一次全国性的社会语言学学术会议。

  请允许我代表语言文字应用研究所全体同志欢迎参加讨论会的各位学者。我们欢迎老一辈的学者,感谢他们对我们这个讨论会的支持和关怀;我们欢迎中年和青年学者,他们正是发展我们这个学科的主要力量和希望。

  恩格斯曾把文艺复兴称作伟大的时代:一个产生巨人同时需要巨人的时代。我们这个信息化时代比之文艺复兴来,绝无逊色,不愧为另一个伟大的时代——它必然需要巨人同时产生巨人。无论从我国实行开放和改革的现状和未来来说,无论从我国语言现象和语言科学的发展和前景来说,社会语言学都应当而且必定会在这个伟大时代中得到开拓性的、富有成效的成果。

　　社会语言学是一门多科性交叉学科；从它发展的趋向看来，它不只是社会科学若干学科的交叉，而且是社会科学和自然科学的接合部之一。语言学，社会学，历史学，人类学，民族学，民俗学，考古学，国土学，心理学，概率论，控制论，信息论，系统论，神经科学等等学科都会在这个接合部中发挥作用，形成一个边缘学科。边缘学科是富有生命力的，社会语言学也不例外，它已经并且继续在我们这里显示出它的强大生命力。

　　这个会议，正如大家所希望的那样，每一个与会者都有自由发表自己的学术观点的权利，同时也有支持、补充或不同意另一个学者学术观点的权利——当然，他还必须心平气和地承担反对他的学术观点的学者反驳的义务。我们奉行这样的信条：科学真理面前人人平等。但是学术观点的不同，并不妨碍学者之间的友谊和团结；正相反，经过交流、切磋、辩论，直到面红耳赤的争论，取得某些一致的看法，或者最终不能取得共同的意见，但是经过这样的交手，必定会提高相互理解的程度，同时也加深了彼此之间纯真的情谊，而对学科的研究本身也将因此而深化。

　　我希望这个学术讨论会能够达到这样的一种境界；我想，与会的同志们也都希望创造这样的一种学术气氛。

　　会议早就开过了。看来气氛还是活跃的，讨论是热烈而且真诚的，尽管在极个别的场合不免夹杂一点点带有浓厚感情色彩的表述，正如有位同志说，碰到了一两株带刺的蔷薇也无伤大雅，人们在会后还是认为这个会议开得有生气——这总归是我国社会语言学研究者们第一次坐在一起，第一次交换意见，第一次真诚地坦率地亮出了自己的论点，第一次面对面地反驳别人或被别人反驳——所有这些都是不会在发表文章或印行专著时所能得到的"机遇"，如果我能把这叫做"机遇"的话。自然，会议也不尽如人意。比方说，有些与会者认为研究课题广而不深，有些同志则认为讨论问题比较分散而不够集中。这都是实情。这部论文集不消说也反映出这种不足。我甚至可以说，在某种意义上也反映了我们这个学科今日的发展状况。这种状况在学科发展的开头是正常的，甚至是健康的，一点也不令人气沮。大家都意识到，在我们这里，社会语言学作为一个独立学科（而不是作为一种非系统性的语言学观点）起步比较晚，它受到社会公认和学术界重视，也许只是近 10 年的事。或者可以说，是在实践是检验真理的唯一标准那一场有重大历史意义的讨论以后，以及在随之而来的开放和改革成为我们国家的基本政策以后，我们这个学科才作为一个独立学科大踏步向前迈进。

应当说，社会语言学这门学科在这里的发展道路是具有中国特色的，这特色可以归结为两点，一点是它突出了实践意义，另一点是它重视了文化背景。我们的研究者力图结合社会生活提出的实际问题加以解决，我这里用"解决"一词是广义的，并不局限在它的实用价值，也包含了理论概括。我们的研究实际是围绕着我国语言文字工作当前的任务即规范化的任务进行的。社会语言学本来是语言学走出书斋，进入社会和到人民群众中去的产物。正因为语言文字规范化是一个国家一个民族的文明程度标志之一，正因为语言文字规范化是信息时代的要求，我们这个学科围绕着这个艰巨的任务而展开调查、统计、分析、研究工作，必然越来越多为社会公众所重视，也必然越来越丰富自己。这部论文集中对调查抽样，对语言变异，对社会交际，对双语语境等等方面的论述，就反映了这种具有实践意义的特点。

至于另一个特征，在本集中也有所反映——例如在我国文化背景中的语言现象的研究，提到比方要建立文化语言学这种多科性交叉学科的程度，例如对语言的灵物崇拜或语言拜物教的探索，例如以我国几千年的文明史为背景对语言同化和反同化斗争的论述……这一类过去较少被人探索过的问题，在这部论文集中都有程度不同的反映。这就是我们的学科在未来岁月中向纵深发展的起点（当然不是唯一的起点），也使我们的学科成为新开拓的思维科学或语言信息科学中不可缺少的组成部分。

应当提一笔的是，语言学界的前辈学者吕叔湘教授、许国璋教授都关心这个讨论会，并且提出过有益的建议。如果不是碰巧吕老在开会那几天身体不适，他一定会在会上发表精辟的讲话，这讲话也一定会收在本集中。许老在第一次会议上介绍了西方社会语言学的发展历史和现状，这个介绍只用了一小时，言简意赅，富有启发性，可惜这个讲话还没有整理成文，没有收进本集是不无遗憾的。国内有些著名的社会语言学研究者因为这样或那样的缘故未能到会，集里也没有听到他们的声音，这自然也是可惜的。

1988 年 1 月

[题注]

《语言·社会·文化》，中国社会科学院语言文字应用研究所社会语言学研究室编，语文出版社 1991 年 1 月出版。该书为首届社会语言学学术讨论会文集，收录王均、陈章太、伍铁平等学者的 58 篇论文。

这篇序原题为《写在本书前面的几句话》，1996 年收入《黄昏人语》。

《张元济年谱》代序

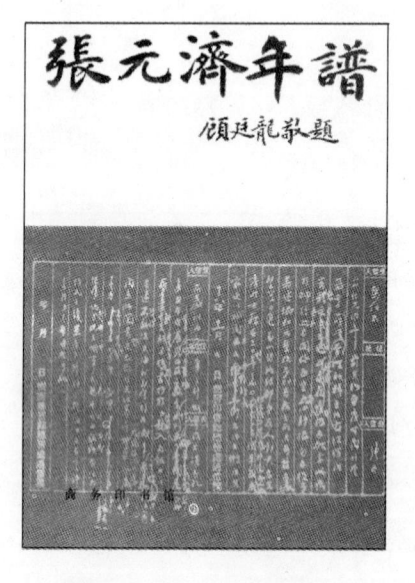

1897 年,商务印书馆创办于沪滨。

1902 年,张元济进馆,时年三十六岁。

从二十六岁到三十六岁(1892—1902),张元济探索救国救民的道路凡十年。

这十年,是近代中国历史上最黯淡,然而是最激发民心的十年。日本打败了中国(1894—1895),列强相继迫租城港(1898)。戊戌变法失败。仁人志士杀的杀,逃的逃(1898),八国联军兵临帝都(1900)。通过"圣明

商务印书馆1991年版封面

的"皇上来实现富国强兵的幻想破了产。学习西方谋求船坚炮利以兴国的"方略"破了产。培育"英才"(精英)以拯救天下黎民的善良愿望破了产。这十年,正如张元济后来所描绘的那样:

"大厦将倾,群梦未醒,病者垂毙,方药杂投"。

这十年,张元济做过京官,开过学堂,被皇帝召见过,最后被革了职(1898),于是南行;主持过南洋公学,主持过译书院,办过《外交报》(1901)。十年探索使这个爱国志士醒悟,像他这样的知识分子,只能寄希望于"开发民智",使世间"无良无贱,无智无愚,无长无少,无城无乡"都能受教育,才能把这东方"睡狮"警醒。"昌明教育平生愿,故向书林

努力求"。他选定了出书出刊办报办学这样的道路。一经选定,他就百折不挠地将全部精力投给这个事业,无怨无悔,无取无求,直到终老。正所谓:"森森兮千丈之松,矫矫兮云中之龙。""言满天下兮,后生所宗。振聩发聋兮,国人群起而景从。""生为人豪兮,死为鬼雄。虽死如不死兮,矍铄哉是翁"。(借用张元济为爱国老人马相伯题像赞语)

张元济投身商务印书馆实际上是投身于一项爱国事业。有一群爱国志士聚集在这事业的周围。他们理解他,他们信任他,他们支持他。有三个人毕生与他在一起。其中头一个是蔡元培;世人都知道蔡元培是近代中国进步文化运动的先驱;但很少知道毕生相濡以沫的张元济。蔡元培(1868—1940)同张元济的交往长达四十八年,张比蔡长一岁,同科中进士(张为二甲二十四名,蔡为二甲三十四名),同被点为翰林院庶吉士,两人先后南行办学,办报《外交报》,张到商务后立即邀蔡任编译所所长(因政治原因未实现)。特别值得一记的是民初清末由张元济、高梦旦、蔡元培三巨头署名编写的中小学修身教科书,表明他们如何地意气相投。这套书初小十册,张元济编;高小四册,高梦旦编;中学上下,蔡元培编。张元济说,"(此书)采取古人嘉言懿行,是以增进民德,改良风俗者依次编入,由浅及深,循序渐进。末数册于合群,爱国尤为再三致意。"(重点是引用者加的)例如课文(教授法)里有这样的警句:"楚既为吴所灭,而包胥犹必复之,则未灭而将为人灭者,可不知惧知警哉。"蔡编的课文说,"国之将衰也,或其际会大事也,人人惧祖国之沦亡,激励忠义,挺身赴难,以挽狂澜于既倒";又说,"爱国心者,本起于人民与国土相关之感情,而又为组织国家最要之原质,足以挽将衰之国运,而使之隆盛,实国民最大之义务,而不可不三致意者焉"。(重点为引用者加的)蔡元培是一个伟大的爱国者。"从排满到抗日战争,先生之志在民族革命;从五四到人权同盟,先生之行在民主自由"(周恩来挽词)。他确实时时刻刻站在运动的最前列,以他特殊的政治身份(早期的国民党革命者),推动民族解放事业和新文化运动。张元济是蔡的追随者,他亦步亦趋,以他的特殊身份（出版家），默默地将蔡元培许多设想付诸实施。蔡1940年1月病逝于香港，张失去了最知心的好友，5月间去港作了一次"业务旅行"，可惜他们再也不能相濡以沫了。

上面提到过的毕生相互支持的另外两个人是夏瑞芳和高梦旦。夏瑞芳（1871—1914）是商务四个创办人中的一个，信基督教的排字工人出身，后人称他有骨气，有魄力，算得上一个民族企业家，张元济说过："昔年元济罢官南旋，羁栖海上，获与粹翁（夏瑞芳字粹方——引用者）订交，意气相合，遂投身于商务印书馆。"当年一个工人出身的企业家能与一个知识分子大学者"意气相合"，是很不容易的事；反之，亦然。夏为人慷慨，有事业心，不满足于为人印刷，而要办一个启迪世人的出版社。张元济与夏瑞芳共事十二年，合作无间。夏任总经理，张管出书；他们开风气之先，引进日资，志在改进印刷技术，后因日人的蛮横气焰和当时国内反日情绪高涨，他们终于决心收回日股。同时代人的《海藏楼日记》真实地记录了当时张元济在交涉过程中对日本人的愤慨，1913年八月十一日（农历）云："菊生愤愤言，日人太无理，非收回日股不可"。八月廿七日（农历）日记称"夏瑞芳自日本归，日本股东不肯售股"。从1912年起经过数十次会谈终于以五十四万余元代价收回日股，于农历十二月十一日（即1914年1月6日）签订协约。1月10日《申报》刊登商务印书馆广告，宣布它"为完全由国人集资营业之公司，已将外国人股份全数购回"；同日晚，谈判主角夏瑞芳在商务发行所门前被刺身亡。日记（农历十二月十五日）云："至宝山路梦旦新宅，甫坐进食，有走报者曰：夏瑞芳于发行所登车时被人暗击，中二枪，已入仁济医院。梦旦，拔可先行，余亦继往，知夏已殁，获凶手一人。……众议：夏卒，公司镇定如常，菊生宜避之，余与菊生同出，附电车送至长吉里乃返。"夏瑞芳的死对于商务是一个沉重打击，对张元济更是一个剧烈的刺激。近来有人对夏略有微词，这是不公平的。如果夏不得人心，不会有几千人为他送葬，蔡元培也决不会为他作传。蔡元培对夏的评价是把他同商务这个文化事业联在一起的，说他虽死了"而君所创设之事业，方兴未艾，及其于教育之影响，则展转流布而不能穷其所届，虽谓君永永不死可也。"

高梦旦（1876—1936）被誉为早期商务的"参谋长"，早年曾在梁启超的《时务报》上发表忧国忧民的文章而被张元济发现并延揽入馆。在张元济主持商务工作的鼎盛期（从1903到1921年），所有重要编务都有高梦旦参与。或者从另一个角度说，商务在发展的兴盛时期，如果说张元济的精神、理想支柱是蔡元培，那么他的实务左右手就是高梦旦。高梦旦最大的业绩是编教科书——适应各个不同时期的需要而编教科书。高还参与编《辞源》，改革杂志（《东方杂志》，《小说月报》，《学生杂志》）。张元济暮年卧病时还不能忘情这位爱国者，感叹"昔年共事诸人，旧学新知，梦旦最为负责。"张有一次把两盆松树送给商务另一个合作者李拔可时，也因其中一株"为故人梦旦所赠，今已半槁"，而引起老人无限惆怅："卅年珍重故人贻，夭折只怜剩一枝。愿入名园承雨露，重回生意半枯时。"高梦旦1921年坚辞编译所长职，也许可以认为是"五四"运动对商务冲击的结果。这冲击波引起的头一个现实问题是，今后出书作文用白话文还是文言文。商务当时的高层人物有不同的主张。张元济不善用白话文，但他是个顺应时势的爱国者，他不反对用白话文；何况他背后还有蔡元培。（张元济后来说，"世间万物新陈代谢，今文生而古文死，亦时势之所以然，正无庸少见多怪耳。"）高梦旦不反对新思潮，但他认为对新学所知不多，还是退位让贤的好。因此他去北京请当时被誉为新文化运动大将的胡适自代，胡适来馆虚晃了一枪，却不理解（或不屑做）这项工作，荐了王云五入主商务。显然高梦旦此行，事先是同张元济商量过的。高梦旦不担任所长（1921），却仍在商务工作，直到六十岁退休（1927）。他热衷于改革历法（提倡一年分十三个月），改革部首（将康熙字典二百一十四个部首归并为八十），提倡简笔字。传说商务推行的四角号码检字法本来是高梦旦发明的，王云五只不过使之完善罢了。证之王云五纪念高梦旦文章所记，此说也不是全无道理——王云五说最热心推广四角号码的正是高梦旦，王记下高对他讲过的"戏言"："姓王的所养的儿子四角检字法，已经过继给姓高的了。"

在这个时期，还有一个为张元济所器重的人物不可不提，那就是梁启超（1873—1929）。梁启超和康有为同是戊戌变法的中心人物，张元济同康梁的主张不尽同，但对康梁是敬重的。张晚年作诗追述戊戌事变，曾有"谁识书生能报国？晚清人物数康梁"之句。梁在思想上可以说本质属于"保皇"派，后来梁启超勇于介绍西方思想，突破原来康梁保皇思想境界。也就是在这一点上，即在鼓吹新学挽救危亡这一点上，同张元济以及张所主持的商务结下了深厚的友谊。1911年，张元济游欧美后抵日本，曾到神户访问过流亡在外的梁启超——日后他回忆往事还唏嘘不迭，叹息"钩党已逾半世纪，回思往事尽沧桑；故人长别今何在，吟罢小诗思感伤。"梁初时拥护袁世凯，袁却于1915年底称帝，梁促蔡锷起兵讨袁，并以袁为靶子写了《国民浅训》一书，宣传西方自由平等思想，交商务印了十二万册，在当时算是畅销的政治读物了。同年，袁事败而亡，蔡亦病逝——张元济挽蔡锷联，可以认为是表达了对梁蔡此举的理解：

为争人格，不得已而用兵。败弗亡命，济亦引退，砥柱中流，先生庶无愧矣。

既负民望，宜知所以爱国。首轻权利，更重道德，良药苦口，后死者其听诸。

其中"败弗亡命，济亦引退"记载了发兵之初的约言，就是事败则以身殉，事成也不做官的品格。梁启超却没有履行约言，热衷搞政治去了。后梁启超游欧，同张元济达成一项协议，请西方学者来华讲学，由商务负责招待，最初拟请的是柏格森——这项协议没有实现，后来改为由北京几个学术团体成立一个永久性组织，每年邀请一位西方人来华，张元济答应每年拨款五千元作招待费用；人所共知的英国罗素来华讲学（由赵元任当翻译）就是用这笔款实现的。

梁启超1920年3月从欧洲回沪，与张元济、高梦旦商谈几次，协议由梁主编丛书，介绍西方文化，这就是后来出版的"共学社丛书"。梁认为"须将世界学说为无限制的尽量输入，斯固然矣；然必所输入者确为该思想本来面目，又必具其条理本末，始能供国人切实研究之资；此其事非多数人专门分担不能。"张元济支持这个规划,先拨款二万元作为预支稿费。6月12日信说"共学社契约已定,已拨付五千元,甚盼有好书来,一慰世人渴望新知之愿。"(重点是引用者加的)梁启超把共学社作为"培养新人才,宣传新文化,开拓新政治"的"事业之基础"。"社中主要业务,在编译各书。"这套丛书两年间出了几十种,除了很少几本著作外,都是介绍新思潮的翻译,第一次介绍了考茨基的名著《马克思经济学说》,罗素的《算理哲学》,爱因斯坦的《相对论浅说》,这是"五四"运动后出版界一件值得一提的事。

关于介绍西学以开民智一事,除了问道于蔡元培外,张元济还有严复和林纾。他们是近代中国译坛开先河的人物。

严复(1854—1921)和张元济的交往,始于在京办通艺学堂的时候,连"通艺"这学堂的名字也是严复给起的。严复把翻译当作"自强保种","救亡图存"的爱国事业。"切而言之,则关于中国之贫富;远而论之,则系于黄种之盛衰"(严复语)。他是最初将进化论学说介绍给国人的先觉者,他的名言"物竞天择,适者生存"当时大大鼓舞了爱国者的行动。所译西学名著八种,包括《天演论》和《原富》,陆续在1896—1909年即中国近代史上最令人窒息的年代出版,这些书使整整一个世代(甚至不止一个世代)的学人受益。而每出一书,都经过张严两人合计,例如严复将《原富》译本送交张元济时,有信云:"此书开卷当有序述、缘起、部篇目录、凡例、本传诸作",还拟加年表,张元济建议:"全书翻音不译义之字",要"作一备检,方便来学"。张元济还亲自编制译名对照表,可见他们是如何认真对待。张、严介绍西方著作,都有明确的目标,首先要研究对救国救民有利与否。例如严复说他译《天演论》,对"自强保种之事,反复三致意焉";他译《原富》,是"因其书所驳斥者多中吾国自古以来言利理财之家病痛。"

林纾(1852—1924)跟张元济书信往还,是在张入主商务后不久,不晚于1906年。张出版翻译小说,是为了借此传播爱国思想。林纾不识外文,他之所以从事翻译,因他相信梁启超说的"在昔欧洲各国变革之始,其魁儒硕学，仁人志士，往往以其身之经历，及胸中所怀政治之议论，一寄于小说"，也就是严复所谓译印小说"在乎使民开化"。他清末民初用文言文译成的小说，如《巴黎茶花女遗事》（1899），《黑奴吁天录》（1901），《撒克逊劫后英雄略》（1905）等等都起了激发民志的作用，译品不胫而走，洛阳纸贵。严复曾赞叹说，"可怜一卷《茶花女》，断尽支那荡子肠"，这无异向东方封建主义这千年死海中投下一块巨石，没有兴国的大勇是决计不敢做的。他译书的主旨，每每披露在序跋中，如《黑奴吁天录》（1901）跋说："今当变政之始而吾书适成，人人既蠲弃故纸，勤求新学，则吾书虽俚浅，亦足为振作志气，爱国保种之一助。"在另一译本序（1905）中又说："欧人志在维新，非新不学，即区区小说

《撒克逊劫后英雄略》封面

之微，亦必从新世界中着想，斥去陈旧不言。若吾辈酸腐，嗜古如命，终身又安知有新理耶？"——谁知十多年后，他自己却拼命反对白话文，"嗜古如命"，简直成了他早期译书时所讽刺的腐儒。林译小说都在商务出版，后期粗制滥造，而张元济念旧情也只好收下了。

这样，张元济有蔡元培为后盾，严复、林纾为大将，稍后还加上伍光建等馆外学人，沈雁冰、郑振铎、胡愈之等馆内编辑，浩浩荡荡，开拓了当代中国盛极一时的翻译事业，而这事业又与爱国行动息息相关，这规模是张元济始料所不及的。

编教科书—编工具书—整理古籍—介绍西学：通过这样的四位一体出版媒介以振兴中华，这就是张元济和蔡元培经过痛苦的探索得出的一条路，一条知识分子为民族解放献身的路。张元济、夏瑞芳、高梦旦主持下的商务印书馆头三十年走的就是这条路；而张本人则为弘扬传统文化作出了更多的贡献，在张元济壮年时期，整理出版古籍是爱国思想的具体实

践。在这方面,有《四部丛刊》在,有《百衲本二十四史》在,有《涉园丛刻》在,有他的校读记和序跋在,还有同教育家、版本学家傅增湘(1872—1949)1912年以还来往书信在,所有这些都能为此作证,无需在这里多说。

从张元济开始投身编印古籍工作(1915)到他退休(1927)止,经历了祖国局势激荡的伟大时代。"五四"运动,工人运动,军阀混战,经济罢工,政治罢工,共产党诞生,武装起义,反革命政变。张元济固然是个学者,但首先是个爱国者;张元济是个企业家,但首先是个爱国的民族企业家。作为一个爱国学者,他埋头于系统编校出版的工作;作为一个内忧外患威迫下的民族企业家,他竭力要不介入明显的政治斗争,以便"超然"地保存这个事业。因此,他对国内的阶级矛盾,采取了容忍和宽松的态度,主张"和平"解决一切;这种态度恐怕不易为人谅解;但人所共知,对外国的压迫和侵略,却是大义凛然,一点也不含糊。例如"五四"运动前后,上海职工和学生罢工罢课。反日示威,震撼全国,张对罢工职工,主张"听人自由,不预干涉",且"照常付给工资"。同时又告诫商务所出杂志,不要再登日本商品广告,文具部不要再出售日本墨盒。出版界为抵制日货,无纸可印,张元济拨出所存欧美纸分让同业,共渡难关。

"五卅运动"对商务是一次重大考验。商务职工成为这个波澜壮阔爱国运动的中坚力量;因为当时商务职工中有卓越的党员领导人,如廖陈云(即后来中共领导人陈云同志),王景云(1877—1952),杨贤江(1895—1931)和沈雁冰(1896—1981)等,而张元济的态度是暗中支持。商务职工创办了《公理日报》,由郑振铎、王伯祥和叶圣陶负责编辑,这可能是中华全国总工会成立以后职工自己集资创办的第一张报纸,它虽然只存在了短短的二十二天(6月3日创刊,24日停刊)却对当时的人民运动起了重要的积极作用。当时的临时党团成员茅盾回忆道:"《公理日报》之创刊,商务印书馆当权者暗中给予经济上的支持,此是动用公司的公款的。此外,张菊生、高梦旦、王云五每人亦各捐一百元。"《东方杂志》也编发了"五卅"事件临时增刊,发表了胡愈之写的《五卅事件纪实》长文,详细报道运动的起因和发展过程,指出由"五卅"事件而引起的全国民众运动,是中华民族要求独立与生存的大抗争的开始。这触动了上海租界工部局,要对增刊提出刑事诉讼,最后则由商务交了二百元罚款了结。

三年以后(1927年)周恩来亲自领导的上海第三次武装起义,也是以商务印刷厂作为大本营的,"四一二"政变使起义终于失败,"但是正同巴黎公社一样,包含商务印书馆工人在内的上海工人阶级英雄斗争流血牺牲的光荣业绩将永垂青史"(胡愈之语)。

自称为"我是书丛老蠹鱼"的张元济,毕竟应付不了这样激荡的局面,他在那一年的4月11日致梁启超书云:"时局骤变,举国若狂,云谲波诡,不知伊于胡底"。他退休了,时年六十一岁。

1932年"一•二八"事变,日本侵略者的炮火把张元济苦心经营的商务印书馆厂房和东方图书馆夷为平地。这对于虽退休而仍以董事长身份参预馆务的张元济,是一次重大的刺激,他说:"工厂、机器、设备都可以重修,唯独我数十年辛勤搜集所得的几十万书籍,今日毁于敌人炮火,是无可复得,从此在地球上消失了。""商务印书馆全毁不算,东方图书馆之可惜,即二万二千余册之方志,恐以后不可复得。"他甚至自责道:"这也算是我的罪过,如果我不将这些书搜购起来,集中保存在图书馆中,任它仍散存在全国各地,岂不可避免这场浩劫!"多年以后,他仍念着此事:"十年心血成铢寸,一霎书林换劫灰!"他喟然而叹:"中原文物凋残甚,欲馈贫粮倍苦辛。愿祝化身千万亿,有书分饷读书人。"

张元济没有气馁。他写信给胡适,认为商务印书馆"未必不可恢复。""平地尚可为山,况所复者犹不止一篑。设竟从此澌灭,未免为日本人所轻。"但他对当局已不存希望了。他写道:"所最望者,主持国事皈依三民主义之人,真能致民于生,而不再致民于死,则吾辈或尚有可措手之处,否则,摧灭者岂仅一商务印书馆耶?"两个月后他写了一封信给丁文江,这信未写完,因此也未寄出,其愤懑之情跃于纸面。他抨击养兵却不能守土,"不知有何用处",他指责苛捐杂税迫民为盗,"官吏窃赃逃走,实业则被夺为官有,日煤倾销,丝厂停闭,土产拥滞,无从运输,教育无方,成何国家!?"这一年10月,沪上"名流"王晓籁、杜月笙等函请张元济参与他们为蒋介石筹款救济所谓"收复匪区"(豫皖鄂红军占据地带)的活动时,这个一向小心谨慎,生怕卷入政治漩涡的爱国者,却一反常态,在原信上批注两个字:"不复"。

日寇的炮火,当道的不抵抗,激怒了这位爱国者。似乎从此时起,他心中重新燃起了参与百日维新时的热情。1933年9月他上庐山途中给当时的政要写过一封长信,除了指斥当权者的腐败无道外,还慷慨陈词:"数年以来,我国对外徒恃客气,无外交可言。有清之季,戊戌而后,一意排外,酿成庚子之祸,乃一转而媚外。今之日本无异于庚子之联军八国矣。设仍用其压迫,我国难于推拒;若一转而为亲善,其事更为可惧。"

值得一记的是张元济在庐山见到蒋介石时,竟当面求他放宽对宣传抗日的《生活周刊》的禁压——这事当然无结果,正如黄炎培为此表达他与主编邹韬奋感谢之情的信中所云:"所苦一切无从说起,只有长叹耳。"《生活周刊》终于被禁,尔后演变成邹韬奋与沈钧儒等"七君子"被国民党当局逮捕,张元济亲赴监狱探视。苏州法院开审时,他拟去旁听,法院不敢公开审讯,宣布不准旁听者入场,张只得愤然回沪。后人不免想起前不久(1936年8月)章太炎逝世时,张元济曾送去挽联,纪事云:"太炎先生自幼勤学,不屑仕进,方科举盛行时,从未涉足试院——此余闻之亡友夏穗卿者。清政不纲,先生昌言革命。苏报案起,被捕入狱。对簿日,余往旁听,见先生侃侃直陈,谳员嗫不能声,而政府亦不敢兴大狱。今先生往矣,山高水长,遗风未泯,谨制楹语,用志哀思。"爱国者有罪,媚外者升官,短短几十年的历史,竟重演了一次。为此,张元济作《中华民族的人格》一书。

《中华民族的人格》是张元济留下来的一部独特的专著。正如茅盾所说,张虽学贯中西,功力不凡,但毕生致力编校,不以著作传世。此书辑录了秦汉古籍中爱国志士的故事,译成白话,益以评说,贯彻他与蔡元培、高梦旦合编修身教科书的信念,即从培养民族人格入手,拯救垂危的中华。张在前言(《编写"中华民族的人格"的本意》)中正告世人:

> 我们良心上觉得应该做的,照着去做,这便是仁。为什么又会有求生害仁的人呢?为的是见了富贵去营求它,处在贫贱去避免它,遇着威武去服从它,看得自己的身体越重,人们本来的良心就不免渐渐地消亡,贪赃枉法也不妨,犯上作乱也不妨,甚至于通敌卖国也可以掩住自己的良心做起来。只要抢得到富贵,免得掉贫贱,倘然再有些外来的威武加在他身上,那更什么都可以不管了。(重点是引用者加的)

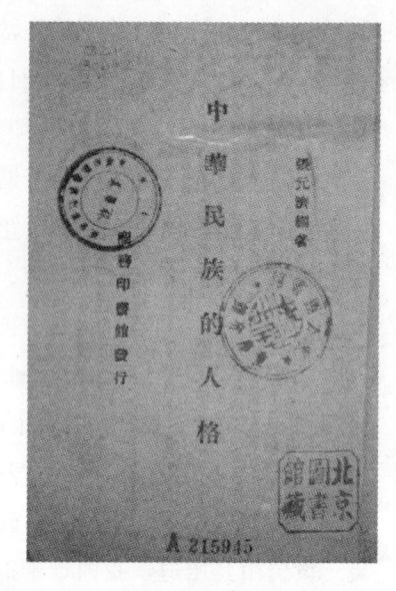

《中华民族的人格》内封

这样激烈的慷慨陈词,在张元济一生中是绝无仅有的。此书鞭挞了当时那些丧失了民族品格的媚外之徒,但对于这个年近七十的爱国老人来说,此书的编写,恐怕还有更具体的指斥。这不能不联想到郑孝胥。郑孝胥(1860—1938)早年参与过百日维新,王朝推倒后,他以遗老自居,在沪滨金融界活动,投资商务,成为董事会的一员。据此人的《海藏楼日记》所载,从1912年5月17日起每日去商务办事三小时,与张元济共事达数年之久。在张看来,郑的叛国是人格的破产。郑任伪满政要,于1935年下台,张书是1936年编的,想是有感而作。张于1940年又要重印此书,也使人联想到汪精卫。汪精卫(1883—1944)早年投机革命,又附庸风雅,好作诗词,曾在1922年3月12日陪张元济凭吊黄花岗七十二烈士墓。张回忆往事,曾在1943年赋诗歌颂七十二烈士,亦即鞭挞叛国者。诗云:"男儿死耳曾何惜,为拯斯民水火中;太息英雄长已矣,谁怜深热陷重重。"

当张元济把这本小书送给囚在狱中的邹韬奋时,"七君子"深为感动,邹的回信便是证明。韬奋在信中写道:"此间诸友,自陷身囹圄以来,个人利害非所计及,惟救国无罪与民族人格则不得不誓死力争"。

1937年是张元济救国救民热情奔放的一年。7月,他致函《大公报》,揭露国民党官僚营私舞弊,以致"人民日受剥削,几无生路。"8月,他在《东方杂志》发表《农村破产之畜牧问题》,声言农村本无破产,只因官府不加扶助,甚至加以摧残,才导致破产。9月,他为《大公报》撰星期论文,号召树立国民教育的根基,声言"不要贵族化","不要都市化","不要外洋化"。他这一连串干预时政的爱国活动,连他的知友蔡元培也惊讶不迭。蔡在《杂记》中写道:"此老久不干涉政治问题,近渐渐热心。苏州法院审沈钧儒七人案,张君特赴苏旁听,亦其一端;商务近印其所著《中华民族的人格》一书,亦其热情所寄也。"

"七七"抗战军兴,张元济是兴奋的,这可从他当时所赋诗词见到,如他闻友人儿子空战牺牲时所写的诗,即表达了这种热忱:"神州未必终沉陆,报国如今大有人。聊为同胞一吐气,故将热血洒京滨。"

我军撤离沪滨后,张元济蛰伏孤岛;商务印书馆主体已移港渝,抗战八年均由王云五负责。张在上海唯一能做的是与郑振铎、何炳松等学人从事"搜访遗佚,保存文献,以免落入敌手,流出海外"的工作。其间,上海商务被日寇宪兵掠走书籍四百六十多万册(后仅发还二万六千册!),又被日寇海军部掠去铅字五十吨,香港分厂栈房也被毁被封。1942年初,有日本军官两人去张宅求见,张写了八个大字,"两国交兵,不便接谈",让家人交与来者,临危不惧,拒绝劝降。此时他只好售书卖字度日,有信云:"吾辈处此时令,横运之来,无时篾有,惟有勉自排抑,徐待清明,再作道理。"

1945年日本无条件投降。9月,他为自己的著作《中华民族的人格》一书题词云:"一·二八后日寇禁售此书,其用意可想而知,愿我国人无忘此耻。"11月，他又题词："孔子曰杀身成仁。所谓仁者，即人格也。生命可掷而人格不可失。"

但抗战胜利并没有给这位年近八旬的爱国志士带来什么希望。抗战时期主持商务工作的王云五做官去了。许多接收大员成为"劫收"大员。内战乌云笼罩大地。1947年4月，他借祝贺中华职教社创办三十周年填的词，表达了他对创业的眷恋和事业复兴的渺茫。这首调寄"西江月"令人读后略有凄然的感觉：

经营费尽心机，三十年为一世，从今以后更艰难，努力还须再试。

敢云有志竟成，总算楼台平地。劝世人多发慈悲，莫尽把他捶碎。

在1947年一年内，张元济会同其他老者两度上书当时的上海市长吴国桢，同情学生反饥饿反内战运动，谴责当局的镇压。年末还破常规，作《时事杂咏》十二首，不畏强暴，讽刺时政。

1948年9月23日张元济在中央研究院第一次院士会开幕式上演说，是这位老人历尽半个世纪沧桑所激发的爱国热情之作。他翻开甲午战争以来的中国伤心史，"回想起来，因果相生都是人造的，而不是天定的。"他谴责内战，呼吁"都是一家的人，有什么不可以坐下来商量的"。"倘若再打下去，别的不用说，我恐怕这个中央研究院也就免不了要关门"，倘若再打下去，中国人"永远要做人家的奴隶和牛马了。"他呼吁和平："我们要保全我们的国家，要和平；我们要复兴我们的民族，要和平；我们为国家为民族要研究种种的学术，更要和平。"

在特务横行，军警林立，战火纷飞，民不聊生的"戡乱"日子里，如果没有对国家对民族最大的忠诚，如果没有最高尚的"中华民族的人格"，如果没有大智大勇置个人安危得失于度外，谁敢像张元济那样直言不讳呢！

无怪乎三个月后潘公展、杜月笙、王晓籁这些沪上"名流"，在报上刊登广告要成立所谓"自救救国会"而擅自将张元济的名字列为发起人时，张元济立即发表声明，说他"年力衰迈，凡社会公共事务不克担任，久经谢却，"因此坚决否认他参加这种骗人的政治勾当；也无怪乎张的声明一出，国民党机关报《中央日报》即对他实行人身攻击，说他这个"遗老""预备创造奇迹，在苏维埃时代中再显身手"了。

爱国老人张元济以极大的喜悦迎接上海解放（1949），他真的愿意在新的时代中"再显身手"，可惜由于自然规律，力不从心了。正如他在辞世前两年（1957）作《告别亲友诗》所说：

维新未遂平生志，解放功成又一天。

报国有心奈无命，泉台仍盼好音传。

1949 年 9 月他参加了政协会议，应毛泽东邀同游天坛，同年 12 月参加商务工会成立会倒地风瘫，但翌年，他仍缅怀祖国统一，作《积雪西陲》寄毛泽东，毛回信告以"积雪西陲一诗甚好，由于签订了协定，我们的队伍不久可以到拉萨了。"

这位爱国志士的夙愿得偿了，他看到了祖国的希望。

这部《张元济年谱》是上海宋原放同志提议，由张元济哲嗣张树年先生主持编纂的。主编者有他特殊的条件，所以在编纂时能利用已刊未刊的有关资料，包括张家所藏的来往信件（正本或副本），手稿和口述的材料。年谱的编纂工作是认真的，初稿发表后还据有心人提示改定。年谱所记各条，虽然主持人力图保持实事求是的客观态度，但经过取舍筛选，不免渗有某种程度的主观成分，这是无可避免的，也是可以理解的。

八十年代以还，张氏本人的《日记》、《诗文》、《书札》、《尺牍》陆续出版，研究张氏和商务的专著也相继问世，如 Drège, J-P 的（巴黎，1978），王绍曾的（北京，1984），叶宋曼瑛的（北京，1985），汪家熔的（成都，1985），还举办过一次张元济学术讨论会（1987）。现在出版的这部《年谱》，将会给读书界提供一份可信的资料，这当然是很有意义的事。

读完这部年谱，呈现在我面前的，是一个伟大的爱国者的形象。我感受到"中华民族的人格"的力量。一向我敬重这位近代中国新出版事业的开拓者，倾倒于他学贯中西的渊博和治学方法的严谨——此刻，我完全被这个毕生为救国救民而从事这项默默无闻的传播工作的爱国志士所吸引了。一条红线贯串在这部年谱中，那就是爱国主义的红线。在这一点上，张元济可以说是中国知识界的骄傲。

1991年3月至4月作于北京

[题注]

《张元济年谱》，张树年主编，柳和城、张人凤、陈梦熊编著，商务印书馆1991年12月出版。正文前附张元济像、图章、手书对联、信札书影等。陈序外有顾廷龙序、王绍曾序、宋原放序。正文共13章，前有例言，后有编后记、附录、人名索引等。

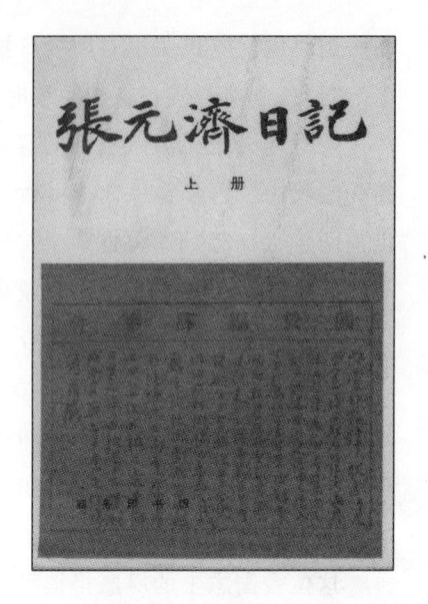

《张元济日记》封面

这篇序原题为《读〈张元济年谱〉》，最早登在《读书》1991年第9期，题为《中国知识界的骄傲》。《新华文摘》转引后，引起了读书界的注意。胡乔木读后，两次致信陈原（参见《胡乔木与商务印书馆》，载《商务印书馆馆史资料》第四十九号，1992年10月7日）。该序收入《陈原出版文集》时，开篇首句"1902年，张元济进馆，时年三十六岁。"未排，引文亦略有删节。

《张元济蔡元培来往书信集》跋

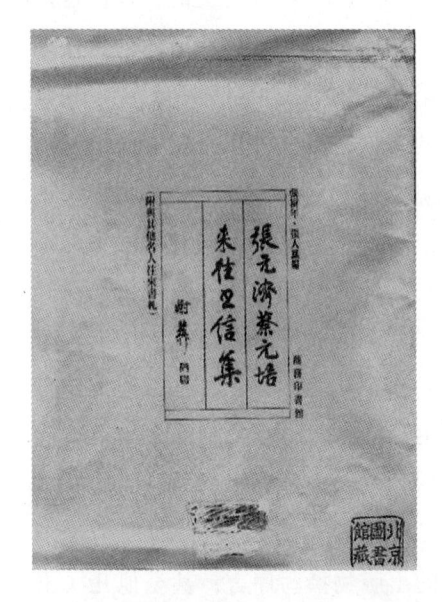

香港商务印书馆1992年版封面

《张元济蔡元培来往书信集》共收信函一百八十有九件，其中张元济致蔡元培八十有二，而蔡元培致张元济仅得四十九。这里汇集到的书札始于一九〇七（张致蔡），终于一九三九（蔡致张）即蔡在港辞世前一年。张蔡交往长逾半个世纪[①]；他们之间的往还书简，绝不止此数，但几经世变，能保存如此之多的真迹，已是难能可贵了。保藏这些珍贵的文化史料，全赖张蔡两家可敬的亲属，现今他们又慨允照原件影印，将这些精神财富公诸于世，实在可感。

展读哲人书简，不禁浮想联翩。文如其人，朴实无华，却显得十分真诚亲切。大部分书简内容虽只涉及一些日常琐事，其中间有愤懑之言，但透过这些书简，后人可以联想或窥见那个艰难困苦的时代。这里的往来书札虽起自一九〇七年，但它所显示的可以说是本世纪头四十年。这四十年是中华民族多灾多难而充满激情的历史时期。一个古老王朝衰败了，灭亡了，却留下了浓重的封建气息；一个共和国兴起了，长成了，却充满着腐

---

① 张元济（一八六七——一九五九）和蔡元培（一八六八——一九四〇）交往长达半个世纪。如果从晋京殿试那一年（一八九二）算起，也有四十八年。

败和混乱,迎来了列强的蚕食、压榨和侵略;然后是兄弟阋墙,民生涂炭。幸而卢沟桥的炮声,警醒了中华民族魂,激发了谋求民族自由解放的壮举,也预示着中华民族振兴在望。这四十年对中华民族是重要的,对张元济和蔡元培更是最关重要的。

蔡元培是伟大的爱国者,张元济也是伟大的爱国者。他们带着中国知识界传统的美德,即忧国忧民和救国救民的美德,进入历史的行程。这两个爱国智者的无间合作,是从本世纪初开始的。当张元济在南洋公学任译书院院长后两年兼代公学总理时(一九〇一),他创办了"特班"①,并延聘蔡元培出任"特班"总教习。同年,两人创办了《外交报》,张任董事,蔡任撰述——一个当总管,一个做主笔。翌年(一九〇二),张元济入主商务印书馆,即聘蔡元培任编译所所长——只因《苏报》案发,蔡不得不避居青岛而由张元济自兼。值得注意的是,此后近四十年,蔡元培虽没有在这家出版机构担任任何职务(只是按张元济的安排一九三四年被推为董事),可是他被认为是商务印书馆的精神支柱,而他本人也把商务当作自己事业中一个不可分的部分,他在往来书简中常常自豪地把商务印书馆称为"本馆"。至于蔡元培积极参与商务最初一批教科书的规划和编撰工作,那就尽人皆知,无需赘述②;他的著译大都由商务出版,他长时期为这个事业单位出谋画策,推荐作家,或为它的出版物撰写序言;甚至他几次出国学习、考察,都是由这家企业提供版税促成;而抗日军兴,蔡元培由沪转港,生活上也是由商务照料的。蔡元培与商务印书馆关系不同一般,固然由于他对文化教育事业的关切,但也不能忽视他与商务主持人之间的交谊。张元济完全信服蔡元培,而蔡元培则绝对信赖张元济③。这种信赖和

---

① "特班"是南洋公学招收的一些准备保送经济特科的特选人才,授以英文及政治、理财诸学科。

② 特别值得一提的是张元济与蔡元培及高梦旦三人主编的修身教科书(初小由张编,高小由高编,中学由蔡编)。

③ 这是作者在《关于张元济和蔡元培与"西学"传播的若干思考》(一九九二)一文中的论断,此处沿用。

信服不单纯由于（甚至本质上并非由于）同年、同乡、同僚、同好的关系，而是建立在对客观世界的共同认识上。简而言之，经过长时期的实践，他们到达了只有开发民智才能振兴中华这样的共同认识①。

开发民智不是空谈所能收效的。无论是张元济还是蔡元培，他们很早就悟到这一点，他们都是实行家，不过直到"五四"运动后两年（一九二一），蔡元培才在文章中系统地阐明这观念。蔡元培在距今七十年前宣称②："文化是要实现的，而不是空口提倡的。文化是要各方面平均发展的，不是畸形的。文化是活的，而不是死的，可以一时停滞的。"无论是张元济还是蔡元培，他们认为必须开展广义的教育或广义的文化活动，才能从根本上提高民族的素质与觉悟。张元济从一九〇二年到一九三二年这三十年，实质上是按照与蔡元培达成的共识去发展商务印书馆的。那个时期的商务印书馆实际是一个"多方面平均发展"的文化综合实体：它拥有一个当时最大规模的出版社和发行所，拥有包括时事、教育、文学、妇女、儿童、语文各个方面的杂志社，拥有一个装备了当时最先进技术的印刷厂，还拥有广收珍本善本的古籍和地方志的图书馆，拥有小学、中学、职工学校、师范学校、函授学校等不同层面和目标的教育机关，此外还设置文具仪器厂，制造华文打字机，动植物标本，理化仪器，还办了中国第一家电影厂，拍了梅兰芳的《天女散花》。这样的文化实体完全吻合蔡元培广义教育的理想。看来对所有这些活动，张元济与蔡元培都是相互理解和相互支持的，他们之间常常取得高度默契。

《最新修身教科书》封面

---

① 这是作者在《张元济年谱》代序（一九九一）中的论断，此处沿用。
② 指《何谓文化？》一文，作于一九二一年二月十四日，见《蔡元培全集》第四卷，页一〇一一五。

如果不提及以张元济为一方、以蔡元培为另一方签订的《北大月刊》出版合同（一九一九）[①]，那将不能透彻了解他们毕生相濡以沫的精神。这个出版合同说明了出版家能够在多大程度上和多大规模上支持和推进新思潮运动。合同规定，刊物销路不好，低于两千，其亏损之数全部由出版家负担；刊物销数超过两千且有盈余时，盈利部分由出版家与编著者共享——出版家只分四成，编著者得六成。这才叫做真正的"社会效益"。如果看看这个刊物的发刊词——蔡元培亲自撰写的发刊词[②]，则更发人深省。发刊词揭示了三个要点：其一，学术"非徒输入欧化，而必于欧化之中为更进之发明；非徒保存国粹，而必以科学方法，揭国粹之真相。"其二，"网罗各方面之学说，破其偏狭守残之陋见。"其三，破除"数千年学术专制之积习"，实行"兼容并收"，提倡"思想自由"，即古人所谓"囊括大典，网罗众家"。

　　应当说，时至今日，这三个要点对于办好综合性人文杂志还是极有启发的。同年，当胡适把常识丛书拟目送到张元济手中时，张元济竟毫不踌躇地建议增加一题《过激主义》[③]，这个事实证明：张元济虽不信奉过激主义即布尔什维主义，但他却信服蔡元培所提出的学术上"兼容并包"的主张，只有这样他才能提出了这个为后人掷笔三叹的建议。

　　回溯本世纪初，当张元济入主商务并在其后把他毕生精力奉献给这个文化机关时，蔡元培则把自己的主要精力放在国民革命事业上。从参加暗杀团（一九〇二）到组织光复会（一九〇四）到加入同盟会（一九〇五），蔡元培实现了推翻王朝统治，建立共和政体的夙愿，而这不过是他振兴中华的第一个目标。这项活动奠定了他作为国民革命元老的政治地位。然而

---

　　① 这个合同登在《北京大学日刊》318号（一九一九年二月二十六日出版），载《蔡元培全集》第三卷，页二五八—二五九，原件没有查到。
　　此注中"一九一九年"，原书及《陈原出版文集》误作"一九九一年"，《黄昏人语》正之，本书据改。——编者注
　　② 发刊词作于一九一八年十一月十日，载《蔡元培全集》第三卷，页二一〇—二一二。
　　③ 见汪原放《回忆亚东图书馆》一九八三，上海学林出版社，页一〇〇，张元济签署的日期为十·七·二十四，其中十即民国十年（一九二一），该书误作一九二五年。

民国建立以来的政治漩涡并没有搞浑了这个哲人清醒的头脑——所以他能在国家处在危急存亡之际，与另一个伟大的爱国者宋庆龄一道，创立了中国民权保障同盟（一九三二），并且振臂高呼，为促成全民抗战（一九三七）奉献自己的全部力量。尽管蔡元培用极大的精力参与政治活动，却仍然一点也没有忘怀他与张元济达成的以开发民智拯救炎黄故土的共识，这些史实也是人所共知，此处无需喋喋了。

把张元济与蔡元培称作中国近代思想界的先驱，那他们是当之无愧的。这不仅是由于他们兴办文化教育事业那种开拓精神，不仅由于他们坚持不懈、锲而不舍的顽强斗志；而且由于早在本世纪初，他们的先锋思想即已表达无遗。而且这先锋精神是同民族命运息息相关的，这真是一段饶有兴味甚至令后人惊讶的史实。

原来早在一九〇三年，张元济就在《埃及近世史·序》① 中一针见血地指出："欧洲有新名词，曰帝国主义，曰民族主义。今之言政治学者，莫不宗尚之矣。呜呼其亦知此两言者，即欧人兼并弱国歼除异族之具乎？帝国主义以推广势力为尚，故不妨逞强以凌弱；民族主义以区别种类为旨，故不妨党同伐异。"这里需要说明，文中所用的"民族主义"一词，今日称为"沙文主义"或"民族沙文主义"。联系到当时我国的现实，夫子喟然叹曰："而欧洲之帝国主义、民族主义已由近东而推至远东。凡与结接为构者，能无履霜坚冰之惧乎？虽然，吾不虑他人之以埃及待我，而特虑我之甘为埃及也。"

差不多同时，蔡元培写了一篇小说，题为《新年梦》（一九〇四）②。这篇小说完全可以选入世界乌托邦社会主义文献而毫无愧色。小说是用白话文写成的，那是在"五四"倡导白话文写作之前十五年；当时涌现的许多社会新思潮都被有选择地反映到这篇创作里，尽管因此而产生了某些可爱的矛盾，但毕竟抒发了令人耳目一新的先锋言论。作者指出现在人类之

---

① 此文载《张元济诗文》（一九八六，北京商务）页二八六—二八八，文末署"光绪二十九年三月涉园主人序"，即一九〇三年所作，涉园主人即张元济。
② 此文原载《俄事警闻》一九〇四年各期，《蔡元培全集》第一卷，页二三〇—二四二。

所以还不能战胜自然，是因为地球上分成一国一国，各自贪图自己的利益；而一国中又被一家一家分了，各要顾自己家里的便宜。作者甚至说，"现在史拉夫人（斯拉夫人），支那人（中国人），都是有家没有国的，史拉夫人造国的，一天多于一天，支那人想的还少，还是天天自己说是中国人，中国人真厚脸皮呀！"至于"支那人"的"中国"，"连那自己的土地都送给别人做战场都不管"（这里是指日俄战争），"自己仿佛是一些劣等动物，好像犬马牛羊，不是替人代劳，就是受人宰割，只知道自己队里，你咬我，我咬你，从没有抵挡外人的力量。"而那种"冒充管事的人"，替外国主子"做个牵犬马的绳子，宰牛羊的刀子"，来鱼肉自己的子民。小说说，只有当"这些下等动物"把绳子和刀子通通毁坏了，才能把整个天国保存下来。到那时，"一个人出多少力，就受多少享用；不出力的，就没有享用"。

由上引的张蔡两段有关文字，足可想见这两位哲人的思想境界在本世纪之初，即已达到如此的高度，难道这不是真正的思想先驱么？甚至张元济校古籍数十载，不囿于传统，却又实事求是，开拓一代整理国故的事业，连蔡元培也认为功力深厚，这不也是无可辩驳的先驱么？

人称蔡元培为学界泰斗，人世楷模[1]；壮哉斯言！人称张元济为有远见有魄力的企业家同时又是学贯中西博古通今[2]的智者，信哉斯言！而我无宁愿意借用张元济在蔡元培辞世之年为爱国老人马相伯题像赞的头一句话[3]，来表达作为后学的我对这两个伟大爱国智者的景仰之情：

> 森森兮千丈之松，矫矫兮云中之龙。言满天下兮，后生所宗；振聩发聋兮，国人群起而景从。

(1992年6月至7月)

---

[1] 毛泽东唁电，原刊重庆《新华日报》一九四〇年三月八日。
[2] 茅盾语，见《我走过的道路》上册（一九八〇，香港三联）。
[3] 见《张元济诗文》，页八七。作于一九四〇年一月二十五日。

[题注]

《张元济蔡元培来往书信集》，张树年、张人凤编，香港商务印书馆 1992 年 10 月出版。该书以张元济发信和收信区分成两部分，第一部分以张元济致蔡元培的信函为主，附张氏致其他友人的函件；第二部分是蔡元培致张元济的书信，附其他友人致张元济的信。总计 189 封。

这篇跋文曾收入《黄昏人语》和《陈原出版文集》。

陈原说，"此文没有就事论事，却是从思想上阐发了这两位跨世纪的思想家的心愿和抱负，未能对书信集内容有所议论。"（见《陈原出版文集》第 417 页）

《中华新词典》代序

香港中华书局2001年版封面

字典辞书是人的一生不可或缺的工具。一部好辞典，往往成为学人毕生的师友。凡称得上好辞典的，除了在翻检查阅过程中能给使用者提供准确和精确的信息外，一定要具有自己的显著特点。特点愈显著，则它的使用价值就愈高。没有特点或特点不很显著的辞书，当然也有可能在市场上畅销，但它决不能成为学人一刻也离不开的师友。

眼前这部辞典应当说是有特点的。它的显著特点有三。头一点，它解决了使用汉字时所遇到的读音和写法上的困扰。一般地说，凡是字典辞典，都会对所收的字词注上准确的读音，这是一切字典最起码的条件；但并不是每一部字典都会引导使用者注意误读的字音——而这正是学语文的人极想解决而又很难解决的问题，因为由于传统习惯或心理因素，错读字音是常会发生的。至于字形，也常常难为了初学者——汉字经过几千年的演化，字形的变异随时可见，即使没有变异，写法也常令初学者大伤脑筋——比方"刊"字头一笔是"一"（横）呢还是"丿"（撇）呢，人们往往弄不清楚。在这些地方，本书常加说明，指出应当这样写，不应当那样写。正音和正形，是学好中文的第一步。可以说，本书头一个特点就是耐心地引导读者走出这一步。

本书第二个特点，是在不少的单字下，汇集了由这个单字组成的一些语词。中文的"字"和"词"不是完全一致的，有的一个字就是一个词（例如："我"、"书"、"写"、"大"），有的词却由两个或不止两个字组成（例如："我们"、"辞书"、"写字"、"大学"，"幼儿园"、"小学生"）。凡是能组成很多语词的字，在语言学上称它"构词力强"；反之，即构词力弱或构词力不强。本书在构词力强的单字下列举了一些由这个字组成的语词，有助于学人扩大自己拥有的词汇量，有了丰富的词汇量，讲话和作文就方便多了。比如在"演"字下开列了演化、演进、演说、演讲、演戏、演奏、表演、演习、演算等语词，学人查一个"演"字，却意外得到这一连串语词——其中有些可能是熟悉的，也有些显然是陌生的，这时，他会悟到中文的构词法是如此巧妙，语词的活动天地是如此广阔，这对于学通中文，实在是大有裨益。

最后一个亦即最重要的一个特点，是对词义相近、相似或相同的一组一组语词，进行分析比较，指明词义的微小差别（例如：强、弱；轻、重；褒、贬……），使学人能够对这些语词有深一步的理解，做到得心应手，运用自如。词义辨析，不是每一本字典都重视的，甚至可以说常常略而不详。本书在辨析文字之外，还引举例句，对分析说明作形象的描写。语言学家常说，没有例句的词典，正如一个人只有骨骼而无血肉。本书所举例句，大都摘自规范的时文，不是编字典的人随意杜撰的。譬如在辨析"仿佛"、"似乎"、"好像"这三个语词时，举出了一个令人吟味的句子：

  他的脸色仿佛有些悲哀，似乎想说点什么，但又好像憋着一肚子冤气，结果一句话也没有说。

读者读到这样的例句，参照辨析说明，一定会得到不少启发。

这部小书既有这样三个显著的特点，我想，它应当受到读者的欢迎。可以想见，编者在这上面是作过认真的研究，花了很大工夫的。自然，也不能说这部词典已经十分完善了，它一定存在这样或那样的疏漏或失误，只有在广大学人使用过程中发现并提出它的缺点错误或不足之处，才可以不断使它完善——任何时代任何比较完美的工具书都是群策群力、千锤百炼的结果。

陈　原　1993年春

[题注]

《中华新词典》，刘扳盛编，香港中华书局1993年6月初版，2001年再版，64开，是普通话和粤音对照版。这篇序1998年收入《陈原语言学论著》卷三。

《书边杂写》和《都市的茶客》合序

辽宁教育出版社1995年版封面

忽一日，为一套新作问世而奔走呼吁的脉望，匆匆来到我的斗室，把两帙原稿往我桌上一放，说："请你翻翻看，能不能写一两节类似《黄昏人语》那样的东西。"她用的是"你"，而不是"您"，使我连一句客气的推托话也说不出口，只好听从她的命令："翻翻看。"

打开第一帙原稿，作者是谷林。谷林我认识——岂止认识，实在太熟悉了。谷林是个书迷。书迷者，仿佛是为书而生，为书而死，为书而受难的天下第一号傻瓜。他对书着了迷——虽则他的职业是打算盘（那时还没有计算机）——他却迷上了书，读书有益无益，大益小益，他全然不管；尘世的明争暗斗，低级趣味的欲望全没有了，他从所迷恋的书中得到了一种高尚的情操，一种向上的理想，一种人生的乐趣，一种奉献的品格。谷林这个书迷确实为书而受难——他迷上了"黑"书，"黄"书，或者还有"灰"书，在那疯狂的年代，这就够了。他受了难，可他没有听从死神的召唤。但从此他就降到"牛鬼蛇神"那一档；本来是斗我的，

辽宁教育出版社1995年版封面

现在却要挨人斗或斗自己了。于是我们就"一帮一,一对黑"。我们经历过一段宝贵的时间,编成一个劳动小组,扫厕所,扫食堂,搬白菜,运黑煤,劳动神圣!它洗涤了我们的灵魂,好比进了一次但丁的"炼狱"。这样就得以同下干校,同吃同住同劳动,战天斗地,其乐无穷——三年的时光过得不算慢,也不算快。我一本书也没有读,我患了书恐惧症;而谷林却还不时捧着一部什么书在那里啃:可见他是货真价实的书迷。而他写的字——这帙原稿写的字,一如他过去那些年写的字——那么纤巧,那么工整,那么秀丽,带着一种含蓄的美,一种闺秀的美。字如其人,这人也是宁静的,淡泊的,与世无争的,绝不苟且的,诚恳到无法形容的。也许这是他过分迷恋苦雨斋小品文的结果——他对苦雨斋主人的书着了迷。集中《有凤来仪》一篇可以作证;他对沈从文先生怕亦着了迷,有《永久牢靠的支持》一文可以作证。难怪他为书而受难——但这里抒发的感情是纯朴的,清新的,受炼狱洗炼过的那么真挚。

自从《读书》创刊之日起,我的心就常常不平静,不是这个小小的刊物烦人,不,是因为它处在艰难的时代,不说你也明白的。然而书迷谷林却全然不顾这一切,他迷上了《读书》。他一丝不苟地读着《读书》,做义务校对,义务编辑,义务评论员,一直发展到写补白式短文。直到这时,我才发现原来这个与我多年共事的书迷,除了写得一手清秀的字以外,还写得一手十分清秀的小品文。不信,就请你读这本朴实无华的集子罢:不尚浮言,一句就是一句,不多也不少。世间污染语言的写家,也请你读读谷林的文章罢。(我仿照脉望的语气,一连用了两个"你",多少带有不客气的语感!)

另一帙原稿的作者施康强,却从未见过面,文章间或读过,只是还未认得。这位作者崇尚的是茶和书——也许还未到茶迷加书迷的程度;而这两者——茶和书——也是我这个步入黄昏的孤独老人找回"心理上微弱的平衡"的两道"法门"。看来,我这位不熟识的作者,比之我熟悉的谷林来,没有为书而受难,更没有为茶而受难,反而有机会在巴黎喝茶;因之,他的文章视野更为广阔,行文更为潇洒;他笔下的虽不是"横眉冷对"式的杂文,却也不是谷林那种在苦雨中尝苦茶味的、淡泊到无可再淡泊的小品。字里行间，我这位未曾认识的作者，表达了一种潜在的愤懑；当然，这愤懑是打开了心扉，打开了窗户，打开了眼睛，才发生的。这一帙小品带着读者更多接触那千疮百孔的旧世界和新世界，更多感受那多灾多难的生活。如果谷林的一帙小品使你的心境平静下来，宁静下来，"静观世变"；那么，康强的一帙小品，则使你的心灵变得更复杂些，更加——如果用委婉语词来说——"五彩缤纷"些，更少些理想主义或更少一些美丽的梦。谷林带你通过炼狱——也许直上天堂，也许跌落十八层地狱；而康强则带你直入充满各种气味的"市场"——引导你在这深不可测然而又不能不测的人海里浮沉。两个可敬的作者，两帙饶有兴味的文章，两种生态和心态——而其实却统一在对真正的朴实的人性的眷恋。唉唉，你看我说到哪里去了……

是这样，康强给你展现的不是茶和书，或者说，本质上不是茶和书，而是古人，今人，文人，武人，男人，女人，好人，坏人……读完这一帙小品，谁能忘记巴黎地铁里那场"微型笔战"？——但它留给你的印象，巴黎人是那么深刻，那么尖刻，那么自傲，又那么谦逊；这就是"文明"，这就是"文明"的民族。没有文明就没有现代化。谁又能忘记彭大将军在北京西郊挂甲屯（多么有意思的巧遇！）"待罪""思过"的吴家花园——传媒称之为将军的"别墅"，俗人则目之为"宾馆"。大将军含冤而逝——他到死还没有失去他自幼寻找到的"信念"——而那挂甲屯却长存；囚禁地成了"别墅"，"别墅"成了宾馆。将军去矣，掩卷沉思，能不引起"心理上的不平衡"？恐怕作者所崇尚的茶与书也解救不了这不平衡。

这一帙文章也写得明快，绝不拖泥带水，亦少浮言；而书迷的程度轻一些，人间烟火味浓一些，也同谷林的小品一样隽永，一扫时下那种故作艰深姿势的"博士"腔。

但愿脉望不指责我：你偷懒，能把两帙原稿捏在一块写成一篇文章么。如果她开口，我就回答曰：能。这年头有什么不能？这篇不就是？

陈　原　1994年7月22/23日

[题注]

　　《书边杂写》谷林著，《都市的茶客》施康强著，辽宁教育出版社1995年3月出版。"书趣文丛"第一辑。《书边杂写》收文60篇，附作者后记，概言"弱水三千，取饮一瓢；含哺而熙，鼓腹而游；偶效嘤鸣，求其同气。"《都市的茶客》按写作年代编次，分"茶·咖啡·历史"、"秦淮河里的船"、"多菲纳广场"、"文章亦游戏"、"人在江湖"5辑，书前有作者自序。

　　这篇序原题为《无题——黄昏人语中的一节》，收入《黄昏人语》时改为《二合一：无题》。

陈原印章：新会陈铁嘴

《巴金与世界语》代序

中国世界语出版社1995年版封面

万千读者喜爱作家巴金和他的作品，而我们世界语者更以在我们行列中拥有像巴金这样的真正的人而自豪。他爱世界语。他毕生爱着世界语。他是世界语理想和信念的化身。他为世界语奋斗了不止七十年——虽则他自己多次谦虚地说，他很早以前就脱离了世界语运动，但这只意味着他不是世界语运动的组织家。不能也不应要求每一个世界语者都成为运动的组织家。其实他心中时刻想念着世界语。十二年前（1982），他说过，"四十几年过去了。中间我经历了八年抗战和十载'文革'，但是我对世界语的感情却始终不减。"当他还没有学会世界语的时候，十七岁那年（1921），柴门霍夫的理想激励他写过一篇题名为《世界语之特点》的文章，宣传世界语；三年之后（1924），他到了南京，才有机会认真学习世界语。他把他当时所能找到的世界语书籍，都"啃"进肚子去了。然后又四年（1928），他游学巴黎；在那里他结识了胡愈之。有了胡愈之，有了巴金，有了胡愈之和巴金永恒的友谊，于是开拓了中国世界语运动的新时代。

七十年间他以无数激动人心的文学作品哺育了他的同时代人，并将继续哺育更多的后来者。值得我们世界语者骄傲和惊奇的是，在创作的同时，他竟能从世界语翻译了几十万字的外国文学作品，这在中国作家和世界语学者中也是少有的。

　　我们这一代人，谁没有读过《家》这部小说？我们这一代人，少年时都曾如醉如痴地沉迷在小说里。这只因为我们都从封建社会中来，我们中的每一个人都或多或少地受到过封建主义这只看不见的黑手所压迫或毒害；我们从《家》的人物身上或多或少找到自己的影子，或别人的影子；同时也朦胧地找到了要走的路。觉民的路？觉慧的路？但不是觉新的路。这是一部向压在中国人民头上几千年的封建主义宣战的书。它揭开了封建主义的毒瘤。但是任何时候都有那么几个"左"得可爱的人，吱吱喳喳地诬蔑它在宣传封建思想。这诬蔑不从"文革"始，也不跟"文革"终结；只不过在那荒唐的十年间变得更疯狂罢了。"四人帮"垮台后，也还有那么几个可爱的同志，说《家》过时了。过时？封建的污泥浊水还积聚在我们的前院或后院里，至今还没有打扫干净，怎么就"过时"呢？一部真正的作品是永远不会过时的。正如我们的巴老给《家》的世界语译本写的序文所说，新社会总是在旧社会的废墟上建立起来的，"要了解今天的人，就不能忘记昨天的事"。看来巴老自己也很爱这部小说。他甚至打算亲自把它译成世界语。我呢，我不知道读过多少遍，我被《家》激动过，启迪过；在战争期间，我甚至动笔翻译过几十页，在重庆的叶籁士鼓励我说，只要译成，他来张罗出版。然而日本侵略者的炸弹和燃烧弹毁了我的家，同时也毁了这几十页译稿。幸而前几年有同志以他的劳作圆了我的梦，而巴老也为此写了译本序，遗憾的是，由于这样那样的原因，《家》的世界语版至今还未与世人见面。何时才能圆梦呢？我等着。

　　巴金从世界语翻译的作品，包括亚米契斯的《过客之花》，秋田雨雀的《骷髅的跳舞》和阿·托尔斯泰的《丹东之死》这几部戏剧。六年前（1988）巴老为三联书店编《巴金译文选集》时，没有把它们收进去；但这并不说明什么，因为巴老的翻译很多，而篇幅有限。毫无疑问，那些未入选的译作仍然是珍贵的养料,它们都曾哺育过我们这一代青年人。比如《丹东之死》,无论是剧本本身,无论是初版时的附录(作家巴金自己写的《法国大革命的故事》),都把法国革命的精神,那么准确地形象地传递给我们;革命过程中的冲突和矛盾,无情的残酷的斗争,都给我们打开了思索的大门。啊,这是革命!这就是革命!这才是革命!它教会了或者说启发了我年轻的心灵。这是最好的历史"课本"。当我踏上革命的征途时,我曾不时地想起这个剧本。然而这几部译作,现在都很难买到了。

应当感谢我们的同道许善述同志,他经年累月地辛勤劳动,把巴老所有从世界语翻译出来的作品,编集成书,让今日的读者可以很容易读到,我们的读者真是有福了!可惜编者许善述没能看见这书的出版,不治之症夺去了他的生命。我认得老许较晚,但我一接触他,便发觉这是一位真诚的、狂热的世界语者。他爱世界语甚于他自己的生命,要不,为什么重病在身,他还能那么兴致勃勃地无日无夜去完成这部书稿的编辑工作?我永远不会忘记今年早春那个寒冷的早晨,跟他匆匆见面而又匆匆分手,他说他的编辑工作快完成了,要我在书前写几句话。他用他毕生的精力,灌溉了世界语的园地;我不能拒绝他的要求,虽则他的劳作已说明一切,用不着我再去介绍。我喜欢这个人,因为他真诚;我想我们的巴老也一定喜欢这样的人的。

《巴金译文选集》十篇译品中,只有一篇是从世界语移译的,那就是尤利·巴基的《秋天里的春天》。巴基是用世界语写作的匈牙利作家。这部"温和的忧郁的罗曼司故事"感动了或者说征服了三十年代我这一辈的少年读者。那时,祖国正在受难。青年人在彷徨。这部罗曼司不会给出答案,

《秋天里的春天》开明书店
1932 年版封面

但它指引少年读者坚信：会有春天的，春天会来的。路是艰难的，但多艰难的路也得往前走。这部小说在中国读者中引起如此大的反响，恐怕作者和译者原先都没有预料到。少年的我被它迷住了，是伤感的罗曼司迷着我，还是那优美和清新的文字迷着我，我不知道。我对照着原文和译文，一字一句地仔细学习过。我至今感谢作者和译者给予我美的享受，语言的锻炼，感情的激动和思想的启迪。五十年代时我有幸在北欧遇见作者时，我向他表达过我以及我的同时代人的感谢；前几年我也向译者说过，我至今爱这部小书。巴老回信说，他听了很高兴，他说，他也很喜欢这部书。一九三一年译者序中有一句话使我毕生难忘："在生活里是充满着春天的，秋天里的春天，冬天里的春天，而且有很多很多的春天。"不久前，我曾在一篇断想中写过，"在其后许多年间，我确信春天藏在真正的人的心里，藏在真正的人的平常生活里，否则在这残酷的不公平的人间就活不下去了。"

我并不是说，只有世界语译出的作品才那么感人。《选集》中有许多作品也一样激动人心。比如廖·抗夫的剧本《夜未央》，就曾使我们这一代人激动得流泪。巴老说过，这部戏给他打开了一个新的眼界，使他看见了"在另一个国度里一代青年为人民争自由谋幸福的奋斗的大悲剧"。《夜未央》确实震动过那个受难时代的少男少女。我们几个少年男女，也像我们的巴老年青时一样，排练过这剧本，虽然最终没能上演。我们当中有位扮演马霞的姑娘，后来真的成了职业革命家，然后为理想为别人的幸福献出了她年青的生命，她才走过二十六年充满幻想和激情的人生道路啊。

开放的八十年代到来了。巴老已是"望八老翁"，他熬着病痛，勇敢地写下了一百五十篇"随想"，后来集印成为一部"讲真话的书"。题名为《随想录》的那部显示着当代中国知识分子良心的"大书"，赢得了万万千千热诚的读者。人们争相走告，我们的巴老永远跟我们在一起，我们的巴老说出了我们要说的话！

在这一百五十篇讲真话的随想中，居然有两篇专讲世界语。一篇是第四十八,题目就叫《世界语》;另一篇是第九十四,《一篇序文》,那是给小说《家》世界语译稿写的序言。此外,在很多篇章中都有涉及世界语或世界语学者的文字。处处都表明,巴老数十年如一日始终爱着世界语。他爱世界语,因为他爱人类,他爱未来;他相信未来会美好。他写过:"我始终相信未来,即使未来像是十分短暂,而且不大容易让人抓住,即使未来好像一片有颜色、有气味的浓雾,我也要迎着它走过去,我不怕,穿过大雾,前面一定有光明。"(引自第一百四十一,《我与开明》)

十四年前(1980),当他毅然飞往斯德哥尔摩参加第六十五届国际世界语大会时,中国的甚至瑞典的许多朋友都大吃一惊。用这位智者自己的话来说,"我去北欧前,友人几次劝我不要参加这次大会,甚至在动身前一两天,还有一位朋友劝阻我,他认为我年纪大了,不应当为这样的会奔波。他们都没有想到这些年,我一直关心着国际语问题。经过这次大会,我对世界语的信念更加坚强了。世界语一定会成为全体人类公用的语言。"

在斯德哥尔摩,他向瑞典朋友解释和宣传:"世界语一定会大发展,但是它并不代替任何民族、任何人民的语言,它只能是在这之外的一种共同使用的辅助语……要是人人都学会世界语,那么会出现一种什么样的新形势,新局面!"

1980年巴金在斯德哥尔摩举行的第65届国际世界语大会上致词

国际世界语协会在次年的大会上授予他在这个领域里的最高荣誉——名誉监事,只有那些对世界语运动有重大贡献,同时对人类文明作出重大贡献的智者,才能得到这个荣誉,而我们的巴老确实应当得到这个荣誉,他确实受之无愧。我在北京飞机场迎接他归来,我看见他脸上放着异样的光彩,一扫平日的倦容;出乎我意料,他健步走来,我多么高兴啊。是世界语的理想哺育了他;而他也用汗水哺育了世界语园地。

他出国前给我的信中有一段深情的话：

"去瑞典参加国际大会，只是报答愈之的好意，我六十年前在成都就同他通信谈 ESPERANTO（世界语），受到他的鼓励。三十年代埋头写小说，就脱离了 E（世界语）运动，连语言也已忘记大半。这次开会会遇到困难，反正是最后一次了。有年轻同志同行，我也不怕。七月中到京时希望有机会畅谈。"

当然不怕，穿过浓雾也不怕的我们的巴金，怎么会怕呢。那一年在北京我们确实有机会畅谈了一回——不过是在他开会回来以后。胡愈老，巴老，还有叶老（籁士），好像还有叶君健，张企程。就是在那次谈话中，确定由我国世界语协会承办一次国际大会。那就是一九八六年在北京开的第七十一届国际大会，有 2482 人报名参加，除了来自各国的世界语者外，大约有四百中国世界语者与会。有两件无可弥补的憾事：一是我们的巴老在上海，因为身体不好，未能亲临，只好致书面贺词。另一件更遗憾，巴老六年前为"报答愈之的好意"而去参加瑞典大会的那个"愈之"即胡愈老，当年一月离开了我们；在开幕式上，由大会主席提议，全场两千多人起立默哀，缅怀我们的胡愈老。

《国际语的理想与现实》商务印书馆 1986 年版（胡愈之为第 71 届北京国际世界语大会准备的发言稿，陈原译为世界语）

巴老和愈老有着深厚的交情。巴老说过，"愈之的确是我的老友，世界语运动把我们连在一起，一直到他的最后，一直到今天，因为他还活在我心中。"

上面已经提到过，巴金第一次给胡愈之写信，是关于世界语的，那是在一九二〇年，巴金在成都，胡愈之在上海；那时巴金还没有认真学会世界语，而胡愈之已经在他参加编辑工作的《东方杂志》（当时最著名的大杂志）发表了多篇关于世界语的短文，在他们通信的第三年（1922），胡愈之在这个杂志上发表了系统地论述世界语的长文：《国际语的理想与现实》——后来作为《东方文库》的一种印成单行本，六十四年后以中世对照的方式（世界语译文是我做的）由当年出版《东方杂志》的商务印书馆印行，分赠参加第七十一届国际大会的中外世界语者。

　　六十多年前的一封信，把这两位哲人联结在一起。六十多年后，巴老还怀念着这封信。他写道："可惜我没有能把他寄到成都的信，六十几年前的那封信保存下来！"然而那有什么呢，更可贵的倒是经历了绝灭文化的"文化大革命"后的那一封。那一年，当巴老从"长期给关在活葬墓"里走出来，重新向世人呼喊的时候，他立刻接到胡愈之的一封信，信里说：

　　"今天从《文汇报》读到你一封信，喜跃欲狂。尽管受到'四人帮'十多年的迫害，从你的文字看来，你还是那样的清新刚健，你老友感到无比的快慰。先写这封信表示衷诚的祝贺。中国人民重新得到一次大解放。你也解放了！这不该祝贺吗？"

　　"喜跃欲狂"！"老友感到无比的快慰"！这是人世间最珍贵的友谊。这是两位哲人经历了苦难后的心声。这是两位哲人一九二八年初秋在巴黎第一次见面后互通心声的最强音！

　　一九二八年，胡愈之避开黑暗势力的追捕，逃亡到法国。那一年全世界正在纪念列夫·托尔斯泰诞生一百周年。巴比塞（法国当代著名的作家，也是一个世界语的热诚支持者）主编的《世界》，刊登了一篇托洛茨基的《托尔斯泰论》（那年还没有后来那么多的教条主义的条条框框），胡愈之让巴金把这篇文章译出，由他寄回国内，刊登在《东方杂志》第二十五卷第十九号（1928年10月10日出版）托尔斯泰纪念专辑上——《脱洛斯基的托尔斯泰论》，巴金译；同辑还有愈之译的《托尔斯泰与东方》。

看来巴金在法国第一篇翻译和一些创作小说,是通过胡愈之介绍给出版社的。所以后来巴金把胡愈之称为他的作品的最初的责任编辑之一。日后,胡愈之在他的回忆录中也有这样的一段话:

"后来遇见巴金,也常常来往,那时他翻译小说,我介绍他与《小说月报》联系,这样文章发表得到稿费,解决他的经济问题。"

然而这两位哲人之间的关系,远远超过作者与责任编辑之间的工作关系。在胡愈老走了以后,巴老怀着深深的眷念,写下了这样的一段文字:

"这些年我和他接触不多,不过在我患病摔伤之前,我们常有机会见面。他对世界语的热情和对世界语运动在中国的发展所作的贡献,使我感到惭愧。作为一位九十高龄的老人他离开这个世界,不会有什么遗憾。我虽然失去一位长期关心我的老师和诤友,但是他的形象,他的声音永远在我的眼前,在我的耳边:不要名利,多做事情;不讲空话,要干实事。这

巴金像

是他给我照亮的路,这也是我的生活的道路。不管是用纸笔,或者用行为,不管是写作或者生活,我走的是同样一条道路。路上有风有雨,有泥有石,黑夜来临,又得点灯照路。有时脚步乏力还要求人拉我一把。出书,我需要责任编辑;生活,我同样需要责任编辑。有了他们,我可以放心前进,不怕失脚摔倒。"

不要名利，多做事情；不讲空话，要干实事。

他们是这样做的。他们一生都遵循着这箴言。他们，我们的巴老和我们的胡愈老，毕生奋斗，不求名，不求利，不说空话，不说大话，不说假话，不知疲倦地为他人得到幸福而奋斗。这是世界语理想和信念的化身。我爱他们。我景仰他们。我愿意守着这箴言走上他们曾经走过的道路。

1994 年 10 月 29 日

[题注]

《巴金与世界语》，许善述编，中国世界语出版社 1995 年 5 月出版。收录作品分"著作篇"和"译作篇"，时间跨度七十多年，为了反映时代气息，著译作品的语言保持了原貌。许善述（1922—1994），山西广灵人，《世界》杂志主编、中华全国世界语协会常务理事、北京世界语协会副理事长。

这篇序原题为《我们的巴金　我们的语言》，1996 年收入《黄昏人语》。

《世界名言大辞典》序

1

名言、警句、箴言、嘉言、格言、谚语、引语……所有这些具有微小语义差别的称呼，在社会语言学某一层面上，却通通表达了同一种语言现象——那就是一种浓缩了的思想片段，一种纯化了或结晶了的论点，或者一种具有普遍意义普遍价值的超时空信念：这种思考、意识、信念，不是用千言万语，不是用浩繁的卷帙来表述，而是用极其精练的语言，用社会公众最容易理解或接受的语言（亦即"喜闻乐见"语言）表达出来，传之久远。这些名言或警句往往都不是孤立地存在的，它们有具体的语境，通常还会有联结在一起的上下文（context），而在传播的过程中，经历了时间的考验和社会公众的筛选，这就是为什么人们把这许多语言材料通称为"引语"的缘由。名言、警句——所有称之为引语的——这些语言材料，是一种语言结晶体。我曾经描述过这些语言结晶体的意义和作用：

"在人类文明发展的长河中，流过了同时沉积了许许多多发人深省的或者激动心弦的话语——一个词组、一个句子、一节诗词、一段文章，其中有些是说理的，有些是抒情的，但不论是说理的还是抒情的，都是前人

广西人民出版社、广西教育出版社1996年版封面

在实践中，在生活中，甚至在坎坷道路中得出的结晶。这些透明的晶体经历几个世代，几十个世代，流传下来而没有丝毫磨损，正相反，这些结晶在社会交际活动和人类思维活动中仍然闪闪发光。旧时的信息唤起了新鲜的感觉，激活了人们的思想和行动。"①

换句话说，这些语言晶体都蕴藏着很深刻的智慧或哲理，反映了创始人的精神面貌和时代特征。因此，社会公众愿意引用这些语言晶体来表达与这个晶体所传递的信息相同或相类似的情感；不必说社会公众在接触到这些引语时，他们也会受到某种熏陶，某种启发，某种激励，某种警悟，引发某种联想或推断，从而在自己当时或此后长时期的思想或行动中受到某种程度的影响——正面的或负面的影响。正因为这样，社会语言学研究者对这一特殊的语言现象发生浓厚的兴趣——尽管在一些语言学专著中几乎不太注意到名言或警句这类引语的存在价值，即在社会交际中所获得的价值。

引语不受时空的限制，其理自明，因此，社会公众不但喜欢引用土生土长的、本民族（"母语"）的名言或警句，而且常常喜欢学习并引用异国异地的其他人群（其他民族和其他语言）的名言或警句。只要合适，人们就毫不迟疑地"拿"来，古今中外，一概不问——自然也不去查问那创始人（即最初传播这片言只语的人）姓甚名谁，更不去考究此人属于哪个阶级，哪个阶层，哪个社会群体。这符合语言的功能法则，也符合语言的经济法则。不只是有教养的所谓文明人（即受过较多教育的人），在合适的场合引用这些结晶，就是没有读过多少书本的人，他们也会从世代相传的口头语言中获得并接受这些结晶，也会在合适的场合，不失时机地引用它们。名言或警句这种语言结晶是到处都有的，正如一个哲人所谓："世间常常有很多很好的嘉言，只不过我们没有去运用罢了。"②

----

① 《关于名言、引语的随想》，收在《语言和人》论文集（1993）中。
② 这是法国哲学家帕斯卡尔（B. Pascal, 1623—1662）在《思想录》（*Pensées*, 1670）中的话，有何兆武中译本（1986）——这部书充满箴言或警句。

2

可以认为，名言或警句是思想的结晶，闪现了思想的"火花"，加上社会习俗（社会伦理）和时代特征的"火花"。现实的火花是一闪即逝的，但思想的"火花"却在它迸发出来以后很长很长的岁月中起着社会效益作用。甚至万民唾弃的"恶人"也留下了邪恶的"火花"，那尽管是鬼火，却也能对善良的人们起着警惕的作用，比如人们还记得30年代纳粹的狂人戈林"元帅"那邪恶的鬼火："大炮使我们强盛，而黄油不过使我们发胖"——演变而成"大炮代替黄油"那样简洁的"名言"；或者另一个纳粹造谣专家戈培尔所谓"谣言重复一千次就成为真理"这样的邪恶鬼火，也给后人留下很有益处的"启发"。

非常有兴味的语言现象是，尽管名言或警句不是孤立地"创制"出来的，甚至以《思想录》著名的帕斯卡尔，他那部代表作也并非孤立地"创制"出来的警句汇编。但是也有些思想家的制造物，几乎可以说完全由警句组成。首先想到的，是那位有争议的哲学家尼采说的一段话：

"我的奢望就是，把别人要用多少部书才能说的话，仅仅用十个句子表达出来——甚至连别人在那许多部书中没有说到的话也说出来。"[①]

尼采的书几乎充满了互不连贯的警句——其难于理解或不易准确地理解的原由，也正因为这些警句没有上文下理。也许维特根斯坦[②]这位奥地利人引为骄傲而英国人称为当代最伟大的英国哲学家，他那名噪一时的《逻辑哲学论》以及他晚年的代表作《哲学研究》，完全是由警句组成。特别是前一部书，耐人寻味，而且不言自明是各人有各人不完全相同理解的书。尽管他有这么一句警句："凡是可以讲述的东西，应当可以清楚地讲述。"但他所有的警句，却不都使我能够清楚理解。这部书的最后一章，

[①] 此语出自德国哲学家尼采（F. Nietzsche, 1844—1900）所著《偶像的黄昏》（英译作 *Twilight of the Idols*, 1888）。

[②] 维特根斯坦（L. Wittgenstein, 1889—1951）所著《逻辑哲学论》（1922）和《哲学研究》两本代表作都已有中译本。下文所引分别见§4.116及§7。

只有一句警句，倒是极有启发性的——"凡人不能说的，就该保持沉默。"饶有兴味的是，一家有名的出版社编引语词典时，竟得不到他的代理人许可，无法编入维特根斯坦许多"思想的火花"。

其实孔子的言行，有许多也是后人传诵的警句所构成或所表现的。"有教无类"，这是其中的一句。我怀疑孔丘当时是否说得如此文绉绉，他说话时没有录音机，只好认为他说的话——特别是留给世人的话——就是这样简练、精辟的。有教无类者，是指进行教育工作的对象应当不分贵贱一视同仁——两千年后，我国近代思想界的前驱之一的张元济①演绎而成"无良无贱，无智无愚，无长无幼，无城无乡"都应当有受教育的权利，就是"有教无类"的意思。时间是最好的试剂。历两千年而仍然被人所信奉，可见这一警句是带有普遍性的哲理。或者可以说，这是中国古代教育思想中所表现出的人民性。50年代初一位哲人指出过这种"人民性"。可惜不久以后人民性概念受到批判，说人民性是同阶级性对立的，因而引申而为"人民性"一词带有否定阶级性的味道，被划入修正主义思想范畴；到了那荒唐的十年间，即绝灭文化的"文化大革命"中，特别是批林批孔时，这一警句成为抹杀阶级斗争的"反动"言论的代表。批林批孔运动登场，这一警句就成了毒草——可见在特定社会环境和特定政治气氛下，引用警句是一种"灵魂的冒险"。不过现代人确信：实践是检验真理的唯一标准。"有教无类"这一名言，将是对提高全民族文化科学水平很有启发的思想"火花"。

但毫无疑问，大量（如果不是全部的话）名言或警句都会自觉或不自觉地表现出创始人的鲜明个性、立场和观点。不如是，就不能成为语言"结晶体"，也就不会成为后人所乐于引用的名言。比如说，人所熟知的"朕即国家"②，是法国国王路易十四于1655年不可一世地如此宣称

---

① 张元济（1867—1959），通常称为中国近代出版事业的先驱，商务印书馆创办者之一。在中国近代文化思想史上，张元济为先驱者之一。

② 路易十四（Louis XIV, 1638—1715），此语原文为法文，即 L'état c'est moi. 英译作 I am the State. （原注释"1638"误为"1438"——编者注）

的——时人称这个国王为"嗜血的老虎"。这句"名言"活生生地描绘出这个封建君主的专横心态：什么国家，什么政权，什么法制，什么百姓，一切都是微不足道的东西。我，只有我就是一切。一切我说了算。"朕即国家"是17世纪法兰西革命前欧洲封建主义鼎盛时期最好的写照。这句"名言"恰恰同东方古老封建帝国不当权的哲人另一句名言"民贵君轻"形成鲜明的对照。两句引语对社会思想史和对中西思想比较研究都会有大的启示。

还有一句许多人都知道的名言："我思故我在。"我之所以存在，我之所以有我，因为我在想着我存在，假若我不这样想，那我就不存在了。这是典型的唯心论——哲学家笛卡儿①留下来经常被人引用的警句。不论你持什么观点，是唯心论观点，还是唯物论观点；不论你赞成还是反对这观点，作为现代文明人，作为有教养的当代公民，你应当知道曾经有过这么一句简洁到无可再简洁的典型的名言。正如人们同时也应当记得镌刻在马克思②墓碑下方的铭文（铭文往往也是一种警句）："哲学家们只是用不同的方式解释世界，而问题在于改变世界。"你是否一个马克思主义者，在这里无关重要，重要的是现代文明人应当知道这句名言，应当知道这是一百多年来世间一切马克思主义思想家或实行家的不可或缺的"信条"——所有的"信条"，都会成为我们所议论的"名言"或"警句"，这一点也是毫无疑义的。

革命者常常喜欢引用歌德③在《浮士德》里借魔鬼梅菲斯特之口说过的一句"名言"，那就是："一切理论都是灰色的，唯有生命之树常青。"真正的革命者都着重当前的现实——这是"生命之树"，而不拘泥于过时的教条——这是灰色的东西。比起活生生的现实来，一切教条都是黯淡无光或者说不值一文钱的。生活，唯有生活，唯有作为生活的象征的"生命

---

① 笛卡儿（R. Descartes, 1596—1650），法国哲学家。此语原文为拉丁文，即 Cogito, ergo sum. 法文作 Je pense, donc je suis. 英译作 I think, therefore I am.
② 马克思（K. Marx, 1818—1883），语见《关于费尔巴哈的提纲》。
③ 歌德（W. von Goethe, 1749—1832），德国文学家。引语见诗剧《浮士德》。

之树"才是富有生命力的源泉——一切理论的源泉，所有运动的基础。

常有带着讽喻的名言在人世间流传——往往是对于荒唐的统治者的讽刺。比如："何不食点心？"（直译是："让他们吃点心呀！"）这样一句，据说是18世纪玛丽·安东妮女皇①听了大臣汇报她的子民已陷入饥饿时所发的一句令人啼笑皆非的"上谕"。高高在上的统治者认为没饭吃了，那有什么要紧，吃点心不是更美味么？活龙活现的一句讽喻，同我们代代相传的晋惠帝司马衷的"名言""何不食肉糜？"一样，真是"异曲同工"，或者说"天下乌鸦一般黑"呵。

在那"史无前例"的荒唐岁月里，造反英雄时常唱在嘴边的一段"咒语"是："敌人不投降，就叫他灭亡。"此语出自高尔基一篇杂文。这在当时是很豪壮的，很适合那时的语境——此时却令人想起了西方传下来的另一句名言："上帝让人灭亡，首先叫他疯狂。"——这句话在古希腊文和古拉丁文中都记载了，虽用词微有不同，但其意则一。其实这句名言用在那荒唐的年代，比之高尔基的引语还更适合些。

流传人世的口头名言，有一部分是前人弥留时说出的②——也许是模糊不清的音节，但是亲人们却听得清楚，而后人听了记录下来，却也带有无穷的感染力。例如古罗马凯撒大将战功显赫，骄横跋扈，以致被他的亲信部将群起刺杀——据说他临终前看见刺杀者中竟有同他一起南征北战的"亲密战友"布鲁托斯时，他在震惊之余说了最后一句话："你也来，布鲁托斯？"此语原为拉丁文，希腊文的记录略有不同，他说的是："（是）你呀，我的孩子！"这句名言也有很深刻的讽喻意义。歌德最后一句遗言是著名的："（给我）更多的光亮呀！"而贝多芬的遗言却是悲凉的："我在天国将能听见了。"——一个伟大的音乐家在年华正茂时失去了听觉，以至于同死神握手时作出如此感人的充满希望的箴言。相传纳粹刽子手、特务

---

① 玛丽·安东妮（Marie-Antoinette，1755—1793），原文为法文，即 Qu'ils mangent de la brioche. 英译作 Let them eat cake.

② 关于弥留时的语言，参见 Martin Manser, *The Guinness Book of Words*，1988，第五章。

头子希姆莱自杀前还是那么傲慢地大吼："我是希姆莱!"

难怪狄德罗①说："一句不恰当的话,一个奇怪的词儿,有时比十个漂亮句子使我学到更多的东西!"

3

把某种民族语的名言或警句移植到另一种民族语,又是一番"灵魂的冒险"——常常因为移植失去了原作的那股神气,那种力度。比较相近的语言文字互译时,也许困难的程度可以减少些,例如拉丁罗马语系的语言之间移译,比较容易获得传神的效果。

现今西方文献中常常引用的凯撒那一句："Veni, vidi, vici!"就是一例。相传这位将军在一次战役中速战速决,正如迅雷闪电般赢得了战争,他在致友人信中使用了由三个词构成的句子。在原文拉丁文中,三个词都是双音节的,重音都在头一音节,并且都以 i 音结尾,声调铿锵、明快,有一种雷霆万钧之力。词意是明白的,来了,见了,胜了;译成英文却必须加上一个 I (我)字,成为:

I came, I saw, I conquered!

已失去原文那种磅礴之气——拉丁文这三个动词却是表达了第一人称,单数过去时这一连串因素的;移植为法文,则嫌更加啰唆了(Je suis venu, j'ai vu, j'ai vaincu!),虽则法语同拉丁语的血缘关系比英语同拉丁语还要亲一些。在这个例子中,倒是移植到俄语时还保持了原来那种不可一世的雄姿。俄文作 Пришел, увидел, поъеяил! 听起来——如果按斯拉夫语系的气势来说,倒也还有力度。这样说几乎推翻了我上面提到语言系统相近的场合移植容易传神一说。但这是一个例外。比如这句名言移植到不同语系的汉语来,虽有多种译法,却都不那么理想。有人译为"来了,见了,胜了"——简则简矣,却少了"我",不像凯撒说话的神气。有作"我来了,我见到了,我征服了!"——这里有"我"了,可是听起来失去

---

① 狄德罗 (D. Diderot, 1713—1784),法国"百科全书"派思想家,语出他所写的画评。

了活跃在语音中那种豪迈的神态。至于有译为"我来了,见而胜了"——意思都有了,却因译者未曾深究,豪言壮语成为日常讲话了。

至于莎士比亚笔下那个悲剧性人物哈姆雷特说过的一句名言:To be or not to be, That is the question, 则苦了天下英雄,使他们大伤脑筋,移植者绞尽脑汁要传递丹麦王子那种犹疑不决的性格——从文言到白话,半个世纪中出现了不下十几种译文,直至今日还有种种创新。"然耶?否耶?""是耶?非耶?""活还是不活?""生存还是毁灭?""存在乎,不存在乎!"……如此等等。我这里不想评论各家的得失、优劣,我只想说明:名言的移植是多么艰难多么吃力不讨好的工作。

还有莎士比亚。他创造的悲剧人物朱丽叶突然发现她的恋人罗密欧正是世仇家族的成员时,几乎绝望地囔出了那句话:

O Romeo, Romeo! wherefore art thou Romeo?

罗密欧呀罗密欧,干吗你姓罗密欧呢?用旧式"言情小说"的写法,说是"吾爱呀吾爱,为何出自仇门呀!"感情的传递可真难呀。

也许从日文移植到汉文来比较省力些——日语跟汉语在语言系统方面并不太近,但因为日文借用了一些汉字,所以显得有点近亲味。我说,比较省力些(因为原文用了一些汉字),并不说容易些。厨川白村论文艺是"苦闷的象征"——因为有鲁迅的名译而显得既通俗又传神了。《蟹工船》的作者——日本的普罗文学家小林多喜二有一句话是很可爱的,那就是:"从黑暗中走出来的人,最懂得光明的可贵。"比起原作来,也还略嫌啰唆,不如从英文译的雪莱名句,"冬天到了,春天还会远吗",那么使人感到很自然,感到人间充满了希望。这一名句在长期受压抑的中国人中传诵很广,奇怪的或者不奇怪的是西方很多名言录里却没有选取它。

4

在浩如烟海的文献中找寻各个时代各个民族各种语言所表达的"思想的火花",然后把它们准确无误地移植到我们的民族语中来,可想而知是一项十分严肃的十分艰巨的语言工程;如果不解放思想,碰到的第一个难关就很难攻克——这就是长期在"左"的气氛感染下,编选者常常会被一些长于挑刺、短于求实的君子们责难。为什么选这一句?为什么不选那一句?这一句太消极,那一句又过于感伤。这一句引导读者到哪里去呀?那一句带领人群奔向何方?一言以蔽之,责难者忘记了名言或警句的编集,本身不是政治教科书,也不是马克思主义教程——不能要求每一句名言都能起到适合我们这个时代要求的"导向"作用。不,没有这样的辞典,把名言警句编集成书,只不过给读者提供一个闪耀着思想的"火花"的信息库,其最初的或者最基本的作用是打开读者的眼界,让广大的读者同编选者一道,去遨游世界文明的宝藏,从而开阔视野,沟通各族人民之间的心态。如果在这当中能得到某些启发,那就更好了。书的作用不是万能的,这样一部书也只能在读者的文化积累和文化素养上增加微小的一点点什么。在讨论这个问题时,不要低估了90年代中国普通读者的自信心和判断力。

用名言或警句编集成书,大约有两种方式,一种力求面广些,数量多些,名之曰词典;一种力求精湛些,数量少些,名之曰名言录。词典的社会功用首先是备查考用的——某一类主题,某个时代某个民族某个名人或学人,曾经说过什么,有过什么精辟的论点;或者有过能启发时人思想的有益的论点;或者有过与当代精神完全相悖的论点(某种场合甚至可以说是反动的论点);或者某人曾经留下过哪些值得思考的语言片断;或者某一为人熟知的名句出自何"典"——何种语言,何种语境,何种册籍——有着怎么样的时代背景或社会背景。为了要了解诸如此类的问题,人们就需要有这样一部书去检索——一般地说,词典是供人"翻、检、查、阅"的。这样的词典如果编选得精确,而移植时又经过尽可能审慎的推敲,设若在需要说明的地方还加以必要的画龙点睛式的注释,那么,读者就会通过检索,毫不费力地取得他所需要的信息、知识,以及原先意想不到或设想不周的启发。

当然,这样的一部书也可以供人阅读——也许比看无聊的低级读物得到更多的乐趣。但我宁愿看到在这部大书基础上精选而成的名言录。名言录是供人吟味的，宛如不时有个哲人或有个智者在你耳边细语。也许这样的名言录应当选得更加令人鼓舞些，充满了诱导人们向上，向着美好的人生迈进的那种激情。有这么一部名言录，可以放在口袋里时时翻看，人的精神生活不仅可以说是健康，而且是丰满了。

攻克难关的人们是可敬的。他们——参加词典工作的人们，不怕艰险，不怕伴随着成果必然出现的缺陷、疏漏或错误，更不怕某些不负责任的流言蜚语。他们凭着对人民负责的精神，夜以继日地认真劳动，千方百计要把这项语言工程做好。我跟这部词典以及名言录的主将们相处了短短一段时光，我承认他们的工作热情和工作态度都是值得尊敬的。正因为此，我把这部书介绍给社会公众：请你们也来参与这项远未完成的事业，提意见，正疏漏，使这部书更加完善。这都是你们和我们和我的共同责任。

1993年春节在香港

[题注]

《世界名言大辞典》，戴熘龄主编，广西人民出版社、广西教育出版社1996年6月出版。该辞典选录名言时东西方兼顾，以西方为主，不以人废言。所选引语都注明出处，书末附3000多条作者小传，介绍作者的生卒年、国籍和身份，以便读者引用时知人论世。

这篇序原题为《论名言》，1998年收入《陈原语言学论著》卷三时，改题为《世界名言大辞典代序》。

《中华姓氏大辞典》序

教育科学出版社 1996 年版封面

1982 年第三次全国人口普查后，有两个科学机关差不多同时对汉民族的姓氏作抽样统计，测定汉民族姓氏的数量结构和地理分布。这两个科学机关就是中国科学院的遗传研究所和中国社会科学院的语言文字应用研究所（简称"语用所"）。

遗传所从遗传学的角度出发，探究作为"生物学标记"的群体遗传学特征；语用所从应用社会语言学的角度出发，研究作为社会成员"父系标记"的姓氏用字状况。两个研究所都得出了很有价值的数据，并且都写成专文收载在我主编的《现代汉语定量分析》(1989) 一书中。我认为，全部测量数据应当从速印行，因为这两项数据虽略有不同——这是由于抽样方法和样本规模不同引起的——但它的意义和作用，显然已大大超过原定目标，它对于各个有关学科（例如人口学、优生学、社会学、民俗学、民族学、社会史学、社会语言学、文化史学等学科）和有关部门（例如民政、公安、邮电、人事、信息统计等部门）都有实用价值和一定程度的理论价值。

可以指出，这两项数据是我国第一次用科学方法调查统计所得到的汉民族姓氏频率和姓氏分布的成果，其历史意义自不待言。

这些成果在很多方面打破了原来的传统观念，例如现在还使用着的姓氏不止一百家，而是在一千家上下（遗传所在样本为537429人中发现了1066个姓氏；语用所在样本为175000人中发现了737个姓氏）。又例如姓氏的地理分布和姓氏所占比例，也同传统观念不尽相同（遗传所测定包括李、王、张三大姓在内的19个大姓，累计频率达55.6%；语用所测定包括王、陈、李、张、刘五大姓在内的14个大姓，累计频率达49.48%）。两个测定数据不约而同地向社会提出了同姓率问题。更严重的现象是当代人名用字偏少而导致的同姓同名率问题——像这样的问题是国家行政机关应当注意并且要采取符合社会心理的方法予以妥善解决的。

如果将上述两项研究成果放在历史的大框架中加以考察和论证，那就肯定会得出更有影响或者说更有意义的结果。所以遗传所两位专家在完成上述课题的基础上，用大力气搜集了古往今来的汉和其他民族姓氏资料，编成这部词典，使我们对姓氏的探索扩大了视野。从纵向看，它收罗了自汉民族形成后曾经出现过的姓氏（其中当然包括了现代已湮没了的姓氏，从外族移植过来的姓氏，因政治原因改了写法的姓氏等等）；从横向看，它搜集了大陆以外各大洲华人即炎黄子孙所曾使用过的姓氏。可以说，呈献给读者的这部词典，是汉民族自有文字记载以来所能收集到的姓氏大全。我说的"大全"，不过就其主观意图上说的，我想编者决不敢自夸这部词典就没有一点遗漏。但即使如此，出版这样的工具书，也确实很有科学价值和实用价值。虽然没有定量分析（对历史上的资料很难进行准确的定量分析），这样的资料也是各个有关学科、有关部门和有关人士所盼望已久的。

我不想也不能评论这部词典的长短，我只知道编者的工作态度是严肃认真的，至于这成果究竟达到如何的学术水平，我更不想置论，但有一点却不可不提：它是充分利用了海内外学者们的成果编成的。真正的科学成就都有继承性，当然还有创新性，这是不言而喻的。至于编者在自序中提出的建议是否可行，是否符合社会成员的心理状态和社会用字的发展倾向，那就有赖于海内外读者诸君的研讨和判断了。

1991年5月于北京

[题注]

《中华姓氏大辞典》，袁义达、杜若甫编著，教育科学出版社1996年10月出版。陈序外另有季羡林序、编者自序。编者在自序中论述了中国姓氏的起源和特征，书中关于姓氏的统计是截至出版时中国姓氏数量的最新统计。这篇序1998年收入《陈原书话》。

重读《尼罗河传》

辽宁教育出版社1997年版封面

半个多世纪前，当我热衷于研究地理，并且写出我的第一本书，或者说写出我的第一本地理学著作时，我就读过当时出版不久的《尼罗河传》。我第一次注意到这个作家的存在——路德维希，爱弥儿·路德维希：看姓氏的拼法，我估计这是德国人，或者是奥国人，却不知道他那时早已成为一个瑞士公民。我不记得我读的英文译本有没有译者的前记或后记介绍路德维希，我只记得我完全被这部大河传记吸引着了。一条大河！一条河也能像一个人那样被写成"传记"！我才觉悟到一条大河就是一个伟人，既然许多作家为伟人写传记，为什么不能为一条河写传记？何况人去了，而河还在；伟人去了，大河还在。每一个伟大的人物都曾给人间留下业绩，留下不可磨灭的记忆；而江河何尝没有给人间留下可歌可泣或者可诅咒的痕迹呢。

路德维希把大河看作一个人，一个有血有肉的有情感的人，然后他把地理融化在历史中，把自然现象跟社会现象交织在一起；当然这是很危险的创造，但一个灵魂的工程师宁肯去冒这个险。他成功地写了尼罗河。他甚至说过，他把这条河看成是一个"活生生的人"；他不是写一部通常意义的历史书或地理书，更不是要写一部旅游指南，而是要"讲述一个伟大生命的故事"。为此,他三次考察尼罗河,去过它的源头,去过它的中游,去过它的出海口,去过流经的沙漠、沃土、乡村、城市,接触过许许多多河边的居民,黑人、白人、土生土长的人,外来的人,被压迫者和压迫者……人来了,人去了,而河却不断地流,流;正如作者说的:"朝代来了,使用了它,又过去了。但是河,那土地之父却留了下来。"

路德维希对尼罗河倾注了无限的感情,他用色彩代替了线条,他用形象代替了统计数字,总之,他像写伟人似的写活了一条河。在这位作家笔下,尼罗河好像是世界上唯一的一条最可爱的河,最有生命力的河,甚至是地球上无与伦比的河。作者这样说,因为他爱上尼罗河,因为他深深地爱上这条河。爱常常使人昏头昏脑。这不能怪他。而实际上,世界上几乎所有的大河,都有着感人的经历:每一条大河,都经历了盛与衰,都记录了人间的欢乐与苦难。每一条大河都是一部人类奋斗的历史,或者从另外一个角度说,都是一部活生生的社会史。

记得年轻时看到《尼罗河传》,立刻想起了我们的黄河。如果有人写出一部《黄河传》,它会给我们多少欢乐和忧伤啊。后来,在战争中,冼星海用音符写了黄河,乐音感染了即使从没有到过黄河的听众:这是中华民族魂啊!《黄河传》——如果写出来的话——也许会被称为史诗般的作品,它将表达我们整个民族从童年到少年到中年到成熟的风貌。人会消失,伟人也会过去,唯独一个民族不会死亡,一条河,一条大河,千秋万代都在那里不断地流着,流着,流着,直到永远。也许这话符合路德维希写的一系列传记的精神:人说他的传记是一种"人情化的传记"(humanized biography),或者可以译作"人性化的传记";而西方的文论有时又称他的传记是当代新闻记者写的古代或过去了的旧新闻。他写古人,也写今人;他写政治家(如拿破仑和埃及女皇),也写文艺家(如歌德和贝多芬)。人情化了的尼罗河也是他的描写对象;据云他还写过一部《地中海》,未见。他这部《尼罗河传》的写法也很特别,他自己也说故意用这样特别的结构来写的。书分五章:冒险篇,野生篇,斗争篇,征服篇,出海篇。只看这些标题,读者就会想象得到作者写的是一部并非百科全书的百科全书。

一九三一年他到过苏联，见过斯大林，有谈话录传世——简单地说，斯大林不会同意他的观点，如果他是苏联人，也许他就被消灭了。但他是德国人，或者说，是瑞士公民，他好端端地活下来了。他持的观点是很古老的观点，个人是主宰历史进展的决定因素。他强调人的因素，也许强调得太过分了，而他描写的人又是提高了的超现实的人情化了的人，所以后人称他为唯心史观的新派传记家。

但《尼罗河传》是河的传记，不是人的传记。这里面人，兽，史，地，自然和社会，过去和现在，熔冶于一炉，是一种新的探索。他是上个世纪生的（一八八一），经历了两次世界大战，直到冷战快开始的时候（一九四八）才辞世的。不知什么道理，微软公司今年推出的光盘百科全书 Engarta 96 竟没有收他的传记——传记家的传记反而没有了，很怪，辞书的编辑有时的思路是捉摸不透的。

［题注］

《尼罗河传》，〔德〕埃米尔·路德维希（Emil Ludwig）著，赵台安、赵振尧译，辽宁教育出版社1997年3月出版，共两册。系"新世纪万有文库·外国文化书系"之一。全书分冒险篇、野生篇、斗争篇、征服篇、出海篇等五篇。陈原1945年撰写《世界地理基础》时，在每章后面《可读的书》"关于河"中曾列出《尼罗河传》；在《现代世界地理之话》前记中也提及该书，故题为《重读〈尼罗河传〉》。这篇序1998年收入《陈原书话》。

《书的故事》的故事
——胡译新版代序

胡愈之在他辞世前一年，留下了一份《自述》，中间有云：

这样一九三六年四月间，我和潘汉年又（从莫斯科）经法国坐船回香港。在旅途中无事可做，我还从法文版转译了苏联作家伊林著的少年读物《书的故事》，后来在生活书店出版，这也算是一个额外的收获。

这部书于一九三七年一月由生活书店初版，五月再版，半年之后，抗日战争就爆发了。在这之前，此书已有两个译本：一是董纯才译的《白纸黑字》，一九三三年四月上海良友版，后转到开明一九三六

辽宁教育出版社1997年版封面

年八月印行，改名《黑白》；另一部是张允和译的，一九三六年上海中华版，也叫《书的故事》。于是有胡愈之一九三六年十一月七日（注意：十一月七日，十月革命十九周年纪念日，那时我国的进步人士无不为这个节日欢呼！）写的《译者后记》。后记里说，到了上海以后，才知道此书已有两个中译本，却都是从英文转译的。后记又说，经他对照以后，发现英译本删去了原书最后一章最末几段文字，"另外却又在上篇第三章后面，加上了一个故事，是嘲笑黑人的愚蠢的。"

后记接着写道：

当初我就怀疑法文本不忠实，就请张仲实先生用俄文原本核对，才知道法文译本是比较忠实的，英译本却把原作增删了许多地方。

我现在手头没有其他两个中译本，不能揭出英译者恶毒地增加的那个种族歧视故事来；但无论如何三十年代初的苏联作家绝对不会写出那样的故事；即使写出，出版社的编辑也会把它删去。六十年过去了，这个小小的插曲，对出版界的后来者启发很大：这应当是出版的社会史中重要的一节。

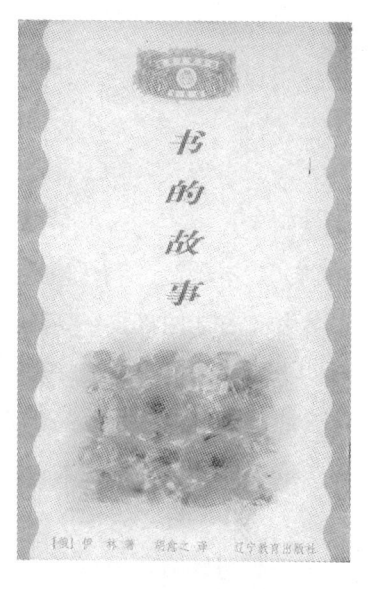

辽宁教育出版社 2000 年版封面

作者伊林，一八九五年生于圣彼得堡；正好是胡愈之的同时代人（只比胡大一岁）。伊林是三四十年代中国读者熟悉和喜爱的作家。他的作品在解放前的旧中国，吸引过无数爱好科学的进步青年，直到解放初期，他的作品在新中国还是走红的。多数读者不知道这"伊林"是马尔夏克的笔名——也幸好不知，否则人们又会误会他就是那个写了许多儿童文学作品的诗人 S. 马尔夏克了。伊林的父亲是个应用化学家。他是在浓厚的文化氛围中长大的。他的哥哥就是那个著名的诗人——儿童文学家（他的著名儿童诗《密斯脱特威斯脱》恰好是讽刺美国歧视黑人的，我曾在一九四七年译登在开明书店的杂志上，听说一九四九年曾出过单行本，不过不是开明出的）；他的妹妹伊林娜也是儿童文学作家（她的小说《第四高度》有任溶溶的中译本，改名为《古丽雅的道路》，此书印过多次，有过多少中国少年儿童为这第四高度而奋斗呀！）。伊林读完高等技术学校后，就专门从事科普创作，他的作品，时人称之为"科学文艺"。

《五年计划的故事》（原名是《一个伟大计划的故事》）不是这位作家

的第一部科普作品，却使他名传四海，并且使他在世界进步文艺界享得盛誉。也许这是靠他把文学跟科学结合起来，并且结合得那么优美，那么动人的才能；也许是靠他能把最复杂的科学技术用最简明易懂和扣人心弦的技巧表达出来；——所有这些，当时的大作家如高尔基，如罗曼·罗兰都称赞过了。也许还不止此。这部《五年计划的故事》也许还靠那时激动人心的"新事物"：一个新的社会，或者说，一个新理想的试验场地，一群新人物，古老的科技在崭新的社会条件下，要把一个贫穷落后的国家改造成为一个富强的理想国——至少那时是这样想的，所以伊林这部描写当时被全世界注视的苏联第一个五年计划的心态和科学设想的通俗读物，受到左的和右的读者群的极大关注；何况其时整个资本主义世界正陷入悲惨的经济恐慌（一九二九年以来），这就使这部科学与文学，科学与社会，科学与理想巧妙结合的小书，风行全球。这就是我上文提及的出版社会史。

伊林其后写了一连串同《五年计划的故事》相类似的作品，其中包括《十万个为什么》，《山和人》（中译本作《人和山》），《人怎样变成巨人》……以及本书《黑和白》——书的故事。所有这些读物，可以说，开辟了科普读物的一个新纪元，它们不只受到了少年儿童的欢迎，同时也受到大人的欢迎，特别是进步知识分子的欢迎。在我们中国也不例外。

伊林的《五年计划的故事》头一种译本是一九三一年十二月在上海新生命书局出版的，译者是吴朗西。在这四个月前（一九三一年八月），这家书局刚出版了胡愈之的《莫斯科印象记》，初版一下就卖光了，接着再版，然后才出这部《五年计划的故事》。这都是一九三一年"九一八"前后的事。

新生命书局本来是一家国民党右派政客周佛海、陶希圣和右派文人樊仲云主持的出版社，后来在抗战中这些头脑都变成汉奸。但是三十年代初，进步文化界却巧妙地利用了这家书局初（出）版了一些好书。五十多年后，胡愈之回忆说，樊仲云原来也在商务印书馆的《东方杂志》做过编辑，与胡愈之同过事。他后来脱离了商务，依靠汪精卫派的势力办了新生命书局，还出版一个杂志，《社会与教育》。为了杂志打开销路，樊仲云不得不找一些进步文化人写稿子，这样，胡愈之通过世界语游历莫斯科（一九三一年一月）——也是胡愈之第一次到苏联——所写的散文纪事，就先在《社会与教育》连载，其后出了单行本。胡愈之回忆道：

> 这本书在当时国民党反动派进行文化"围剿"，查禁各种进步书刊的情况下得以出版，可说是件侥幸的事。这是因为文章最初是在樊仲云编的杂志上发表的，书也是在他办的书店出版的，所以没有引起国民党反动派的注意。但后来就不得了，书出版后影响很大，从一九三一年八月到一九三二年十月，书就再版了五次。……国民党终于注意了，书就遭到了禁止，但在香港、南洋翻印出版的还很多。

伊林的《五年计划的故事》却没有被查禁。这也是一页很有意思，也很有趣的出版社会史。

《书的故事》讲的是人类信息传播的历史；从文字的历史开始，讲到发明纸张和印刷术。更准确点说，是信息革命以前信息传播的故事。确实有很多耐人寻味的故事，使读者一点不费劲地获得了几千年来人类如何靠文字，图画，印刷来积累知识，传播知识，普及知识的历史。书的最后一章讲"书的命运"。最后一段被英文本删节的是讲人和书同时被焚烧的故事。

故事说，十六世纪法国里昂排字工人大罢工（作者说，"这大概是世界上第一次排字工人罢工罢！"），这次罢工持续两年之久。有一个印刷所老板名叫陀莱的，"背叛了他的同行的老板，帮了工人许多的忙"。工潮结束了，那些老板们没有忘记这一回事。五年以后，印刷业的老板们联名控告陀莱，罪名是印刷反宗教的书籍。作者说：

> 这案子很快就判决了。陀莱被判处死刑。他和他所印刷的书，一起在巴黎摩贝尔广场，被架着柴火焚烧掉了。

书写得较早，纳粹还未上台，否则作者肯定会写出纳粹焚书然焚人的故事，而且肯定会写得有声有色。

书的故事是从找寻世界上第一本书的故事开始的。

从前有一个人，作者说他是个好事的人，我则说他是个书迷；他发誓要找寻世界上第一本书。他从这里找到那里，从一个图书馆找到另外一个图书馆；一年一年过去了，他没有找着，反而有一天大概是疲劳过度，从一个图书馆的书架上摔下来摔死了。

但是就算他能再活上一百岁也休想达到他原来的目的。因为世界上开头第一本书，在他出世前几千年，早就变成泥土，埋没在地底下了。

伊林这样说。

原来——作者说——世界上第一本书，不是印刷品，而是人。是活人。最初的书就是能说话的人！知识和信息几千年前，是靠了活人一代一代传下来的。

如果伊林今天还活着，他会写下去，他会说，未来，二十一世纪的书，也将不是印刷品，而是——电子书！电子传播的书。通过电子计算机，通过信息高速公路，国际互联网络的"书"！

这也是出版社会史的一页。

无论如何，重温一下伊林的《书的故事》，特别是重读一下把整个生命跟书，跟出版，跟印刷联结在一起的胡愈之翻译的《书的故事》，还是很有趣味、很有启发和很有教益的。

1996 年 6 月 3 日

[题注]

《书的故事》，〔俄〕伊林著，胡愈之译，辽宁教育出版社 1997 年 3 月出版。系"新世纪万有文库·外国文化书系"之一，32 开。2000 年 6 月出版第 2 版爱书人俱乐部会员版，64 开。该书是伊林 20 世纪 30 年代写的一本少年读物，简要讲述人类从结绳记事到书籍广传的过程。附录《话说图书》，〔德〕奈布罗著，陈行慧译。另附胡愈之 1936 年 11 月写的《译者后记》。

这篇序 1998 年收入《陈原书话》。

《协调心理学与控制论》中译本前言

罗马尼亚学者奥多布莱扎的《协调心理学与控制论》（柳凤运、蒋本良译）即将出版了，我听到这个消息，很高兴，心中顿时泛起了一些往事。那是十三年前（1983年），我应邀到比利时那慕尔参加第十届国际控制论大会，结识了一个罗马尼亚核能研究所的控制论学者巴茹列亚努，他跟我以及参加会议的许多学者都住在圣心大学信息学院的宿舍里，早晚在一起。他编在第一组，普通控制论即控制论理论组，我编在第十二组即语言控制论组。他在小组里作了关于奥多布莱扎与控制论的发言，那天我跟比、

商务印书馆1997年版封面

德、意、美、法诸国的控制论学者都去听了。会上讨论气氛很热烈，提问不少，但因为没有一个人读过奥氏的著作，许多人（例如我）连奥氏的姓名都没有听见过，只能就巴氏在会上宣读的论文提出意见。记得巴氏有一个论点说，维纳只发现控制论的一个规律——即反馈规律，而奥氏则发现了九个规律，而且奥氏的书是1938年在巴黎出版的，维纳的书后十年才在巴黎印行，所以控制论的创始权属于奥多布莱扎，而不属于维纳。他又说奥氏的可逆性规律就是维纳的反馈规律，而前者比后者更完善，内涵更丰富；据奥氏的阐述，他这条规律表明：现象A（因）导致了现象B（果），反过来，现象B（作为"因"）又丰富了现象A（作为"果"）。大

家不太同意他的说法，认为反馈跟可逆是两个不同的范畴，不能混为一谈。第二天早餐时，这位学者非常激动，说是昨天他的发言没有受到重视，说是西方来的学者根本不听他所说的。须知当时冷战还没有结束，在所谓东西方的学者之间也受到冷战的影响，情绪往往是容易激动的。他说，西方只知道维纳，只知道美国人维纳，硬说维纳是控制论的创始人；他说他在会议上提出控制论的首创权应当属于奥氏，他抱怨与会者没有同意他的意见。老实说，那次会上并没有人带着偏见反对他的论点，不过直到那时，包括我在内的许多人，才第一次知道罗马尼亚学者奥多布莱扎早在1938年便在巴黎出版了《协调心理学》第一卷［大家都知道维纳的《控制论》是1948年才在巴黎（也在巴黎！）首次印行的］。他随后送给我一本书，并且用英文写上"致以良好的祝愿，祈望将来的合作"。就是这本《协调心理学与控制论》，书是用罗马尼亚文写的，只有两页英文简介。罗文我不懂，只读了英文简介，觉得很有意思，确实山外有山，维纳之外还有学人更早地提出有关控制论的若干观点。

然而读过《协调心理学》这部书的人，即使在这门科学的圈子里，也确实很少。在西方，通晓罗马尼亚文的也不多，何况罗马尼亚还是我们称为"弱小民族"的小国，极少数大国带有偏见的学者不爱理会。奥氏这部重要著作虽在1938年出了第一卷，接着1939年出了第二卷，那时大战已迫在眉睫，发行渠道显然受阻（据说连中国也发过书——可是我回国后在北京图书馆以及其他大学图书馆的书目中也没有找到此书）；多年没有英文译本，直到1983年我们开会时，才看到一份推广品，宣布英译本第一卷即将出版。两年后，我到布达佩斯参加世界控制论信息论一次讨论会时，才有机会翻阅这部英译本。厚厚的一部大著，足有九百多页，定价很高，买不起，只能约略地看了一下。我记得会后我们几个不同国籍的与会学者闲聊时，都说这不奇怪，若干科学家在不同的环境中独立研究，互不知道，却同时或差不多同时发现或发明相似的或甚至相同的规律，在科学史上是屡见不鲜的。而且所有科学发现不是从天上掉下来的，都是在前人的成果上创新的。所以我们对谁享有创始权一事，不怎样重视；但是像我这样来自长期被西方发达国家压迫欺负的国度的学人,对于罗马尼亚学人所具备的民族感情,是能够深刻理解的。

维纳的书为什么只字不提奥氏的书?维纳究竟看到过《协调心理学》没有?这些问题可仍然困扰着我。当我后来访问德国帕特玻恩控制论研究所时,曾就此请教过研究所所长弗兰克教授。我知道他是学术界朋友中唯一同维纳一起开过会的学者。据他的见解,维纳可能未读过奥氏的书,也可能浏览过,但认为同他的控制论无直接联系,不予重视。维纳最亲密的合作者是墨西哥神经生理学家罗森勃吕特,他是生理学家(诺贝尔奖金获得者)坎农(《躯体的智慧》的作者)的学生和同事,他对他们都很尊重。值得注意的是维纳还从坎农那里借用了"内稳态"(homeostasis)一词,可能维纳所提到的心理学不是一般的心理学,而是跟神经生理学有关联的学科。也许维纳看过书,却不怎样瞧得起这位罗马尼亚学者,这也说不定。他说,这种公案实在不必多管。我想,他这话可能是对的,而且很难有一致的结论;但"弱小民族"的自尊心和自豪感,我是很理解的。

从比利时回来,我写过一篇旅行纪事,略略讲了这件事(文章收在《人和书》中,三联书店,1988年版)。那篇纪事还记载了那时听到的细节,例如说,有一个罗裔的意大利学者德拉干教授,因为发明了什么,得到一大笔钱,他就在瑞士南部旅游地卢干诺办了一个"奥多布莱扎控制论研究院"(后来这个研究院便与我联系上了,它的内部通讯我也有机会经常读到了)。研究院的内部通讯稿,每期的封底都有一张图表,列举出在控制论领域内各国学者的成就比较。据这图表记录,发现最少的是维纳,1948年才发现了一条规律,发现最多的是奥多布莱扎,1938年就发现了九条规律。两者之间,亚什比1951年发现三条规律,杜克罗克1965年发现两条,波斯蒂尼库1945年发现四条。问题远不是发现规律多少,这个图表显示,奥多布莱扎要处理的是整个世界,整个人类的思维活动和心理活动,他揭示处理的是普遍规律;而——整个图表指明——维纳处理的不过是人、动物、机器之间的"通信",只不过是某些技术问题,工程问题,生物界某些控制和受控制的问题。

米海·高卢特别为本书（《协调心理学与控制论》）写的《导言》，给出了奥多布莱扎发现的全部九个规律，那就是：协调/失调规律和可逆性规律，以及平衡规律（指的是动态平衡，振动平衡，而不是静态平衡），等值规律，补偿规律，反作用规律，循环性规律，变换规律和终极规律。据本文开头提到的巴茹列亚努在他的论文《决定论和信息》（发表在上述通讯稿1987年各期）对头两个规律特别是协调/失调规律作了非常简单明了的阐发（如2·3·1和2·3·2节）。这使人联想到维纳的反馈学说：演绎与反馈，正反馈与负反馈。另外，《导言》十分正确地指出，协调心理学欠缺的是没有导入信息概念。指出这一点是十分重要的。缺少信息观念！而维纳正是在信息论的背景下进行控制论的定位的；但是不能责备作者，因为信息虽然与物质、能量早已存在，并且成为科学技术的三大支柱，然而信息概念的完整阐述（E. C. 申农）直到40年代才问世，而协调心理学的成型早在30年代末期。

奥多布莱扎生于1902年，学医，专攻神经学、神经生理学，后来转入心理学领域。三十六岁那一年发表了他的主要著作《协调心理学》第一卷，旋即爆发第二次世界大战，他作为军医度过了整个战争。战后第二年（1946），他提前退休，隐居在偏僻的乡下，潜心研究他的学问，他着了魔似的迷上心理现象，把所有社会现象和自然界发生的某些现象，都跟心理现象挂了钩，但似乎对他原先发表的协调心理学没有什么发展或提高。有学者说，他几乎过着隐居生活。但是到60年代，维纳逝世（1964）后，奥多布莱扎对控制论"鼻祖"是谁（是维纳还是奥多布莱扎）的问题耿耿于怀，不断写文章论辩，几乎可以说，在这位学者六十岁以后直到他七十六岁（1978）辞世，他都为"捍卫"罗马尼亚学者的"创始权"进行论辩，最后写成这部《协调心理学与控制论》，他生前来不及看到此书的出版，据说他只看到过校样——书是在这位学者辞世后一个月问世的。由于这是一部论辩性的著作，所以观点鲜明，材料充实，甚至可以认为此书提纲挈领地阐明了这一学科的精粹。

《协调心理学与控制论》是一本论辩性的著作，它是为着反驳世间认为控制论的创始权利应属于维纳、而不是协调心理学创始人奥多布莱扎而写的。关于这部著作，P. 涂多斯在上举研究院的内部通信刊物中，曾有专文论述，其中他说到，最令人不解的是维纳在 1948 年初版的《控制论》一书中竟然没有提起奥氏的书。奥氏对此特别不满意，断定维纳是有意剽窃。罗马尼亚许多学者认为，维纳在创始他的"控制论"时，肯定读过奥氏的书，理由有三：一是 1937 年在布加勒斯特召开国际军事医学大会时，美国海军部派了巴因布里治参加，此人接触过协调心理学的内容，哈佛学人不可能不知道；二是 1941 年美国心理学界最有名的月刊《心理学文摘》刊登了 S. M. 斯特朗写的《协调心理学》书评，维纳绝对看得到，因为维纳在构思控制论时，对心理学和神经生理学是很重视的，维纳在他的《控制论》一书中说到"吸收一些心理学家的必要性，从一开始就十分清楚"，既然这样，已经有评介的《协调心理学》就不能不在维纳的视野之内；三是——作者说——比较维纳论述反馈原理的内容跟奥氏论述可逆性原理的说法，很多相似甚至雷同的地方。作者认为如果奥氏不是在他的晚年写出一些论辩性的学术文章以及这部论辩性著作来，可能科学界根本就没有注意到这本《协调心理学》，更不必说吸收其精华了。作者公正地指出，奥氏晚年热衷于捍卫他对控制论的创始权，却没有能够在新的科学条件下发展和丰富他的协调心理学，反而认为控制论尽在此书中。不过作者也郑重指出，《协调心理学》和《协调心理学与控制论》两书都有很充实的内容，值得后人去钻研和评价的。

1984 年商务印书馆邀请许多学者座谈七年出书规划，会上我建议赶快把书译出，开阔我们的视野。我列举了我国译介控制论跟控制论有关的著作：维纳的《控制论》出书后 14 年有中译本，他的《人有人的用途》则在出书 24 年后，阿尔贝勃的书，18 年后；诺伊曼的书，7 年后。

——而这部论辩性著作刊行于 1978 年，如果今年能问世，则在原书出版后 18 年。不算快了，但终归能介绍给中国读者了。开完那次会，我就把书交给从罗马尼亚回来的柳凤运，请她设法翻译出版，我说，我相信她加上她的爱人一定能翻好,因为他们夫妇俩有足够的条件做好这项工作:因为她在罗马尼亚生活过几年,并且在那里学会罗文,而她的爱人则是国内有数的精通罗文的专家之一,她本人又是学自然科学出身的。

无论如何,不管控制论的始祖是什么人,我们译介此书,对中国读书界是大有裨益的。对控制论的理论研究,同对其他学科的研究一样,首要的一点是开阔眼界,吸收不同的意见,加以消化,然后能够进一步将学科推往高峰。

1996 年 9 月

[题注]

《协调心理学与控制论》(*Psihologia Consohantista şi Cibernetica*),〔罗马尼亚〕斯特凡·奥多布莱扎(Stefan Odobleja)著,柳凤运、蒋本良译,商务印书馆 1997 年 9 月出版。译者据罗马尼亚克拉约瓦罗马尼亚著作出版社 1978 年版译出。这篇序 2000 年收入《界外人语》。

陈原曾作《谁是控制论的创始者?》一文,1998 年收入《陈原书话》,可与本文参读。

《出版纵横》序

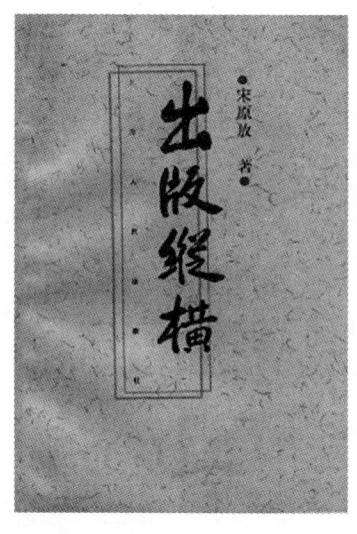

上海人民出版社1998年版封面

　　听到宋原放同志关于编辑出版的论文将要结集出版的消息，我是很高兴的。这个消息把我带回五十年代下半期那火红的日子。那些时候，我每年都要到上海去一次，两次，三次……每次都与宋原放同志有或多或少的交往。他是以出版工作者的身份从根据地进入解放了的上海的，而我在上海解放后却调到北京去做打杂：即搞出版事业的调节工作——说得明白点，打杂这一行就是起承转合，加减乘除；说得好听点，叫做上情下达、下情上报。每次到上海，就在市出版局里开会，开会，开会，无穷无尽的会；在那种场合，陪着我转的首先是罗老（竹风），罗老是出版局长；很多时宋也在场，不过他不是"全程陪同"。

　　但是这样的"公务"告一段落后，我就随着这位"英俊少年"到他掌管的上海人民出版社去，跟他的骨干编辑们聊天。每次都从他和他的部下那里得到不少滋养和启发。有时不免硬拉我做个什么内部报告，传播一些领导同志的思想和我自己的体会（在那暗无天日的十年浩劫里，这种行动自然被目为"黑线活动"，成了我的罪状之一，想必招惹出这些"黑话"的老宋也会因我而受难）。

　　四十年一晃就过去了。可我还清楚地记得，在他那里每次聊完讲完，必定在他的办公室里"共进午餐"——那时还没有五星饭店，只不过从公共食堂搬来两份饭。外加几个荷包蛋，没有大鱼大肉，没有龙虾，没有可乐，更没有酒……可是几十年后我还闻到每一顿饭的饭香。我们两人边吃边聊，古今中外，风霜雨雪，有什么没谈到呢！可能我们两人都是从出版这一行当切入社会生活的，所以有着一个共同的理想和不少共同的语言。

从这些简朴的交往中，我发觉我这位朋友真是出版战线上的一名不疲倦的战士。我深深体会到一个有志的知识分子"迷"上他的事业时，是如何的意气风发，如何的锲而不舍，如何的刻苦钻研。后来，九十年代了，我在香港对一群总编辑们讲出版工作时，我讲要做好这一行工作首先得变成"书迷"；我讲话时泛出的形象是老宋：他不止是书迷，而是实实在在的"出版迷"。他做编辑，做编辑主任，做总编辑；做出版行政工作，管书，管人，管出书出人，还管"关系"。当他退出第一线以后，他仍然继续前进，他全身心扑到出版的理论研究和出版史的研究上。他办杂志，积累出版史料，培养编辑人才。他甚至要建立一门新的学科：出版学，编辑学，或者说，我们这个时代的出版学和编辑学，带有中国特色的社会主义出版学和编辑学。他以他的文章和研究成果，教育了新的一代出版工作者，同时也激励了老一辈的出版工作者。他在找寻出版工作的规律。他很快重新发现了或者说重新认识了三联书店——党领导下的革命出版机构；接着他又重新发现了或认识了张元济和商务印书馆——"开发民智，振兴中华"的历史意义和对今日精神文明建设的启发。昔年的英俊少年老了，但思想却仍然焕发着青春的气息——老当益壮！

现今他把他的经验，他的心得，他的研究成果，结集问世，这不但给出版界年轻的一代很有益的启迪，而且为我们民族的文化积累献上一些砖瓦。我读过其中的一些篇章，我感到亲切，就如同几十年前在他办公室闲聊时得到的教益一样。

1997 年 6 月 10 日北京

[题注]

　　《出版纵横》，宋原放著，上海人民出版社1998年9月出版。陈序前有王益序。该书是宋原放关于出版学与出版工作研究的结集，分出版学与出版工作研究、革命战争年代出版生涯回忆、近现代上海出版家百人名录、近现代中国出版大事年表四部分。这篇序2000年收入《界外人语》。

《赵元任年谱》代序

商务印书馆1998年版封面

会看书的喜欢看序，但是会做序的要做到叫看书的不喜欢看序，叫他越看越急着要看正文，叫他看序没有看到家，就跳过去看底下，这才算做序做到家。我既然拿这个当作做序的标准，就得要说些不该说的话，使人见了这序，觉得它非但没有做，存在，或看的必要，而且还有不看，不存在，不做的好处。

这段话是赵元任先生七十六年前（1921）6月1日在北京写的，印在次年（1922）商务印书馆出版的《阿丽思漫游奇境记》译者序里①。可见做序的学问很大，我是连滥竽充数也充不来的。所以当《赵元任年谱》的编者和出版社希望我为这部书做序时，我着实踌躇了好一阵，最后还是决心试试看；之所以甘心去冒这个险，首先或者主要是因为我从少年时起就景仰元任先生。

那是半个多世纪前的事了。那时我还是个少年，我迷过阿丽思，也幻想过钻进耗子洞（不是阿丽思钻的兔子洞）去游玩。那时我不理会作者译

---

① 《阿丽思漫游奇境记》，北京：商务印书馆1988年版，页7。

者是谁,但是这书的文字真的把我迷住了,觉得很亲切,很好玩,不像那时流行的大人国小人国许多童话故事书那样的干巴巴,只有故事没有文采。长大了,想学"国语",就拿《国语留声片课本》当老师,可我没有学好,直到如今垂垂老矣,讲的还是"天不怕地不怕,最怕广东人说官话"那种"国语"。后来我迷上音乐,学弹琴,学唱歌,搞合唱团,迷上元任先生的音乐朋友萧友梅介绍的贝多芬《欢乐颂》的同时,也迷上了《教我如何不想他》——字音和乐音(也就是《新诗歌集》序中说的"字音跟乐调的关系")[1] 配合得那么好,那么密切,语词跟音符好像天生糅合在一块儿,这样的境界,在我以后的音乐实践中,即在译歌配词的实践中[2],一直引为最高的准则。30年代初,我跟那个时期的许多"救亡青年"一样,卷进了同救亡运动密切结合的拉丁化新文字运动,为着制订方言拉丁化方案,狂热的我不得不去学习和研究语音学,其中得益最多的就是那本《比较语音学概要》(商务印书馆1930年版),我就是从那本书学会国际音标和学习一般语音学的,直到今天,我还依稀记得元任先生写的序文介绍作者译者那种幽默语言[3]。当然,我们更仔细地研究过他首创的国语罗马字,精读过他捍卫拼音系统的一些论文;觉得很多理论问题他说得比我们深入比我们清楚,但是——现在想起来真可笑!——那时候啊,我们这些"左倾"青年,学问很少,却目空一切;尤其受到了瞿秋白讽刺国语罗马字是所谓的"肉麻字"的影响,是带着否定的主观武断来接近这种文字改革试验的。元任先生倡导统一的"国语"(普通话),而我们则倾倒于制作大大小小地区的方言拉丁化方案(例如我自己就是广东话拉丁化方案的制作者之一);于是拉丁化派跟国罗派猛烈开火,而不知道大家都在进行文字改革的试验。元任先生当时对此事的评价是"无聊",真是一语中的!

---

[1] 《赵元任音乐作品全集》,上海:上海音乐出版社1987年版,页262。
[2] 参看拙译《苏联名歌集》,桂林:新知书店1940年版。
[3] 《比较语音学概要》,保尔·巴西著,刘复译,赵元任序,上海:商务印书馆1930年版,页 i-iii。

赵元任，赵元任，在我青少年时代，到处都是赵元任的影子，可我从来没有见过赵元任。

40年代初，抗日战争越打越大，也越残酷，生活也越来越困难，连正常的学校几乎都难办下去了，拉丁化新文字运动的热潮只能降温了。皖南事变后，我的师友叶籁士——即为文字改革奋斗终生的叶籁士，奉命从重庆撤退到敌后根据地；他临走前，托人把他珍藏的瞿秋白的北方话写法拉丁化方案某一次手稿，连同那时刚刚印出的高本汉《中国音韵学研究》送给我——这又是文字改革和赵元任！谁知在日寇飞机1943年1月5日的滥炸中，我的住处全部夷为平地，那珍贵的手稿和那本珍贵的大书，通通化为灰烬。

1949年中华大地发生了翻天覆地的变化，这之后，文字改革的任务提到了共和国现代化建设的议事日程。我虽然对此大感兴趣，但是我不得不从事其他工作，只能给文字改革这伟大事业敲敲边鼓。此时，好像我离开先生很远很远了。谁知十年浩劫（1966—1976）中，"四人帮"借故发动一场绝灭文化、毁灭语文词典的大战（1974），即对《现代汉语词典》的"大批判"。在大张挞伐里我首当其冲，一夜之间就陷入重围，只因为我曾向出版机关推荐这部词典。不知是祸是福，我在一片喧嚣中倒闲起来了，我有时间扎进语言和语言学的海洋——我托海外的亲人给我带来一批语言学著作（那时在这苍茫大地上，书可是稀有"静"物呀！），其中一本是《语言问题》。又是赵元任！我又碰到这位赵元任！《语言问题》这部书，给我打开了语言学的新天地，诱惑我重新鼓起勇气去钻研我30年代醉心过的语言学，并且引导我日后去接触信息科学。此时，直到此时，我还没有见过从少年时代起仿佛注视着我走路的老师赵元任！

元任先生1973年回国，我是知道的，因为某外事机关一位领导给我捎来一部英文著作[①]，说是作者回国探亲交给他的，但我当时没有"资格"跟元任先生会面，只在我的一本语言学笔记中留下此书的摘录。意想

---

① 即 *Language and Symbolic System*，Cambridge University Press，1968。

不到的是，当元任先生最后一次回国（1981）时，我却有机会同先生晤谈，因为当时已雨过天晴了。那年 5 月下旬，我约请先生和他的家人以及语言学界几个学者在仿膳欢叙。那天到会的有王力、吕叔湘、朱德熙、李荣诸公（记得王力先生一进门便必恭必敬地向元任先生行弟子礼，而王力先生那时已年逾八旬了。）——如今王朱两位已先后随元任先生去了——那天午间的叙会不会再有了，但是那一天却是很愉快的，上下古今，无话不说，也无话不可说。时

1980年胡乔木像

隔十有六年，所谈内容已不大记得了；只有先生西装左上方的外袋插着一排四管荧光笔给我留下了深刻的印象；我默想这四管色笔象征着这位老学者是如何随时随地用功啊。

《阿丽思漫游奇境记》
商务印书馆1988年版封面

席间还谈到重印《阿丽思漫游奇境记》的事——事前胡乔木同志接见他时，已同他谈过，说此书可以而且应当由商务印书馆重新出版。他很高兴，说可以把他已译好同一作者的《镜中世界》合在一起印行，他说回去再看一下就定稿——可惜的是，翌年（1982）他来不及亲自再加校订润色便辞世了。这本力作是在先生辞世后六年（1988）才印出的，可惜先生已看不到了。

哎哟，以上说了一大堆与《年谱》完全无关的事，简直像我的"交代材料"，看来读者早已厌烦之极，跳过去看正文

了。那敢情好！仿照元任先生的说法，以上几段都应删去。

*　　　　*　　　　*

既然这篇叫做"代序"的文章将要印在《年谱》书前，应当说一点有关谱主的造诣和后人的评价。对于我这后学，这却难了。说也奇怪，元任先生是在海内外都很有名的中国学者，而且可以说是世界有名的学者（或者至少可以公认为对中国语文的研究有着重大成果的语言学家）；国内外的许多人，都知道中国出了一个语言天才或奇才赵元任，可是西方许多百科全书却很少把赵元任这个名字列为单独的词条。尽管以 Y. R. Chao 为名给英美的著名百科全书写过关于中国语文的长篇词条，但是他本人的名字却很少作为词目出现在那许多类书里。这是为什么呢？我们这一代人一想就明白：原来这件事看似简单，实际上百科全书给某人立不立词目，要受到很多社会因素的制约：比方这个学人的血统，他的种族，他出生的国家，这国家在世界上所处的地位，以及其他种种微妙的因素等等。中国近年出版的类书，"赵元任"这个名字都立为单独的词条，这是理所当然的；例如《中国人名大词典·当代人物卷》（1992），"赵元任"这一条还附有照片，称为"语言学家"。《中国大百科全书·语言文字卷》（1988）是专家编写的语言学专业类书，在"赵元任"专条中定性也是"语言学家"，不过多了一小段形容词："赵元任是理论与实际并重的语言学家。在语言学的各方面都有深入的研究，杰出的贡献"[1]。这个词条的作者是著名的语言学家（方言学家）李荣，文中对元任先生在语言学的成就和贡献作了实事求是的公正的评价。尤其对先生的三部杰出著作给予确切的评论。作者说，《现代吴语的研究》（1928）"是中国第一部用现代语言学方法研究方言的著作"；《中国话的文法》（1965）"是一部方法谨严、系统分明的大书，有很多创见胜义"；《语言问题》（1959）的"作者学识渊博，

---

[1] 《中国大百科全书·语言文字卷》，北京：中国大百科全书出版社1988年版，页514—515。

见多识广；书中不乏明达的见解，精辟的议论……对于说汉语的人，这是很理想的入门书"。这些都是从语言学专业的角度出发作出的评价，这当然是很恰当的论断。这也是当今祖国语言学界公认的评价。词条的作者深知元任先生为人和观点，写出来自是入木三分。我这里只能扮演一个文抄公的角色，其实读者早已读过那一词条，我的话怕是多余的了，所以我这一段话也属于可删之列。

* * *

但是这部《年谱》展示的赵元任，不止是一个杰出的语言学大师——当然他可以说是中国现代语言学的开山之祖，这是无可怀疑的，他还是一个最能接受新科学新工具新观念的博学多才的学人，一个当代的人文学者。《年谱》真实地展现出这个人文学者一生的活动，充满着生命力的、不知疲倦的学术活动和社会活动。同他早年在欧洲结识并且过从甚密，后来又在清华大学国学研究院共事的陈寅恪一样，我们的谱主超越了世俗政治（狭义的政治），超越了民族和国界，超越了不同的文化背景，却又对孕育他们的中华民族和华夏文化传统和语言文字一往情深！说"超越"，这并不意味着远离现实生活。重温他七十年前（1927）写下的几句话，不禁令人心情激荡。他写道①：

> 可是我们中国的人得要在中国过人生常态的日子，我们不能全国人一生一世穿了人种学博物院的服装，专预备着你们来参观。中国不是旧金山的"中国市"，不是红印度人的保留园。

中国应当是中国人独立自主的，富强的，民主自由的中国啊！

《年谱》展示了这位人文学者的平稳的、安静的、淡泊的、与世无争的，然而永远在追求真理，时刻想把欢乐和公平和理性和真挚的感情注入人间的九十年岁月。我在这里使用"人文学者"这个语词，更接近当代美

---

① 《赵元任音乐作品全集》，上海：上海音乐出版社1987年版，页264。

国学术界给 humanities（人文学科）所定义的学者[①]：既非纯粹的自然科学家，又非传统的社会科学家，却是多学科交叉或跨学科的学者，既尊重人的价值、训练人的技能（科学的技能和艺术的技能），又富于人情味和人道精神的学问家。元任先生对祖国的文史哲即国学有坚实的基础，这在某种程度上有赖于他的家学渊源（人们注意到他多次提到的家谱上第六世祖赵翼，即那个自豪地放歌"江山代有才人出，各领风骚数百年"的赵翼！）；在美国学数学，学物理，然后学哲学，学心理学，然后学音乐，学作曲，最后学语言学。他从小爱观天象，至老不衰；他热心戏剧活动，编过剧，演过戏。他在中国和外国大学或专门学校里教过上举的许多学科，甚至教过音乐课；他也热衷于摄影，他拍下了四千多张照片，记录了整整一个时代。《年谱》展示，他到了三十三岁即1925那一年才确定以中国语言学和语言学研究为自己学术上的主攻方向。两年后（1927）他第一次系统地进行方言调查，从此这项田野工作连绵不断，贯串一生。之后，他游历各国，遍访名师，钻研语言、方言、语音、音位、语汇、语法……从外国语文到中国语文，又从中国语文到外国语文，路漫漫兮上下求索。他精力充沛，教学，研究，实验，田野调查，著书立说，没有一刻钟歇息过，甚至在旅行中在医院里随时随地都做他的研究工作。不知道他从哪里来的无穷无尽的精力！不知道他哪里来的那么多时间！连他的大女儿如兰也说，"我真弄不懂他怎么会有时间作曲——也许是在他剃胡子的时候？（他经常同他的朋友们谈起，他翻译《阿丽思漫游奇境记》多半是在卫生间进行的。）"[②] 女儿这几句充满幽默情调的话，得自父亲的幽默基因，然而说得多么传神啊！

我想，若果按照时下世俗的暴发户的"风尚"，为元任先生制作一张名片时，光是虚衔（还不包括委员会委员、学会会员或会长、理事会评议会理事、评议员之类，更不包括全部实职）势必密密麻麻地印满一

[①]《简明不列颠百科全书》（中文版），卷6，北京：中国大百科全书出版社1986年版，页760。

[②]《赵元任音乐作品全集》，上海：上海音乐出版社1987年版，页266。

张大纸：语言学家，语音学家，方言学家，语法学家，多语学家（polyglot），语文学家（philologist），实验语音学家，文字改革学家，计划语言学家，语言教育学家，世界语学者，音乐家，作曲家，翻译家，戏剧学家，旅行家，摄影家；数学教授，物理学教授，哲学教授，逻辑学教授，心理学教授，音乐教授，语言学教授，中国语言学教授，音韵学教授……

*　　　　　*　　　　　*

那么，这位现代中国语言学大师是从什么地方什么时候什么机遇"切入"语言学领域的呢？

我可以毫不迟疑地说，他是从文字改革的理论与实践这样一个鲜为人论述的斜面"切入"语言学的海洋的。尽管他幽默地告诉女儿说，研究语言学是为了"好玩儿"，但是"好玩儿"的背后藏着很多深意，世界上很多大科学家研究某种现象和理论时，他们自己常常以为是为了好玩。元任先生小时候练习说切口和反切口，是为了好玩；他擅长的"说倒话"，并且常常在公众面前表演"说倒话"，也是为了"好玩"！……

"好玩"意味着有趣味，有兴趣，有意思。他说的"好玩"可以用《最后五分钟（国语罗马字对话戏戏谱）》的序文里的几句话来做注脚[①]。他说，他翻译这个戏，他用国语罗马字写出剧本，基于三种"兴趣"——三重"好玩"。第一种兴趣是对国语罗马字的兴趣，即宣传（国语罗马字）的兴趣；第二是对中国语调的兴趣，即研究学术的兴趣；最后一种是对于话剧的兴趣，那就是艺术的兴趣。如果引用一下他阐述的"艺术的兴趣"，就更可以明白"好玩"一词蕴藏的涵义了。他写道：

> 我对于艺术的兴趣仿佛是男人对女人的爱，热就热到火苗儿的程度。可是热度减了的时候儿，好像就是离开了伊也能过似的，回头又想念伊起来，可是又觉得没伊，我的生活全没有光彩似的了。

[①] 参看本年谱 1927 年。

这里说的"兴趣"，从某种意义来说，就是"好玩"。好玩者，不是功利主义，不是沽名钓誉，更不是哗众取宠，不是"一本万利"。

对文字改革的兴趣，贯串他的一生。早在"五四"运动前，当他还在美国大学念书的时候，就在留美学生月报上发表了《吾国文字能否采用字母制及其进行方法》(1916)，其实早一年（1915），就在当时留美学生的圈子里，发表过可以用标音字母来代替汉字的主张。1920年他回国在清华学校任教时，参加了在北京召开的国语统一运动筹备委员会会议。次年（1921）同胡适讨论汉字改革问题，所谓汉字改革，实质上就是要冲击汉字的神圣不可侵犯性，在某些场合，这就意味着用表音字母来代替几千年父传子子传孙传下来的汉字。同年，他得到丁文江转赠的高本汉所著《中国音韵学研究》一书，诱使他深入研究中国文字的音韵。这一年，他趁在美国教书之便，在纽约的一家唱片公司为商务印书馆灌制国语留声片，并写成课本出版（1922）。虽然这次发音是按照国音统一会1913年通过的人工国音灌制的，但这事情在推广中华民族的共同口头语活动中，迈出了很大的一步。搞人工国音是那时国语运动的一些饱学之士的善意的乌托邦行为，而元任先生成了唯一能用这种人工语音发音和说话的人；但人工国音是科学的抽象的语音，不是哪一个地方普通人的语音，很难推广；因此，两年后（1924），他又根据国语统一会的新规定，采取北京音代替人工的国音，为商务印书馆再一次灌制国语留声片，这一次是成功的，日后很多华侨和华裔都据此学会"国语"即现今所称的"普通话"。在这前后，他仍然怀着满腔热情继续他在文字改革方面的研究。例如他1922—23年在《国语月刊》发表了《国语罗马字的研究》——其中第一篇《反对罗马字的十大疑问》和第二篇《凡是拟国语罗马字的应该注意的原则》[①]，这两篇文章是中国文字改革历史上十分重要的文献，值得后人深入探讨。前一篇是"破"，破十条反对意见；后一篇是"立"，立罗马字化（即日后所说的拉丁化）的二十五条原则。值得注意的是，此时已孕育着几年后公布的

---

① 原文刊《国语月刊》第一卷第七期，页87—117；英文节本见《绿信》第二信，1923，§18。

国语罗马字方案了。

　　不难看出，所有这些活动，都是在1925年即元任先生确定以语言学和中国语言为终生学术活动的主攻方向之前进行的。更须注意，所有这些都是围绕着"科学地历史地研究中国语文"和"改革中国的语言文字"这个目标进行的，这也就是广义的文字改革。文字改革是"五四"运动前后那个时期知识分子最最关心的热门话题，这个话题蕴藏着忧国忧民的深刻的社会意义。赵元任，这位日后成为中国和世界的语言学大师的人，是道道地地的中国人民的儿子，跟同时代的先进的、觉醒的、怀着传统的以救国救民为己任的中国知识者一样，满腔热情投身于文字改革运动。这是时代的标记，这是时代的使命！从上个世纪末期到本世纪上半叶，中国人经历了许多惊天动地的事变（有些是各国人民共同经历的，但许多可歌可泣的事件却只是中国人才经历过的）；面对着国运垂危，民生涂炭的现实，凡是真正的中国人民的儿子，都去找寻救国救民的道路，或叫强国富民的道路。为什么有着几千年灿烂文明的古国屡屡挨打？为什么变得国弱民穷？为什么勤劳善良的中国人不断受到外敌的欺凌？为什么科学技术乃至国民素质都显得比别人落后？为什么为什么，十万个为什么！各种政治倾向的人，找到了各不相同的道路；有着不同教养和不同信仰的知识者，也都开出不同的药方。但是，令后人吃惊的是，很多先进人物都把民智不开归罪于汉字。开发民智，普及教育，离不开汉字；文学革命，社会革命都离不开汉字；好像修身齐家治国平天下，通通都与汉字有关，而在当时的知识者眼中，汉字难写难学难用是一致的共识，人们偏偏忽略了国运不兴的社会原因。因此，日后分化为左中右的知识者，都把注意力集中在文字改革上。社会运动、人民运动、反对列强欺侮中国的群众运动，都或多或少跟广义的文字改革挂起钩来。在这种意义上说，文字改革是二十世纪初东方觉醒的象征。"五四"运动前后发生了一场汉字问题的大论战，在这场论战中，改革汉字的呼声很高，其中最激烈的就是用表音符号代替汉字。这就是国语罗马字产生的社会根源。无论如何，元任先生是中国文字改革运动的先驱；而他本人就是从这里"切入"语言学领域的。文字改革，广义的文字改革，贯串在他的一生。他晚年致力于通字方案①，在某种意义上，这也是文字改革的一个侧面。他很早便对世界语（Esperanto）发生兴趣，甚至对世界语的改革方案 Ido② 发生兴趣，当然也是对文字改革的兴趣。30 年代他甚至为推广英国学者奥格登（Ogden）和里查德（I. A. Richards）创制的"基本英语"（Basic English）③ 为中国学生灌制留声片，这也表明他对文字改革的视野扩展到世界范围。至于他毕生不倦地策划和进行汉语方言调查，其目的在探索民族共同语的形成，这不也是一种广泛意义的文字改革吗？

《通字方案》商务印书馆1983年版封面

　　语言是人类社会中最顽固的习惯。文字也一样顽固。20 年代的官方，不能顺利地接受国语罗马字，这是完全可以理解的；就算官方接受了，广大的群众是否能接受，还是一个不确定的难题（或者可以推断为大多数持否定态度）。因此，国语罗马字进入中国人的语言世界，只能作为汉字的附属记音工具或注音工具，甚至它还处于一套用汉字部件组成的注音符号的从属地位——它从一开始就被称为"第二式"。但是国语罗马字给 30 年代的拉丁化新文字运动打下坚实的语言学基础，这是无可怀疑的，因为国语罗马字的存在，证明用二十几个拉丁字母可以准确地记录中国语言（指的是汉语）。国语罗马字的创制，是在土耳其文字改革前，而在世界性的文字改革历史中，土耳其的文字改革获得成功是显著的（1928），用拉丁字母成功地代替了古老的阿拉伯书写系统，自有其特殊的社会环境。20

---

① 《通字方案》，北京：商务印书馆 1983 年版。
② 《绿信》，第二信，§ 66 问题 21。
③ 参看本年谱 1934 年。

年代的国语罗马字和30年代的拉丁化新文字都没能够打倒汉字，这完全不是改革方案好坏，也并非语言学界的过错，这里牵涉到很复杂的社会因素。中国的社会环境、文化传统和教育程度都与土耳其大不相同，土耳其成功了，而我们却不成功。这是现实世界，这是历史，这是社会。这个问题在这里不能充分展开，否则更是离题万丈了。

不管怎样，国语罗马字方案以及上述一破一立的许多观念，给50年代制订的汉语拼音方案奠定了语言学的基础，而今日的汉语拼音方案已被国际认可，且在祖国的语言实践中经过考验，对国家现代化进程大有裨益。饮水思源，人们不能忘记元任先生。七十年前，元任先生不无自豪地用英文说过一句幽默的双关语：It is the romanization of Chinese, by the Chinese, and (primarily) for the Chinese.① 用中文翻译出来，大意是：这是中国人自己制作，（主要）为着中国人使用的罗马字中文。作者巧妙地运用了美国的箴言"民有，民治，民享"（of the people, by the people, for the people），把中国人和中国语文串在一起，又滑稽，又得意。句中头一个Chinese是"中国语文"，其后两个Chinese是"中国人"，作者的幽默感随时随地可见，不愧为语言学大师。

当国语罗马字被当时的政权机关正式公布的时候（实际上是由于蔡元培的影响和努力才能正式公布），元任先生的心情是十分激动的。他在1928年10月5日的日记里用国语罗马字写下了他的激情：

G. R. yi yu jeou yueh 26 ryh gong buh le. Hooray!!!

用现在的汉语拼音写出来，那就是：

G. L. yǐ yú jiǔ yuè 26 rì gōng bù le. Hurei!!!

"国语罗马字已于9月26日公布了。好哇!!!"三个感叹号。喜悦的豪情，溢于言表。

元任先生作为语言学大师。这固然由于他的勤奋，他的坚实的自然科学基础，他的非凡的学术修养，他的生活空间遍布东南西北（在中国由北

---

① 参看本年谱1923年。

而南，由南而北，然后在欧美日各国），同时也由于他的天赋。他有一副好耳朵，极能分辨声音的微小差别；他还有一个极好的发音器官，能准确地发出相差十分大的语音，语调，甚至带着语感。他的同时代人，他的好友胡适早在1922年为他的国语留声片课本写的序言就恰如其分地、稍带幽默地说过：

> 他有几种特别的天才。第一，他是天生的一个方言学者。他除了英、德、法三种语言之外，还懂得许多中国方言。第二，他又是一个天生的音乐家……他有两只特别精细的音乐耳朵，能够辨别那极微细的、普通人多不注意的种种发音上的区别；他又有一副最会模仿的发声器官，能够模仿那极困难的、普通人多学不会的种种声音。第三，他又是一个科学的语言学者。

*　　　　*　　　　*

1921年，元任先生应聘赴美哈佛大学教中国语言课之前，在他正热衷于创制国语罗马字草稿的时候，在他还没有开始进行方言调查并且决定在学术方向上主攻语言和语言学之前，他做了一件了不起的工作，那就是翻译了《阿丽思漫游奇境记》。这本小小的童话书，值得中国翻译史、中国儿童文学史、中国语言学史记上大大的一笔。

20年代，阿丽思同匹诺曹一样，吸引着那个时代万千少年儿童的心。阿丽思钻兔子洞，匹诺曹说一句谎话鼻子就长一寸，滑稽得叫人喷饭，两部书都包含着人生哲理的笑话与趣事，但阿丽思是活生生的孩子，不是匹诺曹那样的木偶，更使孩子们感到亲切。

其实元任先生进行这次翻译，不是一般的文学译作，他是在进行一种试验，语言的试验，文字改革的试验，文学革命的试验，也是不同思维的文学作品移译的试验。为什么说是一种试验呢？按照翻译者在序言中所指出的，这试验至少在三个方面作出的（其实不止这三个方面）[1]：

---

[1] 《阿丽思漫游奇境记》，北京：商务印书馆1988年版，页10。

一、只有用语体文（白话文）翻译这等作品才能传神——不要忘记"五四运动"很重要的内容是白话文应当在一切方面取代文言文，而这本翻译则在事实上或实践上证明白话文能够做到。

二、西方语文中一些代名词（如他、她、它之类）在语体文（白话文）中能够恰如其分地准确地表达——例如当时"她""它"等才在创始过程中。现在看来这些都是不成问题的问题，但在七十年前则是一个需要经过试验才能使人信服的。

三、西文的"打油诗"能不能用中文的语体诗（白话诗）形式翻译成可笑的打油诗；元任先生自己说，这是作一次"诗式的试验"，而不是"诗的试验"。

令人惊奇的是时隔七十年，这部翻译读起来却好像说话似的流畅，通顺，而不会令读者嫌弃这里的文字"老"了，"旧"了，不好懂了。为什么？我想，这就是一个超凡的语言学大师作的口语写成书面语的试验。

这部翻译是元任先生留给我们的宝贵财富，值得好好研究的。但愿我们的少年儿童今后有机会去欣赏一个博学多才的翻译家给他们留下的"笑话书"（赵元任语）！

    ＊   ＊   ＊

习惯上人们都说元任先生业余从事音乐活动，或者换句话说，他的业余爱好是音乐。我不这样认为。一个人文学者，一个文艺复兴式的智者，无所谓业余和业内。音乐是他的事业中的一部分，而且是很重要的部分。音乐甚至是他生命的一个组成部分。元任先生在他的第一封《绿信》中（§20）就表达过这样意思，他说，不知怎的，音乐这东西总是"偷偷地"占据我很多时间和思想。他用于 surreptitiating 一字[1]，这就是说，音乐不知不觉地成了他的生命的一部分。

他师从著名的音乐学家，他专攻过和声学，专攻过作曲法，他会摆弄

---

[1] 《绿信》，第一封，§20。

多种乐器,他毕生都与钢琴为伍。他教过音乐或音乐欣赏课。他一生作过一百多首音乐作品,其中包括器乐(钢琴,小提琴)曲,当今有些专业作曲家未必能在数量上超过他,更不必说在质量上。他的音乐作品能历久而不衰。他跟他的女儿们,凡是有机会聚在一起,就组成一个合唱团,有伴奏或无伴奏(a cappella)地练唱他的新作或旧作。他为同时代的诗人谱曲:刘半农(《教我如何不想他》),徐志摩(《海韵》),刘大白(《卖布谣》),胡适(《他》),陶行知(《小先生歌》),施谊(《西洋镜歌》)。他是当今中国的舒伯特,舒曼;他也自比为舒伯特,舒曼。他记录民间曲调,他为古今民谣谱曲,若果他不是全身心投入方言调查,他会成为中国的巴拉基略夫(Bala-kirev)。可是他并没有把自己局限在艺术歌曲的象牙塔里。他如同古往今来的大音乐家那样,不惜精力地为机关、学校、团体,以及某些突发事件作歌(1926《呜呼!三月一十八》,1933《我们不买日本货》,1937《抵抗》)。他为电影作主题歌(1935《西洋镜歌》)。你在他的乐曲中感受到的不是远离现实生活的孤芳自赏,而是一颗纯朴的赤子之心!一颗炎黄子孙的心!一颗中华民族好儿女的心!

元任先生掌握了上尺工六五,也掌握了 do, re, mi, fa, sol, la, si;他突破了民族音乐的框框,也突破了西洋音乐的框框,他把民族的气质融化在西方近代音乐的构架里;不是硬凑,而是交融。他的乐曲有着浓厚的中国味儿,却又没有那种迂腐的"国粹"气。也许就是音乐家贺绿汀说的"在旋律上有中国民歌特点,并与语言结合得很密切,深刻地抒发了原诗的意境和情绪"[1];也许就是音乐学家廖辅叔[2]说的,《新诗歌集》是"体现了'五四'精神的近代中国的第一本歌曲集"。让音乐界去评说他的创造性罢,在我,有两首小曲,无论几十年前初次听到,无论如今重新温习一遍,都受到极大的震动。一首是电影《都市风光》的主题歌《西洋镜歌》;一首是《老天爷你年纪大》(1942)。

---

[1] 《赵元任音乐作品全集》,上海:上海音乐出版社1987年版,页1。
[2] 廖辅叔著,《乐苑谈往》,北京:华乐出版社1996年版,页74—75。

《西洋镜歌》是施谊（孙师毅）作的词，由于当权者的审查，《都市风光》这部电影放映时，歌词中所有唱到民间疾苦和略带不平则鸣色彩的，都变成只有音调而无歌词的"啦啦啦"。这也是近代中国文网史上令人哭笑不得的"趣事"。

陈原翻阅赵元任音乐著作

至于根据古民谣谱曲的《老天爷你年纪大》，传入华夏大地时已是抗日战争胜利后"五子登科"时代，正好切中时弊！我常常默默念：

> 老天爷你年纪大，耳又聋来眼又花；老天爷你年纪大，你看不见人来听不见话，杀人放火的享尽荣华，吃素看经的活活饿煞。老天爷你不会做天，你塌了罢！

我特别喜欢最后两个小节，你塌了罢：一个降八度，真像天塌下来似的。不过这是如今看原谱时才感受到的，四十年代传入时，这结尾是另一音乐家改动过的。我奇怪元任先生在1942年竟会为这样慷慨激昂的歌词谱曲，但深入一想，又恍然大悟，这就是我们的艺术家，我们的人文学者那颗赤子之心。《年谱》记载，大约四十年前（1956）元任先生录制《长恨歌》和《琵琶行》（朗诵诗）唱片，几次都情不自禁，泣不成声，终于没有录成。这是一个身居异国的炎黄子孙的心啊！

* * *

使我感触最深的是，元任先生作为20世纪一个伟大的人文学者，他非常敏感地接受新的科学理论，并且很快将这些新理论导入或应用到他所致力的语言学中。比如他很快就接受控制论、信息论的观点，50年代下半期作语言学演讲时，就充分显示出他这种可爱的科学精神。也许他跟控制论的创始者 N. 维纳很早便相识，经常来往切磋有关系。维纳的父亲 L. 莱奥·维纳是个语言学家，原籍波兰。人们可以在他的演讲实录《语言问题》中充分感受到他对新兴的信息科学有很深刻的理解和恰当的应用，这同他有深厚的数学物理基础有关。将 20 世纪下半期发展的信息科学理论导入语言学，并且不是生硬地照搬而是创造性地运用，我敢说在我国语言学界，除赵元任以外没有第二人！

能够把深奥的学理，用鲜明通俗的语言表达出来的大学问家不多，元任先生是其中的一个——很多时候还带有一种幽默感；不是庸俗的笑话，而是优雅的意味深长的幽默感。他说过，他在演讲中和通俗论文中，常常要加上一些笑活，"凡是扯得上扯不上的地方总是忍不住要说（笑话）"[①]，而他在日记中几次记录他在演讲中所安插的笑话得到了预期的效果。甚至当他的好友刘半农辞世，他写了一副他平常不爱做应酬文章的挽联，显示出的就不仅是沉痛的哀悼，而是一种高尚的情谊，还带着即使生离死别也永远不会消失的希望，以及伴随着这希望而来的微微的幽默。挽联写道：

　　十载凑双簧，无词今后难成曲；
　　数人弱一个，教我如何不想他！

语义双关，人间绝品。头联说的是两人的交往（从 1924 到 1934），字面讲的是作词谱曲，难道你不想到他们两人在实验语音学的相互发明么？下联的"数人"指的是那个在赵元任家中由刘半农发起的以研究中国语音音韵为宗旨的学术团体"数人会"，最后一句既是刘赵词曲的歌名，又是一句深情的哀叹。

*　　　*　　　*

作为一个人，一个高尚的人，一个有理想的人，一个对"他"怀着无限感情的人——这个"他"，是男的女的老的少的好友爱人或者家乡家乡话故国故国山河，都可能是。他是个好丈夫，是个好父亲，是个好老师，

[①] 见《语言问题》再版序，参看本年谱 1959 年。

是个能被人信赖的好友人。请看《年谱》罢，那里面展示的就是这么一个人。由他的二女儿赵新那和女婿黄培云主稿的这部《赵元任年谱》，展现一个活的赵元任，还带着女儿对父亲的深情。也许不符合传统的正经的程式化的年谱所设定的框框，但那有什么要紧？读者将在这部突破框框的年谱中，瞧见一个伟大的人文学者，一个真正的炎黄子孙。至于这篇序言，实在算不得什么序言，它就算是一篇不是序言的序言罢，或者干脆仿照先生的风格把它叫做"不序言"。

1997 年 8 月于北京

[题注]

　　《赵元任年谱》，赵新那、黄培云编，商务印书馆 1998 年 12 月出版。卷首有赵元任长女赵如兰写的前言，卷末有赵新那撰编后记。另附赵如兰《我父亲的音乐生活》、词汇索引、人名索引、参考文献等。

　　这篇序原题为《我所景仰的赵元任先生——〈赵元任年谱〉代序》，发表于 1999 年 1 月 2 日的《文汇读书周报》。2000 年收入《界外人语》。陈原曾写《〈赵元任年谱〉手稿读后——给商务印书馆柳凤运的信》，1998 年收入《陈原书话》。

《赵元任学术思想评传》序

北京图书馆出版社1999年版封面

赵元任是20世纪有重大影响的语言学家和语言教育学家，但赵元任绝对不仅仅是一个语言学大师。人们认为他是我们这个时代一位值得尊敬和钦佩的人文学者。

他具备当代一个人文学者的所有特征：尊重人的价值，培养并训练人的技能——科学的技能和艺术的技能；富于人情味和人道主义精神，此外还常常带着教人愉快的幽默感。

他自然不是通常说的自然科学家，甚至不是把自己关在狭隘圈子里的传统语文学者。他研究语言现象和语言规律，是从改造语言文字的远大理想和目标出发的；他有着广阔的视野做背景，而且绝不把自己禁锢在传统的知识范围，却敏锐地吸收了当代自然科学的最新成果例如控制论和信息论。他真正做到学贯中西：这由于他对祖国的文史哲即通常所谓的国学有坚实的基础，却又对西方的文史哲即人文科学有极深刻的领会。他出国留学前，是在中国传统文化的沃土里培育长大的；留学美国后，广泛接触了"西学"。他学过数学，学过物理学，学过哲学，学过心理学，甚至正式学过音乐，之后才在欧美从事研习语言学理论和实验语音学。他还在艺术领域中，在音乐、戏剧、文学甚至摄影这许多方面，都进行过卓有成效的实践。他在中外许多高等学校或特种训练班里教过许多有关学科，取得了丰富的教学经验，从而充实了他的学术研究内容。

正因为这样，作为一个专业的语言文字工作者，赵元任才能够成为一个无可争辩的当代人文学者。要不，他怎能写出像这样一些闪现着思想火花的警句：

　　肚子不痛的人，不记得有个肚子。
　　要做哲学家，须念不是哲学的书。
　　节制比禁绝好，禁绝比节制容易。
　　物质文明高，精神文明未必高；可是物质文明低，精神文明也高不到哪儿去。

像赵元任这样的人文学者，如今已经很少见了。

在我们这里，赵元任是以语言学家闻名的，可以说他是我国搞现代语言学的开山之祖；但是由于众所周知的原因，我国年青的一代对这位人文学者知道得并不深刻。

现今学术界称他是有着丰富实践经验的语言学理论家，他的语言学理论是从他的母语即汉语（古代汉语，近代汉语和现代汉语）出发的，他对汉语结构、语法、语汇、音位、音韵都做过深入的研究。而他在汉语方言调查方面则有着特殊贡献，应当说他是用现代科学方法调查研究汉语方言的第一人。直至今日，仍无人可匹敌。最后，他是创始中国社会语言学的先行者，难怪 Dil 教授把选编他在这方面的论文付梓时，干脆用《中国社会语言学面面观》(*Aspects of Chinese Sociolinguistics*) 作为书名。

前两年，当我偶然有机会对他的语言活动作一番粗浅的考察时，我惊奇地发现，这位语言学大师是从广义的文字改革这个斜面"切入"语言学领域的。我注意到，1925 年，他 33 岁时才把自己学术活动的主攻方向定在语言和语言学研究上，即定位在"科学地历史地研究中国语文"和"改革中国的语言文字"上。此时，他已经在广义的文字改革方面做了许多工作；而在定位之后，文字改革思想贯串了这位人文学者其后的全部语言活动。无论对待中国语文运动（例如统一国音，国语罗马字），还是对待外国和国际的语文运动（例如世界语 Esperanto，它的改革方案 Ido，基本英语 Basic English），莫不如此。

在上述粗浅的考察时，我还发现这位大师的确是语言天才，或者说是语言奇才。这不单指他有一个极好的耳朵和一个极好的发声器官，而是说他在艺术实践上，例如在音乐创作，文学翻译，戏剧演出各个方面，时时刻刻都从语言学的角度去发现问题，处理问题，而且有很多创造性的见解和成就。这一点也证明我上面所说的，这位大师确实是一位异乎寻常的语言学专家，同时又不止是一位语言学专家。

赵元任在世 90 年（1892—1982），留给后人一份丰厚的精神财富，成为后人欣赏和研究的资源。这位大师还留下了 76 年的日记，它记录了、反映了整整一个时代——特别是 20 世纪前半期，那充满着希望和失望，多灾多难的岁月。与日记比美的还有他亲自拍摄的 4000 张照片。此外，还得加上他断断续续写给亲友的 5 次通报性质的长信（跨度从 1921 到 1978 年，被称为《绿信》的小册子），这些不是信函的信函，展现了他的研究心得，学术思想和心路历程，对后人极有启发。

要为这样一位视野广阔，博大精深的人文学者写评传，首先需要足够的勇气。而本书的作者年轻，绝对不缺乏这样的勇气。其次需要足够的学养和智慧。我不敢说作者已经有成熟的学术造诣，但年轻作者的勤奋和钻研，老老实实遍读所能找到的传主的专著和论文，也许这种认真治学态度，使他的立论比较谨慎，而在谨慎中又带有青年人的勇气，例如书中竟有一章评论传主的音乐作品，这是像我这样步入黄昏的人断然不敢的。也许这种勇气和热诚，稍稍可以弥补它的粗浅和疏漏，起到"抛砖引玉"的作用。须知作者迈出这最初的一步是很不容易的，我知道他热切地期待着前辈和同辈学人以及广大读者的评论和指教。

1999 年 1 月 25 日

[题注]

　　《赵元任学术思想评传》，苏金智著，北京图书馆出版社1999年7月出版，系"二十世纪中国著名学者传记丛书"之一。正文前有丛书主编戴逸写的《二十世纪中国学术概论（代序言）》，另有吴宗济序。全书分"丰富多彩的人生"，"中国现代语言学的先驱"，"中国现代音乐的先驱"，"学术思想的来源、形成与发展"4章。附录是赵元任著述年表、研究赵元任的重要论著。这篇序2000年收入《界外人语》。

《世界共通语史》译本序

商务印书馆1999年版封面

校印这部译作，出于三重考虑。首先，由于本书是这个学术领域的权威著作，其材料之丰富，分析之精辟，迄今仍无出其右。其次，为了纪念两个真诚的学人，作者德雷仁和译者徐沫，他们都是悲剧时代的牺牲者。最后，为着实现胡愈之和叶籁士两位长者的愿望，他们生前曾力促这部译作能与中国读者见面。

先说书。

这部著作研究的对象是国际辅助语的思想发展历史，属于语际语言学的范畴。"语际语言学"这个术语，是三十年代初由举世闻名的丹麦语言学大师耶斯佩森（Otto Jespersen，1860—1943）在《国际通讯》（*International Communication*）杂志上发表的专门论文首次提出的，原文为 Interlinguistics；他把这个术语定义为"研究一切语言的构造和基本观念，目的在创立一种跟各种语言并存的、能说能写的辅助语言"。

古往今来，或者说，自从巴贝尔通天塔的梦破灭以后，多少哲人怀着尊重、继承、沟通和交流人类文明成果的崇高愿望，年复一年地设计能被各族人民接受的共通语或辅助语；其中也包括耶斯佩森——他曾创制过一种叫做"诺维亚尔语"（意即"新国际辅助语"Novial）方案（1928）。事实上，多少尝试都失败了，因为它牵涉到很多复杂因素，包括民族的、社会的、政治的、国家的、文化传统的，等等；只有很少几种人工创造的辅助语方案曾在世界上一部分人中间流行过，而流通得最广的当推波兰柴门霍夫创始的"Esperanto"（我国通常译作"世界语"），在它问世后的一百多年间，拥有比较多的普通群众的爱戴，由是获得比较强大的生命力；战后又得到联合国教科文组织的认可和支持。德雷仁的这部专著，就是从历史发展的角度，检阅和分析各个时代、各个哲人、各种国际辅助语方案的观念、结构和得失，是人类创制国际语的历史总结。从来这类研究都是从语言学的角度出发的，而德雷仁的书则不仅作语言学的探索，而且作社会学的探索，这是其他同类专著所不及的；它之所以成为这个领域的权威著作，经受得起时间的考验，几十年来在不同的国家翻印了多次，其原因盖在于此。

本书作于本世纪二十年代后期，那时马尔的语言理论正在走红，马尔本人也热衷于这个学科的研究，故他特地为本书俄文第一版写了序文。因此，本书在头一章中论述了并肯定了语言阶级性的论点，这些章节，译本仍保存着，相信读者能做出正确的判断。五十年代初，斯大林批判了马尔的这种错误观点，这无疑是正确的；但从此马尔好像就一无是处了；其实马尔关于语言的人工性（即语言文字系统有可能加以人工调节）的论点，正是语际语言学以及发展中国家进行语言规划或文字改革的理论基础。正因为这一点，本书在信息时代重印，仍不失其学术意义。

第二，关于作者。

德雷仁（Ernest K. Drezen，1892—1937）是从红军军官转到科学研究领域来的，他是当代国际术语学的创始人之一，跟现在被称为术语学鼻祖的奥地利工程师欧根·维于斯脱（Eugene Wüster）一起，创立了国际标准化协会（ISA），即联合国国际标准化组织（ISO）的前身。他们两人都是热诚的世界语学者，并且都是从世界语运动走向术语标准化和术语国际化的研究工作的。维于斯脱同德雷仁过从甚密，包括频繁的通信和国际会议的商讨。德雷仁在三十年代上半期是当时苏联科学院术语标准化委员会的负责人，常常代表苏联术语学界出席国际会议。他又是全苏联世界语联盟中央委员会总书记。以上的经历和工作，导致他在肃反扩大化中被诬为"人民公敌"，以"里通外国"罪名被捕（1937年4月17日），半年后即被处决（1937年10月27日），死时才45岁。二十年后才得平反（1957年5月11日）。

据我所知，国人见过德雷仁的只有胡愈之。在他写的《莫斯科印象记》中《D同志的家庭》和以下的几节所提到的"D同志"，就是这个德雷仁。那是1931年的事了，1935年至1936年我因热衷于研究工程术语的移译问题，读了德雷仁关于科学技术术语国际化的论文，曾写信向他请教，因此通过一两次信；但1937年我寄去的信件都被退回，加盖了"无此人"的图章，当时我百思不得其解；其实那时他已遇难，不过当年谁也不会想到这一点就是了。

第三，关于译者。

译者徐沫，原名何增禧（1916—1966），我跟他只见过几面，但印象却极深刻，是个质朴的严肃的学者。他的至友胡绳对他有过一段很确切的描述：

> 徐沫是个沉静寡言的人。在解放以前，他为了谋生而从事银行工作，钻研银行业务。他利用业余时间刻苦学习文化知识，学马列主义。除世界语外，他还学好了英语，也学了日语、俄语。他一贯地、悄悄地为进步的世界语运动、为革命的文化事业做出了奉献。他直接间接地为党所领导的革命事业做了不少工作。对于他所能接触到的共产党员和党所领导的组织，他尽力给以支持帮助。他不轻易表露自己的政治立场（这在解放前当然是完全必要的）。他从不在任何情况下炫耀自己做过什么工作，解放后他还是保持这种品质。他甘于默默无闻地按照自己的信念生活和工作。

这部大书是他在三十年代初利用业余时间翻译出来的，其中个别章节曾在叶籁士主编的《世界》杂志附刊《言语科学》上发表过——这通通是半个世纪以前的事了。稿子一直未能出版。解放后，徐沫专心做他的银行业务，到六十年代已成为熟悉国内和国际情况的外汇问题专家。然而那场荒唐的"革命"，连这样一个学者也不放过；他被诬蔑为"资产阶级反动学术权威"。这位真诚的学者，经不住种种折磨，只得用原始的方法结束了自己短暂的一生；1966年8月24日走完了他五十年人生道路。

好容易熬过十年。绝灭文化的"文化大革命"终于结束了。毕生致力于国际语的理论与实践的两位前辈，胡愈之和叶籁士，从八十年代开始，就同我讲过多次，让我设法促成这部译稿面世；叶籁士百病缠身，仍打算为中译本写一篇序言——直到他弥留时还记挂着此事。如今胡老叶老先后走了，我却已没有精力完成译稿的校订工作。随后我征得译者的遗孀康继琴同志的同意，由中华全国世界语协会的领导硬逼着国际广播电台世界语组的杭军同志，挤出大半年的业余时间，将译稿校订一遍，最后由我在浏览全稿时解决了若干翻译上的疑难，算是定稿了。商务印书馆这家老店不怕捞不回成本，毅然将此书列入选题计划——这时，直到这时，我才如释重负，大大地松了一口气；这部尘封了半个世纪的译稿，这部有世界声誉的专著，终于有机会同中国的读书界见面了；而我也终于能向几位可敬的师友偿还"债务"了；但愿我活着时能看到它的样书。

1994 年 4 月 29 日

[题注]

《世界共通语史：三个世纪的探索》，〔俄〕E. 德雷仁著，徐沫译，杭军校，商务印书馆1999年7月出版。该书是一部专事研究世界共通语思想发展历史的书，原著最早成书于1911年，1925年增加一些篇幅，题名为《共通语的探索》。1928年出版第四版俄文版。徐沫据莱比锡EKRELO出版社1931年第二版译出，杭军参照莫斯科Пporpecc出版社1991年第4版（世界语版）校订。陈序前有胡绳序《忆何增禧（徐沫）》。

该书共 16 章，附有人名译名对照表和语言名称译名对照表。

这篇序 1996 年收入《黄昏人语》。

1973年，叶籁士、陈原率团去日本参加第 60 届国际世界语大会

《胡愈之与世界语》代序

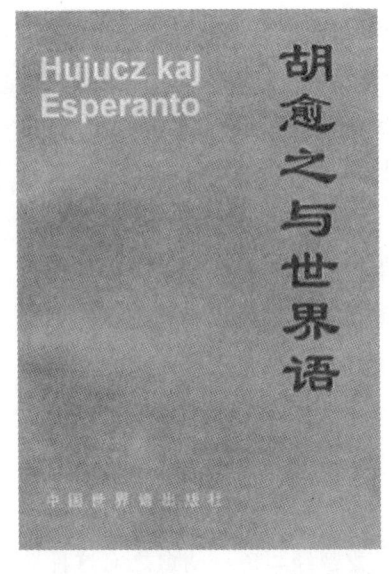

中国世界语出版社1999年版封面

三年前，中国世界语出版社先后编印了《巴金与世界语》和《叶籁士文集》；现今它又准备推出这一系列的第三种《胡愈之与世界语》。这三本书，不仅向读书界提供了世人不那么熟悉但很有意义的论述和资料，而且真实地、生动地描绘了当代中国世界语运动的壮丽画面。

胡愈之（1896—1986），巴金（1904—　），叶籁士（1911—1994）——这三个当代中国知识分子的良心，这三个思想文化界的先驱，怀着崇高的理想和信念，用超乎寻常的热情、毅力和实际行动，奠定了当代中国世界语运动的基础。可以毫不夸张地说，设若没有这三老，世界语运动在中国就很难有如今的局面。这是中国世界语界所公认的，也是国际世界语界所认同的。胡愈之、巴金、叶籁士，这三个知识界的良心，确实是中国世界语界的骄傲！而在这三个奠基者当中，胡愈之占有特殊地位。世人称他是"中华民族的脊梁"（夏衍语），是"终身为人民民主、民族解放、社会改革事业而英勇奋斗"的革命家和思想家（胡乔木语）；与此同时，我们世界语界称他们是世界语的化身。

胡愈之毕生从事并推进中国世界语运动。自从他在第一次世界大战前夜学会世界语（1913—1914），直到他以90高龄离开人间（1986），在这风风雨雨的 70 多年里，胡愈之没有一刻忘记做世界语工作。最难能可贵的是，他巧妙地将世界语的活动紧密地结合着时代的需要，坚定地跟上时代的步伐。他写的第一篇介绍世界语的论文发表于 1915 年，经过几年的研究和实践，在五四运动后第三年（1922）发表的长篇著论《国际语的理想与现实》，即具有强烈的时代感，显示出他的超前意识和先驱精神。无怪乎经过 18 年的社会实践，到民族危机最严重的时刻（1933），他提出了"为中国的解放而用世界语"（Per Esperanto por la Liberigo de Ĉinio）的口号。这个切合实际同时富有魅力的口号，曾激励过万万千千世界语者和世界语同情者，走上民族解放斗争的道路。如果把 liberigo（解放）一词作广义的理解，则这个口号甚至可以运用到更广阔的时空，例如思想解放，自由思考和开放政策的场面。

亲爱的读者将从本集收录的胡愈之关于世界语的论述中，从他的同时代人写的回忆文字中，从他在这方面的活动年表中，可以确切地认识到：

——胡愈之是世界语作为国际辅助语最好的理论家和宣传家；

——胡愈之是世界语运动最好的组织家；

——胡愈之是世界语运动最好的实践家。

12 年前（1986），当我在八宝山向这位时代的巨人告别归来时，我写过一篇怀念文章，我就是这样提出命题的。我曾经写道：胡愈之对这种被目为"乌托邦"主义的人工语言，对这被雅人讥笑过、被好心人看不起的交际工具，从未失去过信心。人世间只有那些伟大、淳朴、有着崇高理想而又勤奋工作的思想家，才能看到这种人工语言的理想和现实——在欧洲，有莱本涅兹、托尔斯泰、高尔基、罗曼·罗兰、爱因斯坦；在亚洲，有蔡元培、鲁迅、毛泽东。胡愈之步着这些先驱者的后尘，看到了世界语对于社会革命，思想交流，文化建设和国民外交所能起的作用（哪怕暂时还只是微薄的作用）。我现在仍然这样认为。

我有幸从 1949 年起就在这位文化界的先驱领导下和指导下工作。在编辑出版方面，在出版行政方面，在国际问题研究方面，在国民外交方面，在文字改革方面，特别是在世界语活动方面，我都直接受到胡愈老的教益，甚至可以说，我每时每刻都受到他那伟大人格的熏陶。在我景仰和怀念的先行者中，胡愈之是排名最初的一个。90年代初，当我从最后一班岗退下来时，我应一个杂志之约，要写一篇怀念这位先行者的文章，不料一动手，便不能自已地写了34篇散文，汇成《记胡愈之》一书。我在此书的《开篇》中写过，要追述或评论作为一个"人"的胡愈之，作为一个文化人的胡愈之，作为一个伟大爱国者和国际主义者的胡愈之，如果不从世界语开始，那就表明这样的记述并没有深入到这位智者的内心世界。我说，世界语——这是他的希望，他的理想，他的武器，他的高尚的精神境界。我现在还是这样认为。我钦佩许多胡愈之传记的作者，但是我不能不觉得有点遗憾，即大部分传记没有深入到这位智者的内心世界，因为他们没有理解更没有窥见世界语在胡愈之心中所起的作用。

《记胡愈之》插页

此刻，我依循《胡愈之与世界语》书稿的编目，翻阅它所收的文章，对照六卷本《胡愈之文集》有关的其他论述，好像我就坐在这位智者的身边，听他不紧不慢地细细讲述他对世界语的见闻和见解。我脑海中不断泛起这个伟大灵魂的音容笑貌，我仿佛觉得他其实没有走。是的，他其实哪里走了呢，他永远活着，活在我的心中，活在我们的心中，活在万千世界语者的心中。

陈　原　1998年7月

[题注]

《胡愈之与世界语》，侯志平编，中国世界语出版社1999年8月出版。

收录与胡愈之同时代人的回忆性文章,其中有陈原写的《胡愈之与爱罗先珂》、《胡愈之和世界语》。

1951年3月11日,中华全国世界语协会成立,胡愈之任会长。1981年以来国际世界语大会曾先后选举巴金、胡愈之、陈原担任国际世界语协会荣誉监护委员会委员(该组织最高的荣誉职务)。这篇序原题为《景仰与怀念》。

1981年,世界语月刊《中国报道》
创办30周年纪念活动
左起:邱及、叶君健、杭军、陈原、胡愈之、方善境、张企程

《世界语在中国一百年》代序

中国世界语出版社1999年版封面

上个世纪末本世纪初,当世界语传入中国时,这个东方文明古国,正面临着

　　大厦将倾,群梦未醒,
　　病者垂危,方药杂投。①

的命运,有志之士千方百计找寻强国富民、振兴中华的道路。

把世界语引进中国并且使它成为"气候"的最初一批传播者和拥护者,主要是社会改造家,其中包括无政府主义者、社会主义者、共产主义者、乌托邦主义者,甚至不持什么主义只是朦胧地憧憬着大同社会,追求着自由、平等、公正的思想者。

教育界和语言学界支持世界语运动的最初一批学者,也都是界里的改革派:教育界里有提倡普及教育以拯救中华的先行者(如蔡元培),语言学界里则是力图把文字还给大众的文字改革家(如赵元任)②。

可以概括地说,百年来世界语在中国的传播,跟社会改造事业是紧密地联结在一起的。这是中国世界语运动跟东西各国不同的最显著的特征,

---

① 现代中国著名的出版家和思想家张元济语。
② 赵元任本人在留学美国时曾是热诚的世界语者。

也是世界语运动在中国能够持续百年而不衰的重要原因之一。

正是这样的一种独特的语境——带有强烈的爱国主义色彩，同时带有朦胧的乌托邦理想——，使世界语在中国的传播，能顺应时代的潮流，因此它走过的路总的说是比较平坦的；虽然局部的禁压无可避免，但没有发生过像苏联特定时期（1937至1956）那样对世界语运动的严厉镇压；更没有遭受第三帝国对世界语运动所作的毁灭性打击（1934至1945）——希特勒纳粹党徒指斥世界语是万恶的犹太人语言，是"共产党黑话"，非把世界语者跟犹太人一样斩尽杀绝不可！

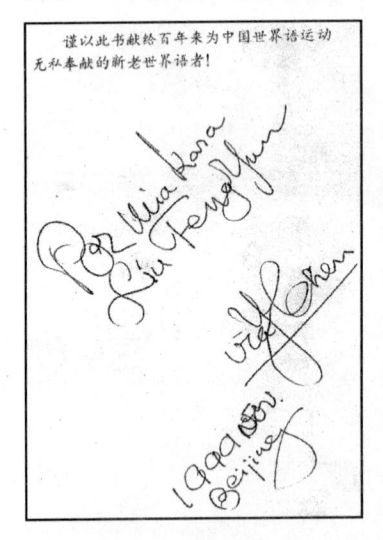

绿穗杂志社1995年出版

《世界语在中国一百年》献辞页

当震撼中国的"五四"新文化运动（1919）爆发前后，世界语是作为一种新的思潮被知识界接受的。在这个波澜壮阔的人民运动中，世界语运动得到比较顺利的发展，甚至出现过某种不切实际的过激言论，主张将世界语"拿来"代替祖国语言①，以便"毕其功于一旦"地迅速进入理想中的大同社会。这在世界语运动史里也是少见的。

其后，在第一次国共合作时期，革命力量在国民革命的"策源地"（广州）

---

① 著名学者钱玄同在五四时期提出的论点。

创办了农民运动讲习所，由于毛泽东在这里主持过，所以农民讲习所是尽人皆知了；但是世人却忽略了同时开设的其他讲习所，其中就有世界语师范讲习所——它一直存在到抗日战争全面爆发。而当国民革命势力还没有达到的故都（北京/北平），一群知识者早就创办了一所世界语专门学校，校长是蔡元培，鲁迅曾在这所专门学校里执教。这也都是世界语运动史里罕见的。

即使在武装的革命力量对抗武装的反革命力量的十年内战时期，世界语运动在反动势力统治的地区（即白区）也取得了重大的发展，成为反文化围剿取得辉煌胜利中的一个组成部分。

抗日战争前夜即救亡运动蓬勃开展的日日夜夜，以及其后炮火连天的抗日战争时期，我国广大世界语者，团结在"为中国的解放而用世界语"的口号下，做了许多切实的宣传联络工作，争取到世界上无数人群对我们的同情和支持，为民族解放事业作出了应有的贡献。

至于全国解放后的50年间，世界语运动在党和政府的领导和关注下，走上健康发展的道路，而且是富有成效的道路；尽管曾经有过两三年

《中国报导》1938年刊头　　　　　《到新阶段》1938年刊头

(1953—1956)短暂的停顿,那也是因为受到当时所谓的"阵营"的某些外来压力①,为顾全大局而不得不暂时偃旗息鼓,随着形势的变化很快又重新开始了。这样的挫折教育了我们,任何情况下我们世界语者都不能气馁,因为历史老人是从来不走直路的。

国内外世界语者强烈地感觉到,改革开放的新时期为我们的世界语运动开辟了新的场境,运动的广度和深度都有所加强,无论在国际交往和国际宣传方面,无论在教学研究和创作翻译方面,即世界语者通常所说的 per Esperanto 和 por Esperanto② 方面,都取得了比过去任何时期更多更大的成果。中国世协(ĈEL③)参加国际世协(UEA④),在组织上跟国际世界语运动接轨,这不能不认为是一项突破性的发展;由是导致 1986 年在北京举办了有 2482 人参加的第 71 届国际世界语大会——自从世界语传入中国以来,中国世界语者梦寐以求的大活动,终于在改革开放的年代中实现了。这意味着世界语在两个方面的功能,即通过世界语,一方面让中国了解世界,另一方面让世界了解中国的功能,从此得到充分的发挥。

陈原荣获世界语奖牌

---

① 当时民主德国外事部门口头向我们提出世界语是世界主义的东西,拒绝接受我们的世界语书刊。
② 用世界语和为世界语。
③ Ĉina Esperanto-Ligo(中华全国世界语协会)的缩写,简称。
④ Universala Esperanto-Asocio(国际世界语协会)的缩写,简称。

请原谅我只能凭着自己的感觉，勾画出世界语在中国传播的粗线条过程。我虽然从少年时起就接触世界语，经历了将近 70 年的岁月，但我只是时断时续地参与运动。说来惭愧，我不是一个热诚的世界语者，更不是一个虔诚的 movadisto①，只不过我还一直保持着对世界语的感情，因为它曾经指引我走上革命的道路，因为我接近和追随过的世界语运动前辈（其中包括胡愈之、巴金、叶籁士这三颗"绿星"）几十年如一日保持着的热诚和献身精神，正如鲁迅先生当年称赞世界语者那种"超乎口是心非的利己主义者之上"的精神，永远激励我前进。我深切地感觉到，一百年来，中国世界语运动引导世人追求和平，追求进步，追求知识，为人的幸福，为人的自由，为人的尊严，为人的美好理想而不断奋斗的历程，充满着艰苦、辛酸，自然也带来欢乐的历程，值得后人回顾——"温故而知新"！我曾多次呼吁有实践经验的世界语同道们对这段历史进行总结。现在，我的愿望终于实现了。

　　这部著作是对运动进行科学总结的初步尝试。它是一部集体写作的论文集，由十位从事运动多年、有着丰富的实际经验和理论素养的世界语者执笔，他们在一个总体设计思想的指导下，进行认真的研究和独立的思考，然后写成文字，每一章节都是根据充实的材料加以分析，言之成理的一家之言。可能其他实践家和理论家对某些论点有不同的意见，这不足为怪，不同的意见可以促进学术研究的发展，外国称之为学术民主，我们这里通常说的是百家争鸣。1986 年问世的《世界语运动的社会政治面面观》（*Soci-politikaj Aspektoj de la Esperanto-movado*，D. Blanke 主编）就是类似的一部集体研究论文集。我想，这样的一部著作，将会受到广大世界语者甚至非世界语者的欢迎和重视，它同时也将把我们的世界语运动推上一个新的台阶。这是无可怀疑的。

1999 年 7 月 5 日

---

　　① 世界语"活动家"。

[题注]

《世界语在中国一百年》,北京市世界语协会编著,侯志平主编,中国世界语出版社 1999 年 9 月出版。扉页题字为:"谨以此书献给百年来为中国世界语运动无私奉献的新老世界语者!"该书全面介绍了一百年中世界语在中国的传播和各个领域的应用,收录了 37 幅珍贵的历史照片和名人题字,附《中国世界语运动百年纪事》。

陈原 1931 年开始学习世界语,1937 年 11 月在中山大学创办世界语月刊《到新阶段》,1938 年 8 月参与创办国际反侵略大会中国分会广州支会世界语组的周报《中国报导》,该刊共出六期,因广州沦陷而停办。1993 年陈原写《六十年重温〈世界〉》在广东世界语协会机关刊物《绿穗》(VERDA SPIKO)连载,后来作为"绿穗丛书"第一种刊行。陈原称此书回顾了"三十年代两个绿色唐·吉诃德:余荻和我与世界语运动"。

这篇序原题为《关于世界语在中国传播的随想》,2000 年收入《界外人语》。

《新时代汉英大词典》代序

商务印书馆2000年版封面

新世纪把人类带进信息化时代。

这个时代的特征是：信息生成的速度和数量，大大超过人类历史上的任何时期。国际互联网络开通了，更大大加剧了信息化的过程。

信息存储，信息爆炸，信息共享，信息交换，都离不开语言——迄今为止，语言是信息最重要的载体。

在现今这个信息世界里，任何地区任何事件都息息相关。西方学者说，巴拉圭山谷里一只蝴蝶展翅，可能诱发西非某处地震或海啸。

现今这个世界没有桃花源。

更准确地说，这个信息化的世界，再也不可能有桃花源。这个世界只有信息高速公路。

人类驾驭着六千种语言驰骋在这信息高速公路上。语言不论大小（不论有多少人使用），理应平等地在这信息高速公路上并驾齐驱。

六千种语言中，使用人数最多的两种语言当推汉语和英语：汉语实际覆盖十二亿人口，英语号称覆盖十一亿人口（包括以之为母语或以之为第二语言的人口），合起来约占全世界人口的三分之一。

因此，汉英两种语言，在全球化的生活中扮演着重要的角色。由此可知，汉语跟英语的接触和沟通，有着多么重要的意义。

　　　　　　＊　　　　　＊　　　　　＊

　　上个世纪不止一位哲人说过：中国是世界的中国！

　　那时世人可能不太理解这个命题的奥秘，可是新时代的中国人都确信固步自封、闭关自守不是强国富民之道。

　　信息社会是全开放的。开放！开放！不改革不能开放，不开放不能走上信息高速公路，不走这条路，古老的文明国家不能进入新世纪信息化的文明世界。

　　开放（在某种程度上）在信息化的社会生活中意味着交际、交往、接触。人与人的接触，民族与民族的接触，群体与群体的接触，国家与国家的接触，然后我们看到不同语言之间的接触，不同文化之间的接触。任何霸道都不受世人的欢迎，任何一种文化都不能成为主宰世界的唯一方式。任何一种语言都不能强迫别的语言群体接受，汉语不能，英语也不能。语言霸权主义不受现时代世人的欢迎。任何一种语言都不比另外一种语言先进或落后，汉语不比英语优越，也不比英语拙劣；反之亦然。

　　因为世界不是单色调的，世界是五彩缤纷的。

　　在世纪之交世人已经领悟"对话比对抗好"，尽管有那么一小撮野心家仍然痴想着独霸世界，可是国际社会正朝着多极化的境地迈进。前途肯定有许多障碍，但迈进的步伐是不会停的。

　　　　　　＊　　　　　＊　　　　　＊

　　多极世界为缔造新格局所做的接触，经济全球化引发的接触，多元文化自古以来不曾间断的接触，所有这一切，都离不开信息，都离不开语言。

　　以汉语为母语的人们自豪地确认汉语是优美的语言，有着强大生命力的语言，是最能表达这个语言群体的思想和感情的媒介。同样，以英语为母语的人们也一样自豪地如此对待英语。他们，这两个群体，互相尊重对方的语言，同时也尊重其他群体的语言。

在新的世纪中，会有越来越多的世人学习汉语，这是肯定的，正如在新的世纪中，英语也会越来越扩大它的应用范围，这也是没有疑义的。

可见加速和加深汉语和英语相互接触和相互沟通，是多元文化背景下信息时代的必然趋势，没有什么人能挡住这个趋势。

由此可见，双语词典会起着多么重要的作用。

* * *

也许可以认为，双语词典的关键就是给出两种语言的等义词（equivalent）和相应的（相同的，相异的，不尽相同的，相类似的）表现法。这远非一个容易完成的任务。

这是因为 A 语言某些语词，在 B 语言中可能找不到等义词，这时就需要导入外来词（如汉语的"阴阳"很难找到英语的等义词）；或者只能找到语义相等而语感（nuance）不尽相同的等义词（如近二十年出现的"迷误"跟"失误"、"错误"的语感差别），那就需要采取某些辅助措施才能达到沟通的目的。还有一种情况，A 语言在特定时期特定语境下创造的语词，照字面移译到 B 语言时，不能令 B 语言的读者得到确切的内涵语义，那就需要加上说明性的注释或能够说明问题的例句（如"大跃进"在特定时期的语义，大大超过它的字面语义）。

如果像这部词典似的，除了语词（words）外还收载记录实事（facts）的专名和术语时，给出等义词（对应的语词）也并不那么容易——因为术语必须给出标准化的译名，因为某些实体词目（例如人名）需加上必要的说明，才能使读者得到确切的了解。

* * *

现在《新时代汉英大词典》问世了。这意味着它进入了新世纪的信息社会中，它已不仅仅属于编纂者，也不仅仅属于出版者。它属于社会公众。广大读者有权对它进行严格的检验。合格，就发给它合格证。合格，但不完善，那就横挑鼻子竖挑眼，帮它完善，促它完善。

一部大型汉英词典问世，它的意义不止是多了一部比较可靠的互译工具书，它还有更深的一层涵义：它意味着东西两种文化传统和东西思维方式在接触，在对话。它将引导世界更好地了解中国，也将引导中国更好地去了解世界。

陈　原　2000年7月7日北京

［题注］

《新时代汉英大词典》，吴景荣、程镇球主编，商务印书馆2000年8月出版。系"九五"国家重点图书出版规划项目，收词十二万条，另有附录二十余种。该书以广大英语学习者、使用者为服务对象，也可供外国读者学习汉语、了解中国之用。

陈原为这篇序言曾三易其稿，原题为《关于双语词典和信息的一些随想》。

《陈翰伯文集》读后抒怀

商务印书馆2000年版封面

读罢翰伯遗文，如见其人，如闻其声。掩卷沉思，我欲无言。

翰伯能写。他是新闻记者出身，在任何环境下他都可以作文，而且写得快，洋洋万言，"立等可取"！

解放前在白区，他几乎每天都执笔：写社论，写时评。这些文字当时起过作用，可是事过境迁，那些笔墨已随着时间的消逝失去了光彩，大半没有收入本集。

解放后的十七年，如同我们这一代的知识分子一样，管理工作和政治运动耗费了他太多的精力，很少写作的时间和心情。偶有所作，也常常显出被扭曲的心态。比如在1957年那场夏季风暴中，他写过洋洋洒洒的批判文章，文章所斥种种，他未必相信他的斥责是对的——他本来有一颗诚挚的待人爱人之心——，但他也未必不相信他的斥责是正确的，甚至当时他会认为这些斥责符合他的信念。这就是通常说的社会性悲剧所在，或我们这一代人的悲剧所在。我们大都经历过这样痛苦的时刻，或者这就是叫做迷误的时刻。这一点，我太理解了。

好容易熬到了改革开放时期，他本来可以多写些，但是他当了"官员"，多半用不上笔，只能用嘴巴讲。各种会议都要有人讲话，"官员"更是非讲不可。有时没有话也得讲。他是真诚的，他不讲假话。他讨厌那种没有任何信息量的翻来覆去的套话。为此，他从不用秘书写的讲话稿，不，他压根儿就没有让秘书来写，他不做念讲话稿的木偶。

也有写得得心应手的时候——比如他给《读书》杂志写的便条，说选题，说文风那两个便条，太可爱了。还有一篇较长的《告读者》，是为《读书》创刊两周年写的不署名文章。文章理直气壮地宣称：我们还是坚持"读书无禁区"！须知《读书》创刊号上那篇《读书无禁区》从它一面世就被认为离经叛道，而翰伯却始终不知"罪"，他坚信读书无禁区是真理。他捍卫真理。他就是这样一个可敬的知识分子。

某一年，当我读到他写斯诺的第一篇文章时，我很激动，立刻给他打电话，我说，你应该多写，我说，这不仅发挥了你的才华，而且给后人留下一些真实的历史片段。他那天也很激动。我不记得他说什么了，只是不久就有一篇又一篇关于斯诺，斯诺夫人和一二·九运动的回忆文字。

可惜这激动的日子不长。他病倒了，那是脑血栓。经过输液抢救，快好了，他急于上班，不听别人劝告，不肯去休养一个时期，由是失去了健康来复的机会。最后几年他被病魔折磨，什么事情也做不成了，连他念念不忘要为出版工作者办一个可以互相切磋，百家争鸣的"俱乐部"的愿望也没有实现。

我跟翰伯相处数十年，长期在同一条战线上战斗，我深知他的为人和他的思想，他也深知我的为人与思想，因而我们常常所见略同；可知当年造反派把我们两人"裹"在一起来批斗，决非凭空编派。比方我们对传统继承和革新创造的看法，简直如出一辙，甚至对工作方式方法，也处处显得相近。试举一例。关于出版社应否以总编辑为第一把

1975年国家出版局在广州召开中外语文词典编写出版规划座谈会后合影 陈原（左三）与陈翰伯（左一）

手，这是个有争议的问题。翰伯明确表示，总编辑应当是出版社的第一把手，我也多次作过同样的论断。我们绝对不是轻视社长或总经理，他们都十分重要，但总编辑则是掌握出书方向的掌舵人，而出版社的首要大事就是出好书。从60年代到80年代，我们两人先后在出版社里当过（总）编辑兼任总经理，而我们不约而同地都自我介绍为"总编辑"，或者说，首先是总编辑。现今以总编辑为第一把手的出版社，不知还有哪几个？

翰伯辞世后，我写过一篇悼念短文，登在他所创办和他十分喜爱的《读书》上，思念的话在那里已经说完，现今已无话可说。今日展读遗文，却仿佛回到从前那战乱的年代，火红的年代，悲伤的年代，我们两人在半夜里电话谈心一样——一样的愉快和兴奋，虽则多了几分寒意。

我想念他。

陈　原　2000年3月18日

[题注]

《陈翰伯文集》，《陈翰伯文集》编辑组编，商务印书馆2000年12月出版。32开，633页。分"出版工作"、"学习与工作"、"评论·杂说"、"自传·回忆录"、"怀念陈翰伯同志"五个专题，收录了90余篇文章，陈翰伯工作生活照31幅，手迹4幅。正文前附宋木文写的"书前的话"，卷末"编后记"介绍了文集的编辑缘起和经过。

序中提到的悼念短文是《记陈翰伯》，文末说翰伯是一个"倔强的人，正直的人，勇敢的人，永不向邪恶低头的人；为人民奉献了毕生精力的人"。收入《陈原散文》和《陈原书话》。陈翰伯（1914—1988），现代著名出版家。

《黄新波油画》序

香港天地图书有限公司2000年版封面

我和新波的友谊始于何年，数不清了；只是时聚时散，天南地北，时而广州，时而曲江（今韶关），时而桂林，时而香港，时而北京，只要我们两人一碰面，热情的笑语必定划破长空。

三十年代中期，我投身新文字运动，即广州话写法拉丁化运动，——年青的一代怕很少知道这是伟大的民族解放事业中的一个环节——远在东京的新波竟然为我编的拉丁化课本寄来他创作的木刻封面画。这幅画如何捎回国内，所有细节都模糊了，但画还在，木刻还在，六十多年的情谊长留在人间。

人们都知道他是鲁迅培育下成长的第一代木刻家，可是很少人知道他曾致力于油画创作。他的作品都有主题，通常不写生也不画肖像，不过在一九四六至一九四八这几年间，他却画过两张肖像——为他的好友、也是我的好友陈实写的肖像，可惜两幅画都已随岁月流失，没有能够保存下来。

一九四九年后三十年间，他再也没有拿起油画笔。中断了。这中断，我深深理解，因为我们是同时代同命运的人。他的油画笔正如我的写字笔，基本上尘封了三十年——而我们两人是幸运的，我们都头顶阳光，没有戴过任何帽子,而新波还不时拿起他的木刻刀。记得五十年代初,我从北方回南国办事,某夜,新波还有泰仔(英年早逝的木刻家梁永泰)从我住的爱群酒店把我拽到长堤大同酒家去饮夜茶。三个年青人,满怀着激情,眉飞色舞地吹我们的理想,我们的艺术,我们的爱情,我们的未来。我们年青,不知道历史老人总爱走曲曲折折的小路……

直到几年前,从陈实和黄茅(黄蒙田)那里,我才知道新波多年来一直很想致力于油画创作。他的愿望在一九四六至一九四八年这三年间蛰居香港的时候实现了:据说不超过三十幅。

巧得很,这三年头尾我都有机会见到新波。一九四六年头我从内地去上海,在香港跟新波擦身而过,可能只见了一面;一九四八年底我又经香港进入北方解放区,跟新波却有过多次的接触——当他被确定留在华南而我则要离开香港之际,我们两人在铜锣湾电车站话别,足足站在那里长谈了一个多小时。我们谈过去,谈未来,谈黑夜即将消逝,黎明即将到来,谈家庭,谈孩子,谈爱情,谈友谊。那是我们这一代人所能得到的比长谈更美的事了。

然而那次长谈——如果我的记忆不欺骗我的话——也没有接触到油画,而我后来才知道,在我们作这次长谈之前,这些油画创作已经在那时的特定艺术圈子里受到过批判:据说是在他所创办的"人间画会"里受到同道好友们的批判。还好,好友们的迷误并没有伤害他。但要知道,那时我们这一代的人这种行为是严肃的。批判的和被批判的都是十分严肃的。

毫无疑问,这样的批评是跟战后意识形态沙皇的摆布有直接的关系。在我们那时膜拜的北国,沙皇日丹诺夫发动了一连串的大批判:哲学、文学、音乐、艺术、甚至科学,一无例外。这沙皇的背后耸立着一尊无所不知无所不能无所不在的神。批现代主义,批形式主义,批世界主义,主义主义主义,连一举一动都被提到主义和路线的高度,提到所谓无产阶级跟资产阶级谁战胜谁的高度。可笑的是,我也参加过这一以革命名义进行的大合唱。这一年,我翻译过批判西方艺术形式主义的论文,并且辑录成册出版。也是在这一年,我曾为《大公报》写过三篇批判西方现代主义艺术的文章。也许因此新波没有跟我谈及他的油画被批判的事。啊,我是多么幼稚和愚蠢啊,而我的好友新波却是多么聪明啊!至少他保持着独立的思考,保持了人的尊严,正如一位哲人说的:人的全部尊严在于思想。

从我们现在所能看到的新波这二十多幅油画(或者他在那三年里就只作过这些)来说,一种强烈的感觉是:他将木刻的某些特别的表现法注入了油画的技法中,同时他还大胆吸收了现代的艺术思维某些元素,打破传统的框框:这就是创新,这就是原创性。他的尝试将会形成自己的独特的艺术风格,独特的表现形式——正因为此,艺术创新被当作什么主义来抹煞。这样的遭遇多少带有一点社会悲剧的色彩。这不是新波一人独有的遭遇,或者说,不仅仅是他一个人的遭遇。艺术沙皇们所要绞杀的就是艺术的原则。

个性,就是人的独立思考;而艺术缺少个性,缺少强烈的个性,变成千篇一律的教条,它就完全失去打动人感动人的力量,还不如湮灭的好。

我反复欣赏新波留给世人的这些油画。我发现他没有画风景,没有画静物,没有画裸女(在某种意义上裸女也是一种静物),他所画的是人间,是他热爱的人间。任何一幅都以人做主角。他把他的注意力聚焦在人间:人间的苦难,人间的奋斗,人间的希望,人间的理想。他揭露人间的不公,他描绘人间的悲苦,他要激活人们变革这个不公平的人间的意志。这同他创办"人间画会"、"人间画屋"的初衷是完全一致的。每一幅画面的人物的眼睛都给我启发:那失神的眼睛,那茫然的眼睛,那充满愤激之情的眼睛,那绝望的眼睛,那复仇的眼睛,那凝神注视未来的眼睛。再请看看似乎叫喊着"妈妈"的眼睛和那大声呼喊着的嘴巴(《逃亡路上》)!新波啊,你不是在作油画,你是在人间呐喊,你是在警醒世人,你是在唤醒人间失去自己灵魂的后觉找回自我,找回自己的思想,然后投入人间的战斗。

我是美术的门外汉,但我被新波的油画(是不是可以称之为未完成的杰作?)感动了。我不能写出像黄茅对这些油画的分析,我更不能写出像陈实为这些珍品写下的散文诗般的题词。我只能作为新波热爱的人间的一分子，写下如上的断想，作为对我这位挚友二十年祭的纪念。新波，我多想跟你再一次在粤海饮茶——振臂高喊，欢笑无忌啊……

2000年3月北京"澳门回归之夜"

[题注]

  《黄新波油画》，黄元编，香港天地图书有限公司2000年出版，英文翻译陈实。该书分三部分：1945年至1949年（画作），1950年之后（画作），评论三篇（黄蒙田、陈实、履坦）。另收录黄新波传略、油画及版画作品年表和其女黄元写的后记。这篇序原题为《新波和他的油画》，2000年收入《界外人语》，个别处有改动。陈原1981年5月曾写《怀新波》，纪念黄新波逝世一周年，收入《陈原散文》、《陈原书话》。

  黄新波（1916—1980），广东台山人，现代版画家，其木刻作品曾受鲁迅直接指导过。1938年为中华全国木刻界抗敌协会主持人之一，1946年在香港发起组织人间画会。建国后，曾任中国美术家协会广东省分会主席、广东画院院长、中国美术家协会副主席等，其作品构思新颖，线条严谨，黑白对比强烈，风格独特，富有文学性和理想色彩。

《西方引语宝典》代序

商务印书馆2001年版封面

十一年前，当作家秦牧主编《实用名言大辞典》付梓前夜，出版社请我为这部书稿写序。秦牧是我在战争时期互相支持的老朋友（他是有求必应的作者，解救了我这个编辑多少困难！），如今他竟然肯下"海"（语词的"海洋"）编词典，真令我敬佩和感动。于是连夜仔细阅读寄来的编辑计划和样稿，写了一篇《关于"引语"词典或"名言"词典的随想》——在那里面我第一次披露了吕老（吕叔湘）跟我的一次谈话，他在那暗无天日的十年间，居然念念不忘惦念我让出版社编印引语词典，说是对广大读书人很有好处。在那篇短短的随想中，我表达了两重意思。其一，我说，在动乱的年头，在政治运动频繁的年头，是不能进行辞书编纂工作的。其二，名言或引语是人类语言的结晶体，这些结晶体是在人类文明发展的长河中流过并沉积下来的话语（一个词组，一个句子，一节诗词，一段文章）；它们经历了几个世代，几十个世代而没有磨损，仍然闪闪发光：旧时的信息唤起崭新的感觉，激活了人们的思考和行动。

过了大约四五年，此书的出版单位和原班人马，加上一些新人，要在中国名言的基础上"扩大战果"，恳请戴馏龄教授"下海"主编一部《世界名言大辞典》，他们又约我参与——这又一次使我惊喜，教授也是我的熟人，早年我约请他翻译的《乌托邦》，至今还是西方古典著作的好译品——，这回不止写序文了，硬拉我到广州开了几天会，不但拟定了编纂方针，而且详尽地讨论如何选材，如何下笔，如何查证，如何定稿。当书稿将要杀青之际，我为它写了一篇代序：《论名言》。在这篇论文里，我进一步阐明了我对于名言和引语所持的观点。我还是认为世间所谓"名言"是一种浓缩了的思想，一种纯化了的话语，一种结晶了的语词组合，它迸发出思想的火花——带着社会习俗或社会伦理以及时代特征的"思想火花"，这些火花在它闪现以后久久不会熄灭。经过时间的考验和社会公众的筛选，被人常常"记起"的"思想片段"，就是通常所说的引语。在那篇论文中，我表达了这样的一种想法，即把名言或警句从一种民族语翻译成另外一种民族语，是一种非常困难的工作，因为作这样的互译，一不小心，就会失去原来的"神韵"，我甚至把这项工作称为"灵魂的冒险"。

我写的那两篇小品，其实都是界外人的题外之话，对于编词典和查词典都没有实质上的补益，只不过是表达我对我的两位老朋友，一位作家和一位学者，竟然肯"下海"编辞典表示敬意，而两位主编不以为浅陋，将它们分别作为代序印出来，事后实在使我汗颜。

不过，有一点意见还需在这里重复一下。我在文章中强调在这两位主编的领导下，一群年轻人是十分认真的，而且因为他们没有界内人传统的许多框框，严肃认真而加上创新，真是难能可贵。编纂辞书最重要的决定因素就是严肃认真！即使严肃认真，也还会出现一些疏漏甚至错误。至于坊间出现的一些粗制滥造的所谓辞书，不仅仅是一堆无用的垃圾，而且是害人不浅的毒品。

两书的主编秦牧和戴镏龄，我这两位值得尊敬和怀念的好友，都已仙逝多时，而他们却留下了两部很有用的辞书。正所谓人走了，书还在。也许正因为我写了那两篇代序，招惹了商务印书馆编辑部要我为张致祥教授主编的《西方引语宝典》也写篇序文。我立刻表示，关于名言和引语，我的意见已在那两篇小文里说完，再也无话可说了。但是编辑部仿佛没有听见,还是把六百多页的清样塞在我的书包里。我知道我再申辩也必定无效,你说无话可说,他会说,那就请您把无话可说的话写出来罢。要知道,世界上所有的编辑部都是既可爱又可恨的——可爱,是它能把你的精神产品变成物质产品传播出去;可恨是它有种种办法,迫使你"就范",除非它没有看中你。于是我投降了,只得在斗室中熬过"夏日炎炎似火烧"的几个昼夜。

翻阅充满思想火花的清样是一次愉快的精神旅行,同时也更加感到无话可说了。某夜,当我面临绝境,明知无话可说而又不得不说时,忽然发现我根本用不着犯愁:因为书稿中已有李赋宁教授的序言和主编者的自序,都写得十分精辟,对本书的宗旨和作用,所收引语的规模和范围,编纂的方针和方法,都已有详尽的交待,完全用不着我来饶舌——这样我就"解放"了,不怕无话可说了,我可以作为界外人离题漫说一通了。

我在那精神世界漫游中还发现一个使我无话可说的理由:原来这部书稿已经超越了一般所说的词典,当然也超越了坊间所出的引语词典了,难怪它取名"宝典",大有英语世界流行甚广的 Golden Treasury 那部书的味道了。应当说,它主要是为读者提供了英语世界中的名篇名段名句名言,让读者能够方便地接触英语语词组成的"明珠",让读者通过语词组合,尽情欣赏到语言的美和蕴藏着的思想的美。这是一部可以吟味的诗文珍品精选。它给出每一条引语的原文和出处(如果引语出自英美以外如希腊罗马或欧洲大陆诸国,则附载非英语的原文);此外,它还用注释的方式,给读者提示原作的简要情况和引语的语境。这一发现,使我心安理得无话可说,因为对此我实在插不上嘴。人贵有自知之明,对于这样一部名文汇编,我只能作为一个欣赏家去欣赏,确实没有能力去评论。可是,作为一个老编辑,我倒有几句话想在这里说一说,这些话也许是出版者想说又不好意思说出来的。

最不好说的话是怕所收的引语"出问题"——是不是传播资产阶级腐朽思想呀,是不是有点资产阶级自由化的味道呀,是不是大面积地进行精神污染呀,是不是每条引语都得加上批判呀,等等等等。怕得有道理。不过时代不同了，现在是开放改革的年代，现在是坚持有中国特色的社会主义建设的年代。让世界了解中国的同时，我们必须了解世界。不但要了解物质世界，还必须了解精神世界。党教导我们不要固步自封，要勇敢地正视、理解、接受西方的文化精华，继承全人类优秀的文明成果。而各个时代各个先进人物的名言，正是各族人民文化精华的载体。莎士比亚不可能直接教会我们怎样建设社会主义，但是他留下的名言，却给我们提示许多人生哲理，启发我们分辨什么是善什么是恶，他的语言艺术熏陶我们，使我们脱离低级趣味，上升到一个情操高尚的境界。正如我们不能从唐诗三百首里找到国企改造方案，但是这些瑰宝却给我们展示人的精神世界，激励我们天天向上一样。

然而这不是说这样一部宝典就不会遇到险滩。有无数的险滩在前进的航道上。可以作出种种责难：你为什么挑选这个名人，而不挑选那个名人？为什么你引用这个诗人的这一节诗句，而不引用那一节诗句？为什么偏爱这个文人选了他那么多的句子，而对另外一个却只收两三条？对于这样的评论，请主编和出版社不要生气。在这一点上，请学会宽容！每一个人都有权作出自己的选择，因为各有各的审美标准，各有各的编纂方针。坦率地说，假如我做主编（自然这不过是假如，因为我确实没有编宝典的才学），我肯定不这样编，也肯定我的取舍会有很多不同，比方我会收集一些俄罗斯文人的名言，穿插在中间。换了另外一位学者当主编，他也一定会有另外的打算。这是正常的，正常的学术思维；同样，加以评论或提出建议，也都是正常的，但是我不能以我的主张强加于人。这是学术民主，我们叫做百家争鸣。

众所周知，翻译（译文）又是一个险滩，尤其有现成的原文在对照，尤其这是抽摘的片段，没有上下文（context）可循，因而加大了翻译的难度。说到这里，我想起语言大师和语言学大师赵元任先生——他的翻译不多，但他是从语言学研究的角度做文学翻译的。他翻译英国 Lewis Carroll 的两部童话，真够"惊险"：请看《阿丽思漫游镜中世界》的跋诗的倒数第二节：

> 本来都是梦里游,
> 梦里开心梦里愁,
> 梦里岁月梦里流。

对照原诗:

> In a Wonderland they lie,
> Dreaming as the days go by,
> Dreaming as the summers die.

我是五体投地的佩服这译文,多神气!多传神!多像日常说话而又不失原诗的风韵。我是从语言学的角度去看译诗的。但自然会有不同的意见,说译得不够味,有点失真,不那么又信又达又雅,确也言之成理。可见语言大师的翻译也会引起不同意见。因此我又呼吁宽容,评论吧,但不要打棍子。

至于注释更是险滩。一不留神小者闹笑话,大者——那就因时因地因人因文而召(招)祸。可能会有种种差错,但是只要你翻阅全书,你会发觉编者是认真的。我说过,严肃认真是编书人最重要的态度。我想,在这一点上,主编,编辑部,出版者力求认真对待一切险滩是无可怀疑的。

此刻,我突然想起了一个诗人兼翻译家柯亨(J. M. Cohen)三十年前在他编的一部引语词典①前言中开头几句话。他说,三十年后,当新的世纪来临时,希望这里所收的许多名言都还没有被人忘记,他接着说,肯定有些引语今后会被遗忘,但是它们肯定曾经有过鼓舞人激励人的时刻。说得富有哲理。

而我,到此,真是无话可说了。

陈 原 1999年7月11日

---

① *The Penguin Dictionary of Modern Quotations*,1971,前言是1970年写的。

[题注]

《西方引语宝典》，张致祥主编，商务印书馆 2001 年 1 月出版。共收集和介绍西方古今名言警句 4000 条，以英汉或外—英—汉对照的方式，帮助读者查阅名言佳句，了解其原文、作者、释义和出处，以便应用或借鉴。陈序外另有李赋宁序《西方文化精华的微缩版百科全书——我看〈西方引语宝典〉》，主编自序和编后记。

这篇序原题为《"无话可说"的话——写在〈西方引语宝典〉一书前面的几句话》，收入《陈原语言学论著》卷三（1998 年）和《界外人语》（2000 年）。

《咬文嚼字》合订本（2000）序

上海文化出版社2001年版封面

　　《咬文嚼字》办了几年，越办越好，好就好在它不是对读者发号施令，而是耐心规劝；不止规劝别人，而且告诫自己，甚至设"向我开炮"一栏，把自己的缺点弱点错误曝光。

　　语言文字这个东西，跟社会习惯一样"顽固"，不是单靠一纸命令就能把它迫上健康发展道路的。要循循善诱，要反复告诫，要因势利导，要充分认识"约定俗成"的意义。

　　语言文字需要规范，因为语言文字是社会群体传递信息和沟通思想的工具。发出信息和接受信息双方，都必须有共同理解的符号，否则不能达到沟通的目的。这就是为什么语言文字要讲究规范化的道理。

　　对不规范的语文现象怎么办？得使用劝告、规劝、示范诸如此类的方法。就科学技术术语而言，则不止一般意义上的规范，而必须讲究绝对的标准化：标准化带有强制性。规范化和标准化不是同义语。

　　当然，规范化也不等于僵化。如果把规范理解成千篇一律，那就成了八股。凡是有生命力的语言文字，都不是僵化的，它随着社会生活的变化而发展，发展就必须创新。合理的创新就会修改规范或增补规范。规范和创新是辩证的统一。不认识创新就不能准确理解规范。

希望我们的杂志来年办得更好：不单注意规劝人们正确使用单字和语词，还须引导人们不要生造那些谁也不懂的语词和难以理解的句式；那不是创新，而是对语言文字的腐蚀。

近来有些报刊为了制造"轰动效应"，搞出一些文不对题的标题；而大字报式的空话大话套话，亦时时出现。这些都是冲击规范化、阻碍语言文字健康发展的东西，不可忽视。对此也要用"咬文嚼字"的办法去"规范"它。

[题注]

《咬文嚼字》合订本（2000），《咬文嚼字》编辑部编，郝明鉴主编，上海文化出版社2001年2月出版，序后有2000年第1—12期总目，封底是《出版社总编辑论〈咬文嚼字〉》。

《咬文嚼字》月刊，1995年1月创刊。主要栏目有：卷首幽默、语林漫步、众矢之的、时尚词苑、语文门诊、译海泛舟、正音室、百科指谬、辨字析词等。创刊后每年都出版合订本。

重刊《节本康熙字典》小识

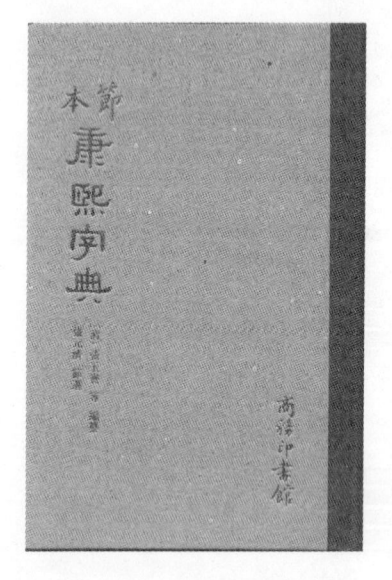

《节本康熙字典》于 1949 年 3 月刊行，印数不多，行销不广；加以出书时正值上海解放前夕，读书界未加注意，以致这部由饱学之士张元济悉心编选的工具书，五十年来很少有人提及。

《节本》书前有涉园主人即张元济亲自撰写的《小引》，文中对《康熙字典》作了肯定的评价，同时指出书中掺杂了许多"不能识亦不必识"的单字，让读书人在检索时消耗"有限之光阴"，浪费"可贵之纸墨"，需要有人来做"披沙拣金"的工作，以方便学人。

商务印书馆 2001 年版封面

于是这位大学者就来做这大胆的尝试。以他一生积累的深厚国学根底为基础，凭着多年整理古籍和翻检查阅字典的经验，对成书于二百多年前（1716 年）的《康熙字典》逐字考察，"汰去其奇诡生僻无裨实用者，凡三万八千余字，留者仅得十之二弱。"这就成了一部具备研究价值和实用价值的《节本康熙字典》。

按照《小引》提供的数据，《康熙字典》正文连备考补遗共 46600 字有奇，删去 38000 余，《节本》实收字数约为 8600 字上下。[①]

[①] 《小引》提供的数据，《康熙字典》共收 46600 字（40200＋6400＝46600），据中华书局 1962 年《康熙字典》影印本《出版说明》则为 47035 字，一般用这个数据（参见刘叶秋著《中国字典史略》，中华书局，1983，页一三九）。但王竹溪教授汰其误植得 42073 字。

自有《康熙字典》以来，指讹正谬者不少，但披沙拣金者却不多见。博大精深的大学者竟肯费时费力去做这等烦琐吃力、乍看似无多少创造性的工作，是为着什么呢？简而言之，这样的尝试不止是整理汉字的一种探索，而且是为着达成张元济念念不忘的"开发民智，拯救中华"崇高目标的一项措施。正因为此，世俗一般学人所不愿做或不屑做的繁重工作，张元济却在八十三岁高龄时完成了。

张元济通过《节本》昭告世人，不要害怕浩如烟海的万千汉字，只在掌握

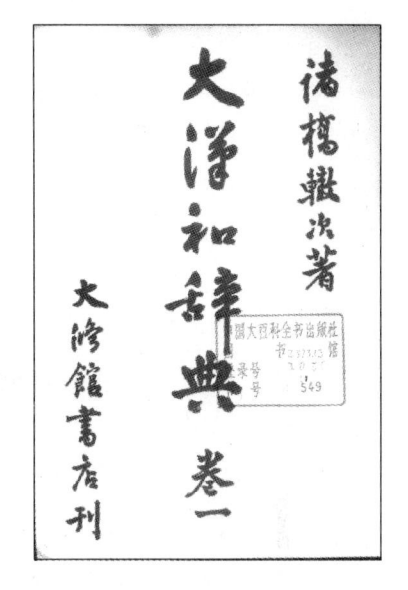

《大汉和辞典》封面

8600个，便可得心应手阅读古今册籍，至于日常应用，则更无论矣。

张元济的大胆探索，直到三十余年后，才得到科学的验证。1985年文改会（即后来的国家语委）公布了现代汉语字频调查数据：它利用计算机对一千一百多万字书报语料进行检索，得出这许多文本使用的汉字，不过7745个。这就是说，只要掌握7745个单字，一般地说就能阅读现代汉语书刊——这里着重标明现代，是因为这次字频测定所用语料取材于1977至1982年印行的资料①，其中只包含极少量的文言成分。如果考虑到文言文（古籍）所用单字，其结果将会接近张元济在《节本》所得的数据。只此一端，后人不得不惊叹这位学人功力之深厚了。

由张元济的《节本康熙字典》对汉字的简约，不能不联想到日本汉学家诸桥辙次编纂的《大汉和辞典》。在整理汉字的学术层面上，张重在实用，故求简；诸桥重在研究，故求全。异曲同工，相映成趣，也可说是辞

---

① 参见《现代汉语定量分析》（上海教育出版社，1989，页十一至十二，又页六十至六十九）。前此，1975年前后曾作过字频测量（即"七四八工程"），使用了二千一百多万字语料，用人工计算，得6374字。

书编纂史上的佳话。

诸桥氏曾四次来华游学,由是结识张元济,相互切磋,探讨汉语汉字的奥秘。张氏访日寻书那一年(1928),诸桥与大修馆书店签约,编纂《大汉和辞典》,那时诸桥年仅四十有五,到十三卷辞书完成时(1960),年已七十七了。《大汉和辞典》收字 49964 个,略超过《康熙字典》[①]。

张元济没能看到诸桥氏的《辞典》完成,于 1959 年辞世,享年九十三岁。二十三年后(1982)诸桥以九十九岁高龄仙逝。看来由于战争和人为的阻隔,两个学人晚年未能就汉字、汉学和辞书编纂交换意见,虽不无遗憾,但两人分别留下一简一繁各具特色的汉字工具书,给后学很多启发,这也可认为学人的宿愿得酬了。

商务印书馆为纪念建馆 105 周年和张元济诞辰 135 周年,拟将隐逸半个世纪的《节本康熙字典》重印问世,这不仅有纪念的意义,而且会给汉字研究和辞书编纂事业很多启发。

陈　原　谨识
2001 年 9 月 10 日

[题注]

《节本康熙字典》,张玉书等编纂,张元济节选,商务印书馆 1949 年 3 月初版,2001 年 12 月影印第一版。16 开,534 页,繁体竖排。收约 8600 字。文中所述《大汉和辞典》,诸桥辙次著,日本株式会社大修馆书店 1956 年出版,13 卷,最后一册为索引。

陈原 1995 年 10 月曾写《张元济与诸桥辙次》,比较两位大出版家的成就,收入《黄昏人语》和《陈原散文》。

[①] 据《诸桥辙次年谱》(《大汉和辞典を読む》,东京大修馆书店,1986,页二八三至二八六)。参阅拙作《张元济与诸桥辙次》一文(见《黄昏人语》,上海远东出版社,1996,页一二一至一二四)。

《常用汉英双解词典》序

上海教育出版社2002年版封面

《现代汉语常用字表》1988年由国家语委和国家教委联合发布以来，很少有根据这3500个字编成的常用字字典。现今这一部正可以补足这一缺门。

常用字表是在1984—1985年现代汉语字频调查的基础上制定的。那次字频调查（即统计在文本中出现的汉字是哪些字，以及这些汉字每一个在文本中出现的次数）使用了超过一千万字的语料(11873029)，得出现代汉语是由7745个不同的汉字构成的；换句话说，使用这7745个汉字，就可以写出任何文体（普通公文、新闻报导、文学作品、一般科学文章等等）的文本。

如果把十分专门的科技论文或古籍校订除外，+/−7745这个数目是现代汉语使用汉字的最大值。这意味着熟悉这个数目的汉字，即可以表达现代社会生活的所有方面。所以在制订《现代汉语常用字表》的同时，也制订了《现代汉语通用字表》，这个字表收字7000个，比常用字表多一倍，也是在1988年发布的。

证之老一辈学者张元济的经验数据，通用字以7000字为标准是符合现代汉语的实际的。张元济凭着他毕生钻研古籍的博识，曾认为《康熙字典》所收四万多字中，有许多异体字（即同一个字的其他写法）、罕见罕用的僻字，甚至包括若干本来就不知其准确语义的字，他老先生慨叹"每检一字，必遇有不能识亦不必识者参错其间；耗有限之光阴，糜可贵之纸墨"，故这位大学者砍去其中三万八千余字，实得七千余字，编为《节本康熙字典》，于解放前夕印行，可惜流行不广，现今此书早已绝版了。张元济得出的经验数据，跟1984—1985年用计算机测定的数据相近，都是七千多字，不过字种不尽相同而已。

《现代汉语常用字表》的制订是科学测定和研究的成果，有利于文化教育事业，那是不消多说的。这个字表不是简单地把字频表中频率最高的3500字列出即作为常用字，而是考虑到一些字的使用度和在书面语中出现的频率是不一致的，例如"妈"、"爸"等字，除了小说之类的书籍，在各种文本中很少见到，但在日常口语中却是大量使用的，应当算作常用字。所以在制订常用字表时，进行了复杂的使用度调查和考察，既以字频测定为依据，又参考了过去几十年间教育部门或个别学人制订的常用字表，参照汉字在社会生活中的实际使用情况，才编成3500字的字表；随后又用两百多万字包括各类文体的语料进行复查，然后定案：头2500字为最常用字，其余1000字为次常用字。两者合计3500字，通称常用字表。教育部门规定九年基础教育必须学会这3500字，小学六年学会2500字，其余1000则在初中三年中学会。

一般认为，在日常应用中，3500字足以应付几乎所有的需要。如果用统计数字验证，第一版《毛泽东选集》四卷本，所用汉字为2981个（阿拉伯数字除外）。老舍的小说《骆驼祥子》也只用了2413个不同的汉字。

因此可以说，从中小学生到一般人，从以汉语为母语的汉族人或不以汉语为母语的中国其他民族人到外国人，要学习中文，要学好现代汉语，都要认真熟悉这3500个常用字。熟悉了这个字表的汉字用法，则阅读写作都有了坚实的基础。

正如上面所说，专就常用字编成的字典不多见，一般字典词典，在所收的浩瀚汉字中，也不标明哪些是常用字——我只见过日本汉学家镰田正编的《汉语林·新版》是标明常用字的，凡是属于这常用字表中的汉字字头，都印成红色，十分醒目。那本书共收汉字9406个，与《新华字典》

和《现代汉语词典》收的字数量不相上下。

　　这本小字典只收《现代汉语常用字表》的那3500字，完全适应学习汉语（中文）的需要，也许是目前唯一的一本认真编纂的常用字字典。编纂者为这部小字典设置了"多功能"的用途。只要翻检一下这部小字典，就不难发现编纂者的想像力是多么丰富。在这里不但能够查到每一个常用字的字形、字音、字义——这是每一部字典词典通常都能查到的，还可以查到字形的特殊方面：汉字的笔顺，楷体写法与宋体写法；此外还可查到每一个汉字的J103规范数码（这是一种新创制的字形数字化编码）。最富于想像力的设想是，居然能够查到本书所收汉字或语词的英语等义字词。所有这一切，都是为着学习的目的，为着学习现代汉语（书面语和口头语）的目的，甚至由此达到学习英语的目的——最后这一设想，是够大胆的，当然这是有争议的设想，但毕竟是一种大胆的尝试。

　　要编好这样一种多功能字典，是很不容易的。它要求每一个环节都注意规范，注意准确，同时也在注意语言的约定俗成，即活的语言的变异。编纂者是认真作尝试的。我支持并鼓励他们做这样一种有使用价值同时又有学术意义的尝试，希望读者也来帮助编纂者完成这一试验。凡是试验，凡是创新的尝试，总会带有很多疏漏、缺点甚至错误，我知道编纂者诚恳地切盼广大智者和读者的指正，以便消灭这些缺点和错误，使这部尝试性的小书成为我们辞书编纂事业主流旁边的一条小小的支流。

2000年2月14日

[题注]

　　《常用汉英双解词典》，傅永和、肖金卯、鲁元魁、王有志编，上海教育出版社2002年1月出版。该词典为帮助中小学生学习普通话和英语以及外国人学习汉语而编写。收录《现代汉语常用字表》的3500字，全部条目释义及用例译成英文，附有规范数字编码（J103）汉字笔顺及难点提示，并附有该编码使用说明及数码检索表以供查找。

《赵元任全集》前言

商务印书馆2002年版封面

赵元任先生是二十世纪平凡而伟大的人文学者。

西方一位历史学家说，世人带着希望和恐惧跨进二十世纪，可是赵元任先生进入二十世纪时才九岁，他没有一丝恐惧，倒是满怀着无穷的希望和活力跨进二十世纪。这希望和这活力，贯串了他的一生。他不知疲倦地学习，他不知疲倦地工作，他随时随地都能找到学习和工作的机会；而与此同时，他尽情地享受着生活的乐趣和幸福，他也尽情地享受着工作的乐趣和幸福，并且让他的亲人甚至他的朋友们感受到这种生的乐趣——"唯有生命之树常青！"歌德的箴言在先生身上表露得最淋漓尽致。他衷心关怀着关爱着他的亲人，他的周围，他真诚地关心受苦受难的众人的遭遇和命运，人的尊严，独立的人格，自由的思想，一句话，所有人文精神都是赵元任先生始终坚持的品德。他不愿意自己多灾多难的民族沉沦为类似"印第安人居留地"那样的国土。他不是社会改革家，他甚至不是他的好友胡适那样自觉地参政议政从政的社会活动家，不，他只不过是一个人文学者，一个平凡的人文学者，他一心向往着一种平静的、淡泊的、与世无争的生活方式和宽松的能够平等地相互切磋的学术环境。他爱的是书，是音乐，是图画，是科学，是语言，是文字,是美,是一切美好的精神产品,当然,他爱人,爱寻常的善良的普通人,爱人的高尚品格。

任何一部五四运动史很可能都忽略赵元任这个名字,尽管这个伟大的新文化运动爆发时,赵元任先生不在国内,但是从他的精神世界和活动实践来评估,他正是五四精神的提倡者和身体力行者。他毕生追求"赛先生"(科学)和"德先生"(民主),他从不作空洞的政治呐喊,可是他通过自己的"武器"(艺术,学术和科学活动)发扬了这种伟大的人文精神、启蒙精神。如果不是发扬这种精神,我们能够听到像《呜呼!三月一十八》(1926)那样慷慨激昂的悲歌吗?能够听到《西洋镜歌》(1935)中"要活命就得自己救","再造起一个新世界,凭着你自己的手!"那样的旋律吗?如果不是发扬这种精神,我们能够在五四前后通过他和学人们创办的《科学》杂志读到那么些普及科学知识的文章吗?更重要的是,如果没有发扬这种人文精神,日后我们能看到对我们伟大的民族语言进行科学的剖析和热诚的改革实验吗?

赵元任先生确实够得上是一个伟大的人文学者,几乎可以类比文艺复兴时代的巨人。他在青少年时期打下了坚实的国学基础,培养了观察自然现象和亲自动手进行实验和制作的习惯;他以弱冠之年留学美国,先学数学,物理,然后学哲学,涉猎逻辑学和心理学,他从小爱观天象引导他走进天文学的门槛。他和朋友们节衣缩食办起科学社和《科学》杂志,传播科学知识。他一本正经地学音乐,学和声,学对位法,学作曲。然后他从师欧美各国的语言学家,语音学家,他从游学之初就萌发了历史地科学地研究中国语言的志向,并且以改革语文特别是书写系统为己任,他这样做,是为着开发民智,拯救中华。接着他确定语言研究是他毕生的治学方向,他锐意研究国音国语统一和各地方言,他取得了一些可喜的成果。其实在这之前,他的文学翻译和话剧活动,几乎可以说都是围绕着语言进行的,就连他的音乐作曲,也绝不是业余爱好,而是跟语言学音韵学有直接的关系。甚至他的业余爱好(摄影),那四千张珍贵的图片,简直就是一部形象化的民俗学记录。

时空因素——也就是时代和社会环境把这个人文学者的一生分成两个部分：前半生和后半生。前半生从出世到去国，经历了四十六年（1892—1938），主要活动场所在中国，其间有十多年留学美国，做留学生监督以及游学欧洲；后半生从去国到辞世（1938—1982），在美国侨居十五年（1938—1953），然后在那里定居（1953—1982），其间两度回国访问（1973；1981）。

可以认为前半生对于赵元任先生是极端重要的，因为他的主要业绩是在二三十年代这短暂的时间完成的：国语统一运动（今日可读作推广普通话运动）和方言调查，在他身上是辩证的统一。他参加了汉语标音符号系统的创制，特别是国语罗马字的制定是他独立在这个时期完成的。从吴语开始的方言调查，开拓了一个新纪元。他的主要音乐创作，包括那些当时广为流行的大众歌曲和至今仍然脍炙人口的艺术歌曲，像《教我如何不想他》和《海韵》等，绝大部分是在这个期间写出的。他的文学作品翻译和话剧脚本主要是在此时问世的。他对中国语言学研究的机构、方法和设想，都是这个时期奠定基础的。总而言之，前半生是赵元任先生治学的黄金时刻，这是毫无疑义的。

七七事变后，日寇由北往南，先后攻占北平（今北京）、上海、南京，迫使这位人文学者举家迁徙，经长沙到昆明。战争夺去了他的一切：他的大部分书籍连同他辛辛苦苦亲自修建的简朴的房子没有了，他苦心积累置备的研究仪器丧失了，更重要的是他进行田野作业的源泉地，不是沦陷在鬼子的铁蹄下，就是生民涂炭，颠沛流离。连母语都受到威胁，何论研究？

一个平凡而伟大的人文学者，一个举世闻名的语言学大师，竟然无法再进行他理想中的工作，其痛苦是后人无法想象的。然而他渴望工作。他不能放弃他的探索，他只得寻求暂时的次等的选择。他去了夏威夷大学教汉语，而前此他曾经委婉地拒绝过那里的邀请。退而求其次。战争和动乱不能允许他照样做他的田野工作。他下决心暂时去工作一阵，谁知这一去，就是整整一个后半生！

不能说赵元任先生后半生没有任何建树。不，完全不。他在二次大战爆发以后，特别是在珍珠港事变后，在语言信息和汉语教学中发挥了他的语言天才，为正义战争作出了贡献。他没有直接参加战斗，也没有投身社会革命，但他决不是立意逃避现实躲进桃花源去的"纯粹"学者隐士。战争结束以后，他在前半生实践的基础上，归纳自己的语言观点和教学经验，也做了许多极有深度的著述。但遗憾的是他已多年远离他研究的对象——中国语文，即离开了汉语的发祥地，生长地，发展地。他不能每日每时观察它的变化，不能更加深入研究它的发展规律，更无法继续他的未竟之业——方言调查，无法参与全民的"国语统一（推广普通话）"的运动和语言文字规范化和术语标准化的工作，更不能参与整个民族的语文教学和对外汉语教学的活动。对于一个从二十世纪开头就怀着改革语文以促进民族复兴大志的人文学者，这样的境遇真是莫大的遗憾，而这遗憾绝非他个人的，而是我们民族的遗憾，更是学术上的遗憾。

战争结束后，四十年代末五十年代初，这位哲人本来可以顺利地回到他的乡土，实际上他也作过回归的打算，但这意愿没有实现；实践走得太快了，一九四九年故国翻天覆地的剧烈变革，仓促之间他很难理解。他一心追求学术上的真理，他很不情愿参与政治，这就加大了他对社会变革理解的难度。他无法接受飞快发展的现实。接踵而来的朝鲜战争和"非美活动"，都使他感到困惑、迷茫和压抑，于是我们这位可敬的学者，只好在太平洋彼岸年复一年地观望，踌躇，等待。他终于无可奈何地定居在美国（1953）。

他是真诚的，他是质朴的，他是勤奋的，他只是一个平凡的人文学者。那年头他不能理解故国，但故国理解他。然而理解又能怎样呢？这片黄土地也经历了风风雨雨，走过崎岖的不平的弯路。尽管如此，这沃土，这沃土上的知识者，其中不乏他的学生，朋友，知音，以及那些高瞻远瞩的政治活动家，都在想念他，等待他，召唤他，因为他们理解他。而他呢？那年头有人能洞悉他的心境吗？他不感到寂寞吗？他不感到飘零吗？他不思念生他育他的沃土吗？他会想起他常常提到的第六世祖赵翼那一联绝句——"江山代有才人出，各领风骚数百年"吗？他怎能忘怀一出娘胎便与他息息相伴甚至可以说与他融成一体的母语呢？……

然而哲人的心境像大海那样的开阔，他仍然热爱着生活，他仍然带着无限的乡情接待海峡两岸过往的客人，他一点也不懈怠地在彼邦探索语言的奥秘。直到有一年，当他兴致勃勃地去灌制一张吟诵《长恨歌》的唱片时，忽然悲从中来，泣不成声，以致唱片也没有灌成。这是哲人的"长恨"？是可望不可即的河山？是远方的山山水水引发的 nostalgia？也许直到那时他还不能理解他的故土，如果他能理解故土已经发生了巨大的变革，如果他能意识到他年青时日夜追求的民族复兴此时已微露曙光，他会好过些，他的心中会更加充满阳光……

一直到他去国三十五年后（1973）他才踏进久别的故土，那一年是十年龙卷风中少有的甚至是唯一平静的一年，他见到了周恩来，见到了他久别的二女儿新那和她的丈夫黄培云，他提名要见的所有亲友都无一例外见到了——除了不在人间的以外，在这当中，在语言学领域共同奋斗多年的挚友罗常培走了，在清华园国学研究院共事的陈寅恪也走了。那一年故国天空还是阴云密布，然而这次欢聚毕竟在某种程度上多少抹去了游子夫妇俩藏在心里的压抑之情，他们可以尽情地呼吸故乡泥土的芬芳了。也许他们俩带着一点欢慰混合着一点难以言说的心情离开他这片熟悉而又陌生的沃土，回到了太平洋彼岸。八年后（1981），当他再一次回国时，夫人杨步伟已作古了，此时他的故土阳光普照，新的时代开始了。他见到了邓小平，他见到了胡乔木，他见到了他的学生王力，他的神交朋友吕叔湘，会见了学术界文化界的新老朋友……人们以景仰的心情和真诚的欢笑迎接了他。应当说，此时，不止故国理解他，他对这个故国也多少理解了。他一定是带着希望和满足的心情离别这片沃土的。故国的阳光灿烂吸引着他，他会不断地回来的，可是，遗憾的是，仅仅一年后，他永远离开了这个世界，永远离开了他热爱着的故土和思念着的故友，还有祖国的语言……

他走了。

但他留下了丰富的"遗产"。他留下了许多创造性的精神产品，这些创造物包括文字制品和音像制品。无论就其涉猎的广度，钻研的深度而言，都是极有价值的瑰宝。由此可知，涵盖这一切的《赵元任全集》的面世，可说是当今文化界学术界出版界的盛事和大事。

　　计划中的《赵元任全集》将有二十卷，编辑出版这样一套大书，自然难度很大：学科分布面广，贯串文理；使用媒介多种多样，其中文字作品有用中文写成，有用英文写成，有用符号（国语罗马字，国际音标，还有其他标音符号）写成，有作者自己从英文翻译成中文，或改写成中文，还有由别人翻译成中文而经作者认可的以及未经作者认可的；已成书的分别在几个国家和地区印行，未成书的或未发表过的手稿散处海内外学术机构或家属亲友手里，收集起来不是一件简单的事。至于音像制品（包括唱歌录音，演说录音，音标发音以及四千张摄影作品）更是洋洋大观，幸赖赵家老少"总动员"全力支持，高新技术特别是数码技术的采用，这才减少了编印的难度。当所有这些技术上的困难得到适当解决之后，摆在主事者面前的更大困难，就是问世的《赵元任全集》如何才能够全方位地按照原样准确地表达出这位平凡而伟大的人文学者的广阔视野和学术成果，同时能够反映出他的人文精神，高尚品格，科学头脑和自由思想——而这正是编印全集的最高目标：它不仅保存珍贵的文献资料，而且通过这些精神产品，让后人寻出前人学术发展的轨迹，悟到学术未来发展的思路。

　　《赵元任全集》按照现在的设想，将出二十卷，附载若干个光盘。全集将以大约一半的篇幅（十卷），突出表现作为二十世纪举世公认的语言学大师的成就。赵元任先生被认为是中国现代语言学之父，这样的安排是符合实际的。从这十卷论著中，后人可以了解到这位非凡的语言学大师是在何等广博深厚的知识基础上从事语言学理论与实践的探索的，他的独立、自由、开放的学术精神，他对改革中国语言文字所作出的杰出贡献，他敏锐地吸收自然科学最新成果、历史地动态地研究语言学的科学方法，凡此等等，必将对当今中国语言学学者的学术成长、对二十一世纪中国现代语言学的发展产生重大的影响，中国的学术界也必将因全集的出版而受益。

后十卷涉及音乐作品及论文，脍炙人口的文学翻译，为哲学家罗素讲演做的口语翻译及有关论文，数十篇科普文章，博士论文，数种传记，独具特色的绿信，书信，音像制品等，其中十分宝贵的是他完整无缺的七十六年的日记。这十卷的内容展示了这位语言奇才是怎样把他的智慧扩展运用到音乐创作、文学翻译等艺术领域的；展示了他的博学，他的勤奋，他的淡泊，他的豁达，他的幽默，他真挚的友情和温馨的亲情。总之，读者从中可以尽览这位上个世纪二三十年代中国杰出的人文学者的丰富人生，他的真实的心路历程和充满活力的创造精神。

今天，一个新的世纪又开始了，中国人带着民族复兴的希望和信心跨进了新世纪的大门。人类社会的进步离不开人文精神的滋养，把上个世纪学术大师们的学术遗产完好地保存下来，传承下去，是出版界的责任与使命。而今二十卷本《赵元任全集》的出版堪称中国学术界的大事，出版界的盛事，必将会为繁荣学术、建设文化做出重大的贡献。

[题注]

陈原首倡编辑出版《赵元任全集》这一巨大的文化工程，并任编委会主任亲举其事。这篇前言写于 2001 年 8—9 月，2001 年 9 月 23 日他突发脑溢血住院，2004 年 10 月 26 日去世，该序成为未竟稿，末两段由江蓝生补写。卷首还有季羡林所撰总序。

《赵元任全集》商务印书馆 2002 年 10 月开始陆续出版，全集依类成卷，共计 20 卷，附载若干张光盘，前 10 卷基本囊括赵元任语言学、方言学著作及译作；后 10 卷分别收录他的音乐著作、文学译作、科学作品、自传、书信、日记和音像制品等。

附录：

自著译无序跋书目

《抒情名歌选》

实学书局1945年版封面　　　　《抒情名歌选》扉页

[题注]

　　《抒情名歌选》，陈原、余荻编，实学书局1945年1月成都初版，32开，国家图书馆藏该书无页码。目录2页。扉页文字是"谨以本集献给每个抗日的战士"。封底是悲（贝）多芬名言"音乐应该使人们精神的火焰溅射出来"。末页附征集读者意见表。共收《壮士骑马打仗去了》、《旗正飘飘》、《永定河》、《大丹河》、《泰第安娜和奥里基二重唱》、《魔王》、《摇篮歌》等23首中外歌曲。

《战后新世界》

生活书店1946年版封面

[题注]

　　《战后新世界》，陈原著，生活书店1946年8月初版，32开，74页。系"新知识初步丛刊"之一。该书共4章：新的时代，新的民主，联合政府和土地改革，战后世界的道路。列入丛刊的还有《思想方法论初步》（胡绳著）、《经济学初步》（赵冬垠著）、《文学论初步》（蔡仪著）、《联合国论》（梁纯夫著）、《演讲初步》（孙起孟著）、《我们的地球》（莫伟夫著）、《中国文学欣赏初步》（廖辅叔著）。

《世界合唱名歌》

实学书局1947年版封面　　　　世界合唱名歌目次

[题注]

《世界合唱名歌》，〔苏〕亚力山特罗夫等编曲，陈原编译，实学书局1947年6月广东初版。32开，无前言、后记。收入的名歌有《母亲森林呵，别叹息！》、《杜鹃啼血》、《我们是熔铁匠》、《青年歌》、《夜，是青色的》、《船夫曲》、《SULIKO》、《雪球树》、《女邻》、《我的天才——我的天使——我的朋友》10首歌曲。书末有附编（一、黄河大合唱[全部八段]，二、J. Concone声乐基本练习曲，三、解曲）；正文后、附编前有一页"贝多芬语录"。书末附实学书局新书广告。

《你可以做一个基督使者》

上海怀仁学会1948年版封面

[题注]

  《你可以做一个基督使者》(*You Can Be a Christopher！*) 杰姆斯·凯洛著,柏园译,上海怀仁学会1948年10月初版,商务印书馆发行。32开,正文35页,无序跋。主要内容有:基督使者的宗旨,无真理则几乎无自由,芸芸众生如之何?美国对基督教义所负的债,我们面对着的问题等。陈原在回忆文章中未提及该书。

《论现代资产阶级艺术》

上海时代书报出版社
1948 年版封面

[题注]

　　《论现代资产阶级艺术》，〔苏〕B. 凯缅诺夫著，柏园、水夫合译，葆荃编。上海时代书报出版社 1948 年 12 月初版。32 开，92 页。葆荃作《编者前言》外，收文章两篇：柏园《两种文化的面貌》，自 1947 年第 52 期《苏联对外文化协会会报》译出；水夫《现代资产阶级艺术的衰颓》，自 1947 年 8 月 15 日第 15 期的《布尔雪维克》（今译《布尔什维克》）半月刊中译出。书中插有毕加索等人绘画作品 7 幅。

　　葆荃，即戈宝权。水夫，即叶水夫（1920—2002），翻译家。

　　时代书报出版社 1941 年 8 月成立于上海，社长罗果夫，总编辑姜椿芳。

《美国外交官真相》

新中国书局1949年版封面　　三联书店1950年版封面

[题注]

《美国外交官真相》（The Truth about American Diplomats），〔美〕安娜贝尔·布卡尔著，柏园、张彦、棉之合译。香港新中国书局1949年6月初版，三联书店1950年2月再版。32开，正文139页。作者"前言"外，共8章。附录是〔苏〕J. 柯瓦克所作《一本人人应该读的书——共产党情报局公报对本书的推荐》。附录提到，原书1949年莫斯科《文学报》（Literaturnaya Gazette）出版，1949年第11期的《新时代》（New Time）周刊作为附录用英、法、德、俄四种文字刊行，并称"这本书将对所有和平民主的战士们有所帮助，将使他们了解华尔街冒险家的外交政策究竟是怎么一回事情。"

同名译作有于小鱼译本，（北京）中外出版社1950年11月出版。

《美国军事基地网威胁着世界和平与安全》

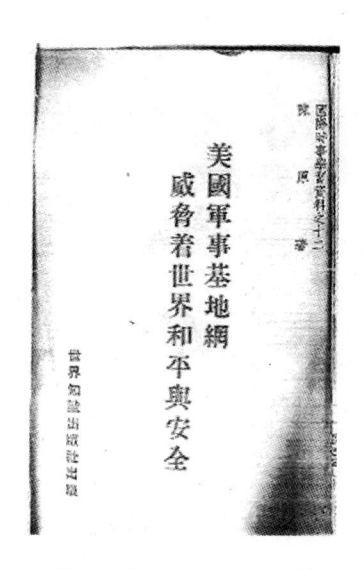

世界知识出版社1951年版封面

[题注]

《美国军事基地网威胁着世界和平与安全》,陈原著,世界知识出版社1951年10月出版。32开,48页,系"国际时事学习资料"之十二。全书分7节,文末附"讨论问题"7个。有插图。

《初级中学外国地理课本》

人民教育出版社1952年版封面

[题注]

  《初级中学外国地理课本》，陈原著，人民教育出版社1952—1953年版，上下两册，附有地图，文中有插图和注释。据陈原说，这是新中国成立后第一本供初级中学使用的外国地理课本。（参见《不是回忆录的回忆录》中《不是地理的地理》）

《可爱的祖国》

通俗读物出版社1954年版封面

[题注]

  《可爱的祖国》，陈原著，上海华东人民出版社1952年出版，系速成识字补充读物之一。北京通俗读物出版社1954年9月收入"初级文化读物"丛书之一出版。32开，30页。目录前附两幅地图：我国的地理位置，祖国的山脉和河流。全书共7章：我们的祖国辽阔广大、它有无数田野和森林、使河流为人民服务、祖国地下埋藏着数不尽的财富、最宝贵的财富是人、祖国的心脏：首都北京！爱我们的祖国！建设我们的祖国！

《苏联的自然环境及其改造》

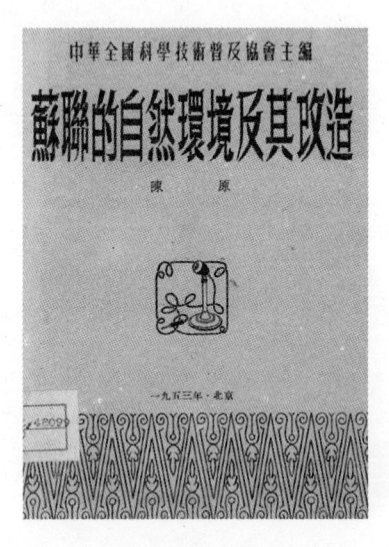

中华全国科学技术普及协会
1953年版封面

[题注]

　　《苏联的自然环境及其改造》，陈原著，中华全国科学技术普及协会主编并于1953年3月出版，系北京市干部科学讲座讲演速记稿。32开，26页。封二和封三刊登关于苏联自然环境及建设工程的6幅照片。无目录，内容包括三部分：苏联的自然环境、苏联国民经济生产力的地理配置、苏联三十五年来改造自然的工作。

《地理学》

人民出版社1956年版封面

[题注]

《地理学》，〔苏〕格利戈利耶夫著，陈原译，人民出版社1956年2月出版。系据《苏联大百科全书》第2版第10卷选译，32开，正文79页，无目录和出版说明。内容分4部分：对象与方法、地理学史、苏联的地理学、最重要的地理发现和旅行大事年表。附参考书目。

《谈谈社会主义农业的多种经营》

浙江人民出版社1957年版封面

[题注]

《谈谈社会主义农业的多种经营》，陈原编著，浙江人民出版社1957年9月出版。32开，正文34页。该书阐明了社会主义农业开展多种经营的必要性和必然性，并指出开展多种经营的途径和方法。

《对话录：走过的路》

三联书店1997年版封面

[题注]

  《对话录：走过的路》，柳凤运、陈原著，北京三联书店1997年12月出版，系"读书文丛"之一。卷末附柳凤运《后记》，记述成书始末。1998年收入《陈原语言学论著》卷三时，文末括号内文字"1996年10月改定"误为"1966年10月改定"。

《新语词》

语文出版社2000年版封面

[题注]

　　《新语词》，陈原著，语文出版社2000年7月出版。该书2.5万字，写于1999年5—6月。主要包括：新的语词、新语词产生的源泉、当植物人醒来的时候、当社会沉睡的时候、从方言导入的新语词等内容。系"百种语文小丛书"之一，丛书由曹先擢主编，首批20种书目有季羡林《汉语与外语》、周有光《人类文字浅说》、林焘《普通话与北京话》、江蓝生《古代白话说略》等。大学者写小丛书是这套丛书的特色。

编 后 记

一

陈原1918年出生于广东新会。得风气之先的岭南文化、"通才教育"的环境使他获得独特的知识素养和乐观的个性特征。他1938年毕业于中山大学工学院，学的是土木工程专业，却由一个"书迷"变为写书人、编书人、评书人，成为著名的出版家、语言学家。

从《陈原序跋文录》的目录我们可以看到，1939—1949年和1990年代是陈原创作的两个旺盛期，托起这两座高峰的是他的勤奋和努力。

1939—1949这十年，是陈原进入社会的最初阶段，他的才华得到全面开发，观察力、活动力得到全面的锻炼和展示。他说《中国地理基础教程》是他的第一本著作，实际上《广州话新文字课本》才是他著述生涯的最初一犁。这十年中他著译了四十多本书，其中地理学9种，音乐作品6种，国际政治8种，文学翻译18种。他还在《救亡日报》、《读书与出版》、《新文化》、《世界知识》等报刊发表文章。这十年，国内时局动荡不安，战乱频仍。1938年12月，大学刚毕业的20岁的陈原记录了

《广东民众在紧急动员中》

广州沦陷前大撤退的真实情况：他写的《广东民众在紧急动员中》的长篇通讯，连续发表在金仲华主编的香港《星岛日报》上。他从广州撤退到桂林，再辗转到曲江，之后到重庆，到上海，到香港，到北京。他追随着时

代的脚步，以惊人的精力和毅力从事多项工作，活跃在以编辑出版为核心的较广泛的社会领域。他用不同的笔名为时代歌与呼：为了开发民智，激发民众的救国思想，他参加拉丁化新文字运动；"为中国的自由解放而用世界语"的口号鼓舞着他，他创办世界语刊物 *Informilo el Cinio*（《中国报导周刊》），组织"踏绿社"，深深地被那颗象征和平的绿色的五角星所吸引；为宣传抗战，反对投降，他编写地理著作；为鼓励前线抗日战士，他编写歌曲集，希望"红色的太阳，升起呵！"（苏联歌曲名）；为引导读者认识复杂多变的世界局势，他撰写了大量的国际时事评论。

青年陈原的著述烙上了深刻的时代印痕。《抗战与国际宣传》、《二期抗战新歌续集》、《1918年的列宁》、《不是战争的战争》，书名可再现时代风云。地理与他所学专业本不搭界，他却以《中国地理基础教程》为起始，接连著译了十五六本，由中国而及世界，由自然地理而及政治经济地理。驱使他写作的动力是国难家仇。他说：

……你亲眼看见敌人的炮火怎样毁去了房屋和田园，怎样杀死了我们的妇人和孩子；这些，你说，不是值得大家都知道得清楚些的么？——血和泪的债，要知道得清楚些，有一天，我们要向敌人索回的呢；我们祖宗住了几千年的土地，和土地上面的一切，也要知道得清楚些，你当然年青，我也还年青，我们不知道这些，怎样生活下去呢？而我们同时代的人的血汗成果，也得知道得清楚些，会有一天，你老了，我也老了，必须给儿孙们讲故事的时候，这就是最好的故事……（《中国地理讲话》1944年版代序）

陈原时年26岁，青春的热血流淌在冷峻、古老的山河叙述中。与此一脉相承的还有时政文出版物的撰述，坚定的信念贯注在他富含哲理的文字中：

我带你到"昨天"的领域的门口，我只希望提醒你别再陷入"昨天"里面的深渊；我带你朝"今天"迎上去，要看"今天"的景色，还要靠你自己张开眼睛，我没有提"明天"。但假如你知道了昨天和今天，难道还不懂得什么地方藏着"明天"吗？《世界形势新讲》

1944年版序言）

新中国成立前后，他翻译宣传马克思主义的《现代世界民主运动史纲》，是敏感地注意到，"随着民主运动的展开，一般的读者需要一种比较不太专门的读物，这一读物提供世界各重要国家的人民民主运动的经验和教训，和讨论有关民主运动与社会革命的诸问题。"（《现代世界民主运动史纲》1946年版译者序）他思考新中国的学生教育问题，认为"改造一个人的品质是够复杂的，培养一个良好公民（新社会的公民）更不简单"，了解"苏联怎样培养儿童的品质，怎样培养新道德的理论与方法……在建设新中国的途程中，让我们可以少走许多冤枉路。"（《苏联的新道德教育》1949年版译者前记）

进入1990年代，年逾古稀的陈原继续书海夜航。他写作出版了十余种散文随笔，《记胡愈之》、《书和人和我》、《黄昏人语》、《陈原书话》、《陈原散文》等等，一年一本。他通过"不断地沉思，不断地反思，不断地冥思"，"找回了思想，找回了我自己"。（《陈原书话》后记）他自称"界外人"，自由地挥洒着一位老者洞察世事的智慧，但骨子里仍熔铸着年轻时代理想主义的激情，所以又称"六根不净界外人"。他一如既往地关注出版业面临的现代化的挑战，关注社会语言学在新时代的发展。他兼顾问，开专栏，讲学讲演，乐此不疲。新闻出版总署和中国出版工作者协会1998年12月为他八十寿辰举办纪念活动时，他别开生面地做了"迎接信息时代的挑战"的学术报告，令与会者赞叹不已。1999年，在陈原的推动下，商务印书馆承担并启动了二十卷两千万字的《赵元任全集》这一重要的出版文化工程，他担任编委会主任，并亲自撰写《前言》，直至病倒在赵元任全集的一次工作会议上。

陈原"所经历的时代，是一个伟大的时代，是一个变革的时代；是生死存亡搏斗的时代，然后是为中华民族兴盛而拼搏的时代"（《陈原语言学论著》1998年版重印题记），他一生著译一百余种，涉及语言学、地理学、文学、音乐、国际政治等方面，贯穿其中的主线是救亡启蒙，开发民智，他把毕生的理想和追求全部寄托在文字中，并且根据时代发展的需要而不断转换他的兴趣和视角。

二

序跋是陈原作品的重要组成部分，和他的散文一样，最能体现其风格特色。从编书的缘由到付梓的艰辛，从书中的精华或不足，到对出版者和友人的致谢，书里书外，书人书事，每一篇都连着一段难忘的记忆。他平和地向读者叙述一本本书的故事，一本本书的诞生过程。书因这些序跋而有了立体感，让人从中读出喜悦，读出真诚，也读出沧桑，读出无奈。它们具有巨大的穿透力，传递出厚重的人生况味。

序跋为我们提供了观察、理解陈原的另一个视角。

我们看到他的执著：

这几年来，我一直在从事于地理的通俗化工作。虽然这在我也许是不能愉快胜任的，但在没有人做的时候，也无妨尽力来做做。……我在痛苦中摸索着。……我写这本书的目标是：要人家看得不头痛，要写得像一部散文。(《现代世界地理之话》1945版前记)

我们看到他的苦恼：

真想不到什么东西都丢光了的现在，还来写这样的书，也真想不到现在，还只能这样的写。什么时候才能不这样的写呢？(《中国地理基础》1945年版前记)

我们看到他的辛劳：

那几年是我一生最忙碌和工作最杂乱的时期，我只能利用更深人静的子夜来耕耘我的"自留地"。书写得很苦：大约花了两年多的深宵，写成二十多万字的初稿。稿成，我发现它是一堆干巴巴的、教条气味十足的破烂文稿，完全违背了我的初衷。我毫不踌躇地把它毁了；现在只剩下一张发黄的稿纸。(《社会语言学》2000年新版序)

我们看到他的欣慰：

我没有能力参加《辞源》的实际编纂工作，但我作为一个热心的鼓吹者和责无旁贷的组织者，同千百位无名英雄共甘苦，走完这九年

"艰苦的历程"——从不寻常的1975年开始,共经历过多少风风雨雨,跋涉过多少绝壁险滩,然而毕竟走过来了,到达了终点,真不容易呀,不由得不百感交集。(《辞书和信息》1985年版前记)

我们看到他对文化的思考:

五十年来的风风雨雨,教我们变得聪明些,不会把不同政治制度不同价值观不同文化传统所产生的一切文化现象,不加分析地一笔抹杀。我们学会了思索。我们学会了反思。我们学会了从实际出发考虑问题和作出判断。(《金元文化山梦游记》2000年重印题记)

我们也看到他对信仰的坚持:

人——真正的人——是坚强的,顽强的,甚至是顽固的,特别是老人。……信念是不会消失的,理想是不会湮灭的。理想是种子,埋在地下,到了春天就会发芽。而诚实的人相信,春天会有的,春天一定会来的。(《隧道的尽头是光明抑或是光明的尽头是隧道》2000年新版序)

书内之事折射着书外世态,叠印着时代激荡的风云,我们接受了作者在序跋中传递的心曲,还为自己留下了无限的思考空间。

为他人所写序跋,多集中在陈原熟悉的书评书话、词典工具书等方面。不管为何人何书而作,他态度真挚,谈的多是他自己的思想观点,是特殊的批评方式和论说方式。如关于张元济、赵元任的几篇长序,他没有就书论书,而是延伸开去,对他们的学术成就及其在文化史上的贡献做出综合述评。他敬重张元济是一位带着"开发民智、振兴中华"的信念和理想参与商务印书馆创业的爱国智者;具有现代管理科学思想,以全方位的文化产业推动了民族的科学文化启蒙。他为张元济的视野从商务印书馆的出版经营扩展到整个中国的社会现实而激动不已,击节三叹。陈原1972年6月从湖北咸宁干校回京进入这间中国近代历史最悠久、影响最大的出版机构,1979年8月任商务印书馆总编辑兼总经理,站完"最后一班岗",1998年1月正式告别,他在商务25年,作为承前启后、继往开来的"张元济后人",深切体会到张元济的影响与意义。

他景仰赵元任"不仅仅是一个语言学大师",还是"我们这个时代一位值得尊敬和钦佩的人文学者","具备当代一个人文学者的所有特征:尊重人的价值,培养并训练人的技能——科学的技能和艺术的技能;富于人情味和人道主义精神,此外还常常带着教人愉快的幽默感"(《赵元任学术思想评传》序)他在两篇序言的字里行间透出对这两位大师的仰慕之情。

陈原为几部词典写的代序,可看作是"不是论文的论文"。他自称没有编过词典,是词典的"接触家"。实际上他1947年编的三十万言的《世界政治手册》是当时"中国第一本世界年鉴"(见封底广告),该手册所附他与石啸冲合编的《国际常识小辞典》,1948年单独出版。他在辞书奇境遨游了大半生,深深体会到漫步语词密林的心酸和悲欢。1973年他因为建议内部印行《现代汉语词典》而成为"黑线回潮复辟的典型",招致一场铺天盖地的大批判。为辞书而受难,却丝毫没有减低他探索辞书的兴趣,他"从头至尾读完一本旧《辞海》,一本旧《辞源》,一本第五版的《简明牛津英语词典》",进一步认识了词典翻、检、查、阅的功能;弄清楚了词典究竟有没有阶级性这迷惑人的难题,姚文元"一棍子打开了我在未来的十多年间从事词典编写组织工作的路"(《对话录:走过的路》)。他为辞书的规划组织工作付出了大量艰辛的劳动,1975年5月23日,国家出版局和教育部在广州召开全国中外语文词典规划会议,制订了出版中外语文词典160种的十年规划,这是周恩来总理批准的最后一个国家规划。直到十年浩劫结束,这次会议规划的项目才开始实施。陈原作为国家出版局党组成员着重抓了五大汉语词典,即修订《辞源》、《辞海》,编辑出版《汉语大词典》、《汉语大字典》和《现代汉语词典》。这些工具书享誉文化界,影响了几代人,在现代出版史上留下了浓墨重彩的一笔。

因为他掌握多门外语和对辞书的持久兴趣,陈原有机会接触到海外顶级水平的经典辞书,也接触到"异端"类"不是辞书的辞书"。这大大开阔了他的眼界,提升了他的辞书编纂思想,他推崇的词典编纂的"金字塔"方法在我国辞书编纂方面独树一帜。他在《新时代汉英大词典》代序中纵横捭阖，旁征博引，既有他关于辞书的随想、海外传统辞书编纂的经验，也有他对这些经验的总结；他提出晚近海外辞书编纂的新趋势，反映了他对传统辞书面临多元化、信息化挑战的深远思考。

三

编选这本序跋集是在陈老生病住院以后，尽管此前于2000年3月，我曾向他提出过，并把编选的目录寄给他，他却泼了我一盆冷水："编集这些序跋不难，难在给每一篇序跋写题记——要写出时代精神，而不是写自己的经历，更不是吹捧自己，那就要花工夫。"陈原是一个思想者。他晚年在多篇文章中反思他经历的时代和时代中的自己。1993年编辑《陈原出版文集》时，他将《前十七年》（1949—1966）的文章冠以"题解与反思"，《后十七年》（1976—1993）文章冠以"题解和思考"，既为读者提供写作时的背景和意图，也提出了供人思考的一些问题。为序跋集写"陈原式题记"，自然非他莫属。基于这种考虑，我打消自己的念头，耐心等待他的新作问世。

2001年9月23日，陈老突发脑溢血住院，和死神展开了艰难的较量，经过积极治疗和调养，他终于从深度昏迷中醒了过来，思维能力慢慢复原，左手一度恢复活动，但一直处于失语状态。2003年春夏之交"非典"时，他被迫转院。病床上的他日渐消瘦，情绪也时好时坏。他在序中提到1943年曾患脑病，大概是他最早在文字中记录他的病情，也许是这次脑溢血的肇始？"在译事进行中，曾患了一场剧烈的脑痛，不但当时白白的闲坐了一个多月，并且每天也不能工作得太久。"（《劫后英雄记》译者小记）因此，对他《从黄昏到子夜》引发的感喟别有一番滋味："在人生的道路上，从黄昏到子夜，也是最凄凉，最艰难，最无助的一段。"看到他口中、鼻中插着各种管线，我的心一次次被揪紧：现代医学如此发达，但怎么没有办法记录下他丰富而睿智的思想，探测到他静默的口不能言的激情？

缠绵病榻使乐观豁达的陈老不再幽默，他的许多计划被迫搁浅。他信中曾说："也许我已力不从心，今生写不成也说不定"，真是一语成谶。2004年4月，陈老的助手柳凤运先生得到陈老的首肯后，决定由我编选序跋集，我且喜且惊地应承下来，因为我自知学力不逮，素养不及。如果说七八年前着意研究陈原是初生牛犊，满怀热情，此时我却战战兢兢，如履薄冰。我曾编写了近十万字的《陈原著译活动编年》，勾勒他在新中国出版史上跋涉的足迹；还应一家出版类期刊总编之邀写了一组文字，分析探究他的出版实践，如今看来难免粗浅。但陈老不计较我这个后生晚辈的浅薄无知，给予我很大的鼓励。我常想，面对一位学养深厚、在多个领域广有建树的出版大家，半个多世纪的悠长岁月、为书奋斗一生的智者所承载的文化符号，都是无法跨越的鸿沟。我曾不揣冒昧，就编辑出版问题多次向陈老请教，他都拨冗回复我。但万万想不到的是，与他商谈序跋集的编写事宜是在医院病床前无声地对话：我把寻到他忽略的或未曾提及的书及序，或复印或拍成照片，请他逐一确认；我把一个个问题列出来拿给他看，请他点头或摇头；我们用眼神和手势交换彼此的思想。那真是充满心酸、无奈而又有意想不到的惊喜的日子，再回首，恍如发生在昨天。

为了能赶在陈老还清醒的时候看到本书的出版，前期工作十分匆忙。2004年8月底完成初稿后我把排好的样稿拿到医院给他看。陈老不住地向我伸出大拇指，看到激动处竟满眼热泪。接下来的"十一"长假，我正巧患重感冒，不敢去看陈老，只好打电话到他的病房转达我的问候，等我写好编后记再给他看。没想到10月26日晚上接到陈湄的电话，传递的却是陈老去世的消息。也许是命运的安排吧？也许是陈老希望我努力再努力，把所有的史料都反复核实清楚？我终于不再浮躁着赶时间，静下心来把书稿重新仔细地梳理一遍，听从几位专家的建议，把"题注"全部进行整理压缩。修改书稿的过程不仅仅是核对史实和提炼思想的过程，也是进一步理解认识陈原一代出版人的过程。在查找旧书的过程中，我常常生出一种别样的感动。同一著作、译作的不同书名、不同版本，往往折射出20世纪中国出版文化史的某个侧面。我在国家图书馆找到的珍藏本，有的用土纸印刷，纸张粗劣，又脆又黄，稍动就会碎落，字迹也模糊不清，图书馆禁止复印，拍照打印出来甚至能看到纸张背面透出的字影。当年的出版人在条件恶劣的情况下坚韧不拔地传播知识，开发民智，是多么的庄严和悲壮啊！令人遗憾的是，有的书是新时期重新装订的，封面上的书名被订在装订线内。而令人欣慰的是，我又发现了陈老的几篇逸文，那种惊喜，就像忽然见到失散多年的亲人。

在本书的编选过程中，我得到了各地好友的热情帮助。国家图书馆、北京大学图书馆、清华大学图书馆、广东省立中山图书馆、商务印书馆和香港的朋友，或代为扫描图书封面，或帮助检索书刊目录，或复印原始序文。陈原的女儿陈湄、陈淮不辞辛苦，查找陈老保存的旧著及资料。在此一并致谢。

书比人长寿。祈愿陈老安息。

编 者
2005 年 10 月三稿
2006 年 4 月改定